HEYNE BÜCHER

SCIENCE FICTION

Herausgegeben von Wolfgang Jeschke

Von Isaac Asimov erschienen in der Reihe
HEYNE SCIENCE FICTION & FANTASY:

Lunatico (06/7)
Der Mann von drüben (06/3004)
Geliebter Roboter (06/3066)
Der Tausendjahresplan (06/3080)
Der galaktische General (06/3082)
Alle Wege führen nach Trantor (06/3084)
Am Ende der Ewigkeit (06/3088)
SF-Kriminalgeschichten (06/3135)
Ich, der Robot (06/3217)
Die nackte Sonne (06/3517)
Der Zweihundertjährige (06/3621)

Als Herausgeber:
Das Forschungsteam (06/13)
Isaac Asimovs Science Fiction Magazin 1. Folge (06/3608)
Isaac Asimovs Science Fiction Magazin 2. Folge (06/3636)
Isaac Asimovs Science Fiction Magazin 3. Folge (06/3664)
Isaac Asimovs Science Fiction Magazin 4. Folge (06/3695)
Isaac Asimovs Science Fiction Magazin 5. Folge (06/3735)
Isaac Asimovs Science Fiction Magazin 6. Folge (06/3748)
Isaac Asimovs Science Fiction Magazin 7. Folge (06/3761)
Isaac Asimovs Science Fiction Magazin 8. Folge (06/3776)
Isaac Asimovs Science Fiction Magazin 9. Folge (06/3789)
Isaac Asimovs Science Fiction Magazin 10. Folge (06/3807)
Isaac Asimovs Science Fiction Magazin 11. Folge (06/3825)
Isaac Asimovs Science Fiction Magazin 12. Folge (06/3853)
Isaac Asimovs Science Fiction Magazin 13. Folge (06/3873)
Isaac Asimovs Science Fiction Magazin 14. Folge (06/3894)
Isaac Asimovs Science Fiction Magazin 15. Folge (06/3913)
Isaac Asimovs Science Fiction Magazin 16. Folge (06/3940)
Isaac Asimovs Science Fiction Magazin 17. Folge (06/3958)
Isaac Asimovs Science Fiction Magazin 18. Folge (06/3998)
Isaac Asimovs Science Fiction Magazin 19. Folge (06/4011)

Science Fiction-Erzählungen des 19. Jahrhunderts (06/4022)
Fantasy-Erzählungen des 19. Jahrhunderts (06/4023)

Fantasy Erzählungen des 19. Jahrhunderts

herausgegeben von

Isaac Asimov,
Charles G. Waugh
&
Martin H. Greenberg

WILHELM HEYNE VERLAG
MÜNCHEN

HEYNE-BUCH Nr. 06/4023
im Wilhelm Heyne Verlag, München

Redaktion: Wolfgang Jeschke

Umschlagbild: David Egge
Umschlaggestaltung: Atelier Ingrid Schütz, München
Printed in Germany
Satz: Schaber, Wels/Österreich
Druck: Presse-Druck, Augsburg
Bindung: Grimm + Bleicher, München

ISBN 3-453-31024-1

INHALT

Inhalt

Inhalt

EINFÜHRUNG

ISAAC ASIMOV

Als die Phantastik zur Fantasy wurde

Auf eine Weise ist jede erdachte und niedergeschriebene Geschichte der Phantastik zuzuordnen. Wenn sie wahrhaft fiktiv ist, hat sie sich nie ereignet, und wenn sie nie passiert ist, ist sie etwas Phantastisches, eine Schöpfung des Verstandes, der menschlichen Phantasie.

Andererseits darf man den Rahmen nicht zu weit stecken. Suchen wir nach einer anderen Definition. Die Phantastik sollte nicht nur etwas umschreiben, das nicht so ist und deshalb nur als Idee besteht, sondern auch etwas, das *auf keinen Fall so sein könnte* und deshalb *nur als Idee* Bestand haben kann.

Folglich ist Charles Dickens' *Nicholas Nickleby* nicht Phantastik. Obwohl die darin vorkommenden Figuren niemals existiert und die Ereignisse sich nie abgespielt haben, hätte es die Menschen und Vorkommnisse geben *können,* ohne daß die anerkannte Ordnung des Universums umgestoßen worden wäre.

Andererseits ist Dickens' *Ein Weihnachtslied (A Christmas Carol)* eindeutig Phantastik, denn darin geht es um Gespenster und Abstraktionen, die als konkret dargestellt werden und in die anerkannte Ordnung des Universums nicht gepaßt hätten.

Genau genommen können wir noch strenger sein und darauf bestehen, die Phantastik müsse sich nicht nur mit Dingen abgeben, die wir als in unserem Universum nicht existenzfähig ansehen, sondern von denen wir wissen, daß es sie auch nicht in einem Universum geben kann, das durch einen akzeptablen wissenschaftlichen Fortschritt verändert worden ist. Wenn ein logischer wissenschaftlicher Fortschritt diese Dinge möglich machen *könnte,* dann hätten wir es mit Science Fiction zu tun. (Gewiß, eine einfallsreiche Person könnte die Möglichkeiten des wissenschaftlichen Fortschritts so manipulieren, daß sich alles, was wir uns im ersten Anlauf als Phantastik vorstellen, in eine Art Science Fiction verwandelte. Normalerweise jedoch nimmt man diese Manipulation nicht auf sich, so daß Phantastik und Science Fiction voneinander getrennt bleiben.)

Und nachdem wir jetzt eine Vorstellung haben, was wir mit Phantastik meinen, soweit wir sie als umgrenzten Bereich der Literatur sehen, haben wir das Recht zu fragen, wie alt sie ist. Man könnte annehmen, die Phantastik gebe es schon ewig, sie sei so alt wie die Sprache, so alt wie die menschliche Phantasie.

Durchaus vorstellbar, daß unsere unzivilisierten Vorfahren über ihren Steinzeitfeuern saßen und sich gegenseitig erschreckten mit Geschichten über Ungeheuer, Gespenster und Dämonen aller Art.

Genau wissen werden wir das allerdings nie; wenn wir also eine sichere Basis finden wollen, müssen wir uns den ältesten überlieferten Bruchstücken der Literatur zuwenden, die, wie wir feststellen, doch weitgehend Aspekte der Phantastik aufweisen.

Das *Gilgamesch-Epos,* etwa 2700 Jahre v. Chr. von namenlosen Sumerern verfaßt, ist wohl die älteste erhaltene erdachte Geschichte, und sie enthält Elemente der Phantastik – Götter, Monster, Pflanzen, die Unsterblichkeit vermitteln, und so weiter. Die *Ilias* und die *Odyssee* gehören in gewissem Ausmaß zur Phantastik, besonders die *Odyssee.* Der Zyklop Polyphem und die Hexe Circe zählen bis heute zu den beliebtesten Gestalten der phantastischen Literatur.

Volksmärchen gehören beinahe unweigerlich zur Phantastik; beispielsweise *Die Erzählungen aus 1001 Nacht,* ebenso wie *Schneewittchen* und *Aschenputtel.* Jedes Zeitalter kennt seine phantastischen Geschichten, und auch das zwanzigste Jahrhundert hat Werke hervorgebracht, die den vergangenen an Qualität und Beliebtheit gleichkommen. Denken Sie an *Mary Poppins, Der kleine Hobbit* und *Unten am Fluß.*

Und doch – weshalb Phantastik? Weshalb nicht Fantasy?

Die Antwort sieht gewiß so aus: Phantastik dann, wenn Ereignisse nicht allgemein als der akzeptierten Ordnung des Universums entgegenlaufend angesehen werden. Und in noch stärkerem Maße, wenn die geschilderten Ereignisse, so phantastisch sie auch erscheinen mögen, als reine Wahrheit aufgefaßt werden.

So ist die Bibel voller wundersamer Geschichten – die sprechende Schlange im Garten Eden, der sprechende Esel, den Bileam bestieg, die Öffnung des Roten Meeres, die Taten von Elia und Elisa, die Heilungen Jesu. Kämen diese Schilderungen etwa einem gebildeten chinesischen Wissenschaftler vor Augen, der noch nie von der Bibel gehört hätte, würde er das Buch ohne zu zögern als Phantastik klassifizieren. Natürlich würden gläubige Juden und Christen diese Einstellung entsetzt ablehnen und für gotteslästerlich halten.

Auf gleiche Weise würden ungebildete Menschen aus der Vergangenheit, die an die olympischen Götter und Göttinnen glaubten und die keinen Zweifel daran hegten, daß es in den nebligen Regionen außerhalb des kleinen Streifens Erde, den sie kannten, seltsame Ungeheuer gab, Homers Erzählungen als in jeder Beziehung korrekte geschichtliche Darstellungen akzeptieren.

Und auch später hätten alle, die an Gespenster oder Kobolde oder Ghuls oder Feen oder Elfen glaubten, Geschichten um und über solche Wesen als, wenn schon nicht im Detail, dann doch zumindest der Anlage nach als wahrhaft anerkannt und nicht als phantastisch angesehen.

Wie weit in die Gegenwart währt aber diese Vorstellung der Phantastik, die gar keine ist? Offensichtlich bis unmittelbar in die Gegenwart und wahrscheinlich auch bis in die Zukunft, soweit der Verstand zu schauen vermag. Jede Religion mutet den Außenstehenden als etwas Phantastisches an, ist für die Gläubigen aber die heilige Wahrheit. Es wird immer Menschen geben, die wegen ihrer Jugend oder eines Mangels an moderner weltlicher und wissenschaftlicher Bildung an den Weihnachtsmann, an Zombies und Voodoo, an den Osterhasen und so weiter glauben.

Es gibt sogar Erwachsene, die dem äußeren Anschein nach intelligent, gebildet und erfahren sind, die dennoch Astrologie, Spiritismus, Schöpfungswissenschaften oder andere Irrationalitäten vertreten, Disziplinen, die allen davon Unberührten als unsinnige Phantastereien erscheinen müssen.

Ja, wenn das so ist, wann, wenn überhaupt, begannen wir uns die Phantastik als Fantasy vorzustellen?

Zweifellos gab es seit jeher, auch zu den abergläubischsten und glaubensbestimmtesten Zeiten, Skeptiker, Menschen, die wir heute als harte Realisten bezeichnen würden. Diese Menschen

lehnten alles ab, was sich nicht auf beobachtete und durchdachte Beweise gründete, und ruhten fest in ihrem Glauben, daß alles, was die Menschen ohne logische Rückfrage akzeptierten, in Wahrheit reine Phantasie sein mußte.

Dies genügt jedoch nicht. Hier und dort ein Skeptiker, das vermag in einer Gesellschaft kaum etwas zu bewirken. Rückte jedoch der Zeitpunkt heran, da solcher Rationalismus ein anerkannter Aspekt der weltlichen Gesellschaft wurde und ab dem die Menschen in ziemlich großer Zahl zu dem Glauben erzogen wurden, daß sich das Universum nur durch den Verstand erschlösse, so daß alles, was darüber hinausging, dem Reich der Phantasie angehöre.

In der westlichen Welt begann sich dieser Zustand nach dem Ende der Periode der Religionskriege zu verbreiten, mit dem Eintreten des Zeitalters der Vernunft. Die zweite Hälfte des siebzehnten Jahrhunderts, die Zeit der Royal Society und Isaac Newtons bildet die Trennlinie.

Selbst damals war das Primat der Vernunft auf die ziemlich dünne Schicht der Gebildeten beschränkt. Erst im 19. Jahrhundert erhob sich in der westlichen Welt allmählich die Vorstellung der Bildung der Massen unter der Kontrolle des weltlichen Staates. Zum erstenmal gab es ausgedehnte Gebiete, in denen große Bevölkerungsteile in Schulsystemen unterrichtet wurden, die nicht von dieser oder jener religiösen Sekte abhingen. Und aus diesem Umfeld erwuchs zum erstenmal eine große Zahl von Individuen, die zu definieren wußten, was der Phantasie entsprungen war und was nicht, und die um so mehr Freude daran hatten, als sie solche Erzählungen als bloße Fingerübungen einer ungezügelten Phantasie erkannten: als Fantasy!

In meiner Einführung zu *Isaac Asimov präsentiert Science Fiction des 19. Jahrhunderts* (ein Parallelband zu dieser Anthologie) habe ich angeführt, das 19. Jahrhundert sei das erste Jahrhundert der Science Fiction gewesen. Aus den angeführten Gründen bin ich überzeugt, daß es auch das erste Jahrhundert der echten Fantasy war und daß die in diesem Buch vorgestellten Erzählungen hervorragende Beispiele aus diesem ersten Jahrhundert darstellen.

Übersetzt von Thomas Schlück

Washington Irving
(1783–1859)

Als Essayist, Kurzgeschichtenautor, Biograph, Humorist und Historiker ist Washington Irving ein gutes Beispiel dafür, wie schwierig es ist, Pioniere richtig zu beurteilen. Die Kritiker sind über die Qualität seiner Schriften und den Wert seines Werks heftig zerstritten, obwohl die meisten sicher zustimmen würden, daß er der Vater der amerikanischen Literatur, einer der Urväter der Kurzgeschichte und der erste amerikanische Autor ist, der international berühmt wurde.

Als jüngstes von elf Kindern in New York City geboren, wuchs Irving als kleiner Liebling von Brüdern und Schwestern auf. Seine Schulbildung blieb lückenhaft, doch bediente er sich reichlich in der Bibliothek seines Vaters, so daß er im Alter von sechzehn Jahren, als eine zarte Gesundheit seine Aufnahme in die Columbia-Universität verhinderte, daran machte, zu Hause Jura zu studieren. Damals leitete sein Bruder Peter eine Zeitung: *The Morning Chronicle*, und Irving begann humoristische Artikel beizusteuern. Gesammelt ergab sich daraus sein erstes Buch, *The Letters of Jonathan Oldstyle, Gent* (1802–1803).

Aus gesundheitlichen Gründen mußte er zwei Jahre lang ins Ausland reisen, doch als er zurückkehrte, wurde er als Anwalt zugelassen und veröffentlichte seinen ersten größeren Erfolg, Knikkerbockers *A History or New York* (1809).

Um seine literarische Tätigkeit zu fördern, wurde er von zwei Brüdern 1810 als Partner in eine Importfirma aufgenommen, die sie gegründet hatten. Fünf Jahre später verließ er das Land, um im englischen Liverpool die Niederlassung zu leiten, aber die Firma brach 1818 zusammen, und Irving mußte sich ab dieser Zeit allein mit seinen schriftstellerischen Fähigkeiten durchbringen. Die Antwort auf diese Herausforderung war sein bestes Werk, *The Sketch Book of Geoffrey Crayon* (1819–1820), das ihm Ruhm und Vermögen einbrachte.

Als ihm sechs Jahre später das Geld auszugehen drohte, erhielt er das Angebot, Dokumente über Christoph Columbus aus dem Spanischen zu übersetzen. Er reiste nach Madrid und schrieb dort vier Bücher, zu denen *A History of the Life and Voyages of Columbus* (1828) und *The Legends of the Alhambra* (1832) gehören.

Sein Ruhm war inzwischen dermaßen gewachsen, daß ihm, als er 1832 nach Hause zurückkehrte, allgemeine Bewunderung entgegenschlug. Er reiste in den Westen und schrieb ein Buch darüber, und erwarb schließlich ein Anwesen bei Tarrytown. Später war er vier Jahre lang Minister für spanische Angelegenheiten (1842–1846), kehrte aber danach ins Privatleben zurück, um eine Reihe von Projekten zu beginnen, darunter eine fünfbändige Studie *Life of Washington*, die seine Gesundheit ruinierte und vermutlich seinen Tod beschleunigte.

Im persönlichen Umgang war Irving ein bezaubernder Charmeur, dem in der Jugend das gute Aussehen und im späteren Leben das diplomatische Ausgleichsvermögen viele Erfolge zuführten. Seine fünfundzwanzig phantastischen Geschichten gründeten sich vorwiegend auf Volksmärchen und Legenden und spielten meistens in Spanien oder sonstwo in Europa. Die Geschichte, die wir aber für diese Sammlung ausgesucht haben, *The Legend of Sleepy Hollow/Die Legende vom verschlafenen Tal,* ist als einzigartig amerikanisch und als »unverzichtbarer Teil unseres nationalen Erbes« bezeichnet worden.* Als eines seiner beiden berühmtesten Werke ahnt die Erzählung regionale Konflikte voraus und bietet dem Leser einen bezaubernden Stil und schillernde Gestalten.

---

* Die Erzählung basiert allerdings auf Bürgers *Der wilde Jäger* und auf einer der Rübezahl-Sagen.

WASHINGTON IRVING

Die Legende vom Verschlafenen Tal

Gefunden unter den Papieren des verstorbenen
Diedrich Knickerbocker

A pleasing land of drowsy head it was,
Of dreams that wave before the half-shut eye;
And of gay castles in the clouds that pass,
*For ever flushing round a summer sky.**
Castle of Indolence

In der Tiefe einer jener geräumigen Höhlen, die das Ostufer des Hudson zerklüften, an jener breiten Stelle des Flusses, die von den alten holländischen Navigatoren die ›Tappan Zee‹ genannt wurde, und wo sie stets behutsamerweise die Segel refften und den Schutz des heiligen Nikolas erflehten, wenn sie sie durchfuhren, liegt ein kleiner Marktflecken oder ländlicher Hafen, der von einigen Menschen Greensburgh genannt, eigentlich und richtiger jedoch unter dem Namen Tarry Town bekannt ist. Dieser Name wurde ihm, wie wir erfuhren, in früheren Zeiten von den guten Hausfrauen des benachbarten Landes gegeben, nach der eingefleischten Hartnäckigkeit ihrer Ehemänner, sich an Markttagen in der Taverne des Dorfes festzusetzen. Doch das mag sein, wie es will, ich kann mich für die Richtigkeit nicht verbürgen, sondern führe es nur an, weil ich genau und authentisch sein möchte. Unweit dieses Dorfes, in einer Entfernung von etwa zwei Meilen, befindet sich ein kleines Tal, oder besser gesagt: eine Senke zwischen hohen Bergen, das einer der stillsten Orte

* *Schläfrigen Kopfs war's ein entzückend Land,*
der Träume, die vor halb geschlossenen Lidern weben,
von heit'ren Burgen in der Wolken Band,
die ewig hin am Sommerhimmel schweben.
Burg der Trägheit

der ganzen Welt ist. Ein schmaler Bach schlängelt sich hindurch, und sein Murmeln ist gerade laut genug, um einen in den Schlummer zu lullen; und das gelegentliche Pfeifen einer Wachtel oder das Pochen eines Spechtes sind fast die einzigen Laute, die jemals die tiefe Stille stören.

Ich erinnere mich, daß ich als kleiner Junge meine ersten Erfahrungen in der Eichhörnchenjagd in einem Hain hoher Walnußbäume sammelte, die eine Seite des Tales verschatten. Ich war um die Mittagszeit hineingewandert, wenn die ganze Natur besonders still ist, und wurde durch das Krachen meines eigenen Gewehrs aufgeschreckt, als es die Sabbatstille zerriß und von wütenden Echos gefolgt und verlängert wurde. Falls ich mir jemals ein Refugium wünschen sollte, wohin ich mich vor der Welt und ihren Versuchungen flüchten könnte, um den Rest eines beschwerlichen Lebens in Ruhe zu verträumen, wüßte ich nichts Besseres dafür als dieses kleine Tal.

Von der trägen Ruhe dieses Ortes und dem besonderen Charakter seiner Bewohner, die Nachkommen der ursprünglichen holländischen Siedler sind, ist diese abgelegene Senke seit langem unter dem Namen ›Verschlafenes Tal‹ bekannt, und seine Bauernsöhne werden im ganzen umliegenden Land die ›Burschen vom Verschlafenen Tal‹ genannt. Eine einschläfernde, verträumte Atmosphäre schien über dem Land zu hängen, seine Luft zu durchdringen. Einige behaupten, daß der Ort während der Tage der frühen Besiedlung von einem gelehrten deutschen Arzt verzaubert worden sei; andere, daß ein alter Indianerhäuptling, der Zauberer oder Medizinmann seines Stammes, hier seine Powwows abgehalten habe, bevor das Land durch Master Hendrick Hudson entdeckt worden sei. Gewiß ist, daß der Ort noch immer unter dem Einfluß irgendeiner Zaubermacht steht, welche die Seelen dieser guten Menschen in ihren Bann schlägt und sie in einem Zustand ständiger Traumhaftigkeit einhergehen läßt. Sie neigen zu allen Arten von Wunderglauben, stehen unter dem Einfluß von Trancen und Visionen, sehen häufig seltsame Erscheinungen und hören Musik und Stimmen in der Luft. Die ganze Umgebung ist durchwoben von lokalen Legenden und Berichten von verwunschenen Orten und Stätten düsteren Aberglaubens; Sternschnuppen fallen häufiger hier, und Meteore ziehen öfter ihre glühende Bahn über das Tal als an irgendeiner anderen Stelle des Landes, und der Alb scheint es zu seinem bevorzugten Tummelplatz ausersehen zu haben.

Der beherrschende Geist, der diese verzauberte Region bewohnt und der Kommandeur aller Luftgeister zu sein scheint, ist die Erscheinung eines Reiters ohne Kopf. Von einigen wird behauptet, daß er der Geist eines hessischen Söldners sei, dessen Kopf in irgendeiner namenlosen Schlacht des Unabhängigkeitskrieges von einer Kanonenkugel abgeschossen worden sei und der den Landleuten immer wieder erscheint und durchs Dunkel der Nacht galoppiert wie auf den Schwingen des Windes. Seine Umtriebe sind nicht auf das Tal beschränkt, sondern beziehen von Zeit zu Zeit auch die umliegenden Straßen ein und gelegentlich selbst die Umgebung einer nahegelegenen Kirche. In der Tat behaupten einige der bewandertsten Historiker dieser Gegend, welche es sich zur Aufgabe gemacht haben, die im Lande umherschwirrenden Berichte über diese Erscheinung zu sammeln und auszuwerten, daß der Leichnam dieses Söldners, der auf dem Friedhof begraben liegt, seinen Geist immer wieder zum Schlachtfeld zurückschickt, um dort nach seinem Kopf zu suchen, und daß das rasende Tempo, mit dem er manchmal durch das Tal galoppiert, darauf zurückzuführen sei, daß er sich verspätet hat und beeilen muß, um vor Tagesanbruch zum Friedhof zurückzugelangen.

Das ist die allgemeine Ansicht über diese legendäre Erscheinung, die das Material für so viele wilde Geschichten in dieser Region der Schatten geliefert hat, und der Geist ist an allen Kaminen der Umgebung unter dem Namen des ›Kopflosen Reiters aus dem Verschlafenen Tal‹ bekannt.

Es ist bemerkenswert, daß die visionäre Hartnäckigkeit, die ich erwähnte, nicht auf die eingeborenen Bewohner des Tals beschränkt ist, sondern unbewußt von jedem aufgesogen wird, der einige Zeit dort lebt. Ganz egal, wie wach und rege sie gewesen sein mochten, bevor sie in diese verschlafene Region kamen, kann man sicher sein, daß sie innerhalb von kurzer Zeit den behexenden Einfluß dieser Luft einatmen und phantasievoll werden – zu träumen beginnen und Erscheinungen sehen.

Ich erwähne diesen friedvollen Ort mit jedem möglichen positiven Nachdruck, denn es ist in solch kleinen, abgeschiedenen holländischen Tälern, die da und dort im großen Staat New York verborgen liegen, daß Bevölkerung, Sitten und Gewohnheiten erhalten bleiben, während der große Strom von Bewegung und Fortschritt, der zu ständigen Veränderungen führt, unbemerkt an ihnen vorbeifließt. Sie sind wie die kleinen Buchten ruhigen Wassers, die am Rand rasch dahinfließender Bäche liegen, wo wir einen Grashalm oder eine Blase reglos vor Anker liegen oder langsam in ihrem winzigen Hafen im Kreis treiben sehen, unberührt von der vorbeitosenden Strömung. Obwohl viele Jahre vergangen sind, seit ich meinen Fuß in die verträumten Schatten des Verschlafenen Tals setzte, frage ich mich, ob ich dieselben Bäume, dieselben Familien in diesem beschützten Fleckchen Erde vorfinden werde.

Es war in diesem Nebenarm der Natur, diesem Refugium, daß in einer lange zurückliegenden Epoche der amerikanischen Geschichte, das heißt, vor mehr als dreißig Jahren, ein würdiger Herr namens Ichabod Crane sich einige Zeit im Verschlafenen Tal aufhielt oder, wie er es ausdrückte, dort ›verweilte‹, um die Kinder der Umgebung zu unterweisen. Er stammte aus Connecticut, einem Staat, der für die Union Pioniere sowohl des Geistes als auch solche für die Wälder hervorbringt und Jahr für Jahr seine Legionen von harten Holzfällern und Landschulmeistern aussendet. Der Name Crane* war nicht bezeichnend für seine physische Erscheinung. Er war zwar groß, doch außergewöhnlich hager, mit schmalen Schultern, langen Armen und Beinen; Händen, die weit aus seinen Ärmeln baumelten, Füßen, die ihm auch als Schaufeln hätten dienen können, und sein ganzer Körper schien nur lose zusammenzuhängen. Sein Kopf war klein und abgeflacht, mit riesigen Ohren, großen glasigen Augen und einer langen, spitzen Nase, die ihm das Aussehen eines Wetterhahns verlieh, saß auf einem spindelförmigen Hals, um festzustellen, aus welcher Richtung der Wind wehte. Wenn man ihn an einem windigen Abend über die Kuppe eines Hügels schreiten sah, mit wehenden, bauschenden Kleidern, konnte man ihn für den Geist einer Hungersnot halten, der auf die Erde herabstieg, oder für eine Vogelscheuche, die von irgendeinem Maisfeld entkommen war.

Sein Schulhaus war ein niedriger Bau, der aus rohen Bohlen

---

* Kranich

zusammengefügt war und aus einem einzigen Raum bestand, mit Fenstern, von denen nur ein Teil verglast, der andere mit Seiten alter Schulhefte verklebt war. Es war zu Zeiten, in denen es leer stand, durch ein geniales Sicherheitssystem geschützt, mit einer Weidenrute, die um den Türgriff geschlungen war, und gegen die Fensterläden gelehnte Stöcke, so daß ein Dieb sich zwar ohne Schwierigkeiten Zugang verschaffen mochte, jedoch erhebliche Mühe haben würde, wieder hinauszugelangen; eine Idee, die wahrscheinlich von dem Erbauer der Hütte, Yost van Houten, der Konstruktion einer Aalreuse entliehen worden war. Das Schulhaus stand an einem etwas einsamen, doch ansprechenden Platz unmittelbar zu Füßen eines bewaldeten Hügels in der Nähe eines Baches und im Schatten einer riesigen Birke, die an einer seiner Schmalseiten wuchs. Aus diesem Haus mochte man an einem schläfrigen Sommertag das monotone Murmeln seiner Schüler hören, die über ihren Lektionen hockten, das wie das Summen eines Bienenstockes klang, hin und wieder unterbrochen von der gebieterischen Stimme des Lehrers in einem drohenden oder befehlenden Tonfall – oder auch von dem unangenehmen Klatschen der Birkenrute, wenn er einen trägen Nachzügler auf dem blumenbestreuten Pfad der Weisheit vorantrieb. Um der Wahrheit die Ehre zu geben: Er war ein außerordentlich gewissenhafter Mann, dem stets die goldene Regel vor Augen stand: ›Spare den Stock, und du verdirbst das Kind‹ – deshalb waren Ichabod Cranes Zöglinge ganz und gar nicht verdorben.

Ich kann mir jedoch nicht vorstellen, daß er einer jener Potentaten war, denen die Schmerzen ihrer Untertanen Freude bereiten; im Gegenteil, er übte Gerechtigkeit mit aller gebotenen Umsicht, und nicht mit Strenge, nahm die Last von den Schultern der Schwachen und lud sie den Stärkeren auf. Der schwächliche Junge, der schon beim Anblick der Zuchtrute erbleichte, wurde großmütig verschont, doch dem Verlangen der Gerechtigkeit wurde Genüge getan, indem eine doppelte Portion an einen kleinen, zähen, dickschädeligen holländischen Burschen ausgeteilt wurde, der trotzte und sich aufblies und unter den Schlägen der Birkenrute noch trotziger und widerspenstiger wurde. All dies nannte er ›seine Pflichten gegenüber ihren Eltern erfüllen‹, und er verabreichte niemals eine Strafe ohne den Hinweis – so trostreich für ein vor Schmerzen heulendes Kind –, daß es ›ihm dafür bis ans Ende seiner Tage dankbar sein würde‹.

Wenn die Schulstunden vorüber waren, wurde er sogar zum Vertrauten und Spielgefährten der älteren Jungen, und an freien Nachmittagen begleitete er einige der jüngeren nach Hause, sofern sie hübsche Schwestern oder Mütter mit hausfraulichen Qualitäten besaßen, die ob ihrer guten Küche berühmt waren. In der Tat gab er sich alle Mühe, mit seinen Schülern auf gutem Fuße zu stehen. Das Einkommen, das ihm seine Stellung als Lehrer erbrachte, war recht bescheiden und hätte kaum ausgereicht, ihm sein tägliches Brot zu geben, denn er war ein gewaltiger Esser und besaß trotz seiner hageren Gestalt das Fassungsvermögen einer Anakonda. Um zu seinem Unterhalt beizutragen, wurde er, wie es in jener Gegend Brauch war, in den Häusern der Bauern, deren Kinder er unterrichtete, untergebracht und verköstigt. Er lebte bei jedem von ihnen eine Woche lang und machte so die Runde durch die Nachbarschaft, all seine weltliche Habe in ein Baumwollsacktuch verknotet.

Um nicht für die Börsen seiner ländlichen Gastgeber eine allzu große Last zu werden, die ohnehin dazu neigten, die Kosten des Lehrens als eine schwere Bürde und Schulmeister als nutzlose Drohnen zu betrachten, hatte er verschiedene Wege gefunden, sich nützlich und angenehm zu machen. Gelegentlich half er den Bauern bei den leichteren Arbeiten auf ihrem Hof, so beim Heumachen, dem Ausbessern von Zäunen, dem Tränken der Pferde, dem Heimtrieb der Milchkühe von der Weide, dem Zerkleinern von Feuerholz für den Winter. Er legte auch alle Herrscherwürde und seine Allmacht ab, mit denen er sein kleines Imperium, die Schule, regierte, und gab sich wunderbar sanftmütig und freundlich. Er wurde beliebt bei den Müttern, weil er ihre Kinder streichelte, besonders die jüngsten, und wie ein stolzer Löwe, der großmütig ein Lamm in seinen Pranken hält, saß er oft stundenlang mit einem Kind auf einem seiner Knie, während er mit dem anderen Fuß eine Wiege hin und her schaukelte.

Neben seinen anderen Pflichten oblag ihm auch die Aufgabe eines Sangesmeisters der Gegend, und er nahm gar manchen blanken Schilling dafür ein, die jungen Leute in der Kunst des Psalmodierens zu unterweisen. Es schmeichelte seiner Eitelkeit ungemein, daß er sonntags mit einer Gruppe ausgewählter Sänger seinen Platz vor der Galerie der Kirche einnehmen konnte und dort, wie er annahm, die Predigt des Pastors weit in den Schatten stellte. Sicher ist immerhin, daß seine Stimme deutlich aus dem Chor der Gemeinde hervortönte; und gewisse Tremoli, die heutzutage in der Kirche zu hören sind, wurden an stillen Sonntagvormittagen sogar noch bis zu einer guten halben Meile entfernt, am jenseitigen Ufer des Mühlenteichs vernommen, und sie sollen, der Fama zufolge, aus der Nase Ichabod Cranes gestammt haben. Auf diese Weise kam der ehrenwerte Pädagoge mittels seiner Methode zahlreicher kleiner Improvisationen einigermaßen zurecht und wurde von allen, die nichts von den Plagen der Kopfarbeit wußten, ob seines wunderbar bequemen Lebens beneidet.

Der Schulmeister war normalerweise eine Person von einiger Bedeutung innerhalb der weiblichen Kreise einer ländlichen Gemeinschaft, wurde als eine Persönlichkeit von vornehm-müßiggängerischer Lebenshaltung angesehen, dessen Geschmack und Tätigkeit denen der grobschlächtigen Bauern turmhoch überlegen waren und der, was sein Wissen betraf, lediglich vom Pastor übertroffen wurde. Sein Erscheinen rief deshalb stets ein wenig Unruhe am Teetisch eines Farmhauses hervor und das Auflegen eines zusätzlichen Gedecks mit Kuchen oder Süßigkeiten, oder, so vorhanden, die Zurschaustellung einer silbernen Teekanne. Unser Schriftgelehrter genoß aus diesem Grund das glückliche Lächeln aller ländlichen Damen. Wie erhaben stand er des Sonntags auf dem Kirchhof zwischen ihnen, wenn er Trauben von den wilden Reben pflückte, die sich an den Baumstämmen emporrankten, und ihnen zur Freude die Inschriften der Grabsteine entzifferte, oder, umgeben von einem ganzen Schwarm von ihnen, am Ufer des nahen Mühlenteichs entlangschlenderte, während die Schüchternen unter den Dorftrotteln verlegen grinsend zurückblieben und ihm seine überlegene Eleganz und Haltung neideten.

Aufgrund seiner halbnomadischen Lebensführung war er auch eine Art reisender Zeitung, die den lokalen Klatsch von Haus zu Haus trug, so daß sein Erscheinen immer voller Freude begrüßt wurde. Außerdem war er bei den Frauen als ein Mann von Bildung geschätzt, denn er hatte mehrere Bücher von Anfang bis Ende durchgelesen und kannte besonders gründlich Mathers *Hi-*

*story of New England Witchcraft**, an die er übrigens auch fest glaubte.

Er war, genaugenommen, eine seltsame Mischung aus primitiver Schläue und Gutgläubigkeit. Sein Appetit auf das Wunderbare und seine Kraft, es zu verdauen, waren gleichermaßen außergewöhnlich, und beide waren durch seinen Aufenthalt in diesem verzauberten Landstrich erheblich verstärkt worden. Keine Geschichte war zu unglaublich oder zu abwegig, als daß sein enormer Schlund sie nicht geschluckt hätte. Besondere Freude bereitete es ihm, sich nach Beendigung seiner Unterrichtsstunden auf dem dicken Kleepolster auszustrecken, das sich am Ufer des kleinen Baches befand, der am Schulhaus vorbeimurmelte, und dort immer wieder Mathers unheimliche Berichte zu lesen, bis die bedruckten Seiten in der herabsinkenden Abenddämmerung vor seinen Augen verschwammen. Dann, während er, vorbei an Bachufer und Sumpf und durch erhabenen Wald, zu dem Farmhaus schritt, in dem er gerade logierte, erregte jedes Geräusch der Natur zu dieser geisterhaften Stunde seine aufgewühlte Phantasie: der Ruf des Ziegenmelkers vom nahen Berghang, der unheimliche Schrei einer Baumkröte, jener Verkünderin von Unwetter, das dumpfe Huuh einer Eule oder das plötzliche Rascheln im Unterholz von aufgestörten Vögeln. Und auch die Glühwürmchen, deren Licht gerade an den dunkelsten Stellen am hellsten erschien, ließen ihn hin und wieder zusammenzucken, wenn eines, dessen Licht ungewöhnliche Leuchtkraft besaß, über seinen Weg schwirrte, und wenn, wie es ab und an geschah, ein riesiger Kerl von einem Käfer im Flug gegen ihn stieß, war der arme Tropf nahe daran, seinen Geist aufzugeben, da er von der Vorstellung heimgesucht wurde, vom Amulett einer Hexe getroffen worden zu sein. Seine einzige Rettung bei solchen Gelegenheiten bestand darin, entweder den Gedanken zu unterdrücken, oder, um die bösen Geister zu vertreiben, Psalmen zu singen – und die guten Leute des Verschlafenen Tals, die am Abend vor den Türen ihrer Häuser saßen, wurden oft von einem heiligen Schauer erfüllt, wenn sie seine nasale Stimme von dem fernen Hügel tönen hörten, oder von der im letzten Dämmerlicht liegenden Straße.

---

* *Die Geschichte der Hexerei in Neu England*

Äste über das Haus, neben dem eine Quelle gluckerte und ihr frisches, weiches Wasser in ein kleines Auffangbecken ergoß, das aus einem Faß bestand, bevor es nach glitzerndem Lauf durch das Grasland in einen nahegelegenen Bach floß, der zwischen Erlen und Zwergweiden entlangrauschte. Hart neben dem Haus stand eine Scheune von so gewaltigen Ausmaßen, daß sie als Kirche hätte dienen können, und an allen Ecken und Enden sah man Zeichen vom überquellenden Reichtum des Besitzes: Vom Morgen bis zum Abend hörte man die Schläge der Dreschflegel, Haus- und Uferschwalben schwirrten um die Giebel, und Schwärme von Tauben – von denen einige ein Auge nach oben wandten, als ob sie das Wetter beobachteten, andere ihren Kopf unter einen Flügel steckten oder an ihrem Busen bargen, während andere wiederum sich aufplusterten und gurrten und sich vor ihren Damen verneigten – genossen auf dem Dach das wärmende Licht der Sonne. Glänzend saubere, wohlgenährte Mastschweine grunzten wohlig, während sie in ihren Koben der Ruhe pflogen, aus denen hin und wieder Rotten von Ferkeln hervorschossen, als ob sie die Luft schnuppern wollten. Ein stattliches Geschwader schneeiger Gänse segelte auf dem angrenzenden Weiher und eskortierte einen Konvoi von Enten; Regimenter von Truthühnern pickten auf dem Hof, und Hennen zeterten dazu wie mißgelaunte Hausfrauen. Vor dem Scheunentor stolzierte ein prächtiger Hahn, dieses Sinnbild eines Ehemannes, Kämpfers und Gentleman, schlug mit seinen schimmernden Flügeln und krähte vor Stolz und Lebensfreude – scharrte ab und zu mit seinen Krallen den Boden auf und rief dann seine ewig hungrige Familie von Frauen und Kindern, damit sie der Leckerbissen teilhaftig werden konnten, die er entdeckt hatte.

Dem Pädagogen lief das Wasser im Mund zusammen, als er diese üppige Verheißung einer luxuriösen Winterkost vor Augen sah. Sein gefräßiger Geist sah jedes Ferkel, das auf dem Hof umherlief, gut gefüllt und mit einem Apfel im Maul auf einer Servierplatte liegen; die Tauben waren in weichem Pastetenteig zur Ruhe gebettet und mit einer gut gebräunten Kruste zugedeckt; die Gänse schwammen in ihrem eigenen Fett, und die Enten lagen paarweise in eisernen Pfannen, wie Gatten in ihrem bequemen Ehebett, und bedeckt von einer herzhaften Zwiebelsauce. In den Mastschweinen sah er die glänzenden, geräucherten Speckseiten und saftigen Schinken, und jeder Puter erschien vor seinem geistigen Auge appetitlich angerichtet, den Hals unter einen Flügel gesteckt und vielleicht sogar mit eine Halskrause aus würzigen Würsten; und selbst der stolze Chanticleer-Hahn lag mit ausgestreckten Gliedern auf seinem Rücken, die Klauen himmelwärts gerichtet.

Während der faszinierte Ichabod sich all das vorstellte, als sein Blick über die fetten Wiesen, die reichen Felder voller Weizen, Roggen und Mais schweifte, über die Obstplantagen, deren Bäume unter der Last reifer Früchte einzuknicken drohten, stieg in seinem Herzen die Sehnsucht nach der Maid auf, die diese Schätze eines Tages erben würde, und seine Phantasie erblühte bei der Vorstellung, wie man all diesen Reichtum in Bargeld verwandeln und dieses Geld in immense Flächen wilden Landes investieren und Holzpaläste in der Wildnis erbauen konnte. Ja, seine lebhafte Phantasie war bereits dabei, seine Hoffnungen zu idealisieren und zeigte ihm eine blühende Katrina mit einer ganzen Horde von Kindern auf einem Planwagen, der mit Möbeln und Hausrat beladen war, und an dessen Seiten Töpfe und Tiegel baumelten; und sich selbst sah er auf dem Rücken einer feurigen Stute, hinter der ein Fohlen einhertrabte, beim Aufbruch nach Kentucky, oder Tennessee, oder Gott weiß wohin.

Als er das Haus betrat, wurde sein Herz zur Gänze erobert. Es war eins jener geräumigen Bauernhäuser mit hohem, doch weit herabgezogenem Dach, das in dem von den ersten Siedlern überkommenen Stil errichtet worden war; mit weit vorragendem Giebel, durch den vor dem Hause eine Art Piazza entstand, die bei schlechtem Wetter verschlossen werden konnte. Unter dem hervorragenden Giebel hingen Dreschflegel, Zaumzeuge und andere Gerätschaften sowie die Netze, die zum Fischen im nahen Fluß benutzt wurden. Entlang den Hauswänden befanden sich lange Bänke, auf denen man während des Sommers im Freien sitzen konnte; ein großes Spinnrad am einen Ende und ein Butterfaß am anderen zeigten, auf welch vielfältige Weise diese wichtige Terrasse Verwendung fand. Von ihr aus trat der staunende Ichabod in die Eingangshalle, die den Mittelpunkt des großen Hauses bildete und in der sich der größte Teil des Lebens abspielte. Lange Reihen von Zinngefäßen, die auf einer breiten Anrichte standen, blendeten seine Augen. In einer Ecke stand ein großer Sack voller Wolle, bereit zum Verspinnen, in einer anderen sah er einen Ballen frischgewebten Stoffes; goldene Maiskolben und Schnüre mit gedörrten Äpfeln und Pfirsichen hingen wie fröhliche Girlanden entlang den Wänden, untermischt mit dem kräftigen Rot getrockneter Paprikaschoten; und durch eine halboffene Tür erhaschte er einen Blick in das eleganteste Wohnzimmer, das er jemals gesehen hatte, wo klauenfüßige Stühle und dunkle Mahagonitische wie Spiegel glänzten und Schüreisen neben Kaminschaufel und Kohlezange vor der offenen Feuerstelle an ihren Haken hingen; auf dem Kaminsims sah er eine Sammlung seltener Muschelschalen, und darüber hing eine Anzahl von verschiedenartig gefärbten Vogeleiern an langen Fäden; in der Mitte des Raums baumelte ein großes Straußenei, und in einem Eckschrank, den man wohlweislich offenstehen ließ, befand sich ein wahrer Schatz an altem Silber und Porzellan.

Von dem Augenblick an, als Ichabods Blick auf diese Quellen des Entzückens fiel, war es um seinen Seelenfrieden geschehen, und er dachte nur noch daran, auf welche Weise er die Zuneigung der jungfräulichen Tochter van Tassels erringen konnte. Bei diesem Vorhaben sah er sich jedoch ernsteren Schwierigkeiten gegenüber, als sie ein Ritter vergangener Zeiten zu überwinden gehabt hätte, dessen Gegner nur selten Schlimmeres waren als Riesen, Zauberer, flammenspeiende Drachen und ähnliche leicht zu besiegende Feinde, und der lediglich Tore aus Eisen oder Messing und steinerne Mauern überwinden mußte, um in das Innere der Burg zu gelangen, in der die Dame seines Herzens gefangen saß, was ihm natürlich mit der Leichtigkeit gelang, mit der sich ein Mann aus einer Weihnachtspastete herausschneiden würde, und das reichte, um das Herz besagter Dame zu erringen. Ichabod jedoch mußte das Herz einer ländlichen Schönheit erringen, in dem ein Labyrinth von Launen und Kaprizen lag, das ihm immer wieder neue Hindernisse und Schwierigkeiten in den Weg legen würde, und er mußte sich einer Horde mächtiger Gegner stellen, die aus Fleisch und Blut bestanden: den zahlreichen ländlichen Verehrern, die vor jeder Pforte ihres Herzens lauerten, einander mißtrauisch und eifersüchtig bewachend, jedoch allzeit bereit, sich gemeinsam auf jeden neuen Bewerber zu stürzen.

Der stärkste von ihnen war ein muskulöser, lauter, prahlerischer Kerl namens Abraham, oder, nach der holländischen Abkürzung, Brom van Brunt, der Held der ganzen Gegend, in der seine Abenteuer voller Kraft und Wagemut Legende waren. Er war groß und breitschulterig, hatte kurzes, gelocktes, schwarzes Haar und ein zwar grobgeschnittenes, doch nicht unsympathisches Gesicht, dessen Ausdruck eine Mischung von Humor und Arroganz spiegelte. Aufgrund seiner herkulanischen Statur und seiner enormen Körperkraft hatte man ihm den Spitznamen ›Knochen-Brom‹ verliehen, unter dem er allgemein bekannt war. Er war berühmt für seine Reitkunst und sein großes Wissen über Pferde und saß so sicher im Sattel wie ein Tatar. Er war der Sieger in allen Rennen und Schlägereien und, mit dem Prestige, das körperliche Kraft in ländlichen Kreisen mit sich bringt, der bei allen Streitigkeiten angerufene Schiedsrichter, und gab, den Hut schräg in die Stirn gezogen, sein Urteil in einem Tonfall und einer Haltung ab, die keinen Widerspruch duldeten. Er war zu jeder Zeit zu einem Kampf oder einem Spaß bereit, sein Naturell war jedoch mehr jungenhaften Streichen als Bösartigkeit zugeneigt, und hinter all seiner überschäumenden Wildheit verbarg sich ein starker Zug zu spitzbübischer Gutherzigkeit. Er hatte drei oder vier enge Freunde, die in ihm ihr Vorbild sahen, und an deren Spitze er durch die Lande zog und in einem Umkreis von vielen Meilen bei jeder Schlägerei und jedem Spaß sofort dabei war. Während des Winters war er an seiner Pelzkappe zu erkennen, die von einem wehenden Fuchsschwanz gekrönt wurde, und wenn die Menschen diese wohlbekannte Kopfzier bei irgendeiner ländlichen Versammlung inmitten einer Gruppe von heranstürmenden Reitern entdeckten, traten sie in Erwartung kommender Ereignisse vorsichtig zur Seite. Manchmal hörte man ihn und seine Gefährten um Mitternacht schreiend und lachend an den Häusern vorbeigaloppieren wie eine Horde Kosaken, und die alten Frauen, aus dem Schlaf gerissen, lauschten einen Moment lang auf das Lärmen und sagten dann: »Ja, das ist Knochen-Brom mit seiner Meute!« Die Nachbarn betrachteten ihn mit einer Mischung aus Furcht, Bewunderung und Humor, und wenn sie von irgendeinem wilden Streich oder einer Schlägerei in der Nähe hörten, schüttelten sie den Kopf und schworen, daß Knochen-Brom dahintersteckte.

Dieser ländliche Held hatte seit einiger Zeit die blühende Katrina zum Gegenstand seiner rohen Galanterien erkoren, und obwohl seine Liebesgesten den Zärtlichkeiten eines Bären glichen, wurde doch geflüstert, daß Katrina seine Bemühungen doch nicht geradeheraus zurückwies. Auf jeden Fall waren sie für seine Rivalen ein Signal, sich zurückzuziehen, da sie keinerlei Neigung verspürten, den Pfad eines liebestrunkenen Löwen zu kreuzen, und seit man an einem Sonntagabend sein Pferd vor dem Haus der van Tassels angepflockt stehen gesehen hatte, ein sicheres Zeichen, daß sein Herr auf Freiersfüßen ging, steckten alle anderen Bewerber ihre Hoffnung auf und sahen sich nach anderen Weidegründen um.

Das war der mächtige Rivale, mit dem Ichabod Crane fertig werden mußte, und vor dem, wenn man ehrlich sein will, selbst ein kräftiger Mann zurückgescheut und ein klügerer verzweifelt wäre. In Ichabods Natur mischten sich jedoch auf eine glückhafte Art Geschmeidigkeit und Hartnäckigkeit; er war in Gestalt und Geist wie eine Weidengerte: nachgiebig, doch kräftig, und obwohl er sich bog, brach er nie; und auch wenn er selbst dem geringsten Druck nachgab, war er, sowie der Druck verschwunden war – *schnapp!* – wieder aufrecht und trug den Kopf so hoch wie zuvor.

Sich seinem Rivalen offen zu stellen, wäre Wahnsinn gewesen, denn Brom war nicht der Mann, dem man sich in Verfolgung seiner Passion in den Weg stellte, genausowenig wie dem stürmischen Liebhaber Achilles. Deshalb griff Ichabod zu einer Taktik ruhiger, freundlicher Andeutungen. Hinter der Maske seiner Aufgabe als Sangesmeister machte er häufig Besuche im Haus der van Tassels. Dabei hatte er keinerlei Behinderung von seiten der Eltern zu befürchten, deren Einmischung so oft unüberwindliche Hindernisse in den Weg von Liebenden legt. Balt van Tassel war eine verständnisvolle, nachsichtige Seele; er liebte seine Tochter sogar noch mehr als seine Pfeife und ließ ihr, als vernünftiger Mann und hervorragender Vater, in allem ihren Willen. Seine kleine Frau hatte genug damit zu tun, ihren Haushalt in Ordnung zu halten und nach dem Geflügel zu sehen, denn Enten und Gänse sind, wie sie weise bemerkte, sehr dumme Kreaturen, auf die man ständig aufpassen muß, während Mädchen selbst auf sich aufpassen können. Während diese Dame also geschäftig im Hause wirkte oder an ihrem Spinnrad an einem Ende der Piazza Wolle zu Fäden spann, saß der brave Balt am anderen Ende, rauchte seine Abendpfeife und blickte zu dem kleinen, hölzernen Krieger hinauf, der mit einem Schwert in jeder Hand auf dem Scheunendach stand und tapfer gegen den Wind ankämpfte. Währenddessen verfolgte Ichabod seine Ziele bei der Tochter des Hauses, saß neben ihr bei der Quelle unter der großen Platane oder schlenderte mit ihr durchs Dämmerlicht, jener Stimmung, die der Eloquenz eines Liebenden so förderlich ist.

Ich gestehe ein, daß ich nicht weiß, wie man das Herz einer Frau umgarnt und gewinnt. Für mich sind Frauen immer ein Gegenstand der Rätselhaftigkeit und der Bewunderung gewesen. Manche von ihnen scheinen nur eine einzige verwundbare Stelle zu besitzen, einen einzigen Zugang, während bei anderen tausend Wege zum Ziel führen und man sie auf tausenderlei verschiedene Arten erobern kann. Es ist ein großer Triumph, die ersteren zu gewinnen, doch stellt es einen noch größeren Beweis umfassenden Könnens dar, die letzteren zu besitzen, da der Mann seine Festung an jedem Tor und an jedem Fenster bestürmen muß. Er, der eintausend gewöhnlicher Herzen erobert, ist deshalb eines gewissen Ruhmes wert; der jedoch, dem es gelingt, das Herz einer koketten Frau völlig in seine Gewalt zu bringen, ist in der Tat ein Held. Dies war aber ganz sicher nicht der Fall bei dem gewaltigen Knochen-Brom; und von dem Augenblick an, wo Ichabod Crane auf der Bildfläche erschien, ließ das Interesse Broms spürbar nach; sein Pferd stand am Sonntagabend nicht mehr vor dem Haus, und allmählich entwickelte sich eine bittere Fehde zwischen ihm und dem Präzeptor des Verschlafenen Tals.

Brom, in dessen Naturell ein gewisses Maß rustikaler Ritterlichkeit vorhanden war, hätte die Sache am liebsten in einer offenen Feldschlacht ausgetragen und den Besitz der Lady ein für allemal nach den Regeln jener kurzen, bündigen Gepflogenheiten der Ritter vergangener Epochen sichergestellt: durch einen Zweikampf; doch Ichabod war sich der enormen körperlichen Überlegenheit seines Gegenspielers zu sehr bewußt, um sich in die Reihe derer zu stellen, die sich gegen ihn auflehnten: Er hatte gehört, wie Knochen-Brom damit geprahlt hatte, ›einen Knoten in den Schulmeister zu schlagen und ihn in seinem eigenen Schulhaus auf ein Regalbrett zu legen‹, und er war zu wachsam, um ihm eine Gelegenheit zu geben, seine Worte wahrzumachen. In seinem hartnäckig pazifistischen System lag etwas ungemein

Provozierendes; er ließ Brom keine andere Wahl, als auf den Fundus derben ländlichen Humors zurückzugreifen, der ihm zur Verfügung stand, und sein Rivale wurde so zum Ziel rauher Späße durch Knochen-Brom und seine Horde wilder Reiter. Sie brachen in seine bis dahin friedvollen Domänen ein, räucherten seine Gesangsklasse aus, brachen nächtens ins Schulhaus ein, trotz dessen genialer Sicherungen durch Weidenrute und Fenstersperren, und stellten alles auf den Kopf, so daß der arme Schulmeister sich keine andere Erklärung wußte, als daß sämtliche Hexen des Landstriches hier ihren Sabbat abgehalten hatten. Noch schlimmer aber war, daß Brom jede Gelegenheit wahrnahm, ihn vor der Dame seines Herzens lächerlich zu machen; so richtete er einen Mischlingshund dazu ab, auf die lächerlichste Art zu winseln und zu jaulen und stellte ihn ihr als Ichabods Rivalen bei ihrem Unterricht in der Kunst des Psalmodierens vor.

Auf diese Weise ging es einige Zeit, ohne daß sich ein greifbares Resultat in der relativen Situation der streitenden Mächte abzeichnete. An einem klaren Herbstnachmittag saß Ichabod in nachdenklicher Stimmung auf dem hohen Hocker, von wo aus er gewöhnlich alle Bereiche seines kleinen literarischen Reichs zu überblicken pflegte. In seiner Hand schwenkte er ein Lineal, dieses Szepter despotischer Macht; die Birkenrute, Instrument der Gerechtigkeit, ruhte auf drei in die Wand geschlagenen Nägeln hinter seinem Thron, eine ständige Warnung an Missetäter, während auf dem Pult vor ihm alle mögliche Kontrabande und verbotene Waffen ruhten, die er in Taschen und Hosenbünden lernfauler Bengel entdeckt hatte, wie halbgegessene Äpfel, Pusterohre, Gummischleudern und ganze Legionen kleiner Papierkrampen. Anscheinend war es kürzlich zu einer Strafaktion gekommen, denn seine Zöglinge saßen alle eifrig über ihre Bücher gebeugt und flüsterten verstohlen hinter ihrer Deckung, ein Auge wachsam auf den Lehrer gerichtet; und eine Art summender Stille lag über dem Klassenzimmer. Sie wurde durch das Auftauchen eines Negers unterbrochen, der eine ausgefranste Jacke und Hose trug und auf dem Kopf das Fragment eines rundkrempigen Hutes, der wie die Kappe Merkurs aussah. Er saß auf dem Rücken eines zerzausten, halbgezähmten Fohlens, den er mit einem Kopfzaum aus verknoteten Stricken dirigierte. Er kam zur Schultür getrabt und übermittelte Ichabod eine Einladung zu einem Fest, das an diesem Abend im Haus Mynheer van Tassels stattfinden sollte; und nachdem er seine Botschaft mit dem Ausdruck von Wichtigtuerei und dem Bemühen um eine vornehme Sprache, die Neger bei nebensächlichen Botengängen an den Tag zu legen pflegen, übermittelt hatte, setzte er über den Bach, und man sah ihn das Tal entlangpreschen, erfüllt von der Wichtigkeit und Dringlichkeit seiner Mission.

Jetzt war es um jede Ruhe geschehen in dem bis dahin so stillen Schulzimmer. Die Schüler wurden durch ihre Lektionen gehetzt, ohne daß der Lehrer sich von Details aufhalten ließ; geschickte Schüler drückten sich mit ungewohnter Dreistigkeit vor der Hälfte der Aufgaben, und solche, die schwer von Begriff waren, wurden durch eine Ermunterung auf den Hintern zu größerer Eile angetrieben. Bücher wurden zur Seite geworfen, ohne daß sich jemand die Mühe machte, sie auf die Regalbretter zu stellen, Tintenfässer wurden umgeworfen, Bänke umgestürzt, und die Schüler wurden eine Stunde vor der Zeit in die Freiheit entlassen, stürmten wie eine Legion junger Waldschrate hinaus, tobten aus Freude über ihre vorzeitige Befreiung johlend und schreiend über den Rasen.

Der gute Ichabod widmete sich jetzt zumindest eine halbe Stunde lang seiner Toilette, bürstete und preßte seinen besten – und einzigen – Anzug aus abgeschabtem schwarzen Tuch, und verschönte seine äußere Erscheinung vor der Scherbe eines zerbrochenen Spiegels, der an der Rückwand des Schulzimmers hing. Um den Auftritt vor der Dame seines Herzens wie ein Kavalier zu gestalten, lieh er sich ein Pferd von dem Bauern, bei dem er zur Zeit logierte, einem cholerischen alten Holländer namens Hans van Ripper, und so, hoch zu Roß, brach er auf wie ein Ritter zur Suche nach Abenteuern.

Doch an dieser Stelle sollte ich, im wahren Geist romantischer Geschichten, eine Beschreibung von Aussehen und Ausrüstung unseres Helden und seines Pferdes geben. Das Tier, auf welchem er saß, war ein abgetriebener Ackergaul, der alles eingebüßt hatte außer seiner Aggressivität. Er war knochig und struppig, hatte einen kurzen Hals und einen Kopf, der wie ein Hammer aussah; seine rostfarbene Mähne und sein Schwanz wirkten zerrupft und saßen voller Kletten; bei einem Auge fehlte die Pupille, und es sah aus wie mattes Glas, doch das andere glänzte, als ob der Teufel selbst dahinter steckte. Trotzdem mußte er in seinen guten Jahren voller Feuer und Kraft gewesen sein, wenn man von seinem Namen ausgehen will, der ›Schießpulver‹ lautete. Er war tatsächlich einmal das Lieblingspferd seines Herrn gewesen, des cholerischen Hans van Ripper, der ein wilder Reiter war und sehr wahrscheinlich etwas von seinem Naturell auf das Pferd übertragen hatte, denn, so alt und abgetrieben es auch aussehen mochte, lauerten in ihm noch immer mehr Teufel als in jedem jungen Fohlen des Landes.

Ichabod war der passende Reiter für so ein Pferd. Er ritt mit kurzen Steigbügelriemen, die seine Knie fast bis zur Sattelkruppe empordrückten; seine knochigen Ellenbogen wirkten so eckig wie die eines Grashüpfers, er hielt die Reitgerte senkrecht in der Hand wie ein Szepter, und als der Gaul ihn in plumpem Trab durchschüttelte, wedelten seine Arme wie ein Paar schwarzer Schwingen. Eine kleine Wollkappe saß auf seinem Nasenrücken und verdeckte seine unerhebliche Stirn; und die Schöße seines schwarzen Rockes wehten hinter ihm her über der Kruppe des Pferdes. Solcher Art war das Erscheinungsbild Ichabods und seines Pferdes, als sie den Hof Hans van Rippers verließen, und es war ein Anblick, wie er einem bei hellem Tageslicht nicht oft vergönnt ist.

Es war, wie ich bereits sagte, ein klarer Herbsttag, der Himmel war wolkenlos und blau, und die Natur trug die üppige, goldene Livree, die man immer mit der Vorstellung von Überfluß verbindet. Die Wälder hatten sich in gedeckte Herbstfarben von Braun und Gelb gekleidet, während das Grün einiger empfindlicherer Bäume von ersten Frösten in flammendes Orange, Purpur und Brandrot verwandelt worden war. Die ersten Schwärme von Wildenten zogen über den Himmel, aus dem Geäst der Eichen und Hickorybäume hörte man das Fiepen von Eichhörnchen, und von den nahen Stoppelfeldern hin und wieder das klagende Pfeifen einer Wachtel.

Die kleineren Vogelarten nahmen ihr Abschiedsmahl ein. Im Übermut ihrer Feier flatterten sie piepsend von Gebüsch zu Gebüsch, von Baum zu Baum, ausgelassen ob der Üppigkeit und Vielfalt, mit denen ihr Tisch gedeckt war. Da gab es das ehrliche Rotkehlchen, die bevorzugte Beute angehender Jäger, mit seinem lauten, zeternden Ruf; und die schwatzhaften Amseln, die in zobelfarbenen Wolken aufstoben; und den goldgeflügelten Specht mit seiner tiefroten Brust, seinem schwarzen Hals und prächtigen Gefieder; und den Zedernvogel mit seinen roten Flügelenden und der gelben Schwanzspitze; und den blauen Häher, diesen Schreihals, mit seiner fröhlich-hellblauen Jacke und dem weißen Unterzeug, der ununterbrochen rief und zwitscherte, sich ständig nach allen Seiten bückte und verneigte und so tat, als ob er mit jedem Sänger des Gehölzes auf gutem Fuße stünde.

Während Ichabod durch das Land trabte, schweifte sein Blick, jederzeit offen für jedes Symptom kulinarischer Üppigkeit, voller Entzücken über die Schätze des Herbstes. Zu allen Seiten entdeckte er riesige Vorräte von Äpfeln, von denen ein Teil noch als schwere Last an den Zweigen der Bäume hing, ein anderer bereits in Körbe und Fässer gesammelt war, bereit, zum Markt gebracht zu werden; ein weiterer Teil lag zu riesigen Haufen geschichtet, um in den Mostpressen verarbeitet zu werden. Ein Stück entfernt sah er die weiten Maisfelder, auf denen goldene Kolben zwischen den grünen Schutzblättern hervorquollen, voller Verheißung auf Kuchen und Puddings; und unter ihnen lagen die gelben Kürbisse, ihre hellen, runden Bäuche der Sonne zugewandt, und eröffneten ihm die Aussicht auf wunderbare Pasteten; und kurz darauf ritt er an duftenden Buchweizenfeldern vorbei, atmete den Geruch von Bienenstöcken ein, und als er ihrer ansichtig wurde, sah er vor seinem geistigen Auge zarte Pfannkuchen, von der kleinen Hand Katrina van Tassels mit schmelzender Butter bestrichen und mit Honig oder Sirup garniert.

Während er so seinen Geist mit vielen süßen Gedanken und ›zuckerigen Vorstellungen‹ fütterte, ritt er über eine Reihe von Hügeln, die einige der schönsten Szenerien an den Ufern des mächtigen Hudson-Stroms überblicken. Die Sonne rollte ihre breite Scheibe langsam zum westlichen Horizont hinab. Der weite Busen des Tappan Zee lag reglos und glasklar, nur hier und dort kräuselten winzige Wellen die glatte Wasserfläche und verlängerten die blauen Schatten des fernen Berges. Ein paar kleine, bernsteinfarbene Wolken schwebten am Himmel, und kein Luftzug wehte, der sie weitertrieb. Der Horizont hatte eine zartgoldene Tönung angenommen, die langsam zu einem reinen Apfelgrün wechselte, das über alle Nuancierungen zum tiefen Blau des

Himmelszentrums überging. Ein schräg herabfallender Sonnenstrahl beleuchtete die bewaldeten Flanken der Hügel, die stellenweise zum Flußufer hin abfielen, und verlieh den dunklen Grau- und Purpurtönen ihrer felsigen Partien größere Tiefe. Eine Schaluppe lag in einiger Entfernung auf dem Wasser und wurde von der Strömung langsam flußabwärts getrieben; ihre Segel hingen nutzlos am Mast, und mit den Reflexionen des Himmels auf dem unbewegten Wasser schien das Boot in der Luft zu schweben.

Es wurde bereits Abend, als Ichabod das Haus Mynheer van Tassels erreichte, in dem sich bereits die Crème und die Blüte des ganzen Landstriches drängte. Alte Bauern, eine hagere, ledergesichtige Rasse, in Anzügen aus selbstgesponnener und -gewebter Wolle, blauen Strümpfen, riesigen Schuhen, und prächtigen Gürtelschnallen aus Messing. Ihre kleinen, grauhaarigen Damen, in enganliegenden Hauben, wadenlangen Röcken, unter denen die Unterröcke aus selbstverarbeiteter Wolle hervorsahen, und an deren Gürteln bunte Beutel, Scheren und Nadelkissen hingen. Vollbusige Mädchen, fast so antiquiert gekleidet wie ihre Mütter, mit Ausnahme derer, denen ein Strohhut, ein helles Band im Haar oder vielleicht ein weißes Kleid einen Anflug städtischer Modernität verlieh. Die Söhne, in kurzen, gerade geschnittenen Jacken mit Reihen glänzender Messingknöpfen, das Haar zumeist zu einem Nackenzopf geflochten, wie es der Mode jener Zeit entsprach, besonders, wenn sie eine Aalhaut besaßen, die sie als Futteral für diese Zier verwenden konnten und die außerdem landauf, landab als wirksames Ernährungs- und Stärkungsmittel für das Haar bekannt war.

Knochen-Brom war jedoch der Held der Szene; er war auf seinem Lieblingspferd Wagehals zum Haus der van Tassels gekommen, einem Tier, das gleich ihm voller Kraft und Bösartigkeit steckte, und das kein anderer als Brom im Zaum halten konnte. Er war sogar bekannt dafür, daß er boshaften Pferden, die alle möglichen Tricks anwandten und den Reiter ständig in Gefahr brachten, sich den Hals zu brechen, den Vorzug gab, da er ein ruhiges, gut eingerittenes Pferd seiner Unternehmungslust für unwürdig hielt.

Hier möchte ich den Fluß dieser Geschichte unterbrechen, um mich der Welt von Schönheit zuwenden zu können, die sich dem faszinierten Auge meines Helden bot, als er das Haus van Tassels betrat. Damit meine ich nicht die Reihen vollbusiger Mädchen in ihren feinsten Feiertagsroben, sondern die üppige Schönheit einer echt holländischen ländlichen Teetafel zur reichen Zeit des Herbstes. Welche Fülle überquellender Platten von Kuchen der verschiedensten und beinahe unbeschreiblichen Arten, wie sie nur erfahrene holländische Hausfrauen hervorbringen können! Da gab es die weichen Doughnuts, die noch zarteren *oly koek*, und die knusprigen, krümelnden Plätzchen, süße Kuchen und Torten, Ingwerkuchen und Honigkuchen, und was sonst noch gebacken werden konnte. Daneben gab es auch noch Apfelpasteten und Pfirsichpasteten und Kürbispasteten und saftige Scheiben von Schinken und geräuchertem Speck sowie Schüsseln mit herrlichen eingekochten Pflaumen und Pfirsichen und Birnen und Quitten, gar nicht zu reden von gekochtem Fisch und gegrillten Hähnchen, dazu Krüge mit Milch und Sahne, und im Zentrum dieser Herrlichkeiten, die in malerischem Durcheinander auf der langen Tafel standen, prangte die mütterlich bauchige Teekanne und schickte ihre Dampfwolken in die Luft! – Der Himmel möge sie segnen! Ich wünschte mir genügend Atem und Zeit, um dieses Bankett mit der Muße beschreiben zu können, die es verdient, und brenne gleichzeitig darauf, mit meiner Geschichte fortfahren zu können. Glücklicherweise befand Ichabod Crane sich nicht so in Eile wie dieser Historiker, sondern tat allen Köstlichkeiten der Tafel alle Ehre an.

Er war ein freundlicher und dankbarer Mensch, dessen Herz sich in Proportion zu seinem Leib weitete und sich durch Essen mit Frohsinn erfüllte wie das anderer Menschen durch das Trinken. Er konnte auch nicht verhindern, daß seine Augen auf ständiger Wanderschaft waren, während er aß, und daß er leise vor sich hin lachte angesichts der Möglichkeit, eines Tages der Herr dieser Szene unvorstellbaren Luxus' und unvorstellbarer Pracht zu sein. Dann dachte er, wie bald er dem alten Schulhaus den Rücken wenden würde, die Finger vor dem Gesicht Hans van Rippers und jedem der anderen geizigen Bauern schnippen und jeden umherziehenden Pädagogen aus der Tür werfen würde, der es wagte, ihn Kollege zu nennen!

Der alte Baltus van Tassel bewegte sich unter seinen Gästen, und sein Gesicht strahlte Zufriedenheit und gute Laune aus.

Seine gastgeberischen Aufmerksamkeiten waren knapp, doch ausdrucksvoll, beschränkt auf einen Handschlag, ein Schulterklopfen, ein lautes Lachen und eine herzliche Einladung, sich zu bedienen und zuzugreifen.

Und jetzt rief Musik aus der Halle zum Tanz. Der Musiker war ein alter, grauhaariger Neger, der seit mehr als einem halben Jahrhundert im ganzen Landstrich das wandernde Orchester war. Sein Instrument war so alt und abgenutzt wie er selbst. Meistens kratzte er nur auf zwei oder drei Saiten herum, wobei er jeden Strich seines Bogens mit einem Kopfnicken begleitete; und er verneigte sich fast bis zum Boden und stampfte mit dem Fuß auf, wenn immer ein neues Paar auf die Tanzfläche trat.

Ichabod hielt sich für einen genauso guten Tänzer wie Sänger. Nicht ein Körperglied, kein Muskel und keine Sehne waren auch nur eine Sekunde lang in Ruhe, und wenn man seinen schlaksigen, hageren Körper in voller Aktion durch den Raum wirbeln sah, konnte man glauben, Sankt Veit, diesen gesegneten Patron des Tanzes, selbst vor sich zu haben. Er war der Gegenstand stummer Bewunderung sämtlicher Neger, die vom Hof und aus der ganzen Nachbarschaft herbeigeströmt waren, jetzt wie schwarze Pyramiden vor allen Türen und Fenstern standen, voller Entzücken auf die Szene starrten, ihre weißen Augäpfel rollten und in einem vom einen Ohr zum anderen reichenden Grinsen Reihen elfenbeinweißer Zähne entblößten. Wie konnte dieser Prügler kleiner Jungen auch anders sein als ausgelassen und fröhlich, wenn seine Tanzpartnerin die Dame seines Herzens war, die seine verliebten Blicke mit freundlichem Lächeln beantwortete, während Knochen-Brom wütend und eifersüchtig allein in einer Ecke saß.

Als der Tanz zu Ende war, fühlte Ichabod sich von einer Gruppe weiserer Menschen angezogen, die mit dem alten Mynheer van Tassel rauchend an einem Ende der Piazza saßen, über vergangene Zeiten sprachen und lange Geschichten vom Krieg erzählten.

Diese Gegend war zu der Zeit, über die ich spreche, einer der Orte, die voller historischer Berichte und großer Männer war. Während des Krieges war hier die Front zwischen den englischen und amerikanischen Heeren verlaufen, und das Land hatte deshalb Kämpfe und Plünderung erlebt, war von Flüchtlingen und

Cowboys überschwemmt und von den üblichen Plagen eines Grenzlandes heimgesucht worden. Es war jetzt gerade genug Zeit verstrichen, daß jeder Erzähler seine Geschichte mit einigen passenden Zutaten garnieren und in der verblaßten Erinnerung sich selbst zum Helden jeder Kriegstat machen konnte.

Da gab es die Geschichte von Doffue Martling, einem großen, weißbärtigen Holländer, der mit einer alten eisernen Neunpfünder-Kanone von einer Lehm-Brustwehr aus beinahe eine britische Fregatte in den Grund gebohrt hätte, wenn ihr Rohr nicht beim sechsten Schuß geborsten wäre. Und da gab es einen alten Gentleman, dessen Name ungenannt bleiben soll, weil er ein zu reicher Mynheer ist, um leichtfertig erwähnt zu werden, der während der Schlacht von Whiteplains – da er ein Meister in der Kunst der Verteidigung war – eine Musketenkugel mit einem kurzen Säbel abgewehrt hatte, zumindest jedoch absolut sicher war, sie an der Klinge entlangrauschen und gegen den Knauf schlagen gespürt zu haben, wo sie eine kleine Delle hinterließ; als Beweis für die Wahrheit seiner Geschichte erbot er sich, jederzeit den Säbel vorzuzeigen, der am Knauf eine kleine Delle aufwies. Es gab noch einige weitere, die sich auf dem Feld der Ehre genauso tapfer geschlagen hatten, von denen jeder einzelne sich zu dem Geständnis überreden ließ, daß er erheblich dazu beigetragen habe, den Krieg zu einem glücklichen Ende zu bringen.

All dies war jedoch nichts im Vergleich zu den Erzählungen von Geistern und Erscheinungen, die sich daran anschlossen. Der Landstrich war reich an legendären Schätzen dieser Art. Lokale Märlein und Aberglauben gedeihen am besten in solchen geschützten, lange etablierten Nischen, werden jedoch von der ständig umherziehenden Masse, welche die Bevölkerung der meisten unserer ländlichen Bezirke bildet, mit den Füßen zertrampelt. Außerdem werden Geister in den meisten unserer Dörfer nicht gerade ermutigt, denn sie haben kaum Zeit, ihren ersten Schlummer hinter sich zu bringen und sich in ihren Gräbern umzudrehen, bevor ihre überlebenden Freunde aus der Gegend fortziehen, so daß, wenn sie nächtens aus ihren Gräbern steigen, um ihre Runden zu machen, keine Bekannten mehr da sind, die sie aufsuchen können. Das mag der Grund dafür sein, daß wir so selten von Geistern hören, außer aus unseren seit langem bestehenden holländischen Gemeinden.

Die unmittelbare Ursache für das Vorherrschen übernatürlicher Geschichten in diesem Landstrich war jedoch seine direkte Nachbarschaft zum Verschlafenen Tal. Es lagen ansteckende Keime in der Luft, die von jener verzauberten Region herüberwehte; sie atmete eine Atmosphäre von Träumen und Phantasien aus, die das ganze Land infizierte. Einige der Einwohner des Verschlafenen Tals waren bei van Tassels Fest anwesend und gaben, wie gewohnt, ein paar ihrer wilden, wunderbaren Legenden zum besten. Es wurden viele düstere Geschichten von Leichenzügen erzählt, von Verzweiflungsschreien und Trauerklagen, die man bei dem großen Baum gesehen und gehört hatte, unter dem der arme Major André gefangengenommen worden war. Jemand erwähnte auch die Frau in Weiß, die in dem dunklen Hain bei Raven Rock spukte, und die man oft in Winternächten vor dem Ausbruch eines Unwetters schreien hörte, da sie dort in einem Schneesturm umgekommen war. Das Hauptthema der Geschichten war jedoch, wie es sich ergab, wieder das Lieblingsgespenst des Verschlafenen Tals, der kopflose Reiter, den man in letzter Zeit mehrere Male gehört hatte, wie er durch das Land patrouillierte und danach, wie behauptet wurde, sein Pferd Nacht für Nacht zwischen den Gräbern des Kirchhofes angebunden hatte.

Die einsame Lage dieser Kirche schien sie seit eh und je zu einem Refugium in Not geratener Geister gemacht zu haben. Sie steht auf einem kleinen Hügel, umgeben von Akazien* und hohen Platanen, zwischen denen ihre weißgetünchten Wände bescheiden hervorschimmern wie christliche Unbeflecktheit aus den Schatten der Sünde. Ein sanfter Hang neigt sich von ihr zu einem silberigen Gewässer, das von hohen Bäumen umstanden ist, zwischen denen man zu den blauen Bergen des Hudson hinüberblicken kann. Wenn man auf den grasbewachsenen Kirchhof blickt, wo selbst die Sonnenstrahlen still zu schlafen scheinen, könnte man annehmen, daß dort auch die Toten in Frieden ruhen müßten. Zu einer Seite der Kirche zog sich ein langgestrecktes, schmales Tal hin, durch das sich ein schäumender Bach zwischen zerborstenen Felsen und angeschwemmtem Holz entlangschlängelte. Über eine tiefe, dunkle Stelle des Baches, nicht weit von der

* Locust trees = sog. Falsche Akazie. – *Anm. d. Red.*

Kirche entfernt, war ein hölzerner Steg geschlagen worden, über den damals die Straße geführt hatte; tiefe Schatten von überhängenden Bäumen fielen auf diese Stelle, die dadurch selbst während der Tageszeit in einem unheimlichen Dunkel lag, bei Nacht jedoch von völliger Finsternis eingehüllt wurde. Dies war einer der bevorzugten Schlupfwinkel des kopflosen Reiters und der Ort, an dem man ihm am häufigsten begegnen konnte. Die Geschichte wurde von dem alten Brouwer erzählt, dem größten Skeptiker, der alle Geistergeschichten mit Unglauben quittierte; er berichtete, wie er einmal dem kopflosen Reiter begegnete, als er von einem Besuch im Verschlafenen Tal zurückkehrte, und von dem Gespenst gezwungen worden war, hinter ihm aufzusitzen, und wie sie durch die Nacht galoppiert waren, über Stock und Stein, über Berge und Sümpfe, bis sie die Brücke erreichten, und wie der Reiter sich plötzlich in ein kopfloses Skelett verwandelt, den alten Brouwer in den Bach geworfen und unter Donnerhall über die Baumwipfel hinweg davongesprengt war.

Diese Geschichte wurde sofort von einem Bericht Knochen-Broms über ein noch aufregenderes Abenteuer gefolgt, der sich über den Galoppierenden Hessen lustig machte und ihn als einen herumstreunenden Jockey abtat. Er erzählte, daß er einst, bei seiner Rückkehr aus dem benachbarten Dorf Sing Sing von diesem mitternächtlichen Reisigen eingeholt worden sei, ihm ein Rennen um einen Krug Punsch angeboten habe und es sicher auch gewonnen hätte, da Wagehals das knochige Pferd ohne Anstrengung schlug, doch in dem Augenblick, als sie die Brücke bei der Kirche erreichten, habe der Hesse sein Pferd plötzlich emporgerissen und sei in einem grellen Feuerblitz verschwunden.

Alle diese Erzählungen, die in dem trägen Tonfall vorgetragen wurden, mit dem Männer nach Dunkelwerden sprechen, wenn die Gesichter der Zuhörer nur hin und wieder von der Glut einer Pfeife erhellt werden, sanken tief in das Bewußtsein Ichabods ein. Er revanchierte sich mit langen Zitaten aus dem Werk seines Lieblingsautors, Cotton Mather, und fügte ihnen viele erstaunliche Geschichten hinzu, die sich in seinem Heimatstaat Connecticut zugetragen hatten, und Berichte über unheimliche Erscheinungen, die er während seiner nächtlichen Wanderungen durch das Verschlafene Tal beobachtet hatte.

Das Fest näherte sich allmählich seinem Ende. Die alten Bauern riefen ihre Familien zusammen und gingen zu ihren Wagen, und man hörte noch einige Zeit das Stampfen der Pferdehufe und das Rumpeln der Räder auf der Straße, die durch das Tal und zu den Hügeln hinaufführte. Einige der Mädchen schwangen sich hinter ihren favorisierten Burschen auf die Kruppen der Pferde, und ihr fröhliches Lachen, das sich in das Poltern der Hufe mischte, hallte durch die stillen Wälder, erklang schwächer und schwächer, bis es schließlich erstarb – und der Schauplatz geräuschvoller Fröhlichkeit wieder still und verlassen lag. Ichabod war jedoch zurückgeblieben, wie es bei ländlichen Liebhabern üblich war, um mit der Erbin noch allein sprechen zu können, fest überzeugt, daß er sich inzwischen auf der Straße des Erfolges befand. Was zwischen den beiden bei dieser Gelegenheit gesprochen wurde, kann ich nicht sagen, weil ich es nicht weiß. Irgend etwas, fürchte ich, muß dabei jedoch schiefgegangen sein, denn er verließ wenig später den Hof, wobei er äußerst enttäuscht und geknickt wirkte. Oh, diese Frauen! Diese Frauen! Hatte das Mädchen ihn zum Opfer ihrer Koketterie gemacht? – War ihre Ermutigung des armen Pädagogen nichts anderes als eine Finte gewesen, durch die sie seinen Rivalen erobern wollte? – Nur der Himmel mag es wissen, ich weiß es nicht! – Lassen wir es genug sein mit der Feststellung, daß Ichabod sich fortstahl in der Haltung eines Mannes, der einen Hühnerstall ausgeraubt, und nicht wie einer, der das Herz einer Dame gestohlen hat. Ohne links oder rechts zu sehen, um sich an dem Anblick ländlichen Wohlstands zu erfreuen, den er so oft mit seinen Blicken verschlungen hatte, ging er direkt zum Stall und trieb sein Pferd mit einigen kräftigen Schlägen und Tritten auf unsanfte Weise von seinem bequemen Lager, auf dem es fest geschlafen und von Bergen von Mais und Hafer geträumt hatte, von ganzen Hängen voller Gras und Klee.

Es war um die mitternächtliche Stunde, als Ichabod zutiefst enttäuscht und mit schwerem Herzen heimwärts ritt, über die Flanken der hohen Hügel, die sich bei Tarry Town erheben, denselben Weg, den er am Nachmittag mit so fröhlichem Herzen geritten war. Die Stunde war so düster, wie er sich fühlte. Weit unter ihm lag die dunkle Wasserfläche des Zappan Zee, auf dem hie und da die Masten von Schaluppen zu sehen waren, die an der Küste unbeweglich vor Anker lagen. In der absoluten Stille der Mitternacht konnte er sogar das Bellen eines Wachhundes vom anderen Ufer des Hudson hören, doch klang es so vage, daß es ihm nur sagte, wie weit er von diesen treuen Gefährten des Menschen entfernt war. Hin und wieder hörte er auch das Krähen eines Hahns, der irgendwie aus dem Schlaf geschreckt worden war, von weit, weit her, von einem Hof zwischen den Hügeln – doch es war nur wie ein Traumgeräusch in seinen Ohren. In seiner Nähe gab es kein Zeichen von Leben, bis auf das gelegentliche melancholische Zirpen einer Grille und vielleicht das kehlige Quaken eines Ochsenfrosches aus einem nahen Sumpf, als ob er unbequem schliefe und sich plötzlich in seinem Bett auf die andere Seite drehte.

Alle Geschichten über Geister und Gespenster, die er an diesem Abend gehört hatte, drängten sich jetzt machtvoll in seine Erinnerung. Die Nacht wurde dunkler und dunkler, die Sterne schienen am Himmel tiefer und tiefer zu sinken, und ziehende Wolken verbargen sie dann und wann vor seinem Blick. Er hatte sich noch nie so einsam und verloren gefühlt. Außerdem näherte er sich jetzt dem Ort, der Schauplatz vieler der Geistergeschichten gewesen war. In der Mitte der Straße stand ein riesiger Tulpenbaum, der alle anderen Bäume der Umgebung weit überragte und eine Art Markierungspunkt darstellte. Seine Äste waren knorrig und bizarr, mächtig genug, um die Stämme gewöhnlicher Bäume bilden zu können und hingen fast bis zur Erde herab, bevor sie sich wieder emporkrümmten. Er stand in Beziehung zu der tragischen Geschichte des unglücklichen Majors André, der in seiner unmittelbaren Nähe gefangengenommen worden war, und wurde allgemein ›Major Andrés Baum‹ genannt. Das gemeine Volk betrachtete ihn mit einer Mischung von Respekt und Aberglauben, teils aus Mitgefühl für das Schicksal seines glücklosen Namensgebers, teils wegen der Geschichten von seltsamen Erscheinungen und unheimlichen Klageschreien, die man hier, wie einige Menschen berichteten, vernommen habe.

Als er sich diesem unheimlichen Baum näherte, begann Ichabod zu pfeifen; er glaubte, daß sein Pfeifen beantwortet wurde, doch es war nur ein Windstoß, der durch das trockene Herbstlaub des Baumes fuhr. Als er ihm noch näher kam, glaubte er etwas Weißes zu sehen, das mitten im Baum hing – er hielt sein Pferd an und hörte auf zu pfeifen, doch als er genauer hinsah, erkannte er, daß es nur eine helle Stelle war, wo ein Blitzschlag in den Stamm gefahren und seine Borke heruntergerissen hatte. Plötzlich hörte er ein Stöhnen – seine Zähne klapperten und seine Knie schlugen gegen den Sattel –, doch das Geräusch wurde nur durch einen Ast hervorgerufen, der sich gegen einen anderen rieb, während er in der Brise hin und her schwang. Er gelangte sicher an dem Baum vorbei, doch neue Gefahren lagen vor ihm.

Etwa zweihundert Yards hinter dem Baum kreuzte ein schmaler Bach die Straße und floß in eine sumpfige, dicht bewaldete Senke, die als Wileys Sumpf bekannt war. Ein paar rohe, nebeneinander gelegte Planken dienten als Brücke über diesen Bach. An der Seite der Straße, wo der Bach im Dämmern des Waldes verschwand, warf eine Gruppe von Eichen und Kastanien, die dicht von wildem Wein überwuchert waren, einen tiefen Schatten über den Boden. Die schwerste Prüfung war das Passieren der Brücke. Genau an dieser Stelle war es gewesen, wo der unglückliche Major André überfallen und gefangengenommen worden war, und in der Deckung jener Kastanienbäume und Weinranken hatten sich die britischen Soldaten verborgen gehabt, die sich auf ihn gestürzt hatten. Seit jener Zeit galt der Bach als verhext, und jeder Schuljunge hatte Angst, ihn nach Einbruch der Dunkelheit allein zu überqueren.

Als Ichabod sich dem Bach näherte, begann sein Herz zu hämmern, er raffte jedoch all seine Willenskraft zusammen, schlug seinem Pferd mehrmals die Stiefelabsätze in die Rippen und versuchte, die Bohlenbrücke im Galopp zu nehmen; doch anstatt geradeaus zu laufen, brach der perverse alte Gaul zur Seite aus und rannte in einen Zaun. Ichabod, dessen Angst durch die Verzögerung noch verstärkt wurde, riß am Zügel und trat dem Tier mit aller Kraft in die der Richtungsänderung entgegengesetzte Flanke; doch es war alles vergebens; sein Pferd fuhr heftig zusammen, das ist wahr, doch nur, um auf der anderen Seite der Straße in ein Dickicht von dornigen Brombeerbüschen zu brechen. Der Schulmeister bearbeitete die hervortretenden Rippen des alten Schießpulver nun mit Hacken und Gerte, der daraufhin schnaubend und wiehernd vorwärts sprang, doch hart hinter der Brücke so plötzlich zum Stehen kam, daß er den Reiter beinahe über den Kopf hinweg abgeworfen hätte. Gerade in diesem Augenblick vernahm Ichabod patschende Geräusche dicht neben der Straße. Im tiefen Dunkel zwischen den Bäumen sah er etwas Riesiges, Mißgestaltetes, Schwarzes. Es regte sich nicht, schien sich jedoch in der Finsternis zusammenzuducken wie ein gigantisches Monstrum, das sich zum Sprung auf den einsamen Reisenden bereitmachte.

Dem von Angst gepackten Pädagogen sträubten sich alle Haare auf dem Kopf. Was sollte er tun? Um sein Pferd herumzureißen und zu fliehen, war es zu spät; außerdem, welche Chance hatte er, wenn er versuchte, einem Geist oder Gespenst zu entkommen, das, wenn zutraf, was berichtet wurde, auf den Flügeln des Windes reiten konnte? Er nahm deshalb all seinen verbliebenen Mut zusammen und fragte stammelnd: »Wer bist du?«

Er erhielt keine Antwort. Er wiederholte seine Frage ein wenig drängender. Wieder wurde ihm nicht geantwortet. Jetzt hieb er erneut mit den Absätzen seiner Stiefel in die Seiten des wie angewurzelt stehenden Schießpulver ein, preßte seine Augenlider fest zusammen und stimmte mit ungewollter Lautstärke einen Psalm an. In diesem Augenblick setzte sich der Gegenstand seines Entsetzens in Bewegung und sprang mit einem Satz mitten auf die Straße. Obwohl die Nacht dunkel und bedrückend war, konnte man die Gestalt des Unbekannten nun doch einigermaßen erkennen. Es schien ein außergewöhnlich kräftiger Reiter zu sein, der auf einem schwarzen Pferd von ähnlich gewaltigen Proportionen saß. Er schien nicht die Absicht zu hegen, Ichabod zu belästigen oder anzusprechen, blieb jedoch ein Stück entfernt mit ihm auf gleicher Höhe und trabte auf der blinden Seite Schießpulvers auf der Straße neben ihm her.

Ichabod, dem sein seltsamer mitternächtlicher Begleiter alles andere als willkommen war, und dem jetzt wieder das Abenteuer Knochen-Broms mit dem Galoppierenden Hessen in den Sinn kam, trieb sein Pferd zu schnellerer Gangart an, in der Hoffnung, den anderen hinter sich zurücklassen zu können. Der Fremde paßte jedoch sein Tempo sofort an. Ichabod zügelte sein Pferd zum Schritt, um zurückzubleiben – der andere tat das gleiche. Ichabods Herz begann zu hämmern. Er versuchte, seinen Psalmengesang wieder aufzunehmen, doch seine ausgedörrte Zunge klebte ihm am Gaumen, und er brachte keinen einzigen Ton heraus. Es lag etwas in dem bedrückenden und hartnäckigen Schweigen seines beharrlichen Begleiters, das geheimnisvoll und unheimlich war. Doch sollte es sich bald auf eine erschreckende Weise aufklären. Als sie einen Hang hinaufritten und dessen Kuppe erreichten, wodurch die Gestalt seines Begleiters von gigantischem Wuchs und in einen schwarzen Umhang gehüllt sich gegen den Sternenhimmel abhob, erkannte Ichabod mit eisigem Entsetzen, daß sie keinen Kopf hatte! Doch sein Entsetzen wurde noch schlimmer, als er sah, daß der Kopf, der hätte auf den Schultern ruhen sollen, vor ihm auf dem Sattelknopf lag. Sein Entsetzen wuchs zu verzweifelter Todesangst; er hieb mit Absätzen und Gerte auf Schießpulver ein in der Hoffnung, durch plötzliches Angaloppieren seinen Begleiter hinter sich lassen zu können, doch das Gespenst paßte sich jedem Schritt seines Pferdes an. Auf ging die Jagd, durch dick und dünn; Steine flogen auf und Funken stoben bei jedem Aufsetzen der eisenbeschlagenen Hufe. Ichabods abgewetzte Rockschöße wehten hinter ihm her, als er sich tief über den Hals seines Pferdes beugte und es zu immer schnellerer Flucht anspornte.

Sie hatten jetzt die Straße erreicht, die von der anderen abzweigend ins Verschlafene Tal führte; doch Schießpulver, der von einem Dämon besessen zu sein schien, ließ sich nicht in diese Richtung lenken, sondern brach aus und raste in die entgegengesetzte, den Hang hinab. Hier führte ein Weg durch eine sandige Senke, auf eine Entfernung von etwa einer Viertelmeile im Schatten hoher Bäume, bis zu der Brücke, die ebenfalls als Schauplatz von Gespenstergeschichten berühmt geworden war und kurz vor dem kleinen, von dichtem Grün bewachsenen Hügel liegt, auf welchem die weißgetünchte Kirche steht.

Die Panik des durchgehenden Pferdes hatte seinem Reiter einen momentanen Vorsprung eingebracht, doch als er sich gerade mitten in der Senke befand, löste sich sein Sattelgurt, und er fühlte, wie der Sattel unter ihm zur Seite glitt. Er packte ihn beim Knopf und versuchte ihn festzuhalten, doch vergebens; es gelang ihm gerade noch, den Hals des alten Schießpulver mit beiden Armen zu umklammern, bevor der Sattel zu Boden fiel, und er hörte, wie sein Verfolger über ihn hinweggaloppierte. Einen Augenblick lang kam die Angst vor Hans van Rippers Zorn in ihm auf, denn es war sein Sonntagssattel, doch dies war nicht die Zeit für kleinliche Alltagsängste; das Gespenst war ihm hart auf den Fersen, und er hatte – als ungeübter Reiter – genug zu tun, um sich auf dem Rücken des Pferdes zu halten, glitt manchmal zur einen Seite, und dann zur anderen, wurde von den Galoppsprüngen des Tieres emporgeschleudert und fiel jedesmal mit solcher Wucht auf dessen hartes, hervorstehendes Rückgrat, daß er fürchtete, in zwei Teile gespalten zu werden.

Eine Öffnung zwischen den dicht stehenden Bäumen rief in ihm die Hoffnung wach, daß die Kirchenbrücke dicht vor ihnen läge. Das tanzende Spiegelbild eines Sterns im Wasser des Baches versicherte ihn, daß er sich nicht irrte. Er sah die weißen Wände der Kirche ein Stück voraus zwischen den Bäumen hervorschimmern. Er erinnerte sich an die Stelle, an der Knochen-Broms gespenstischer Rivale verschwunden war. Wenn ich nur die Brücke erreiche, dachte Ichabod, bin ich in Sicherheit. Just in diesem Augenblick hörte er das schwarze Pferd dicht hinter sich schnauben und keuchen; er glaubte sogar, seinen heißen Atem im Nacken zu spüren. Wieder hieb er mit den Absätzen in die Rippen seines Pferdes, und der alte Schießpulver jagte auf die Brücke; seine Hufe dröhnten über die Planken, er erreichte die feste Straße am anderen Bachufer, und nun wagte Ichabod, einen Blick zurückzuwerfen, um zu sehen, ob sein Verfolger nach der bestehenden Regel in einem Blitz von Feuer und Schwefel verschwinden würde. In diesem Moment richtete sich das Gespenst in den Steigbügeln auf und schwang den Kopf über die Schulter zurück, um ihn nach Ichabod zu werfen. Ichabod versuchte, dem furchterregenden Geschoß auszuweichen, doch es war zu spät. Es traf ihn mit voller Wucht am Kopf – er wurde vom Pferderükken zu Boden geschleudert, und Schießpulver, das schwarze Pferd und sein gespenstischer Reiter jagten wie ein Wirbelwind an ihm vorbei.

Am kommenden Morgen fand man das alte Pferd ohne seinen Sattel, mit zur Erde baumelndem Zügel vor dem Hoftor seines Herrn, wo es geruhsam graste. Ichabod erschien nicht zum Frühstück – und auch zur Mittagszeit ließ sich kein Ichabod blicken. Die Jungen versammelten sich beim Schulhaus und schlugen die Zeit am Bachufer tot: kein Schulmeister erschien. Hans van Ripper wurde nun ein wenig unruhig über das Schicksal des armen Ichabod und seines besten Sattels. Er ließ nach ihnen suchen, und nach emsigen Bemühen stieß man auf Spuren. Auf der Straße, die zu der Kirche führte, fand man den in den weichen Boden getretenen Sattel und auch tief eingekerbte Abdrücke der Hufe von Pferden, die offensichtlich in wildem Galopp geritten worden waren. Man verfolgte sie bis zur Brücke zurück, und dort, an der Stelle, wo das Wasser tief und dunkel war, entdeckte man den Hut des unglückseligen Ichabod und dicht daneben einen zerborstenen Kürbis.

Der Bach wurde sorgfältig abgefischt, doch der Körper des Schulmeisters konnte nicht gefunden werden. Hans van Ripper, der die Rolle des Nachlaßverwalters übernahm, durchsuchte das Bündel, das alle weltlichen Besitztümer Ichabods enthielt. Sie bestanden aus zwei Hemden und einem halben, zwei Hemdkragen, einem Paar gestrickter Socken, einer alten Manchesterhose, einem rostigen Rasiermesser, einem Buch mit Psalmen und Kirchenliedern, zerlesen und voller Eselsohren, und einer zerbrochenen Schilfrohrpfeife. Was Bücher und Mobiliar des Schulhauses betraf, so gehörten sie der Gemeinde, mit der Ausnahme von Cotton Mathers *History of New England Witchcraft,* einem Almanach Neu Englands und einem Buch über Traumdeutung und Wahrsagerei, in dem ein großer Papierbogen lag, auf dem sich mehrere vergebliche Versuche fanden, der Erbin des van-Tassel-Hofes in Versform zu huldigen. Diese Bücher über Magie und die poetischen Krakeleien wurden von Hans van Ripper sofort den Flammen übergeben, der zu diesem Zeitpunkt den festen Entschluß faßte, keins seiner Kinder jemals wieder auf irgendeine Schule zu schicken, da er erkennen mußte, daß aus solcher Art des Lesens und des Schreibens nichts Gutes kommen kann. Was der Schulmeister an Bargeld besitzen mochte – er hatte erst einen oder zwei Tage zuvor seinen Quartalslohn erhalten –, mußte er zum Zeitpunkt seines Verschwindens bei sich gehabt haben.

Das mysteriöse Vorkommnis war am nächsten Sonntag in der Kirche Anlaß zu vielen Spekulationen. Überall sammelten sich Gruppen von Menschen, die starrten und schwatzten: bei der Brücke, auf dem Kirchhof, und an der Stelle, wo man den Hut und den Kürbis gefunden hatte. Die Erzählungen Bouwers, Knochen-Broms und all der anderen fielen den Menschen wieder ein, und als sie alles in Ruhe und gründlich überlegt und durchgesprochen und mit den Symptomen des vorliegenden Falles verglichen hatten, kamen sie zu dem Schluß, daß Ichabod vom Galoppierenden Hessen fortgeschleppt worden sein mußte. Da er

Junggeselle war und bei niemandem in der Kreide stand, machte sich kein Mensch sonderlich Gedanken über ihn. Die Schule wurde in einen anderen Teil des Tales verlegt, und ein anderer Pädagoge regierte dort an Ichabods Statt.

Zugegeben, ein alter Bauer, der mehrere Jahre später eine Reise nach New York unternahm und von dem die Information stammt, die dieser unheimlichen Geschichte zugrunde liegt, brachte die Nachricht nach Hause zurück, daß Ichabod Crane nach wie vor am Leben sei, daß er die Gegend aus freiem Willen verlassen habe, teils aus Angst vor dem Gespenst und Hans van Ripper, teils aus Enttäuschung, weil die Erbin ihm einen Laufpaß gegeben hatte, und deshalb seinen Wohnsitz in einem weit entfernten Teil des Landes genommen habe; dort habe er wieder eine Schule geleitet und gleichzeitig die Jurisprudenz studiert, sei Rechtsanwalt geworden, habe sich der Politik zugewandt, sich zur Wahl gestellt, für die Zeitungen geschrieben und sei schließlich zum Richter ernannt worden. Auch Knochen-Brom, der kurz nach dem Verschwinden seines Rivalen die blühende Katrina triumphierend zum Traualtar geführt hatte, setzte ein wissendes Grinsen auf, wann immer die Geschichte Ichabods erwähnt wurde, und brach jedesmal in schallendes Lachen aus, wenn jemand von dem Kürbis sprach, was dem Verdacht Nahrung gab, daß er mehr über diese Angelegenheit wußte, als er zuzugeben bereit war.

Die alten Landfrauen jedoch, welche die besten Experten in solchen Dingen sind, behaupten bis zum heutigen Tage, daß Ichabod durch übernatürliche Mächte fortgeschleppt worden sei, und es ist eine Geschichte, die an Winterabenden beim wärmenden Feuer gern und häufig erzählt wird. Die Brücke wurde noch mehr als zuvor Gegenstand abergläubischer Furcht, und das mag der Grund dafür gewesen sein, daß man die Straße vor einigen Jahren verlegt hat, damit die Kirche vom Ufer des Mühlenteichs aus erreichbar war. Da das alte Schulhaus nun verlassen stand, geriet es bald in Verfall, und die Menschen behaupteten, daß der Geist des unglückseligen Pädagogen dort spuke; und Bauernknechte glaubten ein paarmal, seine Stimme aus der Ferne Psalmen singen gehört zu haben, als sie an stillen Sommerabenden durch die Einsamkeit des Verschlafenen Tales heimwärts schlenderten.

Postscriptum in der Handschrift Mr. Knickerbockers, das wenig später entdeckt wurde:

Die vorausgegangene Erzählung ist eine fast wörtliche Wiedergabe dessen, was ich bei einer Vorstandsversammlung in der alten Stadt Manhattoes gehört hatte, bei der viele der klügsten und angesehensten holländischen Bürger zugegen waren. Der Erzähler war ein freundlicher, in schäbiger Eleganz gekleideter Gentleman in einem Pfeffer-und-Salz-Anzug und mit einem traurig-humorvollen Gesichtsausdruck, der meiner Meinung nach recht arm war – da er sich so große Mühe gab, unterhaltsam zu wirken. Als er zum Ende seiner Geschichte gekommen war, gab es viel Gelächter und Beifall, besonders von zwei oder drei stellvertretenden Stadträten, die während des größten Teils der Zeit geschlafen hatten. Da gab es jedoch einen hochgewachsenen, recht vertrocknet wirkenden alten Gentleman mit buschigen Brauen, der während des ganzen Berichts mit ernstem, verschlossenem Gesicht zugehört hatte, dabei hin und wieder die Arme vor der Brust verschränkte, den Kopf senkte und zu Boden blickte, als ob er einen aufkommenden Zweifel in seinem Gehirn abwägte. Er war einer jener vorsichtigen Männer, die niemals lachen, es sei denn, sie hätten einen guten Grund dazu – wenn sie die Vernunft und das Gesetz auf ihrer Seite wissen. Als sich die Fröhlichkeit der anderen gelegt hatte und wieder Ruhe herrschte, stützte er den Ellenbogen des einen Arms auf die Armlehne seines Sessels und die Faust des anderen in die Hüfte und verlangte zu wissen – mit einer leichten, doch außergewöhnlich weise wirkenden Neigung seines Kopfes und einem Runzeln seiner Stirn –, was die Moral dieser Geschichte sei und was sie beweisen solle.

Der Erzähler, der gerade ein Weinglas zum Munde führte, um sich nach der Anstrengung zu erfrischen, hielt in der Bewegung inne, blickte den Frager mit einem Ausdruck tiefer Ehrerbietung an, stellte dann sein Glas auf den Tisch zurück und bemerkte, daß die Geschichte dazu angetan sei, um auf höchst logische Art zu beweisen:

»Daß es im Leben keine Situation gibt, in der sich nicht auch Vorteile und Vergnügen finden ließen – vorausgesetzt, daß man sie als Scherz betrachtet, wenn wir ihr begegnen.

Daß aus diesem Grund jemand, der sich auf ein Rennen mit

Gespenster-Soldaten einläßt, sich einen sehr harten Ritt einhandelt.

Ergo stellt für einen Landschulmeister die Verweigerung der Hand einer holländischen Erbin einen sicheren Schritt zu einer höheren Position im Staate dar.«

Der vorsichtige alte Genleman runzelte nach dieser Eröffnung die Stirn noch tiefer, da ihn die Ratio dieses Syllogismus stark verwirrte, während der Mann in dem Pfeffer-und-Salz-Anzug ihn, wie ich glaubte, mit einer Art triumphierenden Grinsen anblickte. Schließlich bemerkte er, daß alles recht schön und gut sei, er die Geschichte jedoch nach wie vor für ein wenig extravagant hielte – es gäbe da nämlich einen oder zwei Punkte, bei denen er einige Zweifel hege.

»Ehrlich gesagt«, antwortete der Erzähler der Geschichte, »was das betrifft, so glaube ich selbst die Hälfte davon nicht.«

Übersetzt von Hans Maeter

Prosper Mérimée
(1803–1870)

Prosper Mérimée, einer der Pioniere der Kurzgeschichte, wurde in Paris geboren und erzogen. Doch nachdem er 1823 sein Jurastudium beendet hatte, beschloß er, auf literarischen Pfaden zu wandeln.

La Theatre de Clara Gazul (1825) und *La Guzla* (1827), seine ersten beiden Erfolge, waren ironische Täuschungen. Das erste Werk gab sich als Übersetzung von sechs kurzen Theaterstücken einer spanischen Schauspielerin aus, während das zweite (das etliche Fachleute narrte) angeblich eine Sammlung illyrischer Volkslieder und Gedichte war.

Um das Jahr 1830 gewann seine Tätigkeit als Beamter jedoch die Oberhand über sein literarisches Schaffen. 1834 wurde er zum Generalinspekteur für Historische Denkmäler ernannt, eine Aufgabe, für die er in den nächsten achtzehn Jahren viel in Frankreich herumreisen mußte. Als 1852 Napoleon III. die Regierung übernahm, wurde Mérimée (mit der Gattin des Herrschers gut befreundet) zum Senator ernannt und wirkte als einflußreicher, wenn auch inoffizieller Berater. In späteren Jahren zwang ihn die schlechte Gesundheit zum Langsamertreten, und er verbrachte die Wintermonate in Cannes, wo er kurz nach dem Beginn des deutsch-französischen Krieges starb.

Etwa zwei Drittel von Mérimées Schriften bestehen aus Korrespondenz oder amtlichen Dokumenten wie Berichten, Essays und kurzen historischen Sketchen. Sein Ruhm stützt sich aber auf die etwa zwanzig Erzählungen und Novellen, die er vorwiegend zwischen 1829 und 1850 schrieb. Dazu gehören Klassiker wie *Die Eroberung der Redoute* (1829), *Colomba* (1840) und *Carmen* (1845). Aus der letztgenannten Erzählung wurde die berühmte Oper von Georges Bizet.

Mérimée war ein zartbesaiteter und liebenswürdiger wie auch ergebener Freund. Einmal kam er ins Gefängnis, weil er zu heftig einen Freund verteidigte, der beschuldigt wurde, Bücher aus der Bibliothek gestohlen zu haben. Gleichzeitig verabscheute er es, für willensschwach gehalten zu werden, damit niemand ihn täusche oder ausnutze, ein Umstand, der wahrscheinlich von seiner Mutter ausgelöst wurde, die ihm einzuimpfen versuchte, »niemandem« zu trauen. So kultivierte er eine stolze, zynische und gleichgültige Art und unterdrückte damit jedes äußere Anzeichen emotionaler Schwäche.

Auf jeden Fall hatte dieser innere Kampf einen weitgehenden Einfluß auf seine Erzählungen, denn in ihnen vereinigen sich melodramatische Taten primitiver Leidenschaft mit einem zurückhaltenden, zynischen, untertreibenden Stil. Mit der Zeit jedoch zerstörte er seine Kreativität, indem er die eigenen Werke herabsetzte, so in der Neufassung von *Carmen,* nur damit andere nicht behaupten konnten, er meine es ernst mit seinen Erfindungen.

Im Laufe seiner schriftstellerischen Karriere war Mérimée stets fasziniert vom Übernatürlichen und schrieb auch darüber, obgleich er nicht daran glaubte. Die berühmtesten Beispiele hier sind *Die Venus von Ille* (1837) über eine zum Leben erwachende Statue, und *Lokis, auch Aufzeichnungen des Professors Wittembach* (1869), eine Erzählung über einen Werwolf.

Für diesen Band jedoch haben wir *Federigo* ausgewählt, das zu seinen frühesten und am wenigsten bekannten Werken gehört. Eine entzückende Geschichte über den Umgang mit Gottheiten, und darin wird Mérimées übliche Aussage, die Leidenschaft der Liebe, in welcher Form auch immer, wirke auf jeden Fall zerstörerisch, auf den Kopf gestellt. In der Tat scheint hier Mérimées verborgene Natur so klar enthüllt zu werden, daß hier vermutlich der Grund zu suchen ist, warum er die Erzählung später unterdrückte.

Prosper Mérimée

Federigo

Es gab da einmal einen jungen Edelmann namens Federigo. Er war ansehnlich, gut gebaut, höflich und ausgeglichen von Gemüt, besaß aber denkbar ausschweifende Angewohnheiten, denn er liebte den Wein, die Frauen und das Glücksspiel – und besonders das letztere. Nie ging er zur Beichte und suchte die Kirche nur zu dem Zwecke auf, Gelegenheiten für sündige Freuden zu finden.

Federigo richtete am Spieltisch zwölf junge Männer zugrunde, die späterhin zu Räubern wurden und in einem schrecklichen Kampf mit den *condottieri* des Königs untergingen, ohne die Beichte abgelegt zu haben. Und ihm selbst widerfuhr es, daß er in weniger Zeit, als es die Schilderung erfordert, all seine Gewinne verlor und zusätzlich noch sein väterliches Erbteil, mit Ausnahme eines kleinen Landhauses hinter den Hügeln von Cava, in das er sich zurückzog, um seine Armut zu verbergen.

Drei Jahre lang hatte er in dieser Abgeschiedenheit gelebt, bei Tage jagend, abends mit seinem Diener *hombre* spielend. Eines Abends, als er gerade von der besten Jagd heimkehrte, die er je erlebt hatte, klopfte Jesus Christus, gefolgt von den zwölf Aposteln, an seine Tür und erbat Unterkunft. Federigo, der von großzügiger Art war, war entzückt, daß seine Gäste zu einem Zeitpunkt kamen, da er die Mittel hatte, sie gut zu bewirten. So hieß er die Pilger in seinem Häuschen willkommen, lud sie auf das Höflichste an seinen Tisch ein und bat sie, es ihm nachzusehen, wenn er ihnen nichts Passendes bieten könne, da sie ihn in einem Augenblick angetroffen hätten, da die Speisekammer äußerst leer war. Unser Herr, der sich wohl auskannte mit den Umständen dieses Besuchs, verzieh Federigo den Anflug von Eitelkeit, zeigte er sich doch ausgesprochen gastfreundlich.

»Wir werden zufrieden sein mit dem, was du hast«, sagte Er zu ihm, »doch habe die Güte, das Abendessen so schnell wie möglich auftragen zu lassen, denn mein Freund hier ist sehr hungrig«, fügte er hinzu und deutete auf Petrus.

Federigo wollte nicht ein zweitesmal gebeten werden, und da er seinen Gästen noch etwas mehr bieten wollte als das, was er auf der Jagd erbeutet hatte, befahl er seinem Diener, das letzte Zicklein zu schlachten, das geradewegs an den Bratspieß kam.

Als das Abendessen bereit war und die Gesellschaft sich am Tisch versammelt hatte, kannte Federigo nur ein Bedauern: daß sein Wein nicht besser sei.

»Herr«, sagte er zu Jesus Christus. »Ich wünschte wahrhaft, mein Wein wäre besser; doch so wie er ist, biete ich ihn Euch mit ehrlichem Willkommen.«

Woraufhin unser Herr, nachdem er den Wein gekostet hatte, zu Federigo sagte: »Warum beklagst du dich? Dein Wein ist vollkommen. Frag nur unseren Freund hier, was er davon hält!« (und er deutete auf Petrus).

Petrus, der mit Genuß getrunken hatte, bezeichnete den Wein als ausgezeichnet *(proprio stupendo)* und forderte seinen Gastgeber auf mitzutrinken.

Federigo, der dies alles als Höflichtuerei sah, ging dennoch auf den Wunsch des Apostels ein; doch wie groß war seine Überraschung, als er feststellen mußte, daß der Wein köstlicher schmeckte als je einer seiner Weine aus der Zeit des Überflusses! Von diesem Wunder auf die Gegenwart des Erlösers schließend, erhob er sich augenblicklich von seinem Sitz, war er doch unwürdig, in solch heiliger Gesellschaft an einem Tisch zu sitzen. Doch unser Herr befahl ihm, sich zu setzen, ein Befehl, den er ohne großen Protest befolgte. Nach dem Abendessen, das vom Diener und seiner Frau aufgetragen wurde, zog sich Jesus mit den Aposteln in das Zimmer zurück, das für die Gäste vorbereitet worden war. Federigo, allein geblieben mit dem Diener, spielte wie üblich *hombre* und trank den Rest des wundersam veränderten Weins.

Als die heiligen Reisenden am nächsten Tag mit dem Hausherrn im Wohnzimmer versammelt waren, sagte Jesus Christus zu Federigo:

»Wir sind hocherfreut über den Empfang, den Ihr uns bereitet habt, und wir wünschen Euch zu belohnen. Äußert drei Wünsche, sie sollen erfüllt werden; denn unser ist die Macht im Himmel, auf der Erde und im Hades.«

Daraufhin zog Federigo ein Kartenspiel aus der Tasche, das er stets bei sich trug, und sagte: »Herr, mach, daß ich stets gewinne, wenn ich mit diesen Karten spiele!«

»So sei es!« sagte Jesus Christus.

Petrus aber, der neben Federigo stand, flüsterte ihm zu: »Was habt Ihr im Sinn, elender Sünder? Ihr solltet den Herrn um die Errettung Eurer Seele anflehen!«

»Ach, darum mach' ich mir keine großen Sorgen«, gab Federigo zurück.

»Noch zwei Wünsche stehen Euch offen«, sagte Jesus Christus.

»Herr«, fuhr der Gastgeber fort, »da Ihr so gnädig seid, gewährt mir, das ist meine Bitte, daß, wer immer in den Orangenbaum vor meiner Tür steigt, ohne meine Erlaubnis nicht wieder herabkommen kann.«

»So sei's!« sagte Jesus Christus.

Nach diesen Worten stieß der Apostel Petrus seinen Nachbarn heftig mit dem Ellbogen an und sagte: »Elender Sünder, fürchtet Ihr nicht das Höllenfeuer, das Euch für Eure Sünden erwartet? Bittet den Herrn, Euch einen Platz im Paradies zu gewähren! Noch ist Zeit ...«

»Damit hat's keine Eile«, erwiderte Federigo und löste sich von dem Apostel. Und unser Herr fragte: »Was habt Ihr als dritten Wunsch?«

»Ich bitte darum«, antwortete er, »daß, wer immer sich auf diese Bank setzt, ohne meine Erlaubnis nicht wieder aufstehen kann.«

Unser Herr, der diesen wie auch die beiden anderen Wünsche erfüllt hatte, zog mit seinen Jüngern weiter.

Kaum war der letzte Apostel aus dem Haus, da rief Federigo, beseelt von dem Wunsch, die Kraft seiner Karten zu erproben, seinen Diener und spielte mit ihm eine Runde *hombre,* ohne auch nur in seine Karten zu blicken. Im Nu gewann er die Partie, ebenso eine zweite und dritte Runde. In seinem Vertrauen bestärkt, machte er sich auf den Weg in die Stadt, quartierte sich im besten Gasthaus ein, wo er die schönsten Zimmer bezog. Die Nachricht von seinem Eintreffen sprach sich schnell herum, und seine alten Kumpane drängten herbei, um ihn zu sprechen.

»Wir dachten schon, du wärst für alle Zeiten verloren!« rief Don Giuseppe. »Wir waren überzeugt, du wärst ein Einsiedler geworden.«

»Das stimmt durchaus«, antwortete Federigo.

»Meine Güte, wie hast du nur in den drei Jahren, die wir dich nicht gesehen haben, die Zeit herumgebracht?« fragten die anderen durcheinander.

»Mit Beten, meine lieben Brüder«, antwortete Federigo mit frommer Stimme. »Hier ist mein Gebetsbuch«, fügte er hinzu und zog aus der Tasche das Kartenspiel, das er auf das Sorgfältigste behütet hatte.

Die Antwort rief schallendes Gelächter hervor, und jedermann war überzeugt, Federigo habe seine jämmerliche Vermögenslage in fremden Ländern zu Lasten von Kartenspielern aufgebessert, die weniger gut spielten als jene, in deren Gesellschaft er sich hier befand, und sie alle waren scharf darauf, ihn ein zweitesmal zugrundezurichten. Einige hätten ihn am liebsten auf der Stelle an den nächsten Spieltisch gezerrt. Federigo aber bat sie, das Spiel auf den Abend zu verschieben, und führte die Gruppe statt dessen in einen Raum, wo auf sein Geheiß eine ansprechende Mahlzeit serviert worden war. Überflüssig zu sagen, daß die Einladung begeistert angenommen wurde.

Dieses Essen verlief etwas lebhafter als das der Apostel; dabei wurde nichts getrunken als Malvoisie und Lacryma, doch bis auf eine Ausnahme kannten die Feiernden keine besseren Weine.

Vor der Ankunft seiner Gäste hatte Federigo sich mit einem Kartenspiel versehen, identisch zu dem, was er schon besaß, um es nach Belieben austauschen zu können und den Verdacht seiner Mitspieler zu zerstreuen, indem er dann und wann auch Runden verlor. Das eine Spiel hatte er in der rechten Tasche, das andere in der linken.

Als das Essen beendet war und die vornehme Gesellschaft um einen samtbespannten Tisch saß, legte Federigo zuerst die ungesegneten Karten auf den Tisch und beschränkte für den Verlauf der Séance die Einsätze auf bescheidene Summen. Um sich dann selbst für das Spiel zu interessieren und seine eigenen Fähigkeiten abzuschätzen, gab er sich bei den ersten beiden Spielen große Mühe, verlor aber eines nach dem anderen, nicht ohne einen gewissen inneren Ärger. Dann bestellte er Wein und nutzte den Moment, in dem die Gewinner auf ihre vergangenen und künftigen Erfolge tranken, um die ungesegneten Karten fortzunehmen und gegen jene einzutauschen, die von Jesus Christus gesegnet worden waren. Als das dritte Spiel begann, achtete Federigo nicht mehr auf die Karten in seiner Hand, sondern hatte nun Gelegenheit, die anderen zu beobachten – und mußte feststellen, daß sie nicht fair spielten. Diese Entdeckung entzückte ihn sehr, meinte er ihnen nun doch völlig reinen Gewissens die Taschen plündern zu können. Er mußte erkennen, daß er nicht am raffinierten Spiel oder am Glück der anderen zugrundegegangen war, sondern an ihrer Unehrlichkeit. Damit konnte er wieder eine höhere Meinung haben von seinem eigenen Spieltalent, eine Ansicht, die durch frühere Erfolge bestätigt wurde. Selbstachtung, was dient ihr nicht allem als Grundlage! Eine boshafte Rache und der sichere Sieg, das sind Gefühle, dem menschlichen Herzen sehr willkommen. Federigo empfand sie jetzt gleichwertig. Doch im Gedenken an die zwölf jungen Männer, auf deren Kosten er reich geworden war, und in dem Gefühl, daß sie die einzigen ehrlichen Spieler gewesen waren, mit denen er es je zu tun gehabt hatte, bereute er zum erstenmal seinen Sieg über sie. Ein leichter Schatten umwölkte sein Gesicht, das vor Freude gestrahlt hatte, und er seufzte zutiefst, als er das dritte Spiel gewann.

Dieser Runde folgten etliche andere, und Federigo sorgte dafür, daß er die Mehrzahl gewann, so daß er am ersten Abend einen Betrag einnahm, der für das Abendessen und die Miete für das Zimmer für einen Monat ausreichte. Mehr wollte er bei diesem ersten Mal gar nicht. Seine Gefährten zogen sich enttäuscht zurück, versprachen aber, am folgenden Tag wieder zur Stelle zu sein.

Am nächsten und an den darauf folgenden Tagen gelang es Federigo so geschickt zu gewinnen und zu verlieren, daß er nach kurzer Zeit ein beträchtliches Vermögen zusammenbekam, ohne daß jemand die wahre Herkunft ahnte. Er verließ sein Hotel und zog in einen großen Palast, wo er von Zeit zu Zeit die prächtigsten Feiern veranstaltete. Die hübschesten Frauen erwiderten seinen beiläufigsten Blick. Sein Tisch wies jeden Tag die exquisitesten Weine auf, und der Palast des Federigo wurde als Zentrum der Freuden bekannt.

Nachdem er ein Jahr lang diskret gespielt hatte, nahm er sich vor, seine Rache zu vollenden, indem er den vornehmsten Edelleuten des Landes die Taschen leerte. Zu diesem Zwecke wandelte er den größten Teil seines Geldes in Edelsteine um und lud die Herren mit acht Tagen Frist zu einem ungewöhlich prächtigen Fest ein, für das er von allem das beste aufbot, Musiker, Tänzerinnen usw. Dieses Vergnügen sollte mit einem Spiel um große Einsätze enden. Wer kein Geld hatte, preßte es den Juden ab. Die anderen brachten, was sie hatten, und es ging alles verloren. Federigo verschwand mit Gold und Diamanten in der Nacht.

Von diesem Moment an benutzte er die Zauberkarten nur noch gegen unehrliche Spieler, denn er fand, daß er selbst gut genug spielte, um den anderen etwas abzunehmen. So reiste er durch alle Städte der Welt, überall spielend, stets gewinnend, und bei jedem Aufenthalt feierte er, was Land und Leute hergaben.

Trotzdem ließ ihn die Erinnerung an seine zwölf Opfer niemals los und vergiftete seine Freuden. Endlich faßte er den Entschluß, sie entweder zu befreien oder mit ihnen unterzugehen.

Und schon machte er sich auf den Weg in die Hölle, einen Stab in der Hand, einen Sack auf dem Rücken und ohne Geleit außer von seinem Lieblingshund Marchesella. Als er Sizilien erreichte, erstieg er den Mont Gibel und kletterte dann in den Vulkan hinab, so tief unter den Fuß des Berges, wie sich der Berg selbst über Piedmont erhebt. Um von dort in Plutos Reich zu gelangen, muß man einen Hof überqueren, der von Zerberus bewacht wird. Federigo kam ohne Schwierigkeit hinüber, während Zerberus mit dem Hund spielte, und klopfte an Plutos Tür.

Als er vor den Monarchen geführt worden war, fragte der König des infernalischen Reiches: »Wer seid ihr?«

»Ich bin Federigo, der Spieler.«

»In des Teufels Namen, was tut Ihr hier?«

»Pluto, wenn Ihr den besten Spieler der Welt für würdig erachtet, eine Runde *hombre* mit Euch zu spielen, möchte ich Euch folgendes vorschlagen: Wir spielen so viele Spiele, wie Ihr wollt. Wenn ich auch nur ein einziges verliere, soll meine Seele rechtmäßig Euch gehören, so wie die aller Angehörigen Eures Reiches. Doch wenn ich gewinne, habe ich das Recht, mir von Euren Untertanen eine Seele für jeden Sieg auszusuchen und mitzunehmen.«

»So sei's!« sagte Pluto.

Und er wollte ein Kartenspiel holen lassen.

»Hier ist eins«, sagte Federigo, zog die wundersamen Karten aus der Tasche, und sie begannen zu spielen.

Federigo gewann das erste Spiel und forderte die Seele Stephen Paganis, eines der zwölf, die er zu retten wünschte. Sie wurde ihm sofort übergeben, und er tat sie in seinen Beutel. Auf gleiche Weise gewann er ein zweites Spiel, dann ein drittes und schließlich insgesamt zwölf Spiele, und jedesmal erbat er eine der Seelen, für die er sich interessierte, und tat sie in seinen Rucksack.

»Sehr hübsch«, sagte Pluto (der sich gleichwohl über das Verlieren ärgerte), »aber gehen wir doch einen Moment ins Freie; hier scheint sich ein unangenehmer Geruch breitzumachen.«

Er suchte einen Vorwand, Federigo loszuwerden, denn kaum war dieser mit Rucksack und Seelen draußen, da forderte Pluto, so laut er brüllen konnte, man möge die Tür hinter ihm schließen.

Nachdem Federigo erneut den Vorhof des Hades durchquert hatte, ohne daß Zerberus etwas bemerkt hätte, so bezaubert war er von dem Hund Federigos, erreichte er erneut den Gipfel des Mont Gibel. Dort rief er Marchesella, die sich zu ihm gesellte, und trat den Rückweg nach Messina an, und der Seelengewinn freute ihn mehr als jeder weltliche Gewinn zuvor. Als er Messina erreichte, schiffte er sich ein, um *terra firma* zu erreichen und sein Leben auf seinem alten Landsitz zu beenden.

Einige Monate später brachte Marchesella einen Wurf kleiner Ungeheuer zur Welt, von denen einige sogar drei Köpfe hatten. Sie wurden alle ersäuft.

Am Ende von dreißig Jahren (Federigo war siebzig Jahre alt) kam der Tod an seine Tür und forderte ihn auf, seine Angelegenheiten zu regeln, denn die Stunde sei gekommen.

»Ich bin bereit«, sagte der Sterbende, »doch ehe du mich entführst, o Tod, gib mir doch bitte etwas Obst von dem Baum, der meine Tür beschattet. Nur noch dieses eine kleine Vergnügen, dann will ich glücklich sterben.«

»Wenn das alles ist, was du brauchst«, sagte der Tod, »so bin ich bereit, deinem Wunsch zu folgen.«

Er stieg in den Orangenbaum, um eine Frucht zu pflücken; als er jedoch heruntersteigen wollte, konnte er es nicht; Federigo ließ es nicht zu.

»Ah! Federigo! Du hast mich getäuscht!« rief er. »Ich bin in deiner Gewalt; aber gib mir meine Freiheit zurück, dann verspreche ich dir zehn weitere Jahre Leben.«

»Zehn Jahre! Das ist nicht viel!« rief Federigo. »Wenn du herunterkommen möchtest, mein Freund, mußt du schon großzügiger sein.«

»Ich gebe dir zwanzig.«

»Ich bitte dich! Mach keine Witze!«

»Ich gebe dir dreißig.«

»Das ist nicht mal ein Drittel dessen, was mir genügen würde.«

»Willst du denn ein Jahrhundert lang leben?«

»Genau das, mein Lieber.«

»Federigo, du bist unvernünftig!«

»Was soll ich dazu sagen? Mir gefällt das Leben.«

»Na, dann nimm hundert Jahre!« sagte der Tod. »Das muß es dann sein.«

Und augenblicklich vermochte er herabzusteigen. Kaum war der Tod gegangen, erhob sich Federigo bei voller Gesundheit und begann ein neues Leben mit der Kraft eines jungen Mannes und der Lebenserfahrung eines alten. Bekannt ist von dieser neuen Existenz nur, daß er weiterhin jedem seiner Gelüste nachging, hier und dort Gutes tat, wenn sich die Gelegenheit ergab, doch seinem Seelenheil nicht mehr Aufmerksamkeit schenkte als im ersten Leben.

Die hundert Jahre gingen ins Land, und wieder klopfte der Tod an seine Tür und fand ihn im Bett.

»Bist du bereit?« fragte er.

»Ich habe schon nach meinem Beichtvater schicken lassen«, sagte Federigo. »Setz dich dort ans Feuer, bis er kommt! Ich warte nur noch auf die Absolution, dann fliege ich mit dir in die Ewigkeit.«

Der Tod, der eine freundliche Person war, setzte sich auf die Bank in der Kaminecke und wartete eine ganze Stunde lang, ohne einen Priester erscheinen zu sehen. Endlich verlor er die Geduld und sagte zu seinem Gastgeber:

»Alter Mann, ich frage dich noch einmal: Hast du in dem Jahrhundert, das seit unserer letzten Begegnung vergangen ist, nicht genug Zeit gehabt, deine Angelegenheiten zu regeln?«

»Mein Wort darauf, ich hatte anderes zu tun«, antwortete der alte Mann mit spöttischem Lächeln.

»Na dann«, antwortete der Tod, erbost über das ungebührliche Betragen, »dann hast du nur noch eine Minute zu leben.«

»Pah!« sagte Federigo, während der Tod vergeblich aufzustehen versuchte. »Ich weiß aus Erfahrung, daß du viel zu entgegenkommend bist, um mir einige weitere Jahre zu verweigern.«

»Einige Jahre, du Elender!« Und er mühte sich umsonst, die Kaminecke zu verlassen.

»Ja, gewiß, diesmal aber will ich nicht soviel fordern, und da ich das Greisenalter nicht sonderlich liebe, will ich mich für die dritte Runde mit achtzig Jahren zufriedengeben.«

Der Tod sah, daß er durch eine übernatürliche Kraft an die Bank gefesselt wurde, so wie er schon einmal im Orangenbaum festgesessen hatte; doch in seinem Zorn war er nicht bereit, Zugeständnisse zu machen.

»Ich weiß, wie ich dich zur Vernunft bringen kann«, sagte Federigo.

Und er ließ drei Reisigbündel auf das Feuer werfen. Gleich darauf füllten die Flammen die gesamte Feuerstelle aus, und der Tod wurde auf schreckliche Weise gefoltert.

»Verschone mich! Verschone mich!« rief er, als er spürte, wie die Flammen ihn bis auf die Knochen verbrannten. »Ich verspreche dir achtzig Jahre Gesundheit.«

Als er diese Worte hörte, brach Federigo den Bann, und der Tod floh halb geröstet.

Am Ende der vereinbarten Zeit kehrte er erneut zurück, um seinen Mann abzuholen, der ihn bereits erwartete, einen Sack auf dem Rücken.

»Diesmal hat dein Stündchen geschlagen«, sagte der Tod und trat energisch ein. »Diesmal gibt's kein Zurück. Aber was gedenkst du mit dem Sack anzustellen?«

»Er enthält die Seelen von zwölf Spielerfreunden, die ich vor der Hölle errettete.«

»Dann sollen sie mit dir dorthin zurückkehren!« sagte der Tod, packte Federigo am Haar und flog nach Süden und stürzte sich mit seiner Beute in den Abgrund von Mont Gibel. Als er die Höllenpforte erreichte, klopfte er dreimal an.

»Wer ist da?« fragte Pluto.

»Federigo, der Spieler«, antwortete der Tod.

»Öffnet die Tür nicht!« rief Pluto, der sich sofort an die zwölf verlorenen Spiele erinnerte. »Der Bursche könnte mein ganzes Reich entvölkern!«

Als Pluto sich nicht umstimmen ließ, brachte der Tod seinen Gefangenen zum Fegefeuer, doch der Engel an der Tür verweigerte ihm den Zutritt, erkannte er doch, daß Federigo sich im Stande der Todsünde befinde. So war es denn erforderlich, zu Lasten und zum Bedauern des Todes, der Federigo nicht wohlgesonnen war, die himmlischen Regionen anzufliegen.

»Wer seid Ihr?« wandte sich Petrus an Federigo, als der Tod ihn vor dem Tor des Paradieses abgesetzt hatte.

»Euer alter Gastgeber«, antwortete er, »der Euch Wild vorsetzte, das er selbst erjagt hatte.«

»Wagt Ihr Euch in solchem Zustand hier blicken zu lassen?« rief Petrus. »Wißt Ihr nicht, daß der Himmel Personen wie Euch verschlossen ist? Was! Ihr seid nicht einmal zugelassen für das Fegefeuer und erbittet jetzt gar einen Platz im Paradies?«

»Petrus«, sagte Federigo, »habe ich Euch so empfangen, als Ihr mit Eurem Göttlichen Herrn vor etwa hundertachtzig Jahren zu mir kamt und meine Gastfreundschaft erbatet?«

»Das ist ja schön und gut«, antwortete Petrus tadelnd, wenn auch leicht gerührt. »Aber ich kann nicht allein entscheiden, Euch einzulassen. Ich gehe und berichte Jesus Christus von Eurem Kommen. Wir werden sehen, was Er dazu zu sagen hat.«

Unser Herr erfuhr die Neuigkeit und kam ans Paradiestor, wo Er Federigo kniend vorfand mit seinen zwölf Seelen, sechs auf jeder Seite. Und Er ließ sich von Mitleid anrühren.

»Ihr dürft eintreten«, sagte er zu Federigo. »Diese zwölf Seelen aber, auf die die Hölle Anspruch erhebt, könnte ich guten Gewissens nicht mit einlassen.«

»Wie bitte, Herr?« rief Federigo. »Als ich die Ehre hatte, Euch in meinem Haus zu empfangen, wart Ihr da nicht von zwölf Reisenden begleitet, die ich zusammen mit Euch empfing, so gut ich es vermochte?«

»Wahrhaft, diesem Manne vermag man nicht zu widerstehen«, sagte Jesus Christus. »Dann tretet ein, da ihr schon alle hier seid; doch redet nicht herum von dem Gefallen, den ich euch erweise; er wäre ein zu schlechtes Vorbild.«

Übersetzt von Thomas Schlück

Nathaniel Hawthorne
(1804–1864)

Als einer der bekanntesten amerikanischen Autoren des neunzehnten Jahrhunderts hat Nathaniel Hawthorne sehr viele Kurzgeschichten der Fantasy und Science Fiction hervorgebracht – und viele davon finden sich in *Twice-Told Tales* (1837) und *Mosses from an Old Manse* (1846). Er war überzeugt, die einzige Wahrheit sei die innere, und der Künstler habe daher das Recht, die Welt zu verändern, um seine Aussage zu verstärken. Folglich weist ein Großteil seines Werkes stark allegorische Züge auf – die Warnung vor dem Stolz, insbesondere vor dem intellektuellen Stolz des einsamen Gelehrten, der lediglich spekulatives oder wissenschaftliches Interesse an seinen Mitmenschen empfindet.

Geboren in Salem, Massachusetts, entstammte Hawthorne einer alten Kolonistenfamilie, die bessere Tage gesehen hatte, ehe sie von einem Opfer der Salemer Hexenprozesse verflucht wurde. Hawthorne war ein gutaussehender, schweigsamer und düsterverschlossen wirkender Mann, las während einer dreijährigen Genesung von einer schweren Fußverletzung ausgesprochen viel – eine Leidenschaft, die seine Entscheidung, Autor zu werden, möglicherweise beeinflußte.

Damals jedoch erschwerte das Fehlen eines internationalen Copyright-Gesetzes jedem jungen Amerikaner einen Erfolg als Autor außerordentlich. Die amerikanischen Verlage fanden es gewinnträchtiger, britische Autoren nachzudrucken, denen sie keine Tantiemen zu zahlen brauchten, als sich um die kostspieligeren Talente im eigenen Lande zu kümmern. Hawthorne aber blieb entschlossen. Nachdem er im Bowdoin College (wo er sehr wertvolle Verbindungen knüpfte) seinen Hauptabschluß in Literatur gemacht hatte, zog er in das Haus seiner Mutter und begann zu arbeiten.

1828 beendete er *Fanshawe*, einen Gesellschaftsroman, der dem Bostoner Verleger Samuel Goodrich auffiel. Goodrich gab eine jährliche Kurzgeschichtensammlung, *The Token*, heraus und sollte in den nächsten elf Jahren über fünfundzwanzig Hawthorne-Werke veröffentlichen. Doch um zu erreichen, daß in jeder Ausgabe mehrere Stories eines Autors publiziert werden konnten, führte Goodrich grundsätzlich keine Autorennamen auf. Hawthornes Urheberschaft wurde nur dadurch bekannt, weil Horatio Bridge, ein alter Freund vom Bowdoin College, Goodrich zweihundertundfünfzig Dollar bezahlte, um einen Erzählungsband seines Freundes herauszubringen. (*Twice-Told Tales*, 1837).

Hawthornes Einkommen aus *The Token* belief sich auf weniger als dreihundertundfünfzig Dollar. Als er sich 1839 mit dem Gedanken an eine Ehe zu tragen begann, verschaffte er sich ein politisches Amt, das er zwei Jahre lang innehatte, und es dann aufgab, um seiner Geliebten nach Brook Farm zu folgen. 1842 heiratete er und verschaffte sich eine weitere politische Stellung, die er jedoch verlor, als seine Partei bei der nächsten Wahl scheiterte.

Das weitere Bemühen, seine Familie als Autor zu ernähren, verlief eher kläglich, bis der Bostoner Verleger James T. Fields auf den ersten Entwurf zu *Der scharlachrote Buchstabe* stieß. 1850 erschien dieser Roman mit triumphalem Erfolg; ein Jahr später folgte das poe-ähnliche Meisterwerk *Das Haus mit den Sieben Giebeln* (1851). Als sein alter College-Freund Franklin Pierce 1853 Präsident wurde, versah er Hawthorne mit dem Posten eines Konsuls im englischen Liverpool. Die steigenden Tantiemen, außerdem fünf lukrative Jahre im Staatsdienst, brachten Hawthorne endlich die finanzielle Unabhängigkeit. So trat er in den Ruhestand und kehrte nach zweijährigem Aufenthalt in Italien nach Hause zurück, um bis zu seinem Tode vier Jahre später weiterzuschreiben, jedoch ohne daß ihm noch ein größerer Erfolg beschieden war.

Unsere Wahl fiel auf *Dr. Heideggers Experiment,* eine seiner raffiniertesten Erzählungen, ein humoristisch-pessimistischer Blick auf das mögliche Verhalten von Menschen, die ihr Leben noch einmal leben wollen.

NATHANIEL HAWTHORNE

Dr. Heideggers Experiment

Der alte Dr. Heidegger, dieser sehr sonderbare Mensch, lud einmal vier ehrwürdige Freunde ein, ihn in seinem Arbeitszimmer zu besuchen. Es erschienen drei weißbärtige Herren, Mr. Medbourne, Oberst Killigrew und Mr. Gascoigne, und eine verblühte Dame, Witwe Wycherly genannt. Allesamt waren sie schwermütige alte Leute, die im Leben kein Glück gehabt und deren größtes Unglück es war, daß sie nicht längst in ihren Gräbern lagen.

Mr. Medbourne war in der Blüte der Jahre ein wohlhabender Kaufmann gewesen, hatte dann aber durch kopflose Spekulationen seinen ganzen Besitz verloren und war nun wenig besser dran als ein Bettler. Oberst Killigrew hatte seine besten Jahre, seine Gesundheit und sein Vermögen mit sündhaften Vergnügungen vergeudet, die ihm eine ganze Brut von Schmerzen wie Gicht und andere Qualen des Leibes und der Seele hinterlassen hatten. Mr. Gascoigne war ein gescheiterter Politiker und ein Mann von üblem Leumund, oder war es jedenfalls gewesen, bis ihn die Zeit aus dem Gedächtnis der lebenden Generation tilgte, so daß er nun eher unbekannt als unbeliebt war. Was schließlich die Witwe Wycherly anbetrifft, so heißt es, sie sei in ihrer Jugend eine Schönheit gewesen. Jetzt aber lebte sie schon seit langem sehr zurückgezogen wegen gewisser skandalöser Affären, welche die Bürger der Stadt gegen sie eingenommen hatten.

Ein erwähnenswerter Umstand ist, daß die drei alten Herren, Mr. Medbourne, Oberst Killigrew und Mr. Gascoigne, einst die Witwe Wycherly geliebt hatten und drauf und dran gewesen waren, einander ihretwegen an die Kehle zu fahren, und bevor ich weitererzähle, sei ferner noch angedeutet, daß man sowohl Dr. Heidegger als auch seine vier Gäste zuweilen für ein wenig wunderlich hielt, wie es eben alte Leute nicht selten sind, wenn ihnen gegenwärtige Sorgen oder schmerzliche Erinnerungen zu schaffen machen.

»Meine lieben alten Freunde«, sagte Dr. Heidegger und bedeutete ihnen mit einer Handbewegung, Platz zu nehmen, »ich bedarf Ihrer Hilfe bei einem jener kleinen Experimente, mit denen ich mir hier in diesem Arbeitszimmer gern die Zeit vertreibe.«

Wenn man Gerüchten glauben will, war Dr. Heideggers Arbeitszimmer ein höchst merkwürdiger Ort – eine dämmerige, altmodische Kammer, mit Spinnweben behangen wie mit Girlanden und besprenkelt mit altehrwürdigem Staub. An den Wänden standen mehrere Bücherregale aus Eichenholz, deren untere Fächer angefüllt waren mit riesigen Folianten und in Fraktur gedruckten Quartbänden, während die oberen kleine, in Pergament gebundene Duodezbände enthielten. Oben auf dem mittleren Regal stand eine Bronzebüste des Hippokrates, den Dr. Heidegger, einigen Gewährsleuten zufolge, in allen schwierigen Fällen seiner Praxis zu konsultieren pflegte. In der dunkelsten Ecke des Raumes stand ein hoher, schmaler Eichenschrank, durch dessen halb offene Tür ein Skelett hervorschimmerte, und zwischen zweien der Bücherregale hing ein Spiegel, der sein hohes, verstaubtes Glas in einem dunkel angelaufenen vergoldeten Rahmen darbot. Neben vielen anderen wunderbaren Dingen, die man sich über diesen Spiegel erzählte, hieß es, die Geister aller verstorbenen Patienten des Doktors wohnten darin und starrten ihm ins Gesicht, wann immer er den Blick in ihre Richtung wandte.

Die gegenüberliegende Wand des Zimmers zierte das lebensgroße Porträt einer jungen Dame in der verblichenen Pracht von Seide, Satin und Brokat und mit einem Gesicht, das ebenso verblichen war wie ihr Gewand. Vor einem halben Jahrhundert war Dr. Heidegger mit dieser jungen Dame verlobt gewesen; dann aber hatte sie, an einer kleinen Unpäßlichkeit leidend, ein Medikament geschluckt, das ihr Geliebter ihr verschrieben, und war am Vorabend der Hochzeit gestorben.

Die größte Seltsamkeit des Arbeitszimmers bleibt jedoch noch zu erwähnen: ein schwerer Folioband, in schwarzes Leder gebunden und mit kräftigen silbernen Schließen versehen. Auf dem Rücken war keine Schrift zu lesen, und niemand wußte zu sagen, wie der Titel des Buches lautete, aber es war allgemein bekannt, daß es von Magie handelte, und einmal, als es ein Dienstmädchen, nur um es abzustauben, in die Höhe hob, da klapperte der Knochenmann im Schrank, die gemalte junge Dame setzte einen Fuß auf den Boden, und etliche gespenstische Gesichter blickten aus dem Spiegel. Das bronzene Haupt des Hippokrates aber runzelte die Stirn und rief: »Laß ab davon!«

Das also war Dr. Heideggers Arbeitszimmer. An dem Sommernachmittag, an dem sich unsere Geschichte zutrug, stand in der Mitte des Raumes ein kleiner runder Tisch, schwarz wie Ebenholz, und auf dem Tisch eine große, schön geformte und kunstreich gearbeitete Vase aus geschliffenem Glas. Die Sonnenstrahlen fielen zwischen den schweren Falten der ausgebleichten Damastvorhänge durch das Fenster und mitten durch diese Vase hindurch, so daß sie einen milden Glanz auf die aschgrauen Gesichter der fünf alten Leute warf, die um den Tisch versammelt waren, auf dem auch noch vier Champagnergläser bereitstanden.

»Meine lieben Freunde«, wiederholte Dr. Heidegger. »Darf ich auf Ihre Mitwirkung bei einem höchst ungewöhnlichen Experiment zählen?«

Nun war Dr. Heidegger wahrhaftig ein alter Sonderling, über dessen Verschrobenheiten tausend phantastische Geschichten umgingen. Einige dieser Fabeln, zu meiner Schande sei's gesagt, könnten sich auf mich zurückverfolgen lassen und ihren Ursprung in meiner Wahrheitsliebe haben, und sollten gewisse Abschnitte dieser Erzählung die Gutgläubigkeit des Lesers überfordern, so muß ich mich wohl damit abfinden, für einen Aufschneider gehalten zu werden.

Als die vier Gäste des Doktors diesen von einem Experiment sprechen hörten, erwarteten sie sich nichts Wunderbareres als die Ermordung einer Maus in einer Vakuumpumpe oder die Betrachtung einer Spinnwebe unter dem Mikroskop oder dergleichen Unsinn mehr, mit dem er seine Freunde zu belästigen pflegte. Dr. Heidegger humpelte jedoch, ohne eine Antwort abzuwarten, durch das Zimmer und kehrte mit jenem gewichtigen Folianten zurück, der nach übereinstimmenden Berichten von Magie handelte. Er öffnete die silbernen Schließen, schlug den Band auf und zog zwischen den mit Fraktur bedruckten Seiten eine Rose hervor – oder vielmehr etwas, was einst eine Rose gewesen war, denn sowohl die grünen Blätter als auch die karminrote Blüte hatten den gleichen bräunlichen Ton angenommen, und die alte Blume schien in den Fingern des Doktors zu Staub zerfallen zu wollen.

»Diese Rose«, sagte Dr. Heidegger mit einem Seufzer, »diese vertrocknete, zerbröckelnde Rose blühte vor fünfundfünfzig Jahren. Ich bekam sie von Sylvia Ward, deren Bild dort drüben hängt, und ich wollte sie bei unserer Hochzeit an meiner Brust tragen. Fünfundfünfzig Jahre lang habe ich sie zwischen den Seiten dieses alten Buches gehegt. Nun sagen Sie mir: Würden Sie es für möglich halten, daß diese ein halbes Jahrhundert alte Rose noch einmal blühen könnte?«

»Unfug!« sagte die Witwe Wycherly mit einem unwilligen Rukken ihres Kopfes. »Ebensogut könnten Sie fragen, ob das runzelige Gesicht einer Greisin je wieder zu blühen vermöchte.«

»Sehen Sie!« sagte Dr. Heidegger.

Er deckte die Vase auf und warf die Rose in das Wasser, das sie enthielt. Zuerst lag sie leicht auf der Oberfläche der Flüssigkeit und schien nichts von ihr aufsaugen zu wollen. Bald jedoch war ihr eine seltsame Veränderung anzumerken. Die gepreßten, vertrockneten Blütenblätter regten sich und nahmen ein tiefes Rot an, so als erwachte die Blume aus todesähnlichem Schlaf; der schlanke Stiel und die Blätter wurden grün, und mit einemmal sah die ein halbes Jahrhundert alte Rose so frisch aus wie an dem Tag, da Sylvia Ward sie ihrem Liebsten gab. Sie schien eben aufzublühen, denn einige ihrer zarten roten Blätter lösten sich gerade erst zögernd von dem festen Kern der Blüte, auf der zwei, drei Tautropfen funkelten.

»Ein sehr hübscher kleiner Trick«, sagten des Doktors Freunde gleichgültig, denn sie hatten in der Vorstellung eines Zauberkünstlers größere Wunder gesehen. »Nun sagen Sie uns, wie Sie das gemacht haben.«

»Haben Sie nie von dem ›Jungbrunnen‹ gehört, den Ponce de León, der spanische Abenteurer, vor zwei oder drei Jahrhunderten suchte?« fragte der Doktor.

»Hat ihn denn Ponce de León gefunden?« wollte die Witwe Wycherly wissen.

»Nein«, antwortete Dr. Heidegger, »denn er hat ihn nie am richtigen Ort gesucht. Der berühmte Jungbrunnen befindet sich, wenn ich recht unterrichtet bin, im südlichen Teil der Halbinsel Florida, unweit des Macao-Sees. Die Quelle wird von riesigen Magnolien beschattet, die, obzwar ungezählte Jahrhunderte alt, sich dank den Kräften dieses wunderbaren Wassers so frisch erhalten haben wie Veilchen. Ein Bekannter, der meine Neugier in diesen Dingen kennt, hat mir geschickt, was Sie in dieser Vase sehen.«

»Hm«, machte Oberst Killigrew, der von der Geschichte kein Wort glaubte. »Was meinen Sie: Was für eine Wirkung hätte diese Flüssigkeit auf den menschlichen Korpus?«

»Das, lieber Oberst, sollen Sie selbst beurteilen«, erwiderte Dr. Heidegger. »Und Sie alle, meine verehrten Freunde, sind eingeladen, soviel von diesem wunderbaren Wasser zu sich zu nehmen, wie nötig sein mag, um die Blüte der Jugend wiederherzustellen. Ich für mein Teil habe es nicht eilig, mich wieder zu verjüngen, denn es hat mich genug Mühe gekostet, alt zu werden. Ich will daher mit Ihrer Erlaubnis nur den Verlauf des Experiments beobachten.«

Während er dies sagte, hatte Dr. Heidegger die vier Champagnergläser mit dem Wasser aus dem Jungbrunnen gefüllt, das offenbar ein Gas enthielt, denn es stiegen aus den Tiefen der Gläser unablässig kleine Perlen auf, die an der Oberfläche zersprühend einen silberhellen Schleier bildeten.

Da die Flüssigkeit einen angenehmen Duft verströmte, zweifelten die Alten nicht daran, daß sie stärkende, tröstende Eigenschaften besaß, und wenn sie auch hinsichtlich ihrer verjüngenden Wirkung äußerst skeptisch waren, so fanden sie sich doch bereit, sie alsogleich zu trinken. Doch Dr. Heidegger bat sie, sich einen Augenblick zu gedulden.

»Bevor Sie trinken, verehrte Freunde«, sagte er, »würden Sie gut daran tun, von der Erfahrung eines ganzen Lebens geleitet, einige allgemeine Regeln für Ihr Verhalten aufzustellen, wenn Sie nun ein zweites Mal die Fährnisse der Jugend zu bestehen haben. Bedenken Sie, was für eine Sünde und Schande es wäre, wenn Sie mit den besonderen Vorteilen, die Sie genießen, nicht allen jungen Leuten dieser Zeit Vorbilder an Tugend und Weisheit würden.«

Die vier ehrsamen Freunde des Doktors gaben ihm keine andere Antwort als ein schwaches, zitteriges Lächeln; so unsinnig erschien ihnen der Gedanke, daß sie je wieder vom rechten Wege abweichen sollten, nun da sie wußten, wie dicht dem Irrtum die Reue auf den Fersen folgt.

»So trinken Sie also«, sagte der Doktor mit einer Verbeugung.

»Ich bin glücklich, die Teilnehmer an meinem Experiment so klug gewählt zu haben.«

Mit zitterigen Händen hoben sie die Gläser an die Lippen. Die Flüssigkeit, wenn sie wirklich die Kräfte besaß, die ihr Dr. Heidegger zuschrieb, hätte niemandem gespendet werden können, der ihrer schmerzlicher bedurfte als diese vier. Sie sahen aus, als hätten sie nie gewußt, was Jugend oder Freude ist, als wären sie, von einer altersschwachen Natur gezeugt, seit eh und je die grauen, trockenen, hinfälligen, elenden Gestalten gewesen, die nun gebeugt um des Doktors Tisch saßen und nicht einmal genug Leben in der Seele oder im Leibe hatten, um sich von der Aussicht, wieder jung zu werden, ein wenig aufmuntern zu lassen. Sie leerten ihre Gläser und stellten sie wieder auf den Tisch.

Sogleich aber war der äußeren Erscheinung der kleinen Gesellschaft eine gewisse Verbesserung anzumerken, etwa wie sie ein Glas edlen Weins hervorbringt, wenn zugleich ein fröhlicher Sonnenstrahl plötzlich alle Gesichter erhellt. Eine gesunde Röte stieg ihnen in die Wangen und verdrängte das Aschgrau, das ihnen ein so leichenhaftes Aussehen verliehen hatte. Sie sahen einander verwundert an, und es war ihnen, als hätte wirklich eine Zauberkraft die tiefen, traurigen Furchen auszuglätten begonnen, die die Zeit in ihre Züge gegraben hatte. Die Witwe Wycherly rückte rasch ihre Haube zurecht, denn sie fühlte sich beinahe wieder wie eine Frau.

»Geben Sie uns mehr von diesem Zauberwasser!« riefen sie alle eifrig. »Wir sind jünger, doch wir sind noch viel zu alt! Rasch, geben Sie uns mehr!«

»Geduld, Geduld!« sprach Dr. Heidegger, der dasaß und den Ablauf seines Experiments mit philosophischem Gleichmut verfolgte. »Sie haben lange gebraucht, um alt zu werden, und können gewiß ein halbes Stündchen daran setzen, Ihre Jugend wiederzuerlangen! Doch das Wasser steht zu Ihren Diensten.«

Ein zweitesmal füllte er ihre Gläser mit dem Wasser der Jugend, von dem noch genug in der Vase zurückblieb, um die Hälfte aller alten Leute in der Stadt in das Alter ihrer Enkelkinder zu versetzen. Während noch die Luftbläschen funkelnd zerplatzten, griffen die vier Gäste des Doktors hastig nach den Gläsern und leerten sie auf einen Zug. War es eine Täuschung? Schon während ihnen das Getränk durch die Kehle rann, schien es ihren ganzen Körper zu verändern. Ihre Augen wurden hell und klar, ihre weißen Locken färbten sich dunkel, und alsbald saßen um den Tisch drei Herren in mittleren Jahren und eine Dame, die kaum ihre frische Blüte überschritten hatte.

»Meine liebe Witwe, Sie sind reizend!« rief Oberst Killigrew, dessen Blick auf ihr Gesicht geheftet war, während die Schatten des Alters von diesem flohen wie die Dunkelheit vom Morgenhimmel.

Die hübsche Witwe wußte von früher her, daß die Komplimente des Obersten nicht immer dem Vergleich mit der nüchternen Wahrheit standhielten. Daher sprang sie auf und lief zum Spiegel, im stillen noch immer fürchtend, das häßliche Gesicht einer alten Frau werde ihr daraus entgegenblicken. Die drei Herren benahmen sich unterdessen auf eine Art, die vermuten ließ, daß das Wasser des Jungbrunnens etwas Berauschendes an sich hatte, sofern nicht ihre Heiterkeit des Geistes nur ein leichter Schwindel war, der daher rührte, daß die Last der Jahre so plötzlich von ihnen abgefallen war.

Mr. Gascoignes Gedanken schienen sich politischen Themen zuzuwenden, aber ob sie sich auf Vergangenheit, Gegenwart oder Zukunft bezogen, wäre nicht leicht zu entscheiden gewesen, da schon seit fünfzig Jahren immer die gleichen Ideen und Phrasen im Schwange waren. Bald gab er mit Pathos etliches von Patriotismus, dem Ruhm des Vaterlandes und dem Recht des Volkes von sich, bald äußerte er verschlagen flüsternd und so vorsichtig, daß kaum sein eigenes Bewußtsein das Geheimnis erhaschte, gefährliche Ansichten dieser oder jener Art, bald wieder sprach er gemessen und so ehrfurchtsvoll, als lauschte ein königliches Ohr seinen wohlgedrechselten Sätzen. Oberst Killigrew sang ein munteres Trinklied und schlug im Takte an sein Glas, während seine Augen auf den drallen Formen der Witwe Wycherly ruhten. Mr. Medbourne, auf der andern Seite des Tisches, war in eine lange Addition von Dollars und Cents vertieft und wälzte gleichzeitig das Projekt, Indien mit Eis zu versorgen, indem man Wale vor die Eisberge des Nordpols spannte.

Die Witwe Wycherly aber stand vor dem Spiegel, knickste und lächelte geziert ihrem eigenen Abbild zu, indem sie es als den Menschen grüßte, den sie mehr liebte als die ganze übrige Welt. Sie näherte ihr Gesicht dem Glas, um zu sehen, ob gewisse lang vertraute Runzeln oder Krähenfüße tatsächlich verschwunden seien, und sie prüfte, ob der Schnee so völlig aus ihrem Haar geschmolzen war, daß sie es wagen durfte, die ehrwürdige Haube beiseitezutun. Zuletzt wandte sie sich mit einer lebhaften Bewegung ab und trat mit tänzelnden Schritten wieder auf den Tisch zu.

»Mein lieber alter Doktor!« rief sie. »Gewähren Sie mir bitte noch ein Glas.«

»Gewiß Madame, gewiß«, antwortete der gefällige Doktor. »Sehen Sie, ich habe schon wieder eingeschenkt.«

Wirklich waren die vier Gläser bis zum Rande gefüllt mit diesem wunderbaren Wasser, dessen zartes Perlen und Sprühen dem zitternden Glitzern von Diamanten ähnelte. Die Sonne war mittlerweile so tief gesunken, daß es dämmeriger in dem Zimmer geworden war denn je zuvor, aber aus dem Innern der Vase schimmerte ein milder Mondglanz hervor und ruhte auf den vier Gästen ebenso wie auf der verehrungswürdigen Gestalt des Doktors. Dieser saß auf einem mit reichem Schnitzwerk verzierten Sessel aus Eichenholz mit hoher, gerader Lehne und strahlte eine graue Würde aus, wie sie Vater Zeit selbst wohl angestanden wäre, dessen Macht nie bestritten wurde – außer von der hier versammelten glücklichen Gesellschaft, die, während sie zum drittenmal von dem Wasser aus dem Jungbrunnen schlürfte, beinahe andächtig das geheimnisvolle Gesicht des Doktors betrachtete. Im nächsten Augenblick aber schoß ihnen ein Strom jungen Lebens durch die Adern. Sie befanden sich nun in der glücklichen Blüte der Jugend. An das Alter mit seinem elenden Gefolge von Sorgen und Krankheiten erinnerten sie sich nur noch wie an die Qualen eines bösen Traums, aus dem sie froh erwacht waren. Der frische Glanz der Seele, den sie so früh verloren hatten und ohne den ihnen die Szenen ihres Lebens wie die dunkel gewordenen Bilder einer Galerie erschienen waren, warf wieder seinen Zauber auf alles, was sie noch vor sich zu sehen glaubten. Sie fühlten sich wie neugeschaffene Wesen in einem neugeschaffenen Universum.

»Wir sind jung! Wir sind jung!« jubelten sie.

Sie waren mit einemmal fröhliche junge Menschen, beinahe von Sinnen in der tollen Ausgelassenheit ihrer Jahre, und das Seltsamste an dieser Fröhlichkeit war, daß sie den Drang verspürten, die Schwächen und Gebrechen zu verhöhnen, deren Opfer sie eben noch gewesen waren. Sie lachten laut über ihre altmodische Kleidung, die weiten Röcke und Gilets der jungen Männer und die putzige Haube und das matronenhafte Kleid des jungen Mädchens. Der eine humpelte durch das Zimmer wie ein gichtischer Großvater, der andre setzte sich eine Brille auf die Nase und tat, als studierte er angestrengt die schwarzen Lettern des Magiebuches, der dritte setzte sich in einen Sessel und bemühte sich, die würdevolle Haltung Dr. Heideggers nachzuahmen. Dann riefen wieder alle fröhlich durcheinander und sprangen im Zimmer umher. Die Witwe Wycherly – sofern es angeht, eine so frische Maid »Witwe« zu nennen – trippelte mit einem Ausdruck schelmischer Belustigung in ihrem rosigen Gesicht auf den Sessel des Doktors zu.

»Doktor, Sie liebe alte Seele!« rief sie. »Stehen Sie auf und tanzen Sie mit mir!« Und die vier jungen Leute lachten lauter denn je bei der Vorstellung, was für eine komische Figur der arme alte Doktor machen würde.

»Ich bitte Sie, mich zu entschuldigen«, antwortete dieser ruhig. »Ich bin alt und vom Rheuma geplagt, und das Tanzen habe ich mir längst abgewöhnt. Aber jeder dieser munteren jungen Herren wird eine so hübsche Partnerin zu schätzen wissen.«

»Tanzen Sie mit mir, Clara!« rief Oberst Killigrew.

»Nein, ich will mit ihr tanzen!« rief Mr. Gascoigne.

»Mir hat sie vor fünfzig Jahren ihre Hand versprochen!« rief Mr. Medbourne.

Die drei umringten sie. Der eine ergriff leidenschaflich ihre beiden Hände, der andre nahm sie um die Mitte, der dritte fuhr ihr mit der Hand in die glänzenden Locken unter der Witwenhaube. Errötend, atemlos, zappelnd und scheltend und den dreien nacheinander ihren warmen Atem ins Gesicht hauchend, versuchte sie sich zu befreien und blieb doch in der dreifachen Umarmung gefangen. Nie sah man ein lebhafteres Bild jugendlichen Wettstreits um den Preis bezaubernder Schönheit. Und doch wird berichtet, daß durch eine seltsame Täuschung, die vielleicht von dem Dämmer des Raumes und den altmodischen Kleidern herrührte, der große Spiegel die Gestalten dreier grauer, runzeliger Greise wiedergab, die sich auf die lächerlichste Weise um die welke Häßlichkeit einer verhutzelten Greisin bemühten.

Doch sie waren jung – ihre heiße Leidenschaft bewies es. Bis zum Wahnsinn entflammt durch die Koketterie der mädchenhaften Witwe, die ihre Gunst niemandem gewährte und niemandem ganz verweigerte, begannen sie drohende Blicke zu wechseln. Ohne ihre schöne Beute loszulassen, packten sie einander an der Kehle, und bei dem Geschiebe und Gezerre wurde zuletzt der Tisch umgestoßen und die Vase zersprang in tausend Stücke. Das kostbare Wasser der Jugend ergoß sich in hellem Strom über den Boden und benetzte die Flügel eines Schmetterlings, der sich, mit dem sich neigenden Sommer alt geworden, dort niedergelassen hatte, um zu sterben. Das Insekt flatterte plötzlich leicht durch den Raum und setzte sich auf das schneeweiße Haupt Dr. Heideggers.

»Meine Herrn, Madame Wycherly – ich muß doch bitten!« rief der Doktor. »Ich kann diesen Tumult nicht dulden!«

Sie standen still und fröstelten, denn es schien mit einemmal, als riefe sie die graue Zeit aus der sonnigen Jugend zurück in das kalte, dunkle Tal der Jahre. Sie sahen den alten Dr. Heidegger an, der auf seinem geschnitzten Stuhl saß und die ein halbes Jahrhundert alte Rose in der Hand hielt, die er aus den Scherben der Vase gerettet hatte. Auf einen Wink seiner Hand hin nahmen die vier Hitzköpfe wieder ihre Plätze ein, und sie taten es um so bereitwilliger, als sie die heftige Anstrengung, so jung sie auch waren, ermüdet hatte.

»Die Rose meiner armen Sylvia!« rief Dr. Heidegger und hielt die Blume ins letzte Licht des Sonnenuntergangs. »Sie scheint wieder zu welken.«

Und so war es auch. Während die Versammelten sie betrachteten, welkte die Blume rasch dahin, bis sie wieder so trocken und brüchig geworden war wie in dem Augenblick, da sie der Doktor in die Vase warf. Er schüttelte die wenigen Tropfen ab, die noch an ihren Blütenblättern hingen.

»Ich liebe sie so nicht weniger als in ihrer Taufrische«, bemerkte er und drückte die verdorrte Rose an seine welken Lippen. Und während er sprach, flatterte der Schmetterling von seinem weißen Haupt herab und fiel auf den Boden.

Wieder fröstelten seine Gäste. Eine seltsame Kälte – der Seele oder des Leibes, sie vermochten es nicht zu sagen – legte sich auf sie alle. Sie starrten einander an und glaubten zu bemerken, daß jeder dahineilende Augenblick etwas von ihrem Reiz fortraffte und eine Furche hinterließ, wo soeben noch keine gewesen war. Erlagen Sie einer Täuschung? Waren die Veränderungen eines ganzen Lebens in eine so kurze Zeitspanne zusammengedrängt worden, und waren sie nun wieder vier alte Menschen, die mit ihrem alten Freund Dr. Heidegger beisammensaßen?

»Sind wir so schnell wieder alt geworden?« riefen sie klagend.

Ja, so war es. Das Wasser der Jugend besaß eine Wirkung, die flüchtiger war als die des Weines. Die Ekstase, die es hervorgerufen hatte, war verflogen. Sie waren wieder alt! Mit einer schaudernden Gebärde, die verriet, daß sie noch eine Frau war, schlug die Witwe die knochendürren Hände vors Gesicht und wünschte sich, der Sargdeckel hätte sich schon darüber geschlossen, da es nicht mehr schön sein konnte.

»Ja, meine Freunde, Sie sind wieder alt«, sagte Dr. Heidegger. »Und sehen Sie, das Wasser der Jugend ist vergossen. Ich beklage es nicht. Wenn die Quelle vor meiner eigenen Schwelle sprudelte, ich würde mich nicht bücken, um meine Lippen zu benetzen – und dauerte der schöne Wahn auch Jahre statt nur wenige Augenblicke. Denn solcherart ist die Lektion, die Sie mir soeben erteilt haben!«

Die vier Freunde des Doktors hatten selbst jedoch nichts gelernt. Sie beschlossen auf der Stelle, nach Florida zu pilgern und dort morgens, mittags und abends das Wasser des Jungbrunnens zu schlürfen.

Übersetzt von Joachim A. Frank

Nikolaj Gogol
(1809–1852)

Nikolaj Gogol, einer der größten Autoren Rußlands, wurde in Soroschintzi in der Ukraine geboren, einem Land, in dem die Menschen in besonderem Maße Legenden und Volksüberlieferungen anhängen. In der Oberschule in Nesin nahm Gogol an Theateraufführungen teil und schrieb für das Schulmagazin Prosa und Gedichte. 1828 zog er nach St. Petersburg, um sich als Beamter zu verdingen, stieß jedoch auf Verachtung ob eines Gedichts, das er 1829 veröffentlichte. Auf Kritik stets empfindlich reagierend, versuchte er in die Vereinigten Staaten auszuwandern. In Deutschland ging ihm jedoch das Geld aus, so daß er nach St. Petersburg zurückkehrte, wo er sich schließlich einen schlecht bezahlten Regierungsposten sicherte. Um seinem eintönigen Leben zu entrinnen, begann er über die phantastischen Kreaturen und Dämonen seiner Heimatprovinz zu schreiben. Diese Arbeiten wurden 1831–1832 als *Die Abende auf einem Weiler bei Dikanka* veröffentlicht. Sie fanden große Zustimmung und führten dazu, daß er 1834 als Stellvertretender Professor für Geschichte an die Universität St. Petersburg berufen wurde.

Ein Jahr später gab er diese Arbeit auf, weil er sich ihr nicht gewachsen fühlte. Inzwischen hatte er jedoch zwei weitere Bücher herausgebracht (*Mirgorod* und *Arabesken,* 1835), die einige seiner besten Arbeiten enthielten. *Der Wij* befaßte sich auf das Lebhafteste mit Dämonologie; *Aufzeichnungen eines Wahnsinnigen* nahm den Surrealismus vorweg und förderte ihn; in *Das Porträt* untersuchte er den bösen Einfluß eines Gemäldes.

Seine Erfolge setzten sich 1836 mit *Die Nase* und *Der Revisor* (einem Schauspiel) fort. In der satirischen Erzählung macht sich die Nase eines Mannes selbständig, um ein besseres Leben zu suchen, das Stück ist eine bittersarkastische Anklage amtlicher Korruption, die erst nach persönlicher Genehmigung durch den Zaren aufgeführt werden durfte. Die öffentliche Auseinandersetzung um das Stück beunruhigte Gogol auf das Höchste, und er reiste nach Rom, wo er 1842 zwei seiner größten Werke veröffentlichte: *Die toten Seelen* und *Der Mantel*.

Beeinflußt von E. T. A. Hoffmann, zeigte sich Gogols Stil als frappierende Mischung von krassem Realismus und Phantastik. Seine »verschnörkelte und erregte« Prosa, seine Sorge um moralische Fragen und seine psychologischen Darstellungen hatten eine enorme Wirkung auf Dostojewski und viele andere russische Autoren. Dostojewski behauptete sogar, alle russischen Realisten wären »unter Gogols Mantel hervorgekrochen«. Und Wladimir Nabokov nannte Gogols Erzählung von dem »Mantel« die größte russische Kurzgeschichte aller Zeiten.

Leider war Gogol jedoch ein komplizierter und selbstquälerischer Charakter, geplagt von Sorgen, Depressionen und Schuld- und Unzulänglichkeitsgefühlen. Der Dichter Alexander Puschkin übte den dringend erforderlichen ausgleichenden Einfluß aus – und stand Gogol mit Kritik, Urteilen zu Geschmacksfragen und sogar Ideen zur Seite, etwa für *Die toten Seelen* und *Der Revisor*. Dann aber starb Puschkin bei einem Duell, während Gogol sich in Italien versteckte. Sich selbst überlassen, verfiel der Dichter. Er verstieg sich in religiöse Vorstellungen und gewann die Überzeugung, sein Erfolg beweise, daß er Gottes Sprecher auf Erden sei, der die Pflicht habe, Rußland auf den richtigen Weg zu führen.

Seine Versuche, die russische Gesellschsaft in *Ausgewählte Passagen aus der Korrespondenz mit meinen Freunden* (1847) zu verteidigen, führte zur Denunziation durch Belinski und die Radikalen. Seine zehnjährige Anstrengung, *Die toten Seelen* in eine Göttliche Komödie in Prosaform umzugestalten, erwies sich als unzureichend, wohl weil er nur wenige Ideen zu bieten hatte.

In der Annahme, von Gott verlassen zu sein, versuchte er mit Pilgerreisen, Gebeten und Selbsterniedrigungen seine Gnade zu erflehen. Als er darin keine Tröstung fand, verbrannte er voller Verzweiflung die vollendete Fortsetzung zu *Die toten Seelen* und starb zehn Tage später, dem Wahnsinn nahe.

Nikolaj Gogol

Der Mantel

In dem Departement ... aber sagen wir lieber nicht, in welchem Departement. Es gibt nichts Empfindlicheres als sämtliche Arten Departements, Regimenter, Kanzleien – mit einem Wort: als sämtliche Arten der Beamtenschaft. Heutzutage sieht schon jeder beleidigte Privatmann in seiner Person die ganze Gesellschaft beleidigt. Es heißt, daß vor gar nicht langer Zeit ein Polizeikapitän, ich weiß nicht mehr welcher Stadt, ein Bittgesuch eingereicht habe, in welchem er scharfsinnig darlegte, daß die Regierungsverordnungen dem Verderben ausgesetzt seien und daß sein geheiligter Titel entschieden verächtlich gemacht werde. Zum Beweis dafür legte er dem Bittgesuch einen ungeheuren Folianten irgendeines romantischen Werkes bei, in dem auf jeder zehnten Seite ein Polizeikapitän vorkam, stellenweise sogar in völlig betrunkenem Zustand. So wollen wir denn zur Vermeidung jeglicher Unannehmlichkeiten das Departement, um das es hier geht, *ein* Departement nennen. Also, in *einem* Departement diente *ein* Beamter; es läßt sich nicht sagen, daß es ein sehr bedeutender Beamter gewesen wäre: ein kleines Männlein, ein bißchen pockennarbig und ein bißchen rothaarig und allem Anschein nach sogar ein bißchen kurzsichtig, mit einer kleinen Glatze auf der Stirn, Runzeln auf beiden Wangen und einer Gesichtsfarbe, die man als hämorrhoidal bezeichnet ... Was tun? Schuld war das Petersburger Klima. Was seinen Rang betrifft (bei uns muß man vor allem den Rang angeben), so war er das, was man einen ewigen Titularrat nennt, also einer jener Beamten, an denen – wie bekannt – verschiedene Schriftsteller, welche die löbliche Gewohnheit haben, über jene herzufallen, die nicht beißen können, zur Genüge ihren Geist geübt und ihren Witz geschärft haben. Der Name des Beamten war Baschmatschkin. Aus dem Namen ist ersichtlich, daß er früher einmal von dem Wort Baschmak* abgeleitet worden ist; aber wann und zu welcher Zeit er von Baschmak abgeleitet

* Der Schuh – *Anm. d. Übers.*

worden ist, darüber ist nichts bekannt; denn sowohl der Vater als auch der Großvater sowie der Schwager und überhaupt alle Baschmatschkins gingen in Stiefeln und wechselten nur dreimal jährlich deren Sohlen. Sein Name war Akakij Akakijewitsch. Kann sein, daß er dem Leser etwas seltsam und gesucht erscheint, doch ich kann versichern, daß man ihn überhaupt nicht suchte, sondern daß sich von selbst solche Umstände ergaben, die es unmöglich machten, ihm einen anderen Namen zu geben, und das ging auf folgende Weise vor sich. Geboren wurde Akakij Akakijewitsch in der Nacht – wenn mich mein Gedächtnis nicht täuscht – auf den dreiundzwanzigsten März. Seine Mutter selig, eine Beamtenwitwe und eine sehr schöne Frau, traf natürlich, wie es sich gehört, Anstalten, das Kind zu taufen. Seine Mutter lag noch im Bett gegenüber der Tür, während zu ihrer Rechten der Gevatter stand, ein ganz vortrefflicher Mann, Iwan Iwanowitsch Jeroschkin mit Namen, der als Tischvorstand im Senat diente, und neben ihm die Gevatterin, das Weib eines Revierinspektors, eine Frau von seltenen Tugenden, Arina Semjonowna Bjelobrjuschkowa. Man legte der Wöchnerin drei Namen zur beliebigen Auswahl vor: Mokkij, Sossij – oder stellte ihr frei, das Kind nach dem Märtyrer Chosdasat zu benennen. Nein, dachte die Selige, das sind lauter solche Namen. ... Um ihr einen Gefallen zu tun, schlug man den Kalender an einer anderen Stelle auf; es kamen wieder drei Namen heraus: Trifolij, Dula und Warachasij. »Ist das eine Strafe«, flüsterte die Alte, »lauter solche Namen. Wenn es wenigstens Waradat oder Waruch wäre, aber so Trifolij und Warachasij.« Sie wandten noch eine Seite um – und es kamen: Pawsikachij und Wachtisij. »Nun, ich sehe schon«, sagte die Alte, »daß es ihm offenbar so bestimmt ist. Wenn es schon sein muß, dann soll er lieber wie sein Vater heißen. Sein Vater war ein Akakij, also soll auch der Sohn ein Akakij sein.« Auf diese Weise kam denn Akakij Akakijewitsch heraus. Man taufte das Kind, wobei es zu weinen anfing und eine solche Grimasse schnitt, als ob es vorausahnte, daß es ein Titularrat werden würde. So also ging dies alles vor sich. Wir haben es deshalb angeführt, damit der Leser selber sehen kann, daß es mit Notwendigkeit geschah und daß es völlig unmöglich war, ihm einen anderen Namen zu geben. Wann und zu welcher Zeit er in das Departement eintrat und wer ihn angestellt hatte, daran konnte sich niemand erinnern. Wie viele Direktoren und sonstige Vorgesetzte einander auch ablösen mochten, ihm sahen sie immer auf ein und demselben Platz sitzen, in ein und derselben Haltung, in ein und demselben Rang, als ein und denselben Beamten fürs Abschreiben, so daß sie allmählich zu der Überzeugung kamen, daß er offenbar schon in diesem Zustand völlig fertig auf die Welt gekommen sei, in Vizeuniform und mit der Glatze auf dem Kopf. Im Departement erwies man ihm nicht die geringste Achtung. Die Diener erhoben sich nicht nur nicht von ihren Plätzen, wenn er vorbeiging, sondern sahen ihn auch gar nicht an – als ob eine gewöhnliche Fliege durch das Vorzimmer geflogen sei. Die Vorgesetzten sprangen mit ihm irgendwie kalt despotisch um. Irgendein Gehilfe des Tischvorstands schob ihm einfach ein Schriftstück unter die Nase, ohne auch nur: »Schreiben Sie es ab!« oder: »Das ist eine ganz interessante, schöne Sache!« oder sonst irgend etwas Angenehmes zu sagen, wie es unter wohlerzogenen Beamten üblich ist. Und er nahm es, schaute nur auf das Papier, ohne zu sehen, wer es ihm hingelegt und ob jener dazu das Recht hatte. Er nahm es und schickte sich sofort an, es abzuschreiben. Die jungen Beamten lachten ihn aus und machten Witze über ihn, soweit ihr Kanzleischarfsinn das zuließ, und erzählten vor ihm allerhand erfundene Geschichten über ihn; über seine Hausfrau, eine siebzigjährige Greisin, erzählten sie, daß sie ihn schlage, und sie fragten ihn, wann er mit ihr Hochzeit machen wolle; oder sie streuten ihm Papierschnitzel auf den Kopf und nannten dies schneien. Doch Akakij Akakijewitsch erwiderte darauf kein Wort, als ob gar niemand vor ihm stünde; ja, dies alles übte nicht einmal einen Einfluß auf seine Tätigkeit aus: inmitten all dieser Belästigungen und Zudringlichkeiten machte er keinen einzigen Schreibfehler. Nur wenn ein Späßchen schon ganz unerträglich wurde, wenn man ihn am Arm stieß oder ihn daran hinderte, sich mit seiner Arbeit zu beschäftigen, rief er aus: »Laßt mich in Ruhe, weshalb beleidigt ihr mich?« Und etwas Seltsames lag in diesen Worten und in der Stimme, mit der sie ausgesprochen wurden. Es war in ihr etwas Mitleiderregendes zu vernehmen, so daß ein junger Mann, der erst vor kurzem angestellt worden war und sich nach dem Beispiel der anderen ebenfalls einen Scherz mit ihm erlauben wollte, plötzlich, wie von einem Stich durchbohrt, innehielt und seitdem gleichsam alles ringsum verwandelt und in einem anderen Licht zu sehen schien. Eine schier übernatürliche Macht stieß ihn von seinen Kollegen weg, mit denen er sich angefreundet hatte, da er sie für anständige und weltgewandte Leute hielt. Und noch lange danach, selbst in den lustigsten Augenblicken, trat ihm der kleine Beamte mit der Glatze auf der Stirn mit seinen durchdringenden Worten: »Laßt mich in Ruhe, weshalb beleidigt ihr mich?« vor Augen – und in diesen durchdringenden Worten klangen andere Worte mit: »Ich bin dein Bruder.« Und der arme junge Mann bedeckte sein Gesicht mit den Händen und zuckte im Laufe seines Lebens noch oft zusammen, wenn er sah, wieviel Unmenschliches im Menschen, wieviel schreckliche Roheit in dem verfeinerten, gebildeten Gesellschaftston und, o Gott! selbst noch in denjenigen Menschen verborgen war, welche die Welt als edel und ehrenhaft anerkennt ...

Es wäre kaum irgendwo ein Mensch zu finden gewesen, der so in seinem Amt aufging wie Akakij Akakijewitsch. Er diente mit Eifer – nein, das wäre zu wenig gesagt: er diente mit Liebe. Hier, bei diesem Abschreiben, tat sich ihm eine eigene, vielfältige und angenehme Welt auf. Das Vergnügen drückte sich auf seinem Gesicht aus; manche Buchstaben waren seine Favoriten, bei deren Niederschrift er, sooft sie ihm begegneten, schier aus dem Häuschen geriet: da lächelte er, und da blinzelte er ihnen zu, und da half er mit den Lippen nach, so daß man ihm geradezu jeden Buchstaben vom Gesicht ablesen konnte, den seine Feder ausführte. Hätte man ihn seinem Eifer entsprechend belohnt, wäre er vielleicht zu seiner eigenen Verwunderung unter die Staatsräte geraten; doch in Wirklichkeit hatte er sich nur, wie seine witzigen und scharfsinnigen Kollegen sich ausdrückten, eine Schnalle ins Knopfloch verdient und Hämorrhoiden am Hintern ersessen. Übrigens kann man nicht sagen, daß man ihm gar keine Aufmerksamkeit geschenkt hätte. Ein Direktor, der ein guter Mensch war und ihn für seine langjährigen Dienste belohnen wollte, befahl, ihm eine wichtigere Arbeit zu geben als das gewöhnliche Abschreiben; und zwar wurde ihm aufgetragen, aus einem schon fertigen Akt einen Bericht an irgendeine andere Behörde zu verfassen; die Sache bestand lediglich darin, den Titel zu ändern und hie und da die Zeitwörter aus der ersten Person in die dritte zu setzen. Das kostete ihm jedoch so viel Mühe, daß er völlig in Schweiß geriet, sich die Stirn rieb und schließlich sagte: »Nein, gebt mir lieber etwas zum Abschreiben.« Seit dieser Zeit ließ man ihn bis an sein Lebensende abschreiben. Außer diesem Abschreiben schien es für ihn nichts anders zu geben. Er dachte überhaupt nicht an seine Kleidung: die Vizeuniform an ihm war nicht grün, sondern von rötlich-mehliger Farbe. Der Kragen daran war eng und niedrig, so daß sein Hals, ungeachtet dessen, daß er an sich gar nicht lang war, aus dem Kragen in ungewöhnlicher Länge herauszuragen schien, wie bei jenen mit dem Kopf wakkelnden Gipskätzchen, welche die ausländischen Hausierer zu ganzen Dutzenden auf dem Kopf herumtragen. Und stets klebte irgend etwas an seiner Vizeuniform: entweder ein bißchen Heu oder irgendein Fädchen; darüber hinaus hatte er die besondere Geschicklichkeit, wenn er auf der Straße ging, gerade in dem Augenblick unter einem Fenster vorbeizukommen, wenn aus ihm allerhand Unrat herausgeworfen wurde, und deshalb trug er auf seinem Hut ewig Kürbis- oder Melonenschalen und ähnlichen Kram herum. Noch kein einziges Mal in seinem Leben hatte er auf das geachtet, was täglich auf der Straße geschieht und vor sich geht, worauf doch – wie bekannt – seinesgleichen, das heißt die jungen Beamten, stets aufpassen, die dabei die Durchdringlichkeit ihrer flinken Blicke so geschärft haben, daß sie sogar bemerken, wem auf der anderen Seite des Trottoirs die Stege an der Hose unten gerissen sind, was stets ein verschlagenes Lächeln auf ihren Gesichtern hervorruft.

Wenn aber Akakij Akakijewitsch auf irgend etwas blickte, so sah er überall doch nur seine sauberen, mit gleichmäßigen Schriftzügen bedeckten Zeilen, und höchstens, wenn sich ihm – ohne daß er wußte woher – plötzlich eine Pferdeschnauze auf die Schulter legte und mit den Nüstern einen ganzen Sturm auf die Wange blies, dann höchstens bemerkte er, daß er sich nicht mitten in der Zeile, sondern vielmehr mitten auf der Straße befand. Wenn er nach Hause kam, setzte er sich sofort zu Tisch, schlürfte eilends seine Krautsuppe und aß ein Stückchen Rindfleisch mit Zwiebeln, ohne überhaupt einen Geschmack wahrzunehmen – und aß dies alles samt den Fliegen und samt allem, was Gott ihm gerade bescherte. Wenn er spürte, daß sein Magen sich aufzublähen begann, stand er vom Tisch auf, holte ein Tintenfäßchen hervor und schrieb die Aktenstücke ab, die er mit nach Hause genommen hatte. Wenn aber solche zufällig nicht vorhanden waren, fertigte er zu seinem eigenen Vergnügen Kopien an, besonders dann, wenn sich ein Schriftstück nicht so sehr durch die Schönheit des Stils als durch die Adresse an irgendeine neue oder bedeutende Persönlichkeit auszeichnete.

Sogar in jenen Stunden, wenn der graue Petersburger Himmel völlig erlischt und das ganze Beamtenvolk sich gesättigt und – entsprechend dem empfangenen Gehalt sowie dem eigenen Gelüste – zu Mittag gegessen hat, wenn sich alle von dem Kratzen der Federn in den Departements, von den Laufereien, von den eigenen und fremden vordringlichen Beschäftigungen und von alledem, was sich ein rastloser Mensch freiwillig, über das nötige Maß hinaus, aufbürdet, schon längst erholt haben, wenn die Beamten sich beeilen, die verbliebene Zeit dem Vergnügen zu weihen: der eine – noch unternehmungslustig – stürmt ins Theater, der andere auf die Straße, um die Zeit mit der Betrachtung irgendwelcher Hütchen zu verbringen, der nächste in eine Abendgesellschaft, um sie auf Komplimente an irgendein hübsches Mädchen, den Stern eines kleinen Beamtenkreises, zu verschwenden, wieder ein anderer – und das geschieht am häufigsten – geht einfach zu seinem Kollegen in die vierte oder dritte Etage, in zwei kleine Zimmer mit Vorraum oder Küche und irgendwelchen modischen Prätentionen, einer Lampe oder einem anderen hübschen Sächelchen, das viele Opfer und Verzichte auf Mittagessen und Vergnügungen gekostet hat – mit einem Wort, sogar in jenen Stunden, wenn alle Beamten in den kleinen Quartieren ihrer Freunde sich damit zerstreuten, stürmische Whistpartien zu spielen, dazu Tee aus Gläsern zu schlürfen und Kopekenzwieback zu kauen, Tabaksqualm aus langen Tschibuks zu saugen, während des Kartengebens irgendeinen Klatsch zu erzählen, der sich aus der großen Gesellschaft hierher verirrt hatte (auf welche der russische Mensch nie und unter keinen Umständen verzichten kann), oder sogar, wenn es nichts anderes zu reden gab, die ewige Anekdote von dem Kommandanten zu erzählen, dem gemeldet wird, daß dem Pferd auf Falconets Monument der Schweif abgeschnitten worden sei – mit einem Wort: sogar dann, wenn alle sich zu zerstreuen suchten, gab Akakij Akakijewitsch sich keinerlei Zerstreuung hin. Niemand konnte sagen, ihn je auf einer Abendgesellschaft gesehen zu haben. Wenn er sich satt geschrieben hatte, legte er sich schlafen und lächelte schon im vorhinein bei dem Gedanken an den morgigen Tag: Was wird Gott morgen zum Abschreiben schicken? So verfloß das ruhige Leben eines Menschen, der bei vierhundert Rubel Jahresgehalt mit seinem Los zufrieden zu sein verstand, und sein Leben würde vielleicht bis ins hohe Alter weiterhin so verflossen sein, gäbe es nicht verschiedenerlei Mißgeschick, das nicht nur auf den Lebensweg der Titularräte geschüttet wird, sondern auch auf den der Geheimräte, Staatsräte, Hofräte und überhaupt aller Räte, selbst solcher, die weder jemandem Rat erteilen noch von jemandem Rat annehmen.

Es gibt in Petersburg einen grimmigen Feind aller jener, die vierhundert Rubel Jahrsgehalt oder darum herum erhalten. Dieser Feind ist niemand anders als unser nördlicher Frost, unbeschadet dessen, daß er – wie es heißt – sehr gesund sein soll. Um die neunte Morgenstunde, gerade zu der Zeit also, da sich alle Straßen mit Menschen füllen, welche in die Departements gehen, beginnt er so kräftige und beißende Nasenstüber an alle Nasen ohne Unterschied auszuteilen, daß die armen Beamten tatsächlich nicht mehr wissen, wohin sie diese tun sollen. Zu dieser Zeit, da selbst den Inhabern höchster Stellungen die Stirn vor Frost brennt und die Tränen in die Augen treten, sind die armen Titularräte manchmal völlig schutzlos. Ihre einzige Rettung besteht darin, in ihren dünnen Mäntelchen möglichst rasch durch fünf, sechs Straßen zu laufen und dann in der Portierstube hübsch mit den Beinen zu strampeln und sich die Füße zu vertreten, bis auf diese Weise alle unterwegs eingefrorenen Fähigkeiten und Talente zur Erledigung der Amtsgeschäfte wieder aufgetaut sind. Akakij Akakijewitsch begann seit einiger Zeit zu spüren, daß ihn etwas besonders stark im Rücken und an den Schultern zu stechen anfing, obgleich er doch bemüht war, den vorgeschriebenen Raum so schnell wie möglich zu durchfliegen. Schließlich kam er auf den Gedanken, ob nicht irgendein Fehl an seinem Mantel wäre. Als er ihn nun daheim etwas genauer untersuchte, entdeckte er, daß dieser an zwei, drei Stellen, und zwar gerade am Rücken und an den Schultern, dünn wie ein Fliegentuch geworden war; der Stoff hatte sich so abgewetzt, daß er durchsichtig war, und auch das Futter war zerrissen. Nun muß man wissen, daß Akakij Akakijewitschs Mantel den Beamten ebenfalls als Gegenstand witziger Bemerkungen diente; sie verweigerten ihm sogar den ehrlichen Namen eines Mantels und nannten ihn einen Kapot. Und er war in der Tat von einer etwas seltsamen Konstruktion: der Kragen wurde mit jedem Jahr kleiner und kleiner, denn er diente zum Absteppen der übrigen Teile. Das Absteppen bewies nicht gerade die Kunst des Schneiders und war diesem irgendwie sackartig und recht unschön gelungen. Als Akakij Akakijewitsch sah, woran alles lag, kam er zu der Einsicht, daß man den Mantel zu Petrowitsch werde bringen müssen, einem Schneider, der irgendwo in der vierten Etage auf der Hintertreppe wohnte und der sich, ungeachtet seines schielenden Auges und der Blatternarben auf dem ganzen Gesicht, ziemlich erfolgreich mit der Reparatur beamtlicher und jeglicher sonstigen Hosen und Fräcke beschäftigte – selbstverständlich nur dann, wenn er in nüchternem Zustand war und in seinem Kopf nicht irgendwelche andere Vorhaben hegte. Über diesen Schneider brauchte man an sich nicht viel zu sagen, aber weil es nun einmal Sitte geworden ist, daß in einer Erzählung der Charakter jeder Person in aller Ausführlichkeit gezeichnet werden muß, läßt sich nichts machen – also gebt uns einmal diesen Petrowitsch her! Anfangs nannte er sich einfach Grigorij und war Leibeigener bei irgendeinem Gutsbesitzer; Petrowitsch begann er sich erst zu nennen, seitdem er den Freilassungsbrief erhalten hatte und sich an jedem Feiertag ziemlich stark zu betrinken anfing, zuerst nur an den großen, dann aber ohne Unterschied an allen kirchlichen, wo nur im Kalender ein Kreuzchen stand. In dieser Hinsicht war er den altväterlichen Gebräuchen treu geblieben, und wenn er sich mit seinem Weib stritt, nannte er sie ein weltliches Frauenzimmer und eine Deutsche. Da uns nun schon sein Weib aufgestoßen ist, wird es nötig sein, auch über sie zwei, drei Worte zu sagen; aber leider ist über sie nicht viel bekannt, höchstens etwa dies, daß Petrowitsch eben ein Weib hatte, die sogar ein Häubchen und kein Kopftuch trug; doch sonderlicher Schönheit konnte sie sich scheint's nicht rühmen; wenigstens guckten ihr im Vorübergehen nur die Gardesoldaten unter das Häubchen, zuckten aber sogleich mit dem Schnurrbart und stießen einen besonderen Laut aus.

Während er die Treppe hinaufstieg, die zu Petrowitsch führte, welche – um der Wahrheit die Ehre zu geben – gänzlich von Wasser und Spülicht aufgeweicht und durch und durch mit jenem

Spiritusgeruch getränkt war, der die Augen beizt und bekanntlich auf allen Hintertreppen der Petersburger Häuser anwesend ist – während also Akakij Akakijewitsch die Treppe hinaufstieg, dachte er schon daran, wieviel Petrowitsch wohl verlangen werde, und nahm sich in Gedanken vor, ihm nicht mehr als zwei Rubel zu geben. Die Tür stand offen, weil die Hausfrau, die gerade einen Fisch zubereitete, in der Küche so viel Rauch entwickelte, daß man nicht einmal mehr die Schaben sehen konnte. Akakij Akakijewitsch ging durch die Küche, wobei er nicht einmal von der Hausfrau bemerkt wurde, und betrat schließlich ein Zimmer, wo er Petrowitsch erblickte, der auf einem breiten, ungestrichenen Holztisch saß und wie ein türkischer Pascha die Beine untergeschlagen hatte. Die Füße waren nach dem Brauch aller Schneider, die während der Arbeit sitzen, nackt. Und vor allem sprang die große Zehe ins Auge, Akakij Akakijewitsch sehr wohl bekannt, mit ihrem mißgestalteten Nagel, dick und fest wie ein Schildkrötenpanzer. Um den Hals hatte Petrowitsch eine Strähne Seide und Zwirn hängen, während auf seinen Knien irgendwelche Lumpen lagen. Er versuchte schon drei Minuten lang, den Faden durch das Nadelöhr zu stecken, fuhr aber immer wieder daneben und ärgerte sich deshalb über die Dunkelheit und über den Faden und knurrte halblaut vor sich hin: »Er will einfach nicht, der Barbar; er frißt mich auf, dieser Nichtsnutz!« Akakij Akakijewitsch war es sehr unangenehm, daß er gerade in einem Augenblick gekommen war, da Petrowitsch sich ärgerte; er hatte es gern, Petrowitsch dann Aufträge zu erteilen, wenn letzterer sich schon ein bißchen Courage angetrunken hatte oder – wie dessen Weib sich auszudrücken beliebte – »schon Fusel ausschwitzte, der einäugige Teufel!« In diesem Zustand ging Petrowitsch gewöhnlich sehr bereitwillig mit dem Preis herunter, erklärte sich mit allem einverstanden, verbeugte sich sogar jedesmal und dankte noch. Später freilich kam dann immer sein Weib und jammerte weinend, daß ihr Mann betrunken gewesen sei und es deshalb zu billig gemacht habe; aber dann legst du einen Groschen zu, und die Sache ist in Ordnung. Jetzt aber befand sich Petrowitsch anscheinend in nüchternem Zustand und war deshalb stur, einsilbig und nur zu gern bereit, der Kundschaft weiß der Teufel was für Preise abzuzwacken. Akakij Akakijewitsch kam dahinter und hätte am liebsten, wie man so sagt, den

Rückzug angetreten, aber die Sache nahm schon ihren Lauf. Petrowitsch heftete unverwandt sein einziges Auge auf ihn, und Akakij Akakijewitsch sagte unwillkürlich: »Grüß dich, Petrowitsch!«

»Seien Sie mir gegrüßt, Herr«, sagte Petrowitsch und ließ seinen Blick schräg auf die Hände Akakij Akakijewitschs gleiten, weil er herausbekommen wollte, welche Art Beute jener brachte.

»Ich bringe dir, Petrowitsch, also sozusagen diesen ...«

Man muß wissen, daß sich Akakij Akakijewitsch größtenteils in Vorwörtern, Umstandsbestimmungen und endlich in solchen Redeteilen ausdrückte, die gar keine Bedeutung mehr haben. Wenn eine Sache besonders schwierig auszudrücken war, hatte er sogar die Gewohnheit, die Sätze überhaupt nicht zu beenden, so daß er überaus häufig, wenn er seine Rede mit den Worten: »Das ist wirklich, vollständig, also sozusagen ...« begonnen hatte und darauf nichts mehr kam, schon selber langsam vergessen hatte, was er eigentlich sagen wollte, weil er glaubte, bereits alles gesagt zu haben.

»Was ist das?« sagte Petrowitsch und musterte gleichzeitig mit seinem einzigen Auge des anderen ganze Vizeuniform, angefangen vom Kragen bis zu den Ärmeln, Schößen, Aufschlägen und Knopflöchern, was ihm alles sehr bekannt war, weil alles seine eigene Arbeit war. So ist es nun einmal Schneiderbrauch: es ist das erste, was er bei der Begegnung mit einem Kunden tut.

»Ich habe da also, sozusagen, Petrowitsch ... der Mantel da, das Tuch ... siehst du, hier und an vielen anderen Stellen ist es noch recht fest, es ist ein bißchen verstaubt und schaut daher aus, als ob es alt wäre, aber es ist neu, nur hier, an einer einzigen Stelle, ist es ein bißchen ... da auf dem Rücken und dann noch hier auf der einen Schulter hat es sich ein bißchen durchgewetzt, nur hier auf der einen Schulter ein bißchen – siehst du, das ist alles. Da ist nicht viel Arbeit ...«

Petrowitsch nahm den Kapot, breitete ihn zuerst auf dem Tisch aus, betrachtete ihn lange, schüttelte den Kopf und suchte mit der Hand auf dem Fensterbrett nach seiner runden Tabaksdose mit dem Porträt irgendeines Generals – welches namentlich, ist jedoch unbekannt, weil die Stelle, wo sich das Gesicht befinden sollte, mit dem Finger durchgestoßen und dann mit einem viereckigen Streifen Papier überklebt worden war. Nachdem Petrowitsch eine Prise genommen hatte, breitete er den Kapot mit den Händen auseinander, betrachtete ihn gegen das Licht und schüttelte wieder den Kopf. Dann kehrte er das Futter nach außen und schüttelte wieder den Kopf, öffnete erneut den Deckel mit dem papierverklebten General, zog den Tabak in die Nase, machte den Deckel zu, verwahrte die Tabaksdose und sagte schließlich: »Nein, der läßt sich nicht mehr ausbessern; eine schlechte Garderobe!«

Bei diesen Worten fuhr Akakij Akakijewitsch ein Stich durchs Herz.

»Weshalb denn nicht mehr, Petrowitsch?« sagte er fast mit der flehenden Stimme eines Kindes. »Er ist doch erst auf den Schultern ein bißchen durchgewetzt, du wirst doch sicher ein paar Restchen ...«

»Ja, Restchen würden sich schon finden lassen, Restchen würden sich finden«, sagte Petrowitsch, »aber aufnähen kann man sie nicht: das Zeug ist völlig morsch, du kommst mit der Nadel an – und schon geht alles auseinander.«

»Soll es auseinandergehen! Du legst einfach ein Fleckchen unter.«

»Aber es ist ja nichts da, wo man das Fleckchen unterlegen könnte, es kann sich an nichts mehr festhalten, die Abnutzung ist schon zu groß. Vom Stoff ist nur noch das Gerücht vorhanden, ein Windstoß, so fliegt er auseinander.«

»Nun, mach nur, daß er irgendwie zusammenhält. Das ist doch, wirklich, sozusagen ...«

»Nein«, sagte Petrowitsch entschlossen, »da läßt sich nichts mehr machen. Das Zeug ist schon zu schlecht. Am besten ist, Sie machen sich, wenn die kalte Winterszeit kommt, Fußlappen daraus, weil die Strümpfe allein nicht warm halten. Das haben sich die Deutschen ausgedacht, um mehr Geld einzunehmen.« Petrowitsch liebte es, gelegentlich gegen die Deutschen zu sticheln. »Aber was den Mantel angeht – so werden Sie sich wohl einen neuen anschaffen müssen.«

Bei den Worten »einen neuen« hüllte sich vor Akakij Akakijewitschs Augen alles in einen dichten Nebel, und was nur im Zimmer war, begann wild durcheinanderzuwirbeln. Deutlich sah er lediglich den General mit dem papierverklebten Gesicht, der sich auf dem Deckel von Petrowitschs Tabakdose befand.

»Wieso einen neuen?« sagte er noch immer wie im Traum, »ich habe doch kein Geld dafür.«

»Jawohl, einen neuen«, sagte mit barbarischer Ruhe Petrowitsch.

»Nun, und wenn es ein neuer sein müßte, wieviel würde er da, sozusagen ...«

»Das heißt, was er kosten wird?«

»Ja.«

»Ja, gute drei Fünfziger wird man schon anlegen müssen«, sagte Petrowitsch und preßte dabei bedeutsam die Lippen zusammen. Er liebte sehr die starken Effekte, er liebte es, jemanden plötzlich völlig zu verblüffen und dann mit einem schiefen Blick zu beobachten, was für eine Fratze der Verblüffte nach solchen Worten schneiden würde.

»Hundertfünfzig Rubel für einen Mantel!« schrie der arme Akakij Akakijewitsch auf, schrie vielleicht zum erstenmal in seinem Leben, denn er zeichnete sich stets durch eine leise Stimme aus.

»Ja, mein Herr«, sagte Petrowitsch, »und dazu noch für was für einen Mantel. Wenn man den Kragen mit Marder besetzt und den Capuchon mit Seide füttert, so kommt er leicht auf zweihundert zu stehen.«

»Petrowitsch, ich bitte dich«, sagte Akakij Akakijewitsch mit flehender Stimme, ohne die von Petrowitsch geäußerten Worte und alle seine Effekte zu hören oder auch nur hören zu wollen, »bessere ihn irgendwie aus, daß er mir wenigstens noch einigermaßen dienlich sein kann.«

»Nein! Was kommt dabei heraus? Arbeit verschwenden und das Geld umsonst ausgeben«, sagte Petrowitsch, und Akakij Akakijewitsch ging nach solchen Worten vollständig vernichtet weg.

Auch Petrowitsch stand nach dessen Abgang noch lange da, preßte bedeutsam die Lippen aufeinander und nahm seine Arbeit nicht wieder auf, da er äußerst zufrieden war, weder sich selber etwas vergeben noch die Schneiderkunst verraten zu haben.

Als Akakij Akakijewitsch auf die Straße trat, kam er sich wie im Traum vor. »Das ist aber eine Sache, so etwas«, sagte er zu sich selber. »Ich habe wirklich nicht gedacht, daß dabei so etwas herauskommen würde ...« und setzte dann, nach einigem Schweigen, hinzu: »So steht es also, sozusagen ... Das ist also schließlich herausgekommen, aber ich konnte wirklich sozusagen gar nicht annehmen, daß es so kommen würde ...« Darauf folgte wieder langes Schweigen, worauf er murmelte: »So steht's demnach! Das ist doch also wirklich sozusagen ... etwas ganz Unerwartetes sozusagen ... das hätte ich wirklich nicht ... also, ein solcher Umstand!« Nach diesen Worten ging er, statt nach Hause zu gehen, in die völlig entgegengesetzte Richtung, ohne es selber zu gewahren. Unterwegs streifte ihn mit seiner ganzen schmutzigen Breitseite ein Schornsteinfeger und schwärzte ihm die ganze Schulter; eine ganze Mütze voll Kalk wurde auf ihn vom Dach eines in Bau befindlichen Hauses herabgeschüttet. Er bemerkte weder das eine noch das andere, und erst dann, als er mit einem Wächter zusammenstieß, der seine Hellebarde neben sich gelehnt hatte und aus dem Hörnchen Tabak auf seine schwielige Faust schüttete, erst dann kam er ein wenig zu sich, und das nur deshalb, weil der Wächter sagte: »Was kriechst du mir bis in den Rüssel, gibt es denn für dich kein Trochtuar?« Das veranlaßte ihn, sich umzublicken und nach Hause zu gehen. Dort erst begann er seine Gedanken zu sammeln, erblickte er seine Lage in einem klaren und tatsachengerechten Zusammenhang, begann er sich mit sich selber nicht mehr abgerissen, sondern vernünftig und aufrichtig zu unterhalten wie mit einem verständigen Freund, mit dem man sich über die persönlichsten Herzensangelegenheiten unterhalten kann. »Nein«, sagte Akakij Akakijewitsch, »heute läßt sich mit Petrowitsch nicht reden; er ist heute sozusagen ... sein Weib scheint ihn irgendwie verprügelt zu haben. Ich werde lieber erst am Sonntag in der Frühe zu ihm gehen; nach dem Samstagabend wird er mit seinem Auge schielen und verschlafen sein, dann wird er etwas trinken wollen, um wieder nüchtern zu werden, aber sein Weib wird ihm kein Geld geben, und in diesem Augenblick werde ich ihm sozusagen einen Groschen in die Hand ... er wird etwas gesprächiger werden und dann auch den Mantel sozusagen ...« So beriet sich Akakij Akakijewitsch mit sich selber, ermunterte sich selber und wartete den nächsten Sonntag ab und ging dann, als er aus der Ferne sah, daß Petrowitschs Weib das Haus verließ, geradewegs zu ihm. Petrowitsch schielte nach dem gestrigen Samstag tatsächlich stark mit dem Auge, hielt den Kopf zu Boden gesenkt und war völlig verschlafen; aber trotz alledem, kaum daß er begriffen hatte, worum es ging, führte er sich auf, als sei der Teufel in ihn gefahren. »Das geht nicht«, sagte er, »geruhen Sie einen neuen zu bestellen.« Darauf steckte ihm Akakij Akakijewitsch einen Groschen zu. »Ich danke Ihnen, Herr, ich werde mich ein wenig auf Ihr Wohl stärken«, sagte Petrowitsch, »aber wegen des Mantels geruhen Sie sich nicht zu beunruhigen: er taugt wirklich zu gar nichts mehr. Einen neuen Mantel werde ich Ihnen ganz prächtig nähen, und dabei wollen wir es bewenden lassen.«

Akakij Akakijewitsch wollte noch einmal vom Ausbessern des alten anfangen, aber Petrowitsch hörte ihn gar nicht an und sagte: »Einen neuen werde ich Ihnen unverzüglich nähen, darauf belieben Sie sich zu verlassen, ich werde mir alle Mühe geben. Man könnte ihn sogar so machen, wie es jetzt Mode ist: den Kragen zum Zuhaken mit silbernen Pfötchen aus Appliqué.«

Da sah Akakij Akakijewitsch endlich ein, daß er um einen neuen Mantel nicht mehr herumkommen würde, und ließ sein letztes Restchen Mut sinken. In der Tat: wie, woraus, von welchem Geld sollte er sich einen neuen Mantel machen lassen? Freilich, man konnte sich zum Teil auf die Gratifikation zu den Feiertagen verlassen, aber dieses Geld war schon längst für etwas anderes bestimmt und im voraus eingeteilt. Es mußten neue Hosen angeschafft, dem Schuster eine alte Schuld für das Ansetzen neuer Kappen an die alten Schäfte bezahlt und bei der Näherin wohl auch drei Hemden und etwa zwei jener Wäschestücke bestellt werden, die zu nennen im gedruckten Stil unanständig ist – mit einem Wort, alles Geld mußte vollständig ausgegeben werden; und selbst wenn der Direktor so gnädig wäre, daß er ihm statt vierzig Rubel Gratifikation fünfundvierzig oder fünfzig bewilligte, verbliebe ihm dennoch nur ein höchst kärglicher Überschuß, der im Vergleich zum Mantelkapital ein Tropfen im Meer war. Freilich wußte er auch, daß Petrowitsch die verrückte Angewohnheit hatte, plötzlich weiß der Teufel was für übermäßige Preise zu verlangen, daß sich sogar sein Weib mitunter nicht mehr zurückhalten konnte und ihn anschrie: »Bist du um den Verstand gekommen, du Narr? Ein anderes Mal arbeitet er für einen Pappenstiel, und jetzt hat ihn der Leibhaftige am Schlafittchen gepackt, einen Preis zu verlangen, den er nicht einmal selber wert ist.« Freilich wußte er, daß sich Petrowitsch auch für achtzig Rubel an die Arbeit machen würde; aber woher sollte er diese achtzig Rubel nehmen? Die Hälfte ließe sich noch auftreiben, die Hälfte wäre irgendwie zu beschaffen; vielleicht sogar ein bißchen mehr; aber woher die andere Hälfte nehmen? ... Doch zuerst muß der Leser erfahren, woher er die erste Hälfte nehmen wollte. Akakij Akakijewitsch hatte die Gewohnheit, von jedem ausgegebenen Rubel einen Groschen in ein kleines Kästchen zu werfen, das mit einem Schlüssel abzusperren war und im Deckel einen Schlitz zum Einwerfen der Münzen hatte. Nach Ablauf eines jeden Halbjahres revidierte er die angehäufte Kupfersumme und wechselte sie in Kleinsilber um. So verfuhr er schon seit langer Zeit, und auf diese Weise hatte sich im Laufe einiger Jahre eine ersparte Summe von über vierzig Rubel ergeben. Die eine Hälfte hatte er also zur Hand; aber wo die zweite Hälfte hernehmen? Wo die anderen vierzig Rubel hernehmen? Akakij Akakijewitsch überlegte und überlegte und beschloß zu guter Letzt, die gewöhnlichen Ausgaben einzuschränken und wenigstens ein Jahr lang den Genuß von Tee am Abend auszurotten, keine Kerze am Abend anzuzünden und, wenn es etwas zu tun gab, in das Zimmerchen der Hausfrau zu gehen und bei ihrer Kerze zu arbeiten; beim Gehen auf der Straße möglichst leicht und vorsichtig über die Steine und Fliesen zu gehen, fast auf den Zehenspitzen, um auf diese Weise die Sohlen nicht vorzeitig durchzulaufen; die Wäsche möglichst selten der Wäscherin zu geben und sie, damit sie sich nicht allzusehr abtrüge, jedesmal beim Nachhausekommen auszuziehen und nur im baumwollenen Chalat herumzusitzen, der schon sehr alt war und sogar von der Zeit verschont wurde. Um der Wahrheit willen sei gesagt, daß es ihm anfangs manchmal sehr schwerfiel, sich an diese Einschränkungen zu gewöhnen, aber dann gewöhnte er sich daran, und es ging alles glatt; er hatte sogar schon ausgezeichnet gelernt, an den Abenden zu hungern; aber dafür nährte er sich geistig, indem er in seinen Gedanken die ewige Idee des zukünftigen Mantels herumtrug. Von nun an war es ihm, als wäre sein ganzes Dasein voller geworden, als hätte er geheiratet, als wäre ständig noch ein anderer Mensch um ihn, als wäre er nicht mehr allein, sondern als hätte sich eine angenehme Lebensgefährtin einverstanden erklärt, mit ihm zusammen den Lebensweg zu durchwandern – und diese Gefährtin war niemand anders als eben jener Mantel, dick wattiert und ordentlich gefüttert, nicht zum Umbringen. Er wurde etwas lebhafter, sogar charakterfester, wie ein Mensch, der sich ein Ziel erwählt und gesetzt hat. Aus seinem Gesicht und aus seinem Benehmen schwanden ganz von selbst der Zweifel und die Unentschlossenheit – mit einem Wort, alle schwankenden und unbestimmten Züge. In seinen Augen leuchtete mitunter sogar etwas wie Feuer auf, durch den Kopf huschten ihm die frechsten und kühnsten Gedanken: Soll man den Kragen nicht doch mit Marder besetzen? Diese Überlegungen machten ihn beinahe zerstreut. Einmal hätte er sogar schon beim Abschreiben eines Schriftstückes bei einem Haar einen Fehler gemacht, so daß er laut »Ach!« rief und sich bekreuzigte. Im Verlauf jedes Monats besuchte er wenigstens einmal Petrowitsch, um mit ihm über den Mantel zu sprechen: wo man am besten den Stoff kaufen könnte, welche Farbe er haben sollte und wieviel er kosten dürfte – und jedesmal kehrte er, wenn auch einigermaßen besorgt, zufrieden nach Hause zurück, indem er daran dachte, daß endlich einmal auch die Zeit kommen werde, da man dies alles kaufen könne und der Mantel fertig sein werde. Die Sache ging sogar schneller, als er erwartet hatte. Entgegen allen Erwartungen bewilligte der Direktor Akakij Akakijewitsch nicht vierzig oder fünfundvierzig, sondern ganze sechzig Rubel Gratifikation; ob er nun vorausgeahnt hatte, daß Akakij Akakijewitsch einen Mantel brauchte, oder ob alles ganz von selbst geschehen war, jedenfalls bekam dieser dadurch zwanzig überzählige Rubel in die Hand. Dieser Umstand beschleunigte den Gang der Sache. Noch zwei, drei Monate ein bißchen hungern – und Akakij Akakijewitsch hatte tatsächlich an die achtzig Rubel beisammen. Sein gewöhnlich so ruhiges, friedliches Herz begann laut zu schlagen. Gleich am ersten Tag begab er sich zusammen mit Petrowitsch in den Laden. Sie kauften ein sehr schönes Tuch – das war ja auch kein Wunder, weil sie schon ein halbes Jahr vorher überlegt hatten und kaum ein Monat vergangen war, in dem sie nicht in die Läden gegangen und sich nach den Preisen erkundigt hatten; dafür sagte auch Petrowitsch selber, daß es ein besseres Tuch gar nicht gäbe. Als Futter wählten sie Kaliko, aber einen so guten und festen, daß er nach Petrowitschs Worten noch besser als Seide und dem Aussehen nach sogar noch stattlicher und glänzender war. Marderfell kauften sie nicht, weil es tatsächlich sehr teuer war; aber statt dessen suchten sie ein Katzenfell aus, das beste, das es im Laden überhaupt gab, ein Katzenfell, das man aus der Ferne jederzeit für einen Marder halten konnte. Petrowitsch plagte sich mit dem Mantel ganze zwei Wochen, weil daran sehr viel zu steppen war, sonst wäre er schon früher fertig geworden. Für die Arbeit nahm Petrowitsch zwölf Rubel – billiger konnte er es auf keinen Fall machen: alles war entschieden auf Seide genäht, in doppelter kleinstichiger Naht, und der ganzen Naht war Petrowitsch noch mit seinen eigenen Zähnen nachgegangen und hatte mit ihnen verschiedene Figuren hineingebissen. Es war ... es ist schwierig zu sagen, an welchem Tag es genau war, aber wahrscheinlich am feierlichsten Tag in Akakij Akakijewitschs Leben, als Petrowitsch endlich den Mantel brachte. Er brachte ihn am Morgen, genau zu der Zeit, da man ins Departement gehen mußte. Zu keiner anderen Zeit wäre der Mantel so gelegen gekommen, weil schon ziemlich starke Fröste eingesetzt hatten und scheint's noch stärker zu werden drohten. Petrowitsch erschien mit dem Mantel, wie es sich für einen guten Schneider gehört. Sein Gesicht zeigte einen so bedeutsamen Ausdruck, wie ihn Akakij Akakijewitsch noch niemals gesehen hatte. Es schien, als ob er in vollem Maße fühlte, daß er kein kleines Werk vollbracht hatte und daß er plötzlich in seiner Person den Abgrund zeigte, welcher die Schneider, die nur Flicken aufnähen und ausbessern, von jenen trennt, die neue Sachen machen. Er wickelte den Mantel aus dem Schnupftuch, in welchem er ihn gebracht hatte; das Tüchlein war eben von der Wäscherin gekommen, aber jetzt rollte er es zusammen und steckte es zum Gebrauch in die Tasche. Nachdem er den Mantel ausgewickelt hatte, betrachtete er ihn überaus stolz, hielt ihn mit beiden Händen hoch und warf ihn überaus geschickt über Akakij Akakijewitschs Schultern; dann zupfte er ihn zurecht und zog ihn mit einer Hand nach unten; dann drapierte er ihn aufgeknöpft und in leichtem Faltenwurf auf Akakij Akakijewitsch. Als Mann in reifen Jahren wollte Akakij Akakijewitsch auch die Ärmel probieren; Petrowitsch half ihm in die Ärmel – und es stellte sich heraus, daß auch die Ärmel tadellos saßen. Mit einem Wort, es erwies sich, daß der Mantel vollkommen paßte und zur rechten Zeit eingetroffen war. Petrowitsch versäumte bei dieser Gelegenheit nicht zu sagen, daß er nur deshalb, weil er in einer kleinen Seitengasse ohne Aushängeschild wohne und außerdem Akakij Akakijewitsch so lange kenne, es so billig gemacht habe, während man ihm auf dem Newskijprospekt für die Arbeit allein schon fünfundsiebzig Rubel abgenommen hätte. Akakij Akakijewitsch wollte mit Petrowitsch darüber nicht streiten und fürchtete auch alle großen Summen, mit denen Petrowitsch Staub aufzuwirbeln liebte. Er bezahlte ihn, bedankte sich und begab sich auf der Stelle in dem neuen Mantel ins Departement. Petrowitsch ging mit ihm aus dem Haus, blieb auf der Straße stehen, blickte aus der Ferne noch lange dem Mantel nach, bog dann absichtlich in ein krummes Seitengäßchen ab und lief wieder auf die Straße hinaus, um seinen Mantel noch einmal von der anderen Seite zu sehen, das heißt geradewegs von vorne. Mittlerweile schritt Akakij Akakijewitsch in der feiertäglichsten Stimmung aller Gefühle aus. Er fühlte in jedem Augenblick jeder Minute, daß er einen neuen Mantel um die Schultern hatte, und lächelte sogar etlichemal vor innerer Befriedigung. In der Tat, der Mantel hatte zwei Vorteile: den einen, daß er warm war, und den anderen, daß er schön war. Den Weg bemerkte er überhaupt nicht und befand sich plötzlich im Departement; in der Portierstube zog er den Mantel aus, betrachtete ihn von allen Seiten und empfahl ihn der besonderen Obhut des Portiers. Es ist nicht bekannt, auf welche Weise im Departement plötzlich alle erfuhren, daß Akakij Akakijewitsch einen neuen Mantel habe und daß es den Kapot fernerhin nicht mehr gebe. Alle liefen im selben Augenblick in die Portiersstube, um Akakij Akakijewitschs neuen Mantel zu betrachten. Sie fingen an, ihn zu grüßen und zu begückwünschen, so daß er anfangs nur lächelte, schließlich aber ganz verlegen wurde. Als jedoch alle auf ihn eindrangen und zu reden anfingen, daß man den neuen Mantel begießen und daß er allen zumindest einen Abend geben müsse, da geriet Akakij Akakijewitsch völlig in Verwirrung, wußte nicht, wie er sich verhalten, was er antworten und wie er sich herausreden sollte. Er versuchte ihnen sogar mehrere Minuten lang, über und über errötend, reichlich einfältig zu versichern, daß es überhaupt kein neuer Mantel sei, daß es wirklich nur, sozusagen, ein alter Mantel sei ... Schließlich sagte ein Beamter, sogar irgendein Gehilfe eines Tischvorstandes, und wahrscheinlich nur deshalb, um zu zeigen, daß er kein bißchen stolz sei und auch mit Rangniedrigeren Umgang pflege: »Also gut, dann will ich an Stelle Akakij Akakijewitschs einen Abend geben und bitte Sie heute zu mir zum Tee: ich habe nämlich just heute Namenstag.« Die Beamten beglückwünschten natürlich sofort den Gehilfen des Tischvorstandes und nahmen die Einladung mit Vergnügen an. Akakij Akakijewitsch wollte sich zuerst herausreden, aber alle begannen auf ihn einzureden, daß dies unhöflich, ja daß es einfach eine Schmach und eine Schande sei, und so konnte er nicht mehr ablehnen. Übrigens wurde ihm alsbald sehr angenehm zumute, als er sich vorstellte, daß er dadurch eine Gelegenheit haben würde, sich sogar des Abends im neuen Mantel zu ergehen. Dieser ganze Tag war für Akakij Akakijewitsch gewissermaßen der größte und herrlichste Feiertag. Er kehrte in der glücklichsten Gemütsverfassung nach Hause zurück, legte den Mantel ab und hängte ihn vorsichtig an die Wand, ergötzte sich noch einmal am Stoff und am Futter und zerrte dann absichtlich zum Vergleich seinen alten Kapot hervor, der schon ganz auseinandergefallen war. Er blickte ihn an und mußte sogar selber lachen: so groß war der Unterschied! Und noch lange nach dem Mittagessen lächelte er immer wieder, wenn er gerade daran denken mußte, in welchem Zustand sich der Kapot befunden hatte. Er aß fröhlichen Muts zu Mittag und schrieb nach dem Mittagessen nichts ab, keine Schriftstücke, sondern räkelte sich statt dessen sybaritisch auf dem Bett, bis es zu dämmern anfing. Dann zog er sich, ohne zu trödeln, an, warf sich den Mantel um die Schultern und ging auf die Straße. Wo der einladende Beamte eigentlich wohnte, können wir leider nicht sagen: unser Gedächtnis beginnt stark nachzulassen, und alles, was es in Petersburg auch gibt, alle Straßen und Häuser, sind im Kopf so durcheinandergeraten und zusammengeflossen, daß es überaus schwierig ist, von dort etwas in ordentlichem Zustand herauszuholen. Wie dem auch sein mag, aber wahrscheinlich ist zumindest das eine, daß der Beamte im vornehmsten Viertel der Stadt wohnte, also nicht gerade in der Nähe Akakij Akakijewitschs. Zuerst mußte Akakij Akakijewitsch durch mehrere öde Straßen mit magerer Beleuchtung gehen, doch im gleichen Maß, in dem er sich dem Quartier des Beamten näherte, wurden die Straßen lebendiger, bevölkerter und stärker beleuchtet. Fußgänger kreuzten öfter seinen Weg, auch schöngekleidete Damen tauchten auf, bei den Männern tauchten Biberkragen auf, Droschkenkutscher mit hölzernen Gitterschlitten, die mit vergoldeten Nägeln beschlagen waren, tauchten immer seltener auf, dafür tauchten immer häufiger Lohnkutscher in himbeerroten Samtmützen mit lackierten Schlitten und Bärenfelldecken auf, und durch die Straßen flogen, mit den Rädern im Schnee knirschend, Kutschen mit verzierten Böcken. Akakij Akakijewitsch betrachtete dies alles wie eine Neuigkeit. Er war schon mehrere Jahre abends nicht mehr auf der Straße gewesen. Er blieb neugierig vor dem beleuchteten Fenster eines Geschäfts stehen, um ein Bild zu betrachten, auf dem ein schönes Frauenzimmer abgebildet war, das sich einen Schuh auszog und auf diese Weise ihr ganzes, keineswegs übles Bein entblößte; doch hinter ihrem Rücken steckte ein Mann mit Backenbart und einer hübschen Espagnole unter den Lippen seinen Kopf zur Tür eines andern Zimmers herein. Akakij Akakijewitsch wiegte den Kopf und lächelte und ging dann wieder seines Weges. Warum er lächelte? Vielleicht deshalb, weil er einer gänzlich unbekannten Sache begegnet war, für die jedoch ein jeder eine gewisse Witterung bewahrt hat, oder er dachte, gleich vielen anderen Beamten, folgendes: Nun, diese Franzosen! Was soll man dazu sagen? Wenn sie sich schon so etwas vornehmen, dann machen sie es auch wirklich so ... Vielleicht dachte er das auch nicht – man kann doch einem Menschen nicht in die Seele kriechen und alles in Erfahrung bringen, was er sich denkt. Endlich erreichte er das Haus, in welchem der Gehilfe des Tischvorstandes wohnte. Der Gehilfe des Tischvorstandes lebte auf großem Fuß: auf der Treppe brannte eine Laterne, die Wohnung befand sich im ersten Stock. Als Akakij Akakijewitsch das Vorzimmer betrat, erblickte er auf dem Fußboden ganze Reihen von Galoschen. Zwischen ihnen stand in der Mitte des Zimmers ein rauschender Samowar, der ganze Wolken von Dampf ausstieß. An den Wänden hingen lauter Mäntel und Umhänge, darunter sogar einige mit Biberkragen oder mit Samtaufschlägen. Aus dem Zimmer nebenan hörte man Lärm und Reden, die plötzlich deutlich und laut wurden, als sich die Tür öffnete und ein Lakai mit einem Tablett herauskam, das mit geleerten Gläsern, einer Sahneschüssel und einem Körbchen Zwieback vollgestellt war. Die Beamten hatten sich offenbar schon längst versammelt und bereits das erste Glas Tee getrunken. Akakij Akakijewitsch hängte seinen Mantel auf, betrat das Zimmer, und vor ihm tauchten im gleichen Augenblick Kerzen, Beamte, Pfeifen, Kartentische auf, und verworren drang an sein Gehör die schwirrende, von allen Seiten herdringende anschwellende Unterhaltung und der Lärm durcheinandergeschobener Stühle. Er blieb zuerst ungeschickt in der Mitte des Zimmers stehen und suchte und bemühte sich etwas einfallen zu lassen, was er tun sollte. Doch man hatte ihn schon bemerkt, empfing ihn mit Geschrei, und alle begaben sich auf der Stelle ins Vorzimmer, um von neuem seinen Mantel zu betrachten. Akakij Akakijewitsch, obwohl zum Teil recht verlegen, war jedoch ein treuherziger Mensch und konnte sich einfach unmöglich nicht mitfreuen, als er sah, wie alle den Mantel lobten. Dann, versteht sich, ließen alle sowohl ihn als auch den Mantel stehen und wandten sich, wie es üblich ist, den Tischen zu, die zum Whist hergerichtet waren. Dies alles: der Lärm, die Unterhaltung und die Menschenmenge – dies alles kam Akakij Akakijewitsch recht seltsam vor. Er wußte einfach nicht, wie er sich verhalten und was er mit den Händen, Füßen und seiner ganzen Figur anfangen sollte; schließlich setzte er sich zu den Kartenspielern, schaute dem einen und dem anderen ins Gesicht und begann nach einer Weile zu gähnen und zu spüren, daß es langweilig war, um so mehr, als schon längst die Zeit gekommen war, da er sich gewöhnlich schlafen legte. Er wollte sich vom Hausherrn verabschieden, aber man ließ ihn nicht fort und sagte, daß es unerläßlich sei, zu Ehren der Neuanschaffung einen Pokal Champagner zu trinken. Nach einer Stunde wurde das Abendessen aufgetragen, das aus Vinaigrette, kaltem Kalbsbraten, Pastete, Konditorkuchen und Champagner bestand. Man nötigte Akakij Akakijewitsch, zwei Pokale zu leeren, nach denen er langsam fühlte, daß es im Zimmer lustiger wurde, er konnte aber dennoch nicht vergessen, daß es schon zwölf Uhr und höchste Zeit war, nach Hause zu gehen. Damit der Hausherr nicht abermals auf den Gedanken verfiele, ihn zurückzuhalten, stahl er sich leise aus dem Zimmer, suchte im Vorzimmer seinen Mantel, den er nicht ohne Mitleid auf dem Boden liegen sah, schüttelte ihn aus, zupfte sorgfältig jeden Flaum heraus, zog ihn an, ging die Treppe hinab und befand sich auf der Straße. Auf der Straße war es noch ganz hell. Einige Kleinkramlädchen, diese beständigen Klubs des Gesindes und allerlei anderer Leute, standen offen, andere wieder, die zwar geschlossen waren, warfen jedoch lange Lichtbündel durch den ganzen Türspalt und zeigten dadurch an, daß sie keineswegs ihrer Gesellschaft beraubt waren und daß wahrscheinlich die Dienstmädchen oder Diener noch ihre Gespräche und Unterhaltungen zu Ende führten, wobei sie ihre Herrschaften in völliger Unkenntnis über ihren Verbleib ließen. Akakij Akakijewitsch ging in fröhlicher Gemütsverfassung dahin, ja er wollte sogar – unbekannt weshalb – plötzlich einer Dame nachlaufen, die wie der Blitz an ihm vorbeihuschte und an der jeder Körperteil von ungewöhnlicher Bewegung erfüllt war. Er hielt jedoch sofort inne und ging wieder sehr langsam, wie bisher, weiter, mußte sich aber dennoch wundern, woher der Anlaß zu diesem plötzlichen Trabversuch gekommen war. Alsbald erstreckten sich vor ihm jene öden Straßen, die sogar am Tag nicht sehr lustig sind, um so weniger am Abend. Jetzt waren sie noch düsterer und einsamer geworden: Laternen blinkten immer seltener – es wurde hier anscheinend schon weniger Öl bewilligt; dann folgten Holzhäuschen und Zäune; weit und breit keine lebende Seele; nur der Schnee glänzte auf den Straßen, und traurig düsterten mit geschlossenen Fensterläden die eingeschlafenen niedrigen Hütten. Er näherte sich einer Stelle, wo die Straße an einen endlosen Platz mit kaum sichtbaren Häusern auf dessen anderer Seite geknüpft war, einen Platz, der wie eine schreckliche Wüste vor ihm lag.

In der Ferne, Gott weiß wo, blinkte ein Lichtlein in irgendeinem Wächterhäuschen, das am Ende der Welt zu stehen schien. Akakij Akakijewitschs Fröhlichkeit verringerte sich hier ganz bedeutend. Er betrat den Platz nicht ohne eine gewisse unwillkürliche Furcht, geradezu, als ob sein Herz etwas Ungutes vorausahnte. Er blickte zurück und nach allen Seiten – wie ein Meer war es ringsum. Nein, besser gar nicht hinschauen, dachte er und ging mit geschlossenen Augen weiter, und als er sie öffnete, um zu sehen, ob es noch weit bis zum Ende des Platzes sei, gewahrte er plötzlich, daß vor ihm, fast vor seiner Nase, irgendwelche Leute mit Schnurrbärten standen, aber was für Leute es waren, konnte er nicht mehr unterscheiden. Es wurde ihm schwarz vor den Augen, und in der Brust begann es zu hämmern. »Aber das ist doch mein Mantel!« sagte einer von ihnen mit Donnerstimme und packte ihn am Kragen. Akakij Akakijewitsch wollte um Hilfe schreien, als ihm plötzlich ein anderer eine Faust von der Größe eines Beamtenkopfes an den Mund hielt und flüsterte: »Trau dich und schrei!« Akakij Akakijewitsch spürte nur, wie man ihm den Mantel abnahm und einen Stoß mit dem Knie versetzte, und er fiel kopfüber in den Schnee und spürte nichts mehr. Nach einigen Minuten kam er wieder zu sich und stand auf, aber es war niemand mehr da. Er spürte, daß es auf diesem Feld kalt war und daß er den Mantel nicht mehr hatte, und begann zu schreien, aber die Stimme dachte scheint's gar nicht daran, bis an das Ende des Platzes zu dringen. Entsetzt, unermüdlich schreiend, begann er über den Platz zu laufen, geradewegs auf das Wächterhäuschen zu, neben dem, auf seine Hellebarde gestützt, der Wächter stand und anscheinend neugierig zusah, um zu erfahren, was zum Teufel da für ein Mensch von weitem auf ihn zulaufe und so schreie. Als Akakij Akakijewitsch bei ihm angelangt war, begann er mit japsender Stimme zu schreien, daß er schlafe und sich um nichts kümmere und nicht sehe, daß man einen Menschen beraube. Der Wächter antwortete, daß er nichts gesehen habe, daß er zwar gesehen habe, wie ihn auf der Mitte des Platzes zwei Männer angehalten hätten, daß er aber gedacht habe, daß es seine Freunde wären, und daß er lieber morgen, statt hier zwecklos zu schreien, zum Inspektor gehen möge, dann würde der Quartalinspektor schon herausbekommen, wer seinen Mantel gestohlen habe. Akakij Akakijewitsch lief in völliger Unordnung nach Hause: die Haare, die sich noch in geringer Anzahl an den Schläfen und im Nacken befanden, waren völlig zerzaust; die Hüfte und die Brust und die ganzen Beinkleider waren voller Schnee. Als seine greise Quartiersfrau das schreckliche Pochen an der Tür hörte, sprang sie eilig aus dem Bett und lief, nur mit einem Pantoffel an dem einen Fuß, hinaus, um die Tür zu öffnen, wobei sie mit einer Hand schamhaft das Hemd über der Brust zusammenhielt; doch als sie geöffnet hatte, trat sie entsetzt zurück, da sie Akakij Akakijewitsch in einem solchen Zustand erblickte. Als er ihr jedoch erzählte, was geschehen war, schlug sie die Hände zusammen und sagte, daß man geradewegs zum Revierinspektor gehen müsse, daß der Quartalinspektor schwindeln, allerlei versprechen und ihn nur an der Nase herumführen werde; daß es also am besten sei, geradewegs zum Revierinspektor zu gehen, daß sie sogar mit ihm bekannt sei, weil Anna, eine Finnin, die früher einmal bei ihr als Köchin gedient habe, sich jetzt als Kinderfrau beim Revierinspektor verdingt habe, daß sie ihn selber oft zu Gesicht bekomme, wenn er an ihrem Haus vorbeifahre, und daß er sogar jeden Sonntag in der Kirche sei, bete und dabei gleichzeitig alle mit so freundlichen Blicken betrachte und daß er, wie aus alledem zu ersehen sei, also ein guter Mensch sein müsse. Nachdem sich Akakij Akakijewitsch diese Erklärung angehört hatte, begab er sich traurig in sein Zimmer, und wie er dort die Nacht verbrachte, bleibe dem zu beurteilen überlassen, der sich irgendwie in die Lage eines anderen zu versetzen vermag. Schon in aller Frühe begab sich Akakij Akakijewitsch zum Revierinspektor; aber man sagte ihm, daß er noch schliefe; Akakij Akakijewitsch kam um zehn, man sagte wiederum: »Er schläft!« Er kam um elf Uhr, man sagte: »Der Revierinspektor ist nicht zu Hause!« Er kam um die Mittagszeit, aber die Schreiber im Empfangszimmer wollten ihn durchaus nicht vorlassen und wollten unbedingt wissen, in welcher Angelegenheit er komme und was für ein Anliegen er habe und was denn geschehen sei. So wollte denn Akakij Akakijewitsch endlich einmal in seinem Leben Charakter zeigen und erklärte rundweg, daß er den Revierinspektor unbedingt persönlich sprechen müsse, daß sie kein Recht hätten, ihn nicht vorzulassen, daß er aus dem Departement in einer dienstlichen Sache käme und daß sie, wenn er sich über sie beschwerte, dann schon sehen würden. Dagegen wagten die Schreiber nichts mehr zu sagen, und einer von ihnen ging den Revierinspektor holen. Der Revierinspektor nahm die Erzählung über den Raub des Mantels außerordentlich merkwürdig auf. Statt seine Aufmerksamkeit auf den Hauptpunkt der Sache zu richten, begann er Akakij Akakijewitsch auszufragen, warum er denn so spät nach Hause gegangen sei und ob er sich nicht in irgendeinem verrufenen Haus aufgehalten habe, so daß Akakij Akakijewitsch vollständig verwirrt wurde und von ihm fortging, ohne selber zu wissen, ob nun die Sache mit dem Mantel ihren ordentlichen Gang nehmen würde oder nicht. Diesen ganzen Tag über war er nicht im Amt – der einzige Fall in seinem Leben. Am anderen Tag erschien er ganz blaß und in seinem alten Kapot, der noch jämmerlicher geworden war. Die Kunde vom Raub des Mantels rührte viele Beamte ehrlich, ungeachtet der Tatsache, daß sich auch solche fanden, die sich nicht einmal jetzt die Gelegenheit entgehen ließen, über Akakij Akakijewitsch zu spotten.

Man beschloß auf der Stelle, für ihn eine Sammlung zu veranstalten, aber es kam nur ein klägliches Sümmchen zusammen, weil sich die Beamten schon ohnedies stark verausgabt hatten durch eine Subskription auf das Porträt des Direktors und auf irgendein Buch, das ihnen der Abteilungsvorstand empfohlen hatte, weil er ein Freund des Verfassers war – und so erwies sich die Summe als recht kläglich. Irgendein Jemand, von Mitleid bewogen, beschloß, Akakij Akakijewitsch wenigstens mit einem guten Rat zu helfen, und sagte ihm, daß er lieber nicht zum Revierinspektor gehen solle, weil es durchaus geschehen könnte, daß der Inspektor, um sich eine Belobigung seiner Vorgesetzten zu verdienen, den Mantel auf irgendeine Art auffindig machte, der Mantel aber dennoch bei der Polizei verbliebe, wenn er nicht gesetzliche Beweise beibrächte, daß er ihm gehöre; und daß es am besten sei, sich an eine *bedeutende Persönlichkeit* zu wenden, da diese bedeutende Persönlichkeit durch schriftliche und mündliche Auseinandersetzungen mit den zuständigen Behörden, diese dazu veranlassen könnte, die Sache wohlgeneigt zu betreiben. Da war nichts zu machen, Akakij Akakijewitsch beschloß, zu einer bedeutenden Persönlichkeit zu gehen. Welches Amt diese bedeutende Persönlichkeit nun innehatte oder welche Stellung sie bekleidete, das ist bis heute unbekannt geblieben. Man muß wissen, daß *diese* bedeutende Persönlichkeit erst vor kurzem eine bedeutende Persönlichkeit geworden und bis dahin eine unbedeutende Persönlichkeit gewesen war. Im übrigen galt ihre Stellung auch jetzt nicht als bedeutend im Vergleich zu anderen, noch bedeutenderen. Doch es findet sich ja immer ein Kreis solcher Menschen, für die eine in den Augen anderer unbedeutende Persönlichkeit schon eine bedeutende ist. Im übrigen bemühte sich diese bedeutende Persönlichkeit, ihre Bedeutung durch viele andere Mittel zu erhöhen, indem sie zum Beispiel einführte, daß die niedrigeren Beamten sie auf der Treppe empfangen mußten, wenn sie ins Amt kam, daß niemand unmittelbar bei ihr erscheinen durfte, sondern daß alles in streng geregelter Ordnung erfolgen mußte: der Kollegienregistrator hatte dem Gouvernementssekretär Meldung zu erstatten, der Gouvernementssekretär dem Titularrat oder irgendeinem anderen entsprechenden Beamten, und auf diese Weise sollte es weitergehen, bis die Sache endlich ihr vorgetragen werden konnte. So ist nun einmal im heiligen

Rußland alles von der Nachahmungssucht angesteckt, jeder ahmt und äfft seinen Vorgesetzten nach. Es heißt sogar, daß sich irgendein Titularrat, den man zum Leiter irgendeiner kleinen Sonderkanzlei gemacht hatte, sofort ein besonderes Zimmer abgetrennt, es »Verhandlungszimmer« benannt und an der Tür irgendwelche Theaterdiener mit roten Kragen und Galonen aufgestellt habe, welche nach der Klinke langten und jedem Besucher die Tür öffneten, obwohl im »Verhandlungszimmer« zur Not ein gewöhnlicher Schreibtisch Platz hatte. Das Betragen und die Gewohnheiten der bedeutenden Persönlichkeit waren solide und majestätisch, aber nicht kompliziert. »Strenge, Strenge – und noch einmal Strenge!« sagte sie gewöhnlich und blickte bei dem letzten Wort sehr bedeutsam jenem ins Gesicht, mit dem sie gerade sprach, obwohl dazu eigentlich gar kein Anlaß bestand, weil sich das Dutzend Beamte, aus denen der ganze Regierungsmechanismus der Kanzlei bestand, auch ohnedies im vorgeschriebenen Angstzustand befand: sobald man ihn aus der Ferne erblickte, ließ jeder alles liegen und stehen und wartete in strammer Haltung, bis der Vorgesetzte durch das Zimmer gegangen war. Sein übliches Gespräch mit den Untergebenen zeichnete sich durch Strenge aus und bestand fast nur aus drei Sätzen: »Wie können Sie es wagen? Wissen Sie, mit wem Sie sprechen? Begreifen Sie, wer vor Ihnen steht?« Übrigens war er im Grunde seines Herzens ein guter Mensch, lieb gegen die Kameraden, dienstbereit, aber der Generalsrang hatte ihn vollständig aus der Fassung gebracht. Nachdem er den Generalsrang erhalten hatte, verlor er den Kopf, geriet aus dem Geleise und wußte überhaupt nicht mehr, was er tun sollte. Wenn er mit seinesgleichen zu tun hatte, war er noch ein Mensch, wie es sich gehört, ein sehr ordentlicher Mensch, in vielen Beziehungen sogar kein dummer Mensch; aber sobald er in einer Gesellschaft sein mußte, wo Leute waren, die auch nur eine Rangstufe tiefer als er selber standen, dann war er einfach wie vom Teufel losgelassen: er schwieg, und seine Lage erweckte um so mehr Mitleid, als er sogar selber spürte, daß er die Zeit unvergleichlich besser verbringen könnte. In seinen Augen war manchmal das starke Verlangen sichtbar, sich irgendeinem interessanten Gespräch oder Kreis beizugesellen, aber es hielt ihn der Gedanke zurück: Wird das meinerseits nicht schon zuviel sein, wird es nicht zu familiär sein, und werde ich dadurch nicht meine Bedeutung verlieren? Infolge solcher Gedanken verblieb er ewig in ein und demselben schweigsamen Zustand, gab nur ganz selten ein paar einsilbige Laute von sich und erwarb dadurch den Ruf eines äußerst langweiligen Menschen.

Bei dieser bedeutenden Persönlichkeit erschien unser Akakij Akakijewitsch, und er erschien zu der allerungünstigsten Zeit, in einem sehr ungünstigen Augenblick für ihn, doch übrigens in einem sehr günstigen für die bedeutende Persönlichkeit. Die bedeutende Persönlichkeit befand sich in ihrem Kabinett und unterhielt sich gerade sehr, sehr lustig mit einem kürzlich eingetroffenen alten Bekannten und Jugendfreund, den sie schon seit einigen Jahren nicht mehr gesehen hatte. In diesem Augenblick wurde ihm gemeldet, daß irgendein Baschmatschkin gekommen sei. Er fragte schroff: »Wer ist das?« Man antwortete ihm: »Irgendein Beamter.« – »Ah! Der kann warten, jetzt habe ich keine Zeit«, sagte der bedeutende Mann. Hier muß gesagt werden, daß der bedeutende Mann faustdick log: er hatte Zeit, er hatte mit dem Freund schon längst über alles gesprochen, und beide legten schon längst in das Gespräch ziemlich lange Pausen ein, wobei sie einander leicht auf die Schenkel schlugen und dazu sagten: »Ja, so ist's, Iwan Abramowitsch!« – »Ja, genauso ist's, Stepan Warlamowitsch!« Aber trotz allem befahl er, den Beamten warten zu lassen, um dem Freund, einem Mann, der schon längst nicht mehr diente und sich daheim in seinem Dorf festgelebt hatte, zu zeigen, wie lange die Beamten bei ihm im Vorzimmer warten müßten. Endlich, nachdem sie sich ausgeredet und sich noch bis zur Sättigung ausgeschwiegen und in überaus bequemen Sesseln mit schrägen Rückenlehnen in aller Ruhe eine Zigarre geraucht hatten, endlich tat er so, als ob er sich erinnerte, und sagte zu dem Sekretär, der an der Tür – mit Papieren zum Vortrag unter dem Arm – stehengeblieben war: »Ja richtig, da steht doch, glaube ich, noch irgendein Beamter draußen; sagen Sie ihm, daß er hereinkommen kann.« Als er Akakij Akakijewitschs demütige Erscheinung und dessen abgetragene Vizeuniform sah, wandte er sich plötzlich ihm zu und sagte: »Was wünschen Sie?« – und zwar mit schroffer und harter Stimme, die er absichtlich vorher bei sich daheim, in der Einsamkeit und vor dem Spiegel, einstudiert hatte, schon eine Woche vor dem Empfang seines jetzigen Postens und des Generalsranges. Akakij Akakijewitsch, der schon die ganze Wartezeit über die vorschriftsmäßige Schüchternheit verspürt hatte, wurde ganz verlegen und erklärte, so gut er konnte, soweit es die Redegewandtheit seiner Zunge erlaubte, und unter noch häufigerer Verwendung des Umstandswortes »sozusagen« als sonst, daß es ein vollkommen neuer Mantel gewesen sei und daß man ihn jetzt seiner auf unmenschliche Weise beraubt habe und daß er sich an ihn wende, damit er sich kraft seines Ansehens fürsorglich und irgendwie sozusagen schriftlich mit dem Herrn Oberpolizeimeister oder mit sonst jemand in Verbindung setze und den Mantel suchen lasse. Dem General kam dieses Benehmen, unbekannt aus welchem Grund, allzu familiär vor.

»Was, sehr geehrter Herr«, fuhr er schroff fort, »Sie kennen den Dienstweg nicht? Wohin haben Sie sich verstiegen? Kennen Sie den Gang der Geschäfte nicht? Sie hätten in dieser Angelegenheit zuerst ein Bittgesuch in der Kanzlei einreichen müssen; es wäre zum Tischvorstand und zum Abteilungsvorstand gegangen, dann dem Sekretär übergeben worden, und der Sekretär hätte es dann mir ...«

»Aber, Euer Hochwohlgeboren«, sagte Akakij Akakijewitsch, bemüht, seine ganze kleine Handvoll Geistesgegenwart, über die er noch verfügte, zusammenzunehmen, während er gleichzeitig spürte, daß er entsetzlich schwitzte, »Euer Hochwohlgeboren, ich habe mich deshalb erkühnt, unmittelbar Sie zu belästigen, weil die Sekretäre sozusagen ... ein unzuverlässiges Volk sind ...«

»Was, was, was?« sagte die bedeutende Persönlichkeit. »Woher haben Sie diesen Mut genommen? Woher haben Sie solche Gedanken bezogen? Was für ein aufrührerischer Geist hat sich unter den jungen Leuten gegen die Vorgesetzten und die Höheren verbreitet?«

Die bedeutende Persönlichkeit hatte anscheinend nicht bemerkt, daß Akakij Akakijewitsch schon über fünfzig Jahre alt war. Wenn er also überhaupt noch ein junger Mann genannt werden konnte, dann höchstens verhältnismäßig, das heißt im Verhältnis zu einem, der schon sechzig Jahre alt war.

»Wissen Sie, wem Sie das sagen? Begreifen Sie, wer vor Ihnen steht? Begreifen Sie das, begreifen Sie das? frage ich Sie.«

Dabei stampfte er mit dem Fuß auf und steigerte seine Stimme zu einer derartigen Lautstärke, daß auch einem anderen als Akakij Akakijewitsch schrecklich zumute geworden wäre. Akakij Akakijewitsch erstarrte, taumelte, zitterte am ganzen Leib und konnte nicht mehr stehen; wären nicht die Kanzleidiener herbeigeeilt, um ihn zu stützen, wäre er unfehlbar zu Boden gestürzt; man trug ihn nahezu bewußtlos hinaus. Die bedeutende Persönlichkeit dagegen, damit zufrieden, daß der Effekt sogar ihre Erwartungen übertroffen hatte, und völlig berauscht von dem Gedanken, daß ihr Wort einem Menschen die Besinnung zu rauben vermochte, warf einen verstohlenen Blick auf ihren Freund, um festzustellen, wie er sich dazu stelle, und gewahrte nicht ohne Genugtuung, daß sich der Freund in dem gleichen unsicheren Zustand befand und es sogar selber mit der Angst zu tun bekam.

Wie er die Treppe hinuntergekommen und auf die Straße gelangt war, daran konnte sich Akakij Akakijewitsch überhaupt nicht erinnern. Er spürte weder Arme noch Beine. Sein Lebtag war er noch nie von einem General, und dazu noch von einem fremden, so fürchterlich angeschnauzt worden. Mit offenem Mund, und immer wieder vom Trottoir abkommend, stolperte er im Schneesturm dahin, der durch die Straßen heulte; der Wind blies ihm nach Petersburger Brauch von allen vier Seiten und aus allen Quergassen entgegen. Im Nu hatte er ihm eine Halsentzündung in die Gurgel geblasen, und als Akakij Akakijewitsch nach Hause gelangte, war er nicht mehr imstande, ein Wort zu sprechen; er schwoll an und legte sich zu Bett. So stark wirkt manchmal ein gehöriger Rüffel! Am nächsten Tag zeigte sich bei ihm hohes Fieber. Dank der großzügigen Unterstützung des Petersburger Klimas machte die Krankheit schnellere Fortschritte, als man erwarten konnte, und als der Doktor erschien, fand er, nachdem er den Puls gefühlt hatte, nichts anderes mehr zu tun, als heiße Umschläge zu verschreiben, einzig und allein aus dem Grund, damit der Kranke nicht ohne die wohltätige Hilfe der Medizin verbliebe; im übrigen verkündete er ihm auch gleich sein unabwendbares Ende in anderthalb Tagen. Darauf wandte er sich an die Hausfrau und sagte: »Und Sie, Mütterchen, vertrödeln Sie nicht unnütz die Zeit, und bestellen Sie ihm gleich einen Föhrensarg, weil ein Eichensarg für ihn zu teuer sein wird.« Ob Akakij Akakijewitsch diese für ihn verhängnisvollen Worte hörte und ob sie, wenn er sie hörte, eine erschütternde Wirkung auf ihn ausübten und ob er sein erbärmliches Leben bedauerte – von al-

Iedem ist nichts bekannt, weil er die ganze Zeit fieberte und phantasierte. Gesichte, eines seltsamer als das andere, traten ihm unaufhörlich vor die Augen: bald sah er Petrowitsch und bestellte bei ihm einen Mantel mit allerlei Fallen für die Diebe, welche sich unaufhörlich unter seinem Bett zu tummeln schienen, so daß er jeden Augenblick nach der Hausfrau rief und sie bat, ihm einen dieser Diebe sogar unter der Bettdecke hervorzuziehen; bald fragte er, warum noch sein alter Kapot vor ihm hänge, da er doch einen neuen Mantel habe; bald kam es ihm vor, als stünde er vor dem General und hörte sich dessen vorschriftsmäßigen Rüffel an und murmelte ohne Unterlaß: »Verzeihung, Euer Hochwohlgeboren!« bald führte er schließlich gotteslästerlich unflätige Reden und stieß so schamlose Worte hervor, daß sich die greise Hausfrau sogar bekreuzigte, weil sie zeitlebens von ihm nichts Ähnliches gehört hatte, und erschrak um so mehr, weil diese Schimpfworte unmittelbar auf das Wort »Euer Hochwohlgeboren« folgten. Des weitern redete er vollendeten Unsinn, so daß nichts zu verstehen war; man konnte nur erkennen, daß sich die wirren Worte und Gedanken immer um ein und denselben Mantel drehten. Schließlich gab der arme Akakij Akakijewitsch seinen Geist auf. Weder sein Zimmer noch seine Sachen wurden versiegelt, weil es erstens keine Erben und zweitens nur sehr wenig Erbe gab, nämlich: ein Büschel Gänsefedern, ein Ries weißes Kanzleipapier, drei Paar Socken, zwei, drei Knöpfe, die von den Beinkleidern abgerissen waren, und der dem Leser bekannte Kapot. Wem das alles zufiel, das weiß Gott: dafür interessierte sich, ich gestehe es, nicht einmal der Erzähler dieser Geschichte. Akakij Akakijewitsch wurde hinausgefahren und begraben. Und Petersburg blieb ohne Akakij Akakijewitsch zurück, als ob es ihn dort niemals gegeben hätte. Es verschwand und verbarg sich ein Wesen, das niemand beschützt hatte, niemandem teuer gewesen war, niemanden interessiert hatte und nicht einmal die Aufmerksamkeit eines Naturforschers zu erregen imstande gewesen war, der nicht einmal eine gewöhnliche Fliege auf eine Stecknadel zu spießen und sie unter dem Mikroskop zu betrachten versäumt; ein Wesen, das demütig die Spötteleien seiner Kollegen in der Kanzlei ertragen hatte und ganz ohne jegliche besondere Leistung in die Grube gefahren war, an dem aber doch – wenn auch unmittelbar vor seinem Lebensende – ein lichter Geist in Gestalt eines Mantels vorbeigehuscht war, der einen Augenblick lang sein armes Leben erheiterte; und ein Wesen, auf das sich gleich nachher, ungeduldig und unerbittlich, das Unglück gestürzt hatte, als ob es sich auf einen Zaren oder einen Mächtigen dieser Welt hätte stürzen müssen ... Einige Tage nach seinem Tod wurde ein Diener aus dem Departement mit dem Befehl in sein Quartier geschickt, daß er unverzüglich zu erscheinen habe: der Vorgesetzte wünsche es; aber der Diener mußte unverrichteter Dinge wieder abziehen und meldete, daß Akakij Akakijewitsch nicht mehr kommen könne, und auf die Frage: »Warum?« stieß er hervor: »Einfach so, weil er gestorben ist und man ihn vor drei Tagen begraben hat.« Auf diese Weise erfuhr man im Departement von Akakij Akakijewitschs Tod, und am nächsten Tag saß auf seinem Platz schon ein neuer Beamter, der viel größer war und die Buchstaben nicht in einer so steilen Handschrift aufs Papier setzte, sondern bedeutend schiefer und schräger.

Doch wer könnte sich vorstellen, daß damit noch nicht alles über Akakij Akakijewitsch gesagt ist und daß es ihm bestimmt sein sollte, noch für einige Tage nach seinem Tod ein rauschendes Leben zu führen, gleichsam als Gratifikation für sein von niemandem bemerktes Leben? Doch es geschah so, und unsere arme Geschichte nimmt unerwartet ein phantastisches Ende. In Petersburg verbreiteten sich plötzlich Gerüchte, daß an der Kalinkinbrücke und in ihrer weiteren Umgebung nächtens ein Toter in Gestalt eines Beamten erscheine, der irgendeinen abhanden gekommenen Mantel suche und unter diesem Vorwand allen, ohne Ansehen des Ranges und Standes, die mit Katze, Biber, Watte, Otter, Fuchs oder Bär – mit einem Wort: alle mit Fellen und Pelzen gefütterten Mäntel, welche auch immer die Menschen zur Bedeckung ihres eigenen Fells ersonnen haben mochten, von den Schultern reiße. Einer der Departementsbeamten hatte den Toten mit eigenen Augen gesehen und in ihm sofort Akakij Akakijewitsch erkannt; das hatte ihm eine derartige Angst eingejagt, daß er Hals über Kopf davonstürzte und deshalb nicht ordentlich hinschauen konnte, sondern lediglich sah, wie ihm jener aus der Ferne mit dem Finger drohte. Von allen Seiten trafen ständig Klagen ein, daß die Rücken und Schultern nicht nur der Titularräte, was noch angegangen wäre, sondern sogar der geheimsten Hofräte der verderblichsten Erkältung ausgesetzt seien infolge der nächtlichen Entreißung ihrer Mäntel. Von der Polizei wurde eine Verfügung erlassen, den Toten – koste es, was es wolle, lebendig oder tot – festzunehmen und ihn, als abschreckendes Beispiel für die anderen, auf das strengste zu bestrafen, und das wäre ihr beinahe auch gelungen. Der Wächter irgendeines Viertels in der Kirjuschkingasse hatte nämlich den Toten schon ganz fest am Kragen gepackt, und zwar gerade auf frischer Tat, bei dem Versuch, irgendeinem ausgedienten Musikanten, der seinerzeit auf der Flöte gepfiffen hatte, den Friesmantel von den Schultern zu reißen. Als der Wächter ihn am Kragen gepackt hatte, rief er mit seinem Geschrei zwei andere Wächter herbei, denen er auftrug, den Toten festzuhalten, während er selber nur rasch in seinen Stiefel langen wollte, um aus dem Schaft rechtzeitig die Tabaksdose herauszuziehen und seine schon etwa sechsmal im Leben erfrorene Nase zu erfrischen; aber der Tabak war scheint's von einer Sorte, daß ihn nicht einmal ein Toter vertragen konnte. Der Wächter war noch nicht dazugekommen, sein rechtes Nasenloch mit dem Finger zu verstopfen, um in das linke eine halbe Faustvoll Tabak aufzuschnupfen, als der Tote so heftig nieste, daß es allen dreien gänzlich die Augen verpappte. Ehe sie ihre Fäuste hoben, um sich die Augen zu reiben, war der Tote spurlos verschwunden, so daß sie nicht einmal genau wußten, ob er sich nun tatsächlich in ihren Händen befunden hatte oder nicht. Seit der Zeit hatten die Wächter eine solche Angst vor Toten, daß sie sich sogar fürchteten, die Lebendigen zu ergreifen, und nur aus der Ferne schrien: »He, du dort, geh deines Weges!« – und der tote Beamte begann jetzt sogar jenseits der Kalinkinbrücke zu erscheinen, wodurch er dort allen ängstlichen Leuten keinen geringen Schreck einjagte. Doch wir haben ganz die *bedeutende Persönlichkeit* außer acht gelassen, die in Wirklichkeit so ziemlich allein die Ursache der phantastischen Wendung unserer übrigens völlig wahren Geschichte ist. Vor allem erfordert es die Gerechtigkeit, zu sagen, daß die bedeutende Persönlichkeit bald nach dem Abgang des armen, zu Federflaum zerschlissenen Akakij Akakijewitsch irgend etwas wie Reue empfand. Mitleid war dem General nicht unbekannt; sein Herz war vielen guten Regungen zugänglich, ungeachtet dessen, daß sein Rang es überaus häufig daran hinderte, diese offenkundig werden zu lassen. Kaum daß der angereiste Freund sein Kabinett verlassen hatte, begann er sogar über den armen Akakij Akakijewitsch nachzudenken. Und seitdem trat ihm fast täglich der bleiche Akakij Akakijewitsch vor Augen, welcher den vorschriftsmäßigen Rüffel nicht vertragen hatte. Der Gedanke an ihn versetzte den General allmählich in eine solche Unruhe, daß er sich eine Woche später sogar entschloß, einen Beamten zu ihm zu schicken, der in Erfahrung bringen sollte, was eigentlich geschehen sei, wie er lebe und ob man ihm tatsächlich nicht helfen könne; und als man ihm nun meldete, daß Akakij Akakijewitsch ganz plötzlich an einem hitzigen Fieber gestorben sei, war er zutiefst erschüttert, spürte Gewissensbisse und blieb den ganzen Tag schlechter Laune. In der Absicht, sich ein wenig zu zerstreuen und den unangenehmen Eindruck allmählich zu vergessen, machte er sich am Abend auf den Weg zu einem seiner Freunde, bei dem er eine ordentliche Gesellschaft vorfand, und was das beste war – alle hatten fast ein und denselben Rang, so daß er sich durch nichts in seinem Benehmen eingeengt fühlen konnte. Das übte eine erstaunliche Wirkung auf seine Gemütsverfassung aus. Er taute auf, verwandelte sich in einen angenehmen Gesprächspartner, wurde liebenswürdig – mit einem Wort, er verbrachte den Abend sehr angenehm. Nach dem Abendessen trank er zwei Glas Champagner – ein bekanntermaßen nicht schlecht wirkendes Mittel zur Entfaltung der Fröhlichkeit. Der Champagner erweckte in ihm die Lust zu allerhand Extratouren, und zwar beschloß er, noch nicht nach Hause, sondern zu einer bekannten Dame zu fahren, Karolina Iwanowna mit Namen, einer Dame anscheinend deutscher Herkunft, für die er höchst freundschaftliche Gefühle empfand. Es muß gesagt werden, daß die bedeutende Persönlichkeit kein junger Mann mehr, doch ein guter Gatte und ein würdiger Familienvater war. Zwei Söhne, von denen der eine schon in seiner Kanzlei diente, und eine reizend anzusehende sechzehnjährige Tochter mit einem etwas hochgebogenen, doch hübschen Näschen kamen jeden Morgen, um ihm die Hand zu küssen und dazu »Bonjour, papa!« zu sagen. Seine Gattin, ein noch frisches und dazu ein keineswegs übles Frauenzimmer, ließ sich zuerst von ihm die Hand küssen, dann drehte sie sich um und küßte ihm die Hand. Doch die bedeutende Persönlichkeit, im übrigen durchaus zufrieden mit den häuslichen und familiären Zärtlichkeiten, hielt es für schicklich, für freundschaftliche Beziehungen eine Freundin in einem anderen Stadtteil zu haben. Diese Freundin war kein bißchen hübscher oder jünger als seine Frau; aber es gibt nun einmal solche Rätsel auf der Welt, und darüber zu urteilen ist nicht unsere Sache. Also ging denn die bedeutende Persönlichkeit die Treppe hinunter, setzte sich in den Schlitten und sagte zum Kutscher: »Zu Karolina Iwanowna!« während er sich selber ganz entzückend in den warmen Mantel hüllte und in jener angenehmen Stimmung verharrte, wie man sich eine bessere für einen russischen Menschen gar nicht ausdenken kann, das heißt, wenn man selber nichts denkt und die Gedanken allein in den Kopf kriechen, einer angenehmer als der andere, und es nicht einmal Mühe macht, ihnen nachzujagen oder sie zu suchen. Voller Zufriedenheit erinnerte er sich leichthin aller lustigen Augenblicke des verbrachten Abends, aller Worte, welche den kleinen Kreis zum Lachen veranlaßt hatten; viele davon wiederholte er sogar halblaut und fand, daß sie immer noch so komisch waren wie vorhin, und deshalb war es kein Wunder, daß er auch jetzt noch herzhaft über sie lachen mußte. Bisweilen störte ihn freilich ein stürmischer Wind, der sich weiß Gott woher und aus welchem Grund plötzlich erhoben hatte, ihn ins Gesicht schnitt, ihn mit Schneeklumpen bewarf, den Mantelkragen wie ein Segel blähte oder ihm diesen plötzlich mit unnatürlicher Kraft auf den Kopf schlug und auf diese Weise ewige Plackereien verursachte, sich aus ihm herauszuarbeiten. Plötzlich spürte die bedeutende Persönlichkeit, daß ihn jemand äußerst fest am Kragen packte. Er drehte sich um und bemerkte einen Mann von kleiner Statur in einer alten, abgetragenen Vizeuniform und erkannte in ihm nicht ohne Entsetzen Akakij Akakijewitsch. Das Gesicht des Beamten war weiß wie der Schnee und glich ganz dem eines Toten. Doch das Entsetzen der bedeutenden Persönlichkeit überstieg alle Grenzen, als er bemerkte, daß sich der Mund des Toten verzerrte, einen schrecklichen Grabesgeruch verbreitete und folgende Worte sprach: »Ah! Da bist du ja endlich! Endlich habe ich dich also sozusagen beim Kragen erwischt! Deinen Mantel da brauche auch ich! Du hast dich nicht um meinen gekümmert und mich dazu noch angebrüllt – so gib denn jetzt deinen her!« Die arme bedeutende Persönlichkeit wäre beinahe gestorben. So charaktervoll er auch in der Kanzlei und überhaupt vor Untergebenen war, und obwohl jedermann allein schon beim Anblick seiner männlichen Erscheinung und Figur sagte: »Ho! Welch ein Charakter!« – verspürte er hier doch gleich vielen anderen reckenhaften Erscheinungen eine solche Angst, daß er nicht ohne Grund befürchtete, irgendeinen krankhaften Anfall erleiden zu können. Er riß sich selber schleunigst den Mantel von den Schultern und rief dem Kutscher mit ganz fremder Stimme zu: »Los, so schnell wie möglich nach Hause!« Als der Kutscher diese Stimme vernahm, die gewöhnlich nur in entscheidenden Augenblicken ertönte und gelegentlich von recht wirkungsvollen Bewegungen begleitet war, zog er für alle Fälle den Kopf zwischen die Schultern, schwang die Peitsche und ließ den Schlitten wie einen Pfeil dahinschießen. In nicht viel mehr als sechs Minuten war die bedeutende Persönlichkeit schon vor der Auffahrt ihres Hauses. Bleich, verängstigt und ohne Mantel war er statt zu Karolina Iwanowna zu sich nach Hause gefahren, schleppte sich mühsam in sein Zimmer und verbrachte die ganze Nacht in der allergrößten Verwirrung, so daß ihm seine Tochter am nächsten Morgen beim Tee geradezu sagte: »Du bist heute ganz blaß, Papa.« Doch der Papa schwieg und sagte niemandem ein Wörtchen davon, was ihm widerfahren war und wo er sich aufgehalten hatte und wohin er hatte fahren wollen. Dieses Ereignis machte einen starken Eindruck auf ihn. Er begann sogar viel seltener zu seinen Untergebenen zu sagen: »Wie können Sie es wagen? Begreifen Sie, wer vor Ihnen steht?« – und wenn er es dennoch sagte, dann keinesfalls eher, als bis er sich angehört hatte, worum es ging. Noch bemerkenswerter war der Umstand, daß seitdem die Erscheinung des toten Beamten aufhörte: anscheinend war der Generalsmantel seinen Schultern sehr gelegen gekommen; wenigstens hörte man nirgends mehr von solchen Fällen, daß man jemandem den Mantel von den Schultern gerissen hätte. Im übrigen wollten sich viele geschäftige und besorgte Leute durchaus nicht beruhigen und behaupteten, daß in abgelegenen Stadtteilen der tote Beamte noch immer erscheine. Und wirklich sah im Kolomensker Viertel ein Wächter mit eigenen Augen, wie das Gespenst hinter einem Haus hervorkam; weil er jedoch von Natur aus etwas schwächlich gebaut war – so daß ihn einmal ein gewöhnliches ausgewachsenes Schwein, das aus irgendeinem Privathaus herausstürzte, zu Fall gebracht hatte, zum großen Gelächter der ringsum stehenden Kutscher, von denen er für diese

Verspottung je einen Groschen Tribut für Tabak verlangte –, weil also der Wächter schwächlich gebaut war, wagte er es nicht, das Gespenst anzuhalten, sondern ging ihm in der Finsternis so lange nach, bis es sich schließlich umdrehte, stehenblieb und fragte: »Was willst du hier?« und dabei eine Faust zeigte, wie eine solche bei Lebenden nicht zu finden ist. Der Wächter sagte: »Nichts« – und machte augenblicklich kehrt. Dieses Gespenst war jedoch von bedeutend größerer Statur, trug einen gewaltigen Schnurrbart und lenkte seine Schritte, wie es schien, gegen die Obuchowbrücke, wo es völlig im nächtlichen Dunkel verschwand.

Übersetzt von Josef Hahn

Charles Dickens
(1812–1870)

Charles Dickens war ein großer Beobachter und Chronist der menschlichen Komödie, wenn er auch ausgeprägte moralische Ansichten vertrat und das Böse zu kasteien liebte, während er Gerechtigkeit und Güte über alle Maßen pries. Seine Figuren, zuweilen komisch, zuweilen heroisch, zuweilen auch schurkisch, gehören zu den denkwürdigsten der Literatur.

Als zweites von acht Kindern im englischen Portsmouth geboren, ging Dickens' frühe Bildung weitgehend auf die Klassiker in der Bibliothek seines Vaters zurück. Mit zwölf Jahren aber mußte er sich Arbeit suchen und schwärzte Flaschen ein, denn sein Vater hatte einen finanziellen Rückschlag erlitten und kam in den Schuldenturm. Kurze Zeit später jedoch fiel dem Vater eine überraschende Erbschaft zu. Dickens gab die Arbeit auf und ging noch drei Jahre auf die Schule, ehe er 1827 in die Kanzlei eines Anwalts eintrat. Von dort stieg er zum Gerichtsreporter auf und schrieb schließlich kurze Artikel für das *Monthly Magazine* und den *Evening Chronicle.* 1836 forderte ihn der *Cronicle* auf, für eine Serie von Bildern komische Geschichten zu liefern: das Ergebnis waren *Die Pickwickier* (1837). Das Buch war ein Riesenerfolg und bildete den Anfang einer beinahe einzigartigen Karriere des Ruhms und Vermögens, denn in den nächsten dreißig Jahren veröffentlichte er Klassiker der Weltliteratur wie *David Copperfield, Eine Geschichte aus Zwei Städten, Oliver Twist* und *Große Erwartungen* – und viele schrieb er in monatlichen Lieferungen zum Redaktionsschluß von Magazinen.

Körperlich war er ein kleiner Mann, mit blitzenden Augen, zarten Zügen, einem ausdrucksvollen Gesicht, braunem Haar und dünnem Bart. Sein Auftreten war lebhaft und extrovertiert, und er war großzügig und mitfühlend, wenn er sich gelegentlich auch arrogant und eingebildet geben konnte.

Sein Interesse am Phantastischen und Makabren war groß und dauerhaft. Als Herausgeber von *Household Words* (1849–1858) und *All the Year Round* (1858–1870) brachte er mehrere Personen, darunter Mrs. Elizabeth Gaskell und Wilkie Collins, dazu, einige ihrer besten Geschichten dieses Genres für ihn zu schreiben. Als Autor verfaßte er fünfzehn phantastische Erzählungen, angefangen mit

The Story of the Goblin Who Stole a Sexton (1836), bis hin zu einem herrlichen Märchen mit dem Titel *The Magic Fishbone* (1868).

Sein bekanntester Ausflug ins Gebiet des Phantastischen ist natürlich sein *Ein Weihnachtslied in Prosa*, das 1843 innerhalb weniger Wochen erdacht und niedergeschrieben wurde. Die *Encyclopedia Britannica* beschreibt diese Geschichte als »außergewöhnliche Leistung – der einzige große Weihnachtsmythos der modernen Geschichte«. In der Tat – bei den dramatischen öffentlichen Lesungen, die Dickens so sehr liebte und auf die er sich bestens verstand, kam kein Werk so oft zum Vortrag wie dieses (allerdings in einer gekürzten Version).

Als sein persönliches Leben in mittleren Jahren ein wenig an Reiz verlor, gewannen die Lesereisen für ihn eine große Bedeutung, lieferten sie ihm doch offenbar die stets benötigte Zuneigung und Bewunderung. Seine Liebe zu dramatischen Darstellungen, besonders die Ermordung Nancys durch Sikes (aus *Oliver Twist*), kosteten ihn allerdings viel Kraft und trugen vermutlich zu dem Schlaganfall bei, der sein Leben so früh beendete.

CHARLES DICKENS

Ein Weihnachtslied in Prosa

Zugleich eine Christnachts-Geistergeschichte

ERSTE STROPHE

Marleys Geist

Marley war tot; damit wollen wir anfangen. Darüber gibt's nicht den leisesten Zweifel. Sein Totenschein war vom Geistlichen, vom Notar, vom Leichenbestatter und vom Hauptleidtragenden unterzeichnet. Scrooge hatte unterschrieben, und Scrooges Name war an der Börse gut für alles, wozu er ihn hergab.

Der alte Marley war so tot wie ein Türnagel.

Wohlgemerkt, ich will damit nicht behaupten, daß ich aus eigener Erfahrung wüßte, was an einem Türnagel so ganz besonders tot ist. Ich für meine Person wäre eher geneigt, einen Sargnagel als das toteste Stück Eisen zu betrachten, das im Handel ist. Allein das Gleichnis bewahrt die Weisheit unserer Ahnen auf, und meine unheilige Hand soll nicht daran rütteln, sonst ist's aus mit unserem Land. Man wird mir daher erlauben, mit Nachdruck zu wiederholen, daß Marley so tot war wie ein Türnagel.

Wußte Scrooge, daß er tot war? Natürlich wußte er's. Wie konnte es anders sein? Scrooge und er waren ja – ich weiß nicht, wie viele Jahre lang – Geschäftspartner gewesen. Scrooge war Marleys einziger Testamentsvollstrecker, sein einziger Nachlaßverwalter, sein einziger Rechtsnachfolger, sein einziger Haupterbe, sein einziger Freund und sein einziger Leidtragender. Und selbst Scrooge war von diesem traurigen Ereignis nicht so furchtbar erschüttert, daß er versäumt hätte, sich selbst am Begräbnistag als geschickter Geschäftsmann zu erweisen und ihn mit einem guten Schnitt zu begehen.

Die Erwähnung von Marleys Begräbnis bringt mich auf den Punkt zurück, von dem ich ausgegangen bin. Es besteht kein Zweifel, daß Marley tot war. Dies muß man begriffen haben, sonst ist nichts Wunderbares an der Geschichte, die ich erzählen will. Wenn wir nicht vollkommen überzeugt wären, daß Hamlets Vater vor Beginn des Stücks gestorben ist, so wäre sein nächtliches Umherwandeln im Ostwind auf dem Wall seines Schlosses um nichts merkwürdiger, als wenn irgendein anderer Herr in mittlerem Alter nach Einbruch der Dunkelheit an irgendeinem windigen Ort – sagen wir zum Beispiel auf dem St. Pauls-Kirchhof – plötzlich hervorträte, um die müde Seele seines Sohnes wachzurütteln.

Scrooge ließ den Namen des alten Marley nie übermalen. Jahre nachher stand noch über der Tür des Warenhauses zu lesen »Scrooge & Marley«. Die Firma war als Scrooge & Marley bekannt. Leute, die im Geschäftsleben Neulinge waren, nannten Scrooge manchmal Scrooge, manchmal Marley; er hörte auf beide Namen. Für ihn war beides dasselbe.

Aber er mahlte geizig alles aus bis aufs letzte, dieser Scrooge! Ein erpresserischer, blutsaugerischer, schäbiger Filz, ein raffgierig zupackender alter Sünder war er! Hart und scharf wie ein Kiesel, aus dem der Stahl nie einen edlen Funken geschlagen hat, versteckt, verschlossen und einsam wie eine Auster. Seine innere Kälte ließ seine alten Gesichtszüge einfrieren, seine spitze Nase absterben, machte seine Wangen runzelig, seinen Gang steif, seine Augen rot und seine dünnen Lippen blau, ja sie brach hämisch in seiner schnarrenden Stimme durch. Rauhreif lag auf seinem Haupt, seinen Augenbrauen und seinem Stoppelkinn. Er trug seine Eisluft überall mit sich herum, durchkältete damit selbst in den Hundstagen sein Kontor und ließ es auch am Christfest um keinen Grad auftauen.

Äußere Hitze oder Kälte berührten Scrooge wenig. Keine Hitze konnte ihn erwärmen, kein Winterwetter ihn erkälten. Kein Wind war schneidender als er, kein Schneefall unbarmherziger, kein Platzregen unaufhaltsamer. Schlimmes Wetter wußte nicht, wie ihm beikommen. Der heftigste Regen, Schnee, Hagel und Schloßen konnten sich nur in einer Hinsicht eines Vorteils über ihn rühmen: sie zeigten sich oft sehr freigebig, er nie.

Niemand hielt ihn je auf der Straße an, um ihn mit freudigem Blick zu fragen: »Lieber Scrooge, wie geht es Ihnen? Wann werden Sie mich besuchen?« Kein Bettler bat ihn um eine Kleinigkeit, kein Kind fragte ihn, wieviel Uhr es sei, kein Mann oder Weib erkundigte sich je im Leben bei Scrooge nach dem Weg zu diesem oder jenem Ort. Selbst die Blindenhunde schienen ihn zu kennen, denn sobald sie ihn kommen sahen, zogen sie lieber ihre Herren in Torwege und Höfe hinein und wedelten mit dem Schwanz, als wollten sie sagen: Blinder Mann, kein Auge ist immer noch besser als ein böses!

Aber was kümmerte das Scrooge? Gerade so hatte er's gern. Die volkreichen Pfade des Lebens zu meiden und jedem menschlichen Mitgefühl warnend zuzurufen, es solle fernbleiben, das war für ihn, wie man so sagt, ein »gefundenes Fressen«.

Einmal – von allen schönen Tagen im Jahr gerade am Heiligen Abend – saß der alte Scrooge geschäftig in seiner Schreibstube. Das Wetter draußen war schneidend kalt, unfreundlich und obendrein neblig, und er konnte hören, wie im Hof draußen die Leute keuchend auf und ab gingen, mit den Händen gegen die Brust schlugen und mit den Füßen auf die Pflastersteine stampften, um sich zu erwärmen. Die Glocken der City hatten eben erst drei Uhr geschlagen, aber es war schon ganz dunkel – es war den ganzen Tag über nicht hell gewesen –, und die Lichter flackerten hinter den Fenstern der benachbarten Kontore wie rote Schmutzflecken auf der zum Greifen dicken braunen Luft. Der Nebel drang durch jede Ritze und jedes Schlüsselloch und war draußen so dicht, daß die Häuser gegenüber wie ein Spuk wirkten, obwohl der Hof zu den besonders schmalen gehörte. Wenn man sah, wie sich die trübe Wolke langsam senkte und alles verdüsterte, so hätte man glauben können, Mutter Natur wohne nebenan und braue jetzt eben in großem Stil.

Die Tür zu Scrooges Kontor stand offen, damit er ein Auge auf seinen Schreiber haben könne, der in einer jämmerlich engen Zelle nebenan, einer Art Schacht, Briefe kopierte. Bei Scrooge brannte nur ein kümmerliches Feuer, aber das des Schreibers war noch viel kleiner, so daß es wie eine einzige Kohle aussah. Doch konnte er nicht nachlegen, denn die Kohlenkiste stand in Scrooges eigener Stube, und jedesmal, wenn der Schreiber mit der Schaufel hereinkam, kündigte ihm sein Herr an, daß sie sich wohl bald trennen müßten. Dann zog der Schreiber sein weißes Halstuch in die Höhe und versuchte, sich an der Kerze zu erwärmen; da er jedoch nur über wenig Einbildungskraft verfügte, mißlang ihm stets dieser Versuch.

»Fröhliche Weihnachten, Oheim! Gott segne Sie!« rief eine muntere Stimme. Sie gehörte Scrooges Neffen, der so rasch auf ihn zukam, daß dies das erste Zeichen seiner Anwesenheit war.

»Pah!« rief Scrooge, »Possen!«

Sein Neffe hatte sich durch das rasche Gehen in Nebel und Frost so erhitzt, daß er förmlich glühte; sein Gesicht war hübsch in seiner Röte, seine Augen glänzten, und sein Atem dampfte noch.

»Wie, Oheim, Weihnachten ein Possen?« rief Scrooges Neffe; »das ist doch sicherlich nicht Ihr Ernst?«

»Ganz mein Ernst«, versetzte Scrooge. »Fröhliche Weihnachten! Was für ein Recht hast du, fröhlich zu sein? Was für einen Grund hast du, zufrieden zu sein? Du bist doch arm genug.«

»Ei, Oheim!« versetzte der Neffe munter, »was für ein Recht haben Sie, verdrossen zu sein? Was für einen Grund haben Sie, mürrisch zu sein? Sie sind doch reich genug!«

Da Scrooge in der Eile keine bessere Antwort zur Hand hatte, gab er wiederum ein »Pah!« zurück und ließ »Possen!« darauf folgen.

»Nicht ärgern, Oheim!« rief der Neffe.

»Was soll ich denn tun«, entgegnete der Oheim, »solange ich in einer solchen Welt voll Narren lebe? Fröhliche Weihnachten! Zum Henker mit den fröhlichen Weihnachten! Was ist Weihnachten denn schon anderes als eine Zeit, da man ohne Geld in der Tasche Rechnungen bezahlen soll? Eine Zeit, da man sich um ein Jahr älter und um keine Stunde reicher fühlt? Eine Zeit, da du in deinen Büchern Bilanz machen mußt und jeden Posten in allen zwölf Monaten des Jahres als Soll zu spüren bekommst? Wenn es nach mir ginge«, setzte er entrüstet hinzu, »müßte jeder Dummkopf, der mit ›Fröhliche Weihnachten‹ im Munde herumläuft, mit seinem eigenen Pudding gekocht und mit einem Stechpalmenzweig durchs Herz begraben werden. Ja, das sollte er!«

»Oheim!« hielt ihm der Neffe vor.

»Neffe!« erwiderte der Oheim böse, »feiere Weihnachten auf deine Weise und laß mich's auf meine feiern.«

»So feiern Sie's!« wiederholte der Neffe. »Aber Sie tun's ja doch nicht.«

»Das überlaß nur mir!« meinte der Alte. »Wohl bekomm's dir! Es hat dir stets viel Gutes gebracht!«

»Es gibt viele Dinge, kann ich wohl sagen, aus denen ich Nutzen hätte ziehen können und doch nicht gezogen habe«, versetzte der Neffe, »Weihnachten gehört auch dazu. Aber ich habe die Weihnachtszeit, wenn sie herankam, ganz abgesehen – soweit das bei einem Wesensbestandteil möglich ist – von der Verehrung, die wir ihrem geheiligten Namen und Ursprung schulden, sicherlich stets als gute Zeit angesehen, als eine menschenfreundliche, angenehme Zeit voll Wohlwollen und Vergebung, als die einzige Zeit im Kalenderjahr, die ich kenne, in der Männer und Frauen gleichmäßig bereit scheinen, ihre verschlossenen Herzen frei zu öffnen und an ärmere Menschen zu denken, als ob sie wirklich Reisegefährten zum Grab hin wären und nicht Geschöpfe anderer Art mit anderer Wegrichtung. Und deshalb, Oheim, glaube ich, obwohl mir die Weihnachtszeit nie einen Schatz von Gold oder Silber in die Tasche gebracht hat, daß sie mir Gutes getan hat und Gutes tun wird, und sage: Gott segne sie!«

Der Schreiber im Kasten nebenan gab unwillkürlich seinen Beifall zu erkennen. Da ihm aber sogleich das Ungehörige seines Betragens bewußt wurde, schürte er rasch das Feuer und erstickte dabei den letzten schwachen Funken für immer.

»Noch ein Ton von Euch«, knurrte Scrooge, »und Ihr könnt Weihnachten damit feiern, daß Ihr Euren Posten los seid!« Und wieder zu seinem Neffen gewandt, fügte er hinzu: »Du bist ja ein unwiderstehlicher Redner; ich wundere mich, daß du nicht ins Parlament eintrittst.«

»Zürnen Sie nicht, Oheim! Bitte, speisen Sie morgen bei uns.«

Scrooge sagte, ihn solle eher ... ja, so sagte er. Er sprach den Satz in seiner ganzen Länge zu Ende: erst wolle er dieses letzte erlebt haben.

»Aber warum nur«, rief Scrooges Neffe. »Warum?«

»Warum hast du geheiratet?« fragte Scrooge.

»Weil ich liebte.«

»Weil du liebtest!« brummte Scrooge, als ob dies das einzige sei, was ihm noch lächerlicher vorkomme als fröhliche Weihnachten. »Guten Abend!«

»Nein, Oheim! Sie haben mich ja auch nie besucht, ehe sich das zutrug. Warum geben Sie es als Grund dafür an, daß Sie jetzt nicht kommen?«

»Guten Abend!« rief Scrooge.

»Ich brauche nichts von Ihnen; ich fordere nichts von Ihnen, warum können wir nicht gute Freunde sein?«

»Guten Abend!« rief Scrooge.

»Es tut mir von Herzen leid, Sie so hartnäckig zu finden. Wir haben nie einen Zwist gehabt, zu dem ich Veranlassung gegeben hätte. Aber ich habe dem Weihnachtsfest zu Ehren diesen Versuch unternommen und will an meiner Weihnachtsstimmung auch festhalten. Darum: fröhliche Weihnachten, Oheim!«

»Guten Abend!« rief Scrooge.

»Und ein glückliches Neujahr!«

»Guten Abend!« rief Scrooge.

Trotzdem verließ der Neffe das Zimmer ohne ein zorniges Wort. Bei der äußeren Tür blieb er stehen, um dem Schreiber seinen Weihnachtsgruß zu sagen, der, sosehr ihn auch fror, doch wärmer war als Scrooge, denn er gab ihn herzlich zurück.

»Da ist noch so ein Narr«, murmelte Scrooge, der zugehört hatte, »mein Schreiber, der fünfzehn Schilling wöchentlich bekommt, Weib und Kind hat und von fröhlichen Weihnachten schwatzt. Da möchte man doch wirklich ins Tollhaus verschwinden.«

Während der Verrückte den Neffen hinausbegleitete, hatte er zwei andre Leute hereingelassen. Es waren stattliche Herren von gutem Aussehen, die nun, ihre Hüte abgenommen, in Scrooges Kontor standen; sie trugen Bücher und Papiere in Händen und machten ihm eine Verbeugung.

»Scrooge und Marley, wenn ich nicht irre?« sagte einer der Herren mit einem Blick in seine Listen, »habe ich die Ehre mit Mr. Scrooge oder mit Mr. Marley?«

»Mr. Marley ist schon seit sieben Jahren tot«, antwortete Scrooge, »gerade heute nacht vor sieben Jahren ist er gestorben.«

»Wir zweifeln nicht, daß seine Freigebigkeit von seinem überlebenden Partner würdig weitergeführt wird«, sagte der Herr, indem er seine Vollmacht vorwies.

Seine Behauptung traf wirklich zu, denn sie waren zwei verwandte Geister gewesen. Bei dem unheilkündenden Wort »Freigebigkeit« schauderte Scrooge zusammen, schüttelte den Kopf und gab die Vollmacht zurück.

»In dieser festlichen Zeit des Jahres, Mr. Scrooge«, hub der Herr an, indem er eine Feder zur Hand nahm, »ist es noch wünschenswerter als sonst, daß wir, so gut es geht, für die Armen und Verwahrlosten sorgen; sie haben gerade in dieser Jahreszeit schwer zu leiden. Vielen Tausenden fehlt es am gewöhnlichen Lebensbedarf, Hunderttausende vermissen auch die geringste Behaglichkeit, Sir!«

»Gibt's keine Gefängnisse?« fragte Scrooge.

»Gefängnisse genug!« versetzte der Herr und legte die Feder wieder weg.

»Und die Arbeitshäuser?« fuhr Scrooge fort; »bestehen sie wohl noch?«

»Ja, noch immer!« entgegnete der Herr; »ich wünschte, ich könnte nein sagen.«

»Die Tretmühle und das Armengesetz sind also noch in Kraft?« fragte Scrooge weiter.

»Beide in voller Wirksamkeit, Sir.«

»Oh«, meinte Scrooge, »nach dem, was Sie zuerst sagten, fürchtete ich, es sei etwas vorgefallen, das ihren nützlichen Gang hemme; ich bin froh, das Gegenteil zu hören.«

»In der Überzeugung«, erwiderte der Herr, »daß diese Einrichtungen den Menschen schwerlich christliche Freude an Leib und Seele vermitteln können, sind einige von uns bemüht, einen Geldbetrag aufzubringen, mit dem wir den Armen Speise und Trank und Mittel zur Erwärmung verschaffen wollen. Wir haben diesen Zeitpunkt gewählt, weil gerade jetzt Mangel schmerzlich und Überfluß freudig empfunden wird. Was darf ich für Sie zeichnen?«

»Nichts!« versetzte Scrooge.

»Sie wünschen ungenannt zu bleiben?«

»Ich wünsche allein gelassen zu werden!« sagte Scrooge. »Wenn Sie wissen wollen, was ich wünsche, meine Herren, so ist dies meine Antwort. Ich selbst mache mir zu Weihnachten auch keine guten Tage und kann nichts dazu beitragen, sie Müßiggängern zu verschaffen. Ich helfe bereits, die vorerwähnten Anstalten zu unterhalten – sie kosten genug, und wem es schlimm geht, der mag sich dorthin wenden.«

»Viele können nicht dorthin gehen; und viele würden lieber sterben.«

»Wenn sie lieber sterben«, versetzte Scrooge, »so sollen sie es nur tun und so die überflüssige Bevölkerung vermindern. Außerdem – Sie entschuldigen – verstehe ich davon nichts.«

»Aber Sie könnten es verstehen«, bemerkte der Herr.

»Das ist nicht meine Sache«, erwiderte Scrooge. »Es genügt, wenn ein Mann seine eigene Sache versteht; er braucht sich nicht mit denen anderer zu befassen. Die meinen nehmen mich ganz in Anspruch. Guten Abend, meine Herren!«

Da die Fremden einsahen, daß es nutzlos sei, ihr Vorhaben weiterzuverfolgen, entfernten sie sich. Scrooge ging mit gehobener Meinung von sich selbst und in besserer Laune als gewöhnlich wieder an die Arbeit.

Inzwischen hatten Nebel und Dunkelheit so zugenommen, daß Leute mit brennenden Fackeln umherliefen und sich anboten, vor den Wagenpferden herzugehen und sie ihren Weg zu führen. Der alte Turm einer Kirche, deren brummende Glocke sonst schlau aus einem gotischen Fenster in der Mauer auf Scrooge heruntergückte, wurde unsichtbar, und sie schlug die Stunden und Viertelstunden nun in den Wolken mit einem zitternden Nachklang, als ob ihr die Zähne im erfrorenen Kopf klapperten. Die Kälte nahm immer mehr zu. Auf der Hauptstraße an der Ecke des Hofes hatten einige Arbeiter, die die Gasröhren ausbesserten, in einem Kohlenbecken ein großes Feuer angezündet, um das sich ein Haufen zerlumpter Männer und Jungen drängte, die ihre Hände wärmten und vor der Glut beglückt mit den Augen blinzelten. Am Pumpbrunnen, der verlassen stand, froren die Tropfen rasch und verwandelten sich in menschenfeindliches Eis. Der Lichtschein aus den Läden, in denen Stechpalmenzweige und -beeren in der Lampenhitze der Schaufenster knisterten, rötete die bleichen Gesichter der Vorübergehenden. Der Geflügel- und der Spezereienhandel wurden zum hellen Vergnügen: eine prächtige Veranstaltung, von der man schier unmöglich glauben konnte, daß so langweilige Dinge wie Kauf und Verkauf etwas mit ihr zu tun haben sollten. Der Oberbürgermeister in der mächtigen Mansionhouse-Feste gab seinen fünfzig Köchen und Kellnern Befehl, ein Weihnachtsmahl zu rüsten, wie es eines Oberbürgermeisters würdig ist; und selbst der armselige Schneider, den er am vorigen Montag wegen Trunkenheit und Rauflust auf der Straße um fünf Schilling bestraft hatte, rührte in seiner Dachstube den Pudding für morgen, während sein hageres Weib mit dem Säugling ausging, um Fleisch zu kaufen.

Noch nebliger und noch kälter wurde es. Durchdringend, beißend, bohrend kalt! Wenn der gute heilige Dunstan die Nase des Teufels nur mit einem Hauch solchen Wetters berührt hätte, statt seine gewöhnlichen Waffen zu gebrauchen, dann hätte dieser erst kräftig aufgeheult! Der Eigentümer einer winzigen jungen Nase, die von der gierigen Kälte so benagt und angeknabbert war wie Knochen von Hunden, beugte sich gerade zu Scrooges Schlüsselloch, um ihn mit einem Weihnachtslied zu erfreuen; allein beim ersten Vers:

> Gott sei mit Euch, mein edler Herr,
> Mög Euch kein Trübsal treffen

griff Scrooge so heftig nach seinem Lineal, daß der Sänger bestürzt entwich und das Schlüsselloch dem Nebel und der dem Hausherrn noch verwandteren Kälte überließ.

Endlich kam die Stunde des Geschäftsschlusses. Widerwillig stieg Scrooge von seinem Schreibstuhl und teilte dadurch diese Tatsache wortlos dem in seinem Schacht harrenden Schreiber mit. Dieser blies sogleich seine Kerze aus und setzte seinen Hut auf.

»Sie werden vermutlich morgen den ganzen Tag frei haben wollen?« fragte Scrooge.

»Wenn's Ihnen recht ist, Sir!«

»Ist mir nicht recht«, antwortete Scrooge, »und gehört sich nicht. Wenn ich Ihnen dafür eine halbe Krone abzöge, so wette ich, fühlten Sie sich schlecht behandelt.«

Der Schreiber lächelte matt.

»Und doch«, fuhr Scrooge fort, »halten Sie mich nicht für schlecht behandelt, wenn ich Ihnen für einen ganzen Tag Geld ohne Arbeit verabreiche.«

Der Schreiber bemerkte, daß dies ja nur einmal im Jahr vorkomme.

»Eine schlechte Ausrede, um einem an jedem 25. Dezember das Geld aus der Tasche zu stehlen!« murrte Scrooge und knöpfte seinen Überrock bis zum Kinn zu. »Aber ich nehme an, daß Sie den ganzen Tag haben müssen. Seien Sie dafür übermorgen um so zeitiger hier.«

Der Schreiber versprach das, und Scrooge zog grollend ab. Das Kontor war im Nu geschlossen. Der Schreiber, dem die langen Enden seines weißen Schals um die Beine baumelten, da er sich mit keinem Überrock brüsten konnte, lief Cornhill hinunter, wobei er am Ende einer Kette von Knaben zu Ehren des Weihnachtsabends wohl zwanzigmal schlitterte, und eilte dann, so schnell er konnte, nach Camden-Town nach Hause, um mit den Seinen Blindekuh zu spielen.

Scrooge nahm sein melancholisches Mahl in dem gewohnten düsteren Wirtshaus ein und ging endlich, nachdem er alle Zeitungen gelesen und den Rest des Abends über seinem Abrechnungsbuch gebrütet hatte, zum Schlafen nach Hause. Er wohnte in den Räumen, die einst seinem verstorbenen Partner gehört hatten. Es war eine düstere Zimmerreihe in einem finsteren Bauwerk auf einem Hinterhof. In diesem Hof schien das Gebäude so wenig zu suchen zu haben, daß man sich der Vorstellung kaum erwehren konnte, es habe sich als junges Häuschen beim Versteckspiel mit anderen Häusern dort hineinverkrochen und nicht mehr herausgefunden. Nun war es alt und trübselig genug, denn niemand als Scrooge bewohnte es, und alle anderen Zimmer waren als Kontore vermietet. Der Hof war so finster, daß Scrooge, dem jeder Stein darin bekannt war, den Weg fast mit den Händen suchen mußte. Nebel und Frost lasteten so dick und schwer auf dem alten schwarzen Torweg, daß es schien, als ob der Genius des Wetters in traurigem Nachdenken auf der Schwelle sitze.

Sicher ist, daß an dem Türklopfer außer seiner Größe nichts bemerkenswert war. Ebenso sicher ist, daß ihn Scrooge, seit er das Haus bewohnte, jeden Morgen und Abend gesehen hatte; daß Scrooge von dem, was man Phantasie nennt, ebensowenig besaß wie sonstwer in der City von London, selbst – was viel heißen will – den Gemeinderat nebst Aldermen und Zünften mit eingeschlossen. Ebenso müssen wir festhalten, daß Scrooge, seit er an diesem Nachmittag zum letztenmal seines seit sieben Jahren verstorbenen Geschäftsgenossen Erwähnung getan, keinen Gedanken mehr an Marley gewendet hatte. Und nun soll mir ein Mensch, wenn er es kann, erklären, wie es geschah, daß Scrooge, als er seinen Hausschlüssel ins Türschloß steckte, in dem Türklopfer, ohne daß mit ihm eine plötzliche Veränderung vor sich gegangen war, nicht einen Türklopfer, sondern Marleys Gesicht erblickte!

Ja, Marleys Gesicht. Es war nicht in undurchdringliche Schatten gehüllt wie die übrigen Gegenstände auf dem Hof, sondern hatte ein unheimliches Leuchten an sich wie ein verfaulter Hummer in einem dunklen Keller. Es war nicht böse oder wild, sondern schaute ihn an, wie Marley zu tun pflegte: mit der gespenstigen Brille, die auf seine gespenstige Stirn hinaufgeschoben war. Sein Haar war seltsam gesträubt, als hätte keuchender Atem oder heiße Luft es emporgeweht, und obwohl die Augen weit offen waren, fehlte ihnen doch alle Bewegung. Dies und die bleiche Farbe machten das Gesicht entsetzlich, allein seine Schrecklichkeit schien außerhalb des Gesichts zu liegen, gar nicht in dessen Macht.

Als Scrooge starr auf diese Erscheinung blickte, war es wieder ein Türklopfer.

Wollten wir behaupten, er sei nicht erschrocken gewesen, oder sein Blut habe nichts von dem grausigen Schauder empfunden, der ihm seit seiner Kindheit fremd geworden war – es wäre nicht wahr. Aber er legte seine Hand wieder an den Schlüssel, den er hatte fahren lassen, drehte ihn im Schloß um, trat ins Haus und zündete seine Kerze an.

Er zauderte allerdings einen Augenblick, ehe er die Türe schloß, und guckte zuerst vorsichtig dahinter, als erwarte er halb und halb, durch den Anblick von Marleys Kopf erschreckt zu werden, der steif in den Flur hereinrage. Doch war auf der Rückseite der Tür nichts zu erblicken als die Schrauben und Schraubenköpfe, die den Türklopfer festhielten. Darum machte er nur »Puh! Puh!« und knallte die Tür zu. Dieser Knall hallte wie ein Donnerschlag durch das Haus. Jedes Zimmer im oberen Stock und jedes Faß im Keller des Weinhändlers darunter schienen ihr eigenes Echo zu haben; Scrooge war aber nicht der Mann, der sich von Echos ins Bockshorn jagen ließ. Er verriegelte die Tür und schritt über den Flur und die Treppe hinauf, sogar langsam: im Gehen putzte er noch seine Kerze.

Man kann nicht gut sagen, daß sich eine sechsspännige Kutsche über eine gute alte Treppenflucht hinauf- oder durch eine schlechte junge Parlamentsakte hindurchbefördern lasse; ich wage aber doch auszusprechen, daß man über diese Treppe ohne

Mühe einen Leichenwagen hätte führen können, auch der Breite nach, die Deichsel gegen die Wand und die Tür gegen das Geländer. An Breite hätte es nicht gefehlt, ja es wäre noch Raum übriggeblieben. Vielleicht war dies der Grund, weshalb Scrooge einen Leichenzug im Dunkel vor sich herfahren zu sehen glaubte. Ein halbes Dutzend Gaslampen von der Straße draußen hätte diesen Hausflur nicht übermäßig erhellt, und so kann man sich vorstellen, daß er bei Scrooges Lichtchen ziemlich finster war.

Scrooge stieg hinauf, ohne sich darum zu kümmern. Dunkelheit ist billig, und das liebte Scrooge. Ehe er aber seine schwere Zimmertür von innen schloß, schritt er durch seine Zimmer, um zu sehen, ob alles in Ordnung sei. Er hatte das Gesicht noch lebhaft genug im Gedächtnis, um das für wünschenswert zu halten.

Wohnzimmer, Schlafzimmer, Rumpelkammer – alles, wie es sich gehörte. Niemand unter dem Tisch, niemand unter dem Sofa, ein kleines Feuer auf dem Herd, Löffel und Tasse griffbereit und die kleine Pfanne mit Haferschleim – Scrooge hatte nämlich Schnupfen – auf dem Kaminsims. Niemand unter dem Bett, niemand im Wandschrank, niemand im Schlafrock, der in verdächtiger Stellung an der Wand hing! Auch die Rumpelkammer war wie sonst: ein altes Feuergitter, altes Schuhwerk, zwei Fischkörbe, ein alter Koffer, ein Waschtisch auf drei Beinen und ein Schüreisen.

Befriedigt schlug Scrooge die Tür zu und schloß sich selber ein, sogar zweimal, was sonst nicht seine Gewohnheit war. So gegen jede Überraschung geschützt, legte er seine Halsbinde ab, zog Schlafrock und Pantoffeln an, stülpte sich die Nachtmütze über und setzte sich ans Feuer, um seinen Haferschleim auszulöffeln.

Das Feuer war wirklich sehr klein, ein Nichts in einer so kalten Nacht. Er mußte sich dicht davorsetzen und sich darüberbeugen, um aus dieser Handvoll Feuerung eine Spur Wärme zu gewinnen. Der Kamin war uralt, vor langen Jahren von irgendeinem holländischen Handelsherrn erbaut und ringsum mit seltsamen holländischen Backsteinen bepflastert, die Bilder aus der Heiligen Schrift darstellen sollten. Da sah man Kain und Abel, Pharaos Tochter, die Königin von Saba, Engelsboten, die auf Wolken wie Federbetten vom Himmel niederstiegen, Abraham, Belsazar, Apostel, die auf Marktschiffen in See stachen: hunderterlei Figuren, die Scrooges Gedanken fesseln konnten; und doch kam dieses Gesicht Marleys, der schon sieben Jahre tot war, wie des alten Propheten Stab und verschlang das Ganze.

Wenn jeder der blanken Ziegel zunächst leer, aber imstande gewesen wäre, aus den wirren Gedankenfetzen Scrooges irgendeine Abbildung auf seine Oberfläche zu zaubern, so wäre wohl auf jedem der Kopf des alten Marley erschienen.

»Possen!« sagte Scrooge und schritt im Zimmer auf und nieder.

Nachdem er dies mehrmals getan hatte, setzte er sich wieder. Als er den Kopf im Stuhl zurücklehnte, blieb sein Auge zufällig an einer Glocke hängen, einer abgegriffenen Glocke, die im Zimmer hing und zu einem längst vergessenen Zweck mit einer Kammer im obersten Stockwerk des Hauses in Verbindung stand. Zu seinem großen Erstaunen und mit seltsamer, unerklärlicher Angst gewahrte er beim Hinsehen, daß sie zu schwingen begann; erst schwang sie so sanft, daß sie kaum einen Ton von sich gab, bald aber schwoll sie laut an, und mit ihr klangen alle Glocken im Haus.

Dies mochte eine halbe oder auch eine ganze Minute gedauert haben; ihm aber schien es eine Stunde zu sein. Die Glocken hörten zusammen auf, wie sie zusammen begonnen hatten. Ihnen folgte von tief unten herauf ein klirrendes Geräusch, als zöge jemand eine schwere Kette über die Fässer im Keller des Weinhändlers hin. Scrooge erinnerte sich, gehört zu haben, daß Gespenster in Spukhäusern immer Ketten schleppen sollen.

Die Kellertür flog mit dumpfem Knall auf, und nun hörte er drunten im Hausflur den Lärm immer lauter werden, dann die Treppe heraufkommen und endlich gerade auf seine Tür zusteuern.

»Immer noch Possen«, murmelte Scrooge. »Ich kann's nicht glauben.«

Dennoch wechselte er die Farbe, als »es« ohne Zögern durch die schwere Tür kam und vor seinen Augen das Zimmer betrat. Bei seinem Einzug flackerte die ersterbende Flamme auf, als riefe sie: Ich kenn ihn, Marleys Geist! und sank wieder zusammen.

Ja, es war dasselbe Gesicht, ganz dasselbe: Marley mit seinem Zopf, wie gewöhnlich in Weste, engen Hosen und Schaftstiefeln; deren Quasten sträubten sich gleich dem Zopf, den Rockschößen und dem Haupthaar. Die Kette, die er nachschleppte, war um die

Mitte seines Leibes geschlungen. Sie war lang, ringelte sich wie ein Schweif und war zusammengesetzt – Scrooge betrachtete sie nämlich genau – aus Geldkassetten, Schlüsseln, Vorlegeschlössern, Hauptbüchern, Urkunden und schweren Börsen aus Stahldraht. Der Körper war durchsichtig, so daß Scrooge, als er ihn ins Auge faßte, durch seine Weste hindurch die beiden Knöpfe auf dem Rücken des Rockes sehen konnte.

Scrooge hatte oft sagen hören, Marley habe kein Herz im Leibe, aber er hatte es bis jetzt nie geglaubt.

Ja, er glaubte es nicht einmal jetzt. Obwohl er dem Gespenst durch und durch schauen konnte und es vor sich stehen sah, obwohl er sich von seinen Augen, die kalt wie der Tod waren, durchschauert fühlte und sogar das Gewebe des zusammengefalteten Taschentuchs bemerkte, das es um Kopf und Kinn geknüpft trug und das er vorher nicht an ihm bemerkt hatte, war er doch immer noch ungläubig und wehrte sich gegen seine eigenen Sinne.

»Was gibt's?« rief Scrooge scharf und eisig wie immer. »Was hast du mit mir zu schaffen?«

»Viel!« Marleys Stimme – ganz zweifellos.

»Wer bist du?«

»Frag lieber, wer ich war!«

»Wer warst du also?« forschte Scrooge mit erhobener Stimme. »Du bist recht wunderlich – für ein Gespenst.« Er wollte schon sagen, »als Gespenst«, setzte aber »für« ein, weil es ihm passender schien.

»Zu Lebzeiten war ich dein Partner, Jakob Marley.«

»Kannst du – kannst du dich setzen?« fragte Scrooge mit einem zweifelnden Blick.

»Gewiß.«

»So tu's!«

Scrooge stellte diese Frage, weil er nicht wußte, ob ein so durchsichtiges Gespenst imstande sei, einen Stuhl einzunehmen, und fühlte, daß seine etwaige Unfähigkeit eine sehr unangenehme Erklärung nötig mache. Aber der Geist nahm auf der entgegengesetzten Seite des Kamins Platz, als wäre er ganz daran gewöhnt.

»Du glaubst nicht an mich!« bemerkte der Geist.

»Nein«, antwortete Scrooge.

»Welchen Beweis meiner Echtheit möchtest du haben außer dem Zeugnis deiner Sinne?«

»Ich weiß es nicht«, erwiderte Scrooge.

»Warum mißtraust du deinen Sinnen?«

»Weil eine Kleinigkeit sie verwirren kann«, versetzte Scrooge. »Eine kleine Magenverstimmung macht sie zu Betrügern. Du kannst einen unverdauten Bissen Fleisch, ein wenig Senf, eine Käserinde, ein Stückchen halbrohe Kartoffel zum Ursprung haben. Was du auch seist – eher stammst du doch aus der Speisekammer als aus der Grabkammer!«

Scrooge war nicht gewohnt, Witze zu machen, und fühlte sich auch jetzt keineswegs zum Scherzen aufgelegt. In Wahrheit versuchte er nur launig zu sein, um sich abzulenken und die Furcht niederzukämpfen. Denn die Stimme des Gespenstes durchwühlte ihm selbst das Mark in den Knochen.

Nur einen Augenblick diesen starren, erloschenen Augen stumm gegenüberzusitzen würde ihn, das fühlte er, verrückt machen. Auch lag etwas Grauenhaftes darin, daß das Gespenst etwas wie Höllenluft um sich hatte. Scrooge fühlte sie zwar nicht selbst, aber es war sicherlich der Fall; denn obgleich der Geist vollkommen regungslos dasaß, wurden doch Haar, Quasten und Rockflügel wie von dem heißen Luftstrom eines Ofens stets bewegt.

»Siehst du diesen Zahnstocher?« fragte Scrooge, indem er aus den eben genannten Gründen rasch wieder das Wort nahm, um, sei es auch nur für eine Sekunde, den eisigen Blick des Gespenstes von sich abzuwenden.

»Ja«, versetzte der Geist.

»Du blickst ja nicht darauf hin!« rief Scrooge.

»Aber ich sehe ihn trotzdem«, versicherte der Geist.

»Nun denn«, versetzte Scrooge, »ich brauche ihn nur zu verschlucken, um für den Rest meines Lebens von einer Legion von Kobolden verfolgt zu werden, die sämtlich meine eigenen Geschöpfe sind. Possen! sag ich dir, lauter Possen!«

Bei diesen Worten stieß das Gespenst einen gräßlichen Schrei aus und rasselte mit seinen Ketten so greulich betäubend, daß sich Scrooge an seinem Stuhl festhalten mußte, um nicht in Ohnmacht zu sinken. Aber um wieviel größer ward noch sein Schrecken, als das Gespenst die Binde, die es um den Kopf trug, abnahm, als sei sie ihm im Zimmer zu warm, und sein Unterkiefer auf dic Brust herabsank.

Scrooge fiel auf die Knie nieder und schlug die Hände vors Gesicht.

»Gnade!« rief er. »Schreckliche Erscheinung, warum quälst du mich?«

»Mensch mit dem weltlichen Sinn!« versetzte der Geist, »glaubst du an mich oder nicht?«

»Ich glaube«, rief Scrooge, »ich muß glauben. Aber warum wandeln Geister auf der Erde und warum kommen sie zu mir?«

»Es wird von jedem Menschen gefordert«, antwortete das Gespenst, »daß seine Seele umherwandere unter den andern Menschen und große, weite Reisen tue; und macht er sie bei Lebzeiten nicht, so wird er verdammt, es nach dem Tod zu tun. Er ist verurteilt, durch die Welt zu wandern und – weh mir! – mit anzusehen, was er nicht mehr genießen darf, aber auf Erden hätte genießen und zu seinem Glück hätte wenden können.«

Wieder stieß das Gespenst einen Schrei aus, klirrte mit seiner Kette und rang seine Schattenhände.

»Du trägst Fesseln?« fragte Scrooge zitternd; »sag mir warum.«

»Ich trage die Kette, die ich in meinem Leben geschmiedet habe«, antwortete der Geist, »ich habe sie Glied um Glied und Elle um Elle geschmiedet, sie mir aus freien Stücken umgelegt und sie freiwillig getragen. Sind dir ihre Glieder fremd?«

Scrooge zitterte immer mehr.

»Willst du wissen«, fuhr der Geist fort, »wie schwer und lang die starke Kette ist, die du selbst trägst? Vor sieben Weihnachtsabenden war sie ebenso schwer und ebenso lang wie diese. Seither hast du noch an ihr gearbeitet; es ist eine gewichtige Kette geworden.«

Scrooge sah um sich her zu Boden, als erwarte er, sich von fünfzig oder sechzig Klaftern Eisenkette umgeben zu finden; allein er vermochte nichts zu sehen.

»Jakob!« rief er bittend, »alter Jakob Marley! Sag mir mehr! Sprich mir Trost zu, Jakob!«

»Ich kann keinen geben«, versetzte der Geist; »er kommt aus anderen Bereichen, Ebenezer Scrooge, und wird von anderen Boten andersgearteten Menschenkindern gereicht. Auch darf ich dir nicht sagen, was ich sagen möchte; nur noch ein wenig mehr als dies ist mir erlaubt. Ich darf nicht ruhen, nicht bleiben, nirgendwo zögern. Nie hat mein Geist die Schwelle unseres Kontors überschritten. Versteh mich wohl! Bei Lebzeiten überschritt mein Geist nie die engen Grenzen unserer Geldwechslerhöhle, und mühsame Reisen stehen mir bevor!«

Scrooge hatte die Gewohnheit, wenn er nachdenklich wurde, die Hände in die Hosentaschen zu stecken; als er jetzt des Geistes Worte erwog, machte er es ebenso, aber ohne den Blick zu heben noch sich von den Knien aufzurichten.

»Du mußt aber recht langsam gewesen sein, Jakob«, bemerkte Scrooge im Geschäftston, wenn auch demütig und rücksichtsvoll.

»Langsam?« wiederholte der Geist.

»Sieben Jahre tot, und die ganze Zeit auf Reisen?« murmelte Scrooge.

»Die ganze Zeit«, bestätigte der Geist. »Ohne Rast, ohne Frieden, unaufhörlich von Gewissensbissen gequält.«

»So reist du schnell?« fragte Scrooge weiter.

»Auf den Schwingen des Windes«, versetzte der Geist.

»Da hättest du in sieben Jahren große Strecken zurücklegen können!« meinte Scrooge.

Als der Geist das hörte, stieß er abermals einen Schrei aus und klirrte mit seiner Kette so entsetzlich durch die Totenstille der Nacht, daß der Nachtwächter das Recht gehabt hätte, ihn wegen nächtlicher Ruhestörung anzuzeigen.

»Oh!« rief das Gespenst, »gefangen, gebunden, doppelt in Eisen bist du und weißt nicht, daß für diese Erde Jahrhunderte unausgesetzten Leidens der unsterblichen Wesen in die Ewigkeit versinken müssen, ehe alles Gute erfüllt ist, das sie aufnehmen kann. Weißt nicht, daß jede christliche Seele, die in ihrem kleinen Kreis, wie immer er sei, mildtätig wirkt, ihr irdisches Leben zu kurz findet für die ausgedehnten Möglichkeiten, nützlich zu sein. Weißt nicht, daß keine noch so lange Reue die versäumten Gelegenheiten eines Lebens aufwiegen kann! So einer war ich! Oh, so war ich!«

»Aber du bist stets ein guter Geschäftsmann gewesen, Jakob«, stotterte Scrooge, der nun anfing die Worte auf sich selbst zu beziehen.

»Geschäftsmann?« schrie das Gespenst und rang aufs neue die

Hände. »Die Menschheit war mein Geschäft. Die allgemeine Wohlfahrt war meine Aufgabe; Liebe, Erbarmen, Nachsicht und Wohlwollen wären mein Beruf gewesen. Meine Handelsgeschäfte waren nur ein Tropfen Wasser im unermeßlichen Ozean meiner Aufgabe!«

Er hielt seine Kette auf Armeslänge vor sich hin, als ob sie die Ursache seines vergeblichen Kummers wäre, und schleuderte sie dann mit Wucht wieder auf den Boden.

»Um diese Zeit des ablaufenden Jahres«, fuhr das Gespenst fort, »leide ich am meisten. Warum wandelte ich auch durch das Gewühl der Mitmenschen mit gesenkten Augen und erhob sie nie zu dem segensvollen Stern, der die drei Weisen zu einer armen Herberge führte? Gab es nicht ärmliche Hütten genug, zu denen sein Licht mich hätte leiten können?«

Scrooge erschrak nicht wenig, als er das Gespenst so sprechen hörte, und begann heftig zu zittern.

»Höre mich!« rief der Geist; »meine Zeit ist fast um.«

»Ich will ja«, versetzte Scrooge; »aber sei nicht hart zu mir, Jakob! Sprich klar und offen, ich bitte dich!«

»Wie es kommt, daß ich dir in sichtbarer Gestalt erscheine, vermag ich nicht zu sagen. Ich habe so manchen lieben Tag unsichtbar an deiner Seite gesessen.«

Das war kein angenehmer Gedanke. Scrooge schauderte und wischte sich den Schweiß von der Stirn.

»Dies ist kein leichter Teil meiner Buße«, fuhr der Geist fort. »Heute abend bin ich gekommen, um dir warnend zu sagen, daß du noch Aussicht und Hoffnung hast, meinem Los zu entgehen – eine Aussicht und Hoffnung, die ich dir verschaffe, Ebenezer.«

»Du warst mir stets freundlich gesinnt; ich danke dir«, sprach Scrooge.

»Es werden dich noch drei Geister heimsuchen!« fuhr das Gespenst fort.

Scrooges Gesicht zog sich beinahe so in die Länge wie das des Gespenstes.

»Ist das die Aussicht und Hoffnung, von der du sprachst, Jakob?« fragte er mit wankender Stimme.

»Allerdings!« war die Antwort.

»Ich – ich glaube das nicht«, meinte Scrooge.

»Ohne ihren Besuch«, widersprach der Geist, »hoffst du vergeblich den Pfad zu meiden, den ich jetzt wandle. Erwarte den ersten morgen, wenn die Glocke eins schlägt.«

»Könnten nicht alle auf einmal kommen, damit es vorüber ist?« fragte Scrooge.

»Erwarte den zweiten in der nächsten Nacht um die gleiche Stunde, den dritten dann in der darauffolgenden Nacht, wenn der letzte Glockenschlag der Mitternacht ausgezittert hat. Achte darauf, mich nie wiederzusehen, und denk um deines Heiles willen an das, was zwischen uns vorgefallen ist!«

Nach diesen Worten nahm das Gespenst sein Tuch vom Tisch und band es sich wie zuvor um den Kopf. Scrooge merkte das an dem knirschenden Ton, den seine Zähne hervorbrachten, als die Kinnladen durch die Binde zusammengeschlagen wurden; er wagte es, seine Augen wieder zu erheben, und sah, daß sein übernatürlicher Besucher die Kette um den Arm gewunden hatte und ihm aufrecht gegenüberstand.

Die Erscheinung schritt rückwärts von ihm fort, und bei jedem Schritt, den sie tat, öffnete sich das Fenster etwas mehr, so daß es weit offen war, als es der Geist erreichte. Er winkte Scrooge, näher zu kommen, was dieser auch tat; als sie zwei Schritte auseinander waren, hielt Marleys Geist seine Hand empor, um ihn zu warnen, noch näher zu kommen.

Scrooge blieb stehen, nicht so sehr aus Gehorsam wie aus Überraschung und Furcht; denn als das Gespenst die Hand erhob, vernahm er ein wirres Getöse in der Luft, unzusammenhängende Töne von Wehklagen und Reue, unaussprechlich betrübtes, zerknirschtes Jammern. Nachdem das Gespenst kurze Zeit zugehört hatte, stimmte es in die schwermütige Klage ein und schwebte in die düstere, kalte Nacht hinaus.

Scrooge folgte ihm in verzweifelter Neugier ans Fenster und blickte hinaus.

Die Luft war mit Gespenstern erfüllt, die in ruheloser Hast klagend hin und her schwebten. Jedes trug Ketten wie Marleys Geist, manche – das mochten wohl verbrecherische Behörden gewesen sein – waren aneinandergeschmiedet, keines war frei von Fesseln. Viele hatte Scrooge zu ihren Lebzeiten gekannt. Mit einem alten Geist in weißer Weste, der eine ungeheure eiserne Kasse am Knöchel trug, war er ganz vertraut gewesen; dieser schrie jämmerlich, weil er einem elenden Weib nicht beistehen konnte, das er mit einem Kind tief unten auf einer Türschwelle hocken sah. Die Pein aller bestand offensichtlich darin, daß sie sich sehnten, menschliches Elend zu mildern, und doch die Kraft dazu für immer verloren hatten.

Ob diese Gebilde in Nebel zerflossen oder ob sie der Nebel verhüllte, konnte Scrooge nicht sagen; aber sie und ihre geisterhaften Stimmen verschwanden gleichzeitig, und die Nacht wurde wieder, wie sie bei seiner Heimkehr gewesen war.

Scrooge schloß das Fenster und untersuchte die Tür, durch die der Geist eingetreten war; sie war doppelt verschlossen, wie er es mit eigener Hand getan hatte, und die Riegel waren unversehrt. Er versuchte zu sagen: Possen! hielt aber bei der ersten Silbe inne. Und da er wegen der überstandenen Aufregung oder wegen der Mühen des Tages oder wegen seines Einblicks in die Welt des Unsichtbaren oder wegen der trübseligen Unterhaltung mit dem Gespenst oder wegen der späten Stunde sehr ruhebedürftig war, ging er sofort zu Bett, ohne sich auszukleiden, und fiel augenblicklich in tiefen Schlaf.

ZWEITE STROPHE

Der erste der drei Geister

Als Scrooge erwachte, war es so dunkel, daß er, aus dem Bett blickend, kaum das durchsichtige Fenster von den undurchsichtigen Wänden seines Schlafzimmers zu unterscheiden vermochte. Er bemühte sich, mit seinen Luchsaugen die Dunkelheit zu durchdringen, da schlug die Uhr einer benachbarten Kirche vier Viertel; er hörte also den Schlag der vollen Stunde.

Zu seinem größten Erstaunen schlug die schwere Glocke sechs-, dann sieben-, dann achtmal und so fort bis zwölf; dann hielt sie inne. Zwölf Uhr! Es war zwei Uhr vorüber gewesen, als er zu Bett gegangen war. Die Uhr mußte falsch gehen – ein Eiszapfen war wohl ins Werk geraten. Zwölf Uhr!

Er drückte auf die Feder seiner Repetieruhr, um die voreilige Glocke zu widerlegen: ihr kleiner rascher Puls schlug zwölfmal und hielt dann inne.

»Nein, es ist unmöglich, daß ich den ganzen Tag durch und tief bis in die andre Nacht hinein geschlafen habe!« rief Scrooge. »Es ist aber auch nicht möglich, daß der Sonne etwas zugestoßen und es jetzt zwölf Uhr Mittag ist.«

Da ihn dieser Gedanke beunruhigte, sprang er aus dem Bett und tastete sich zum Fenster. Er mußte erst mit dem Ärmel seines Schlafrockes den Reif wegreiben, ehe er etwas sehen konnte, und selbst dann sah er nur sehr wenig. Alles, was er feststellen konnte, war, daß es noch recht neblig und ausnehmend kalt war und daß kein Geräusch von hin und her eilenden Schritten zu hören war, wie es unbedingt der Fall gewesen wäre, wenn der helle Tag die Nacht schon vertrieben und von der Welt Besitz genommen hätte. Dies war für ihn ein großer Trost; denn das »drei Tage nach Sicht zahlen Sie gegen diesen Primawechsel an Herrn Ebenezer Scrooge oder dessen Ordre« und so weiter hätte ihm nur eine Sicherheit gleich der in den Vereinigten Staaten geboten, wenn man die Zwischentage nicht zählen konnte.

Scrooge legte sich wieder zu Bett; er grübelte und dachte hin und her und konnte doch nichts herausbringen. Je mehr er nachdachte, desto verwirrter wurde er, und je mehr er sich bemühte, nicht zu denken, desto angestrengter zerbrach er sich den Kopf.

Marleys Geist quälte ihn über die Maßen. Sooft er nach reiflicher Prüfung mit sich ins reine kam, es müsse alles nur ein Traum gewesen sein, kehrte sein Denken wie eine starke losgeschnellte Feder in seinen früheren Zustand zurück und gab ihm dasselbe Problem aufs neue zu erwägen: War es ein Traum oder nicht?

In dieser Verfassung blieb Scrooge liegen, bis die Uhr drei Viertel weitergerückt war, als er sich plötzlich erinnerte, daß ihm der Geist einen Besuch angekündigt hatte, sobald die Uhr eins schlage. Er beschloß, wach zu bleiben, bis die Stunde vorüber war, und in Anbetracht dessen, daß er ebensowenig wieder einzuschlafen wie gen Himmel zu fahren vermochte, war dies vielleicht der klügste Entschluß, dessen er fähig war.

Die Viertelstunde dauerte so lang, daß er mehr als einmal überzeugt war, er müsse unbewußt ein wenig eingenickt sein und die Glocke überhört haben. Endlich schlug sie an sein lauschendes Ohr.

Ding-Dong!

»Ein Viertel!« sagte Scrooge zählend.

Ding-Dong!

»Halb!« sagte Scrooge.

Ding-Dong!

»Drei Viertel!« sagte Scrooge.

Ding-Dong!

»Die volle Stunde«, rief Scrooge triumphierend, »und sonst nichts!« Er rief es, ehe der Stundenschlag ertönt war, der jetzt mit einem einmaligen, tiefen, dumpfen, hohlen, melancholischen Schlag erklang. Augenblicklich übergoß Licht sein Gemach, und die Vorhänge seines Bettes wurden zurückgezogen.

Ja, ich versichre euch, die Vorhänge seines Bettes wurden zurückgezogen von einer Hand. Nicht die Vorhänge zu seinen Füßen oder die in seinem Rücken, sondern gerade die, auf die sich sein Blick richtete. Die Vorhänge seines Bettes wurden zurückgezogen, und Scrooge, der in eine halb liegende Stellung emporfuhr, sah sich Aug in Auge dem überirdischen Besucher gegenüber, der sie zurückschlug; so nahe, wie ich jetzt euch bin, und ich stehe im Geist an eurem Ellbogen.

Es war eine seltsame Gestalt, einem Kind ähnlich und doch wieder nicht so sehr einem Kind wie einem alten Mann, gesehen durch irgendein übernatürliches Medium, das ihm den Anschein gab, als sei er weit weggerückt und dadurch zu den Maßen eines Kindes zusammengeschrumpft. Sein Haar, das ihm um den Nakken und über den Rücken hing, war weiß wie vom Alter, und doch zeigte das Gesicht keine einzige Runzel, und die zarteste Farbe überschimmerte die Haut. Die Arme waren sehr lang und muskulös, ebenso die Hände, als ob ihr Griff ungewöhnlich fest sei. Seine Beine und Füße waren fein geformt und wie die oberen Gliedmaßen bloß. Der Geist trug einen Kittel vom reinsten Weiß, und um seine Hüfte war ein glänzender Gürtel geschlungen, der herrlich strahlte. In der Hand hielt er ein frischgrünes Reis der Stechpalme, aber sein Gewand war in seltsamem Widerspruch zu diesem Zeichen des Winters mit Frühlingsblumen geziert. Das seltsamste an ihm war jedoch, daß der Krone auf seinem Kopf ein hell glänzender Lichtstrahl entsprang, der alles das sichtbar machte und gewiß die Ursache war, daß der Geist bei übler Laune einen großen Lichtauslöscher, den er jetzt unter dem Arm trug, als Kappe benutzte.

Nein, auch dieses Licht war noch nicht das Seltsamste an ihm, wie Scrooge bemerkte, als er ihn genauer betrachtete. Denn wie sein Gürtel bald an dieser, bald an jener Stelle glitzerte und das, was soeben noch licht war, gleich darauf dunkel wurde, so änderte sich auch die Gestalt selbst in ihrer Deutlichkeit, so daß sie bald nur einen Arm, bald nur ein Bein, dann wieder zwanzig oder auch nur ein Paar Beine, jedoch keinen Kopf und am Ende einen Kopf ohne Rumpf zu haben schien; von den sich auflösenden Teilen war kein Umriß mehr zu sehen in dem tiefen Dunkel, in dem sie verschwammen. Und während man sich noch darüber wunderte, wurde die Gestalt wieder sie selbst, bestimmt und deutlich wie nur je.

»Seid Ihr der Geist, Sir, dessen Erscheinen mir prophezeit wurde?« fragte Scrooge.

»Ja.«

Seine Stimme war sanft und wohltönend, aber ganz leise, als stünde die Erscheinung nicht neben ihm, sondern weit von ihm entfernt.

»Wer und was seid Ihr denn?« fragte Scrooge.

»Ich bin der Geist der vergangenen Weihnacht!« war die Antwort.

»Einer lang vergangenen?« fragte Scrooge im Hinblick auf seine zwerghafte Gestalt.

»Nein. Deiner vergangenen.«

Hätte ihn jemand darum befragt, so hätte Scrooge wahrscheinlich keinen Grund anzugeben gewußt, aber er hegte besonderes Verlangen, den Geist mit seiner Mütze auf dem Kopf zu sehen, und bat ihn daher, sich zu bedecken.

»Wie!« rief der Geist aus, »möchtest du so bald schon mit irdischen Händen das Licht löschen, das ich gebe? Ist es nicht genug, daß du zu denen gehörst, deren Leidenschaften diese Kappe gemacht haben und mich zwingen, sie oft jahrelang tief in die Stirn zu ziehen?«

Scrooge bestritt ehrerbietig jede Absicht, zu beleidigen, und jede Kenntnis davon, daß er irgendwann im Leben das Gespenst mit der Mütze habe bedecken wollen. Dann fragte er kühn, was ihn herführe.

»Dein Wohl!« war die Antwort.

Scrooge versicherte, er sei ihm dafür sehr verbunden, konnte aber nicht umhin zu denken, daß eine Nacht ungestörter Ruhe diesem Zweck zuträglicher gewesen wäre. Der Geist mußte ihn haben denken hören, denn er sagte sofort: »Deine Besserung also. Nimm dich in acht!« Er streckte bei diesen Worten seine starke Hand aus und faßte Scrooge sanft am Arm.

»Steh auf! Und komm mit mir!«

Vergebens hätte Scrooge eingewendet, daß Wetter und Stunde zu Fußwanderungen nicht geeignet seien, daß sein Bett warm sei und das Thermometer ein gutes Stück unter dem Gefrierpunkt stehe; daß er nur leicht mit Pantoffeln, Schlafrock und Nachtmütze bekleidet und zur Zeit erkältet sei. Dem Griff des Geistes, obwohl er sanft wie der einer Frauenhand war, konnte er nicht widerstehen. Er erhob sich; als er aber bemerkte, daß der Geist dem Fenster zuschritt, packte er ihn bittend am Rock.

»Ich bin ein Sterblicher«, wandte er ein, »und dem Fallen ausgesetzt.«

»Laß dich nur von meiner Hand hier berühren«, sprach der Geist, indem er ihm die Hand aufs Herz legte, »und du sollst zu mehr als diesem befähigt werden!«

Kaum waren diese Worte gesprochen, so schritten sie durch die Mauer und standen auf einer offenen Landstraße mit Feldern zu beiden Seiten; die Stadt war gänzlich verschwunden, keine Spur von ihr war zu sehen; Dunkel und Nebel waren mit ihr entwichen, ein heller, kalter Wintertag lag über schneebedecktem Gefilde.

»Du lieber Himmel!« rief Scrooge und schlug die Hände zusammen, als er um sich blickte. »Hier wurde ich geboren. Hier lebte ich als kleiner Junge!«

Der Geist blickte mild auf ihn. Seine leichte Berührung, obwohl sie kaum merklich und flüchtig gewesen war, schien der alte Mann noch immer zu fühlen. Er wurde sich tausendfältiger Düfte bewußt, die in der Luft schwebten, jeder verknüpft mit tausend Gedanken, Hoffnungen, Freuden und Sorgen, die längst vergessen waren.

»Deine Lippe zittert«, sprach der Geist, »und was ist das hier auf deiner Wange?«

Scrooge murmelte mit ungewöhnlich einschmeichelnder Stimme, daß es nur ein Bläschen sei, und bat den Geist, ihn zu führen, wohin er wolle.

»Erinnerst du dich noch des Weges?« fragte die Erscheinung.

»Ob ich mich erinnere?« rief Scrooge begeistert; »ich könnte ihn blind gehen.«

»Merkwürdig, daß du ihn so lange Jahre vergessen hast«, bemerkte das Gespenst. »Laß uns weitergehen.«

Sie gingen die Straße entlang. Scrooge erkannte jeden Zaun, jeden Pfosten und jeden Baum, bis in der Ferne ein kleiner Marktflecken mit seiner Kirche und seiner Brücke über einen gewundenen Fluß erschien. Nun sahen sie zottige Ponys auf sich zutraben mit Jungen auf dem Rücken, die andern Jungen in Wagen und Bauernkarren etwas zuriefen. All diese Knaben waren sehr munter und jauchzten einander zu, bis die weiten Felder so voll lustiger Klänge waren, daß die klare Luft selbst mitzulachen schien.

»Dies sind nur Schatten von Geschöpfen, die einst gewesen sind«, sprach der Geist, »sie wissen nichts von uns.«

Die frohen Ausflügler kamen näher, und Scrooge kannte sie alle und nannte jeden mit Namen, als sie bei ihnen waren.

Warum freute er sich so unbändig, sie wiederzusehen? Warum leuchtete sein kaltes Auge und schlug sein Herz höher, als sie vorüberbrausten? Warum erfüllte es ihn mit Freude, als er hörte, wie sie einander fröhliche Weihnachten wünschten, wenn sie sich an Wegkreuzungen trennten, um nach Hause zu gelangen? Was bedeuteten fröhliche Weihnachten für Scrooge? Der Henker hole die fröhlichen Weihnachten! Was hatten sie ihm je Gutes gebracht?

»Die Schule ist nicht ganz verwaist«, sagte der Geist, »ein Kind, von seinen Angehörigen vernachlässigt, ist darin zurückgeblieben.«

Scrooge sagte, er kenne es, und brach in Tränen aus.

Sie verließen die Landstraße auf einem wohlbekannten Seitenweg und näherten sich bald einem Gebäude aus dunkelroten Backsteinen; über das Dach ragte eine kleine, mit einem Wetterhahn gezierte Kuppel empor, in der eine Glocke hing. Es war ein stattliches Haus, das aber bessere Tage gesehen hatte; die geräumigen Gemächer waren wenig benutzt, die Mauern feucht und von Moos überwachsen, die Fenster zerbrochen und die Türen dem Einfallen nahe. Hühner gackerten und stolzierten in den Ställen herum, Schuppen und Scheunen waren mit Gras überwuchert. Auch im Innern war nichts von der alten Herrlichkeit zurückgeblieben, denn als sie den öden Hausflur betraten und durch die offenen Türen in manche Zimmer blickten, fanden sie diese armselig möbliert und kalt und ungemütlich. Dumpfer Modergeruch lag in der Luft und frostige Unfreundlichkeit über dem Platz, die an zu frühes Aufstehen bei Kerzenlicht und an nicht zu reichliche Nahrung gemahnte.

Scrooge und das Gespenst schritten über den Hausflur zu einer Tür an der Rückseite des Hauses. Sie tat sich vor ihnen auf und erschloß ein langes, kahles, trübseliges Gemach, das durch Reihen einfacher Bänke und Pulte aus Tannenholz noch kahler wirkte. An einem dieser Pulte saß ganz allein ein Knabe neben einem schwachen Feuer und las, und Scrooge setzte sich in eine Bank und weinte, als er so sein armes vergessenes Ich vor sich sah, wie es einst gewesen war.

Kein schwaches Echo gab es im Haus, kein Mäuschen pfiff und raschelte hinter der Täfelung, kein Tropfen floß aus der halb aufgetauten Wasserröhre hinten im finstern Hof, kein Seufzer entfloh den entlaubten Zweigen einer einzelnen mutlosen Pappel, keine Tür schwang träge an den leeren Vorratsräumen, ja selbst das Feuer gab kein Knistern von sich, ohne daß es sich nicht Scrooge sänftigend aufs Herz gelegt und seinen Tränen freieren Lauf verschafft hätte.

Der Geist tippte ihn auf den Arm und deutete auf sein jüngeres Ich, das ins Lesen vertieft war. Auf einmal stand ein Mann in fremder Tracht draußen vor dem Fenster, wunderbar echt und zum Greifen deutlich; er hatte eine Axt im Gürtel und führte einen holzbeladenen Esel am Zügel.

»Ei sieh! Es ist Ali Baba!« rief Scrooge begeistert aus; »der gute, ehrliche alte Ali Baba! Ja, ich kenn ihn! Einmal zur Weihnachtszeit, als dieses einsame Kind hier ganz allein zurückgeblieben war, erschien er zum erstenmal, gerade wie heute. Der arme Knabe! – Und Valentin«, rief Scrooge, »und sein wilder Bruder Orson! Da gehen sie! Und wie hieß doch gleich der, den man, während er schlief, in Unterhosen vor das Tor von Damaskus setzte? Siehst du ihn nicht? Und des Sultans Reitknecht, der von den Genien auf den Kopf gestellt wurde: dort steht er ja auf dem Kopf! Geschieht ihm ganz recht! Es freut mich. Was mußte er sich auch mit der Prinzessin verheiraten!«

Seinen Geschäftsfreunden in der City wäre es keine geringe

Überraschung gewesen, hätten sie gehört, wie Scrooge den ganzen Ernst seines Wesens auf solche Gegenstände verwendete, wobei seine Stimme ganz merkwürdig klang und zwischen Lachen und Weinen schwankte, und hätten sie sein vergnügtes, angeregtes Gesicht gesehen.

»Hier ist der Papagei!« rief Scrooge; »grün der Leib, der Schweif gelb, ganz oben auf dem Kopf trägt er ein Ding wie ein Salatbüschelchen! Hier ist er! ›Armer Robin Crusoe‹, rief er, als dieser von seiner Fahrt um die Insel wieder heimkehrte. ›Armer Robin Crusoe! Wo bist du gewesen?‹ Der Mann glaubte, er träume, aber nein! Es war der Papagei, weißt du! Dort ist Freitag, er rennt um sein Leben nach der kleinen Landzunge! Hallo! Hopp! Hallo!«

Dann brach er mit einem raschen Stimmungswechsel, der seinem Charakter ganz fremd war, wieder in Mitleid mit seinem früheren Ich aus. »Armer Knabe!« rief er und weinte wiederum.

»Ich wünschte wohl ...« murmelte Scrooge, steckte die Hand in die Tasche und sah sich um, nachdem er sich mit dem Ärmelaufschlag die Augen gewischt hatte, »aber jetzt ist's zu spät!«

»Was wünschtest du?« fragte der Geist.

»Nichts!« antwortete Scrooge. »Gar nichts! Gestern abend kam ein Knabe vor meine Tür und sang ein Weihnachtslied; ich wünschte, ich hätte ihm etwas gegeben – das ist alles!«

Das Gespenst lächelte gedankenvoll, winkte mit der Hand und sagte: »Laß uns einen andern Weihnachtstag beschauen!«

Scrooges einstiges Ich vergrößerte sich bei diesen Worten, und das Gemach wurde etwas dunkler und schmutziger. Das Getäfel schrumpfte ein, die Fenster knarrten; der Gipsbewurf bröckelte von der Decke, und statt seiner zeigten sich nackte Latten. Aber auf welche Weise das alles geschah, wußte Scrooge nicht besser als ihr. Er wußte nur, daß es ganz richtig war: daß sich alles so zugetragen hatte und daß er hier wieder allein war, als alle andern Knaben über die Weihnachtstage nach Hause gegangen waren.

Diesmal las er nicht, sondern schritt verzweifelt auf und nieder. Scrooge sah den Geist an und schaute dann mit traurigem Kopfschütteln ängstlich zur Tür hin.

Sie öffnete sich, und ein kleines Mädchen, weit jünger als der Knabe, hüpfte herein, schlang die Ärmchen um seinen Nacken, küßte ihn immer wieder und begrüßte ihn als »lieben, lieben Bruder«.

»Ich komme, um dich heimzuholen, lieber Bruder!« rief das Kind, schlug seine dünnen Händchen zusammen und schüttelte sich vor Lachen. »Dich heimzuholen, heim, heim!«

»Heim, Fannylein?« fragte der Knabe.

»Ei freilich!« erwiderte das Kind freudestrahlend, »für immer und ewig. Der Vater ist jetzt viel freundlicher, als er sonst zu sein pflegte, so daß es zu Hause ist wie im Himmel! Er redete so zärtlich mit mir, als ich neulich abends zu Bett ging, daß ich mich nicht fürchtete, ihn noch einmal zu fragen, ob du heimkommen darfst; und er sagte, ja, das solltest du, und schickte mich mit dem Wagen her, dich abzuholen. Du sollst jetzt ein Mann werden und nicht mehr hierher zurückkehren«, sprach das Kind mit großen Augen, »zuerst aber wollen wir alle miteinander den Weihnachtstag feiern und die fröhlichste Zeit von der Welt verbringen.«

»Du bist ein richtiges Frauenzimmer, Fannylein!« rief der Knabe. Sie klatschte in die Hände und lachte und versuchte seinen Kopf zu erreichen; weil sie jedoch zu klein war, lachte sie von neuem und stellte sich auf die Zehenspitzen, um ihn zu umarmen. Hierauf begann sie in ihrem kindischen Eifer ihn zur Tür zu zerren, und er folgte ihr gern.

Eine fürchterliche Stimme im Hausflur schrie: »Bringt Master Scrooges Koffer herunter!« und im Flur erschien der Schulmeister selbst. Er stierte Scrooge mit grimmiger Herablassung an und jagte ihm durch seinen Händedruck Angst ein. Dann führte er ihn und seine Schwester in das schauerlichste alte Loch von Besuchszimmer, das man sich denken kann, wo die Landkarten an der Wand und die Erd- und Himmelsgloben an den Fenstern vor Kälte glänzten. Hier zog er einen Krug unglaublich leichten Weins und ein Stück unglaublich schweren Kuchens hervor und teilte diese Leckerbissen dem jungen Volk ratenweise zu; gleichzeitig beauftragte er eine hagere Magd, dem Kutscher draußen »etwas« zu trinken anzubieten, worauf dieser antwortete, er lasse dem Herrn danken, wenn es aber das gleiche Getränk sei, das er schon früher versucht habe, nehme er's für empfangen. Master Scrooges Koffer waren inzwischen auf dem Verdeck des Wagens festgebunden worden, und die Kinder sagten leichten Herzens dem Schulmeister Lebewohl, stiegen in den Wagen und fuhren vergnügt die Gartenallee hinunter, so daß die schnellen Räder den Reif und Schnee von den dunklen Blättern des Immergrüns wie Sprühregen abstreiften.

»Sie war immer ein zartes Wesen, das ein Hauch hätte versehren können; aber sie hatte ein großes Herz!« sagte das Gespenst.

»Ja«, rief Scrooge, »da hast du recht, Geist! Gott verhüte, daß ich das bestritte!«

»Sie starb als verheiratete Frau«, fuhr der Geist fort, »und hatte, glaube ich, Kinder.«

»Eines«, versetzte Scrooge.

»Ja«, sagte der Geist. »Dein Neffe!«

Scrooge schien verstimmt, und er antwortete kurz: »Ja.«

Obwohl sie kaum erst die Schule verlassen hatten, waren sie jetzt doch plötzlich in den geschäftigen Hauptstraßen einer Stadt, wo schattenhafte Menschen hin und her eilten, schattenhafte Kutschen und Karren einander den Weg streitig machten und das Gelärm und Getümmel einer wirklichen Stadt herrschte. An der Aufmachung der Läden erkannte man deutlich genug, daß auch hier Weihnachtszeit war, aber es war Abend, und die Straßen waren erleuchtet.

Das Gespenst machte an der Tür eines bestimmten Warenhauses halt und fragte Scrooge, ob er es kenne.

»Ei freilich«, meinte der, »ich war ja hier Lehrling.«

Sie traten ein, und beim Anblick eines alten Herrn mit französischer Perücke – er saß hinter einem so hohen Schreibpult, daß er sicherlich mit dem Kopf an die Zimmerdecke gestoßen hätte, wenn er nur um zwei Zoll größer gewesen wäre – rief Scrooge in großer Erregung: »Ei, das ist ja der alte Fezziwig! Bei Gott, Fezziwig, wie er leibt und lebt!«

Der alte Fezziwig legte seine Feder nieder und blickte zur Wanduhr empor, die eben auf sieben zeigte. Er rieb sich die Hände, zupfte seine geräumige Weste zurecht, lachte am ganzen Leib, von den Zehen bis zu den Haarspitzen, und rief mit behäbiger, fetter, satter und gönnerhafter Stimme: »Heda! Ihr! Ebenezer! Dick!«

Scrooges früheres Ich, das inzwischen ein junger Mann geworden war, eilte mit seinem Lehrgenossen eifrig herein.

»Dick Wilkins, nicht wahr?« fragte Scrooge den Geist. »Meiner

Treu! Ja, er ist's! War mir recht zugetan, der Dick! Armer Dick! Lieber, Guter!«

»Heda, meine Jungen!« rief Fezziwig. »Für heute ist Feierabend! Weihnachten ist, Dick! Weihnachten, Ebenezer! Schließt die Fensterladen, ehe einer sagen kann: Jack Robinson!« rief der alte Fezziwig und klatschte laut in die Hände.

Ihr könnt euch kaum vorstellen, wie schnell die beiden Jungen zupackten. Eins, zwei, drei – eilten sie mit den Läden auf die Straße hinaus; vier, fünf, sechs – rückten sie sie an ihre Stelle; sieben, acht, neun – stießen sie die Querstangen und Riegel hinein und waren zurück, ehe einer bis zwölf zu zählen vermochte, atemlos wie Rennpferde.

»Heißa!« rief der alte Fezziwig und sprang mit wunderbarer Behendigkeit von seinem hohen Pult herunter. »Räumt aus, Jungen, und laßt uns hier Platz machen! Hurra, Dick! Heißa, Ebenezer!«

Ausräumen! Es gab nichts, was sie nicht wegräumen wollten oder wegräumen konnten, wenn der alte Fezziwig zusah. In einer Minute war es geschehen: alles, was nicht niet- und nagelfest war, wurde weggeschafft, als sollte es für immer aus dem öffentlichen Leben verschwinden; der Hausflur ward reingekehrt und gespritzt, die Lampen wurden geputzt, Kohlen auf das Feuer gehäuft, und das Warenhaus war ein so behaglicher, warmer, trokkener und strahlender Ballsaal, wie man ihn sich an einem Winterabend nur wünschen mag.

Und herein trat ein Fiedler mit einem Notenbuch, bestieg das verlassene Schreibpult, machte ein Orchester daraus und stimmte, daß es nach ärgsten Magenschmerzen klang. Und herein trat Mrs. Fezziwig, ganz und gar zum breiten, vergnügten Lächeln geworden. Und herein traten die drei Misses Fezziwig, strahlend und liebenswürdig; ihnen folgten ihre sechs jungen Anbeter, denen sie fast das Herz brachen. Und herein traten alle die jungen Leute, die im Geschäft angestellt waren. Und herein traten die Hausmagd mit ihrem Vetter, dem Bäcker, die Köchin mit ihres Bruders Busenfreund, dem Milchmann, der Laufbube von gegenüber, der, wie man sagte, bei seinem Herrn nicht genug zu essen bekam und sich hinter der Hausmagd vom zweitnächsten Nachbar zu verbergen suchte, von der man wußte, daß ihre Herrin sie manchmal bei den Ohren nahm. Sie alle kamen hintereinander herein, die einen schüchtern, die anderen verwegen, die einen anmutig, andere tölpelhaft, einige stießen, andere zerrten einander; aber alle kamen auf irgendeine Art herein. Und nun ging es ans Tanzen, zwanzig Paare zugleich. Eine halbe Runde hin, eine halbe zurück, dann hinauf durch den ganzen Saal und wieder hinunter, und dann walzten sie, sich bald so, bald so zärtlich zusammenfindend. Das Paar, das zuerst die Spitze hielt, blieb immer an der unrechten Stelle stehen; das neue anführende Paar fing immer wieder an, wenn es stehenbleiben sollte, so daß es zum Schluß nur erste und keine letzten Paare gab! Als sie so weit waren, klatschte der alte Fezziwig in die Hände, um dem Tanz Einhalt zu gebieten, rief »Bravo!«, und der Fiedler vergrub sein heißes Gesicht in einem Krug Porter, der ausschließlich zu diesem Zweck herbeigeschafft worden war. Da er aber nach seinem Wiederauftauchen jedes Ausruhen verabscheute, setzte er sofort wieder ein, obwohl noch keine Tänzer da waren, gerade als hätte man den früheren Fiedler erschöpft auf einer Tragbahre heimgeschafft, und er wäre ein ganz neuer Mann, der ihn ausstechen oder sterben wollte.

Dann folgten wieder Tänze, dann Pfänderspiele und nochmals Tänze, dann gab es Kuchen und Gewürzpunsch und dann ein großes Stück kalten Braten, dann ein großes Stück kaltes Sudfleisch, dann Fleischpasteten und eine Unmenge Bier. Aber der Gipfel des Abends kam nach dem Braten und dem Sudfleisch, als der Fiedler – ein Schlaukopf, eine Sorte Mensch, der sein Handwerk besser verstand, als du oder ich es hätten lehren können! – »Sir Roger de Coverley« aufspielte. Da stand der alte Fezziwig auf, um mit Mrs. Fezziwig zu tanzen, noch dazu als erstes Paar, und das war ein hübsches Stück Arbeit für sie! Drei- oder vierundzwanzig Paare nahmen teil – Leute, mit denen im Tanzen nicht zu spaßen war, und Leute, die tanzen wollten, ohne recht gehen zu können.

Aber wenn ihrer doppelt so viele, nein, viermal so viele gewesen wären, der alte Fezziwig hätte es mit ihnen aufgenommen und ebenso Mrs. Fezziwig. Was diese anbelangt, so war sie ihres Partners würdig in jeglichem Sinn des Wortes. Wenn das kein hohes Lob ist, so sagt mir ein höheres, und ich will es gebrauchen. Ein wahres Leuchten schien von Fezziwigs Waden auszugehen, die bei jedem Teil des Tanzes wie Monde schienen: man konnte zu keinem Zeitpunkt voraussagen, was im nächsten aus ihnen werden würde. Und als der alte Fezziwig und Mrs. Fezziwig den ganzen Tanz durchgetanzt hatten, vorwärts und rückwärts, beide Hände dem Partner reichend, mit Verbeugung und Knicks, mit »Korkziehen« und »Nadeleinfädeln« und Rückkehr an den alten Platz, machte der alte Fezziwig noch einen Luftsprung, so geschickt, daß er mit den Füßen zu winken schien und doch ohne Straucheln wieder auf die Füße kam.

Als die Glocke elf schlug, war der Hausball zu Ende. Mr. und Mrs. Fezziwig stellten sich zu beiden Seiten der Tür auf und drückten jedem einzeln die Hand, wenn er oder sie hinausging, und wünschten ihm oder ihr fröhliche Weihnachten. Als alle bis auf die beiden Lehrlinge gegangen waren, verabschiedeten sie sich von diesen ebenso, der fröhliche Lärm erstarb allmählich, und die Burschen konnten ihre Betten aufsuchen, die sich unter einem Zahltisch im hinteren Teil des Ladens befanden.

Während dieser ganzen Zeit hatte sich Scrooge wie außer sich gebärdet. Mit Herz und Seele war er bei der Unterhaltung und bei seinem einstigen Selbst. Er bestätigte alles als getreu der ehemaligen Wirklichkeit, erinnerte sich an alles, freute sich an allem und geriet in die seltsamste Aufregung. Erst jetzt, als die strahlenden Gesichter seines früheren Ichs und Dicks verschwunden waren, erinnerte er sich wieder des Gespenstes und fühlte, daß es ihn voll ins Auge faßte, während das Licht auf seinem Kopf besonders hell strahlte.

»Es gehört wenig dazu, diese dummen Leute dankbar zu machen«, sagte das Gespenst.

»Wenig?« fragte Scrooge.

Der Geist winkte ihm, auf die beiden Lehrlinge zu hören, die sich in Fezziwigs herzlichem Lob erschöpften; und als Scrooge das getan hatte, fuhr das Gespenst fort: »Nun, ist's nicht wahr? Er hat nur ein paar Pfund von eurem vergänglichen Gold geopfert, drei oder vier vielleicht. Ist es das wert, daß man ihm solches Lob zollt?«

»Es ist nicht das«, sagte Scrooge, gereizt durch diese Bemerkung und unwillkürlich im Tonfall seines früheren, nicht seines jetzigen Ichs. »Es ist nicht das, Geist! Fezziwig hat es in der Hand, uns glücklich oder unglücklich, unsern Dienst leicht oder mühsam, zur Freude oder zur Pein zu machen. Du kannst sagen, seine Macht liege in Worten und Blicken, in Dingen, die so gering und unbedeutend sind, daß man sie kaum aufzählen und zusammenrechnen kann – was schadet das? Das Glück, das er uns verschafft, ist ebenso groß, wie wenn es ein Vermögen kostete.«

Er fühlte den Blick des Geistes und schwieg.

»Was hast du?« fragte das Gespenst.

»Hm – nichts Besonderes«, gab Scrooge zurück.

»Etwas doch, glaube ich?« beharrte das Gespenst.

»O nein«, versetzte Scrooge, »nein. Ich möchte nur gern gerade jetzt meinem Schreiber ein oder zwei Worte sagen können. Sonst nichts.«

Sein früheres Selbst löschte gerade die Lampe, als er diesen Wunsch äußerte, und Scrooge und der Geist standen wieder nebeneinander unter freiem Himmel.

»Meine Frist ist bald um«, meinte die Erscheinung. »Rasch!«

Dieser Befehl galt weder Scrooge noch irgendeinem, den er sah, tat aber sofort seine Wirkung. Denn wieder sah Scrooge sich selbst. Er war jetzt älter, ein Mann in der Blüte seiner Jahre. Sein Gesicht zeigte nicht die schroffen, scharfen Züge späterer Jahre, aber es trug bereits den Stempel der Sorge und der Habsucht. In seinem Auge brannte ein unstetes, gieriges Feuer, das verriet, welche Leidenschaft Wurzel gefaßt hatte und wohin der Schatten des heranwachsenden Baumes fallen würde.

Er war nicht allein, sondern saß an der Seite eines hübschen jungen Mädchens in Trauer. In ihren Augen standen Tränen, und sie schimmerten in dem Licht, das der Geist der vergangenen Weihnacht ausströmte.

»Es liegt dir nichts daran«, sprach das Mädchen leise, »dir liegt gar nichts daran. Ein fremdes Götzenbild hat mich verdrängt, und wenn es dir in Zukunft Trost und Stütze sein kann, die ich dir werden wollte, so habe ich keine gerechte Ursache, zu klagen.«

»Was für ein Götzenbild sollte dich verdrängt haben?« fragte er.

»Ein goldenes.«

»Das ist der Gerechtigkeitssinn der Welt!« sagte er. »Nichts verabscheut sie so sehr wie die Armut, und nichts verdammt sie so streng wie das Trachten nach Wohlstand!«

»Du fürchtest die Welt zu sehr!« antwortete sie bescheiden.

»All deine anderen Hoffnungen sind aufgegangen in der einen, ihrem herben Tadel zu entgehen. Ich habe alle deine edleren Regungen eine nach der andern erlöschen sehen, bis dich deine Hauptleidenschaft beherrschte: Gewinnsucht. Ist's nicht so?«

»Und was weiter?« entgegnete er. »Auch wenn ich um so vieles klüger geworden bin, was weiter? Gegen dich bin ich unverändert.«

Sie schüttelte den Kopf.

»Oder nicht?«

»Unser Verlöbnis ist alt. Es wurde geschlossen, als wir beide noch arm waren und bereit, es zu sein, bis wir zu guter Stunde unsere Lebenslage durch geduldigen Fleiß gebessert haben würden. Du hast dich geändert. Als wir uns verlobten, warst du anders.«

»Ich war noch ein Knabe«, warf er ungeduldig ein.

»Dein eigenes Gefühl sagt dir, daß du nicht warst, wie du jetzt bist«, versetzte sie. »Ich bin dieselbe. Was uns einst Glück versprach, als wir noch ein Herz und eine Seele waren, ist nun mit Kummer belastet, da wir nicht mehr eins sind. Wie oft und wie bitter ich diesem Gedanken nachhing, will ich nicht sagen; es ist genug, daß ich es getan habe und daß ich dich freigeben kann.«

»Habe ich je frei zu werden gesucht?«

»In Worten – nein! Nie!«

»Wodurch denn?«

»Durch dein verändertes Wesen, deine andere Sinnesart, durch andere Gewohnheiten, andere Lebenserwartungen. Alles hat sich geändert, was meine Liebe in deinen Augen wertvoll oder erwünscht machte. Wenn nie etwas zwischen uns gewesen wäre«, fuhr das Mädchen fort, indem sie ihm mild, aber fest ins Auge sah, »sag selbst, würdest du mich jetzt noch erwählen und dir Mühe geben, mich zu gewinnen? Nein!«

Wider Willen schien er die Richtigkeit ihrer Annahme zuzugeben; er sagte aber krampfhaft: »Das glaubst du selbst nicht.«

»Ich dächte gern anders, wenn ich könnte«, erwiderte sie. »Gott weiß es. Aber wenn sogar ich eine Wahrheit wie diese begriffen habe, dann weiß ich, wie stark und unumstößlich sie sein muß. Wärst du gestern, heute, morgen frei – soll ausgerechnet ich glauben, daß du ein armes Mädchen wählen würdest, du, der du sogar in deinem vertrautesten Umgang mit mir alles nach dem

Gewinn abschätzt? Und wenn du für kurze Zeit deinem einzigen Leitgedanken untreu genug wärst, um sie zu wählen – weiß ich denn nicht, daß dich Reue und Bedauern erfassen würden? Ich weiß es, und daher gebe ich dich frei. Mit einem Herzen voll Liebe für den, der du einst warst.«

Er wollte etwas entgegnen, aber sie fuhr mit abgewandtem Gesicht fort: »Es wird dir vielleicht weh tun – die Erinnerung an das Vergangene läßt es mich fast hoffen. Aber nur sehr, sehr kurze Zeit – und dann wirst du froh die Erinnerung als nutzlosen Traum verscheuchen, aus dem du zum Glück erwacht bist. Mögest du glücklich sein in dem Leben, das du erwählt hast.«

Sie verließ ihn, und sie verschwanden beide. »Geist!« rief Scrooge, »zeige mir nichts mehr! Führe mich heim. Warum macht es dir Freude, mich zu foltern?«

»Nur einen Schatten noch!« versetzte der Geist.

»Nein, keinen mehr!« rief Scrooge, »ich will nichts mehr sehen. Zeige mir nichts mehr!«

Allein das unerbittliche Gespenst umfaßte ihn mit beiden Armen und nötigte ihn, mit anzusehen, was sich jetzt abspielte.

Sie standen wieder auf einem andern Schauplatz: in einem Zimmer, das weder sehr groß noch hübsch, aber behaglich ausgestattet war. Nahe dem winterlichen Feuer saß ein schönes junges Mädchen, dem vorigen so ähnlich, daß Scrooge es für dasselbe hielt, bis er jene, jetzt als stattliche Matrone, ihrer Tochter gegenübersitzen sah. Wilder Lärm herrschte in diesem Gemach, denn es waren mehr Kinder da, als Scrooge in seinem aufgeregten Gemütszustand zählen konnte, und anders als bei der Herde, die das Gedicht feiert, betrugen sich nicht vierzig Kinder wie eines, sondern jedes wie vierzig. Die Folge war ein unglaublicher Tumult, aber niemand schien sich darum zu kümmern; im Gegenteil: Mutter und Tochter lachten herzlich und schienen Gefallen daran zu finden; ja, die Tochter begann bald an dem Umtrieb teilzunehmen und wurde von den jungen Spitzbuben unbarmherzig ausgeplündert. Was hätte ich nicht darum gegeben, einer von ihnen zu sein – obwohl ich nie so roh hätte sein können, gewiß nicht! Für alle Schätze der Welt hätte ich dieses schön gescheitelte Haar nicht verwirren und herabzerren mögen, und den zierlich kleinen Schuh hätte ich ihr nicht weggerissen, Gott bewahre, und wäre es um mein Leben gegangen. Auch ihre Taille im Spaß zu messen, wie die freche junge Brut es tat, hätte ich nicht fertiggebracht: ich hätte gefürchtet, mein Arm werde zur Strafe krumm wachsen und nie wieder gerade werden. Und doch hätte ich brennend gern ihre Lippen berührt, sie etwas gefragt, damit sie den Mund öffne, hätte gern die Wimpern ihrer niedergeschlagenen Augen betrachtet, ohne sie erröten zu machen; hätte gern ihr Haar gelöst, von dem mir eine einzige Locke ein über alle Maßen kostbares Andenken gewesen wäre; kurz, ich gestehe, ich hätte gern das kleinste Vorrecht eines Kindes gehabt und wäre dabei doch gern Manns genug gewesen, um seinen Wert richtig einzuschätzen.

Aber nun ließ sich ein Klopfen an der Tür vernehmen, und das rief sogleich ein fürchterliches Gedränge hervor. Die junge Dame wurde mit lachendem Gesicht und zerzausten Kleidern inmitten einer lärmenden, mutwilligen Gruppe der Tür zugeschoben, gerade rechtzeitig, um den Vater zu begrüßen, der in Begleitung eines mit Weihnachtsspielzeug und Geschenken beladenen Mannes nach Hause kam. Da hätte einer das Kreischen und das Drängen und den Angriff sehen sollen, der auf den wehrlosen Lastträger eröffnet wurde. Auf Stühlen statt der Leitern kletterten sie an ihm empor, um in seine Taschen zu greifen, ihn der braunen Papierpaketchen zu berauben, sich an sein Halstuch zu klammern, ihn um den Nacken zu fassen und in hemmungsloser Aufwallung ihm auf den Rücken zu trommeln und ihn in die Waden zu zwicken! Die Ausrufe des Staunens und des Jubels, die das Öffnen jedes Pakets begleiteten, die Schreckensbotschaft, das Kleinste sei dabei ertappt worden, wie es die Schmorpfanne der Puppe in den Mund steckte, und stehe stark im Verdacht, einen Truthahn, der auf ein hölzernes Blöckchen festgeleimt war, verschluckt zu haben, die grenzenlose Erleichterung, als man fand, daß dies nur ein blinder Alarm gewesen war, die Freude, die Dankbarkeit, das Entzücken – das alles läßt sich nicht wahrheitsgetreu beschreiben. Es genügt zu wissen, daß sich die Kinder samt ihrer Aufgeregtheit allmählich aus der Wohnstube entfernten und, von Stufe zu Stufe springend, in die Mansarde gelangten, wo sie zu Bett gingen und so zur Ruhe kamen.

Nun verfolgte Scrooge mit größter Aufmerksamkeit, wie sich der Herr des Hauses, an den sich seine Tochter liebkosend anschmiegte, mit dieser und ihrer Mutter zum Kamin setzte; und als er sich vorstellte, daß ein ebenso liebliches und verheißungsvolles Wesen ihn hätte Vater nennen, daß es ihm ein Frühling in den rauhen Wintertagen des Lebens hätte sein können, da wurden seine Augen trüb.

»Bella«, sprach der Hausherr lächelnd zu seinem Weib, »ich sah heute nachmittag einen deiner alten Anbeter!«

»Wen denn?«

»Rate!«

»Wie kann ich! Gott, als ob ich's nicht wüßte«, fügte sie noch im selben Atemzug hinzu und stimmte in sein Lachen ein. »Mr. Scrooge.«

»Ja, den! Ich ging unter dem Fenster seines Kontors vorüber, und da die Läden noch nicht geschlossen waren und drinnen eine Kerze brannte, mußte ich ihn notgedrungen sehen. Sein Partner liegt auf den Tod krank, wie ich höre, und da saß er nun allein. Ich glaube, ganz allein in der Welt.«

»Geist!« hub Scrooge mit gebrochener Stimme an, »führ mich weg von hier.«

»Ich sagte dir ja«, gab die Erscheinung zur Antwort, »dies sind nur Schatten von Dingen, die gewesen sind. Daß sie sind, was sie sind, darfst du mir nicht zum Vorwurf machen!«

»Führ mich weg!« rief Scrooge. »Ich kann es nicht ertragen!«

Er drehte sich nach dem Gespenst um. Da sah er, daß es ihn mit einem Gesicht anblickte, in dem sich seltsamerweise Bruchstücke aller der Gesichter vereinigten, die Scrooge zu sehen bekommen hatte, und er begann mit ihm zu ringen.

»Verlaß mich! Bring mich zurück. Verfolge mich nicht länger!«

In dem Kampf – wenn es ein Kampf genannt werden kann, da der Geist, ohne sichtbaren Widerstand zu leisten, doch durch den Angriff seines Gegners nicht berührt wurde – bemerkte Scrooge, daß das Licht des Geistes hoch und hell brannte, und da er das mit seiner Macht über ihn in eine unklare Verbindung brachte, ergriff er die Mütze, die wie ein Lichtauslöscher aussah, und drückte sie ihm mit einer raschen Bewegung auf den Kopf.

Der Geist verschwand darunter, so daß die Kappe seine ganze Gestalt überdeckte; aber obwohl Scrooge sie mit aller Kraft niederdrückte, konnte er doch das Licht nicht auslöschen, das sich darunter hervor über den ganzen Boden ergoß.

Scrooge fühlte sich erschöpft und von unwiderstehlicher

Schläfrigkeit übermannt und war sich zugleich bewußt, in seinem Schlafzimmer zu sein. Er gab der Mütze noch einen letzten Druck, indes seine Hand erlahmte, und hatte sich kaum ins Bett gelegt, als er auch schon in tiefen Schlaf sank.

DRITTE STROPHE

Der zweite der drei Geister

Als Scrooge mitten in einem wunderbar zähen Schnarchen erwachte und, sich im Bette aufrichtend, seine Gedanken zusammensuchte, brauchte man ihm nicht erst zu sagen, daß die Glocke gerade aushole, um wiederum eins zu schlagen. Er fühlte, daß er eben im rechten Augenblick wieder zum Bewußtsein gekommen sei, um ein Zwiegespräch mit dem zweiten Boten zu führen, der ihm durch Marleys Vermittlung geschickt wurde. Aber da es ihn bei dem Gedanken, welche von den Bettgardinen dieser neue Geist wohl zurückziehen werde, unbehaglich kalt überlief, schlug er sie eigenhändig zu beiden Seiten zurück, legte sich wieder nieder und hielt scharfe Ausschau rund um das Bett. Denn er wollte den Geist im Augenblick seines Erscheinens anreden und sich nicht durch Überraschung einschüchtern und verwirren lassen.

Leute von freier und forscher Art, die sich rühmen, mit manchem Wasser gewaschen und jeder Tageszeit gewachsen zu sein, umschreiben den weiten Kreis ihrer Begabung zum Abenteuer mit der Behauptung, sie seien zu allem zu gebrauchen, vom Münzenwerfen bis zum Meuchelmord: zwischen diesen äußersten Enden liegt zweifellos eine annehmbar weite und umfassende Reihe von Gegenständen. Ohne nun gerade für Scrooge soviel Kühnheit in Anspruch nehmen zu wollen, stehe ich doch nicht an, euch glauben zu lassen, daß er auf eine ziemlich bedeutende Auswahl seltsamer Erscheinungen gefaßt war und zwischen einem Säugling und einem Nashorn ihn nichts besonders in Erstaunen gesetzt hätte.

Aber gerade weil er auf alles vorbereitet war, war er keineswegs auf nichts gefaßt, und als nun die Glocke ein Uhr schlug und kein Gespenst erschien, wurde er folglich von heftigem Zittern ergriffen. Fünf Minuten, zehn Minuten, eine Viertelstunde gingen vorüber, doch nichts ließ sich blicken. Inzwischen lag er auf seinem Bett und bildete genau den Kern und Mittelpunkt einer rötlichen Glut, die, als die Glocke ein Uhr schlug, auf sein Bett floß, und, weil sie nur Licht war, viel aufregender wirkte als ein Dutzend Gespenster; denn Scrooge konnte sich durchaus nicht erklären, was sie bedeuten sollte oder woher sie kam. Manchmal fürchtete er beinahe, er bilde in diesem Augenblick einen merkwürdigen Fall von Selbstverbrennung, ohne den Trost zu haben, davon zu wissen. Endlich begann er doch – was du oder ich gleich zu Anfang gedacht hätten, denn immer weiß ja die nicht betroffene Person am besten, was zu tun gewesen wäre, und hätte es unzweifelhaft auch getan! –, zuletzt, sage ich, begann er doch zu mutmaßen, die geheime Quelle des gespenstischen Lichtes könnte in dem anstoßenden Zimmer sein, von dem es, wenn man es weiterverfolgte, auszuströmen schien. Da ihn dieser Gedanke ganz mit Beschlag belegte, stand er leise auf und schlürfte in seinen Pantoffeln zur Tür.

Im selben Augenblick, da Scrooges Hand den Türdrücker berührte, rief ihn eine unbekannte Stimme beim Namen und bat ihn einzutreten. Er gehorchte.

Es war sein eigenes Zimmer; daran war kein Zweifel, aber es hatte eine überraschende Umwandlung erfahren. Wände und Decke waren so mit frischem Grün behangen, daß es ganz einem Hain glich, in dem überall prächtig glänzende Beeren schimmerten. Die frischen Blätter der Stechpalme, der Mistel und des Efeus warfen das Licht zurück, als ob ebenso viele kleine Spiegel hier verteilt worden wären, und im Kamin prasselte ein so mächtiges Feuer, wie es dieser plumpe, vorsintflutliche Herd weder in Scrooges noch in Marleys Zeiten noch in vielen, vielen vergangenen Wintern gekannt hatte. Auf dem Boden lagen, zu einer Art Thron aufgeschichtet, Truthähne, Gänse, Wildbret, Hühner, Pökelfleisch, mächtige Schinken, Fäßchen mit Austern, Plumpuddings, geröstete Kastanien, rotbackige Äpfel, saftige Orangen, leckere Birnen, ungeheure Dreikönigskuchen und dampfende Schüsseln mit Punsch, die das Zimmer mit ihrem würzigen Duft erfüllten. Auf diesem Lager saß in nachlässiger Haltung, großartig anzuschauen, ein lustiger Riese, der eine brennende Fackel, fast in der Gestalt eines Füllhorns, in der Hand trug und sie hoch,

hoch emporhielt, um ihr Licht auf Scrooge fallen zu lassen, als er rundum schauend unter die Tür trat.

»Komm herein!« rief der Geist; »komm herein, Mann, und lerne mich näher kennen!«

Scrooge trat schüchtern ein und beugte sein Haupt vor dem Geist. Er war nicht mehr der störrische Scrooge, der er gewesen, und obwohl die Augen des Geistes klar und gütig waren, verspürte er keine Lust, ihnen zu begegnen.

»Ich bin der Geist der diesjährigen Weihnacht!« hub die Erscheinung an. »Sieh mich an!«

Scrooge tat es ehrerbietig. Der Geist trug nur einen einfachen tiefgrünen Rock oder Mantel, mit weißem Pelz besetzt. Dieses Gewand hing ihm so lose um den Körper, daß seine breite Brust bloß war, als ob er es verschmähe, sich künstlich zu schützen oder zu verbergen. Auch seine Füße, die unter dem faltenreichen Gewand hervorsahen, waren nackt, und auf dem Kopf trug er keine andere Bedeckung als einen Kranz von Stechpalmen, an dem hier und da glänzende Eiszapfen hingen. Seine langen dunkelbraunen Locken wallten frei herab, frei wie sein frohes Gesicht, sein funkelndes Auge, seine offene Hand, seine muntere Stimme, sein zwangloses Benehmen und sein heiteres Aussehen. Um seine Hüfte hatte er eine altertümliche Schwertscheide gegürtet, aber kein Schwert stak darin, und die alte Scheide war von Rost zerfressen.

»Du hast wohl nie zuvor meinesgleichen gesehen?« rief der Geist.

»Nie!« gab Scrooge zur Antwort.

»Bist nie mit den jüngeren Mitgliedern meiner Familie umhergewandert?« fuhr das Gespenst fort; »damit meine ich eigentlich – denn ich bin noch sehr jung – meine älteren Brüder, die in den letzten Jahren zur Welt kamen.«

»Ich kann mich nicht entsinnen!« sagte Scrooge; »ich fürchte nein! Hast du viele Brüder gehabt, Geist?«

»Mehr als achtzehnhundert!« antwortete er.

»Eine schauerliche Familie, wenn man für sie sorgen muß!« meinte Scrooge.

Der Geist der gegenwärtigen Weihnacht erhob sich.

»Geist!« sprach Scrooge unterwürfig, »führe mich, wohin du willst. In der vergangenen Nacht stand ich unter Zwang und habe dabei eine Lehre empfangen, die jetzt in mir wirkt. Wenn du mich heute nacht etwas lehren willst, so laß mich daraus Nutzen ziehen.«

»Berühre meinen Rock!«

Scrooge tat, wie ihm geheißen, und hielt sich fest.

Stechpalmen, Misteln, Vogelbeeren, Efeu, Truthähne, Gänse, Wildbret, Hühner, Pökelfleisch, Schinken, Ferkel, Würste, Austern, Pasteten, Puddings, Obst und Punsch – alles verschwand im selben Augenblick. Desgleichen das Zimmer, das Feuer, die rote Glut, die Nachtstunde, und sie standen in den Straßen der City am Christtagsmorgen. Die Leute machten im strengen Winterwetter eine rauhe, aber doch fröhliche und nicht ungefällige Art Musik, indem sie den Schnee vom Pflaster vor ihren Häusern und von deren Dächern abkratzten. Und es war ein Jubel für die Knaben zu sehen, wie er auf die Straße plumpste und in niedliche kleine Schneestürme zerstob.

Die Häuserfronten sahen schwarz aus und die Fenster noch schwärzer im Vergleich zu dem glatten weißen Schneebelag auf den Dächern und dem etwas schmutzigeren Schnee der Straßen, in dessen obere Schicht die schweren Räder der Karren und Wagen tiefe Furchen gezogen hatten; Furchen, die einander hundertmal durchkreuzten, wo die großen Straßen einmündeten, und die in den dicken gelben Schmutz und das eisige Wasser verworrene, schwer zu verfolgende Kanäle eingruben. Der Himmel war düster, und die kürzesten Straßen waren mit dickem Nebel verstopft, halb Dunst und halb gefroren, so daß seine schwereren Teilchen in einer Wolke rußiger Atome herabfielen, als ob alle Kamine in Großbritannien auf Verabredung zu brennen angefangen hätten und nun nach Herzenslust drauflosdampften. Es lag nichts Heiteres im Wetter oder in der Stadt, und doch herrschte draußen eine fröhliche Stimmung, wie sie die klarste Sommerluft und die hellste Sommersonne vergeblich zu verbreiten versucht hätten.

Denn die Leute, die den Schnee von den Dächern schaufelten, waren lustig und voller Freude, riefen einander von den Brustwehren aus zu, bewarfen sich hier und da neckend mit Schneebällen – gutartigen Wurfgeschossen, die gutmütiger als manche Scherzworte sind – und lachten herzlich, wenn sie trafen, und nicht minder herzlich, wenn sie fehlgingen.

Die Geflügelläden waren noch halb offen, und die Obstläden prunkten in ihrem Schmuck. Da sah man in Körben große, runde, dickleibige Kastanien, geformt wie die Bäuchlein lustiger alter Herren, die unter ihren Haustüren lehnen und in ihrer apoplektischen Behäbigkeit auf die Straße hinauswackeln. Da waren rötliche, braungeflammte, breitgedrückte spanische Zwiebeln, die in ihrem fetten, frischen Wachstum glänzten wie spanische Mönche und von ihren Brettern herab mutwillig und schlau den vorübergehenden Mädchen zuwinkten und ehrbar den aufgehängten Mistelzweigen zublinzelten. Da waren Birnen und Äpfel zu blühenden Pyramiden hoch aufgeschichtet; da hingen Bündel von Trauben, von den Händlern in wohlmeinender Absicht an auffälligen Haken angebracht, damit den Vorübergehenden gratis das Wasser im Mund zusammenlaufe; da waren Haufen von Lambertsnüssen, moosig und braun, die durch ihren Wohlgeruch an frühere Spaziergänge durch die Wälder und an das angenehme knöcheltiefe Waten durch welkes Laub gemahnten; da gab es Backäpfel aus Norfolk, die sich dicklich und schwärzlich abhoben vom Goldgelb der Orangen und Zitronen und durch ihre saftige Fülle dringlich lockten und baten, sie in Papiertüten mit nach Hause zu nehmen und nach Tisch zu verzehren. Ja, sogar die Gold- und Silberfische, die in einem weiten Glas zwischen diese auserlesenen Früchte gestellt worden waren, schienen, obwohl einem stummen, kaltblütigen Geschlecht angehörend, zu fühlen, daß hier etwas vorging, und schwammen, für einen Fisch hastig genug, in träger, leidenschaftsloser Munterkeit rund durch ihre kleine Welt.

Und nun erst die Gewürzhandlungen! Oh, die Gewürzhandlungen, die fast geschlossen waren, höchstens zwei Läden offen hatten oder gar nur einen, welchen Anblick boten sie durch diese Öffnungen! Nicht allein, daß die Waagschalen, die auf dem Ladentisch auf und nieder stiegen, einen lustigen Klang von sich gaben, daß sich der Bindfaden so flink von der Spule abwickelte, daß die Büchsen wie Taschenspielergerät hin und her geschüttelt wurden, daß der vermischte Duft von Tee und Kaffee so angenehm in die Nase stieg, daß die Rosinen so groß und erlesen, die Mandeln so ausnehmend weiß, die Zimtstengel so lang und gerade, die sonstigen Gewürze so duftend, die kandierten Früchte so schön in geschmolzenem Zucker gefärbt und gehärtet waren, um auch den kaltblütigsten Beschauer schwach und folglich neiderfüllt zu machen, auch nicht, daß die Feigen so saftig und fleischig waren, daß die französischen Pflaumen in ihren geschmückten Schachteln süßsauer erröteten oder daß alles wohlschmeckend und weihnachtlich aufgeputzt war: nein, die Käufer selbst waren so lebhaft und gespannt in der Hoffnung auf den vielverheißenden Tag, daß sie an den Türen gegeneinanderrannten, mit den Weidenkörben heftig zusammenstießen, ihre Einkäufe auf dem Ladentisch liegenließen und sie gleich wieder holen kamen und in denkbar bester Laune hundert ähnliche Mißgriffe begingen. Und der Kaufmann und seine Leute waren so froh und frisch, als wären die polierten Herzen, mit denen sie hinten ihre Schürzen zusammenhielten, ihre eigenen, die sie außen trügen, damit alle sie sehen und die Weihnachtsraben daran picken könnten, wenn sie wollten.

Bald aber riefen die Glocken jedermann zur Kirche und in die Kapelle, und allenthalben kamen die Leute in ihren besten Kleidern und mit ihren fröhlichsten Mienen durch die Gassen geströmt. Gleichzeitig quollen aus Nebengäßchen, Wegen und namenlosen Winkeln ungezählte Leute, um ihre Mittagspasteten zum Bäcker zu bringen. Am Anblick dieser harmlosen Schwelger schien dem Gespenst sehr viel zu liegen, denn es blieb mit Scrooge unter dem Torweg eines Bäckerladens stehen, nahm die Hüllen von den Töpfen, wenn deren Träger vorübergingen, und sprengte aus seiner Fackel Weihrauch auf ihr Mahl. Es war eine recht ungewöhnliche Fackel, denn ein- oder zweimal, als zwischen einigen Pastetenträgern zornige Worte fielen, weil sie einander gestoßen hatten, goß er aus ihr einige Tropfen Wasser auf sie, und ihre gute Laune war sofort wiederhergestellt. Denn sie sagten dann, es sei eine Schande, am Christtag zu streiten. Und so war es auch! Weiß Gott, so war es!

Mit der Zeit verstummten die Glocken, und die Bäckerläden wurden geschlossen, und doch hinterließen all diese Mittagsmahle und ihre Zubereitung eine freundliche Erinnerung in Gestalt des aufgetauten Fleckes Nässe vor jedem Bäckerofen, wo das Pflaster dampfte, als ob auch die Steine kochten.

»Liegt denn eine besondere Würze in den Tropfen aus deiner Fackel?« fragte Scrooge.

»Allerdings! Die mir eigene!«

»Und paßt sie heute zu jeder Mahlzeit?« fragte Scrooge weiter.

»Zu jeder, die gern gegeben wird. Am besten zu einer ärmlichen.«

»Warum am besten zu dieser?« forschte Scrooge.

»Weil sie ihrer am meisten bedarf.«

»Geist«, sagte Scrooge nach kurzem Nachdenken, »mich wundert, daß du als einziges unter all den Wesen der vielen Welten, die um uns sind, Gefallen daran findest, diesen Leuten die Gelegenheit zu unschuldigem Vergnügen zu verderben.«

»Ich?« rief der Geist.

»Du willst sie ja«, sagte Scrooge, »für jeden siebenten Tag, oft den einzigen, an dem man bei ihnen überhaupt von Mittagsmahl reden kann, der Mittel berauben zu essen! Ist es nicht so?«

»Ich?« rief der Geist.

»Du trachtest danach, jeden siebenten Tag diese Orte zu schließen«, sagte Scrooge, »und das läuft auf eins hinaus.«

»Ich trachte danach?« entfuhr es dem Geist.

»Vergib mir, wenn ich mich irre!« versetzte Scrooge. »Es ist in deinem Namen geschehen oder wenigstens in dem deiner Familie!«

»Es gibt Menschen auf eurer Erde«, entgegnete der Geist, »die behaupten, uns zu kennen. Sie tun alle ihre Taten der Leidenschaft, des Stolzes, der Bosheit, des Hasses, des Neids, der Heuchelei und der Selbstsucht in unserem Namen, sind aber uns und all unseren Verwandten so fremd, als hätten sie nie gelebt. Denk daran und lege ihr Tun ihnen selbst zur Last, nicht uns!«

Scrooge versprach es, und sie brachen unsichtbar wie zuvor in die Vorstädte auf. Der Geist besaß, wie Scrooge unter dem Torweg des Bäckers bemerkt hatte, die seltsame Eigenschaft, daß er sich trotz seiner Riesengröße leicht jedem Raum anzupassen und sich unter einem niederen Dach ebenso ungezwungen und seinem übernatürlichen Wesen gemäß zu bewegen vermochte, wie er es in einer luftigen Halle hätte tun können.

Vielleicht war es das Vergnügen, das der gute Geist darin fand, diese seine Macht zu zeigen, oder auch sein eigenes gütiges, hochherziges Wesen und seine Vorliebe für alle Armen, was ihn geradewegs zu Scrooges Schreiber führte – jedenfalls wandte er sich dorthin und nahm Scrooge mit sich, der sich an seinem Gewand festhielt. Auf der Schwelle blieb der Geist lächelnd stehen, um Bob Cratchits niedriges Haus durch Besprengung mit seiner

Fackel zu segnen. Denkt euch, Bob hatte nur fünfzehn »Bob«* wöchentlich; er steckte an den Samstagen nur fünfzehn seiner Namensvettern ein, und doch segnete der Geist der diesjährigen Weihnacht sein Vierzimmerhäuschen.

Da stand Mrs. Cratchit, Cratchits Weib, in einem ärmlichen, bereits zweimal gewendeten Kleid, aber mit billigen Bändern geputzt, die für sechs Pence recht stattlich wirkten, und deckte den Tisch zusammen mit Belinda Cratchit, ihrer zweiten Tochter, die sich ebenso mit Bändern geschmückt hatte, während Master Peter Cratchit eine Gabel in den Topf mit Kartoffeln steckte. Und als ihm dabei die Ecken seines ungeheuren Hemdkragens – persönliches Eigentum Bobs, heute aber dem Festtag zu Ehren seinem Sohn und Erben übertragen – in den Mund gerieten, frohlockte er, sich so fein ausgestattet zu wissen, und sehnte sich, sein Weißzeug in den eleganten Parks zu zeigen. Und nun stürmten zwei kleinere Cratchits, ein Knabe und ein Mädchen, tobend herein und riefen, daß sie draußen am Bäckerhaus eine gebratene Gans gerochen und sie als ihre eigene erkannt hätten; in genießerischen Gedanken an Salbei und Zwiebeln schwelgend, tanzten diese jüngsten Cratchits um den Tisch und hoben Master Peter Cratchit in den Himmel, während er – gar nicht stolz, obwohl ihn sein Hemdkragen schier erwürgte – das Feuer anblies, bis die trägen Kartoffeln aufwallten und laut an den Topfdeckel pochten, um herausgelassen und geschält zu werden.

»Wo bleibt nur euer guter Vater?« fragte Mrs. Cratchit. »Und euer Bruder, Tiny Tim! Auch Martha ist voriges Jahr eine halbe Stunde früher gekommen!«

»Hier ist Martha, Mutter!« rief ein Mädchen, die unter der Tür erschien.

»Hier ist Martha, Mutter!« riefen die beiden Kleinen. »Hurra, Martha! Es gibt eine soo große Gans!«

»Gottlob, daß du da bist, liebes Kind! Wo steckst du denn so lange?« rief Mrs. Cratchit, küßte sie wohl ein dutzendmal und nahm ihr mit geschäftigem Eifer Halstuch und Hut ab.

»Wir hatten gestern noch bis spät in die Nacht zu arbeiten«, versetzte das Mädchen, »und mußten heute früh aufräumen, Mutter!«

* Volkstümlicher Ausdruck für Schilling.

»Nun, Hauptsache, daß du da bist!« sagte Mrs. Cratchit. »Setz dich ans Feuer, Kind, und wärme dich!«

»Nein, nein! Der Vater kommt«, schrien die beiden jungen Cratchits, die überall zu gleicher Zeit waren. »Martha! Versteck dich! Versteck dich!«

Martha tat es, und herein trat der kleine Bob, der Vater, dem das Halstuch, die Fransen nicht eingerechnet, mindestens drei Fuß lang herabbaumelte und dessen abgetragener Anzug gestopft und gut gebürstet war, um festlich auszusehen. Auf seinen Schultern saß Tiny Tim. Der Ärmste trug eine kleine Krücke, und seine Glieder wurden durch ein Eisengestell gestützt.

»Wo steckt denn unsre Martha?« rief Bob Cratchit und sah sich um.

»Sie kommt nicht«, sagte Mrs. Cratchit.

»Sie kommt nicht?« fragte Bob, und sein Frohsinn sank jäh, denn er war den ganzen Weg von der Kirche bis hierher Tinys Rennpferd gewesen und keuchend daheim angelangt. »Kommt nicht am Weihnachtstag?!«

Martha konnte ihn nicht enttäuscht sehen, nicht einmal im Scherz; darum kam sie vorzeitig hinter der Alkoventür hervor und stürzte in seine Arme, während die beiden jungen Cratchits den Tiny Tim nahmen und in die Küche hinaustrugen, damit er den Pudding im Kessel brodeln höre.

»Und wie betrug sich Tim?« fragte Mrs. Cratchit, als sie Bob wegen seiner Leichtgläubigkeit ausgezankt und er seine Tochter nach Herzenslust umarmt hatte.

»Gut wie Gold und noch besser«, versetzte Bob. »Vom vielen Alleinsein wird er wohl nachdenklich, und da grübelt er über den seltsamsten Dingen. So sagte er mir auf dem Heimweg, er hoffe, daß ihn die Leute in der Kirche gesehen haben, weil er ein Krüppel sei und ihnen das vielleicht helfe, am Christtag dessen zu gedenken, der lahme Bettler gehen und Blinde sehen macht.«

Bobs Stimme zitterte, als er ihnen das erzählte, und noch mehr, als er sagte, daß Tiny Tim an Kraft und Mut zunehme.

Auf dem Hausflur hörte man die geschäftige kleine Krücke, und ehe noch ein weiteres Wort gesprochen ward, kam Tiny Tim, geleitet von Bruder und Schwester, zurück zu seinem Stuhl neben dem Kamin; Bob schlug seine Rockärmel hoch – als ob sie überhaupt noch schäbiger werden könnten! –, braute in einem

Krug aus Wacholderbranntwein und Zitronen ein heißes Getränk, rührte es emsig um und stellte es dann aufs Feuer, um es kochen zu lassen; Master Peter aber und die beiden allgegenwärtigen jungen Cratchits entfernten sich, um die Gans zu holen, mit der sie auch bald in feierlicher Prozession zurückkamen.

Darob entstand ein Freudenlärm, daß man hätte denken können, eine Gans sei der seltenste aller Vögel, ein gefiedertes Wunder, neben dem ein schwarzer Schwan etwas ganz Gewöhnliches sei – und in diesem Haus war sie wirklich einem Wunder ähnlich. Mrs. Cratchit ließ die Soße, die schon zuvor in einer kleinen Pfanne fertig gewesen war, noch einmal aufkochen; Master Peter zerstampfte mit unglaublicher Kraft die Kartoffeln; Miß Belinda süßte das Apfelmus; Martha wischte die gewärmten Teller ab; Bob nahm Tiny Tim und setzte ihn neben sich an ein Eckchen des Tisches; die beiden jungen Cratchits aber rückten für jedermann Stühle zum Tisch, ohne sich selbst zu vergessen, zogen als Wachen auf ihre Posten und steckten die Löffel in den Mund, um nicht nach der Gans zu schreien, bevor die Reihe an sie kam. Endlich waren alle Gerichte aufgetragen und das Tischgebet gesprochen. Ihm folgte eine atemlose Pause, als Mrs. Cratchit langsam am Tranchiermesser entlangsah und sich anschickte, es in die Brust des Tieres zu senken. Und als sie es tat und die lang ersehnte Fülle hervorquoll, erhob sich rings um den Tisch ein entzücktes Raunen, und selbst Tiny Tim schlug, von den zwei jüngeren Geschwistern angespornt, mit dem Heft seines Messers auf den Tisch und rief mit schwacher Stimme hurra.

Eine solche Gans war noch nie dagewesen. Bob sagte, er glaube nicht, daß je ein solcher Vogel gebraten worden sei. Seine Zartheit, sein Wohlgeruch, seine Größe und seine Wohlfeilheit waren Gegenstand allgemeiner Bewunderung. Ergänzt durch Apfelmus und Kartoffeln bildete die Gans eine hinreichende Mahlzeit für die ganze Familie, und als Mrs. Cratchit noch einen ganz kleinen Knochen auf der Schüssel liegen sah, bemerkte sie mit großer Freude, sie hätten nicht einmal alles aufgegessen. Aber jeder hatte genug gehabt, und insbesondere die jüngsten Cratchits waren bis zu den Augenbrauen in Salbei und Zwiebeln getaucht. Aber als jetzt Miß Belinda die Teller wechselte, verließ Mrs. Cratchit das Zimmer allein – ihre Aufregung vertrug keine Zeugen –, um den Pudding zu holen und hereinzubringen.

Angenommen, er wäre nur halb gar! Angenommen, er wäre beim Herausnehmen zerfallen! Angenommen, irgend jemand wäre über die Mauer des Hinterhofes gestiegen und hätte ihn gestohlen, während sie sich an der Gans gütlich taten! – ein Gedanke, bei dem die zwei jungen Cratchits ganz blaß wurden. Alle möglichen Schrecken malte man sich aus.

Hallo! Wie das dampfte! Der Pudding war aus dem Kessel genommen. Noch roch es wie an einem Waschtag – das war das Umschlagtuch. Aber dann roch es wie in einem Gasthaus, neben dem ein Kuchenbäcker wohnt und neben diesem wieder eine Wäscherin. Das war der Pudding. Eine halbe Minute später trat Mrs. Cratchit ein, errötend, aber stolz lächelnd, und brachte den Pudding, hart und fest wie eine scheckige Kanonenkugel, die in einem halben Achtel Rum lodert und von einem Stechpalmenzweig gekrönt ist.

Oh, ein herrlicher Pudding! Bob Cratchit sagte, und das mit aller Ruhe, er halte ihn für das gelungenste Werk, das Mrs. Cratchit in ihrer ganzen Ehe hervorgebracht habe. Mrs. Cratchit aber sagte, jetzt, da ihr der Stein vom Herzen gefallen sei, müsse sie gestehen, daß sie hinsichtlich der Menge des Mehls unsicher gewesen sei. Jedes wußte etwas darüber zu sagen, aber niemand sagte oder dachte, daß es schließlich doch ein kleiner Pudding für eine große Familie sei. Das wäre auch pure Ketzerei gewesen, und ein Cratchit hätte sich geschämt, so etwas anzudeuten.

Endlich war das Mahl vorüber, der Tisch abgedeckt, der Herd gefegt und das Feuer nachgeschürt. Als man das Gebräu im Krug versucht und als fertig befunden hatte, wurden Äpfel und Orangen auf den Tisch gesetzt und eine Schaufel voll Kastanien auf den Rost geschüttet; dann rückte die ganze Familie Cratchit um den Herd zusammen zu dem, was Bob Cratchit einen Zirkel nannte, obwohl es nur ein halber war; und neben Cratchits Ellbogen stand der ganze Familienvorrat an Glas: zwei Wassergläser und eine Rahmkanne ohne Henkel.

Diese faßten jedoch den heißen Inhalt des Kruges ebensogut, wie es goldene Pokale getan hätten, und Bob schenkte ihn strahlenden Blickes aus, während die Kastanien über dem Feuer lustig knisterten und fauchten. Dann erhob Bob sein Glas: »Fröhliche Weihnachten uns allen, meinen Lieben. Gott sei mit uns!«

Die ganze Familie stimmte mit froher Andacht in diesen

Wunsch ein. »Gott segne uns alle und jeden besonders«, sagte Tiny Tim als letzter.

Er saß auf seinem kleinen Stuhl ganz dicht neben dem Vater, und Bob hielt seine kleine abgemagerte Hand in der seinen, als ob er das Kind besonders liebe und es an seiner Seite zu behalten wünsche, obwohl er fürchte, es möchte ihm entrissen werden.

»Geist«, sprach Scrooge mit einer Teilnahme, wie er sie nie zuvor gefühlt hatte, »sag mir doch, ob Tiny Tim am Leben bleiben wird?«

»Ich sehe einen leeren Stuhl«, versetzte der Geist, »in der Ecke am armseligen Kamin und eine Krücke ohne Eigentümer, die man sorgsam bewahrt. Wenn diese Schatten nicht von der Zukunft geändert werden, wird das Kind sterben.«

»Nein, nein!« rief Scrooge. »Nicht doch, guter Geist! Sag, daß er verschont bleibt.«

»Wenn diese Schatten nicht von der Zukunft geändert werden«, wiederholte das Gespenst, »wird ihn keiner meiner Brüder hier noch finden. Wozu auch? Wenn er lieber sterben will, so soll er es tun und dadurch der Übervölkerung vorbeugen.«

Scrooge senkte sein Haupt, als er seine eigenen Worte von dem Gespenst wiederholen hörte, und war überwältigt von Reue und Kummer.

»Höre, Mensch!« hob der Geist von neuem an, »wenn du das Herz eines Menschen und nicht einen Diamanten in dir trägst, so hüte dich vor so verruchter Rede, bis du entdeckt hast, wie sich der Überschuß an Bevölkerung zusammensetzt und wo er herrscht. Willst du entscheiden, welche Menschen leben und welche sterben sollen? Vielleicht bist du in den Augen des Himmels weit weniger wert und geeignet zu leben als Millionen, die dem Kind dieses armen Mannes gleichen. O Gott! Wenn man das Insekt auf dem Blatt über die zu große Zahl seiner hungrigen Brüder im Staub klagen hören muß!«

Scrooge beugte sich unter dem Vorwurf des Geistes und schlug zitternd die Augen nieder. Aber rasch erhob er sie wieder, als er seinen Namen hörte.

»Auf Mr. Scrooge!« rief Bob. »Auf das Wohlsein des Mr. Scrooge, den Urheber dieses Festes!«

»O ja, Urheber dieses Festes«, rief Mrs. Cratchit. »Ich wollte, ich hätte ihn hier, ich gäbe ihm etwas von meiner Meinung zu kosten, und hoffe, es würde ihm schmecken.«

»Still, Liebe!« erwiderte Bob; »die Kinder! Weihnachtstag!«

»Freilich, es kann auch nur der Weihnachtstag sein«, sagte sie, »an dem man auf die Gesundheit eines so giftigen, mürrischen, harten und gefühllosen Mannes trinkt wie Mr. Scrooge. Du weißt ja, wie er ist, Robert! Niemand weiß es besser als du, armer Mann!«

»Liebes Kind!« war Bobs milde Antwort, »es ist Weihnachtstag!«

»Nun ja!« sagte Mrs. Cratchit, »dir und dem Tag zuliebe, nicht Scrooge zu Ehren will ich auf seine Gesundheit trinken. Langes Leben, fröhliche Weihnachten und ein glückliches Neujahr. Er wird recht vergnügt und glücklich sein, da bin ich überzeugt.«

Auch die Kinder tranken nach ihr auf Scrooge. Es war allerdings das erste, was ohne Herzlichkeit geschah. Tiny Tim trank zuallerletzt, aber ohne Freudigkeit. Mr. Scrooge war der böse Wolf der Familie, und die Erwähnung seines Namens warf einen düsteren Schatten über die Gesellschaft, der sich volle fünf Minuten lang nicht vertreiben ließ.

Als er aber verschwunden war, waren sie zehnmal so vergnügt wie zuvor, nur aus Erleichterung darüber, Scrooge den Schrecklichen los zu sein. Bob Cratchit teilte ihnen mit, daß er für Master Peter eine Stelle im Auge habe, die ihm, wenn er sie erlange, volle fünfeinhalb Schilling eintrage. Die beiden jungen Cratchits lachten überlaut bei dem Gedanken, daß Peter ein Geschäftsmann werden solle, und Peter selbst blickte zwischen seinen Vatermördern hervor so gedankenverloren ins Feuer, als ob er überlegte, welche Anlage er bevorzugen solle, wenn er in den Besitz dieses überwältigenden Einkommens gelange. Martha, die bei einer Putzmacherin in der Lehre war, erzählte ihnen hierauf, was für Arbeiten sie zu machen und wieviel Stunden hintereinander sie geschafft habe, und daß sie morgen früh lang im Bett bleiben wolle, denn es sei ein Feiertag, an dem sie zu Haus bleiben dürfe. Auch berichtete sie, daß sie vor einigen Tagen eine Gräfin und einen Lord gesehen habe, und der Lord sei ungefähr so groß gewesen wie Peter. Darauf zog Peter seine Vatermörder so hoch hinauf, daß ihr sein Gesicht nicht hättet sehen können, wenn ihr dabei gewesen wärt. Unterdessen gingen die Kastanien und der

Krug reihum, und dazwischen hörten sie sich ein Lied von einem armen Kind an, das im Schnee wanderte; Tiny Tim sang es recht hübsch mit seinem klagenden Stimmchen.

In all dem lag nichts Bemerkenswertes. Sie waren keine hübsche Familie, waren nicht gut gekleidet, ihre Schuhe waren alles andere als wasserdicht, ihre Kleider abgetragen, und Peter kannte das Innere einer Pfandleihanstalt höchstwahrscheinlich recht gut. Aber sie waren glücklich, dankbar, gut zueinander und zufrieden mit ihrem Leben. Und als sie entschwanden und im hellen Sprühen der Fackel des Geistes bei dessen Abschied noch glücklicher dreinblickten, behielt sie Scrooge bis zuletzt fest im Auge, besonders Tiny Tim.

Inzwischen war es dunkel geworden. Es schneite tüchtig, und als Scrooge und der Geist durch die Straßen gingen, gefiel ihnen der Glanz der lodernden Feuer in Küchen, Wohnzimmern und Räumen aller Art. Hier zeigte der flackernde Schein Vorbereitungen zu einer behaglichen Mahlzeit: heiße Teller, die am Feuer durch und durch gewärmt wurden, und dunkelrote Vorhänge, die man nur zuzuziehen brauchte, um Kälte und Dunkelheit auszuschließen. Dort rannten alle Kinder eines Hauses in den Schnee hinaus, um ihre verheirateten Schwestern, Brüder, Vettern, Onkel und Tanten als erste zu begrüßen. Hier wiederum sah man an den Fenstervorhängen Schatten von Gästen, die sich versammelten, und da trippelte eine Gruppe hübscher junger Mädchen, die alle auf einmal durcheinanderschwatzten, in Mänteln und Pelzstiefeln leichtfüßig einem Nachbarhaus zu, und wehe dem Junggesellen, der sie dort mit hochroten Gesichtern eintreten sah – die kunstreichen Hexchen wußten recht gut Bescheid.

Der Zahl der Menschen nach geurteilt, die zu freundschaftlichen Zusammenkünften unterwegs waren, hätte man eher glauben können, daß niemand zu Hause sein werde, um sie bei ihrer Ankunft zu empfangen, als daß jedes Haus Gäste erwartete und darum den halben Kamin mit Brennstoff gefüllt hatte. Wie freute sich da der Geist! Er entblößte seine breite Brust, tat seine breite Hand auf und streute im Dahinschweben freigebig seine helle, harmlose Lust nach allen Seiten aus, soweit er reichen konnte. Sogar der Laternenanzünder, der vor ihm herlief, um die düstere Straße mit Lichtflecken zu besprenkeln, und bereits das Kleid trug, in dem er den Abend irgendwo zubringen wollte, lachte laut auf, als der Geist vorüberschwebte, obwohl er nicht wußte, daß er mit Weihnachten in Berührung gekommen war.

Und jetzt standen sie, ohne daß es der Geist vorher angezeigt hätte, auf einem kahlen, verlassenen Moorgrund, wo riesige Massen roher Steine verstreut lagen, als wäre hier der Begräbnisplatz von Riesen. Wasser machte sich breit, wo es Lust hatte, oder hätte es doch getan, wenn es der Frost nicht gefangengehalten hätte. Nichts wuchs da als Moos und Ginster und hartes Gras. Tief im Westen hatte die sinkende Sonne einen feuerroten Streifen zurückgelassen, der für einen Augenblick über die öde Fläche blitzte wie ein drohendes Auge und immer finsterer und finsterer wurde, bis er sich im dichten Dunkel der schwärzesten Nacht verlor.

»Was für ein Ort ist das?« fragte Scrooge.

»Ein Ort, wo Bergleute wohnen, die in den Eingeweiden der Erde arbeiten!« antwortete der Geist. »Aber sie kennen mich. Sieh!«

Heller Schein drang aus dem Fenster einer Hütte; sie schwebten rasch auf sie zu. Als sie durch die Wand aus Lehm und Steinen eintraten, fanden sie eine lustige Gesellschaft um ein helles Feuer versammelt: ein steinaltes Ehepaar mit Kindern, Kindeskindern und einer noch jüngeren Generation um sich, alle in ihren Festtagskleidern bunt herausgeputzt. Der alte Mann sang mit einer Stimme, die nur selten das Heulen des Sturmes auf der Einöde zu übertönen vermochte, ein Weihnachtslied, das schon in seinen Knabenjahren sehr alt gewesen war; und von Zeit zu Zeit fielen sie alle im Chor ein. Sooft sie ihre Stimmen erhoben, sang der Alte ebenfalls laut und kräftig, und wenn sie innehielten, ließ auch seine Stimme nach.

Der Geist verweilte nicht hier, sondern bat Scrooge, sich an seinem Kleid festzuhalten, und schwebte mit ihm über die Heide – wohin wohl? Doch nicht auf die See? Ja, auf die See! Als Scrooge zurückschaute, sah er zu seinem Schrecken die letzte Landspitze, einen wüsten Felsengürtel, weit hinter sich, und seine Ohren wurden betäubt vom Donnern der Wogen. In den schaurigen Höhlen, die sie ausgewühlt hatten, rollten, grollten und brüllten sie und suchten gierig die Erde zu untergraben.

Auf dem ungastlichen Riff einer unsichtbaren Klippe, einige

Meilen von der Küste, an die das Wasser jahraus, jahrein schäumte und toste, stand ganz allein ein Leuchtturm. Große Büschel Tang hingen an seinem Fuß, und Sturmvögel – man hätte sie für Kinder des Windes halten mögen wie den Tang für ein Kind des Wassers – stiegen und fielen um ihn herum gleich den Wellen, die sie streiften.

Aber selbst hier hatten die zwei Männer, die das Licht bewachten, ein Feuer angezündet, das durch das Guckloch in der dicken Steinmauer einen glänzenden Strahl auf die furchtbare See warf. Über den rauhen Tisch hin, an dem sie saßen, reichten sie sich die schwieligen Hände und wünschten sich bei ihrer Kanne Grog fröhliche Weihnachten; und einer von ihnen, noch dazu der ältere, dessen Gesicht vom rauhen Wetter gefurcht und zerrissen war wie die Galionsfigur eines alten Schiffes, stimmte einen kernigen Gesang an, der selber wie Windgebraus klang.

Weiter zog der Geist über die schwarze, wogende See hin, bis sie sich weit, weit vom Ufer entfernt, wie er Scrooge mitteilte, auf ein Schiff herniedersenkten. Sie standen neben dem Steuermann am Rad, neben dem Ausguckposten im Mastkorb, neben den Offizieren, die die Wache hatten – lauter dunklen, geisterhaften Gestalten, die ihren verschiedenen Dienst versahen; aber jeder von ihnen summte ein Weihnachtslied oder hatte einen Weihnachtsgedanken oder sprach leise mit seinem Kameraden von irgendeinem vergangenen Weihnachtstag und den heimlichen Hoffnungen auf Heimkehr, die sich damit verknüpften. Und jeder Mann an Bord, ob wach oder schlafend, gut oder schlimm, hatte heute ein freundlicheres Wort für seine Gefährten gehabt als an irgendeinem andern Tag des Jahres, hatte bis zu einem gewissen Grad an seiner Feier teilgenommen, hatte derer in der Ferne gedacht, die er liebte, und gewußt, daß sie gern an ihn dachten.

Während Scrooge dem Stöhnen des Windes lauschte und darüber nachsann, wie feierlich es sei, so durch die einsame Finsternis über unbekannte Abgründe zu fahren, deren Tiefen so tief und geheimnisvoll waren wie der Tod, war es für ihn eine große Überraschung, mitten in diesen Gedanken ein herzliches Lachen zu hören. Und seine Überraschung war noch viel größer, als er es als das Lachen seines Neffen erkannte und sich in einem hellen, trockenen Zimmer wiederfand. Der Geist stand lächelnd neben ihm und betrachtete diesen selben Neffen beifällig und freundlich.

»Ha ha!« lachte Scrooges Neffe, »ha ha ha!«

Wenn du durch einen unwahrscheinlichen Zufall einen Mann kennenlernen solltest, der noch besser lachen kann als Scrooges Neffe, so kann ich nur sagen, daß ich ihn gleichfalls kennenlernen möchte! Führ ihn bei mir ein, und ich will seine Bekanntschaft pflegen.

Es ist eine schöne, ausgleichende, edle Einrichtung, daß, so ansteckend auch Krankheit und Kummer sein mögen, doch nichts so unwiderstehlich um sich greift wie Lachen und gute Laune. Als Scrooges Neffe so sehr lachte, daß er sich die Seiten hielt, mit dem Kopf wackelte und sein Gesicht zu den ausgefallensten Grimassen verzog, da mußte seine Gattin, Scrooges angeheiratete Nichte, ebenso herzlich lachen wie er. Und ihre versammelten Freunde blieben kein bißchen hinter ihnen zurück und lärmten lustig los.

»Ha ha! Ha ha ha ha!«

»So wahr ich lebe«, rief Scrooges Neffe, »Possen nannte er Weihnachten! Und er glaubt es wirklich!«

»Um so beschämender für ihn, Fred!« rief Scrooges Nichte entrüstet. Gott segne diese Frauen! Nie tun sie etwas halb, stets ist's ihnen ernst.

Sie war hübsch, auffallend hübsch. Sie hatte ein reizendes, immer erstauntes Gesicht mit Grübchen in den Wangen, einen frischen kleinen Mund, der ganz zum Küssen geschaffen schien – und zweifellos auch geküßt wurde –, sie trug alle Arten hübscher kleiner Flecken um ihr Kinn, die ineinanderflossen, wenn sie lachte, und hatte das sonnigste Paar Augen, das ihr je im Kopf eines kleinen Geschöpfs gesehen habt. Alles in allem war sie, was man herausfordernd nennen könnte, ihr wißt schon! Aber dabei wohltuend, durch und durch wohltuend.

»Er ist ein komischer alter Kauz«, sagte Scrooges Neffe, »das muß wahr sein, und nicht so nett, wie er sein könnte. Aber schließlich rächen sich seine Fehler an ihm selbst, und ich habe nichts gegen ihn.«

»Er ist sicherlich sehr reich, Fred«, meinte Scrooges Nichte. »Wenigstens hast du mir das immer gesagt.«

»Was bedeutet das, Liebe?« fragte Scrooges Neffe. »Sein Reichtum nützt ihm nichts. Er tut nichts Gutes damit. Er gönnt sich selbst nichts. Er hat nicht einmal die Befriedigung, sich vorzustellen, daß er einmal uns einen Gefallen damit tun wird – ha ha ha!«

»Ich habe keine Nachsicht mit ihm«, bemerkte Scrooges Nichte, und ihre Schwestern und alle übrigen Damen stimmten ihr zu.

»Oh, ich schon!« sagte Scrooges Neffe. »Es tut mir leid; ich könnte ihm nicht böse sein, auch wenn ich's versuchte. Wer leidet unter seinen törichten Launen? Immer er selbst! Da hat er sich's in den Kopf gesetzt, uns nicht leiden zu können, und darum will er nicht kommen und bei uns speisen. Was ist die Folge? Er verliert nicht viel an einem Mittagessen.«

»Na«, unterbrach ihn seine Gattin, »ich denke, er verliert ein sehr gutes Mittagessen!« Alle anderen behaupteten dasselbe, und man mußte sie als kompetente Richter gelten lassen, da sie soeben das Mittagsmahl verzehrt hatten und nun mit dem Nachtisch vor sich bei Lampenlicht um den Kamin versammelt waren.

»Nun, es freut mich, das zu hören«, versetzte Scrooges Neffe, »weil ich nun einmal kein großes Vertrauen zu diesen jungen Hausfrauen habe. Was meinst du, Topper?«

Topper hatte sichtlich ein Auge auf eine der Schwestern von Scrooges Nichte geworfen, denn er behauptete, ein Junggeselle sei ein unwürdiger Ausgestoßener, der kein Recht habe, über diesen Gegenstand eine Meinung abzugeben. Darüber errötete eine dieser Schwestern, und zwar die dicke mit dem Spitzenhalstuch, nicht die mit den Rosen im Haar.

»Vorwärts, Fred«, rief Scrooges Nichte und klatschte in die Hände. »Er wird nie mit dem fertig, was er zu sagen beginnt. Er ist ein zu drolliger Kauz.«

Scrooges Neffe brach wieder in Lachen aus, und da es unmöglich war, der Ansteckung zu entgehen, obwohl es seine dicke Schwägerin mit Würzessig versuchte, folgte man einmütig seinem Beispiel.

»Ich wollte vorhin nur sagen«, fing Scrooges Neffe von neuem an, »seine Abneigung gegen uns und seine Weigerung, mit uns lustig zu sein, bringt ihm meines Erachtens nur das ein, daß er ein paar vergnügte Augenblicke versäumt, die ihm nichts schaden könnten. Ich bin überzeugt, er verliert eine lustigere Gesellschaft, als er sie in seinen eigenen Gedanken oder in seinem verschimmelten alten Kontor oder in seinen staubigen Zimmern finden kann. Ich will ihm jedes Jahr die gleiche Gelegenheit bieten, ob er sie nun nutzt oder nicht, denn er tut mir leid. Mag er auch über Weihnachten spotten, bis er stirbt, so behaupte ich ihm zum Trotz, daß er davon eine bessere Meinung einfach noch gewinnen muß, wenn er mich Jahr für Jahr gutgelaunt erscheinen sieht und mich fragen hört: ›Onkel Scrooge, wie geht es Ihnen?‹ Wenn ihm das nur den Gedanken eingibt, seinem armen Schreiber fünfzig Pfund zu hinterlassen, so ist das schon etwas, und ich glaube, ich habe ihn gestern etwas aufgerüttelt.«

Jetzt war die Reihe zu lachen an den andern bei der Vorstellung, er habe Scrooge aufgerüttelt. Aber er war durch und durch gutmütig und kümmerte sich nicht viel darum, worüber sie lachten, wenn sie nur überhaupt lachten, so daß er sie selbst in ihrer Lustigkeit ermunterte und fröhlich die Flasche herumbot.

Nach dem Tee wurde musiziert; denn sie waren eine musikalische Familie und wußten, was sie taten, wenn sie ein Chorlied oder einen Kanon sangen, das kann ich euch sagen! Besonders Topper, der den Baß brummen konnte so gut wie nur einer, ohne daß ihm die großen Stirnadern anschwollen oder sein Gesicht rot wurde. Scrooges Nichte spielte trefflich Harfe und spielte unter andern Weisen auch ein schlichtes Lied – das reine Nichts: ihr könnt es in zwei Minuten pfeifen lernen. Dieses Lied war auch jenem Kind geläufig gewesen, das Scrooge von der Kostschule abholte, wie es ihm der Geist der vergangenen Weihnacht ins Gedächtnis gerufen hatte. Als jene Melodie erklang, fielen ihm alle die Dinge, die ihm der Geist gezeigt hatte, wieder ein; er wurde immer weicher gestimmt. Wenn er diesem Lied, so fühlte er, vor Jahren öfter hätte lauschen können, er hätte die angenehmen Seiten des Lebens um seines eigenen Glückes willen mit eigener Hand mehr gepflegt, ohne seine Zuflucht zu dem Spaten des Totengräbers zu nehmen, der Jakob Marley beerdigt hatte.

Aber sie widmeten nicht den ganzen Abend der Musik. Nach einer Weile begannen sie ein Pfänderspiel, denn es ist gut, zuweilen wieder zum Kind zu werden, und nie ist das besser als zu Weihnachten, da dessen erhabener Stifter damals selbst ein Kind war. Halt! Vorher spielten sie Blindekuh. Natürlich. Und ich glaube ebensowenig, daß Topper wirklich blind war, wie ich glaube, daß er Augen in den Stiefeln hatte, sondern ich meine, daß es eine abgemachte Sache zwischen ihm und Scrooges Neffen war, um die auch der Geist der gegenwärtigen Weihnachten wußte. Die Art, wie Topper hinter der dicken Schwester im Spitzenkragen her war, hieß vermessentlich gegen die Leichtgläubigkeit der menschlichen Natur verstoßen: wohin sie ging, da folgte er ihr, wenn er auch dabei Schüreisen umwarf, über Stühle stolperte, an das Piano stieß und sich in den Vorhängen verhedderte. Er wußte immer, wo die dicke Schwester war; er wollte niemanden sonst fangen. Trat ihm jemand absichtlich in den Weg, wie einige es taten, so heuchelte er das Bestreben, ihn zu greifen, so plump, daß es für die Geisteskräfte der anderen beleidigend war, und gleich schob er sich wieder in Richtung der dicken Schwester. Oft rief sie aus, das sei nicht ehrlich gespielt, und das war es auch wirklich nicht. Aber als er sie zuletzt fing, als er sie trotz all ihres Seidengeraschels und ihres eiligen Vorbeiflatterns an ihm in eine Ecke gedrängt hatte, aus der es kein Entrinnen gab, da betrug er sich erst recht verdammenswert. Denn sein Vorgeben, daß er sie nicht kenne und deshalb ihren Kopfputz berühren und einen bestimmten Ring an ihrem Finger und eine bestimmte Kette an ihrem Hals befühlen müsse, um sich über ihre Person klarzuwerden, war nichtswürdig, ungeheuerlich! Ohne Zweifel sagte sie ihm ihre Meinung darüber, als sie, während ein anderer Blindekuh war, hinter den Fenstervorhängen sehr vertraulich beisammenstanden.

Scrooges Nichte nahm an dem Blindekuhspiel nicht teil, sondern machte es sich in einer traulichen Ecke in einem Lehnstuhl und mit einem Fußschemel bequem, wo der Geist und Scrooge dicht hinter ihr standen. Beim Pfänderspiel dagegen tat sie mit und umschrieb den Gegenstand ihrer Liebe mit allen Buchstaben des Alphabets. Auch im »Wie, Wann, Wo« glänzte sie und stach zur heimlichen Freude von Scrooges Neffen ihre Schwestern gänzlich aus, obwohl auch sie scharfsinnige Mädchen waren, wie euch Topper hätte sagen können. Es mochten etwa zwanzig Leute versammelt sein, junge und alte, aber alle spielten mit, sogar Scrooge. Denn in seiner Teilnahme an allem, was vorging, vergaß er ganz, daß seine Stimme in ihren Ohren keinen Klang hervorrief, und platzte bisweilen mit seiner Lösung ganz laut heraus, und sehr oft rief er obendrein richtig, denn die spitzigste Nähnadel, Marke Whitechapel, garantiert glattes Öhr, bohrt nicht schärfer, als Scrooge es tat, wenn er sich auch in den Kopf gesetzt hatte, stumpf zu sein.

Der Geist war sehr erfreut, ihn in dieser Stimmung zu sehen, und blickte ihn so wohlwollend an, daß ihn Scrooge wie ein Kind bat, doch bleiben zu dürfen, bis die Gäste aufbrachen. Aber der Geist sagte, das sei unmöglich.

»Jetzt beginnt ein neues Spiel«, bat Scrooge. »Nur noch ein halbes Stündchen, Geist, nur ein einziges!«

Das Spiel hieß »Ja und Nein«. Scrooges Neffe sollte sich etwas denken, und die übrigen mußten es raten, und er durfte ihre Fragen nur mit Ja oder Nein beantworten. Das Kreuzfeuer von Fragen, dem er ausgesetzt war, brachte zutage, daß er sich ein Geschöpf denke, ein Lebewesen, ein ziemlich unangenehmes, ein wildes, das manchmal brumme und grunze, manchmal spreche, in London wohne, auf den Straßen umhergehe, nicht ausgestellt und von niemandem geführt werde, das in keiner Menagerie lebe, nie im Schlachthaus getötet werde und kein Pferd, kein Esel, weder Kuh noch Stier, kein Tiger, kein Hund, kein Schwein, keine Katze und kein Bär sei. Bei jeder weiteren Frage, die man ihm stellte, brach der Neffe in neues schallendes Gelächter aus und fühlte sich so unsagbar gekitzelt, daß er vom Sofa aufstehen und mit den Füßen stampfen mußte. Endlich geriet die dicke Schwester in einen ähnlichen Zustand und rief: »Ich hab's, Alfred! Ich weiß, was es ist!«

»Was denn?« rief Alfred.

»Dein Onkel Scrooge!«

Der war's auch. Allgemeine Bewunderung wurde laut, obgleich jemand einwandte, daß die Frage: »Ist es ein Bär?« hätte bejaht werden müssen; denn die Verneinung habe genügt, ihre Gedanken von Mr. Scrooge abzulenken, sofern sie in diese Richtung gezielt hätten.

»Er hat uns recht viel Vergnügen gemacht, nicht wahr?« sagte Alfred, »und es wäre daher undankbar, nicht auf seine Gesundheit zu trinken. Hier ist gerade ein Glas Glühwein zur Hand, und ich rufe daher: Onkel Scrooge soll leben!«

»Jawohl, er soll leben!« riefen alle.

»Fröhliche Weihnachten und ein glückliches Neujahr dem Alten, mag er sein, wie er will!« rief Scrooges Neffe. »Er wollte es zwar nicht von mir annehmen, aber er soll es nichtsdestoweniger haben. Onkel Scrooge soll leben!«

Onkel Scrooge war unmerklich so lustig und leichtherzig geworden, daß er der ahnungslosen Gesellschaft Bescheid getan und ihr in einer unhörbaren Rede gedankt hätte, wenn ihm der Geist Zeit dazu gelassen hätte. Aber alles verschwand mit dem Hauch des letzten Wortes, das sein Neffe sprach, und Scrooge und der Geist befanden sich wieder auf ihrer Reise.

Sie sahen viel und schweiften weit umher und besuchten viele Heime, aber stets mit glücklichem Ausklang. Der Geist stand neben den Kranken, und sie waren fröhlich; in fremden Ländern, und sie waren der Heimat verbunden; neben hart Ringenden, und sie waren geduldig in steigender Hoffnung; neben der Armut, und sie war Reichtum. Im Armenhaus, im Spital und im Kerker, in jedem Zufluchtsort des Elends, wo der eitle Mensch in seiner kleinen kurzlebigen Gewalt nicht selbst die Tür verriegelt und den Geist ausgeschlossen hatte, ließ er seinen Segen zurück und unterwies Scrooge in seiner Lehre.

Es war eine lange Nacht, falls es nur eine Nacht war; aber daran zweifelte Scrooge, weil die Weihnachtsfeiertage in den Zeitraum zusammengezogen schienen, den sie zusammen verbrachten. Es war auch merkwürdig, daß, während Scrooge in seiner äußeren Gestalt unverändert blieb, der Geist älter wurde, merklich älter. Scrooge hatte diesen Wechsel bemerkt, aber nie davon gesprochen, bis sie eine Weihnachtskindergesellschaft verließen und er, als sie zusammen im Freien standen, den Geist ansah und erkannte, daß sein Haar grau war.

»Leben Geister so kurz?« fragte Scrooge.

»Mein Leben auf dieser Erde ist sehr kurz«, versetzte der Geist; »es endet heute nacht.«

»Heute nacht?« rief Scrooge.

»Heute um Mitternacht. Horch! Schon rückt die Zeit heran!« Die Glocken schlugen gerade drei Viertel nach elf.

»Vergib mir, wenn ich etwas frage, das mich nichts angeht«, sprach Scrooge, indem er aufmerksam auf das Gewand des Geistes blickte; »ich sehe etwas Sonderbares, was nicht dir selbst angehört, unter dem Saum deines Kleides hervorragen. Ist es ein Fuß oder eine Klaue?«

»Es könnte eine Klaue sein, dem wenigen Fleisch nach, das daran sitzt«, war die traurige Antwort. »Sieh her!«

Aus den Falten seines Gewandes zog er zwei Kinder hervor: elende, abstoßende, häßliche, verstörte, erbarmungswürdige Geschöpfe. Sie knieten zu seinen Füßen nieder und klammerten sich außen an sein Gewand.

»O Mensch, sieh her! Sieh, sieh vor dich hin!« rief der Geist.

Es waren ein Knabe und ein Mädchen, gelb, hager, zerlumpt, verwahrlost, wölfisch, aber dennoch in Demut geduckt. Wo Jugendanmut ihre Züge hätte füllen und sie mit den frischesten Farben hätte behauchen sollen, hatte eine dürre, verschrumpfte Hand wie die des Alters die Kinder berührt, verunstaltet und in Lumpen gesteckt. Wo Engel hätten thronen sollen, lauerten Teufel und drohten aus großen Augen. Keine Abwandlung, Abschwächung, Entartung des Menschentums weist auf irgendeiner Stufe unter allen Geheimnissen der Schöpfung auch nur halb so scheußliche, entsetzliche Ungeheuer auf.

Erbleichend bebte Scrooge zurück. Da sie ihm auf diese Weise vorgezeigt worden waren, versuchte er zu sagen, es seien hübsche Kinder, aber die Worte erstickten sich eher selbst, als daß sie Teil einer so ungeheuerlichen Lüge sein wollten.

»Sind das deine Kinder, Geist?« Mehr brachte Scrooge nicht heraus.

»Es sind Menschenkinder«, antwortete der Geist, indem er auf sie hinabsah. »Sie klammern sich an mich, um gegen ihre Väter Klage zu führen. Der Knabe hier heißt Unwissenheit, das Mädchen Mangel. Hüte dich vor beiden und vor allen ihres Geschlechts, am meisten aber vor diesem Knaben, denn auf seiner Stirn lese ich Verderben geschrieben, wenn die Schrift nicht gelöscht wird. Leugnet es!« rief der Geist, indem er seine Hand gegen die Stadt ausstreckte. »Lästert die, die es euch sagen! Verwendet es zu euren Parteizwecken und verschlimmert es noch! Und wartet das Ende ab!«

»Haben sie denn keine Zuflucht oder Stütze?« fragte Scrooge.

»Gibt's denn keine Gefängnisse mehr?« fuhr der Geist fort, indem er sich zum letztenmal mit Scrooges eigenen Worten an ihn wandte; »bestehen keine Arbeitshäuser mehr?«

Da schlug die Glocke zwölf.

Scrooge sah sich nach dem Geist um und erblickte ihn nicht mehr. Als der letzte Glockenschlag ausgezittert hatte, gedachte er der Prophezeiung des alten Jakob Marley, und die Augen aufschlagend, gewahrte er ein feierliches Gespenst, das völlig verhüllt wie ein Nebel ihm am Boden entgegenschwebte.

VIERTE STROPHE

Der letzte der Geister

Das Gespenst nahte langsam, ernst und schweigend. Als es dicht vor ihm stand, fiel Scrooge auf die Knie, denn sogar in der Luft, durch die er schwebte, schien dieser Geist Düsterkeit und Geheimnis zu verbreiten.

Er war in ein tiefschwarzes Gewand gehüllt, das Kopf, Antlitz und Gestalt verbarg und nichts von ihm sehen ließ als eine ausgestreckte Hand. Wäre die nicht gewesen, so wäre es schwergefallen, seine Gestalt von der Nacht zu unterscheiden und sie von der Finsternis zu trennen, die sie umgab.

Scrooge fühlte, als das Gespenst auf ihn zutrat, daß es hochgewachsen und stattlich war und daß ihn seine geheimnisvolle Gegenwart mit feierlichem Bangen erfüllte. Mehr wußte er nicht, denn der Geist sprach nicht und rührte sich nicht.

»Ich stehe wohl vor dem Geist der künftigen Weihnacht?« sprach Scrooge.

Der Geist antwortete nicht, sondern deutete mit der Hand vorwärts.

»Du bist gekommen, mir die Schatten der Dinge zu zeigen, die sich noch nicht ereignet haben, sondern sich erst in der Zeit ereignen werden, die vor uns liegt?« fuhr Scrooge fort. »Ist das so, Geist?«

Der obere Teil des Gewandes zog sich für einen Augenblick in Falten, als ob der Geist sein Haupt geneigt habe. Das war die einzige Antwort, die Scrooge empfing.

Obwohl er sich inzwischen an den Umgang mit Geistern gewöhnt hatte, fürchtete er sich vor der schweigenden Gestalt doch so sehr, daß seine Beine wankten, und er fühlte, daß er kaum stehen konnte, als er sich anschickte, dem Geist zu folgen. Der wartete einen Augenblick, als ob er Scrooges Zustand bemerkte und ihm Zeit zur Erholung gönnen wollte.

Aber Scrooge wurde dadurch noch übler zumute. Es durchschauerte ihn mit unbestimmtem Entsetzen zu wissen, daß hinter dem düstern Gewand Geisteraugen eindringlich auf ihm ruhten, während er, obwohl er sein Auge aufs äußerste anstrengte, doch nichts sehen konnte als eine gespenstische Hand und einen einzigen großen schwarzen Fleck.

»Geist der Zukunft!« rief er aus, »ich fürchte dich mehr als irgendeines der Gespenster, die ich geschen habe. Da ich aber weiß, daß du die Absicht hast, mir Gutes zu tun, und da ich hoffe weiterzuleben, um ein anderer Mensch zu werden, als ich bisher war, so bin ich darauf vorbereitet, deine Gesellschaft zu ertragen, und tue es mit dankbarem Herzen. Willst du nicht mit mir reden?«

Der Geist gab ihm keine Antwort. Seine Hand wies geradeaus vor ihn hin.

»Geh voran«, sprach Scrooge, »führe mich! Die Nacht schwindet schnell, und ich weiß, es ist für mich eine kostbare Zeit. Führe mich, Geist!«

Der Geist glitt hinweg, wie er auf ihn zugekommen war. Scrooge folgte im Schatten seines Gewandes, das ihn, wie er glaubte, emporhob und davontrug.

Nicht sie schienen sich der City zu nähern – diese schien vielmehr auf sie zuzuspringen und sie aus eigenem Antrieb zu umschließen. Da waren sie auch schon in ihrem Herzen, auf der Börse unter den Kaufleuten, die eifrig hin und her eilten, mit dem Geld in ihren Taschen klimperten, in Gruppen zusammenstanden und sich besprachen, auf die Uhr schauten, gedankenvoll mit ihren großen, goldenen Siegeln spielten und dergleichen Dinge mehr taten, wie Scrooge sie oft gesehen hatte.

Der Geist blieb neben einem Häuflein solcher Geschäftsleute stehen. Als Scrooge seine Hand auf sie hindeuten sah, näherte er sich ihnen, um ihr Gespräch zu belauschen.

»Nein«, sprach ein großer, dicker Mann mit gewaltigem Kinn, »ich weiß sonst nicht viel darüber; ich weiß nur, daß er tot ist.«

»Wann starb er?« fragte ein anderer.

»Heute nacht, glaube ich.«

»Was fehlte ihm denn?« fragte ein dritter und nahm dabei eine tüchtige Prise aus einer sehr großen Schnupftabaksdose; »ich dachte, der stürbe nie.«

»Gott weiß, was ihm fehlte«, erwiderte der erste gähnend.

»Was hat er denn mit all seinem Geld angefangen?« fragte ein Herr mit rotem Gesicht und einem herabhängenden Auswuchs an der Nase, der wie die Hautlappen eines Truthahns wackelte.

»Ich habe nichts darüber gehört«, antwortete der Mann mit dem Riesenkinn und gähnte von neuem; »er hat es vielleicht seiner Genossenschaft vermacht. Mir hat er es nicht vererbt, das weiß ich.«

Dieser Scherz wurde mit allgemeinem Gelächter aufgenommen.

»Es wird wohl ein recht billiges Leichenbegängnis werden«, fuhr derselbe Sprecher fort; »so wahr ich lebe, ich weiß keinen, der mitgeht. Wollen wir uns nicht zusammentun und freiwillig daran teilnehmen?«

»Ich habe nichts dagegen, wenn für ein Frühstück gesorgt ist«, meinte der Mann mit dem Auswuchs an der Nase. »Ich muß gefüttert werden, wenn ich mithalten soll.«

Neues Gelächter.

»Na, ich bin doch der uneigennützigste unter euch«, sagte der erste Sprecher, »denn ich trage nie schwarze Handschuhe und nehme an keinem Frühstück teil; aber ich erbiete mich hinzugehen, wenn noch jemand mitkommen will. Wenn ich darüber nachdenke, bin ich nicht sicher, ob ich nicht sein engster Freund war; denn sooft wir uns trafen, pflegten wir stehenzubleiben und ein bißchen zu plaudern. Auf Wiedersehen!«

Sprecher und Hörer zerstreuten sich und mischten sich unter andre Gruppen. Scrooge kannte diese Männer und blickte, eine Erklärung suchend, auf den Geist.

Das Gespenst aber schwebte auf die Straße hinaus. Sein Finger deutete auf zwei Personen, die sich eben begegneten. Scrooge hörte wiederum zu, in der Annahme, daß vielleicht hier ein Aufschluß zu finden sei.

Er kannte auch diese Männer recht gut. Es waren Geschäftsleute, sehr reich und von großem Einfluß; er hatte sich stets Mühe gegeben, in ihrer Achtung zu stehen, das heißt: geschäftlich betrachtet; nur geschäftlich betrachtet.

»Wie geht's?« fragte der eine.

»Danke! Ihnen?« fragte der andere.

»So, so«, versetzte der erste. »Der alte Filz ist heute nacht eingegangen, wie?«

»Hab's gehört«, entgegnete der andere. »Kaltes Wetter, nicht wahr?«

»Wie's für Weihnachten paßt. Sie sind kein Schlittschuhläufer, nehme ich an.«

»Nein, nein! Habe an anderes zu denken. Guten Morgen!«

Kein Wort sonst. Das war ihre Begegnung, ihre Unterhaltung, ihr Abschied.

Scrooge war zuerst geneigt, sich zu wundern, weil der Geist diesen offensichtlich nichtssagenden Unterhaltungen soviel Wichtigkeit beimaß; aber da er überzeugt war, daß irgendeine geheime Absicht dahintersteckte, dachte er eifrig nach, worauf die Gespräche hinauslaufen könnten. Schwerlich konnten sie auf den Tod seines alten Gesellschafters Jakob anspielen, denn der gehörte ja der Vergangenheit an, und das Reich dieses Geistes war die Zukunft. Auch konnte er sich keines Menschen erinnern, der ihm nahestand und auf den sie sich hätten beziehen können. Da er aber nicht daran zweifelte, daß sie, von wem auch die Rede sei, irgendeine versteckte Lehre zu seiner eigenen Läuterung enthielten, so beschloß er, alles, was er hörte und sah, wohl zu bewahren und besonders seinen eigenen Schatten genau zu beobachten, wenn er erschiene. Denn er erwartete, daß ihm das Benehmen seines künftigen Selbst den Schlüssel, den er vermißte, geben und ihm die Lösung dieser Rätsel erleichtern werde.

Gerade an diesem Ort sah er sich daher nach seinem eigenen Bild um, doch stand ein anderer Mann in der gewöhnlich von ihm eingenommenen Ecke, und obwohl die Uhr die Tageszeit anzeigte, zu der er sich hier einzufinden pflegte, sah er doch unter den vielen, die durch das Tor hereinströmten, keinen, der ihm ähnlich war. Doch überraschte ihn das nicht sehr, denn er hatte in seinem Innern schon eine Wandlung durchgemacht und glaubte und hoffte nun, seine neuen Entschlüsse hier bereits verwirklicht zu sehen.

Ruhig und düster stand das Gespenst neben ihm mit ausgestreckter Hand. Als er sich aus seinem nachdenklichen Forschen aufraffte, schloß er aus der Handbewegung und der Stellung des Geistes zu ihm, daß die unsichtbaren Augen fest auf ihm ruhten, und das machte ihn schaudern und frieren.

Sie verließen den Schauplatz des Geschäftslebens und traten in einen dunklen Teil der Stadt, wohin Scrooge nie zuvor gekommen war, obwohl er seine Lage und seinen üblen Ruf kannte. Die Wege waren schmutzig und eng, Läden und Häuser verkommen, die Leute fast nackt, betrunken, schlampig und zerlumpt. Sackgassen und Torwege spien wie ebenso viele Senkgruben ihren schlechten Geruch, ihren Schmutz und ihre Menschen in die planlos verlaufenden Straßen; der ganze Stadtteil schmeckte nach Verbrechen, Unrat und Elend.

Tief in dieser Zufluchtshöhle des Lasters befand sich ein niederer, windschiefer Laden, von einem Wetterdach vorn überdeckt, wo Eisen, alte Fetzen, Flaschen, Knochen und schmierige Abfälle ausgeboten wurden. Drinnen waren auf dem Boden Haufen von rostigen Schlüsseln, Nägeln, Ketten, Türangeln, Feilen, Waagschalen, Gewichten und Schrotteisen aller Art aufgeschichtet. Geheimnisse, die wohl nur wenige gern erforscht hätten, lagen versteckt unter Bergen unansehnlicher Lumpen, Massen verdorbenen Fetts und Hügeln von Knochen. Unter all diesen Waren, mit denen er handelte, saß neben einem Holzkohlenofen aus alten Backsteinen ein grauköpfiger Halunke von fast siebzig Jahren, der zum Schutz gegen die Kälte draußen einen zerfetzten Vorhang aus verschiedenen Lappen über einen Strick gehängt hatte und im Behagen stiller Zurückgezogenheit seine Pfeife rauchte.

Scrooge und der Geist traten zu diesem Mann, gerade als ein Weib mit einem schweren Bündel in das Gewölbe schlüpfte; aber kaum war sie eingetreten, als ein anderes Weib, ähnlich beladen, gleichfalls hereinkam; und ihr folgte auf dem Fuß ein Kerl in einem schäbigen schwarzen Anzug, der beim Anblick der beiden ebenso erstaunt war wie sie selbst, als sie einander erkannten. Nach einem Weilchen platter Verwunderung, in die der alte Gauner mit der Tabakspfeife einfiel, brachen alle drei in Lachen aus.

»Laßt zuerst die Scheuerfrau allein hier ihr Geschäft abmachen!« rief das Weib, das zuerst gekommen war, »dann können die Wäscherin als zweite und der Leichenbitter als dritter auftreten. Schau, alter Joe, was für ein Zufall! Treffen wir drei da zusammen, ohne es zu ahnen!«

»Ihr könntet euch an keinem besseren Ort zusammengefunden haben«, sprach der alte Joe und nahm seine Pfeife aus dem Mund. »Kommt ins Wohnzimmer. Ihr habt, wie Ihr wißt, ja seit langem das Recht dazu, und die beiden andern sind mir auch nicht fremd. Wartet nur, bis ich die Ladentür verriegelt habe! Ha, wie die knarrt! Unter dem ganzen Trödel gibt's kein so rostiges Metall wie die Türangeln des Ladens selbst, glaube ich, und sicherlich auch keine so alten Knochen wie die meinen. Ha ha! Wir passen alle gut zu unserm Beruf; wir passen gut zusammen. Kommt herein ins Wohnzimmer!«

Das Wohnzimmer war der Raum hinter dem Vorhang aus Lumpen. Der Alte scharrte mit einer alten Teppichstange das Feuer zusammen, putzte die rußige Lampe – denn es war Abend – mit dem Rohr seiner Pfeife und steckte diese dann wieder in den Mund.

Während er dies tat, warf die Frau, die gesprochen hatte, ihr Bündel zu Boden und setzte sich herausfordernd auf einen Stuhl, indem sie die gekreuzten Arme auf ihre Knie stützte und die beiden andern frech und trotzig ansah.

»Was tut's, Mrs. Dilber? Was tut's?« fragte das Weib; »jeder hat ein Recht, für sich selber zu sorgen! Er hat's auch immer getan!«

»Ja, das ist wahr!« gab die Wäscherin zu, »keiner verstand es besser als er!«

»Na also! Steht nicht so verdutzt da, Frau, als wärt Ihr erschrocken! Wer ist der Klügere? Wir wollen doch einander nicht am Zeug flicken, oder?«

»Nein, sicher nicht!« erklärten Mrs. Dilber und der Mann zugleich. »Hoffentlich nicht!«

»Drum eben!« fuhr die Scheuerfrau fort, »das ist genug! Wem schadet's denn, wenn er ein paar Sachen wie die da einbüßt? Dem Toten doch nicht, denk ich!«

»Nein, wahrhaftig!« bestätigte Mrs. Dilber lachend.

»Wenn er sie nach dem Tod noch behalten wollte, der boshafte, alte Geizhals«, sprach das Weib weiter, »warum war er dann bei Lebzeiten nicht vernünftig? Wäre er's gewesen, so hätte er jemanden gehabt, der sich um ihn gekümmert hätte, als der Tod kam, statt daß er ganz allein seinen letzten Atemzug tun mußte.«

»Das ist das wahrste Wort, das je gesprochen wurde«, sagte Mrs. Dilber. »Das ist eine Strafe des Himmels.«

»Ich wünschte, sie wäre ein wenig härter gewesen«, entgegnete die Frau, »und sie wär's auch gewesen, verlaßt Euch drauf, wenn ich sonst noch etwas unter die Finger bekommen hätte. Macht das Bündel auf, alter Joe, und sagt, wieviel's wert ist. Nur heraus damit! Mir macht's nichts, daß ich die erste bin oder daß die zwei es sehen. Daß wir uns selber helfen, das, glaub ich, haben wir schon recht gut gewußt, bevor wir uns hier trafen. Das ist keine Sünde. Macht das Bündel auf, Joe!«

Ihre Freunde aber waren zu höflich, um das zu erlauben, und der Mann in dem schäbigen schwarzen Anzug sprang zuerst in die Bresche und wies seine Beute vor. Sie war nicht groß. Ein oder zwei Petschafte, ein Bleistifthalter, ein Paar Manschettenknöpfe und eine Busennadel von geringem Wert, das war alles. Die Stücke wurden einzeln vom alten Joe gemustert und geschätzt; die Summen, die er für jedes geben wollte, schrieb er mit Kreide an die Wand und zählte sie zusammen, als er fand, daß nichts mehr nachkam.

»Das ist Eure Abrechnung«, sagte er; »ich könnte keinen Pfennig mehr zahlen, und wenn ich in Öl gekocht werden sollte, weil ich's nicht tue. Wer ist der nächste?«

Mrs. Dilber war es. Sie brachte Bettlaken und Handtücher, ein paar Kleidungsstücke, zwei altmodische silberne Teelöffel, eine Zuckerstange und einige Stiefel. Ihre Rechnung wurde auf gleiche Weise an die Wand geschrieben.

»Den Damen gebe ich immer zuviel, das ist eine Schwäche von mir, und damit ruiniere ich mich noch selber!« sagte der alte Joe. »Hier ist Eure Aufstellung. Wenn Ihr mich aber auch nur um einen Pfennig mehr angeht und Eure Zustimmung offenlaßt, dann bereue ich, so freigebig gewesen zu sein, und ziehe eine halbe Krone ab!«

»Und jetzt öffnet mein Bündel, Joe!« drängte jene, die zuerst gekommen war.

Joe ließ sich auf beide Knie nieder, um es bequemer öffnen zu können, löste eine Menge Knoten und zog eine schwere Rolle dunklen Stoffs hervor.

»Was soll denn das sein?« fragte Joe; »Bettvorhänge?«

»Natürlich!« versetzte das Weib lachend, indem sie sich mit gekreuzten Armen vorbeugte. »Bettvorhänge!«

»Ihr wollt doch nicht sagen, daß Ihr sie mit Ringen und allem fortgenommen habt, während er noch dalag?« fragte Joe.

»Freilich!« versetzte das Weib. »Warum nicht?«

»Dann seid Ihr ganz dazu geschaffen, Euer Glück zu machen«, meinte Joe, »und werdet es gewiß noch weit bringen.«

»Ich werde jedenfalls aus Rücksicht auf so einen, wie er war, die Hand nicht zurückhalten, wenn ich durch Ausstrecken etwas erhaschen kann. Darauf könnt Ihr Euch verlassen, Joe«, versetzte die Frau kaltblütig. »Tropft mir nur kein Öl auf die Bettdecken!«

»Seine Bettdecken?« fragte Joe.

»Wessen sonst, was glaubt Ihr wohl?« versetzte das Weib; »es wird ihn sicher auch ohne sie nicht mehr frieren, denk ich!«

»Er ist doch hoffentlich an keiner ansteckenden Krankheit gestorben?« fragte der alte Joe, hielt in seiner Arbeit inne und blickte auf.

»Habt keine Angst!« gab das Weib zurück. »Ich war auf seine Gesellschaft nicht so versessen, daß ich mich um solcher Sachen willen bei ihm herumgetrieben hätte, wenn es an dem wäre. Ja, schaut nur durch dieses Hemd da, bis Euch die Augen weh tun, Ihr werdet doch kein Loch darin finden und auch keine fadenscheinige Stelle; 's ist das beste, das er besaß, und obendrein ein recht feines; sie hätten es gewiß verdorben, wenn ich nicht gewesen wäre.«

»Was nennt Ihr verderben?« fragte der alte Joe.

»Sie hätten's ihm angezogen und ihn darin begraben, meine ich!« versetzte das Weib unter Gelächter. »Jemand war wirklich verrückt genug, es zu tun, ich habe es ihm aber wieder ausgezogen. Wenn ein baumwollenes für einen solchen Zweck nicht gut genug ist, dann ist es überhaupt zu nichts gut. Dem Leichnam steht es so prächtig wie ein anderes; er kann nicht häßlicher aussehen, als er in diesem aussah.«

Scrooge hörte voll Entsetzen der Unterhaltung zu. Als sie so um ihren Raub herumsaßen im trüben Schein der Lampe des Alten, betrachtete er sie mit einer Verachtung und einem Abscheu, wie sie kaum hätten größer sein können, wenn sie unflätige Dämonen gewesen wären, die um den Leichnam selbst feilschten.

»Ha ha!« lachte dasselbe Weib, als der alte Joe einen Geldbeutel aus Flanell hervorzog und jedem den Gewinn auf den Boden hinzählte. »Seht ihr, das ist das Ende. Er scheuchte jeden von sich, solange er noch lebte – um uns zu nützen, nachdem er nun tot ist. Ha ha ha!«

»Geist!« sprach Scrooge, von Kopf bis Fuß schaudernd, »ich begreife, ich begreife. Das Los dieses unglücklichen Mannes könnte mein eigenes sein, mein jetziges Leben führt zu diesem Ziel. Barmherziger Himmel, was ist das?!«

Entsetzt bebte er zurück, denn die Szene hatte sich verwandelt, und nun stieß er fast an ein Bett: ein kahles Bett ohne Vorhänge, auf dem unter einem zerrissenen Leintuch etwas verdeckt lag, das sich in fürchterlicher Sprache ankündigte, obwohl es stumm war.

Das Gemach war sehr dunkel, zu dunkel, um es genau zu erkennen, obwohl sich Scrooge, einen geheimen Drang folgend, darin umsah, um herauszufinden, was für ein Gemach es war. Ein bleicher Lichtschein von draußen fiel gerade auf das Bett, und auf ihm lag ausgeplündert und beraubt, unbewacht, unbeweint, ungepflegt der Leichnam jenes Mannes.

Scrooge blickte auf das Gespenst. Dessen steife Hand deutete auf den Kopf. Die Decke war so nachlässig darübergebreitet, daß die geringste Verschiebung, die bloße Berührung durch Scrooges Finger das Antlitz enthüllt hätte. Scrooge dachte daran, fühlte auch, wie leicht es sei, und trug Verlangen danach, es zu tun, vermochte aber ebensowenig den Schleier wegzuziehen wie das Gespenst an seiner Seite loszuwerden.

O kalter, kalter, strenger, furchtbarer Tod! Hier bau deinen Altar auf und ziere ihn mit allen Schrecken, die dir zu Gebote stehen, denn dies ist dein Reich! Aber dem geliebten, geachteten und verehrten Haupt kannst du kein Haar krümmen nach deinen argen Wünschen, noch kannst du einen Zug an ihm häßlich machen. Nicht weil die Hand schwer ist und herabsinkt, wenn wir sie freigeben, nicht weil Herz und Pulse stillstehen, sondern weil die Hand offen, freigebig und treu, das Herz tapfer, liebevoll und zärtlich und die Pulse die eines Mannes waren. Schlag zu, Schatten, schlag zu, und sieh seine guten Taten aus der Wunde quellen, um unsterbliches Leben über die Welt hinzusäen!

Keine Stimme flüsterte diese Worte in Scrooges Ohr, und doch hörte er sie, als er auf das Bett blickte. Er fragte sich, was wohl die ersten Gedanken dieses Mannes wären, wenn er jetzt auferstünde. Geiz, Selbstsucht, drückende Sorgen? Sie haben ihm wahrlich ein schönes Ende bereitet.

Da lag er nun in dem dunklen, leeren Haus, und kein Mann oder Weib oder Kind waren bei ihm, die sagen mochten: Er war gut zu mir in dem oder jenem, und im Andenken an ein einziges gutes Wort will ich gut zu ihm sein. Eine Katze kratzte an der Tür, und unter dem Herdstein hörte man ein Geräusch wie von nagenden Ratten: was sie im Totengemach wollten und warum sie so geschäftig und aufgescheucht waren, wagte Scrooge nicht auszudenken.

»Geist«, sprach er, »dies ist ein schauriger Ort. Glaub mir, auch wenn ich ihn verlasse, wird seine Lehre an mir nicht verloren sein! Laß uns gehen!«

Der Geist aber deutete noch immer mit regungslosem Finger auf das Haupt.

»Ich begreife, was du willst«, versetzte Scrooge, »und täte es, wenn ich könnte. Aber es geht über meine Kraft, Geist, über meine Kraft!«

Wieder schien der Geist auf ihn zu blicken.

»Wenn es in dieser Stadt einen Menschen gibt, der bewegt ist vom Tod dieses Mannes«, sprach Scrooge, zu Tode erschöpft, »dann zeige ihn mir, Geist, ich beschwöre dich!«

Die Erscheinung breitete für einen Augenblick ihr dunkles Gewand wie eine Schwinge vor ihm aus und enthüllte, als sie es wegzog, ein taghelles Zimmer, in dem sich eine Mutter mit ihren Kindern aufhielt.

Sie wartete auf jemanden, und zwar mit ängstlicher Spannung, denn sie schritt im Zimmer auf und nieder, erbebte bei jedem Geräusch, blickte aus dem Fenster, schaute nach der Uhr, versuchte vergebens weiterzunähen und konnte kaum die Stimmen der Kinder bei ihrem Spiel ertragen.

Endlich ließ sich das lang ersehnte Pochen vernehmen. Sie eilte zur Tür, ihrem Gatten entgegen, einem Mann, dessen Antlitz bekümmert und niedergeschlagen aussah, obwohl er noch jung war. Ein seltsamer Ausdruck lag jetzt darin, eine Art ernste Freude, deren er sich schämte und die er niederzukämpfen suchte.

Er setzte sich zum Mahl nieder, das man für ihn auf dem Herd zurückgestellt hatte, und als ihn die Frau schüchtern fragte – freilich erst nach langem Schweigen –, was es Neues gebe, schien er verlegen, was er antworten solle.

»Steht es gut oder schlecht?« fragte sie, um ihm die Antwort leichter zu machen.

»Schlecht!« erwiderte er.

»Sind wir ganz ruiniert?«

»Nein, Karoline. Es besteht noch Hoffnung.«

»Wenn er nachgibt«, sagte sie erstaunt, »ist Hoffnung! Nichts ist hoffnungslos, wenn sich ein solches Wunder ereignet hat.«

»Nachzugeben ist es für ihn zu spät«, antwortete ihr Gatte. »Er ist tot.«

Sie war ein mildes, geduldiges Geschöpf, wenn ihr Gesicht nicht trog, aber sie war in innerster Seele dankbar, als sie das hörte, und gestand es auch mit gefalteten Händen. Schon im nächsten Augenblick bat sie um Vergebung und war betreten, aber ihr erster Gedanke hatte die Regung ihres Herzens enthalten.

»Was mir das halb betrunkene Weib, von dem ich dir gestern erzählte, sagte, als ich versuchte, ihn zu sprechen und einen Aufschub von einer Woche zu erlangen, und was ich für eine leere Ausrede hielt, um mich abzuschütteln, stellte sich als völlig wahr heraus. Er war damals nicht nur sehr krank, sondern lag im Sterben.«

»Auf wen wird unsere Schuld übergehen?«

»Ich weiß es nicht. Aber bis dahin werden wir das Geld beschafft haben, und wenn nicht, so wäre es doch ein ausgemachtes Mißgeschick, an seinem Nachfolger einen ebenso unerbittlichen Gläubiger zu finden. Wir können heute nacht ruhigen Herzens schlafen, Karoline.«

Ja. Sie mochten es beschönigen, wie sie wollten, ihre Herzen waren leichter. Die Gesichter der Kinder, die sich schweigend herzudrängten, um zu hören, was sie so wenig verstanden, hellten sich auf, und das ganze Haus wurde glücklicher durch den Tod dieses Mannes. Das einzige durch diesen Vorfall erweckte Gefühl, das der Geist Scrooge zeigen konnte, war ein Gefühl der Freude.

»Laß mich irgendeine zarte Empfindung sehen, die mit einem Todesfall zusammenhängt«, sprach Scrooge, »sonst wird mir jenes dunkle Gemach, das wir soeben verlassen haben, immer vor Augen stehen.«

Der Geist führte ihn durch mehrere Straßen, die ihm gut bekannt waren, und im Vorübergehen hielt Scrooge da und dort Ausschau nach sich selbst, aber nirgends war er zu entdecken. Sie traten in das Haus des armen Bob Cratchit, in die Wohnung, die Scrooge schon früher besucht hatte, und fanden Mutter und Kinder ums Feuer sitzen.

Stille. Tiefe Stille. Die lärmenden Cratchits saßen starr wie Bildsäulen in einer Ecke versammelt und blickten zu Peter auf, der ein Buch vor sich hatte. Mutter und Töchter nähten. Aber alle waren sie still!

»Und er nahm ein Kind und stellte es in ihre Mitte.«

Wo hatte Scrooge diese Worte schon einmal gehört? Er hatte sie doch nicht geträumt? Der Knabe mußte sie gelesen haben, als er und der Geist die Schwelle überschritten. Warum las er nicht weiter?

Die Mutter legte ihre Arbeit auf den Tisch und hob die Hände vor ihr Gesicht.

»Die Farbe tut meinen Augen weh«, sprach sie.

Die Farbe? Ach, armer Tiny Tim!

»Jetzt sind sie wieder frischer«, sprach Cratchits Weib dann; »das Kerzenlicht schwächt sie so, und ich möchte dem Vater, wenn er heimkommt, nicht um die Welt trübe Augen zeigen. Es muß schon bald seine Zeit sein.«

»Fast schon vorüber«, meinte Peter und klappte sein Buch zu. »Aber ich finde, Mutter, er ist diese letzten paar Abende langsamer gegangen als sonst.«

Sie waren wieder sehr still. Endlich sagte sie mit fester, heiterer Stimme, die nur ein einziges Mal wankte: »Ja, ich habe ihn ... ich habe ihn mit Tiny Tim auf den Schultern sehr rasch gehen sehen.«

»Ich auch«, rief Peter. »Oft!«

»Ich auch«, rief ein anderer. Sie alle hatten ihn so gesehen.

»Aber er war auch nicht schwer zu tragen«, fuhr die Mutter fort, den Blick auf ihre Arbeit gesenkt, »und Vater hatte ihn so gern, daß es ihm keine Last war – gar keine Last, Ei, da ist er ja schon vor der Tür!«

Sie eilte hinaus, ihm entgegen, und der kleine Bob mit seinem »Seelenwärmer« – er hatte ihn sehr nötig, der arme Kerl! – trat ein. Teewasser stand für ihn auf dem Feuer, und alle mühten sich um die Wette, ihn damit zu bedienen. Dann kletterten die beiden Kleinsten auf seine Knie und lehnten ihre Wangen an sein Gesicht, als wollten sie sagen: Denk nicht mehr daran, Vater, quäle dich nicht so!

Bob war liebevoll zu ihnen und unterhielt sich freundlich mit der ganzen Familie. Er betrachtete die Arbeit auf dem Tisch und lobte den Fleiß und Eifer Mrs. Cratchits und der Mädchen: sie würden lang vor dem Sonntag fertigwerden, meinte er.

»Vor dem Sonntag?« fragte seine Gattin. »Bist du also heute dort gewesen, Robert?«

»Ja, meine Liebe!« antwortete Bob. »Ich wünschte, du hättest dabeisein können: es hätte dir gut getan zu sehen, was für ein grüner Fleck es ist; aber du wirst es ja noch oft sehen. Ich habe ihm versprochen, jeden Sonntag hinzukommen. Mein liebes, kleines Kind!« weinte Bob. »Mein kleiner Liebling.«

Er brach auf einmal zusammen. Er konnte nicht anders. Um anders zu können, hätten er und sein Kind einander wohl viel fremder sein müssen.

Er verließ das Zimmer und stieg die Treppe hinauf in die obere Stube, die hell erleuchtet und mit Weihnachtszweigen ausgeschmückt war. Dicht neben dem toten Kind stand ein Stuhl, und manches deutete darauf hin, daß erst kürzlich jemand hier gewesen war. Der arme Bob setzte sich auf den Stuhl, und als er ein wenig nachgesonnen und sich beruhigt hatte, küßte er das Gesichtchen. Er hatte sich mit dem Geschehen ausgesöhnt und ging still und gefaßt wieder hinunter.

Sie setzten sich um den Kamin und plauderten; Mutter und Töchter arbeiteten weiter. Bob erzählte ihnen von der außerordentlichen Güte des Neffen Mr. Scrooges, den er höchstens einmal gesehen hatte und der ihn doch, als er ihn heute auf der Straße traf und ein wenig – »ein wenig niedergeschlagen« fand, wie Bob sagte, gleich fragte, was ihm Schlimmes widerfahren sei. »Darauf habe ich ihm«, schloß Bob, »alles erzählt, denn er ist der freundlichste Herr, den man sich denken kann. ›Das tut mir herzlich leid, Mr. Cratchit‹, sagte er, ›für Sie und Ihre gute Frau!‹ Wieso er davon Kenntnis hat, möchte ich übrigens wissen.«

»Wovon Kenntnis hat, mein Schatz?«

»Nun«, meinte Bob, »daß du eine gute Frau bist.«

»Das weiß doch jeder«, meinte Peter.

»Sehr gut bemerkt, mein Junge!« rief Bob; »ich hoffe, jeder weiß es! ›Herzlich leid für Ihre gute Frau‹, sagte er. ›Wenn ich Ihnen irgendwie von Nutzen sein kann‹, fügte er hinzu und gab mir seine Karte, ›so ersehen Sie hieraus, wo ich wohne. Bitte wenden Sie sich an mich!‹ Und«, setzte Bob hinzu, »nicht daß er vielleicht etwas für uns tun kann, ist das Schöne dabei, sondern seine liebevolle Art. Es sah wirklich aus, als hätte er unsern Tiny Tim gekannt und fühle mit uns.«

»Ich glaube, er hat ein gutes Herz«, sagte Mrs. Cratchit.

»Du wärst davon überzeugt«, erwiderte Bob, »wenn du ihn gesehen und gesprochen hättest. Denkt an mich: Es sollte mich nicht wundern, wenn er unserm Peter eine bessere Stelle verschaffte!«

»Hör nur, Peter!« sagte Mrs. Cratchit.

»Und dann«, rief eines der Mädchen, »wird sich Peter mit jemandem zusammentun und sich selbständig machen.«

»Was dir nicht einfällt!« versetzte Peter grinsend.

»Das kann eines Tages wohl sein«, meinte Bob, »wenn's auch noch gute Weile hat. Aber wann und wie wir uns auch trennen, ich bin sicher, daß keiner von uns den armen Tiny Tim vergessen wird – und diesen ersten Abschied aus unserer Mitte.«

»Nie, Vater!« riefen alle.

»Und ich bin sicher«, fuhr Bob fort, »ich bin sicher, meine Lieben, wenn wir uns erinnern, wie geduldig und gutherzig er gewesen ist, obwohl er doch nur ein kleines Kind war, dann werden wir nicht leicht untereinander Streit beginnen und darüber den armen Tiny Tim vergessen!«

»Nein, niemals, Vater!« riefen alle noch einmal.

»Ich bin sehr glücklich«, sprach der kleine Bob, »wirklich sehr glücklich!«

Mrs. Cratchit gab ihm einen Kuß, die Töchter und die beiden Kleinen taten es ihr nach, und Peter tauschte mit ihm einen Händedruck. Tiny Tim, dein Geist, deine Kinderseele kam aus Gott!

»Gespenst«, sprach Scrooge, »etwas sagt mir, daß der Augenblick unseres Scheidens nahe ist. Ich weiß es, aber ich weiß nicht woher. Sag mir, wer der Mann war, den ich tot daliegen sah.«

Der Geist der künftigen Weihnacht führte ihn wiederum wie zuvor – jedoch dünkte Scrooge, zu anderer Zeit, denn diese letzten Geschichten schienen an keine Ordnung gebunden zu sein, außer daß alle der Zukunft angehörten – zu den Versammlungsorten der Geschäftswelt, zeigte ihm aber nicht sein Ebenbild. Der Geist hielt sich überhaupt nirgends auf, sondern strebte geradeaus, als ginge es einem soeben aufgestellten Ziele zu, bis ihn Scrooge bat, einen Augenblick zu verweilen.

»In diesem Hof, durch den wir eben eilen«, sagte Scrooge, »befindet sich meine Arbeitsstätte, schon seit langer Zeit. Ich sehe das Haus. Laß mich schauen, was in künftigen Tagen aus mir werden wird!«

Der Geist hielt an, doch seine Hand wies in andre Richtung.

»Dort liegt das Haus!« rief Scrooge. »Warum deutest du davon weg?«

Der unerbittliche Finger rührte sich nicht.

Scrooge ging an das Fenster seines Kontors und blickte hinein. Es war noch ein Kontor, aber nicht das seine: die Einrichtung war anders, und die Gestalt auf dem Stuhl war nicht er. Der Geist zeigte in dieselbe Richtung wie zuvor.

Scrooge holte ihn wieder ein und folgte ihm, ungewiß, warum und wohin er vorangegangen war, bis sie ein eisernes Gitter erreichten. Er stand still, um sich umzusehen, ehe er eintrat.

Ein Kirchhof! Hier lag also der Unglückliche unter der Erde, dessen Namen er jetzt erfahren sollte. Es war ein würdiger Platz: von Häusern umschlossen, von Gras und Unkraut überwuchert – Wachstum, das den Tod der Pflanzen bedeutet, nicht ihr Leben – vollgepfropft mit zu vielen Leichen, satt von gestillter Gier. Ein würdiger Ort!

Der Geist stand zwischen den Gräbern und deutete auf eins nieder; Scrooge schritt zitternd darauf zu. Das Gespenst hatte sich nicht verändert, aber er fürchtete doch eine neue Absicht in seiner feierlichen Haltung zu erkennen.

»Bevor ich diesem Stein näher trete, auf den du hinweist«, sagte Scrooge, »beantworte mir eine einzige Frage: Sind dies die Schattenbilder der Dinge, die sein werden, oder derer, die sein können?«

Noch immer deutete der Geist abwärts auf das Grab, vor dem er stand.

»Der Menschen Lebensbahnen lassen gewisse Endergebnisse ahnen, zu denen sie führen müssen, wenn man auf der eingeschlagenen Bahn beharrt«, sprach Scrooge; »weicht man aber davon ab, so ändert sich auch der Ausgang. Sage, daß es mit dem so ist, was du mir zeigst!«

Der Geist blieb unbeweglich wie stets.

Scrooge kroch, dem Finger folgend, zitternd dem vernachlässigten Grabe zu und las auf dem Stein seinen eigenen Namen: Ebenezer Scrooge.

»Bin ich der Mann, der auf dem Totenbett lag?« rief er und warf sich auf die Knie.

Der Finger deutete vom Grab auf ihn und wieder zurück.

»Nein, Geist! O nein, nein!«

Der Finger rührte sich nicht.

»Geist!« schrie er und klammerte sich fest an dessen Gewand, »höre mich! Ich bin nicht mehr der Mann, der ich war. Ich will nicht der Mensch sein, der ich ohne euer Dazwischentreten geworden wäre. Warum zeigst du mir das, wenn alle Hoffnung geschwunden ist?«

Zum erstenmal schien die Hand zu zittern.

»Guter Geist!« fuhr er fort, noch immer am Boden liegend, wie er niedergefallen war, »dein Innerstes legt Fürbitte für mich ein und bemitleidet mich! Gib mir Gewißheit, daß ich durch ein anderes Leben die Schattenbilder ändern kann, die du mir gezeigt hast.«

Die gütige Hand zitterte.

»Ich will Weihnachten im Herzen ehren und versuchen, das ganze Jahr danach zu handeln. Ich will der Vergangenheit, Gegenwart und Zukunft leben, und ihre Geister sollen in mir wirken. Ich will mich nicht den Lehren verschließen, die sie mir gegeben haben. O sage mir, daß ich die Schrift auf diesem Stein auslöschen kann!«

In seiner Todesangst ergriff er die Hand des Gespenstes. Es versuchte sich loszumachen, aber er war unbeirrbar in seinem Flehen und hielt sie fest. Der Geist, noch unbeirrbarer, stieß ihn zurück.

Als Scrooge aber seine Hände in einem letzten Flehen emporstreckte, um sein Geschick zu wenden, da sah er, wie sich Körper und Kleid des Gespenstes verwandelten. Es schrumpfte ein, sank zusammen und wurde zuletzt zu einem – Bettpfosten.

FÜNFTE STROPHE

Das Ende vom Lied

Ja, und der Bettpfosten war der seine. Das Bett war das seine, das Zimmer war das seine. Und was das Beste und Schönste war: die Zeit, die vor ihm lag, war sein, damit er seine Fehler wiedergutmache.

»Ich will der Vergangenheit, Gegenwart und Zukunft leben«, wiederholte Scrooge, als er aus dem Bett kletterte; »ihre Geister sollen in mir wirken. O Jakob Marley! Himmel und Weihnachtszeit seien dafür gepriesen! Das rufe ich hier auf den Knien, alter Jakob, auf den Knien!«

Er war von seinen guten Vorsätzen so erfüllt und durchglüht, daß ihm seine brechende Stimme kaum gehorchen wollte. Als er mit dem Geist rang, hatte er heftig geweint, und sein Gesicht war noch jetzt tränenfeucht.

»Sie sind nicht weggerissen«, rief Scrooge und umschlang einen seiner Bettvorhänge mit den Armen, »sie sind noch nicht weggerissen mit Ringen und allem! Sie sind noch hier – ich bin noch hier – die Schattenbilder der Dinge, die möglich sind, können zerstreut werden. Sie werden zerstreut, das weiß ich.«

Seine Hände machten sich währenddessen mit seinen Kleidungsstücken zu schaffen, die er mit der Innenseite nach außen drehte, verkehrtherum anzog, zerriß, verlegte und auf alle Art unsinnig anpackte.

»Ich weiß nicht, was ich tun soll!« rief Scrooge, der in einem Atem lachte und weinte und mit Hilfe seiner Strümpfe einen wahren Laokoon aus sich machte. »Ich fühle mich so leicht wie eine Feder, so glücklich wie ein Engel, so lustig wie ein Schuljunge, so schwindlig wie ein Betrunkener! Fröhliche Weihnachten jedermann! Ein glückliches Neujahr aller Welt! Hallo! Hopp! Hallo!«

Er war ins Wohnzimmer gesprungen und stand nun ganz atemlos da.

»Da ist noch das Pfännchen, in dem die Grütze war!« rief Scrooge, indem er wieder emporfuhr und um den Herd lief. »Da ist die Tür, durch die Jakob Marleys Geist hereintrat! Da die Ecke, wo der Geist der gegenwärtigen Weihnacht saß, dort das Fenster, wo ich die wandernden Geister erblickte! Alles ist richtig, alles wahr, alles hat sich zugetragen. Ha ha ha!«

Wirklich, für einen Mann, der so viele Jahre lang außer Übung gewesen, war es ein prächtiges, ein ganz ausgezeichnetes Lachen! Der Ahnherr einer langen, langen Reihe köstlicher Lachanfälle.

»Ich weiß nicht, was für einen Tag im Monat wir heute haben«, rief Scrooge, »ich weiß nicht, wie lang ich unter den Geistern geweilt habe, ich weiß überhaupt nichts mehr, ich bin einfach wie ein Säugling. Einerlei! Macht nichts! Ich wollte, ich wär einer! Hallo! Hopp! Hallo!«

In seinem Freudentaumel unterbrach ihn das fröhlichste Geläute der Kirchenglocken, das er je gehört hatte. Bim – bam – bum; ding – dong – dong; ding – dong – ding; bum – bam – bim. Herrlich, herrlich!

Er eilte zum Fenster, öffnete es und steckte den Kopf hinaus. Kein Nebel, keine dicke Luft: klar, hell, heiter, anregend kalt war es, daß das Blut zu tanzen beginnen wollte. Goldenes Sonnenlicht, himmlischer Himmel, köstlich frische Luft, frohe Glockentöne! O herrlich, herrlich!

»Was ist denn heute für ein Tag?« rief Scrooge einem kleinen Jungen in Sonntagskleidern zu, der in den Hof getreten war, um sich umzusehen.

»Wie?« rief der Knabe maßlos verwundert zurück.

»Was für ein Tag heute ist, mein hübscher Junge«, wiederholte Scrooge.

»Heute?« versetzte der Knabe. »Ei, Christtag!«

's ist Christtag, sagte Scrooge zu sich selbst, ich habe ihn nicht versäumt. Die Geister haben alles in einer einzigen Nacht vollbracht! Sie können ja tun, was sie wollen. Natürlich können sie's, ganz natürlich. »Heda, du hübscher Junge!«

»Heda!« rief der Knabe.

»Kennst du den Geflügelladen an der Ecke der übernächsten Straße?« fragte Scrooge.

»Das will ich meinen!« entgegnete der Bursche.

»Ein kluger Junge!« sagte Scrooge. »Ein beachtlicher Junge! Weißt du, ob der stattliche Truthahn schon verkauft ist, der dort hing? Nicht der kleine, sondern der ganz große!«

»Aha! Der, der so groß ist wie ich?« fragte der Knabe.

»Was für ein großartiger Junge!« rief Scrooge; »'s ist ein Vergnügen, mit ihm zu schwatzen. Ja, mein Sohn, der!«

»Oh, der hängt noch da!« rief der Knabe.

»So?« sprach Scrooge, »dann geh und kauf ihn!«

»Spaß!« rief der Knabe.

»Nein, nein«, versicherte Scrooge, »'s ist mein Ernst! Geh und kauf ihn und sag, sie sollen ihn herbringen, damit ich angeben kann, wohin er geschickt werden soll. Komm mit dem Mann wieder, dann sollst du einen Schilling haben; wenn du mit ihm kommst, ehe fünf Minuten um sind, soll's eine halbe Krone sein!«

Der Knabe lief weg wie aus der Pistole geschossen. Aber es

hätte schon einer sehr sicheren Hand am Abzug bedurft, um einen Schuß nur halb so geschwind abzugeben.

»Ich will ihn Bob Cratchit zuschicken«, flüsterte Scrooge händereibend und barst schier vor Lachen. »Er soll nicht wissen, wer ihn sendet. Er ist zweimal so groß wie Tiny Tim. Joe Miller* hat nie einen so guten Scherz gemacht wie ich mit dieser Sendung an Bob!«

Die Handschrift, in der er die Adresse aufzeichnete, war nicht gerade sicher, aber irgendwie kam er damit zustande und eilte dann die Treppe hinab, um die Haustür zu öffnen, falls der Austräger des Geflügelhändlers käme. Während er dastand und auf seine Ankunft wartete, fiel sein Blick auf den Türklopfer.

»Der soll mir lieb sein, solang ich lebe!« rief Scrooge, indem er ihn streichelte. »Ich hab ihn früher kaum je angesehen. Was für ein ehrlicher Ausdruck liegt in seinem Gesicht! Ein wunderschöner Türklopfer! – Da ist der Truthahn! Hallo, hopp! Wie steht's? Fröhliche Weihnachten!«

Das war ein Truthahn! Er konnte nie auf seinen Füßen gestanden haben, dieser Vogel, er hätte sie im Augenblick abgeknickt wie Siegellackstangen!

»Nein, unmöglich, den nach Camden Town zu tragen«, sagte Scrooge. »Ihr müßt einen Wagen nehmen.«

Das Kichern, mit dem er das sagte, das Kichern, mit dem er den Truthahn bezahlte, das Kichern, mit dem er für den Wagen zahlte, und das Kichern, mit dem er den Jungen entlohnte, wurden nur noch von dem Kichern übertroffen, mit dem er sich atemlos wieder in seinen Sessel setzte; er kicherte, bis ihm die Tränen kamen.

Das Rasieren war heute kein leichtes Geschäft, denn seine Hand zitterte unentwegt heftig, und es erfordert doch Aufmerksamkeit, auch wenn man nicht gerade dabei tanzt. Aber selbst wenn er sich die Nasenspitze weggeschnitten hätte – er hätte sich ein Stück Heftpflaster draufgeklebt und wäre ganz zufrieden gewesen.

Er zog seine besten Kleider an und trat endlich auf die Straße hinaus. Die Menschen waren um diese Zeit so in Bewegung, wie er sie zusammen mit dem Geist der gegenwärtigen Weihnacht

---

* Englischer Komiker.

gesehen hatte; die Hände auf dem Rücken, wanderte er dahin und betrachtete jeden mit vergnügtem Schmunzeln. Kurz, er schaute so unwiderstehlich heiter drein, daß ihm drei oder vier gutgelaunte Burschen zuriefen: »Guten Morgen, Sir! Fröhliche Weihnachten!« Und Scrooge erzählte später oft, daß von allen willkommenen Lauten, die er je gehört, diese seinen Ohren am angenehmsten geklungen hätten.

Er war noch nicht weit gegangen, als er den stattlichen Herrn auf sich zukommen sah, der tags zuvor in seinem Kontor erschienen war und nach »Scrooge und Marley« gefragt hatte. Es gab ihm einen Stich ins Herz, als er bedachte, wie ihn dieser alte Herr wohl ansehen werde, wenn sie sich begegneten; aber er wußte, was für ein Weg vor ihm lag, und er schlug ihn ein.

»Werter Herr«, sprach Scrooge, indem er seinen Schritt beschleunigte und den alten Herrn bei beiden Händen ergriff, »wie geht es Ihnen? Ich hoffe, Sie haben gestern Erfolg gehabt. Es – war sehr hübsch von Ihnen. Ich wünsche Ihnen fröhliche Weihnachten, Sir!«

»Mr. Scrooge?«

»Ja«, erwiderte Scrooge, »das ist mein Name, und ich fürchte, daß er Ihnen nicht angenehm klingt. Darf ich Sie bitten, mir zu verzeihen, und wollen Sie die Güte haben ...« und jetzt flüsterte ihm Scrooge etwas ins Ohr.

»Du lieber Gott!« rief der Herr, als ob ihm der Atem ausginge, »ist das wirklich Ihr Ernst, Mr. Scrooge?«

»Ei freilich«, versetzte dieser, »keinen Heller weniger. Wissen Sie, es sind sehr viele Rückstände dabei. Wollen Sie die Freundlichkeit haben?«

»Lieber Herr«, sagte der andre, indem er ihm die Hand drückte, »ich weiß gar nicht, was ich zu einer solchen Freigeb ...«

»Sagen Sie gar nichts, bitte«, fiel ihm Scrooge ins Wort, »aber besuchen Sie mich! Wollen Sie?«

»Gewiß!« rief der alte Herr, und es war offensichtlich, daß er es ernst meinte.

»Ich danke Ihnen«, sprach Scrooge, »ich bin Ihnen sehr verbunden und danke Ihnen tausendmal! Gott befohlen!«

Er eilte zur Kirche, wanderte durch die Straßen, beobachtete die Leute, die hin und her eilten, klopfte den Kindern auf den Kopf, forschte die Bettler aus, guckte in die Küchen der Häuser hinein und zu den Fenstern empor und fand, daß ihm alles Vergnügen machen konnte. Nie hätte er sich träumen lassen, daß ein Spaziergang, daß überhaupt irgend etwas ihn so glücklich stimmen könne. Am Nachmittag lenkte er seine Schritte zum Haus seines Neffen.

Er ging ein dutzendmal an der Tür vorüber, ehe er den Mut fand, heranzutreten und anzuklopfen. Endlich aber gab er sich einen Ruck und tat es.

»Ist Ihr Herr zu Hause, liebes Kind?« fragte Scrooge das Hausmädchen. Ein hübsches Mädchen! Sehr hübsch!

»O ja, Sir.«

»Wo ist er, meine Liebe?« fragte Scrooge weiter.

»Er ist im Speisezimmer, Sir, mit der gnädigen Frau. Darf ich Sie oben melden?«

»Danke; er kennt mich«, sagte Scrooge, mit der Hand bereits auf der Türklinke des Speisezimmers. »Ich will hier eintreten.«

Er öffnete leise und schob den Kopf durch die Türspalte. Er blickte auf den Tisch, der mit großem Aufwand hergerichtet war, denn diese jungen Hausfrauen sind stets auf solche Dinge aus und sehen es gern, wenn alles am rechten Platz ist.

»Fred!« flüsterte Scrooge.

Du lieber Gott! Wie schrak seine Nichte zusammen! Scrooge hatte für einen Augenblick vergessen, daß sie in der Ecke auf dem Schemel saß, sonst hätte er um keinen Preis gerufen.

»Himmel!« rief Alfred, »wer ist denn das?«

»Ich bin's, dein Onkel Scrooge. Ich habe mich zum Essen eingefunden. Läßt du mich ein, Fred?«

Einlassen! Ein Wunder, daß er ihm den Arm nicht abriß. Scrooge war in fünf Minuten wie zu Hause. Nichts konnte herzlicher zugehen. Seine Nichte war ganz so, wie er sie kannte. Ebenso Topper, als er kam. Ebenso die dicke Schwester, als sie kam. Ebenso alle, als sie kamen. Wundervolle Gesellschaft, wundervolle Spiele, wundervolle Eintracht, wun-der-volle Glückseligkeit!

Am andern Morgen aber war er früh in seinem Kontor. Oh, sehr früh! Wenn er nur als erster erscheinen und Bob Cratchit beim Zuspätkommen erwischen konnte. Darauf hatte er es abgesehen.

Und es gelang ihm; jawohl, es gelang. Die Uhr schlug neun. Kein Bob. Viertel zehn. Kein Bob. Er kam um volle achtzehneinhalb Minuten zu spät. Scrooge saß bei weit offener Tür, damit er ihn in seinen Käfig treten sah.

Den Hut hatte er schon abgenommen, ehe er die Tür öffnete, seinen Schal gleichfalls, im Nu saß er auf seinem Stuhl und ließ die Feder dahingleiten, als wolle er die neunte Stunde noch einholen.

»Heda!« brummte Scrooge mit seiner gewöhnlichen Stimme, so gut er sie vorzutäuschen vermochte, »was fällt Ihnen ein, zu dieser Tageszeit zu erscheinen?«

»Es tut mir sehr leid, Sir«, versetzte Bob, »ich habe mich verspätet.«

»So?« brummte Scrooge. »Ja, das glaube ich auch. Kommen Sie her, Sir, wenn's gefällig ist!«

»Es geschieht ja nur einmal im Jahr, Sir«, bat Bob, indem er aus seinem Kasten auftauchte. »Es wird sich nicht wiederholen. Wir waren gestern ziemlich lustig, Sir.«

»Ich will Ihnen etwas sagen, mein Freund«, schrie Scrooge, »so geht das nicht weiter! Und deshalb«, fuhr er fort, indem er vom Stuhl aufsprang und Bob einen Rippenstoß gab, daß er in den Kasten zurücktaumelte, »und deshalb will ich Ihr Gehalt erhöhen!«

Bob zitterte und rutschte näher zum Lineal. Einen Augenblick fuhr ihm der Gedanke durch den Kopf, Scrooge damit niederzuschlagen, ihn festzuhalten und die Leute im Hof um Hilfe und um eine Zwangsjacke zu bitten.

»Fröhliche Weihnachten, Bob!« sagte Scrooge mit unmißverständlichem Ernst, als er ihm auf den Rücken klopfte. »Ein fröhlicheres Weihnachten, guter Bob, als ich Ihnen jahrelang bereitet habe! Ich will Ihr Gehalt erhöhen und mich bemühen, Ihrer schwer ringenden Familie beizustehen. Wir wollen Ihre Angelegenheiten noch heute nachmittag bei einem Glas dampfenden Weihnachtspunsch besprechen, Bob! Nun machen Sie Feuer und kaufen einen andern Kohlenkorb, ehe Sie das Tüpfelchen auf ein i setzen, Bob Cratchit!«

Scrooge war noch besser als sein Wort. Er tat, was er sagte, und unendlich viel mehr. Tiny Tim, der nicht starb, hatte an ihm einen zweiten Vater. Er wurde ein so guter Freund, Arbeitsherr und Mensch, wie man ihn nur in der guten alten Stadt oder in irgendeiner anderen guten alten Stadt, einem Städtchen oder Flekken in der guten alten Welt zu finden vermochte. Manche Leute lachten, als sie diese Veränderung an ihm wahrnahmen, aber er ließ sie lachen und kehrte sich nicht daran, denn er war klug genug, um zu wissen, daß auf diesem Erdball nie etwas Gutes geschehen ist, ohne daß nicht gewisse Leute zu Anfang darüber gelacht hätten. Und da er wußte, daß solche Menschen irgendwie blind waren, so fand er es ebensogut, wenn sie ihre Augen zum Grinsen verzogen, wie wenn sie diese Krankheit in noch weniger anziehenden Formen zeigten. Sein eigenes Herz lachte, und das genügte ihm.

Er hatte keinen weiteren Verkehr mehr mit Geistern, lebte aber fortan nach dem Grundsatz völliger Enthaltsamkeit, und man sagte ihm stets nach, daß er wisse, wie man Weihnachten feiern müsse, wenn überhaupt ein lebender Mensch dieses Wissen besitze. Oh, ließe sich das doch auch wahrheitsgemäß von uns, und zwar von uns allen sagen! Und so spreche ich wie Tiny Tim: »Gott segne uns alle und jeden besonders!«

Übersetzt von Carl Kolb

Hans Christian Andersen

(1805–1875)

Im neunzehnten Jahrhundert entwickelten sich Original-Märchen zur literarischen Kunstform, und Hans Christian Andersen war in dieser Hinsicht der größte und fleißigste Autor. Noch heute ist er einer der meistgelesenen Autoren der Welt, dessen Werke in über hundert Sprachen übersetzt wurden.

Zur Welt kam er als Kind armer Eltern im ausgesprochen klassenbewußten Dänemark. Obwohl er nie einen geregelten Schulunterricht erhielt, trieb ihn der Ehrgeiz an, und er verließ im Alter von vierzehn Jahren sein Zuhause, um Schauspieler zu werden. Als solcher vermochte er das Königliche Theater von Kopenhagen nicht zu beeindrucken, seine sehr phantasievollen, doch kaum lesbaren Stücke jedoch schienen eine Zukunft zu versprechen. So nahm einer der Direktoren, Jonas Collin, den jungen Mann unter seine Fittiche.

1822 besorgte Collin ein Stipendium und schickte den schlaksigen Siebzehnjährigen auf eine weiterführende Schule. Dort stand Andersen unter der gnadenlosen Fuchtel des Direktors, arbeitete aber gewissenhaft und errang schließlich den Zugang zur Universität Kopenhagen.

1829 brachte er seine erste erfolgreiche literarische Arbeit heraus: *Ein Spaziergang von Holmens Kanal zur Ostspitze der Insel Amager in den Jahren 1828 und 1829.* Es war eine phantastische Reiseerzählung, dem Stil eines von Andersen sehr bewunderten Autors nachempfunden – E. T. A. Hoffmann.

Anschließend begann er in Europa herumzureisen und vollendete 1835 seinen ersten Roman *Improvisatoren.* Ein Erfolg bei Publikum und Kritik, überschattete dieses Buch den kleinen Band mit vier Märchen *(Eventyr, fortalte for born),* den er im gleichen Jahr veröffentlichte. Ja, die dänischen Kritiker waren im großen und ganzen von Andersens Erzählungen für Kinder nicht sonderlich beeindruckt. Denn er verstieß gegen ihre Vorstellungen von Literatur, indem er umgangssprachliche Redewendungen und die einfache Konstruktion der gesprochenen Sprache verwendete.

Die Kinder aber waren überall sehr angetan von den Erzählungen, wie auch viele Erwachsene, und in der Mitte der vierziger

Jahre war Andersen international berühmt. Angehörige von Königshäusern und andere Berühmtheiten jener Tage besuchten ihn, und da er nie heiratete und keine Familie hatte, verbrachte er den Rest seines Lebens vorwiegend wie ein Tourist, von Ort zu Ort, von Gastgeber zu Gastgeber reisend.

Äußerlich glich er dem häßlichen Entlein, über das er schrieb; er war sehr groß und dünn, mit langen Armen und Beinen, großen Füßen und einer riesigen dreieckigen Nase, die ihm wie ein Schiffsbug aus dem Gesicht ragte. Sogar seine Haltung und seine Bewegungen waren bizarr und absonderlich. Von Natur aus kindisch, besaß er das Talent, Menschen an sich zu binden, einen ausgeprägten Humor und eine freundliche, wenn auch neurotische Natur. Frühe Erlebnisse und seine seltsame Erscheinung machten ihm sehr zu schaffen, und er litt an einem unstillbaren Hunger nach Zuneigung und Lob, war geplagt von Minderwertigkeitskomplexen und Einsamkeit, von einer Unzahl allmächtiger Ängste, zu denen auch die Hypochondrie gehörte.

Nicht alle der 168 Erzählungen, die er angeblich für Kinder schrieb, sind Märchen im eigentlichen Sinne (mit übernatürlichen Wesen und Zauberei), und selbst jene, die eindeutig dazugerechnet werden können, behandeln oft eher menschliche Schwächen als die Bosheit von Ogern oder Hexen. So kämpft die mutige Heldin der *Schneekönigin* auf ihrer Suche nach dem verlorenen Spielkameraden weniger gegen die Königin als gegen die Vorstellung (die ja viele Menschen haben), daß die Welt ohne Emotionen besser dran wäre.*

---

* Interessant ist in diesem Zusammenhang, daß Joan D. Vinge den Handlungsverlauf dieses Märchens – leicht abgewandelt und in Science Fiction übertragen – zur Grundlage ihres gleichnamigen Romans gemacht hat (HEYNE-BUCH Nr. 06/3950).

HANS CHRISTIAN ANDERSEN

Die Schneekönigin

Ein Märchen in sieben Geschichten

ERSTE GESCHICHTE

Die vom Spiegel und den Splittern handelt

Hört her! Nun fangen wir an. Wenn wir am Ende der Geschichte sind, wissen wir mehr, als wir jetzt wissen, denn es war ein böser Troll, es war einer der allerbösesten, es war der *Deibel*. Eines Tages war er so richtig guter Laune, denn er hatte einen Spiegel gemacht, der die Eigenschaft hatte, daß alles Gute und Schöne, das sich darin spiegelte, fast zu einem Nichts zusammenschrumpfte; was aber nichts taugte und sich übel ausnahm, trat besonders hervor und wurde noch übler. Die herrlichsten Landschaften sahen darin aus wie gekochter Spinat, und die besten Menschen wurden eklig oder standen auf dem Kopf, hatten keinen Bauch, die Gesichter waren so verzerrt, daß sie nicht zu erkennen waren, und hatte man eine Sommersprosse, dann konnte man sicher sein, daß sie über Nase und Mund hinlief. Es sei außerordentlich lustig, sagte der Deibel. Ging ein guter, frommer Gedanke einem Menschen durch den Sinn, dann erschien im Spiegel ein Grinsen, daß der Trollteufel über seine kunstvolle Erfindung lachen mußte. Alle, die in die Trollschule gingen, denn er hielt Trollschule ab, die erzählten weit und breit, daß ein Wunder geschehen sei; nun könne man erst sehen, meinten sie, wie die Welt und die Menschen wirklich seien. Sie rannten mit dem Spiegel herum, und zuletzt gab es kein Land und keinen Menschen mehr, der darin nicht verzerrt erschienen wäre. Nun wollten sie auch zum Himmel selber hinauffliegen, um sich über die Engel und »den lieben Gott« lustig zu machen. Je höher sie mit dem Spiegel kamen, desto stärker grinste dieser, sie konnten ihn kaum festhalten; immer höher flogen sie, immer näher kamen sie Gott und den Engeln; da zuckte der Spiegel so fürchterlich in seinem Grinsen, daß er ihnen aus den Händen rutschte und auf die Erde niederstürzte, wo er in hundert Millionen, Billionen und noch mehr Splitter zerbrach, und gerade jetzt richtete er viel größeres Unheil an als vorher, denn manche Splitter waren nicht einmal so groß wie ein Sandkorn, und diese flogen in der weiten Welt herum; und wo sie den Leuten in die Augen kamen, da blieben sie sitzen, und da sahen die Menschen alles verkehrt oder hatten nur einen Blick dafür, was an einer Sache schlecht war, denn jedes kleine Spiegelkörnchen hatte dieselben Kräfte behalten, wie sie der ganze Spiegel besessen hatte. Manche Menschen bekamen sogar eine große Spiegelscherbe ins Herz, und dann war es ganz schauerlich, das Herz wurde wie ein Eisklumpen. Manche Spiegelscherben waren so groß, daß sie als Fensterscheiben verwandt wurden, aber durch diese Scheiben sah man seine Freunde besser nicht an; andere Stücke kamen in Brillen, und dann ging es übel zu, wenn die Leute diese Brille aufsetzten, um richtig zu sehen und gerecht zu sein. Der Böse lachte, daß sein Bauch platzte, und das kitzelte so schön. Aber draußen flogen noch kleine Glassplitter in der Luft herum. Nun werden wir hören.

ZWEITE GESCHICHTE

Ein kleiner Junge und ein kleines Mädchen

Drinnen in der großen Stadt, wo es so viele Häuser und Menschen gibt, daß nicht genügend Platz ist, damit alle Leute einen kleinen Garten haben können, und wo daher die meisten mit Blumen in Töpfen vorliebnehmen müssen, lebten zwei arme Kinder, die dennoch einen Garten hatten, der etwas größer war als ein Blumentopf. Sie waren nicht Geschwister, aber sie hatten sich ebenso lieb, als wären sie es. Die Eltern wohnten dicht nebeneinander; sie wohnten in zwei Dachkammern; dort, wo das Dach des einen Hauses an das des Nachbarhauses stieß und die Regenrinne zwischen den Dächern entlanglief, da ging in jedem Haus ein kleines Fenster nach draußen; man brauchte nur über die Rinne zu steigen, dann konnte man vom einen Fenster zum anderen kommen.

Jede der beiden Familien hatte draußen vor dem Fenster einen großen hölzernen Kasten, und in diesem wuchsen Küchenkräuter, die sie brauchten, und ein kleiner Rosenstrauch; in jedem Kasten war einer, die wuchsen ganz herrlich. Nun kamen die Eltern auf den Gedanken, die Kästen quer über die Rinne zu stellen, so daß sie von dem einen Fenster fast bis zum anderen reichten und ganz so wie zwei Blumenraine aussahen. Die Erbsenranken hingen über die Kästen nach unten, und die Rosensträucher trieben lange Zweige, rankten sich um die Fenster, neigten sich zueinander; es war beinahe wie eine Ehrenpforte aus Grün und aus Blüten. Da die Kästen sehr hoch waren und die Kinder wußten, daß sie nicht dort hinaufklettern durften, erhielten sie oftmals die Erlaubnis, zueinander hinauszusteigen, auf ihren kleinen Schemeln unter den Rosen zu sitzen, und dort spielten sie nun ganz prächtig.

Im Winter war diese Freude allerdings vorbei. Die Fenster waren oftmals ganz zugefroren, aber dann machten die Kinder Kupfermünzen am Ofen heiß, legten die heiße Münze auf die zugefrorene Scheibe, und dann entstand ein wunderbares Guckloch, ganz rund, ganz rund; dahinter schaute ein süßes, freundliches Auge hindurch, eins aus jedem Fenster; das waren der kleine Junge und das kleine Mädchen. Er hieß Kay, und sie hieß Gerda. Im Sommer konnten sie mit einem Sprung zueinander kommen, im Winter mußten sie erst die vielen Treppen hinuntergehen und die vielen Treppen hinauf; draußen stöberte der Schnee.

»Die weißen Bienen schwärmen!« sagte die alte Großmutter.

»Haben sie auch eine Bienenkönigin?« fragte der kleine Junge, denn er wußte, unter den richtigen Bienen gab es so eine.

»Das haben sie!« sagte die Großmutter. »Sie fliegt dort, wo sie am dichtesten schwärmen! Sie ist die größte von allen, und nie bleibt sie ruhig auf der Erde, sie fliegt wieder hinauf in die schwarze Wolke. Manche Winternacht fliegt sie durch die Straßen der Stadt und schaut durch die Fenster, und dann frieren sie so seltsam zu und sehen ganz wie Blumen aus.«

»Ja, das habe ich gesehen!« sagten beide Kinder, und dann wußten sie, es war wahr.

»Kann die Schneekönigin hier hereinkommen?« fragte das kleine Mädchen.

»Laß sie nur kommen«, sagte der Junge, »dann setze ich sie auf den heißen Ofen, und dann schmilzt sie.«

Aber die Großmutter strich ihm über das Haar und erzählte andere Geschichten.

Abends, als der kleine Kay daheim war und halb ausgezogen, kletterte er auf die Stühle am Fenster und schaute durch das kleine Loch hinaus; draußen fielen ein paar Schneeflocken, und eine davon, die allergrößte, blieb auf dem Rande des einen Blumenkastens liegen; die Schneeflocke wurde immer größer, sie war zuletzt ein ganzes Frauenzimmer, mit den feinsten, weißen Schleiern angetan, die wie aus Millionen sternenähnlicher Flokken zusammengesetzt waren. Sie war so schön und fein, aber aus Eis, dem blendenden, glitzernden Eis, doch war sie lebendig; die Augen starrten wie zwei helle Sterne, aber es war keine Rast noch Ruhe in ihnen. Sie nickte zum Fenster hin und winkte mit der Hand. Der kleine Junge erschrak und sprang vom Stuhl herunter, da war es, als flöge draußen ein großer Vogel am Fenster vorbei.

Am nächsten Tag war klares Frostwetter – und dann kam Tauwetter – und dann kam der Frühling, die Sonne schien, das Grün sproß hervor, die Schwalben bauten ihr Nest, die Fenster wurden geöffnet, und die kleinen Kinder saßen wieder in ihrem Gärtchen hoch oben in der Dachrinne über den vielen Stockwerken.

Die Rosen blühten in diesem Sommer unbeschreiblich schön; das kleine Mädchen hatte ein Kirchenlied gelernt, und in dem kam etwas von Rosen vor, und bei diesen Rosen dachte sie an ihre eigenen; und sie sang es dem kleinen Jungen vor, und er sang mit:

»Im Tale blühen Rosen schön,
Laßt uns zu unserem Jesuskind gehn.«

Und die Kleinen hielten einander an den Händen, küßten die Rosen und schauten in des Herrgotts hellen Sonnenschein und redeten mit ihm, als wäre das Jesuskind da. Was waren es für herrliche Sommertage, wie wundervoll war es, draußen zu sein bei den frischen Rosensträuchern, die schier nicht aufhören wollten zu blühen.

Kay und Gerda saßen da und besahen sich das Bilderbuch mit Tieren und Vögeln, da geschah es – die Uhr an dem großen Kirchturm schlug gerade fünf –, daß Kay sagte: »Au! Mich hat was ins Herz gestochen, und nun habe ich etwas ins Auge bekommen!«

Das kleine Mädchen legte ihm den Arm um den Hals; er blinzelte mit den Augen; nein, es war nichts zu sehen.

»Ich glaube, es ist weg!« sagte er, aber weg war es nicht. Es war eben eins von jenen Glaskörnern, die von dem Spiegel abgesprungen waren, dem Trollspiegel, wir wissen ja noch, dem abscheulichen Glas, das alles Große und Gute, das sich darin spiegelte, klein und häßlich machte; aber das Böse und Schlechte trat so recht hervor, und jeder Fehler an einer Sache war sogleich zu merken. Der arme Kay, er hatte auch so ein Korn mitten ins Herz bekommen. Es sollte bald wie ein Eisklumpen werden. Jetzt tat es nicht mehr weh, aber es war da.

»Warum weinst du?« fragte er. »Dann siehst du häßlich aus! Mir fehlt ja nichts! – Pfui!« rief er ganz plötzlich. »Die Rose da ist von einer Raupe angenagt! Und schau, die da, die ist ja ganz schief! Im Grunde sind es doch gräßliche Rosen! Sie gleichen den Kästen, in denen sie stehen!« und dann stieß er mit dem Fuß heftig gegen den Kasten und riß die beiden Rosen ab.

»Kay, was tust du!« rief das kleine Mädchen; und als er ihr Erschrecken sah, riß er noch eine Rose ab und rannte dann zu seinem Fenster hinein und von der lieben kleinen Gerda fort.

Wenn sie späterhin mit dem Bilderbuch kam, sagte er, das sei für neugeborene Kinder, und erzählte die Großmutter Geschichten, kam er immer mit einem Aber – ja, und hatte er Gelegenheit dazu, dann ging er hinter ihr her, setzte sich die Brille auf und redete genau wie sie; es war ganz ähnlich, und dann lachten die Leute über ihn. Er konnte bald reden und gehen wie die Menschen in der ganzen Straße. Alles, was bei ihnen eigentümlich war und nicht schön, das wußte Kay nachzuahmen, und dann sagten die Leute: »Dieser Junge hat tatsächlich einen ausgezeichneten Verstand!« Aber es war dieses Glas, das er ins Auge bekommen hatte, dieses Glas, das im Herzen saß; das war der Grund, weshalb er sogar die kleine Gerda aufzog, die ihn mit ganzer Seele liebte.

Seine Spiele wurden jetzt ganz anders als früher, sie waren so verständig; an einem Wintertag, als die Schneeflocken stöberten, kam er mit einem großen Brennglas, hielt seinen blauen Mantelzipfel hinaus und ließ die Schneeflocken darauffallen.

»Schau nun ins Glas, Gerda!« sagte er, und die Schneeflocke wurde viel größer und sah aus wie eine prächtige Blume oder ein zehnzackiger Stern, es war wunderbar anzusehen.

»Siehst du, wie kunstvoll!« sagte Kay. »Das ist viel interessanter als die wirklichen Blumen! Und es ist nicht ein einziger Fehler an ihnen, die sind ganz gerade, wenn sie nur nicht schmelzen!«

Kurz darauf kam Kay mit großen Handschuhen und seinem Schlitten auf dem Rücken, er schrie Gerda ins Ohr: »Ich darf auf den großen Platz fahren, wo die anderen spielen!« und fort war er.

Dort auf dem Platz banden die kecksten Jungen oft ihren Schlitten an die Wagen der Bauern, und dann fuhren sie ein ganzes Stück mit. Das ging gar lustig dahin. Als sie gerade so schön spielten, kam ein großer Schlitten; der war ganz weiß gestrichen, und drinnen saß jemand, in einen zottigen weißen Pelz gehüllt und mit weißer, zottiger Mütze; der Schlitten fuhr zweimal um den Platz herum, und Kay band geschwind seinen kleinen Schlitten daran fest, und dann fuhr er mit. Es ging rascher und rascher, schnurstracks in die nächste Straße hinein; die Gestalt, die lenkte, wandte den Kopf und nickte Kay sehr freundlich zu, es war, als kennten sie einander; jedesmal, wenn Kay seinen kleinen Schlitten losmachen wollte, nickte der Betreffende wieder, und dann blieb Kay sitzen; sie fuhren geradewegs zum Stadttor hinaus. Da begann der Schnee derart dicht zu fallen, daß der kleine Junge nicht die Hand vor Augen sehen konnte, während er dahinsauste; er ließ schnell die Leine fahren, um von dem großen Schlitten loszukommen, aber es nützte nichts, sein kleines Gefährt hing fest, und es ging in Windeseile weiter. Da rief er ganz laut, aber niemand hörte ihn, und der Schnee stöberte, und der Schlitten flog dahin; mitunter machte er einen Hopser, es war, als sauste Kay über Gräben und Zäune. Er hatte ordentlich Angst, er wollte sein Vaterunser beten, aber er konnte sich nur auf das große Einmaleins besinnen.

Die Schneeflocken wurden immer größer, zuletzt sahen sie aus wie große weiße Hühner; mit einemmal sprangen sie zur Seite, der große Schlitten hielt, und die Person, die ihn gelenkt hatte, richtete sich auf, der Pelz und die Mütze waren nichts als Schnee. Es war eine Dame, sehr groß und von stolzer Haltung und schimmernd weiß, es war die Schneekönigin.

»Wir sind gut vorwärts gekommen!« sagte sie. »Aber was soll denn das heißen, so zu frieren! Kriech unter meinen Bärenpelz!« und sie setzte ihn neben sich auf den Schlitten und schlug den Pelz um ihm; es war, als versänke er in einer Schneewehe.

»Frierst du noch?« fragte sie, und dann gab sie ihm einen Kuß auf die Stirn. Uh! Der war kälter als Eis, der ging ihm tief ins Herz hinein, das ja ohnehin ein halber Eisklumpen war; ihm war, als müßte er sterben! – Aber nur einen Augenblick, dann tat es geradezu gut, er merkte nichts mehr von der Kälte ringsum.

»Mein Schlitten! Vergiß nicht meinen Schlitten!« An den dachte er zuerst, und der wurde an eins der weißen Hühner angebunden, und das flog hinterdrein mit dem Schlitten auf dem Rücken. Die Schneekönigin gab Kay noch einen Kuß, und da hatte er die kleine Gerda und die Großmutter und alle daheim vergessen.

»Nun bekommst du keinen Kuß mehr!« sagte sie, »denn sonst würde ich dich totküssen!«

Kay sah sie an, sie war sehr schön, ein klügeres, herrlicheres Gesicht konnte er sich nicht vorstellen, jetzt schien sie nicht aus Eis zu sein wie damals, als sie vor dem Fenster saß und ihm zuwinkte; in seinen Augen war sie vollkommen, er empfand gar keine Furcht. Er erzählte ihr, daß er Kopfrechnen könne, und zwar mit Brüchen, die Quadratmeilen der Länder wisse und »wie viele Einwohner«, und sie lächelte immer; da meinte er, es sei doch nicht genug, was er wußte, und er sah in den großen, großen Himmelsraum hinauf, und sie flog mit ihm, flog hoch hinauf auf die schwarze Wolke, und der Sturm sauste und brauste, es war, als sänge er alte Lieder. Sie flogen über Wälder und Seen, über Meere und Länder, unter ihnen fegte der kalte Wind dahin, die Wölfe heulten, der Schnee glitzerte, über ihn hinweg flogen die schwarzen, krächzenden Krähen, aber hoch oben schien der Mond so groß und hell, und diesen betrachtete Kay in der langen, langen Winternacht; tagsüber schlief er zu Füßen der Schneekönigin.

DRITTE GESCHICHTE

Der Blumengarten bei der Frau, die sich aufs Zaubern verstand

Aber wie erging es der kleinen Gerda, als Kay nicht mehr kam? Wo war er nur? – Niemand wußte es, niemand konnte Auskunft geben. Die Jungen erzählten nur, daß sie gesehen hätten, wie er seinen kleinen Schlitten an einem prächtigen großen festgebunden habe, der in die Straße hineingefahren sei und zum Stadttor hinaus. Niemand wußte, wo er war, viele Tränen flossen, die kleine Gerda weinte heftig und lange – dann sagte man, er sei tot, er sei in den Fluß gefallen, der dicht bei der Stadt vorbeifloß. Ach, es waren recht lange, dunkle Wintertage.

Nun kam der Lenz mit wärmerem Sonnenschein.

»Kay ist gestorben und verdorben!« sagte die kleine Gerda.

»Das glaube ich nicht!« sagte der Sonnenschein.

»Er ist gestorben und verdorben!« sagte sie zu den Schwalben.

»Das glauben wir nicht!« erwiderten diese, und zuletzt glaubte die kleine Gerda es auch nicht.

»Ich ziehe meine neuen roten Schuhe an«, sagte sie eines Morgens, »die hat Kay nie gesehen, und dann will ich zum Fluß hinuntergehen und den fragen!«

Und es war ganz früh, sie küßte die alte Großmutter, die schlief, zog die roten Schuhe an und ging ganz allein durch das Tor zum Fluß hinunter.

»Ist es wahr, daß du meinen kleinen Gespielen geholt hast? Ich schenke dir meine roten Schuhe, falls du ihn mir wiedergibst!«

Und sie fand, die Wellen nickten so sonderbar; da zog sie ihre roten Schuhe aus, das Liebste, was sie besaß, und warf sie beide in den Fluß; aber sie fielen dicht am Ufer hinein, und die kleinen Wellen trugen sie sogleich wieder an Land zu ihr. Es war fast, als wollte der Fluß das Liebste, was sie besaß, nicht annehmen, da er ja den kleinen Kay nicht hatte; aber sie dachte, sie habe die Schuhe nicht weit genug hinausgeworfen, und nun kletterte sie in ein Boot, das im Schilf lag, sie ging ganz bis ans hinterste Ende und warf die Schuhe hinein; aber das Boot war nicht festgebunden, und durch die Bewegung, die sie machte, glitt es vom Land fort; sie merkte es und beeilte sich hinauszukommen, aber ehe sie zurück ans Ufer gelangen konnte, war das Boot schon mehr als eine Elle weit draußen, und nun fuhr es schneller dahin.

Da erschrak die kleine Gerda sehr und begann zu weinen, aber niemand außer den Sperlingen hörte sie, und die konnten sie nicht an Land zurückbringen, aber sie flogen am Ufer mit und sangen, als ob sie sie trösten wollten: »Hier sind wir! hier sind wir!« Das Boot trieb mit der Strömung, die kleine Gerda saß ganz still in bloßen Strümpfen da; ihre kleinen roten Schuhe schwammen hinter ihr drein, aber die konnten das Boot nicht einholen, das schneller vorwärts kam.

Schön war es an beiden Ufern, wunderbare Blumen, alte Bäume und die Hänge voller Schafe und Kühe, aber kein Mensch war zu erblicken.

»Vielleicht trägt der Fluß mich zum kleinen Kay«, dachte Gerda, und dann wurde sie hoffnungsvoller, stand auf und betrachtete viele Stunden lang die schönen, grünen Ufer; da kam sie an einen großen Kirschgarten, wo ein Häuschen stand mit seltsam roten und blauen Fenstern, übrigens hatte es ein Strohdach, und zwei hölzerne Soldaten standen davor, die vor denen, die vorüberfuhren, das Gewehr schulterten.

Gerda rief sie an, sie meinte, die seien lebendig, aber sie gaben natürlich keine Antwort; sie kam ganz dicht zu ihnen heran, der Fluß trieb das Boot geradewegs auf das Ufer zu.

Gerda rief noch lauter, und da kam aus dem Haus eine alte, alte Frau, die sich auf einen Krückstock stützte; sie hatte einen großen Sonnenhut auf, und der war mit den schönsten Blumen bemalt.

»Du armes kleines Kind!« sagte die alte Frau; »wie bist du doch nur auf den großen, schnellen Strom hinausgeraten und in die weite Welt hinausgetrieben worden?« und dann ging die alte Frau ganz weit ins Wasser hinein, langte mit ihrem Krückstock nach dem Boot, zog es an Land und hob die kleine Gerda heraus.

Und Gerda war froh, aufs Trockene zu kommen, aber doch ein wenig furchtsam der fremden alten Frau gegenüber.

»Komm doch mal her und erzähle mir, wer du bist und wie du hierherkommst!« sagte sie.

Und Gerda erzählte ihr alles, und die Alte schüttelte den Kopf und sagte: »Hm! hm!« Und als Gerda ihr alles erzählt und sie gefragt hatte, ob sie nicht den kleinen Kay gesehen hätte, sagte die Frau, er sei nicht vorbeigekommen, aber er käme sicher, sie sollte nur nicht traurig sein, sondern ihre Kirschen kosten und ihre Blumen anschauen; die wären schöner als jedes Bilderbuch, die könnten alle eine ganze Geschichte erzählen. Dann nahm sie Gerda bei der Hand, sie gingen in das kleine Haus, und die alte Frau schloß die Tür ab.

Die Fenster saßen ganz hoch oben, und die Scheiben waren rot, blau und gelb; das Tageslicht schimmerte dort drinnen durch all die Farben ganz wunderlich, aber auf dem Tisch standen die schönsten Kirschen, und Gerda aß so viele, wie sie wollte, das durfte sie nämlich. Und während sie aß, kämmte ihr die alte Frau das Haar mit einem goldenen Kamm, und das Haar lockte sich und glänzte ganz herrlich gelb rings um das kleine, freundliche Gesicht, das so rund war und wie eine Rose aussah.

»Nach so einem niedlichen kleinen Mädchen habe ich mich richtig gesehnt!« sagte die Alte. »Nun wirst du mal sehen, wie gut wir beiden uns vertragen werden!« Und je länger sie Gerdas Haar kämmte, desto mehr vergaß Gerda ihren Pflegebruder Kay; denn die alte Frau verstand sich aufs Zaubern, aber eine böse Zauberin war sie nicht, sie zauberte nur ein bißchen zu ihrem Vergnügen, und nun wollte sie die kleine Gerda gern behalten. Deshalb ging sie in den Garten, bewegte ihren Krückstock über alle Rosensträucher hin, und wie schön sie auch blühten, versanken sie dennoch alle in der schwarzen Erde, und man konnte nicht sehen, wo sie gestanden hatten. Die Alte hatte Angst, daß Gerda, wenn sie die Rosen sähe, zuviel an ihre eigenen denken und sich dann an den kleinen Kay erinnern und weglaufen würde.

Nun führte sie Gerda in den Blumengarten. – Nein! Welch ein Duft und was für eine Pracht! Alle erdenklichen Blumen, und zwar aus jeder Jahreszeit, standen hier in ihrem prächtigsten Flor; kein Bilderbuch konnte bunter und schöner sein. Gerda hüpfte vor Freude und spielte, bis die Sonne hinter den hohen Kirschbäumen unterging, da bekam sie ein schönes Bett mit einem rotseidenen Oberbett, das war mit blauen Veilchen gefüllt, und sie schlief und träumte hier so schön wie eine Königin an ihrem Hochzeitstag.

Am nächsten Tage konnte sie wieder mit den Blumen im warmen Sonnenschein spielen – so vergingen viele Tage. Gerda kannte jede Blume, aber wie viele es da auch gab, so war ihr doch, als fehlte eine, aber welche, das wußte sie nicht. Da sitzt sie eines Tages da und schaut auf den Sonnenhut der alten Frau mit den gemalten Blumen, und gerade die schönste von ihnen war eine Rose. Die Alte hatte vergessen, sie vom Hut wegzumachen, als sie die anderen in die Erde zauberte. Aber so geht es, wenn man die Gedanken nicht beisammen hat. »Was!« sagte Gerda, »gibt es hier keine Rosen?« und sie rannte zwischen den Beeten umher, suchte und suchte, aber es waren keine zu finden; da setzte sie sich hin und weinte, aber ihre heißen Tränen fielen genau dahin, wo ein Rosenstrauch versunken war, und als die warmen Tränen die Erde netzten, sproß der Strauch mit einemmal auf, so herrlich wie damals, als er versunken war, und Gerda umarmte ihn, küßte die Rosen und dachte an die schönen Rosen daheim und gleichzeitig auch an den kleinen Kay.

»Oh, ich bin aber aufgehalten worden!« sagte das kleine Mädchen. »Ich wollte doch Kay suchen! – Wißt ihr nicht, wo er ist?« fragte sie die Rosen. »Glaubt ihr, er ist gestorben und verdorben?«

»Gestorben ist er nicht«, sagten die Rosen. »Wir sind ja in der Erde gewesen, dort sind all die Toten, aber Kay war nicht da!«

»Ich danke euch vielmals!« sagte die kleine Gerda, und sie ging zu den anderen Blumen und blickte in deren Kelch und fragte: »Wißt ihr nicht, wo der kleine Kay ist?«

Aber jede Blume stand in der Sonne und träumte ihr eigenes Märchen oder ihre Geschichte, davon bekam die kleine Gerda viele, sehr viele zu hören, aber keine wußte etwas von Kay.

Und was sagte denn die Feuerlilie?

»Hörst du die Trommel: bumm! bumm! Es sind zwei Töne, immer bumm! bumm! Hör nur das Klagelied der Frauen! Höre den Ruf der Priester! – In ihrem langen, roten Gewand steht die Hindufrau auf dem Scheiterhaufen, die Flammen schlagen über ihr und ihrem toten Mann zusammen; aber die Hindufrau denkt an den Lebenden hier im Kreis, an ihn, dessen Augen heißer brennen als die Flammen, an ihn, dessen Augen mit ihrem Feuer eher ihr Herz erreichen als die Flammen, die bald ihren Leib zu Asche verbrennen. Kann die Flamme des Herzens in den Flammen des Scheiterhaufens sterben?«

»Das verstehe ich überhaupt nicht!« sagte die kleine Gerda.

»Es ist mein Märchen!« sagte die Feuerlilie.

Was sagt die Winde?

»Über dem schmalen Gebirgspfad hängt eine alte Ritterburg; das dichte Immergrün wächst an den alten, roten Mauern empor, Blatt neben Blatt, um den Balkon herum, und dort steht ein schönes Mädchen; sie beugt sich über das Geländer und blickt den Weg hinab. Keine Rose hängt frischer am Zweig als sie, keine Apfelblüte, wenn der Wind sie vom Baum abweht, schwebt leichter als sie; wie raschelt das prächtige seidene Gewand! ›Kommt er denn nicht?‹«

»Ist es Kay, den du meinst?« fragte die kleine Gerda.

»Ich rede nur von meinem Märchen, meinem Traum«, entgegnete die Winde.

Was sagt das kleine Schneeglöckchen?

»Zwischen den Bäumen hängt an Stricken das lange Brett, es ist eine Schaukel; zwei niedliche kleine Mädchen – die Kleider sind weiß wie Schnee, lange, grünseidene Bänder flattern von den Hüten – sitzen darauf und schaukeln; der Bruder, der größer ist als sie, steht auf der Schaukel, er hat den Arm um die Stricke gelegt, um sich festzuhalten, denn in der einen Hand hat er eine kleine Schale, in der anderen eine Tonpfeife, er macht Seifenblasen; die Schaukel schwingt hin und her, und die Blasen mit ihren herrlichen, wechselnden Farben fliegen davon; die letzte hängt noch am Pfeifenstiel und schwankt im Winde; die Schaukel schwingt hin und her. Der kleine schwarze Hund, so leicht wie die Blasen, erhebt sich auf die Hinterläufe und will mit auf die Schaukel hinauf; sie fliegt, der Hund plumpst herunter, kläfft und ist böse; er wird gehänselt*, die Blasen platzen – ein schwingendes Brett, ein zerfließendes Schaumbild ist mein Lied!«

»Es kann ja sein, daß es hübsch ist, was du erzählst, aber du erzählst es so trübselig und sagst gar nichts von Kay. Was sagen die Hyazinthen?«

»Es waren drei schöne Schwestern, ganz durchsichtig und fein; das Gewand der einen war rot, das der zweiten blau, das der dritten ganz weiß; Hand in Hand tanzten sie an dem stillen See im hellen Mondschein. Es waren keine Elfen, es waren Menschen-

---

* Die dänische Vokabel hier, hänseln = gække, spielt auf die dänische Bezeichnung für Schneeglöckchen an, vintergæk, auch sommergæk. Unübersetzbares Wortspiel – *Anmerkung d. Übers.*

kinder. Es duftete ganz süß, und die Mädchen entschwanden in den Wald; der Duft wurde stärker – drei Särge, in ihnen lagen die schönen Mädchen, glitten aus dem Dickicht des Waldes über den See; Glühwürmchen flogen schimmernd rund um sie herum, gleich kleinen schwebenden Kerzen. Schlafen die tanzenden Mädchen, oder sind sie tot? – Der Blumenduft sagt, sie seien Leichen; die Abendglocke läutet den Toten!«

»Du machst mich ganz traurig«, sagte die kleine Gerda. »Du duftest so stark, ich muß an die toten Mädchen denken! Ach, ist der kleine Kay denn wirklich tot? Die Rosen sind unten in der Erde gewesen, und die sagen: nein!«

»Kling, klang!« läuteten die Glocken der Hyazinthen. »Wir läuten nicht für den kleinen Kay, den kennen wir nicht! Wir singen nur unser Lied, das einzige, das wir können!«

Und Gerda ging zur Butterblume, die zwischen den blanken grünen Blättern hervorleuchtete.

»Du bist eine kleine helle Sonne!« sagte Gerda. »Sag mir, ob du weißt, wo ich meinen Gespielen finden kann?«

Und die Butterblume leuchtete so wunderschön und blickte Gerda ebenfalls an. Welches Lied konnte wohl die Butterblume singen? Es handelte auch nicht von Kay.

»Auf einen kleinen Hof schien unseres Herrgotts Sonne am ersten Frühlingstag so warm; die Strahlen glitten an des Nachbarn weißer Wand herab, dicht daneben standen die ersten gelben Blumen, glänzendes Gold in den warmen Sonnenstrahlen; die alte Großmutter saß draußen auf ihrem Stuhl, die Enkeltochter, die arme, schöne Dienstmagd, kam von einem kurzen Besuch nach Hause; sie gab der Großmutter einen Kuß. Gold, das Gold des Herzens, lag in diesem liebevollen Kuß. Gold auf dem Mund, Gold auf dem Grund. Gold dort oben in der Morgenstund! Sieh, das ist meine kleine Geschichte!« sagte die Butterblume.

»Meine arme alte Großmutter!« seufzte Gerda. »Ja, sie sehnt sich wohl nach mir, ist traurig meinetwegen, ebenso wie sie es des kleinen Kay wegen war. Aber ich komme bald wieder heim, und dann bringe ich Kay mit. – Es hat keinen Zweck, daß ich die Blumen frage, die können nur ihr eigenes Lied, die geben mir keine Kunde!« und dann band sie ihr Kleidchen hoch, damit sie schneller laufen konnte; aber die Narzisse schlug ihr um die Beine, als sie darüber wegsprang; da blieb sie stehen, betrachtete die lange, gelbe Blume und fragte: »Weißt du vielleicht etwas?« und dann bückte sie sich zur Narzisse hinab. Und was sagte die?

»Ich kann mich selber sehen! Ich kann mich selber sehen!« sagte die Narzisse. »Oh, oh, wie ich rieche! – Oben in dem kleinen Giebelstübchen, halb angekleidet, steht eine kleine Tänzerin, sie steht mal auf einem Bein, mal auf beiden, sie gibt aller Welt Fußtritte, sie ist nichts als ein Augentrug. Sie gießt Wasser aus der Teekanne auf ein Kleidungsstück, das sie in der Hand hält, es ist das Mieder – Reinlichkeit ist eine gute Sache! Das weiße Kleid hängt am Haken, das ist auch in der Teekanne gewaschen und auf dem Dache getrocknet worden; das zieht sie an, den safrangelben Schal um den Hals, dann leuchtet das Kleid weißer. Das Bein in die Höhe, sieh, wie sie über einem Stengel aufragt! Ich kann mich selber sehen! Ich kann mich selber sehen!«

»Daraus mache ich mir gar nichts!« sagte Gerda. »So etwas braucht man mir nicht zu erzählen!« und dann rannte sie ans Ende des Gartens.

Die Tür war geschlossen, aber sie rüttelte an dem verrosteten Haken, da ging er ab und die Tür sprang auf, und nun lief die kleine Gerda auf bloßen Füßen in die weite Welt hinaus. Sie blickte dreimal zurück, aber es kam niemand hinter ihr her; zuletzt konnte sie nicht mehr laufen und setzte sich auf einen großen Stein, und als sie in der Runde umherblickte, war der Sommer vorbei, es war spät im Herbst, das hatte man drinnen in dem schönen Garten gar nicht merken können, wo immer die Sonne schien und die Blumen aller Jahreszeiten blühten.

»Gott! Wie habe ich mich verspätet!« sagte die kleine Gerda. »Es ist ja Herbst geworden! Dann darf ich nicht rasten!« und sie stand auf, um zu gehen.

Oh, wie weh und müde waren ihre kleinen Füße, und ringsum sah es kalt und unwirtlich aus; die langen Weidenblätter waren ganz gelb, und der Nebel tropfte als Wasser von ihnen nieder, ein Blatt nach dem anderen fiel, nur der Schlehdorn trug Früchte, sie waren sehr herb, und der Mund zog sich davon zusammen. Oh, wie war es grau und schwermütig in der weiten Welt.

VIERTE GESCHICHTE

Prinz und Prinzessin

Gerda mußte sich abermals ausruhen; da hüpfte dort auf dem Schnee, ihrem Platz gerade gegenüber, eine große Krähe herum, die hatte lange dagesessen, sie angesehen und mit dem Kopf gewackelt; nun sagte sie: »Krah! krah! – 'n Tag! 'n Tag!« Besser konnte sie es nicht sagen, aber sie meinte es gut mit dem kleinen Mädchen und fragte, wohin in die weite Welt sie so allein denn gehen wolle. Das Wort »allein« verstand Gerda sehr gut und fühlte so recht, wie viel darin lag, und dann erzählte sie der Krähe ihr ganzes Leben und fragte, ob sie Kay nicht gesehen habe.

Und die Krähe nickte ganz nachdenklich und sagte: »Das könnte sein! Das könnte sein!«

»Wirklich, glaubst du?« rief das kleine Mädchen und hätte die Krähe fast totgedrückt, so küßte sie sie.

»Vernünftig, vernünftig!« sagte die Krähe. »Ich glaube, das kann der kleine Kay sein! Aber nun hat er dich sicher um der Prinzessin willen vergessen!«

»Wohnt er bei einer Prinzessin?« fragte Gerda.

»Ja, höre zu!« sagte die Krähe. »Aber es fällt mir schwer, deine Sprache zu sprechen. Verstehst du die Krähensprache*, dann werde ich besser erzählen!«

»Nein, die habe ich nicht gelernt!« sagte Gerda. »Aber Großmutter konnte sie, und die P-Sprache konnte sie. Hätte ich die nur gelernt!«

»Macht nichts!« sagte die Krähe. »Ich werde erzählen, so gut ich kann, aber schlecht wird es trotzdem sein!« und dann erzählte sie, was sie wußte.

»In dem Königreich, in dem wir jetzt sitzen, wohnt eine Prinzessin, die ungemein klug ist, aber sie hat auch alle Zeitungen, die es in der Welt gibt, gelesen und wieder vergessen, so klug ist sie. Neulich sitzt sie auf dem Thron, und das ist gar nicht einmal so vergnüglich, sagt man, da fängt sie plötzlich an, ein Lied zu summen, und zwar gerade dies: ›Weshalb sollte ich nicht heiraten!‹ – ›Oh, das ist ein Gedanke‹, sagte sie, und dann wollte sie

* Eine scherzhafte Kindersprache, wie etwa im Deutschen die »Erbsensprache« – *Anmerkung d. Übers.*

heiraten, aber sie wollte einen Mann haben, der zu antworten verstand, wenn man mit ihm sprach, einen, der nicht dastand und nur vornehm aussah, denn das ist sehr langweilig. Nun ließ sie alle Hofdamen zusammentrommeln, und als die hörten, was sie vorhatte, waren sie sehr erfreut. ›Das gefällt mir gut!‹ sagten sie, ›an so etwas habe ich kürzlich auch gedacht!‹ – Du kannst glauben, jedes Wort, das ich sage, ist wahr!« sagte die Krähe. »Ich habe eine zahme Braut, die läuft frei im Schloß herum, und die hat mir alles erzählt!«

Seine Braut war natürlich auch eine Krähe, denn sucht die Krähe die Ehe, dann ist es immer mit einer Krähe.

»Die Zeitungen kamen gleich mit einem Rand aus Herzen und dem Namenszug der Prinzessin heraus; man konnte darin lesen, daß es jedem jungen Mann, der gut aussehe, freistünde, aufs Schloß zu gehen und mit der Prinzessin zu reden; und denjenigen, welcher so redete, daß man ihm anhören könne, er sei dort zu Hause, und der am besten spreche, den wolle die Prinzessin zum Manne nehmen! – Ja, ja!« sagte die Krähe, »du kannst mir glauben, es ist so wahr, wie ich hier sitze, die Leute strömten herbei, es war ein Gedränge und ein Laufen, aber es wurde nichts daraus, weder am ersten noch am zweiten Tag. Sie konnten allesamt gut reden, wenn sie draußen auf der Straße waren, aber sowie sie zum Schloßtor hereinkamen und die Garde in Silber sahen und die Treppen hinauf die Lakaien in Gold und die großen, erleuchteten Säle, waren sie fassungslos! Und standen sie vor dem Thron, wo die Prinzessin saß, dann wußten sie nichts weiter zu sagen als das letzte Wort, welches sie gesagt hatte; und das noch einmal zu hören, daraus machte sie sich nichts. Es war gerade, als wäre den Leuten da drinnen Schnupftabak auf den Bauch gestreut worden und als wären sie in tiefen Schlummer gesunken, bis sie wieder auf die Straße kamen, ja, dann konnten sie reden. Vom Stadttor bis zum Schloß standen sie in einer langen Reihe. Ich war selber drinnen, um es mir anzusehen!« sagte die Krähe. »Sie kriegten Hunger und auch Durst, aber vom Schloß bekamen sie nicht mal ein Glas lauwarmes Wasser. Zwar hatten manche von den schlauesten Butterbrote mitgenommen, aber sie gaben ihrem Nebenmann nichts ab, sie dachten bei sich: Mag er nur hungrig aussehen, dann nimmt die Prinzessin ihn nicht!«

»Aber Kay, der kleine Kay!« fragte Gerda. »Wann kommt er? War er unter den vielen?«

»Gemach! Gemach! Nun sind wir ja schon bei ihm angelangt! Es war am dritten Tag, da kam ein kleiner Kerl, ohne Pferd noch Wagen, ganz wohlgemut zum Schloß spaziert; seine Augen glänzten wie deine, er hatte herrliches langes Haar, aber sonst ärmliche Kleider!«

»Das war Kay!« jubelte Gerda. »Oh, dann habe ich ihn gefunden!« und sie klatschte in die Hände.

»Er hatte ein Ränzel auf dem Rücken!« sagte die Krähe.

»Nein, das war sicher sein Schlitten!« sagte Gerda, »denn mit dem Schlitten ist er weggegangen!«

»Das kann gut sein!« sagte die Krähe. »Ich habe nicht so genau hingesehen! Aber eins weiß ich von meiner zahmen Braut: als er zum Schloßtor hereinkam und die Leibgarde in Silber sah und die Treppen hinauf die Lakaien in Gold, bedrückte ihn das nicht im geringsten. Er nickte ihnen zu und sagte: ›Es muß langweilig sein, auf der Treppe zu stehen, ich gehe lieber hinein!‹ Da strahlten die Säle von Kerzen wider, Geheimräte und Exzellenzen liefen auf bloßen Füßen und trugen goldene Schüsseln; es konnte einem wahrhaftig ganz feierlich zumute werden! Seine Stiefel knarrten unheimlich laut, aber Furcht bekam er deshalb nicht!«

»Das ist ganz bestimmt Kay!« sagte Gerda. »Ich weiß, er hatte neue Stiefel an, ich habe sie in Großmutters Stube knarren hören!«

»Ja, knarren taten sie!« sagte die Krähe. »Und wohlgemut ging er auf die Prinzessin zu, die auf einer Perle saß, so groß wie das Rad von einem Spinnrocken; und alle Hofdamen mit ihren Zofen und den Zofen der Zofen und alle Kavaliere mit ihren Bedienten und den Bedienten der Bedienten, die sich ihrerseits einen Knecht halten, standen rings im Kreis; und je näher sie der Tür standen, desto stolzer sahen sie aus. Den Knecht von dem Bedienten des Bedienten, der immer in Pantoffeln läuft, konnte man fast nicht ansehen, so stolz stand er an der Tür!«

»Das muß grausig sein!« sagte die kleine Gerda. »Und Kay hat doch sicher die Prinzessin bekommen?«

»Wäre ich nicht eine Krähe gewesen, dann hätte ich sie genommen, und zwar ungeachtet dessen, daß ich verlobt bin. Er soll ebensogut geredet haben, wie ich rede, wenn ich die Krähensprache spreche, das habe ich von meiner zahmen Braut. Er war freimütig und reizend; er war gar nicht gekommen, um zu freien, einzig und allein nur, um sich von der Klugheit der Prinzessin zu überzeugen, und die fand er gut, und sie fand ihn wiederum gut!«

»Ja, bestimmt! Das war Kay!« sagte Gerda. »Er war so klug, er konnte Kopfrechnen mit Brüchen! – Oh, möchtest du mich nicht aufs Schloß führen?«

»Ja, das ist leicht gesagt!« meinte die Krähe. »Aber wie sollen wir das machen? Ich werde darüber mit meiner zahmen Braut reden; sie kann uns sicher einen Rat geben; denn das will ich dir sagen, so ein kleines Mädchen wie du kriegt nie die Erlaubnis, auf gewöhnliche Art hineinzukommen!«

»Doch, die kriege ich schon!« sagte Gerda. »Wenn Kay hört, ich bin hier, kommt er gleich und holt mich!«

»Warte dort am Zauntritt auf mich!« sagte die Krähe, wackelte mit dem Kopf und flog davon.

Erst als es Abend war und dunkel, kam die Krähe wieder zurück. »Rar! rar!« sagte sie. »Ich soll dich vielmals von meiner zahmen Braut grüßen! Und hier ist ein kleines Brot für dich, das hat sie aus der Küche weggenommen, da ist Brot genug, und du bist sicher hungrig! – Es ist unmöglich, daß du ins Schloß hineinkommst, du hast ja nichts an den Füßen; die Garde in Silber und die Lakaien in Gold würden es nicht gestatten; aber weine nicht, du wirst da schon noch hinaufkommen. Meine Braut weiß eine kleine Hintertreppe, die führt ins Schlafgemach, und sie weiß, wo sie den Schlüssel findet!«

Und sie gingen in den Garten, in die große Allee, wo die Blätter alle abfielen, und als auf dem Schloß die Lichter gelöscht wurden, eines nach dem anderen, führte die Krähe die kleine Gerda zu der Hintertür, die angelehnt stand.

Oh, wie klopfte Gerda das Herz vor Angst und Sehnsucht! Es war fast, als hätte sie etwas Böses vor, und sie wollte ja nur erfahren, ob es der kleine Kay war; doch er mußte es sein; sie vergegenwärtigte sich so lebhaft seine klugen Augen, sein langes Haar; sie konnte geradezu sehen, wie er lächelte, wie damals, als sie daheim unter den Rosen saßen. Er würde sich bestimmt freuen, sie zu sehen, zu hören, was für einen langen Weg sie um seinetwillen gegangen war, zu erfahren, wie betrübt sie alle zu Hause gewesen waren, als er nicht wiederkam. Oh, es war eine Furcht und eine Freude.

Nun waren sie auf der Treppe; auf einem Schrank brannte eine kleine Lampe; mitten auf der Treppe stand die zahme Krähe und drehte den Kopf nach allen Seiten und betrachtete Gerda, die einen Knicks machte, wie die Großmutter es sie gelehrt hatte.

»Mein Verlobter hat so hübsch von Ihnen gesprochen, mein kleines Fräulein!« sagte die Krähe. »Ihre Vita, wie man es nennt, ist auch sehr rührend! – Würden Sie die Lampe nehmen, dann gehe ich vorauf. Wir gehen hier den geraden Weg, denn da treffen wir niemanden!«

»Mir ist so, als käme hier jemand gleich hinter mir her!« sagte Gerda, und es rauschte an ihr vorbei; es war wie Schatten an der Wand, Pferde mit wehenden Mähnen und dünnen Beinen, Jägerburschen, Herren und Damen zu Pferde.

»Das sind nur die Träume!« sagte die Krähe. »Sie kommen und holen die Gedanken der hohen Herrschaften zur Jagd ab, das ist nur gut, so können Sie sie besser im Bett betrachten. Aber ich möchte mir ausbitten, wenn Sie zu Ehren und Würden kommen, daß Sie dann ein dankbares Herz zeigen!«

»Darüber braucht man kein Wort zu verlieren!« sagte die Krähe aus dem Walde.

Jetzt kamen sie in den ersten Saal, der war aus rosafarbenem Atlas mit künstlichen Blumen an den Wänden; hier rauschten schon die Träume an ihnen vorüber, aber sie huschten so schnell vorbei, daß Gerda die hohen Herrschaften nicht zu sehen bekam. Ein Saal war immer prächtiger als der andere; o ja, man konnte wirklich verblüfft sein, und nun waren sie im Schlafgemach. Die Decke hier drinnen glich einer großen Palme mit Blättern aus Glas, kostbarem Glas, und mitten im Raume hingen an einem dicken Stengel aus Gold zwei Betten, jedes sah aus wie eine Lilie; das eine war weiß, in dem schlief die Prinzessin, das zweite war rot, und in diesem sollte Gerda den kleinen Kay suchen. Sie bog eines der roten Blätter beiseite, und da sah sie einen braunen Hinterkopf. – Oh, es war Kay! – Sie rief ganz laut seinen Namen, hielt die Lampe über ihn – die Träume sprengten zu Pferde wieder in die Stube herein –, er erwachte, wandte den Kopf und – es war nicht der kleine Kay.

Der Prinz ähnelte ihm nur am Hinterkopf, aber jung und schön war er. Und aus dem weißen Lilienbett schaute die Prinzessin hervor und fragte, was denn sei. Da weinte die kleine Gerda und erzählte ihre ganze Geschichte und alles, was die Krähen für sie getan hatten.

»Du armes Kleines!« sagten der Prinz und die Prinzessin, und sie lobten die Krähen und sagten, sie seien ihnen gar nicht böse, aber sie sollten es trotzdem nicht wieder tun. Immerhin sollten sie eine Belohnung haben.

»Wollt ihr frei von hinnen fliegen?« fragte die Prinzessin. »Oder wollt ihr als Hofkrähen angestellt werden mit allem, was in der Küche abfällt?«

Und beide Krähen verbeugten sich und baten um feste Anstellung; denn sie dachten an ihr Alter und meinten: »Es wäre schön, wenn man auf seine alten Tage etwas hätte«, wie man so sagt.

Und der Prinz stieg aus dem Bett und ließ Gerda darin schlafen, und mehr konnte er nicht tun. Sie faltete ihre kleinen Hände und dachte: »Wie sind Menschen und Tiere doch gut!« und dann schloß sie die Augen und schlief ganz herrlich. Wieder kamen alle Träume angeflogen, und dann sahen sie aus wie Gottes Engel, und sie zogen einen kleinen Schlitten, und auf diesem saß Kay und nickte; aber das Ganze war nur ein Traum, und daher war es auch wieder weg, sobald sie erwachte.

Am nächsten Tage wurde sie vom Scheitel bis zur Zehe in Samt und Seide gekleidet; es wurde ihr angeboten, im Schloß zu bleiben und sich's wohlsein zu lassen, aber sie bat um nichts als einen kleinen Wagen mit einem Pferd davor und ein Paar kleine Stiefel, dann wollte sie wieder in die weite Welt hinausfahren und Kay suchen.

Und sie erhielt sowohl Stiefel wie auch einen Muff, sie wurde so fein ausgestattet; und als sie fort wollte, hielt vor der Tür eine neue Kutsche aus purem Golde; das Wappen des Prinzen und der Prinzessin glänzte daran wie ein Stern; Kutscher, Diener und Vorreiter, denn Vorreiter waren auch dabei, saßen da mit goldenen Kronen auf dem Kopf. Der Prinz und die Prinzessin halfen ihr selbst in den Wagen und wünschten ihr viel Glück. Die Waldkrähe, die nun geheiratet hatte, gab die ersten drei Meilen das Geleit; sie saß neben ihr, denn sie konnte es nicht vertragen, rückwärts zu fahren; die andere Krähe stand im Tor und klatschte mit den Flügeln, sie fuhr nicht mit, denn sie litt an Kopfweh, seit sie fest angestellt worden war und zuviel zu essen bekam. Innen war die Kutsche mit Zuckerbrezeln ausgeschlagen, und unter dem Sitz waren Früchte und Pfeffernüsse.

»Leb wohl! Leb wohl!« riefen der Prinz und die Prinzessin, und die kleine Gerda weinte, und die Krähe weinte. – So ging es die ersten Meilen; dann nahm auch die Krähe Abschied, und dieser Abschied war der schwerste; sie flog auf einen Baum und klatschte mit ihren schwarzen Flügeln, solange sie den Wagen sehen konnte, der wie der helle Sonnenschein glänzte.

FÜNFTE GESCHICHTE

Das kleine Räubermädchen

Sie fuhren durch den finsteren Wald, aber die Kutsche leuchtete wie eine Flamme, das stach den Räubern in die Augen, das konnten sie nicht aushalten.

»Es ist Gold! Es ist Gold!« riefen sie, stürzten hervor, packten die Pferde, erschlugen die kleinen Jockeys, den Kutscher und die Bediensteten und zerrten jetzt die kleine Gerda aus dem Wagen.

»Sie ist fett, sie ist niedlich, sie ist mit Nußkernen gemästet!« sagte das alte Räuberweib, das einen langen, struppigen Bart hatte und Augenbrauen, die ihr über die Augen hinabhingen. »Das ist ebensogut wie ein kleines Mastlamm! Na, die wird aber schmecken!« und dann zog sie ihr blankes Messer, und das blitzte, daß es ganz grausig war.

»Au!« sagte das alte Weib im selben Augenblick, als sie gerade von ihrer eigenen kleinen Tochter, die auf ihrem Rücken hing und so wild und ungezogen war, daß es eine Lust war, ins Ohr gebissen wurde. »Du abscheulicher Balg!« sagte die Mutter und kam nicht dazu, Gerda zu schlachten.

»Sie soll mit mir spielen!« sagte das kleine Räubermädchen. »Sie muß mir ihren Muff schenken, ihr schönes Kleid, muß bei mir im Bett schlafen!« und dann biß sie wieder zu, so daß das Räuberweib in die Luft hopste und sich rundherum drehte. Und alle Räuber lachten und sagten: »Seht, wie die mit ihrem Balg tanzt!«

»Ich will in die Kutsche!« sagte das kleine Räubermädchen,

und sie mußte unbedingt ihren Willen haben, denn sie war sehr verzogen und sehr eigensinnig. Sie und Gerda stiegen ein, und dann fuhren sie über Stock und Stein tiefer in den Wald hinein. Das kleine Räubermädchen war so groß wie Gerda, aber kräftiger, breitschultriger und von dunkler Hautfarbe; die Augen waren ganz schwarz, sie sahen fast traurig aus. Sie faßte die kleine Gerda um den Leib und sagte: »Die dürfen dich nicht schlachten, solange ich nicht böse auf dich werde! Du bist doch bestimmt eine Prinzessin?«

»Nein«, sagte die kleine Gerda und erzählte ihr alles, was sie erlebt hatte und wie lieb sie den kleinen Kay hatte.

Das Räubermädchen sah sie ganz ernsthaft an, nickte ein wenig mit dem Kopf und sagte: »Sie dürfen dich nicht schlachten, und selbst wenn ich böse auf dich werde, dann werde ich es schon selber tun!« und dann trocknete sie Gerda die Tränen und steckte beide Hände in den schönen Muff, der ganz weich und ganz warm war.

Nun hielt die Kutsche an, sie waren mitten auf dem Hof eines Räuberschlosses; von oben bis unten klaffte ein großer Spalt darin, Raben und Krähen flogen aus den offenen Löchern, und die großen Bullenbeißer, die aussahen, als könnten sie jeder einen Menschen verschlingen, sprangen hoch in die Luft, aber sie bellten nicht, denn das war verboten.

In dem großen alten, verrußten Saal brannte mitten auf dem steinernen Fußboden ein großes Feuer; der Rauch zog unter der Decke hin und mußte selber zusehen, wie er hinauskam; in einem großen Braukessel kochte Suppe, und Hasen und auch Kaninchen wurden am Spieß gewendet.

»Du sollst heute nacht hier zusammen mit allen meinen Tieren bei mir schlafen!« sagte das Räubermädchen. Sie bekamen zu essen und zu trinken und gingen dann in eine Ecke, wo Stroh und Decken lagen. Oben saßen auf Pfählen und Stangen fast hundert Tauben, die sämtlich zu schlafen schienen, sich aber doch ein wenig drehten, als die kleinen Mädchen kamen.

»Das sind alles meine«, sagte das kleine Räubermädchen und griff schnell nach einer der zunächst sitzenden, hielt sie an den Beinen fest und schüttelte sie, so daß die mit den Flügeln schlug. »Gib ihr einen Kuß!« rief sie und klatschte Gerda mit der Taube ins Gesicht. »Da sitzen die Waldkanaillen!« fuhr sie fort und zeigte auf eine Menge Stäbe, die hoch oben in der Mauer vor ein Loch genagelt waren. »Das sind Waldkanaillen, die beiden! Die fliegen sofort weg, falls man sie nicht ordentlich eingesperrt hat; und hier steht mein alter Schatz Bäh!« und sie zerrte am Geweih ein Rentier herbei, das einen blanken, kupfernen Ring um den Hals hatte und angebunden war. »Den müssen wir auch an die Kette legen, sonst rennt er uns davon. Jeden Abend kitzele ich ihn mit meinem scharfen Messer am Hals, davor hat er mächtige Angst!« und das kleine Mädchen zog ein langes Messer aus einem Spalt in der Mauer und fuhr damit dem Rentier über den Hals; das arme Tier schlug mit den Läufen aus, und das Räubermädchen lachte und zog Gerda alsdann mit sich auf das Lager nieder.

»Hast du das Messer bei dir, wenn du schläfst?« fragte Gerda und sah es etwas furchtsam an.

»Ich schlafe immer mit dem Messer!« sagte das kleine Räubermädchen. »Man weiß nie, was kommt. Aber erzähle mir nun noch einmal, was du mir vorhin von dem kleinen Kay erzählt hast und weshalb du in die weite Welt hinausgezogen bist.« Und Gerda erzählte von vorn, und die Holztauben gurrten droben im Käfig, die anderen Tauben schlummerten. Das kleine Räubermädchen legte seinen Arm um Gerdas Hals, hatte das Messer in der anderen Hand und schlief, daß man es hören konnte; aber Gerda konnte kein Auge zutun, sie wußte nicht, ob sie leben oder sterben sollte. Die Räuber saßen rund um das Feuer, sangen und tranken, und das Räuberweib schoß Kobolz. Ach, es war für das kleine Mädchen ganz grauenhaft anzusehen.

Da sagten die Holztauben: »Kurre, kurre! Wir haben den kleinen Kay gesehen. Ein weißes Huhn trug seinen Schlitten, er saß im Wagen der Schneekönigin, der niedrig über den Wald hinfuhr, als wir im Nest lagen; sie hauchte uns Junge an, und alle starben, außer uns beiden; kurre, kurre!«

»Was sagt ihr dort oben?« rief Gerda. »Wohin fuhr die Schneekönigin? Wißt ihr etwas darüber?«

»Sie fuhr sicherlich nach Lappland, denn dort liegt immer Schnee und Eis! Frag nur das Rentier, das am Strick angebunden ist.«

»Dort liegt Eis und Schnee, dort ist es herrlich und schön!« sagte das Rentier; »dort springt man in den großen, leuchtenden

Tälern frei herum! Dort hat die Schneekönigin ihr Sommerzelt, aber ihr festes Schloß liegt oben nach dem Nordpol zu, auf der Insel, die Spitzbergen heißt!«

»O Kay, kleiner Kay!« seufzte Gerda.

»Nun mußt du stille liegen!« sagte das Räubermädchen, »sonst kriegst du das Messer in den Bauch!«

Morgens erzählte Gerda ihr alles, was die Holztauben gesagt hatten, und das kleine Räubermädchen sah ganz ernsthaft aus, nickte aber mit dem Kopf und sagte: »Na, meinetwegen! Weißt du, wo Lappland ist?« fragte sie das Rentier.

»Wer könnte das besser wissen als ich!« sagte das Tier, und die Augen schillerten ihm im Kopf. »Dort bin ich geboren, dort stamme ich her, dort bin ich über die Schneefelder gelaufen!«

»Höre zu!« sagte das Räubermädchen zu Gerda. »Du siehst, daß alle unsere Mannsleute weg sind, aber Mutter ist noch da, und sie bleibt, aber gegen Morgen trinkt sie aus der großen Flasche und macht hinterher ein Nickerchen – dann werde ich etwas für dich tun!« Nun sprang sie aus dem Bett, flog der Mutter um den Hals, zupfte sie am Schnurrbart und sagte: »Mein lieber süßer Ziegenbock, guten Morgen!« Und die Mutter schnippste ihr unter die Nase, daß die rot und blau wurde, aber das war alles lauter Liebe.

Als dann die Mutter aus ihrer Flasche getrunken hatte und ein kleines Nickerchen machte, ging das Räubermädchen zum Rentier und sagte: »Ich habe eine seltsame Lust, dich noch viele Male mit dem scharfen Messer zu kitzeln, dann bist du nämlich so drollig; aber meinetwegen, ich werde deine Leine lösen und dir helfen, nach draußen zu kommen, damit du nach Lappland laufen kannst, aber du mußt die Beine in die Hand nehmen und mir dies kleine Mädchen zum Schloß der Schneekönigin bringen, wo ihr Gespiele ist. Du hast sicher gehört, was sie erzählt hat, denn sie hat laut genug gesprochen, und du hast gehorcht!«

Das Rentier sprang hoch in die Luft vor Freude. Das Räubermädchen hob die kleine Gerda hinauf und war so umsichtig, sie festzuschnallen, ja ihr sogar auch ein kleines Kissen zum Sitzen zu geben. »Meinetwegen«, sagte sie, »hier hast du deine Pelzstiefel, denn es wird kalt werden, aber den Muff behalte ich, der ist viel zu hübsch! Immerhin darfst du nicht frieren. Hier hast du die großen Fausthandschuhe von meiner Mutter, die gehen dir bis zum Ellbogen; fahr hinein! Nun siehst du an den Händen genauso aus wie meine eklige Mutter!«

Und Gerda weinte vor Freude.

»Ich kann es nicht leiden, wenn du greinst!« sagte das kleine Räubermädchen. »Jetzt mußt du gerade fröhlich aussehen! Und hier hast du zwei Brote und einen Schinken, dann kannst du nicht Hunger leiden!« Beides hatte sie hinten aufs Rentier gebunden; das kleine Räubermädchen öffnete die Tür, lockte alle großen Hunde herein, und dann zerschnitt sie mit ihrem Messer den Strick und sagte zu dem Rentier: »Lauf zu! Paß aber gut auf das kleine Mädchen auf!«

Und Gerda streckte dem kleinen Räubermädchen die Hände mit den großen Fausthandschuhen hin und sagte Lebewohl, und dann flog das Rentier über Stock und Stein, durch den großen Wald, über Moore und Steppen, so schnell es konnte. Die Wölfe heulten, und die Raben schrien. »Fix! fix!« sagte es am Himmel. Es war fast, als niese er Blut.

»Das ist mein altes Nordlicht!« sagte das Rentier. »Sieh, wie es leuchtet!« und dann lief es noch schneller dahin, Tag und Nacht; die Brote wurden verspeist, der Schinken ebenfalls, und dann waren sie in Lappland.

SECHSTE GESCHICHTE

Die Lappenfrau und die Finnenfrau

Sie hielten vor einem kleinen Haus; es war so kümmerlich; das Dach reichte bis auf die Erde, und die Tür war so niedrig, daß die Familie auf dem Bauche kriechen mußte, wenn sie hinaus oder hinein wollte. Hier war niemand daheim außer einer alten Lappenfrau, die dastand und bei einer Tranlampe Fisch briet; und das Rentier erzählte Gerdas ganze Geschichte, aber zuerst seine eigene, denn die fand es viel wichtiger, und Gerda war vor Kälte so elend, daß sie nicht sprechen konnte.

»Ach, ihr armen Geschöpfe!« sagte die Lappenfrau, »da habt ihr's noch weit! Ihr müßt über hundert Meilen weiter nach Finnmarken hineinlaufen, denn dort ist die Schneekönigin zur Erholung hingefahren und steckt Abend für Abend blaues Nordlicht an. Ich schreibe ein paar Worte auf einen gedörrten Klippfisch, Papier habe ich nicht, den gebe ich euch mit für die Finnenfrau dort oben, sie kann euch besser Auskunft geben als ich!«

Und als Gerda sich nun aufgewärmt und zu essen und zu trinken bekommen hatte, schrieb die Lappenfrau ein paar Worte auf einen gedörrten Klippfisch, bat Gerda, ihn gut zu verwahren, schnallte sie abermals auf dem Rentier fest, und das sprang von dannen. »Fix! fix!« machte es oben in der Luft, die ganze Nacht flammte das schönste blaue Nordlicht – und dann kamen sie nach Finnmarken und pochten an den Schornstein der Finnenfrau, denn die hatte nicht mal eine Tür.

Drinnen war eine Hitze, daß die Finnenfrau selber fast ganz nackt herumlief; klein war sie und ganz schmuddelig; sie machte der kleinen Gerda sogleich die Kleider auf, zog ihr die Fausthandschuhe und die Stiefel aus – denn sonst wäre es ihr zu heiß geworden –, legte dem Rentier ein Stück Eis auf den Kopf und las dann, was auf dem Klippfisch geschrieben stand; sie las es dreimal, und dann konnte sie es auswendig und steckte den Fisch in den Kochtopf, denn der konnte ja sehr schön gegessen werden, und sie ließ nie etwas umkommen.

Nun erzählte das Rentier zuerst seine Geschichte, dann die der kleinen Gerda, und die Finnenfrau blinzelte mit den klugen Augen, sagte aber nichts.

»Du bist so klug«, sagte das Rentier, »ich weiß, du kannst alle Winde der Welt an einen Faden binden; wenn der Schiffer den einen Knoten aufmacht, bekommt er guten Wind, macht er den zweiten auf, dann ist der Wind scharf, und macht er den dritten und vierten auf, dann stürmt es, daß die Wälder umknicken. Möchtest du nicht dem kleinen Mädchen einen Trank geben, daß sie die Kraft von zwölf Männern bekommt und die Schneekönigin überwinden kann?«

»Die Kraft von zwölf Männern«, sagte die Finnenfrau, »o ja, das reichte gerade aus!« Und dann ging sie an ein Wandbrett, nahm eine große, zusammengerollte Haut herunter, und die rollte sie auf; es waren absonderliche Buchstaben daraufgeschrieben, und die Finnenfrau las, daß das Wasser ihr von der Stirne troff.

Aber das Rentier bat abermals so herzlich für die kleine Gerda, und Gerda sah die Finnenfrau mit so bittenden Augen und unter

Tränen an, daß diese wieder mit den ihren zu blinzeln begann und das Rentier in eine Ecke zog, wo sie mit ihm flüsterte, während es frisches Eis auf den Kopf bekam: »Der kleine Kay ist allerdings bei der Schneekönigin und findet dort alles nach seinem Herzen und seinem Wunsch und meint, es sei der beste Teil von der Welt; aber das kommt daher, weil er einen Glassplitter ins Herz und ein Glaskörnchen ins Auge bekommen hat; die müssen zuerst heraus, sonst wird er nie mehr Mensch, und die Schneekönigin behält die Macht über ihn!«

»Aber kannst du nicht der kleinen Gerda etwas eingeben, so daß sie Macht über das alles bekommt?«

»Ich kann ihr keine größere Macht geben, als sie schon hat! Siehst du nicht, wie groß die ist? Siehst du nicht, wie Mensch und Tier ihr zu Diensten sein müssen, wie sie auf bloßen Füßen so gut in der Welt vorwärts gekommen ist? Sie darf von uns nicht ihre Macht erfahren, die sitzt in ihrem Herzen, die sitzt darin; sie ist ein liebes, unschuldiges Kind. Kann sie selber nicht zur Schneekönigin hineinkommen und dem kleinen Kay das Glas herausnehmen, dann können wir nicht helfen! Zwei Meilen von hier beginnt der Garten der Schneekönigin, dorthin kannst du das kleine Mädchen tragen, setze sie an dem großen Strauch ab, der mit seinen roten Beeren im Schnee steht, halt dich nicht lange mit Geschwätz auf und beeil dich, daß du hierher zurückkommst!« und dann hob die Finnenfrau die kleine Gerda auf das Rentier hinauf, das so schnell lief, wie es konnte.

»Oh, ich habe meine Stiefel nicht! Ich habe meine Fausthandschuhe nicht mitbekommen!« rief die kleine Gerda, das bekam sie in der schneidenden Kälte zu spüren, aber das Rentier durfte nicht anhalten, es lief, bis es zu dem großen Strauch mit den roten Beeren kam; dort setzte es Gerda ab, küßte sie auf den Mund, und nun rannen große, blanke Tränen über die Backen des Tieres, und dann lief es, so rasch wie es konnte, wieder zurück. Da stand die arme Gerda, ohne Stiefel, ohne Handschuhe, mitten in dem furchtbaren, eiskalten Finnmarken.

Sie lief vorwärts, so schnell sie konnte; da kam ein ganzes Regiment Schneeflocken an; aber die fielen nicht vom Himmel hernieder – der war ganz klar und flammte von Nordlicht –, die Schneeflocken liefen dicht am Erdboden dahin, und je näher sie kamen, desto größer wurden sie. Gerda erinnerte sich wohl, wie groß und kunstvoll sie ausgesehen hatten, damals, als sie die Schneeflocken durch das Brennglas sah, aber hier waren sie noch sehr viel größer und fürchterlicher, sie waren lebendig, sie waren die Vorposten der Schneekönigin, sie hatten die seltsamsten Gestalten; manche sahen aus wie gräßliche große Igel, andere wie ganze Knäuel von Schlangen, die die Köpfe hervorsteckten, und andere wie kleine, dicke Bären, deren Haare weit abstanden, alle glänzend weiß, es waren alles lebendige Schneeflocken.

Da betet die kleine Gerda ihr Vaterunser, und die Kälte war so stark, daß sie ihren eigenen Atem sehen konnte, wie ein Dampf stand er ihr aus dem Mund; der Atem wurde dichter und dichter, und er wurde zu kleinen, lichten Engeln, die größer und größer wurden, sowie sie die Erde berührten; und alle hatten sie einen Helm auf dem Kopf und Speer und Schild in den Händen; es wurden ihrer mehr und mehr, und als Gerda ihr Vaterunser zu Ende gesprochen hatte, war eine ganze Heerschar um sie; sie hieben mit ihren Speeren auf die grausigen Schneeflocken ein, so daß sie in hundert Stücke zerschellten, und die kleine Gerda ging ganz sicher und mutig vorwärts. Die Engel streichelten ihre Füße und Hände, und nun fühlte sie weniger, wie kalt es war, und sie ging raschen Schrittes auf das Schloß der Schneekönigin zu.

Aber nun wollen wir erst einmal sehen, wie es Kay geht. Er dachte wahrlich nicht an die kleine Gerda und am allerwenigsten daran, daß sie draußen vorm Schloß stünde.

SIEBENTE GESCHICHTE

Was im Schloß der Schneekönigin geschah
und was hinterher geschah

Die Wände des Schlosses bestanden aus stiebendem Schnee, und die Fenster und Türen aus den schneidenden Winden; hier gab es über hundert Säle, je nachdem wie der Schnee stob, der größte erstreckte sich über viele hundert Meilen, alle von dem starken Nordlicht erhellt, und sie waren so groß, so leer, so eisig kalt und gleißend. Nie gab es hier ein Vergnügen, nicht einmal so etwas wie einen kleinen Bärenball, wo der Sturm zum Tanz aufspielen und die Eisbären auf den Hinterbeinen gehen und feine Manieren zeigen konnten; niemals eine kleine Spielgesellschaft mit Maulschellen und Prankenklatschen; niemals ein ganz klein bißchen Kaffeeklatsch bei den weißen Fuchsfräulein; leer, groß und kalt war es in den Sälen der Schneekönigin. Das Nordlicht flammte so haargenau, daß man bis zu dem Punkt zählen konnte, an dem es am hellsten brannte oder am niedrigsten stand. Mitten in dem leeren, unendlichen Schneesaal lag ein zugefrorener See, der war in tausend Stücke zerborsten, aber jedes Stück war dem anderen vollkommen gleich, so daß das Ganze höchst kunstvoll war; und mitten darauf saß die Schneekönigin, wenn sie daheim war, und dann sagte sie, sie sitze im Spiegel des Verstandes und dies sei das einzige und beste auf der ganzen Welt.

Der kleine Kay war ganz blau vor Kälte, ja beinahe schwarz, aber er merkte es trotzdem nicht, denn sie hatte ihm ja den Frostschauer weggeküßt, und sein Herz war so gut wie ein Eisklumpen. Er schleppte allerlei scharfe, flache Eisstücke, die er auf alle mögliche Art und Weise zusammensetzte, denn er wollte etwas herausbekommen; es war genauso, wie wenn wir anderen kleine Holzplättchen nehmen und diese zu Figuren zusammensetzen, was man das chinesische Spiel nennt. Kay legte auch Figuren, die allerkunstvollsten, es war das Verstandes-Eisspiel, in seinen Augen waren die Figuren ganz ausgezeichnet und von allerhöchster Wichtigkeit; das kam von dem Glaskorn, das in seinem Auge saß! Er legte ganze Figuren, die ein geschriebenes Wort waren; aber nie konnte er herausfinden, wie er das Wort legen sollte, das er unbedingt legen wollte, das Wort »Ewigkeit«, und die Schneekönigin hatte gesagt: »Kannst du mir die Figur herausbekommen, dann sollst du frei sein, und ich schenke dir die ganze Welt und ein Paar neue Schlittschuhe.« Aber er konnte es nicht.

»Jetzt sause ich in die warmen Länder!« sagte die Schneekönigin. »Ich will hin und in die schwarzen Kessel schauen!« – das waren die feuerspeienden Berge, der Ätna und der Vesuv, wie man sie nennt –, »ich will sie ein bißchen weißen! Das gehört dazu, das tut den Zitronen und Weintrauben gut!« und dann flog die Schneekönigin fort, und Kay saß ganz allein in dem viele Meilen großen leeren Eissaal und schaute die Eisstücke an und dachte und dachte, so daß es in ihm knackte; ganz starr und still saß er da, man hätte meinen können, er sei erfroren.

In diesem Augenblick trat die kleine Gerda durch das große

Tor, das die schneidenden Winde waren, ins Schloß; aber sie sprach ihr Abendgebet, und da legten sich die Winde, als wollten sie schlummern, und sie trat in die großen, leeren, kalten Säle – da sah sie Kay, sie erkannte ihn, sie flog ihm um den Hals, hielt ihn ganz fest und rief: »Kay! Lieber kleiner Kay! Nun habe ich dich doch gefunden!«

Aber er saß ganz still da, starr und kalt – da weinte die kleine Gerda heiße Tränen, sie fielen auf seine Brust, sie drangen in sein Herz ein, sie schmolzen den Eisklumpen und zehrten den kleinen Spiegelsplitter da drinnen auf; er sah sie an, und sie sang das Lied:

»Im Tale wachsen Rosen schön
Laßt uns zu unserem Jesuskind gehn.«

Da brach Kay in Tränen aus; er weinte, daß ihm das Spiegelkörnchen aus den Augen purzelte, er erkannte das Mädchen und jubelte: »Gerda! Liebe kleine Gerda! Wo bist du denn nur so lange gewesen? Und wo bin ich gewesen?« und er blickte um sich. »Wie ist es hier kalt! Wie ist es hier leer und weit!« und er hielt sich an Gerda fest, und sie lachte und weinte vor Freude; es war so himmlisch schön, daß selbst die Eisstücke ringsum vor Freude tanzten, und als sie müde waren und sich hinlegten, da lagen sie genau in Form der Buchstaben, von denen die Schneekönigin gesagt hatte, er solle sie herausbekommen, dann wäre er frei, und sie wolle ihm die ganze Welt und ein Paar neue Schlittschuhe schenken.

Und Gerda küßte seine Wangen, und sie begannen zu blühen; und sie küßte seine Augen, und die leuchteten wie ihre; sie küßte seine Hände und Füße, und er ward frisch und gesund. Die Schneekönigin mochte ruhig nach Hause kommen, sein Lösebrief stand hier mit schimmernden Eisstücken geschrieben.

Und sie nahmen sich bei den Händen und wanderten aus dem großen Schloß hinaus; sie sprachen von der Großmutter und von den Rosen oben auf dem Dach; und wo sie gingen, da lagen die Winde ganz still, und die Sonne brach durch; und als sie den Strauch mit den roten Beeren erreichten, stand das Rentier da und wartete; es hatte ein zweites junges Ren bei sich, dessen Euter voll war, und das Ren gab den Kleinen seine warme Milch und küßte sie auf den Mund. Dann trugen sie Kay und Gerda zuerst zur Finnenfrau, wo sie sich in der heißen Hütte aufwärmten und über die Heimfahrt Bescheid erhielten, dann zur Lappenfrau, die ihnen neue Kleider genäht und ihren Schlitten instandgesetzt hatte.

Und das Rentier und das junge Ren liefen nebenher und begleiteten sie bis an die Landesgrenze, dort lugte das erste Grün hervor, dort nahmen sie Abschied vom Rentier und von der Lappenfrau. »Lebt wohl!« sagten sie alle. Und die ersten Vögelchen begannen zu zwitschern, der Wald hatte grüne Knospen, und heraus kam, auf einem prachtvollen Pferde reitend, das Gerda erkannte – es war vor die goldene Kutsche gespannt gewesen –, ein junges Mädchen mit einer leuchtend roten Mütze auf dem Kopf und Pistolen vor sich; es war das kleine Räubermädchen, das es leid war, zu Hause zu sitzen, und jetzt erst einmal nordwärts wollte und dann in eine andere Gegend, falls es ihr nicht gefiele. Das Mädchen erkannte Gerda sofort, und Gerda erkannte sie, es war eine Freude.

»Du bist mir ein schöner Bursche, dich so herumzutreiben!« sagte sie zu dem kleinen Kay. »Ich möchte mal wissen, ob du es verdienst, daß man deinetwegen bis ans Ende der Welt rennt!«

Aber Gerda streichelte ihre Wange und fragte nach Prinz und Prinzessin.

»Die sind in fremde Länder gereist!« sagte das Räubermädchen.

»Und die Krähe?« fragte die kleine Gerda.

»Ja, die Krähe ist tot!« erwiderte sie. »Die zahme Braut ist Witwe geworden und trägt ein Stück schwarze Wolle ums Bein; sie jammert erbärmlich, und es ist alles Unfug! – Aber erzähle mir nun, wie es dir ergangen ist und wie du ihn erwischt hast!«

Und Gerda und Kay erzählten beide.

»Und schnipp-schnapp-schnurre-basselurre!« sagte das Räubermädchen, gab ihnen beiden die Hand und versprach, wenn sie einmal durch ihre Stadt käme, dann wollte sie sie besuchen, und dann ritt sie in die weite Welt hinaus. Aber Kay und Gerda gingen Hand in Hand dahin, und während sie so gingen, wurde es herrlicher Frühling mit Blumen und Grün; die Kirchenglocken läuteten, und die beiden Kinder erkannten die hohen Türme, die große Stadt, es war die, in der sie wohnten, und sie gingen hinein und zu Großmutters Tür, die Treppe hinauf, in die Stube, wo alles an derselben Stelle stand wie früher, und die Uhr machte: »Tick! Tack!« und der Zeiger lief herum; aber als sie durch die Tür gingen, merkten sie, daß sie erwachsene Menschen geworden waren. Die Rosen in der Dachrinne blühten zu den offenen Fenstern herein, und da standen die kleinen Kinderstühle, und Kay und Gerda setzten sich jedes auf einen und hielten einander an den Händen, sie hatten die kalte, leere Herrlichkeit bei der Schneekönigin vergessen wie einen schweren Traum. Großmutter saß in Gottes hellem Sonnenschein und las laut aus der Bibel: »Und so ihr nicht werdet wie die Kinder, werdet ihr nicht in das Reich Gottes kommen!«

Und Kay und Gerda sahen einander in die Augen, und sie verstanden mit einemmal den alten Choral:

»Im Tale wachsen Rosen schön,
Laßt uns zu unserem Jesuskind gehn.«

Da saßen sie, beide erwachsene Menschen und dennoch Kinder, Kinder im Herzen, und es war Sommer, warmer gesegneter Sommer.

Übersetzt von Thyra Dohrenburg

Edward Everett Hale
(1822–1909)

Edward Everett Hale wurde als Großneffe Nathan Hales, des berühmten Patrioten aus dem Revolutionskrieg, in Boston, Massachusetts, geboren. Mit zwei Jahren in die Schule eintretend, kam er im Alter von dreizehn auf die Harvard-Universität und schloß als zweitbester seines Jahrgangs ab. 1846 zum unitarischen Priester geweiht, verbrachte er den größten Teil seines Lebens als aktiver Geistlicher: zuerst in der Church of Unity in Worchester, Massachusetts (1846–1856), dann in der South Congregational Church in Boston (1846–1901) und schließlich als Kaplan des US-Senats (1903–1909).

Doch war die Religion nur eine seiner vielen Interessen. Er nutzte die Kanzel und seine Redegabe, um für die Abschaffung der Sklaverei und die Sozialreform einzutreten. In der Tat gehörte er zu den führenden Verfechtern der »sozialen Glaubenslehre« in der amerikanischen Theologie – und trat für den Weltfrieden, bessere Lebensverhältnisse für die arbeitenden Klassen und andere liberale Anliegen ein.

Viele Angehörige seiner Familie besaßen literarische Neigungen; auch er begann früh zu schreiben, zunächst als Parlamentsreporter für den *Boston Daily Advertiser* (sein Vater war Eigentümer und Herausgeber), dann als Redakteur und Kritiker und schließlich als fleißiger Autor von etwa siebzig Büchern – von der Erkundung indianischer Sprachen bis hin zu Fantasy und Science Fiction.

Seine Romane wiesen eine gewisse sprachliche Raffiniertheit und Glätte auf und waren didaktisch im Aufbau, denn es ging ihm mehr darum, Ideen zu verbreiten, als große Literatur zu schaffen. So löste eine seiner phantastischen Novellen über den ethischen Einfluß des Geistes eines Toten auf seine Freunde (*Ten Times One is Ten/Zehnmal Eins ist Zehn,* 1869) eine weitreichende Hilfsbewegung aus mit dem Namen »Lend a Hand«/»Streck die Hand aus«.

Hale wird beschrieben als »ein Mann mit großem, breitem Körper und ausgeprägten Zügen, einem scharfen, einfallsreichen Verstand und einem klugen Humor« und ist heute vor allem als Autor der längst als klassisch geltenden Novelle *The Man Without a Country/Der Mann ohne Land* (1863) bekannt. In dieser Erzählung offenbart Philip Nolan vor Gericht seinen Haß auf die Vereinigten Staaten und wird daraufhin in die Verbannung geschickt.

Science Fiction-Fans kennen Hale als den Mann, der als erster den Bau und den Start eines künstlichen Satelliten vorschlug (*The Brick Moon/Der Backsteinmond,* 1869). Seine Rechtfertigung, die damals sehr sinnvoll erschien, bestand darin, ein Himmelskörper dieser Art würde es Schiffen ermöglichen, ihre Position leichter zu bestimmen.*

Zu Hales anderen phantastischen Arbeiten gehören *Life in the Brick Moon/Leben im Backsteinmond* (1870), eine Fortsetzung der früheren Geschichte, *Sybaris* (1869), ein ehrgeizig angelegter, doch letztlich enttäuschender SF-Roman, und *The Queen of California/Die Königin von Kalifornien* (1877), die interessante Nacherzählung einer spanischen Novelle aus dem fünfzehnten Jahrhundert, in welcher seinerzeit das Wort »California« geprägt wurde. Beinahe vergessen jedoch ist eine eindrucksvolle Kurzgeschichte, die 1881 anonym erschien: *Hands Off!/Hände weg!* Der verstorbene Anthony Boucher sah darin die erste Alternativwelt-Geschichte aller Zeiten, wird darin doch beschrieben, was geschehen könnte, würde ein wichtiges historisches Ereignis verändert. In der Erzählung gibt ein Mittelsmann Gottes einem Toten die Gelegenheit, eine bessere Welt zu schaffen, indem er an einer zweiten Erde herummanipulieren darf. Und das Ergebnis läßt sich vielleicht mit Hales Antwort auf eine Frage zusammenfassen, die ihm während seiner Zeit als Senatskaplan gestellt wurde:

»Dr. Hale, beten Sie für den Senat?«

»Nein«, gab er zurück. »Ich schaue mir die Senatoren an und bete für das Volk.«

---

* Sechsundsiebzig Jahre später, im Jahre 1946, schlug ein anderer SF-Autor, Arthur C. Clarke, einen noch besseren Zweck vor – die weltweite Übertragung von Fernsehsendungen über eine Reihe von Satelliten in stationären Umlaufbahnen über dem Äquator.

EDWARD EVERETT HALE

Hände weg!

Ich befand mich in einem anderen Seinszustand. Ich hatte die Grenzen der Zeit abgeschüttelt und stand in neuer Beziehung zum Raum.

So armselig ist die englische Sprache, daß ich in meiner Beschreibung die Vergangenheitsform wählen muß. Eigentlich brauchten wir ein Verb, das viele von der Zeit unabhängige Formen aufweist. Wir besitzen es aber nicht. Die Pueblo-Indianer kennen so etwas.

Es fiel mir zu, in diesem Zustand die Bewegung mehrerer tausend Sonnensysteme zu beobachten. Faszinierend ist es, alle Teile aller Systeme mit gleicher Klarheit auszumachen – um so mehr, wenn man sich wie ich zuvor mit Okularen und Objektgläsern, mit der Lichtbrechung, mit prismatischen Farben und achromatischen Nebenwirkungen geplagt hat. Der Luxus, praktisch keine Distanz zu erleben, die umständlichen Teleskope links liegen lassen zu können und zugleich nichts zu erleben, das zum Beobachten zu klein war, und sogar auf die Mikroskope verzichten zu können, die, wenn schon nicht behäbig, so doch schwer zu bedienen sind – das alles läßt sich kaum in einer Sprache wiedergeben, die so physikalisch und materiebezogen ist wie die unsere.

In dem Moment, den ich beschreibe, hatte ich meine Beobachtung absichtlich auf zwanzig- oder dreißigtausend Sonnensysteme beschränkt, jene erwählend, die mir während meiner Schulzeit auf der Erde am nächsten gewesen waren. Nichts ist hübscher, als die in vollkommener harmonischer Beziehung verlaufenden Bewegungen von Planeten um ihre Mittelpunkte zu verfolgen, der Satelliten um ihre Planeten, der Sonnen mit ihren Planeten und Monden um ihre Zentren, die wiederum um die ihren kreisen. Und für jemanden, der die Erde geliebt hat wie ich und der dort während der Schule so gründlich wie ich andere Welten und Sterne studiert hat, damals noch fern und entrückt, für den gibt es, wie gesagt, nichts Bezaubernderes, als all dieses

Spiel und Gegenspiel gleichzeitig wahrzunehmen; zu beobachten, wie Kometen von System zu System ziehen und sich mal an einer weißen Sonne erhitzen, mal an einem bunten Double; zu sehen, wie die Lebewesen mit dem Lichtwechsel Gewohnheiten und Kostüme wechseln, und die netten Diskussionen zu hören, mit denen sie das Neue rechtfertigen und sich über das Alte lustig machen.

Es kostete einige Mühe, mich auf die alte Sehweise einzustellen. Doch ich hatte einen liebevollen, geduldigen Mentor, dessen Vermögen – oh! – unendlich vor dem meinen rangiert; er weiß, wie sehr ich die Erde liebte, und notfalls hätte er sich größte Mühe gegeben, mich auf die gute alte Sehweise zu bringen. Aber eine große Anstrengung war dazu nicht erforderlich. Dort war sie, wie er es mir gesagt hatte. Ich befand mich in der Ebene der alten Ekliptik. Und wieder sah ich meinen guten alten Orion und den Großen Bären und die Plejaden und Corona und alle anderen, so als hätte ich von anderen Blickpunkten aus nie andere Konfigurationen gesehen, die aus denselben Sternen gebildet wurden.

Ich will Ihnen aber nur von einer Sache berichten.

Mein Wächter und ich – die wir die Zeit außer acht lassen konnten – beobachteten die kleinen Systeme, während die geliebten kleinen Welten hübsch regelmäßig ihre Runden drehten. Na, es war wie in der alten Zeit, wenn ich eine Nadelspitze ins Wasser tauchte und es auf den Objektträger meines Mikroskops tat. Wie gesagt, vermutete ich, daß ich gleichzeitig mehrere tausend Sonnensysteme im Blick hatte – nur haben die Worte »dann«, »dort« und »einmal« eine abgewandelte Bedeutung, wenn man in diesen Relationen denkt. Ich brauchte mir nur die »Epoche« auszusuchen, die ich sehen wollte. Und auf verschiedenen Welten gewann ich gleich klare Eindrücke – ja, von der Röte auf der Wange eines Mädchens des Planeten Neptun, wenn sie sich allein in ihrer Laube niederließ, hatte ich ein ebenso klares Bild wie von dem Ansturm eines Kometen, der durch ein Dutzend Systeme schnitt und mit einem Dutzend Sonnen zu flirten schien.

In dem Erleben, das ich beschreibe, hatte ich freie Wahl unter Epochen wie auch Orten. Gelehrte oder Männer von Bildung werden sich wohl nicht verwundern, wenn ich berichte, daß ich bei der Betrachtung unserer guten alten Erde einen Moment lang zehn- oder zwanzigtausend Jahre die Geschichte Nordamerikas verfolgte und mich dann dem seltsamen kleinen Land zuwandte, dem Hals zwischen Asien und Afrika, jener rätselhaften Ecke Syriens, das sich nördlich davon befindet. Das Heilige Land, so nennen es die Menschen, und kein Wunder. Ebensowenig wird man überrascht sein, daß ich jenen Moment erwählte, da eine große Kaufmannskarawane den Isthmus überquerte – sie befand sich bereits ziemlich weit auf der ägyptischen Seite – bei sich einen gutaussehenden jungen Burschen, der erst vor einem oder zwei Tagen gekauft worden war und jetzt nach Süden zum Sklavenmarkt des ägyptischen On gebracht werden sollte.

Dieser gutaussehende Jüngling war Yussuf Ben Yacoub, oder, wie wir sagen würden, Joseph, Sohn des Jakob. Seine wohlgeformten Züge leiteten sich vom edelsten hebräischen Typ her. Er schien achtzehn oder neunzehn Jahre alt zu sein; ich bin nicht so belesen, um sein Alter genau zu kennen. Die Zeit war der frühe Morgen. Ich erinnere mich sogar noch an die Frische der morgendlichen Luft und die exquisite Perlenfarbe des Himmels. Ich bekam jede Einzelheit mit, und das Herz klopfte mir im Mund, wie ich das alles betrachtete. Es war eine heiße Nacht gewesen, und die Zeltwände waren hochgerollt. Der hübsche Bursche lag am Boden. Seine Handgelenke waren mit einer Schnur aus Kamelhaar gefesselt, die ihn mit dem Arm eines großen Arabers verband. Joseph richtete sich auf, die Hände dem anderen so sehr hinstreckend, daß die Schnur seine Bewegung nicht mitmachte. Mit Hilfe eines seltsamen Tricks, den ich nicht mitbekam, und einem Ruck, der ihm Schmerzen bereiten mußte, verdrehte und veränderte er die Form des Fesselknotens. Geschickt biß er mit den Vorderzähnen zu und lockerte den Knoten. Wieder biß er zu, und wieder und wieder. Hurra! Die Fessel ist ab, und der Junge ist frei von der schnarchenden Masse neben sich. Sekunden später, und er hat das Zelt verlassen; geschickt sucht er sich einen Weg zwischen den Zeltseilen: er hat das Wadi erreicht, das sich ausgetrocknet an der Westseite des Lagers erstreckt. Fünfhundert Meter weiter, dann hat er die andere Seite des Cheril-el-bar erreicht (eine Felsmauer, die in westlicher Richtung von den Bergen herabführt) und wäre dort frei. In diesem Moment sprangen fauchend und bellend zwei kleine Hunde aus einem abseits stehenden Zelt der Karawane und preschten hinter ihm her – bei den Arabern wird es das Zelt des Weghüters genannt.

Der mutige Junge machte kehrt, und als habe er Davids Blut in den Adern und mit der Genauigkeit von Davids Auge schleuderte er dem vorderen Hund so geschickt einen Stein entgegen, daß er das Rückgrat traf und das Tier für immer zum Schweigen brachte, so wie es ein Geschoß getan hätte. Der andere junge Hund blieb erschrocken stehen und bellte aufgebrachter denn je.

Ich ertrug es nicht. Ich brauchte den bellenden jungen Hund nur zu zerdrücken, dann würde Joseph frei sein und achtundvierzig Stunden später in den Armen seines Vaters liegen. Seine Brüder würden vor der Reue bewahrt werden, und die Welt ...

Und die Welt ...?

Unsichtbar streckte ich den Finger über den Hund, aber da sagte mein Wächter, der die Szene so sorgfältig wie ich beobachtete: »Nein. Sie sind alle bewußt und frei. Sie sind Seine Kinder wie wir. Du und ich, wir dürfen uns nur einmischen, wenn wir wissen, was wir tun. Komm her, dann zeige ich es dir!«

Er drehte mich ein gutes Stück herum zu der Region, die die Astronomen die sternenlose Zone nennen, und zeigte mir dort eine andere Serie – oh! –, eine immense und völlig unerklärliche Serie von Systemen, die zunächst genau wie das aussehen, das wir eben beobachtet hatten.

»Sie sind aber nicht identisch«, sagte mein Beschützer hastig. »Du wirst feststellen, daß sie anders sind. Ach, nicht einmal ich weiß, weshalb sie überhaupt existieren«, fuhr er fort, »es sei denn – ich glaube manchmal, sie sind dazu da, daß du und ich daraus lernen. Er ist so rücksichtsvoll. Und ich habe nie darum gebeten. Ich weiß es nicht.«

Die ganze Zeit suchte er zwischen den Systemen nach etwas und fand es schließlich. Er wies darauf, und ich sah ein System wie unser geliebtes altes Sonnensystem und eine Welt wie unsere gute alte Heimatwelt. Dasselbe ohrenförmige Südamerika, dasselbe schinkenförmige Afrika, dasselbe geigenförmige Mittelmehr, derselbe italienische Stiefel, darauf Sizilien als Fußball. Alles war vorhanden. »Nun denn«, sagte er, »hier kannst du Versuche wagen. Dies ist eine ziemlich frische Welt; niemand hat sie bisher berührt. Nur sind das da unten nicht Seine Kinder – es sind lediglich Kreaturen, weißt du. Entgegen dem äußeren Anschein haben sie kein eigenes Bewußtsein. Du kannst ihnen nicht weh tun, egal was du anstellst; nein, sie sind nicht frei. Versuch es hier mal mit deinem tollen Hund und warte ab, was passiert!«

Und tatsächlich, dort war das Grau des herrlichen Morgens, dort schnarchte der massige Araber in seinem Zelt; dort war der gutaussehende Junge im trockenen Tal oder Wadi; dort lag der tote Hund – gerade eben erst gestorben. Und dort stand der zweite Hund und knurrte und bellte. Ich zerquetschte ihn einfach, so wie ich oft eine Blattlaus vom Rosenbusch genommen hatte; und alles war wieder still, und der junge Joseph machte kehrt und floh. Der massige Araber erwachte nicht. Der Anführer der Karawane drehte nicht einmal den Kopf. Der Junge huschte vorsichtig um die Ecke des Cheril-el-bar, warf einen Blick zurück, um sich zu vergewissern, daß er nicht verfolgt wurde – und eilte so schnell wie eine Antilope los. Er lief und lief. Er hätte sich nicht beeilen müssen. Es dauerte zwei Stunden, bis sich im midianitischen Lager etwas rührte. Und es gab ein wenig Aufregung. Die toten Hunde wurden gefunden, und es hob ein allgemeines Alarmgeschrei an, was nur bewies, daß die Midianiter jener Zeit so große Fatalisten waren wie die Araber heute. Doch niemand dachte auch nur daran, wegen eines Sklaven womöglich verspätet aufzubrechen. Der faule Schnarcher, der ihn hatte entwischen lassen, wurde wegen seiner Nachlässigkeit ausgepeitscht. Und die Karawane zog weiter.

Und Joseph? Nachdem er eine Stunde lang gerannt war, erreichte er Wasser und badete. Jetzt wagte er es, seinen Beutel zu öffnen und ein Stück Brot zu essen. Immer wieder schaute er in die Runde, und nun hastete er nicht mehr, sondern ging langsamer, mit dem festen, sicheren Schritt eines Grenzbewohners oder geschickten Jägers. Die folgende Nacht verbrachte er zwischen zwei Felsen unter einer Terebinthe, wo ihn nicht einmal ein Falke gesehen hätte. Am nächsten Tag beschritt er die Pfade am Hügelhang, als habe er die Augen eines Luchses und die Füße einer Ziege. Gegen Abend näherte er sich einem Lager, das offensichtlich einem angesehenen Scheich gehörte. Hier war nichts zu spüren von der Erbärmlichkeit der handeltreibenden Nomaden, der midianitischen Wüstenkinder! Vielmehr zeigte sich hier der Luxus aus dem Osten und eine gewisse Dauerhaftigkeit. Doch zugleich erklangen Klagelaute, und im Näherkommen war zu sehen, woher sie kamen. Eine lange Prozession von Frauen schlug sich auf die Arme, gab denkbar klagende Laute von sich und sang – oder wenn Sie wollen: schrie in Tönen herzzerreißender Qual. Leah, Bilhah und Zilpah führten die Kolonne dreimal um das Zelt des alten Jakob. Auch hier waren die Zeltwände zur Seite geschlagen, und ich sah den alten Mann auf dem Boden hocken und den prächtigen Umhang oder Schal, dessen herrlich bunte Stickerei von den großen schwarzen Blutflecken nicht verdeckt werden konnte und der vor ihm am Zeltmast hing, als brächte er es nicht über sich, das Stück fortzutun.

Leichtfüßig sprang Joseph ins Zelt. »Mein Vater, ich bin hier!«

Oh, was für ein Freudenschrei! Welche Ausrufe! Welche Lobpreisungen Gottes! Welche Fragen und Antworten! Die unheimliche Frauenprozession vernahm den Schrei, und Leah, Bilhah und Zilpah eilten zur Begrüßung herbei. Gleich darauf kamen Judah aus seinem Zelt und Reuben aus dem seinen, und sie führten die Reihe der falschen Brüder an. Joseph wandte sich um und ergriff Judahs Hand. Ich hörte ihn flüstern: »Kein Wort! Der alte Mann weiß nichts. Er braucht auch nichts zu erfahren.«

Der alte Mann schickte Männer los, ein fettes Kalb zu schlachten. Sie aßen und tranken und waren fröhlich – und endlich einmal hatte ich das Gefühl, nicht umsonst gelebt zu haben.

Und dieses Gefühl hielt an – je, etliche Jahre ihres Lebens hindurch. Wie ich schon sagte, waren es Jahre, die wie im Fluge vergingen. Ich beobachtete alles und genoß die Zeit mit jenem Wohlempfinden, mit dem man über der bezaubernden letzten Seite eines Romans verweilt, in dem alles Frühling, Sonnenschein, Honig und Glück ist. Und mich durchströmte das angenehme Gefühl, daß dies mein Werk war. Wie klug von mir, den Hund getötet zu haben! Und was für ein häßliches Tier! Niemand hätte es lieben können. Ja – obwohl die Zeit wie nichts verging, erlebte ich einen angenehmen Schauder der Selbstzufriedenheit. Dann aber begannen sich die Dinge zu verdüstern, und man begann zu zweifeln.

Jakob wurde sehr alt. Das merkte ich daran, daß er immer wieder im Zelt blieb, wenn die anderen ihren Pflichten nachgingen. Und dann sah ich Sommer für Sommer den Weizen verkümmern und einen schlechten Windhauch über die Oliven kommen, und das Vieh schien unter einer Art Maul- und Klauenseuche zu leiden, und auch bei Schafen und Ziegen nahm der Ärger kein Ende. Ich sah die besorgten Blicke der zwölf Brüder, und ihr Gerede war nicht minder düster. Große Kamelherden, die dahinsiechten, bis nur noch ein paar ausgemergelte, nichtsnutzige Skelette übrigblieben; Schäfer, die aus dem Seengebiet zurückkehrten und drei oder vier armselige Schafe vor sich her trieben, mit der Nachricht, daß sie als einzige von drei- oder viertausend übriggeblieben waren. Da hielt die große Niedergeschlagenheit Einzug, sogar im Hauptlager. Die Frauen weinten, und die Brüder hielten endlich eine große Zusammenkunft der führenden Schäfer und Kameltreiber und Pferdepfleger ab, um zu erfahren, was getan werden müsse, damit die Tiere zu fressen bekamen und die Menschen Nahrung.

Ich hatte mit dem Hund einen so großen Erfolg errungen, daß ich versucht war, in meinem besten Chaldäisch zu rufen: »Ägypten! Warum geht ihr nicht nach Ägypten? Dort gibt es viel Getreide.« Doch vorher schaute ich noch auf Ägypten und mußte feststellen, daß die Lage dort noch weit schlimmer war als bei Jakobs Zelten. Seit Jahren war dort die regelmäßige Überschwemmung ausgeblieben. Man hatte es da und dort mit Bewässerung versucht, aber die jämmerlich kleinen bewässerten Gärten erbrachten einfach nicht genug für die Horden von Ägypten. »Aber die Kornspeicher«, sagte ich. »Wo sind die Kornspeicher?« Kornspeicher? Es gab keine Kornspeicher. Die Regierung Ägyptens war damals ein ziemlich lahmer Verein. Sie hatte jahrein, jahraus gute Ernten erlebt, eine lange Zeit. Dabei aber hatte sie sich auf das Glück verlassen, wie es andere Nationen auch tun. Ja, ich sah sogar, daß man einmal sogar förmlich das Getreide des einen Jahres verbrannt hatte, um Platz zu schaffen für die frischere Ernte des nächsten. In führender Position hatte es keinen Yussuf Ben Yacoub gegeben, der in den Jahren der Fülle die Lagerung der Ernte betrieb. Der Mann, der das Kommando führte, war ein verträumter Dilettant, der sich damit beschäftigte, zweihundertundfünfzig Jahre alte Schnitzereien zu restaurieren.

Kurz, die Fellachen und die Angehörigen der höheren ägyptischen Kasten standen vor dem Verhungern. Und alles das, so begann ich ein wenig unbehaglich zu überlegen, hatte ich ausgelöst, indem ich den häßlichen, bellenden Hund des schläfrigen midianitischen Wächters mit dem Finger zermalmte.

Also, es ist eine lange und nicht sehr schöne Geschichte, obwohl sie, so wie mein Gefährte und ich sie beobachteten, im Nu ablief. Pracht und Komfort im Lager von Jakobs Söhnen vergingen. Das Leben reduzierte sich auf den anstrengenden Kampf mit dem Hunger. Es gab keine fröhlichen, reichen Häuptlinge des Weidelandes mehr, mit vielen tausend Pächtern und unzähligen Kamelen, Pferden, Rindern und Schafen – statt dessen sah man hagere, halb verhungerte Wanderer, die von der Beute glücklicher Jagd lebten, manchmal aber auch auf Heuschrecken oder den Honig wilder Bienen angewiesen waren. Was mich aber noch mehr bekümmerte, war der Umstand, daß die guten Männer einer nach dem anderen von den schlimmen Garnisonen der kanaanäischen Städte eingefangen wurden.

Der Himmel mochte wissen, woher diese Teufel kamen oder wie sie es durch die Hungersnot schafften. Aber sie waren da, in ihren Festungen wie Teufel lebend, mit Gewohnheiten, deren Herkunft so ungeheuerlich ist, daß ich dieses Papier damit nicht beflecken will. Es gab sie jedenfalls, und hier setzten sie ihren Weg fort. Ich weiß noch, wie angewidert ich war, als ich verfolgen mußte, wie sie mit Schiffen ins Nil-Land hineinfuhren und die Ägypter, die den Hunger überlebt hatten, mit Stumpf und Stiel ausrotteten – so wie ich einmal miterlebt hatte, wie ein Schwarm Ungeziefer in einen Rosengarten einfiel und ihn innerhalb einer Stunde kahlfraß. Das war das Ende Ägyptens. Dann verfolgte ich mit einem nicht mehr fröhlich zu nennenden Interesse, wie Dido mit einer gewaltigen Mannschaft dieser moloch-verehrenden Kanaaniter und ihren schrecklichen Riten und Sitten lossegelte und Karthago gründete. Es war interessant, den armen Äneas auf dem Mittelmeer herumfahren zu sehen, während es Dido und ihren Kumpanen an der afrikanischen Küste so gut ging – oder zumindest bildeten sie es sich ein.

Ich gebe zu, daß ich inzwischen ziemlich besorgt war. Nicht weil es jetzt etwas an den Hängen von Berg Moriah und Zion gab – weil dies eine große bunte Stadt war. Doch es erfüllte mich mit Abscheu, die Götzenanbetung zu sehen, die dort betrieben wurde, und ich preßte die Finger in die Ohren, um die Lieder nicht hören zu müssen. Bei Gott! Die Schreie der armen kleinen

Kinder, die im Ben-Hinnom-Tal verbrannt wurden, hundert auf einmal, während die eigenen Mütter kreischend um die Flammen tanzten! Ich kann bis heute nicht davon sprechen. Ich wagte die Szene nicht lange zu verfolgen. Doch anderswo war es nicht besser. Ich versuchte es in Griechenland; aber ich fand in Griechenland nichts. Als ich nach der Ankunft Danaos' Ausschau hielt, mit seiner Bildung und Kunst aus Ägypten – nun, es gab ihn nicht und auch keine ägyptische Kunst. Die Pelasger waren in Griechenland und blieben dort. Sie errichteten riesige Wälle – ich vermochte den Grund nicht einzusehen – und lebten in Hütten, die ein Apache, der etwas auf sich hielt, naserümpfend abgelehnt hätte; und Jahrhundert um Jahrhundert bauten sie dieselben Hütten und lebten darin. Was ihr Benehmen anging, so hatten sie keins, und ihre Gebräuche waren unsäglich. Als die Zeit des Kadmos heranrückte, hatte er keine Chance. Vielleicht kam er, vielleicht auch nicht. Ich weiß nur, daß die molochitische Invasion Ägyptens alle Alphabete und Schriften aus der Welt gefegt hatte und daß Kadmos, wenn er kam, niederer stand als die Pelasger, bei denen er landete. Wirklich, in Griechenland herrschten so schlimme Zustände, daß es mir schwerfiel, diesen krassen Dummheiten zu folgen, den rücksichtslosen Überfällen, die die Bewohner eines Tals auf die eines anderen verübten. Das hatte ich ihnen angetan, als ich so mühelos den kleinen gelben Hund zerquetschte.

Äneas und seinen Anhängern schien es zuerst besser zu ergehen. Ich vermochte seine Schiffe, an deren Toppen noch die grünen Blätter sprossen, aus dem Hafen Didos eilen zu sehen. Ich sah Palinurus fallen. Ja, in der Tat, es war seltsam, an die alten, halb vergessenen Zeilen Drydens denken zu müssen – den ich weitaus besser kenne als Vergil. Schande über mich! –, als der arme Nisos für seinen Freunde Gnade erflehte, als die arme Camilla zu Tode blutete und Turnus umsonst sein Bestes gab. Ja, ich beobachtete Romulus und die anderen, so wie es in Harrys und Lucuys kleiner Weltgeschichte steht. Großen Trost spendete mir Brutus; ich schloß die Augen, als die edle Dame Lucretia sich erdolchte; und das sich schnell bewegende Stereoskop, als welches ich das alles wirklich zu empfinden begann – faszinierte mich immer mehr, bis wir dann den Zweiten Punischen Krieg erreichten.

Dann wollte mir scheinen, als trete der verwünschte gelbe Hund wieder in den Vordergrund. Nicht daß ich ihn wirklich sah, nicht ihn selbst! Seine Knochen, seine Haut waren vor tausend Jahren längst von Schakalen abgenagt worden. Das Böse aber, das Hunde anrichten können, überlebt sie; und als ich die Angst auf Scipios Gesicht sah – man nannte ihn nicht Africanus –, als ich kleine Privatzusammenkünfte mutiger römischer Herren belauschte und hörte, wie sie ihre schwindenden Möglichkeiten aufaddierten und gegen die überwältigende Macht Karthagos stellten – da, das muß ich zugeben, fühlte ich mich ausgesprochen elend. Sie müssen verstehen, Karthago war nichts anderes als ein Vorposten der unendlichen molochitischen Horden aus dem Osten. In der Geschichte, die ich gewohnt bin, teilte sich die Levante jener Zeit zwischen Ägypten und Griechenland und den Überresten von Alexanders Reich. In diesem Gelber-Hund-System dagegen, für das ich verantwortlich war, erstreckte sich dort eine einzige brutale molochitische Rasse, bis auf die geschilderten pelasgischen Verhältnisse in Griechenland, die aber in der Aufrechnung der Macht kaum schwerer wogen als die Digger-Indianer heute. Und das war es, was den armen Scipio und die anderen so niedergeschlagen machte. Und aus gutem Grund. Ich, der das Ganze überschaute, wie man sagen könnte – nur mischte es sich nicht zusammen –, konnte Hannibal und sein Gefolge aus allen Mittelmeermächten außer Italien auf die Römer einstürmen und sie so mühelos vernichten sehen, wie ich den jungen Hund zerdrückt hatte. Nein, nicht ganz so leicht, denn man wehrte sich auf das Heftigste. Männer kämpften, Frauen kämpften, Jungen und Mädchen kämpften. Einmal stießen sie mit Feuerschiffen in den Hafen von Karthago vor und brannten die Flotte nieder. Aber es nützte nichts; eine Armee nach der anderen wurde besiegt, Flotte um Flotte wurde von den großen karthagischen Triremen versenkt. O weh! Ich erinnere mich an eine Flotte, deren Flaggschiff eine Takelage aus dem Haar römischer Frauen hatte. Doch es war alles eins. Wären es Manila-Hanf oder Drahtseile gewesen, das Schiff hätte nicht überleben können, als der brutale sidonische Admiral mit hundert Ruderern zum Rammen antrat. Dieser Kampf war das Ende von Rom. Zuerst brannten die Ungeheuer es nieder. Sie stürzten die Mauern der Tempel ein. Was sie umpflügen konnten, pflügten sie. Sie verschleppten Jungen und Mädchen in die Sklaverei, und das war das Ende. Die anderen starben auf dem Schlachtfeld oder waren im Meer ertrunken.

Und so regierte der Molochismus Jahrhundert um Jahrhundert. Nur das, ein Jahrhundert nach dem anderen, ingesamt zwei Jahrhunderte. Und was für eine Herrschaft! Lust, Brutalität, Terror, Folter, Grausamkeit, Mord, Hunger, Qual, Scheußlichkeiten. Wenn ich hier den Tod nicht aufzähle, so liegt das daran, daß der Tod im Gegensatz zu einem solchen Leben eine Erlösung war. Denn nachdem es nun niemanden mehr zu bekämpfen gab, der sich um mehr Gedanken machte als um die Erde und die Toten, mußten sich die ach, so scharfen Schwerter aufeinander richten. Da es kein Israel zu vernichten gab, kein Ägypten, keinen Iran, kein Griechenland, kein Rom, wandten sich Moloch und Kanaan gegeneinander und kämpften. Bitten Sie mich nicht, diese Geschichte zu erzählen! Wo Ungeheuer auf Ungeheuer stößt, kann es keine Geschichte geben, die Ihr Zuhören oder mein Erzählen lohnt. Ungezügelter Zorn bietet nichts zu beschreiben. Sie legten Gift, brachten Hunger, sie brandschatzten; sie räucherten aus und peitschten und kreuzigten; sie erfanden Formen des Schrekkens, für die unsere Phantasie, Gott sei Dank, kein Bild kennt und unsere Sprachen keinen Namen haben. Und die ganze Zeit über tobten die Lust und jede Form der Pestilenz und Krankheit, die von der Lust abhängig ist, wie außer Kontrolle geratene Brände. Ganz selten, immer seltener, wurden neue Kinder geboren, und wenn sie zur Welt kamen, schienen sie nur halb zu leben. Und die wenigen, die zum Manne, zur Frau heranwuchsen – es ist eine Entweihung, diese Begriffe zu verwenden –, gaben die zügellose Scheußlichkeit an ihre Nachkommen weiter!

Einhundert Jahre, wie ich schon sagte. Immer weniger Unholde gab es noch auf der Welt. Ich sah, wie Felder zu Dschungeln und Wäldern wurden. Ein Feuer zerstörte Karthago, ein anderer Brand raffte On dahin, und ein dritter Sidon, und niemand hatte Herz noch Können, die Städte wiederaufzubauen. Weitere hundert Jahre schleppten sich dahin, mit noch schlimmeren Schrecknissen, wenn das überhaupt möglich war. Der Strom des Lebens dieser Welt tröpfelte nur noch, zuerst große Tropfen, von lärmendem Gurgeln begleitet, schwarze oder blutigrote Tropfen. Nur noch wenige Männer und noch weniger Frauen, und alle erfüllt von einem tierischen Zorn. Die Hand jedes Menschen erhob sich gegen jeden Bruder, als wäre es eine Welt voller Kains. Und dies alles war geschehen, weil sie Gott in ihrem Wissen nicht bewahren wollten.

Nein, ich möchte das alles nicht beschreiben. Bitten Sie mich nicht darum! Und wenn Sie mich bäten, würde ich »Nein« sagen. Lassen Sie mich zum Ende kommen!

Die beiden Jahrhunderte waren verstrichen. Nur noch eine Handvoll Furien war am Leben. Dann kam die letzte Generation – die sich über dreißig weitere Jahre des Mordens und Kämpfens dahinschleppte. Endlich, wie seltsam mir das alles erschien, die wenigen, die noch übrig sind, in zwei ungleichen Gruppen, deren jede die Banner noch zum Kampf schwenkte, eine Art Uniform tragend, als wären es Armeen, doch nur vier Mann auf einer Seite und neun auf der anderen, aufeinanderstoßend, als wäre die Welt nicht groß genug für beide, im selben Syrien zusammentreffend, wo ich Joseph, dem Sohn des Jakob, geholfen hatte, die Arme wieder um den Hals des Vaters zu werfen.

Es war gar nicht einmal weit von jener Stelle entfernt. Nahe den Ruinen der jebusitischen Stadt, die von einem dieser Klans als letzte vernichtet worden war. Jene Stadt war niedergebrannt worden, doch ich sah, daß die Ruinen noch schwelten. Unmittelbar davor erstreckte sich eine offene Fläche. Ich frage mich, ob dieses Feld irgendwie unheimlich und tödlich aussah, oder ob das Schreckliche jenes Tages mich so empfinden ließ. Ich erinnere mich an einen großen Felsen, der wie ein Menschenschädel aus dem trockenen grauen Boden ragte. Rings um diesen Felsen kämpften die Elenden, vier gegen neun, sich dahinter versteckend, auf dieser wie auf jener Seite, an jenem Apriltag unter dem schwarzen Himmel.

Einer ist gefallen! Zwei Gegner knien auf ihm, um ihm erbarmungslos den letzten Lebenshauch zu nehmen. Mit einem Wutschrei springen drei oder vier von seiner Seite herzu und schlagen den beiden die Schilde auf den Kopf, und ich sehe, wie einer die Streitaxt über dem Kopf schwenkt, als plötzlich …

Zog das Metall den Funken an? Ein Krachen! Ein grelles Auflodern, das mir in die Augen stach, und als ich sie wieder öffnete, lagen die letzten dieser menschlichen Untiere tot auf beiden Seiten des bösen Felsens von Golgatha!

Kein Mann, keine Frau, kein Junge, kein Mädchen, keine einzige Seele mehr auf jener Welt!

»Sei nicht beunruhigt«, sagte mein Mentor. »Du hast nichts getan.«

»Nichts?« ächzte ich. »Ich habe in meiner Unbedachtheit eine Welt vernichtet!«

»Nichts«, wiederholte er. »Denk an das, was ich dir sagte: die Wesen sind – wie soll ich es ausdrücken? – Schatten, Schattengestalten. Es sind nicht Seine Kinder. Es sind lediglich Erscheinungen, die so tun, als ob sie es wären – damit du und ich sie sehen und daraus lernen können und vielleicht Verständnis erringen. Nur so gewinnt man Wissen.«

Während er sprach, so erinnere ich mich, ächzte ich weiter und kämpfte gegen ihn wie ein weinendes Kind. Der Anblick all des Unglücks, das ich angerichtet hatte, überwältigte mich. Ich wollte mich nicht trösten lassen.

»Hör zu!« sagte er wieder. »Du hast nur getan oder tun wollen, was wir alle zunächst versuchen. Du wolltest deinen armen Joseph retten. Das ist doch kein Wunder.«

»Natürlich wollte ich das«, schluchzte ich. »Hätte ich überlegen können? Hätte ich überlegen sollen?«

»Nein«, sagte er und setzte sein königliches Lächeln auf. »Nein. Früher hätte ich mir das auch nicht ausgemalt, nicht ausmalen können – ehe ich meine eigenen Experimente durchführte.« Und er schwieg.

Vielleicht dachte er daran zurück, wie seine Experimente ausgesehen hatten.

Dann setzte er wieder an, und das königliche Lächeln war kaum schwächer geworden. »Ich will es dir zeigen. Laß es mich zumindest versuchen! Du wolltest deinen armen Joseph retten – ganz allein für dich.«

»Ja«, gab ich zurück. »Warum sollte ich das nicht wollen?«

»Weil er nicht allein war; nicht allein sein konnte. Keiner jener Menschen war allein, konnte allein sein. Du weißt doch selbst, daß es in dem Schauer dort keinen Regentropfen gibt, der nicht auf der anderen Seite der Schöpfung gegen ein Staubkorn aufgewogen wird. Wie hätte Joseph allein leben oder sterben können? Wie hätte der Unhold, an den er gekettet war, allein leben oder sterben können? Keiner von ihnen ist allein. Keiner von uns ist allein. Auch Er ist nicht allein. Selbst Er ist in uns, und wir sind in Ihm. Aber es ist nun mal die Art des Menschen – und, mein lieber Freund, es ist gar nicht so lange her, daß du ein Mensch warst – es ist nun mal die Art des Menschen zu versuchen, was du probiert hast. Ich kannte noch keinen Menschen – und wie viele habe ich kennenlernen dürfen, Gott sei Dank! –, ich kannte keinen Menschen, der nicht irgendeinen Joseph aus der Masse heraussuchen und ihm helfen wollte – als ob die übrigen nichts wären, als habe unser aller Vater nicht eigene Pläne.«

»Ich werde das nie wieder versuchen!« schluchzte ich nach langem Schweigen.

»Niemals«, sagte er, »das ist ein langes Wort. Du wirst es noch lernen, niemals ›niemals‹ zu sagen. Aber ich sage dir, was du tun *wirst.* Wenn du einen Eindruck gewonnen hast vom allgemeinen Leben, wenn du die Richtung begreifst, die – soll ich sagen das Spiel, oder das Gesetz? – nimmt, nach dem sie alle und wir alle, Er in uns und wir in Ihm leben, dann, oh, dann ist es wahrlich ein Vergnügen, sich in die Bresche zu werfen und für alle zu leben!«

Er schwieg einen Augenblick lang, dann sprach er weiter, zuerst nur zögernd, als fürchte er, mir noch mehr weh zu tun, dann aber entschlossen, als dürften die Worte auf keinen Fall verschwiegen werden.

»Und noch etwas, das mir bei den meisten, wenn auch nicht bei allen Menschen auffällt: sie scheinen zuerst nicht zu begreifen, daß die *Idee* schon alles ist. Abraham verließ lieber Ur, als sich mit den Rauch-und-Staub-Menschen einzulassen – Naturanbeter nennt man die wohl. Wie kommt es, daß du nicht erkannt hast, daß Joseph mit der *Idee* nach Ägypten gehen würde? Was die Ägypter nicht besaßen, konnte er ihnen bringen. Und wie du erleben mußtest, an jenem anderen Ort, ohne die Idee – nun, da mußte deine Welt sterben.«

Dann wandte er sich ab und ließ jene schreckliche Phantomwelt in Ruhe, um zu unserer eigenen, geliebten realen Welt zurückzukehren. Und jetzt schaute ich auf das Heute. Wie hell kam mir diese Welt vor, und wie angenehm der Gedanke, daß ich den gelben Hund niemals angerührt hatte und daß er auf seine eigene Weise den Tod gefunden hatte!

Ich sah Dinge, die ich mochte, andere, die mir nicht gefielen.

Zufällig schaute ich auf Zululand, als Prinz Lulus Fuß an der Satteldecke abrutschte. Ich sah den Assegai, der ihn erstach. Wäre ich ein Soldat an seiner Seite gewesen, dann wäre ich auch umgekommen. Aber nein, ich stand nicht an seiner Seite. Und ich dachte an Joseph und sagte: »Aus dem, was ich das Böse nenne, gewinnt Er Gutes.«

Übersetzt von Thomas Schlück

Leo Tolstoi
(1828–1910)

Graf Leo Tolstoi, Autor des Romans, den viele für den großartigsten überhaupt halten – *Krieg und Frieden* (1865–1869) –, wurde auf dem Besitz seiner Familie geboren, etwa hundertundfünfzig Kilometer südlich von Moskau. Beide Eltern starben, als er noch jung war, trotzdem verbrachten er und seine Brüder eine glückliche Kindheit bei Tanten. Nach drei Jahren brach Tolstoi ein Studium an der Universität Kasan ab und ließ sich in das gesellschaftliche Treiben Moskaus ziehen. Dort entdeckte er die düstere, ausschweifende Seite seines Wesens, die er beinahe sein ganzes Leben lang bekämpfen sollte.

Angewidert von sich selbst verließ Tolstoi 1851 Moskau und schloß sich seinem Bruder Nikolai an, der als Soldat im Kaukasus kämpfte. Sein erstes Buch, *Kindheit,* ein lyrischer Bericht über seine eigene Jugend, kam im nächsten Jahr heraus. Erste literarische Erfolge stellten sich mit *Sewastopol* (1855) ein, einer Beschreibung seiner Erlebnisse im Krimkrieg.

1856 verließ er die Armee und richtete nach längeren Reisen auf seinem Besitz in Jasjana Poljana eine Schule für Bauernkinder ein. Nachdem er 1862 geheiratet hatte, kehrte er sozialen Anliegen den Rücken und widmete die nächsten fünfzehn Jahre dem Familienleben, der Schriftstellerei und der Verwaltung seines Besitzes. *Krieg und Frieden* wie auch *Anna Karenina* (1875–1877) entstanden in dieser Periode, der grundlegende Pessimismus des zweiten Werkes allerdings spiegelte Tolstois wachsende Zweifel an seiner Lebensführung wider.

Auf der Suche nach einer Lösung studierte er auch die Bibel und gelangte schließlich zu einer ganz eigenen Interpretation. Christus habe zwar gute Ideen, sei aber nicht der Sohn Gottes, es gebe kein Leben nach dem Tode, die Kirche dürfe keine Macht ausüben, und jeder Mensch müsse Gott dienen.

Als Künstler empfand er es als seine Pflicht, anderen zu helfen, die Wahrheit zu finden. So verwendete er fortan einen Gutteil seines Lebens darauf, stapelweise didaktische Kurzgeschichten und Essays hervorzubringen. Im Gegensatz zu seinen früheren Romanen waren diese Werke schlicht aufgebaut und ließen Einzelheiten vermissen. Dennoch gelten viele Erzählungen aus dieser Zeit, so auch das Beispiel, das wir für diesen Band ausgesucht haben – *Wieviel Land braucht ein Mensch?* – bei vielen Kritikern als »kleine Meisterwerke«. Den Kniff, sein Anliegen mit Hilfe der Phantastik vorzutragen (in diesem Falle eine Warnung vor der Habgier) sollte Tolstoi in seinem späteren Leben immer häufiger anwenden.

Leider hatten viele Menschen kein Verständnis für Tolstois Anliegen. 1901 exkommunizierte ihn die Orthodoxe Kirche Rußlands. Die Regierung ging zwar nicht direkt gegen ihn vor, unterstützte aber die Kirche bei ihrem Bemühen, andere von der Verwirklichung Tolstois säkularer Vorstellungen abzuhalten (zu denen die Abschaffung der Regierung und des Privatbesitzes und die Anwendung passiven Widerstands gehörte). Er entfremdete sich immer mehr von Frau und Familie. Sie fanden es unerträglich, daß er in Bauernkleidung auf den Feldern arbeitete, ärgerten sich über seine zahlreich herbeiströmenden Anhänger und entrüsteten sich über seine Versuche, die literarischen Rechte zu verschenken, die ihnen das nötige Einkommen verschafften.

Mit zweiundachtzig Jahren lief er schließlich von zu Hause fort, auf der Suche nach einem friedlichen Refugium. Er starb unterwegs auf einem Bahnhof im Lipezk-Gebiet an einer Lungenentzündung.

LEO TOLSTOI

Wieviel Land braucht ein Mensch?

I

Eine ältere Schwester besuchte ihre jüngere Schwester auf dem Lande. Die ältere war mit einem Kaufmann in der Stadt verheiratet, die jüngere mit einem Bauern im Dorf. Als die Schwestern so über ihrem Tee saßen, begann die ältere die Vorteile des Stadtlebens herauszustreichen: wie bequem man dort lebe, wie gut man sich anziehe, was für hübsche Kleidung ihre Kinder hätten, was für gute Dinge sie aßen und tranken, und daß man ins Theater, auf Promenaden und zu Vergnügungen ginge.

Die jüngere Schwester war unangenehm berührt und würdigte ihrerseits das Leben eines Kaufmannes herab und machte sich stark für das eines Bauern.

»Ich würde mein Leben nicht gegen das deine eintauschen«, sagte sie. »Wir leben vielleicht einfacher, aber wenigstens sind wir frei von Sorgen. Ihr lebt in besseren Verhältnissen als wir, doch obwohl ihr oft mehr verdient, als ihr braucht, besteht doch die Gefahr, daß ihr alles wieder verliert. Wir kennen das Sprichwort: ›Verlust und Gewinn sind Zwillingsbrüder.‹ Wie oft geschieht es, daß Leute, die an einem Tag noch vermögend waren, am nächsten schon um ihr Brot betteln müssen. Unsere Art ist sicherer. Das Leben des Bauern ist nicht üppig, dafür aber lang. Ihr Städter aber seid umgeben von Versuchungen; heute mag das ja alles noch stimmen, doch schon morgen könnte der Böse deinen Mann mit Spielkarten, Wein oder Frauen in Versuchung führen, und dann fiele alles der Vernichtung anheim. Geschehen solche Dinge nicht allzuoft?«

Pahom, der Herr des Hauses, lag oben auf dem Ofen und lauschte dem Geplauder der Frauen.

»Stimmt vollkommen«, sagte er für sich. »So sehr wir von Kindheit an beschäftigt sind und die Mutter Erde bestellen, so haben wir Bauern doch keine Zeit, den Unsinn in unsere Köpfe zu lassen. Unsere einzige Sorge ist, daß wir nicht genug Land haben. Wenn ich reichlich Land hätte, würde ich nicht mal den Teufel fürchten!«

Aber der Teufel hatte hinter dem Ofen gesessen und das Gesagte gehört. Er freute sich, daß die Frau des Bauern ihren Mann zur Prahlerei verführt hatte, so daß er gesagt hatte, wenn er genug Land hätte, würde er nicht mal den Teufel fürchten.

»Na schön«, überlegte der Teufel. »Wir schließen einen Pakt. Ich gebe dir genug Land; und durch das Land bekomme ich dich in meine Gewalt.«

II

Nahe dem Dorf wohnte eine Dame, eine kleine Landbesitzerin, deren Besitz etwa dreihundert Morgen oder 120 *desjatins* betrug. (Eine *desjatina* entspricht etwa 2,7 Morgen, in dieser Geschichte soll aber nur von runden Zahlen die Rede sein.) Sie hatte stets ein gutes Verhältnis zu den Bauern gehabt, bis sie einen alten Soldaten als ihren Diener einstellte, der es sich einfallen ließ, die Leute mit Strafgebühren zu belegen. So vorsichtig Pahom auch zu sein versuchte, es kam immer wieder vor, daß eines seiner Pferde in den Hafer der Dame geriet, eine Kuh sich in ihren Garten verirrte oder seine Kälber über ihre Wiesen streunten – und stets wurde eine Strafe fällig.

Pahom zahlte, wenn auch grollend, und wenn er dann wütend zu Hause erschien, bekam das seine Familie zu spüren. Den ganzen Sommer über hatte Pahom mit dem Verwalter der Frau großen Ärger, und war schließlich sogar froh, als der Winter begann und das Vieh in den Stall mußte. Wenn es ihm auch um das Futter leid tat, da das Vieh nicht mehr weiden konnte, war er immerhin dieser einen Sorge ledig.

Im Winter sprach sich die Neuigkeit herum, die Frau wolle ihr Land verkaufen, und der Wirt des Gasthauses an der großen Straße stehe darum in Verhandlungen. Als die Bauern dies erfuhren, waren sie sehr besorgt.

»Nun also«, dachten sie, »wenn der Wirt das Land erhält, wird er uns noch schlimmer als der Verwalter der Dame mit Strafgeldern heimsuchen. Wir alle hängen von dem Besitz ab.«

So traten die Bauern für ihre Kommune auf und baten die

Dame, das Land nicht an den Schänkenwirt zu verkaufen, und boten ihr für sich einen besseren Preis. Die Dame war einverstanden. Dann versuchten die Bauern zu erreichen, daß die Kommune den gesamten Besitz kaufe, damit sie alle in Gemeinschaft den Titel darauf halten konnten. Zweimal kamen sie zusammen, um darüber zu sprechen, konnten sich jedoch nicht einigen; der Böse säte Zwietracht, so daß es nicht zu einer Verständigung kam. So faßte man den Entschluß, das Land einzeln zu kaufen, jeder nach seinen Möglichkeiten, und die Dame erklärte sich auch mit diesem Plan einverstanden.

Nach einiger Zeit erfuhr Pahom, daß einer seiner Nachbarn fünfzig Morgen kaufen wollte und daß die Lady einverstanden war, die Hälfte des Kaufpreises in bar entgegenzunehmen und auf die andere Hälfte ein Jahr zu warten. Pahom war neidisch.

»Schau dir das an«, überlegte er, »das ganze Land wird verkauft, und ich werde nichts davon bekommen.« Und er sprach mit seiner Frau.

»Andere Leute kaufen«, sagte er, »wir müssen auch zwanzig Morgen erwerben oder so. Das Leben wird noch ganz unmöglich. Der Verwalter erdrückt uns mit seinen Strafgeldern.«

So steckten sie die Köpfe zusammen und versuchten einen Weg zu finden, Land zu kaufen. Hundert Rubel hatten sie gespart. Sie verkauften ein Fohlen und die Hälfte der Bienen; dann gaben sie einen der Söhne als Arbeiter fort und ließen sich im voraus seinen Lohn auszahlen; den Rest borgten sie von einem Schwager. Und auf diese Weise kratzten sie die Hälfte des Kaufpreises zusammen.

Nachdem dies geschehen war, suchte sich Pahom einen Strich Land aus von vierzig Morgen, davon einige bewaldet, und begab sich zu der Dame, um darüber zu verhandeln. Sie einigten sich, und beide besiegelten das Geschäft mit einem Handschlag. Pahom hinterlegte eine Anzahlung. Dann gingen beide in die Stadt und unterzeichneten die Kaufurkunden, und Pahom zahlte die Hälfte des Preises und verpflichtete sich, den Rest innerhalb von zwei Jahren aufzubringen.

So hatte nun Pahom eigenes Land. Er lieh sich Samen und säte ihn auf der erworbenen Fläche aus. Die Ernte war gut, und innerhalb eines Jahres vermochte er seine Schulden bei der Dame und dem Schwager abzuzahlen. So wurde er denn Landbesitzer und pflügte und bestellte sein eigenes Land, machte Heu auf eigenem Grund, fällte die eigenen Bäume und ließ das Vieh auf eigener Weide fett werden. Wenn er loszog, um die Felder zu pflügen, wenn er das wachsende Getreide oder seine Wiesen anschaute, jubilierte sein Herz vor Freude. Das Gras, das da wuchs, die Blumen, die da blühten, schienen ihm einzigartig zu sein auf der Welt. Früher an diesem Land vorbeikommend war ihm das alles ganz normal erschienen, wie überall, doch jetzt sah alles ganz anders aus.

III

So war Pahom sehr zufrieden, und alles wäre in Ordnung gewesen, wenn sich die Bauern aus der Nachbarschaft nicht immer auf seine Getreidefelder und Wiesen verirrt hätten. Er beschwerte sich auf das Höflichste, doch sie machten weiter: mal ließen die Hirten der Kommune die Dorfkühe auf seinen Weiden grasen, mal gerieten Pferde von der Nachtweide in sein Korn. Immer wieder verscheuchte Pahom die Tiere und verzieh ihren Eigentümern, und lange Zeit verzichtete er darauf, irgend jemanden zu belangen. Endlich aber verlor er die Geduld und beschwerte sich beim Distriktsgericht. Er wußte, es lag an der Landknappheit der Bauern und daß niemand eine böse Absicht verfolgte, aber er dachte: Ich kann nicht länger darüber hinwegsehen, sonst vernichten sie alles, was ich besitze. Man muß ihnen eine Lektion erteilen.

Und so zeigte er sie an und erteilte eine Lektion und wieder eine, und zwei oder drei Bauern wurden mit Strafen belegt. Nach einer gewissen Zeit begannen die Nachbarn deswegen einen Groll gegen Pahom zu hegen und trieben ab und zu ihr Vieh absichtlich auf sein Land. Ein Bauer schlich sich sogar des Nachts in seinen Wald und fällte fünf junge Linden wegen der Rinde. Pahom bemerkte, als er eines Tages durch den Wald schritt, etwas Weißes. Im Näherkommen sah er die abgeschälten Stämme auf dem Boden liegen, dicht neben den Baumstümpfen. Pahom war aufgebracht.

Wenn er nur mal einen hier und dort gefällt hätte, wäre es schon schlimm genug, dachte er, aber der Schurke hat einen ganzen Hain gekappt. Wenn ich nur rausfinden könnte, wer das war, ich würde es ihm heimzahlen!

Er zermarterte sich das Gehirn, wer es sein könnte. Endlich kam er zu dem Schluß: Es muß Simon gewesen sein – niemand sonst hätte dies getan. So sucht er Simons Heimstatt auf, um sich umzuschauen, fand aber nichts und löste lediglich einen bösen Streit aus. Doch er war überzeugter denn je, daß Simon der Übeltäter war, und erhob Anklage. Simon wurde vorgeladen. Der Fall kam vor Gericht und ging in die Berufung, und schließlich wurde Simon freigelassen, denn es gab keine Beweise gegen ihn. Pahom fühlte sich noch mehr im Stich gelassen und machte seinem Ärger gegenüber den Dorfältesten und Richtern Luft.

»Ihr laßt euch von Dieben bestechen!« rief er. »Wenn ihr ehrlich wärt, würdet ihr einen Dieb nicht frei davonkommen lassen.«

So stritt Pahom mit den Richtern und mit seinen Nachbarn. Erste Drohungen wurden geäußert, seine Häuser einzuäschern. So hatte Pahom nun wohl mehr Land, doch war seine Position in der Kommune schlechter als vorher.

Etwa um diese Zeit verbreitete sich ein Gerücht, viele Menschen zögen in neue Gegenden.

Es besteht kein Anlaß, das Land hier zu verlassen, dachte Pahom. Aber vielleicht gehen andere aus dem Dorf fort, dann hätten wir übrigen mehr Platz. Ich könnte das Land übernehmen und meinen Besitz ein wenig vergrößern. Dann hätte ich ein ruhigeres Leben. Wie die Dinge stehen, bin ich zu sehr eingeengt.

Pahom saß zu Hause, als eines Tages ein reisender Bauer durchs Dorf kam und bei ihm vorsprach. Der Mann durfte über Nacht bleiben und bekam ein Abendessen vorgesetzt. Pahom unterhielt sich mit dem Bauern und fragte ihn, woher er komme. Der Fremde antwortete, er komme von jenseits der Wolga; wo er gearbeitet habe. Ein Wort führte zum nächsten, und so erzählte der Mann, daß sich in jenen Ländern viele Menschen niederließen. Etliche Leute aus seinem Dorf hätten dort gesiedelt. Sie hätten sich der dortigen Kommune angeschlossen und pro Mann fünfundzwanzig Morgen garantiert bekommen. Das Land sei so gut, fuhr er fort, daß die darauf ausgesäte Gerste pferdehoch wüchse und so dicht, daß fünf Sichelhiebe eine Garbe ergäben. Ein Bauer, so fuhr er fort, habe außer seinen bloßen Händen nichts mitgebracht und nenne nun sechs Pferde und zwei Kühe sein eigen.

In Pahom regte sich Begehrlichkeit. Er dachte: Warum sollte ich in diesem engen Loch leiden, wenn man anderswo so gut leben kann? Ich werde mein Land und meine Heimstatt hier verkaufen, und mit dem Geld fange ich dort drüben neu an und bekomme alles neu. In diesem engen, dicht bevölkerten Dorf gibt es doch immer nur Ärger. Aber zuerst muß ich hingehen und mich selbst informieren.

Zum Sommer hin machte er sich bereit und trat die Reise an. Mit dem Dampfer fuhr er die Wolga hinab bis Samára, dann marschierte er weitere dreihundert Meilen zu Fuß und erreichte endlich den Ort. Der Fremde hatte recht: die Bauern besaßen ausreichend Land, jeder einzelne erhielt fünfundzwanzig Morgen Kommune-Land zur Bewirtschaftung zugeteilt, und wer Geld hatte, konnte außerdem soviel Land wie er konnte hinzukaufen für zwei Schillinge den Morgen (drei Rubel für eine *desjatina*).

Nachdem er wußte, was er wissen wollte, kehrte Pahom mit dem beginnenden Herbst nach Hause zurück und begann seine Besitztümer zu verkaufen. Das Land schlug er mit Gewinn los, veräußerte die Heimstatt und das gesamte Vieh und gab die Mitgliedschaft in der Kommune auf. Er wartete lediglich den Frühling ab, dann machte er sich mit seiner Familie auf den Weg zur neuen Siedlung.

IV

Kaum waren Pahom und seine Familie in der neuen Gegend eingetroffen, beantragte er die Mitgliedschaft in der Kommune eines großen Dorfes. Er stand den Ältesten Rede und Antwort und beschaffte die erforderlichen Unterlagen. Fünf Anteile des Kommune-Landes wurden ihm für seinen und den Gebrauch seiner Söhne überlassen – das waren 125 Morgen (nicht alle beisammen, sondern getrennte Felder) neben dem Gebrauch der Gemeinschaftsweide. Pahom errichtete die benötigten Gebäude und kaufte Vieh. An Kommune-Land allein besaß er dreimal soviel wie in seiner bisherigen Heimat, und das Land eignete sich vorzüglich für den Getreideanbau. So war er zehnmal besser dran als vorher. Er besaß jede Menge Ackerland und Weide und konnte so viel Vieh unterhalten, wie er wollte.

Im geschäftigen Treiben des Bauens und Sich-Niederlassens hatte Pahom große Freude an allem, doch als er sich daran gewöhnte, kam ihm der Gedanke, daß er auch hier nicht genug Land besaß. Im ersten Jahr säte er Weizen auf seinem Anteil des Kommune-Landes und erzielte eine gute Ernte. Er wollte auch weiter Weizen anbauen, hatte dazu aber nicht genug Kommune-Land, und was er bereits benutzt hatte, stand nicht mehr zur Verfügung; denn in jener Gegend wird der Weizen nur auf jungfräulichem Boden oder brachliegendem Land angebaut. Ein oder zwei Jahre lang wird geerntet, dann liegt der Boden brach, bis er wieder mit Steppengras überwachsen ist. Es gab viele, die solches Land haben wollten, und nicht genug Boden für alle, so daß sich die Leute sogar deswegen stritten. Wem es besser ging, der wollte das Land für den Weizenanbau, und die Armen wollten es an Händler verpachten, damit sie Geld für ihre Steuern in die Kasse bekamen. Pahom wollte mehr Weizen säen, so pachtete er auf ein Jahr Land von einem Händler. Er baute viel Weizen an und erzielte auch eine gute Ernte, aber das Land war zu weit vom Dorf entfernt – der Weizen mußte über mehr als zehn Meilen eingefahren werden. Nach einer Weile bemerkte Pahom, daß einige Händler auf abgelegenen Höfen wohnten und reich wurden, und er sagte sich: Wenn ich Land dazukaufte und eine Heimstatt darauf errichtete, wäre das eine völlig andere Sache. Dann wäre alles schön und kompakt.

Immer wieder beschäftigte er sich mit der Frage des Zukaufs von Land.

Drei Jahre lang machte er weiter wie bisher und pachtete Land und säte Weizen. Die Sommer waren schön und die Ernten gut, so daß er Geld auf die hohe Kante legen konnte. So hätte er zufrieden weiterleben können, doch er war es leid, jedes Jahr das Land anderer Leute zu pachten – und sich dabei beeilen zu müssen. Wo immer es gutes Land zu erben gab, stürzten sich die Bauern darauf, und die Pacht war im Nu arrangiert, so daß man leer ausging, wenn man nicht auf der Hut war. Und es geschah im dritten Jahr, daß er und ein Händler von einigen Bauern ein Stück Weide gemeinsam pachteten; und sie hatten es bereits umgepflügt, als es zum Streit kam und die Bauern deswegen vor Gericht gingen. Es ergab sich, daß die Arbeit schließlich umsonst getan war.

Wenn das mein eigenes Land wäre, dachte Pahom, wäre ich unabhängig, und es gäbe solche unerfreulichen Dinge nicht.

Und so begann sich Pahom nach Land umzuschauen, das er kaufen konnte; dabei stieß er auf einen Bauern, der dreizehnhundert Morgen gekauft hatte, aber in Schwierigkeiten geraten war und den Besitz günstig wieder abstoßen wollte. Pahom schacherte mit dem Mann und einigte sich schließlich mit ihm auf 1500 Rubel, ein Teil in bar, der andere später zu zahlen. Sie hatten das Geschäft beinahe schon unter Dach und Fach, als eines Tages ein durchreisender Händler bei Pahom eine Rast einlegte, um seine Pferde zu füttern. Der Händler berichtete, er sei auf dem Rückweg aus dem fernen Land der Baschkiren, wo er dreizehntausend Morgen Land gekauft habe, für insgesamt 1000 Rubel. Pahom wollte Einzelheiten hören, und der Händler berichtete:

»Man muß sich nur mit den Häuptlingen anfreunden. Ich habe Kleidung und Teppiche im Wert von etwa hundert Rubeln verschenkt, außerdem eine Kiste Tee, und wer wollte, konnte auch Wein von mir bekommen, und ich bekam das Land für weniger als zwei Pence den Morgen (fünf *Kopeken* für eine *desjatina*).« Und er zeigte Pahom die Übereignungspapiere und fuhr fort:

»Das Land liegt an einem Fluß, und die ganze Steppe ist guter, jungfräulicher Boden.«

Pahom bestürmte ihn mit Fragen, und der Händler sagte:

»Es gibt dort mehr Land, als man in einem Jahr beschreiten könnte, und es gehört alles den Baschkiren. Sie sind so einfach wie die Schafe, das Land bekommt man beinahe für nichts.«

Nun ja, überlegte sich Pahom, warum sollte ich mit meinen tausend Rubeln nur dreizehnhundert Morgen bekommen und mich außerdem in Schulden stürzen, wenn ich dort draußen für das Geld zehnmal soviel erhalten könnte?

V

Pahom informierte sich, wie dorthin zu kommen sei, und traf, kaum daß der Händler weitergezogen war, seine Reisevorbereitungen. Er überließ es seiner Frau, sich um die Heimstatt zu kümmern, und trat die weite Fahrt an, wobei er seinen Vorarbeiter mitnahm. Unterwegs machten sie in einer Stadt halt und erstanden einen Kasten Tee, etwas Wein und andere Geschenke, wie ihm der Händler geraten hatte. Immer weiter reisten sie, bis sie mehr als dreihundert Meilen zurückgelegt hatten, und am siebenten Tag erreichten sie eine Stelle, an der die Baschkiren ihre Zelte errichtet hatten. Es war, wie es der Händler erzählt hatte. Die Menschen lebten auf der Steppe an einem Fluß, und ihre Häuser waren filzbedeckte Zelte. Sie bestellten weder den Boden noch aßen sie Brot. Vieh und Pferde weideten in Herden auf der Steppe. Die Fohlen waren hinter den Zelten angepflockt, und die Stuten durften zweimal am Tag zu ihnen. Die Stuten wurden gemolken, und aus der Milch machte man Kefir. Die Frauen bereiteten den Kefir und erzeugten auch Käse. Was die Männer betraf, so hatten sie kaum eine andere Sorge, als Kefir und Tee zu trinken, Hammel zu essen und auf ihren Flöten zu spielen. Sie waren kräftig und fröhlich, und den ganzen Sommer hindurch verschwendeten sie keinen Gedanken an Arbeit. Sie waren auch ziemlich unwissend und verstanden kein Russisch, waren aber recht gutmütig.

Kaum sahen sie Pahom, da kamen sie aus ihren Zelten und versammelten sich um den Besucher. Ein Dolmetscher wurde gefunden, und Pahom berichtete, er sei wegen Land gekommen. Die Baschkiren schienen sich darüber sehr zu freuen; sie führten Pahom in eines ihrer besten Zelte, wo er auf Daunenkissen Platz nehmen mußte, die auf einem Teppich lagen, während sie sich rings um ihn niederließen. Man reichte ihm Tee und Kefir und ließ ein Schaf schlachten und gab ihm zu essen. Pahom holte die Geschenke aus seinem Wagen und verteilte sie unter den Baschkiren, ebenso den Tee. Die Baschkiren waren entzückt. Sie redeten lebhaft untereinander und forderten dann den Dolmetscher auf zu übersetzen.

»Sie wollen dir sagen«, kam der Dolmetscher der Aufforderung nach, »daß sie dich mögen und daß es unsere Gewohnheit ist, unser Bestes zu tun, einem Gast zu gefallen und ihn für seine Geschenke zu entgelten. Du hast uns Geschenke gebracht, jetzt sag uns, welche von den Dingen, die wir besitzen, dir am besten gefallen, damit wir sie dir überlassen können.«

»Was mir hier am besten gefällt«, antwortete Pahom, »ist euer Land. Unser Land ist dicht bevölkert, und der Boden ist erschöpft; ihr aber habt viel Land zur Verfügung, noch dazu gutes Land. Ich habe so etwas noch nie gesehen.«

Der Dolmetscher übersetzte. Die Baschkiren berieten sich eine Zeitlang. Pahom verstand nicht, was sie sagten, erkannte aber, daß sie sehr amüsiert waren und lachend durcheinanderriefen. Dann waren sie wieder still und schauten Pahom an, während der Dolmetscher sagte:

»Ich soll dir sagen, als Gegenleistung für deine Geschenke geben sie dir gern soviel Land, wie du haben willst. Du brauchst es nur mit deiner Hand zu umschreiben, dann gehört es dir.«

Wieder redeten die Baschkiren eine Zeitlang und begannen sich zu streiten. Pahom fragte, worum der Streit denn ginge, und der Dolmetscher sagte, einige meinten, man müsse wegen des Landes den Häuptling fragen und nicht einfach in seiner Abwesenheit handeln, während andere meinten, man brauche nicht auf seine Rückkehr zu warten.

VI

Während die Baschkiren noch stritten, erschien ein Mann in einer großen Fuchsfellmütze auf der Szene. Die Männer verstummten und erhoben sich. Der Dolmetscher sagte: »Das ist der Häuptling persönlich.«

Pahom griff sofort nach dem besten Gewand und fünf Pfund Tee und bot diese dem Häuptling. Der Häuptling nahm die Geschenke an und setzte sich an den Ehrenplatz. Die Baschkiren begannen ihm sofort zu berichten. Der Häuptling hörte eine Weile zu, dann gab er mit dem Kopf ein Zeichen, sie möchten still sein, und wandte sich auf Russisch an Pahom.

»Nun, so sei es denn. Such dir soviel Land, wie du willst; wir haben genug davon.«

Wie kann ich nehmen, soviel ich will? dachte Pahom. Ich brauche eine Urkunde, die meinen Anspruch sichert, andernfalls könnten sie nach Belieben sagen: ›Es gehört dir‹ und es hinterher doch wieder in Besitz nehmen.

»Vielen Dank für deine freundlichen Worte«, sagte er laut. »Ihr habt viel Land, und ich möchte nur ein wenig. Ich möchte aber sicher wissen, welches Stückchen mir gehört. Ließe es sich nicht abmessen und mir überschreiben? Leben und Tod liegen in Gottes Hand. Ihr guten Leute habt mir das Land überlassen, eure Kinder aber möchten es vielleicht wieder zurücknehmen.«

»Du hast natürlich recht«, sagte der Häuptling. »Wir werden es dir überschreiben.«

»Ich habe gehört, ein Händler sei hier gewesen«, fuhr Pahom fort, »und ihr hättet ihm auch ein wenig Land überlassen und ihm entsprechende Papiere unterzeichnet. Ich hätte das gern auf gleiche Weise abgewickelt.«

Der Häuptling verstand, was er wollte.

»Ja«, erwiderte er, »das läßt sich machen. Wir haben einen Schreiber, und wir gehen mit dir in die Stadt und lassen die Überschreibung besiegeln.«

»Und wie steht es mit dem Preis?« fragte Pahom.

»Unser Preis ist immer gleich: tausend Rubel den Tag.«

Pahom begriff die Antwort nicht.

»Den Tag? Was für ein Maß ist das? Wie viele Morgen wären das?«

»Wir wissen nicht, wie wir es berechnen sollen«, sagte der Häuptling. »Wir verkaufen nach Tag. Soviel, wie du an einem Tag zu Fuß umschreiten kannst, soll dir gehören, und der Preis ist tausend Rubel den Tag.«

Pahom war überrascht.

»Aber an einem Tag kommt man um eine große Fläche herum«, sagte er.

Der Häuptling lachte.

»Es soll alles dir gehören!« sagte er. »Aber es gibt da eine Bedingung: Wenn du am gleichen Tag nicht an die Stelle zurückkehrst, von der aus du begonnen hast, ist dein Geld verloren.«

»Aber wie soll ich den Weg kennzeichnen, den ich gegangen bin?«

»Nun, wir gehen an jede Stelle, die dir gefällt, und bleiben dort.

Du beginnst deinen Marsch von dort und machst deine Runde, wobei du einen Spaten mitnimmst. Wo immer du es nötig findest, machst du ein Zeichen. Bei jeder Wende gräbst du ein Loch und häufst das Erdreich auf; später ziehen wir einen Pflug von Loch zu Loch. Du kannst deinen Bogen so groß machen, wie es dir gefällt, doch ehe die Sonne untergeht, mußt du an die Stelle zurückkehren, von der du ausgegangen bist. Das Land, das dann umschlossen ist, soll dir gehören.«

Pahom war entzückt. Es wurde beschlossen, früh am nächsten Morgen aufzubrechen. Man unterhielt sich noch ein Weilchen, und nachdem noch mehr Kefir getrunken und Hammelfleisch gegessen worden war, gab es erneut Tee, und dann zog die Nacht herauf. Die Baschkiren überließen Pahom ein Federbett und gingen dann für die Nacht auseinander, mit dem Versprechen, am nächsten Morgen bei Tagesanbruch zusammenzukommen und noch vor Sonnenaufgang zur verabredeten Stelle zu reiten.

VII

Pahom lag auf dem Federbett, konnte aber nicht schlafen. Immer wieder mußte er an das Land denken.

Was für eine große Fläche ich abgehen werde! dachte er. Am Tag schaffe ich mühelos fünfunddreißig Meilen. Die Tage sind jetzt lang, und wieviel Land wird sich im Umkreis von fünfunddreißig Meilen befinden! Das weniger gute werde ich verkaufen oder an Bauern verpachten, das beste nehme ich für mich und bebaue es. Ich werde zwei Ochsengespanne kaufen und zwei weitere Arbeiter einstellen. Etwa hundertundfünfzig Morgen sollen Ackerland werden, auf dem Rest werde ich Vieh weiden.

Die ganze Nacht hindurch blieb Pahom wach und entschlummerte erst kurz vor Beginn der Morgendämmerung. Kaum waren seine Augen geschlossen, begann ein Traum. Er vermeinte in eben diesem Zelt zu liegen und draußen jemanden lachen zu hören. Er fragte sich, wer das sein könne, stand auf, ging ins Freie und sah den baschkirischen Häuptling vor dem Zelt sitzen und sich vor Lachen die Seite halten. Im Näherkommen fragte Pahom: »Worüber lachst du?« Aber da sah er, daß er es nicht mehr mit dem Häuptling zu tun hatte, sondern mit dem Händler, der kürzlich in seinem Haus Rast gemacht und ihm von dem Land erzählt hatte. Pahom wollte schon fragen: »Bist du schon lange hier?«, da sah er, daß es gar nicht der Händler war, sondern der Bauer, der vor langer Zeit von der Wolga zu Pahoms altem Haus gekommen war. Und gleich darauf mußte er erkennen, daß auch nicht der Bauer vor ihm saß, sondern der Teufel persönlich mit Hufen und Hörnern, leise lachend, und vor ihm lag ein Mann ausgestreckt auf dem Boden, barfuß und nur mit Hose und Hemd bekleidet. Und Pahom träumte, er schaue aufmerksamer auf den Liegenden und müsse erkennen, daß der Mann tot sei, und daß es sich um ihn selbst handelte! Entsetzt erwachte er.

Was man so träumt! dachte er.

Sich umschauend, sah er durch den offenen Zelteingang, daß die Dämmerung heraufzog.

Es wird Zeit, sie zu wecken, dachte er. Wir müssen aufbrechen.

Er stand auf, weckte seinen Vorarbeiter (der auf dem Wagen schlief), befahl ihm anzuschirren, und ging zu den Baschkiren.

»Es wird Zeit, auf die Steppe zu ziehen, um das Land abzumessen«, sagte er.

Die Baschkiren standen auf und versammelten sich, und der Häuptling erschien ebenfalls. Dann begannen sie wieder Kefir zu trinken und boten Pahom Tee an, doch er wollte nicht länger warten.

»Wenn wir gehen wollen, müssen wir los«, sagte er. »Es ist höchste Zeit!«

VIII

Die Baschkiren machten sich fertig, dann zogen alle los: einige auf Pferden, andere in Wagen. Pahom bestieg mit seinem Vorarbeiter den kleinen Wagen und nahm einen Spaten mit. Als sie die Steppe erreichten, entflammte das Morgenrot. Sie erreichten einen kleinen Hügel (den die Baschkiren einen *schikan* nannten), stiegen von den Pferden und Wagen und versammelten sich. Der Häuptling kam zu Pahom und deutete mit ausgestrecktem Arm auf die Ebene.

»Siehst du«, sagte er, »all dies, soweit das Auge reicht, gehört uns. Du kannst jedes Stück haben, das du willst.«

Pahoms Augen funkelten: es war jungfräulicher Boden, flach wie die gestreckte Hand, schwarz wie Mohnsamen, und in den Senken wuchsen seltene Grasarten brusthoch.

Der Häuptling nahm seine Fuchsfellmütze ab, legte sie auf den Boden und sagte:

»Dies soll das Zeichen sein. Beginne hier, und kehre hierher zurück! Das Land, das du umschreitest, soll dir gehören.«

Pahom nahm das Geld heraus und legte es auf die Mütze. Dann zog er den Übermantel aus, unter dem er eine ärmellose Jacke trug. Er nahm den Gürtel und band ihn sich fest um den Bauch. In das Hemd steckte er einen kleinen Beutel Brot, und band sich eine Flasche Wasser an den Gürtel. Dann zog er die Stiefel stramm hoch, nahm seinem Vorarbeiter den Spaten ab und hielt sich startbereit. Einige Sekunden lang überlegte er, welche Richtung er einschlagen sollte – es war überall sehr verlokkend.

Egal, sagte er sich, ich wende mich der aufgehenden Sonne entgegen.

Er wandte das Gesicht nach Osten, streckte sich und wartete darauf, daß die Sonne über dem Horizont erschien.

Ich darf keine Zeit verlieren, dachte er, und das Marschieren ist leichter, solange es noch kühl ist.

Kaum blitzten die ersten Sonnenstrahlen über den Horizont, da wanderte Pahom, den Spaten über der Schulter, in die Steppe hinab.

Pahom schritt weder langsam noch schnell aus. Nachdem er tausend Meter zurückgelegt hatte, blieb er stehen, grub ein Loch und legte etliche Grasbrocken übereinander, um die Stelle kenntlich zu machen. Dann marschierte er weiter, und nachdem er nun die anfängliche Steifheit der Arme und Beine überwunden hatte, beschleunigte er den Schritt. Nach einer Weile grub er ein zweites Loch.

Pahom blickte zurück. Der Hügel war im Sonnenlicht deutlich zu sehen, mit den Leuten darauf und den funkelnden Rädern der Wagen. Pahom schätzte über den Daumen, daß er drei Meilen zurückgelegt hatte. Es wurde wärmer, und er zog auch das Hemd aus, warf es sich über die Schulter und setzte seinen Weg fort. Es war schon ziemlich warm; er blickte auf die Sonne, es war Zeit, ans Frühstücken zu denken.

Das erste Viertel wäre geschafft, sagte er zu sich selbst, aber es ist eben nur ein Viertel, und zum Umkehren wäre es noch zu früh. Aber ich werde die Stiefel ausziehen.

Er setzte sich, streifte die Stiefel ab, steckte sie sich in den Gürtel und marschierte weiter. Er kam gut voran.

Ich gehe noch drei Meilen, überlegte er, dann biege ich nach links. Dieses Fleckchen ist so schön, daß es schade wäre, darauf zu verzichten. Je weiter man kommt, desto besser scheint das Land zu werden.

Eine Zeitlang schritt er noch geradeaus, und als er sich umsah, war der Hügel kaum noch zu erkennen, und die Männer darauf sahen aus wie schwarze Ameisen, und er konnte dort noch vage etwas in der Sonne schimmern sehen.

Ah, dachte Pahom. In dieser Richtung bin ich weit genug gegangen, es wird Zeit zum Abbiegen. Außerdem bin ich ziemlich erhitzt, und sehr durstig.

Er blieb stehen, grub ein großes Loch und häufte Grasbrocken auf. Dann band er die Flasche ab, trank einen Schluck und bog nach links ab. Er marschierte immer weiter; das Gras stand sehr hoch, und es war sehr heiß.

Pahom begann zu ermüden; er blickte zur Sonne auf und sah, daß es Mittag war.

Nun ja, dachte er, ich muß mich ausruhen.

Er setzte sich, aß etwas Brot und trank von dem Wasser; doch er legte sich nicht hin, denn er fürchtete einzuschlafen. Nachdem er ein Weilchen gesessen hatte, marschierte er weiter. Zuerst schritt er leichtfüßig aus; die Nahrung hatte ihn gestärkt; doch inzwischen war es schrecklich heiß geworden, und er war schläfrig. Aber er ging weiter und dachte: Eine Stunde des Leidens, ein ganzes Leben zu leben.

Auch in dieser Richtung legte er eine weite Strecke zurück und wollte schon wieder nach links abbiegen, als ihm eine feuchte Senke auffiel. Es wäre schade, die auszulassen, dachte er. Flachs würde dort gut gedeihen. Und so marschierte er an der Senke vorbei, grub auf der anderen Seite ein Loch und vollzog dann erst den Richtungswechsel. Pahom blickte zum Hügel zurück. Die Hitze ließ die Luft verschwimmen; sie schien zu zittern, und durch den Dunst waren die Leute auf der Erhebung kaum noch auszumachen.

Ah, dachte Pahom, ich habe die Seiten zu lang gemacht; diese muß kürzer werden. Und er beschritt die dritte Seite und begann schneller zu gehen. Er blickte zur Sonne empor; sie hatte den Weg zum Horizont hinab zur Hälfte zurückgelegt, und er hatte auf der dritten Seite des Rechtecks noch keine zwei Meilen hinter sich. Bis zum Ziel waren es noch zehn Meilen.

Nein, dachte er, mein Land wird dann zwar schief zugeschnitten sein, doch muß ich jetzt auf direktem Wege zurück. Vielleicht ginge ich anders zu weit, und auch so werde ich schon sehr viel Land besitzen.

So grub Pahom hastig ein Loch und wandte sich dem Hügel zu.

IV

Pahom hielt direkt auf den Hügel zu, doch fiel ihm das Gehen jetzt schwer. Die Hitze setzte ihm zu, seine bloßen Füße waren zerschnitten und wund, und die Beine begannen einzuknicken. Er sehnte sich nach einer Rast, aber das kam nicht in Frage, wenn er vor Sonnenuntergang am Ziel sein wollte. Die Sonne wartet auf niemanden, und sie sank immer tiefer.

Ach du je, dachte er, wenn ich mir nur nicht zuviel vorgenommen habe! Was soll werden, wenn ich zu spät komme?

Er blickte auf den Hügel und dann zur Sonne empor. Noch war er weit von seinem Ziel, die Sonne aber stand schon dicht über dem Horizont.

Pahom marschierte weiter, und jeder Schritt strengte ihn an, doch er ging immer schneller. So sehr er sich aber beeilte, der Hügel war noch weit. Er begann zu laufen, Hemd, Stiefel, Flasche und Mütze fortwerfend. Nur den Spaten behielt er, der ihm als Stütze diente.

Was soll ich tun? dachte er wieder. Ich wollte zuviel erringen und mag nun alles verlieren. Ich schaffe es nicht, ehe die Sonne untergeht.

Die Angst raubte ihm den Atem noch mehr. Pahom lief immer weiter, Unterhemd und Hose klebten an seiner Haut, der Mund war ausgetrocknet. Seine Lunge ging wie der Blasebalg bei einem Schmied, sein Herz schlug wie ein Hammer, seine Beine verweigerten den Dienst, als gehörten sie nicht mehr zu ihm. Entsetzen überkam Pahom bei dem Gedanken, daß die Anstrengung zuviel für ihn sein könnte.

Doch obwohl er sich vor dem Tode fürchtete, konnte er nicht stehenbleiben.

Nachdem ich soviel gelaufen bin, würden sie mich für dumm halten, wenn ich jetzt aufhörte, dachte er. Und er lief weiter und kam seinem Ziel nahe und hörte, wie die Baschkiren ihm zubrüllten, und ihre Rufe entflammten sein Herz noch mehr. Er nahm seine letzten Kräfte zusammen.

Die Sonne stand dicht über dem Horizont und wirkte riesig im Dunst und rot wie Blut. Jetzt, ja jetzt wollte sie untergehen! Die Sonne stand ganz tief, doch er war seinem Ziel sehr nahe. Pahom vermochte bereits die Männer auf dem Hügel auszumachen, die ihn mit Armbewegungen anfeuerten. Er sah die Fuchsfellmütze auf dem Boden liegen und darin das Geld, und den Häuptling, der auf dem Boden saß und sich die Seiten hielt. Und Pahom dachte an seinen Traum.

Es gibt viel Land, dachte er, aber wird Gott mich darauf leben lassen? Ich habe mein Leben verloren! Ich habe das Leben verloren! Ich werde die Stelle nie erreichen!

Pahom blickte auf die Sonne, die den Saum der Erde erreicht hatte, ihr Rand war bereits verschwunden. Unter Aufbietung der letzten Kräfte hastete er weiter, den Körper vorneigend, so daß die Beine kaum schnell genug zu folgen vermochten, um seinen Sturz zu verhindern. Als er eben den Hügel erreichte, wurde es plötzlich dunkel. Er hob den Kopf – die Sonne war untergegangen!

Er schrie auf. All meine Mühen waren umsonst, dachte er und wollte stehenbleiben, doch er hörte die Baschkiren noch immer rufen und mußte daran denken, daß die Sonne für ihn von hier unten wohl untergegangen war, daß die Leute auf der Anhöhe sie wohl aber noch sehen konnten. Er machte einen tiefen Atemzug und rannte den Hang hinauf. Hier war noch immer Licht. Er erreichte den Gipfel und sah die Mütze. Davor saß lachend der Häuptling und hielt sich die Seiten. Wieder mußte Pahom an seinen Traum denken, und er stieß einen Schrei aus: die Beine gaben unter ihm nach, er stürzte vorwärts und erreichte die Mütze mit den Händen.

»Ah, das ist ein rechter Kerl!« rief der Häuptling. »Er hat viel Land errungen!«

Pahoms Vorarbeiter lief herbei und versuchte ihn aufzurichten, sah aber, daß ihm Blut aus dem Mund strömte. Pahom war tot.

Die Baschkiren schnalzten mit den Zungen, um ihr Bedauern auszudrücken.

Pahoms Vorarbeiter nahm den Spaten und grub ein Loch, groß genug, daß Pahom darin liegen konnte, und begrub ihn.

Sechs Fuß vom Kopf bis zu den Zehen, mehr Land brauchte er nicht.

Übersetzt von Thomas Schlück

Oscar Wilde
(1854–1900)

Oscar Wilde, der Umstrittene, geboren in Dublin, Irland, war Theaterautor, Dichter, Phantast – ein ausnehmend kluger Kopf. Er war der zweite Sohn eines prominenten, doch moralisch suspekten Augenarztes und einer dickleibigen, vielgelesenen Dichterin. Er war ein brillanter Schüler und studierte ein Jahr im Trinity College, Dublin (1873), und sechs Jahre im Magdalen College von Oxford (1874–1879). In Oxford holte er sich nicht nur beste Abschlüsse als Bachelor of Arts in den klassischen Fächern (1876) und *litterae humaniores* (1878), er entwickelte auch seine (für die damalige Zeit) anstößige ästhetische Prosa, die seinen Ruhm schnell mehren sollte.

Er widmete sich der Kunst um der Kunst willen und füllte seine Wohnung mit seltsamen Kunstgegenständen wie blauem Porzellan und Pfauenfedern. Er ließ sich das Haar lang wachsen, trug stets eine frische Blume und kleidete sich in Seidenstrümpfe, Kniebundhosen und Samtjacke mit breiter Schleife. Je nach Betrachter führte diese Taktik zu Erstaunen oder mürrischer Ablehnung.

Nach seinem Abschluß übersiedelte er nach London (1879) und zog dort auf gewohnte Weise die Aufmerksamkeit auf sich. Anschließend überließ er es seinen bemerkenswerten Konversationsgaben, seinem Witz (und seinen unbestreitbaren Talenten), die erste Neugier in Freundschaft und Bewunderung umschlagen zu lassen.

In den folgenden acht Jahren brachte er eigentlich sehr wenig hervor, doch gelang es ihm, eine nicht unbemittelte Frau zu heiraten und seinen Traum zu verwirklichen, gut bekannt zu sein. 1887 übernahm er die Herausgabe von *Woman's World* und begann damit eine achtjährige literarische Produktivität, in der er Märchen hervorbrachte (*Der glückliche Prinz,* 1890), seinen Roman (*Das Bildnis des Dorian Grey,* 1890), seine wichtigsten Essays (*Intentions/Absichten,* 1891) und seine fünf besten Schauspiele (deren erstes, *Lady Windermeres Fächer,* 1892, ihm die Anerkennung der Kritiker und finanziellen Erfolg bescherte).

Doch aus der eben erklommenen Höhe folgte ein schneller Abstieg. In der Mitte der achtziger Jahre begann sich Wilde sexuell neu zu orientieren, ging homosexuelle Bindungen ein und faßte schließlich eine große Zuneigung zum jungen Lord Alfred Douglas, dem bösartigen Sohn des Marquis von Queensberry. Gegen Mitte der neunziger Jahre schien Wilde den Kontakt zur Wirklichkeit allmählich zu verlieren, so sehr war er auf die eigene Person fixiert. Er führte sich immer unmöglicher auf und schien dem Glauben anzuhängen, die Gesellschaft würde ihm jede Sünde verzeihen. Und als der Marquis von Queensberry ihn öffentlich der Sodomie beschuldigte, ließ sich Wilde unklugerweise auf einen Prozeß ein und mußte vor Gericht belastende Aussagen machen. Später weigerte er sich, das Land zu verlassen und zwang die Regierung damit, ihn wegen homosexueller Verfehlungen zu belangen. Nach Verlassen des Gefängnisses wanderte er nach Frankreich aus. Seelisch gebrochen und finanziell ruiniert, erlag er bald darauf einer Gehirnhautentzündung.

Wildes Ruf als Phantast ist heute größer als zu seinen Lebzeiten. Die unangebrachte Ablehnung von *Das Bildnis des Dorion Grey* wird heute als engherzige Zurückweisung eines höchst interessanten Themas gesehen, und zeitgenössische Kritiker, beispielsweise Diana Waggoner, halten zumindest einige von Wildes Märchen für die besten, die jemals verfaßt wurden.

Die Novelle, die für diesen Band ausgesucht wurde, erfreute sich jedoch sofortiger Popularität wegen der Verspottung neureicher Amerikaner. Und noch heute vermag *Das Gespenst von Canterville* wegen seiner mitreißenden Darstellung des armen, geplagten Geistes und der mutigen jungen Heldin zu befriedigen.

Oscar Wilde

Das Gespenst von Canterville

Eine hylo-idealistische Romanze

1

Als Mr. Hiriam B. Otis, der amerikanische Gesandte, Schloß Canterville kaufte, sagte ihm jeder, er begehe eine große Torheit, da es dort ohne jeden Zweifel spuke. Sogar Lord Canterville, ein Mann, dem die Ehre über alles ging, hatte sich verpflichtet gefühlt, Mr. Otis darauf hinzuweisen, bevor er mit ihm über die Verkaufsbedingungen sprach.

»Wir selbst mochten nicht mehr dort wohnen«, sagte Lord Canterville, »seit meine Großtante, die Herzoginwitwe von Bolton, einen Schock erlitt, von dem sie sich nie mehr ganz erholt hat. Eines Tages, als sie sich gerade zum Abendessen umzog, sah sie, wie sich die Hände eines Skeletts auf ihre Schultern legten. Und ich halte es ebenfalls für meine Pflicht, Ihnen, Mr. Otis, mitzuteilen, daß das Gespenst auch von einigen noch lebenden Mitgliedern meiner Familie gesehen worden ist und außerdem vom Gemeindepfarrer, Hochwürden Augustus Dampier, der das King's College in Cambridge absolviert hat. Nach dem unglückseligen Erlebnis der Herzogin wollte keiner der jüngeren Dienstboten bei uns bleiben, und Lady Canterville konnte nachts kaum mehr schlafen, seit sie auf dem Gang und in der Bibliothek diese geheimnisvollen Geräusche gehört hatte.«

»Mylord«, erwiderte der Gesandte, »ich übernehme das Mobiliar und das Gespenst zum Schätzwert. Ich komme aus einem fortschrittlichen Land, das alles besitzt, was für Geld zu haben ist. Und wenn ich so sehe, wie unsere schlauen jungen Leute die Alte Welt unsicher machen und Ihnen die besten Schauspielerinnen und Primadonnen wegschnappen, glaube ich bestimmt, daß wir, falls es in Europa tatsächlich so etwas wie ein Gespenst gibt, es in kürzester Zeit drüben haben werden, in einem unserer Museen oder in einem Wanderzirkus.«

»Ich fürchte, das Gespenst existiert wirklich«, sagte Lord Canterville lächelnd, »wenn es auch den Annäherungsversuchen Ihrer unternehmungslustigen Impresarios bisher widerstanden hat. Es ist seit dreihundert Jahren bekannt, genau gesagt, seit 1584, und es erscheint immer, wenn der Tod eines Familienmitglieds bevorsteht.«

»Na ja, das tut der Hausarzt auch, Lord Canterville. Aber es gibt keine Gespenster, Sir, und ich glaube nicht, daß sich die Naturgesetze um der britischen Aristokratie willen außer Kraft setzen lassen.«

»Ihr Amerikaner seid wirklich sehr natürliche Menschen«, erwiderte Lord Canterville, der Mr. Otis' letzte Bemerkung nicht ganz verstanden hatte. »Wenn es Sie also nicht stört, ein Gespenst im Haus zu haben, soll's mir recht sein. Vergessen Sie aber bitte nicht, daß ich Sie gewarnt habe.«

Ein paar Wochen später war der Kauf perfekt, und am Ende der Saison fuhr der Gesandte mit seiner Familie nach Canterville. Mrs. Otis, die, als sie noch Miß Lucretia R. Tappan, West 53rd Street, war, zu den gefeierten Schönheiten New Yorks gezählt hatte, war eine noch immer gutaussehende Frau in mittleren Jahren, mit schönen Augen und einem tadellosen Profil. Im Gegensatz zu vielen Amerikanerinnen, die, sobald sie ihr Geburtsland verlassen haben, so tun, als hätten sie ein chronisches Leiden, weil sie das für ein Zeichen europäischer Kultiviertheit halten, war Mrs. Otis nie in diesen Fehler verfallen. Sie besaß eine prächtige Konstitution und ein wahrhaft erstaunliches Maß an Ursprünglichkeit. In vieler Hinsicht war sie wirklich völlig englisch – ein ausgezeichnetes Beispiel dafür, daß wir heutzutage tatsächlich alles mit Amerika gemeinsam haben, ausgenommen natürlich die Sprache. Ihr ältester Sohn, den die Eltern in einer patriotischen Anwandlung »Washington« getauft hatten, was er zeitlebens bedauerte, war ein blonder, recht gutaussehender junger Mann, der sich für den diplomatischen Dienst seines Landes dadurch qualifiziert hatte, daß er drei Winter lang im Kasino von Newport den Kotillon anführte, und der sogar in London als ausgezeichneter Tänzer galt. Gardenien und Adelsregister waren seine einzigen Schwächen. Sonst war er ausnehmend vernünftig. Miß Virginia E. Otis war ein Mädchen von fünfzehn Jahren, grazil und reizend wie ein junges Reh. Aus ihren großen blauen

Augen sprach eine schöne Freimütigkeit. Sie war eine Amazone par excellence und veranstaltete eines Tages ein Rennen im Park, bei dem sie auf ihrem Pony den alten Lord Bilton direkt vor der Achillesstatue um eineinhalb Pferdelängen schlug – zum stürmischen Entzücken des jungen Herzogs von Cheshire, der ihr auf der Stelle einen Heiratsantrag machte, woraufhin er, tränenüberströmt, noch am selben Abend von seinen Vormunden nach Eton zurückbeordert wurde. Nach Virginia kamen die Zwillinge, meist »Das Sternenbanner« genannt, weil sie ständig herumflatterten und gehörig gezaust wurden. Die Burschen waren eine wahre Freude und mit Ausnahme des ehrenwerten Gesandten die einzigen echten Republikaner in der Familie.

Da Schloß Canterville sieben Meilen von Ascot, der nächsten Bahnstation, entfernt liegt, hatte Mr. Otis telegrafisch einen Wagen bestellt, und die Familie fuhr in bester Laune los. Es war ein herrlicher Juliabend, und die Luft war vom köstlichen Duft der Kiefernwälder erfüllt. Dann und wann vernahmen sie das melancholisch-süße Gurren einer Ringeltaube oder sahen im raschelnden Farnkraut die Brustfedern eines Fasans aufschimmern. Von den Buchen spähten Eichhörnchen auf die Vorüberfahrenden herab, und Wildkaninchen huschten, die weißen Schwänzchen in die Höhe gestreckt, durchs Unterholz und über bemooste Wurzelknollen davon. Doch als sie in die Schloßauffahrt einbogen, überzog sich der Himmel plötzlich mit Wolken, eine merkwürdige Stille breitete sich aus, ein großer Schwarm Krähen flog lautlos über ihre Köpfe hinweg, und noch ehe sie das Haus erreicht hatten, fielen die ersten schweren Tropfen.

Auf der Freitreppe erwartete sie eine alte Frau in adrettem schwarzseidenen Kleid, weißer Haube und Schürze: Mrs. Umney, die Haushälterin, die Mrs. Otis auf Lady Cantervilles ausdrücklichen Wunsch übernommen hatte. Sie begrüßte jeden mit einem Knicks und sagte auf anheimelnd altmodische Art: »Ich heiße Sie auf Schloß Canterville willkommen!« Sie folgten ihr ins Haus, durchquerten die schöne, im Tudorstil erbaute Halle und betraten die Biliothek, einen langen, niedrigen Raum mit schwarzer Eichentäfelung und einem großen Fenster aus buntem Glas. Hier war der Teetisch gedeckt. Sie zogen die Mäntel aus, setzten sich und nahmen, während Mrs. Umney sie bediente, das Zimmer in Augenschein.

Plötzlich entdeckte Mrs. Otis auf dem Fußboden vor dem Kamin einen matten roten Flecken und sagte – ohne sich im geringsten seiner Bedeutung bewußt zu sein – zu Mrs. Umney: »Ich glaube, dort hat jemand etwas ausgegossen.«

»Ja, gnädige Frau«, erwiderte die alte Haushälterin leise, »dort ist Blut vergossen worden.«

»Wie gräßlich!« rief Mrs. Otis. »Ich habe absolut nichts für Blutflecken im Wohnzimmer übrig. Es muß sofort weggewischt werden!«

Die alte Frau lächelte und sagte in dem gleichen leisen, geheimnisvollen Ton: »Es ist das Blut der Lady Eleanore de Canterville, die im Jahr 1575 genau an dieser Stelle von ihrem eigenen Gemahl, Sir Simon de Canterville, ermordet wurde. Sir Simon überlebte sie um neun Jahre, dann verschwand er plötzlich unter höchst mysteriösen Umständen. Seine Leiche wurde nie gefunden, aber sein schuldbeladener Geist geht noch heute im Schloß um. Der Blutfleck ist von Touristen und anderen Besuchern oft bewundert worden und läßt sich durch nichts entfernen.«

»Das ist doch alles Unsinn!« rief Washington Otis. »Pinkertons Universal-Fleckentferner mit Superreinigungskraft wird ihn sofort beseitigen.« Und ehe die entsetzte Haushälterin ihn zurückhalten konnte, kniete er am Boden und rieb die Stelle blitzschnell mit einem kleinen Stift ein, der wie schwarze Bartwichse aussah. Wenige Augenblicke später war von dem Blutfleck keine Spur mehr zu sehen.

»Ich hab's doch gleich gesagt – Pinkerton schafft das spielend!« rief Washington triumphierend der Familie zu, die ihn bewundernd beobachtete. Aber er hatte kaum ausgesprochen, als ein schrecklicher Blitz den düsteren Raum jäh erhellte und ein fürchterlicher Donnerschlag alle von den Stühlen riß. Mrs. Umney fiel in Ohnmacht.

»Ein scheußliches Klima!« bemerkte der amerikanische Gesandte gelassen und zündete sich eine lange Manilazigarre an. »Mir scheint, das alte England ist so übervölkert, daß das gute Wetter nicht mehr für alle ausreicht. Ich war schon immer der Meinung, daß Auswandern die einzige Chance für England ist.«

»Aber Hiram«, rief Mrs. Otis, »was sollen wir bloß mit einer Frau anfangen, die immer gleich ohnmächtig wird?«

»Zieh's ihr genauso vom Lohn ab wie das Geschirr, das sie zerbricht«, sagte der Gesandte, »dann wird sie sich's schon abgewöhnen.« Und tatsächlich kam Mrs. Umney kurz darauf wieder zu sich. Aber sie war offenbar äußerst erregt und warnte Mr. Otis eindringlich vor drohendem Unheil.

»Sir, ich habe mit eigenen Augen Dinge gesehen, bei deren Anblick jedem Christenmenschen die Haare zu Berge stehen würden, und so manche Nacht habe ich kein Auge zugetan, weil hier so Entsetzliches geschieht.« Doch Mr. Otis und seine Frau beruhigten die treue Seele und versicherten ihr, sie hätten keine Angst vor Gespenstern. Nachdem sie den Segen des Himmels auf ihre neue Herrschaft herabgefleht und eine Lohnerhöhung ausgehandelt hatte, wankte die alte Haushälterin in ihr Zimmer.

2

Der Sturm wütete die ganze Nacht, sonst aber ereignete sich nichts Ungewöhnliches. Doch als sie am nächsten Morgen zum Frühstück erschienen, war der schreckliche Blutfleck wieder auf dem Fußboden.

»Ich glaube nicht, daß es am Fleckentferner liegt«, sagte Washington, »denn der hat mich bisher nie im Stich gelassen. Es muß tatsächlich das Gespenst sein.« Dann rieb er den Flecken zum zweitenmal weg, aber am nächsten Morgen war er wieder da. Und am dritten Morgen ebenfalls, obwohl Mr. Otis die Bibliothek am Abend persönlich abgeschlossen und den Schlüssel mit nach oben genommen hatte. Jetzt begann sich die ganze Familie für den Fall zu interessieren. Mr. Otis fragte sich, ob er die Existenz von Geistern nicht doch allzu kategorisch geleugnet habe, Mrs. Otis äußerte die Absicht, der spiritistischen Gesellschaft beizutreten, und Washington entwarf ein langes Schreiben an die Firma Myers und Podmore, in dem er sich über das Problem der Unaustilgbarkeit von Blutflecken, die mit einem Verbrechen in Zusammenhang stehen, ausließ. In der folgenden Nacht wurden alle Zweifel an der Existenz von Gespenstern endgültig beseitigt.

Der Tag war warm und sonnig gewesen, und in der abendlichen Kühle unternahm die ganze Familie eine Ausfahrt. Sie kehrte erst um neun Uhr zurück und nahm ein leichtes Abendessen ein. Da in der Unterhaltung Gespenster überhaupt nicht erwähnt wurden, konnte jene erwartungsvolle Stimmung, die so oft dem Erscheinen spiritistischer Phänomene vorausgeht, gar nicht erst aufkommen. Wie ich von Mr. Otis gehört habe, sprach man nur über die bei gebildeten Amerikanern gehobener Schichten üblichen Themen, zum Beispiel die enorme schauspielerische Überlegenheit Miß Fanny Davenports über Sarah Bernhardt, die selbst in den besten englischen Häusern auftretende Schwierigkeit, Mais in der Milchreife, Buchweizenkuchen und Maisgrütze serviert zu bekommen, die Bedeutung Bostons für die Entwicklung der Weltseele, die Vorzüge des Gepäckaufgabesystems bei Eisenbahnreisen und den Unterschied zwischen dem melodiösen New Yorker Akzent und der gedehnten Aussprache der Londoner. Auf übernatürliche Dinge kam man überhaupt nicht zu sprechen. Um elf Uhr zog sich die Familie zurück, und um halb zwölf waren alle Lichter gelöscht. Etwas später wurde Mr. Otis durch ein seltsames Geräusch auf dem Korridor vor seinem Schlafzimmer geweckt. Es klang wie das Klirren von Metall und schien immer näher zu kommen. Er stand sofort auf, zündete ein Streichholz an und sah auf die Uhr. Es war Punkt eins. Er blieb ganz ruhig, fühlte seinen Puls und konnte nicht die mindeste Beschleunigung feststellen. Noch immer vernahm er das merkwürdige Geräusch, und jetzt hörte er auch deutlich den Klang von Schritten. Er schlüpfte in die Pantoffeln, nahm ein längliches Fläschchen aus seinem Necessaire und öffnete die Tür. Im fahlen Mondlicht sah er einen alten Mann vor sich, der einen schrecklichen Anblick bot: Seine Augen waren rot wie glühende Kohlen, das lange graue Haar fiel ihm in verfilzten Strähnen auf die Schultern, seine Kleidung, ein Gewand im Stil einer längstvergangenen Zeit, war verschmutzt und zerschlissen, und an den Handgelenken und Fußknöcheln trug er schwere Fesseln, von denen rostige Ketten herabhingen.

»Verehrter Sir«, sagte Mr. Otis, »ich muß Sie dringend bitten, Ihre Ketten zu ölen, und habe Ihnen zu diesem Zweck ein Fläschchen Tammanys Aurora-Schmieröl gebracht. Es ist bekannt für seine sofortige Wirkung, und wie Sie den auf der Verpackung abgedruckten Empfehlungen entnehmen können, haben einige unserer prominentesten Geistlichen dies bestätigt. Ich stelle es hier neben die Nachtkerzen und werde Ihnen auf Wunsch gern mehr davon besorgen.« Mit diesen Worten stellte der Gesandte der Vereinigten Staaten die Flasche auf einen Marmortisch, zog sich wieder ins Schlafzimmer zurück und schloß die Tür.

Einen Augenblick lang blieb das Gespenst von Canterville in verständlicher Entrüstung wie angewurzelt stehen. Dann schleuderte es die Flasche wütend auf den gebohnerten Fußboden und floh durch den Korridor, wobei es ein hohles Stöhnen von sich gab und ein geisterhaftes grünes Licht ausstrahlte. Es hatte gerade den oberen Absatz der großen Eichentreppe erreicht, als plötzlich eine Tür aufgerissen wurde, zwei kleine weißgekleidete Gestalten erschienen und ein großes Kopfkissen dicht an seinem Kopf vorbeiflog! Da jetzt offenbar keine Zeit mehr zu verlieren war, flüchtete sich das Gespenst eilends in die vierte Dimension und verschwand durch die Wandtäfelung. Danach war es im Haus wieder ganz still.

Als es in einem kleinen Geheimgemach im rechten Flügel des Schlosses angelangt war, lehnte sich das Gespenst gegen einen Mondstrahl, um Atem zu schöpfen, und versuchte, sich über seine Situation klarzuwerden. Während seiner glänzenden Karriere, die im Verlauf von dreihundert Jahren keine einzige Unterbrechung erfahren hatte, war es noch nie so schmählich beleidigt worden. Es dachte an die Herzoginmutter, der es einen furchtbaren Schrecken eingejagt hatte, als sie gerade in ihrem Spitzenkleid und dem Diamantschmuck vor dem Spiegel stand; an die vier Hausmädchen, die einen hysterischen Anfall bekamen, nur weil es ihnen durch die Vorhänge eines unbenutzten Schlafzimmers zugegrinst hatte; an den Gemeindepfarrer, dessen Kerze es ausgeblasen hatte, als er eines Nachts zu später Stunde aus der Bibliothek kam, und der von diesem Tag an, von nervösen Störungen regelrecht gemartert, bei Sir William Gull in Behandlung gewesen war; und an die alte Madame de Tremouillac, die eines Morgens früher als sonst aufwachte, im Kaminsessel ein Skelett sitzen sah, das ihr Tagebuch las, und die daraufhin Hirnhautentzündung bekam, sechs Wochen lang das Bett hüten mußte, nach ihrer Genesung in den Schoß der Kirche zurückkehrte und jede Verbindung zu dem notorischen Atheisten Monsieur de Voltaire abbrach. Es dachte an die schreckliche Nacht, in der man den ruchlosen Lord Canterville halb erstickt in seinem Ankleidezimmer fand; er hatte den Karobuben im Hals stecken, und bevor er starb, gestand er, daß er mit eben dieser Karte Charles James Fox in Crockfords Etablissement um 50000 Pfund geprellt hatte. Er schwor, das Gespenst habe ihn gezwungen, die Karte zu verschlucken. Alle seine großartigen Erfolge rief sich das Gespenst ins Gedächtnis zurück, beginnend bei dem Butler, der sich in der Speisekammer erschoß, weil er eine grüne Hand an die Fensterscheibe klopfen sah, bis hin zur schönen Lady Stutfield, die stets ein schwarzes Samtband um den Hals tragen mußte, damit niemand die auf ihrer weißen Haut eingebrannten Male von fünf Fingern bemerkte, und die sich schließlich im Karpfenteich am Ende der Königspromenade ertränkte. Mit der leidenschaftlichen Egozentrik des wahren Künstlers vergegenwärtigte sich das Gespenst seine berühmtesten Rollen und lächelte bitter, als es seines letzten Auftrittes als »Roter Ruben oder Der erwürgte Säugling« gedachte, seines Debüts als »Finsterer Gibeon, der Blutsauger vom Bexley-Moor« und des Aufsehens, das es eines stillen Juliabends erregt hatte, nur weil es auf dem Tennisplatz mit seinen eigenen Knochen Kegel spielte. Und nach alledem mußten ein paar erbärmliche moderne Amerikaner kommen, ihm Aurora-Schmieröl anbieten und Kissen an den Kopf werfen! Es war nicht zum Aushalten! Und zudem war noch nie in der Geschichte ein Gespenst so schlecht behandelt worden. So beschloß es denn, Rache zu nehmen, und blieb bis zum Morgengrauen in tiefes Nachdenken versunken.

3

Als die Familie Otis sich am nächsten Morgen zum Frühstück einfand, wurde ziemlich ausgiebig über das Gespenst gesprochen. Der Gesandte der Vereinigten Staaten war natürlich etwas verärgert darüber, daß es sein Geschenk nicht angenommen hatte. »Es liegt mir fern, das Gespenst in irgendeiner Weise zu beleidigen, und ich muß sagen, daß ich es in Anbetracht der langen Zeit, die es schon in diesem Haus verbracht hat, keineswegs für höflich halte, mit Kopfkissen nach ihm zu werfen« – eine durchaus angebrachte Bemerkung, nach der die Zwillinge leider in schallendes Gelächter ausbrachen. »Andrerseits«, fuhr er fort, »werden wir ihm, falls es sich weigern sollte, Aurora-Schmieröl zu benutzen, die Ketten wegnehmen müssen. Bei einem derartigen Lärm vor den Schlafzimmern kann man unmöglich zur Ruhe kommen.«

Für den Rest der Woche blieben sie jedoch unbehelligt; nur die Tatsache, daß der Blutfleck in der Bibliothek immer wieder erschien, erregte ihre Neugier. Die Sache war deshalb so merkwürdig, weil Mr. Otis jede Nacht die Tür abschloß und weil die Fenster stets fest verriegelt wurden. Daß der Flecken seine Farbe wie ein Chamäleon wechselte, gab ebenfalls Anlaß zu den verschiedensten Vermutungen. Manchmal war er braunrot (fast indianerrot), dann wieder zinnoberrot, ein anderes Mal purpurfarben und einmal, als sie sich gerade zur Familienandacht nach dem schlichten Ritus der Freien Amerikanischen Reformierten Episkopalkirche versammelten, erstrahlte er in einem Smaragdgrün. Dieser kaleidoskopische Wechsel machte der Familie natürlich großen Spaß, und jeden Abend wurden Wetten abgeschlosssen. Die einzige, die sich nicht an diesen Scherzen beteiligte, war die kleine Virginia, die aus einem unerfindlichen Grund beim Anblick des Blutflecks immer sehr betrübt war und an dem Morgen, an dem er sich smaragdgrün präsentierte, fast in Tränen ausbrach.

Zum zweitenmal erschien das Gespenst Sonntagnacht. Kurz nach dem Schlafengehen wurde die Familie plötzlich von einem fürchterlichen Gepolter in der Halle aufgeschreckt. Alle rannten hinunter, und da sahen sie, daß sich eine große alte Ritterrüstung vom Podest gelöst hatte und auf den Steinboden gefallen war. Daneben saß auf einem hochlehnigen Stuhl das Gespenst und rieb sich mit schmerzverzerrtem Gesicht die Knie. Die Zwillinge, die ihre Schleudern mitgebracht hatten, ließen sofort zwei Geschosse schwirren – mit einer Treffsicherheit, wie man sie nur durch langes, konzentriertes Training an einem Schreiblehrer erwerben kann –, und der Gesandte der Vereinigten Staaten richtete den Revolver auf das Gespenst und forderte es nach bester kalifornischer Etikette auf, die Hände hochzunehmen. Das Gespenst fuhr mit einem schrillen Wutschrei hoch, fegte wie ein Nebelschwaden durch sie hindurch, löschte dabei Washington Otis' Kerze und ließ alle im Stockdunkeln zurück. Als es den oberen Treppenabsatz erreicht hatte, schöpfte es neue Kraft und beschloß, in sein berühmtes diabolisches Gelächter auszubrechen. Mehr als einmal hatte es damit die besten Erfahrungen gemacht. Man erzählte sich, dieses Gelächter habe Lord Rackers Perücke in einer einzigen Nacht ergrauen lassen, und es ist erwiesen, daß es drei von Lady Cantervilles französischen Gouvernanten bewogen hatte, noch vor Ablauf des ersten Monats zu kündigen. Das Gespenst lachte also sein fürchterliches Lachen, bis das alte Dachgewölbe davon widerhallte, doch kaum war das letzte grausige Echo verklungen, als eine Tür aufging und Mrs. Otis in einem hellblauen Morgenrock erschien. »Ich fürchte, es geht Ihnen gar nicht gut«, sagte sie. »Hier bringe ich Ihnen eine Flasche ›Dr. Dobells Tinktur‹. Falls Sie an Verdauungsstörungen leiden, ist das die allerbeste Medizin.« Das Gespenst starrte sie wütend an und machte augenblicklich Anstalten, sich in einen großen schwarzen Hund zu verwandeln, ein Trick, für den es zu Recht berühmt war und auf den der Hausarzt die unheilbare Verblödung von Lord Cantervilles Onkel, dem ehrenwerten Thomas Horton, zurückführte. Doch da der Klang näherkommender Schritte das Gespenst an seinem grausigen Vorhaben hinderte, begnügte es sich mit einem leichten Phosphoreszieren und verschwand mit einem dumpfen Friedhofsstöhnen genau in dem Moment, als die Zwillinge oben ankamen.

In seinem Gemach erlitt es einen völligen Nervenzusammenbruch und wurde von heftigster Erregung geschüttelt. Die Vulgarität der Zwillinge und Mrs. Otis' krasser Materialismus waren schon empörend genug, was ihm jedoch den größten Kummer bereitete, war die Tatsache, daß es außerstande gewesen war, die Rüstung zu tragen. Es hatte gehofft, daß sogar moderne Amerikaner beim Anblick eines Gespenstes in voller Rüstung erschauern würden – wenn nicht aus einem vernünftigen Grund, so doch wenigstens aus Respekt vor ihrem Nationaldichter Longfellow, dessen anmutige, reizvolle Verse ihm selbst schon oft über die langweiligen Tage hinweggeholfen hatten, an denen die Cantervilles sich in London aufhielten. Noch dazu handelte es sich um seine eigene Rüstung! Es hatte sie mit Erfolg bei den Turnieren in Kenilworth getragen, und keine Geringere als die Jungfräuliche Königin hatte ihm höchst schmeichelhafte Dinge darüber gesagt. Aber als es sie heute anlegen wollte, war es von dem Gewicht des mächtigen Brustpanzers und des stählernen Helms fast erdrückt worden und auf den Steinboden gestürzt, wobei es sich beide Knie arg aufgeschürft und die Knöchel der rechten Hand gequetscht hatte.

Nach diesem Vorfall war das Gespenst einige Tage lang furchtbar krank und verließ sein Gemach nur, wenn der Blutfleck aufgefrischt werden mußte. Aber da es sich sehr schonte, wurde es wieder gesund und beschloß, zum drittenmal zu versuchen, dem Gesandten der Vereinigten Staaten und seiner Familie einen Schrecken einzujagen. Es entschied sich für Freitag, den 17. August, und verbrachte den größten Teil dieses Tages damit, seine Garderobe durchzusehen. Schließlich wählte es einen großen Schlapphut mit roter Feder, ein Leichengewand mit Rüschen an den Ärmeln und am Kragen sowie einen rostigen Dolch. Gegen Abend zog ein schweres Unwetter auf, und der Sturm tobte so heftig, daß die Fenster und Türen des alten Hauses nur so ratterten. Das war genau sein Lieblingswetter! Es hatte folgenden Plan: Zuerst wollte es sich in Washington Otis' Zimmer schleichen, ihm vom Fußende des Bettes aus etwas zukrächzen und sich dann beim Klang leiser Musik den Dolch dreimal in die Kehle stoßen. Auf Washington war es besonders böse, da es genau wußte, daß er es war, der den berühmten Blutfleck der Cantervilles ständig mit Pinkertons Universal-Fleckentferner beseitigte. Hatte es erst diesen rücksichtslosen, tollkühnen jungen Mann in abgrundtiefen Schrecken versetzt, dann wollte es ins Schlafzimmer des Gesandten der Vereinigten Staaten und seiner Frau schlüpfen, Mrs. Otis die feuchtkalte Hand auf die Stirn legen und ihrem zitternden Gatten die entsetzlichen Geheimnisse des Beinhauses ins Ohr zischeln. Was die kleine Virginia betraf, so stand sein Entschluß noch nicht ganz fest. Von ihr war es noch nie im geringsten beleidigt worden, und zudem war sie hübsch und liebenswürdig. Ein paar dumpfe Seufzer aus ihrem Kleiderschrank waren seiner Meinung nach mehr als genug; sollte sie davon nicht aufwachen, dann würde es vielleicht mit konvulsiv zuckenden Fingern an ihrer Bettdecke herumtasten. Dagegen war es fest entschlossen, den Zwillingen eine Lektion zu erteilen. Natürlich mußte es sich ihnen zuerst auf die Brust setzen, damit sie sich wie von einem Alpdruck beklemmt fühlten. Dann würde es sich, da ihre Betten nahe beeinander standen, in Gestalt eines grünen, eisige Kälte ausströmenden Leichnams zwischen beide stellen, bis sie vor Furcht gelähmt waren, schließlich das Totenhemd abwerfen und mit ausgebleichten Knochen und einem einzigen rollenden Augapfel im Zimmer herumkriechen – als

»Stummer David oder Das Skelett des Selbstmörders«, eine Rolle, die es bereits mehrmals höchst wirkungsvoll verkörpert hatte und für ebenso gut hielt wie seinen wirklich berühmten Auftritt als »Martin der Wahnsinnige oder Das vermummte Geheimnis«.

Um halb elf hörte es die Familie zu Bett gehen. Eine Zeitlang wurde es noch durch das unbändige Gelächter der Zwillinge gestört, die, unbeschwert und ausgelassen wie Schuljungen eben sind, vor dem Einschlafen ihre Späße trieben; doch um Viertel nach elf war alles still, und Schlag Mitternacht machte sich das Gespenst auf den Weg. Eulen flogen gegen die Fensterscheiben, Raben krächzten in der alten Eibe, und der Wind strich, einer verdammten Seele gleich, seufzend ums Haus. Die Familie Otis aber schlief und ahnte nichts von ihrem nahen Verderben. Das regelmäßige Schnarchen des Gesandten der Vereinigten Staaten übertönte Regen und Sturm. Das Gespenst schlüpfte verstohlen aus der Wandtäfelung, ein böses Lächeln spielte um seinen grausamen, runzligen Mund, und als es an dem großen Erkerfenster vorbeischlich, auf das in Himmelblau und Gold sein Wappen und das seiner ermordeten Gemahlin gemalt war, verbarg der Mond sein Gesicht hinter einer Wolke. Wie ein unheimlicher Schatten glitt es weiter, und selbst die Dunkelheit schien die vorüberhuschende Gestalt zu verabscheuen. Einmal glaubte das Gespenst, jemanden rufen zu hören, aber es war nur das Bellen eines Hundes, das von der Roten Farm herüberklang. Es schlich weiter, murmelte wunderliche Flüche aus dem sechzehnten Jahrhundert und fuchtelte im mitternächtlichen Dunkel unaufhörlich mit dem Dolch um sich. Endlich gelangte es an die Ecke des Korridors, von der ein Gang zum Zimmer des unseligen Washington führte. Einen Augenblick lang blieb es stehen. Der Wind blies ihm die langen grauen Locken um den Kopf, verfing sich in den Falten des unsäglich schauerlichen Leichengewandes und verlieh ihm etwas Grotesk-Phantastisches. Dann schlug die Uhr Viertel nach zwölf, und nun hielt das Gespenst die Zeit für gekommen. Es kicherte vor sich hin und huschte um die Ecke, aber im selben Moment zuckte es zurück, stieß einen jammervollen Entsetzensschrei aus und verbarg sein bleiches Gesicht hinter den langen, knochigen Händen. Dicht vor ihm stand eine gräßliche Erscheinung, bewegungslos wie eine Statue und abscheulich wie der

Traum eines Wahnsinnigen! Der Kopf war kahl und spiegelglatt, das Gesicht rund, fett und weiß; ein abscheuliches Grinsen schien seine Züge für immer verzerrt zu haben. Die Augen sandten feurige Strahlen aus, der Mund war eine einzige breite Flammenhöhle, und ein grauenhaftes Gewand, weiß wie Schnee und seinem eigenen ähnlich, umhüllte die riesige Gestalt. Auf der Brust trug sie ein Schild mit einer seltsamen Aufschrift in altertümlichen Lettern – wahrscheinlich eine Art Schandtafel, ein Dokument wüster Missetaten, ein furchtbares Verbrechensregister – und in der hoch erhobenen Rechten hielt sie ein blitzendes Schwert.

Da es nie zuvor einen Geist gesehen hatte, wurde dem Gespenst natürlich schrecklich angst und bange, und es floh, nachdem es nochmals einen hastigen Blick auf das Phantom geworfen hatte, in sein Gemach. Als es durch den Korridor raste, stolperte es über das lange Leichengewand und ließ schließlich den Dolch in einen Reitstiefel des Gesandten fallen, wo der Butler ihn am nächsten Morgen entdeckte. In seinen eigenen vier Wänden angekommen, warf sich das Gespenst auf eine schmale Pritsche und vergrub sein Gesicht in der Bettdecke. Doch nach einer Weile regte sich der alte tapfere Geist der von Cantervilles wieder in ihm, und es beschloß, gleich nach Tagesanbruch das andere Gespenst aufzusuchen und mit ihm zu sprechen. Sobald die Morgendämmerung die Hügel silbrig malte, ging es zu der Stelle zurück, an der es das gräßliche Phantom erblickt hatte. Schließlich, so sagte es sich, waren zwei Gespenster besser als eins, und vielleicht würde es ihm mit Hilfe des neuen Freundes gelingen, die Zwillinge Mores zu lehren. Aber als es an Ort und Stelle ankam, bot sich ihm ein entsetzlicher Anblick. Offenbar war dem Geist etwas zugestoßen, denn das Licht in seinen Augenhöhlen war erloschen, das blitzende Schwert war ihm aus der Hand gesunken, und er selbst lehnte in verkrampfter, unbequemer Haltung an der Wand. Es stürzte auf ihn zu und fing ihn in seinen Armen auf – da fiel zu seinem Entsetzen der Kopf des anderen herunter und rollte über den Fußboden. Es spürte, wie die Gestalt zusammensackte, merkte, daß es einen weißen, baumwollnen Bettvorhang umklammert hielt und sah zu seinen Füßen einen Besen, ein Küchenbeil und einen hohlen Kürbis liegen! Außerstande, diese seltsame Verwandlung zu verstehen, griff das

Gespenst hastig nach dem Schild und las in der grauen Morgendämmerung die fürchterlichen Worte:

> **Das Otis-Gespenst**
>
> **Einzig echter und originaler Spuk**
> **Vor Nachahmung wird gewarnt**
> **Alle anderen sind Fälschungen**

Plötzlich ging ihm ein Licht auf. Es war getäuscht, hereingelegt und überlistet worden! In seinen Augen glomm der alte Canterville-Blick auf; es knirschte mit den zahnlosen Kiefern, reckte die verdorrte Hand empor und schwor in der bilderreichen Ausdrucksweise einer versunkenen Zeit, daß, sobald Chanteclers fröhlicher Hornruf zweimal erklungen sei, blutige Taten geschehen würden und auf leisen Sohlen Mord umgehen sollte. Kaum hatte es diesen entsetzlichen Schwur getan, als vom roten Ziegeldach eines abseits gelegenen Bauernhofs ein Hahn krähte. Das Gespenst lachte ein langes, dumpfes, bitteres Lachen und wartete. Stunde um Stunde verging, aber aus einem unerfindlichen Grund krähte der Hahn kein zweites Mal. Als um halb acht die Hausmädchen erschienen, sah sich das Gespenst gezwungen, seine schaurige Wache abzubrechen. Seinen fruchtlosen Hoffnungen und vereitelten Plänen nachsinnend, schlich es in sein Gemach zurück. Dort schlug es in einigen alten Ritterbüchern nach, denen seine besondere Vorliebe galt, und stellte fest, daß immer, wenn jener Schwur geleistet worden war, Chantecler ein zweites Mal gekräht hatte. »Zur Hölle mit diesem ungezogenen Federvieh!« murmelte es. »Zu meiner Zeit hätte ich ihm mit meinem starken Speer die Gurgel durchbohrt und es vor dem Sterben noch einmal zum Krähen gebracht.« Dann kroch es in einen bequemen Bleisarg und blieb bis zum Abend darin liegen.

4

Am nächsten Tag fühlte sich das Gespenst sehr schwach und müde. Die entsetzlichen Aufregungen der vergangenen vier Wochen begannen sich auszuwirken. Seine Nerven waren völlig zerrüttet, und beim leisesten Geräusch zuckte es zusammen. Fünf

Tage lang blieb es in seinem Gemach, und schließlich beschloß es sogar, sich nicht mehr um den Blutfleck in der Bibliothek zu kümmern. Wenn die Familie Otis ihn nicht haben wollte, war sie seiner eben nicht würdig. Offensichtlich standen diese Leute auf einem niedrigen, von materialistischem Denken bestimmten Niveau und waren gänzlich unfähig, den Symbolwert sinnlich wahrnehmbarer Phänomene zu erkennen. Die Entscheidung, ob es weiterhin als Geist oder als Astralleib erscheinen sollte, stand allerdings nicht in seiner Macht. Es war seine heilige Pflicht, einmal wöchtlich im Korridor zu spuken und jeden ersten und dritten Mittwoch im Monat am großen Erkerfenster zu erscheinen und wirres Zeug zu schwatzen, und es sah keine Möglichkeit, sich dieser Verpflichtung auf ehrenhafte Weise zu entziehen. Denn soviel Böses es auch zu Lebzeiten getan hatte, in allen Angelegenheiten, die mit dem Übernatürlichen zusammenhingen, war es äußerst gewissenhaft. So wanderte es denn an den nächsten drei Samstagen wie gewöhnlich zwischen Mitternacht und drei Uhr früh durch den Korridor, wobei es größte Vorsicht walten ließ, um weder gehört noch gesehen zu werden. Es zog die Stiefel aus, schlich so leise wie möglich über die wurmstichigen Dielen, trug einen langen schwarzen Samtumhang und vergaß nie, seine Ketten mit Aurora-Schmieröl einzureiben. Ich darf allerdings nicht verschweigen, daß es dem Gespenst sehr schwerfiel, sich zu der zuletzt genannten Vorsichtsmaßnahme zu entschließen. Aber eines Abends, als die Familie gerade beim Essen saß, stahl es sich dann doch in Mr. Otis' Schlafzimmer und nahm die Flasche an sich. Anfangs fühlte es sich etwas gedemütigt, dann aber sah es vernünftigerweise ein, daß vieles für diese Erfindung sprach und daß sie ihm einigermaßen zustatten kam. Aber trotz allem blieb das Gespenst nicht unbehelligt. Ständig waren Schnüre quer über den Korridor gespannt, über die es im Dunkeln stolperte, und eines Nachts, als es sich gerade als »Schwarzer Isaak oder Der Jäger vom Hogley-Forst« verkleidet hatte, rutschte es aus und stürzte: Die Zwillinge hatten den Fußboden von der Tür des Gobelinzimmers bis zur Eichentreppe mit Butter eingeschmiert. Diese neuerliche Beleidigung versetzte das Gespenst derart in Wut, daß es sich vornahm, einen letzten Versuch zu machen, um seine persönliche Würde und gesellschaftliche Position zu demonstrieren: Es wollte in der folgenden Nacht die beiden unverschämten Etonboys in seiner berühmten Rolle als »Verwegener Rupert oder Der Graf ohne Kopf« heimsuchen.

Seit es zum letztenmal in dieser Verkleidung aufgetreten war, waren mehr als siebzig Jahre vergangen. Damals hatte es der hübschen Lady Barbara Modish einen solchen Schrecken eingejagt, daß sie urplötzlich mit ihrem Verlobten, dem Großvater des jetzigen Lord Canterville, brach und mit dem attraktiven Jack Castleton nach Gretna Green floh. Sie erklärte, keine Macht der Welt könnte sie bewegen, in eine Familie zu heiraten, die es zulasse, daß ein so entsetzliches Phantom in der Abenddämmerung auf der Terrasse herumspazierte. Der arme Jack wurde später von Lord Canterville in einem Duell auf dem Gemeindeanger von Wandsworth erschossen, und Lady Barbara starb noch vor Ablauf eines Jahres in Turnbridge Wells an gebrochenem Herzen – also ein Erfolg auf der ganzen Linie! Die erforderliche »Kostümierung« (falls ich diesen Theaterausdruck überhaupt im Zusammenhang mit einem der geheimnisvollsten Phänomene aus dem Bereich des Übernatürlichen, oder wissenschaftlich ausgedrückt, der Metaphysik, gebrauchen darf) kostete allerdings große Mühe, und das Gespenst war volle drei Stunden damit beschäftigt. Dann aber war es über das Resultat sehr erfreut. Die ledernen Reitstiefel, die zu dem Kostüm gehörten, waren ihm zwar etwas zu groß, und außerdem konnte es nur noch eine der beiden Sattelpistolen finden, aber im großen und ganzen war es mit seinem Aussehen recht zufrieden. Um Viertel nach eins schlüpfte es durch die Wandtäfelung und schlich den Gang hinunter. Als es am Zimmer der Zwillinge ankam, das nach der Farbe seiner Vorhänge »Das Blaue Schlafzimmer« genannt wurde, sah es, daß die Tür nur angelehnt war. Um seinen Auftritt möglichst eindrucksvoll zu gestalten, stieß es sie weit auf – da fiel ein schwerer Wasserkrug herab, durchnäßte es bis auf die Haut und streifte im Fallen fast seine Schulter. Im gleichen Moment vernahm es vom Himmelbett her unterdrücktes Gelächter. Es erlitt einen fürchterlichen Nervenschock, floh, so rasch es konnte, in sein Gemach und mußte am nächsten Tag mit einer schweren Erkältung das Bett hüten. Der einzige Trost in dieser ganzen Angelegenheit war, daß es seinen Kopf nicht mitgenommen hatte. Andernfalls wären die Folgen vielleicht sehr ernst gewesen.

Jetzt gab das Gespenst jede Hofnung auf, dieser ungehobelten

Familie aus Amerika jemals einen Schrecken einjagen zu können, und begnügte sich damit, in Pantoffeln durch die Gänge zu schlurfen, wobei es aus Angst vor Zugluft einen dicken roten Schal um den Hals trug und aus Furcht vor einer Attacke der Zwillinge eine kleine Hakenbüchse in der Hand hielt. Der letzte schwere Schlag traf das Gespenst am 19. September. Es war in die große Halle hinuntergegangen, weil es glaubte, man würde es wenigstens dort nicht belästigen, und vergnügte sich damit, sarkastische Bemerkungen über die großen Saroni-Fotografien des Gesandten der Vereinigten Staaten und seiner Gattin zu machen, die jetzt die Stelle der Cantervilleschen Ahnenbilder einnahmen. Es war einfach, aber sauber gekleidet, nämlich in ein langes, mit Kirchhofsmoder gesprenkeltes Leichentuch, hatte sein Kinn mit einem gelben Leinwandstreifen hochgebunden und trug eine kleine Laterne und einen Totengräberspaten bei sich. Es hatte sich als »Jonas der Grablose oder Der Leichenräuber von Chertsey Barn« kostümiert, eine seiner bemerkenswertesten Rollen. Die Cantervilles hatten allen Grund, sich daran zu erinnern, denn diese Erscheinung hatte ihren Streit mit Lord Rufford, ihrem Nachbarn, ausgelöst. Es war jetzt ungefähr Viertel nach zwei, und soviel das Gespenst feststellen konnte, war im Haus alles still. Doch als es in die Bibliothek gehen und nachsehen wollte, ob noch Spuren von dem Blutfleck vorhanden waren, sprangen aus einer dunklen Ecke plötzlich zwei Gestalten, fuchtelten wild mit den Armen und brüllten ihm »Buh!« in die Ohren.

Von panischem Schrecken ergriffen, was unter diesen Umständen nur zu verständlich war, stürzte das Gespenst auf die Treppe zu, an der aber bereits Washington Otis mit der großen Gartenspritze wartete. Als es sich von seinen Feinden umzingelt und in die Enge getrieben sah, verschwand das Gespenst in den großen eisernen Ofen, der zum Glück nicht geheizt war, und mußte sich den Heimweg durch die Ofenrohre und Kamine bahnen. Entsetzlich verschmutzt, zerrupft und völlig verzweifelt kam es in seinem Gemach an.

Danach wurde es nie mehr bei einem nächtlichen Streifzug gesehen. Die Zwillinge lagen zwar noch einige Male auf der Lauer und streuten zum großen Ärger ihrer Eltern und der Dienstboten jede Nacht Nußschalen in den Gängen aus, aber es nutzte nichts. Allem Anschein nach fühlte sich das Gespenst so tief verletzt, daß es nicht mehr spuken wollte. So nahm denn Mr. Otis wieder seine Arbeit an dem großen Werk über die Geschichte der Demokratischen Partei auf, an dem er schon seit einigen Jahren schrieb; Mrs. Otis arrangierte ein ausgezeichnetes Muschelessen im Freien, das die ganze Grafschaft in Staunen setzte; die Jungen beschäftigten sich mit Lacrosse, Euchre, Poker und anderen amerikanischen Nationalspielen, und Virginia ritt auf ihrem Pony im Park spazieren, in Begleitung des jungen Herzogs von Cheshire, der die letzten Ferienwochen auf Schloß Canterville verbrachte. Man war allgemein der Ansicht, das Gespenst sei ausgezogen, und Mr. Otis teilte dies sogar Lord Canterville mit, der in seinem Antwortbrief seiner großen Freude über diese Nachricht Ausdruck gab und der verehrungswürdigen Gattin des Gesandten seine herzlichsten Glückwünsche übermitteln ließ.

Aber die Familie Otis hatte sich getäuscht: Das Gespenst befand sich noch im Haus und war, obgleich es fast schon als Invalide bezeichnet werden konnte, keineswegs bereit, die Angelegenheit auf sich beruhen zu lassen, zumal es erfahren hatte, daß unter den Gästen auch der junge Herzog von Cheshire war, dessen Großonkel, Lord Francis Stilton, einst mit Colonel Carbury um hundert Guineen gewettet hatte, daß er das Gespenst zum Würfelspiel einladen würde, und den man am nächsten Morgen im Spielsalon auf dem Boden liegend gefunden hatte, so hoffnungslos gelähmt, daß er, obwohl er sehr alt wurde, nie mehr etwas anderes zu sagen vermochte als »Zwei Sechsen«. Diese Geschichte war damals in aller Munde, wenngleich man aus Rücksicht auf die Gefühle der beiden vornehmen Familien alles versuchte, um sie totzuschweigen. Ein umfassender Bericht über sämtliche Einzelheiten findet sich im dritten Band von Lord Tattles *Erinnerungen an den Prinzregenten und seine Freunde.* Unter diesen Umständen war das Gespenst natürlich darauf erpicht, zu beweisen, daß es seine Macht über die Stiltons noch nicht eingebüßt hatte, um so mehr, als es entfernt mit ihnen verwandt war, da seine Kusine ersten Grades *en secondes noces** mit dem Sieur de Bulkeley verheiratet war, von dem, wie jedermann weiß, die Herzöge von Cheshire in direkter Linie abstammen. Es bereitete sich also darauf vor, Virginias jungem Verehrer in seiner berühmten

* in zweiter Ehe

Rolle als »Der Vampirmönch oder Der blutlose Benediktiner« zu erscheinen, eine Rolle, die so schaurig war, daß die alte Lady Startup, die es an jenem verhängnisvollen Silvesterabend des Jahres 1764 in dieser Gestalt heimgesucht hatte, einen heftigen Schlagfluß erlitt und drei Tage später starb, nicht ohne die Cantervilles, ihre nächsten Verwandten, enterbt und ihr ganzes Vermögen ihrem Londoner Apotheker vermacht zu haben. Im letzten Moment jedoch bewog die schreckliche Angst vor den Zwillingen das Gespenst dazu, sein Gemach nicht zu verlassen, und so schlief der junge Herzog friedlich unter dem großen, mit Federbüschen verzierten Betthimmel des königlichen Schlafzimmers und träumte von Virginia.

5

Einige Tage später ritt Virginia mit ihrem kraushaarigen Kavalier über die Wiesen von Brockley, wo sie beim Durchqueren einer Hecke ihren Reiterdreß so zerriß, daß sie es bei der Heimkehr vorzog, die Hintertreppe zu benutzen, um unbemerkt in ihr Zimmer zu gelangen. Als sie am Gobelinzimmer vorbeikam, dessen Tür gerade offenstand, glaubte sie, drinnen jemanden zu sehen, nahm an, es sei die Zofe ihrer Mutter, die sich manchmal mit ihrer Arbeit dorthin zurückzog, und wollte sie bitten, ihr Reitkleid auszubessern. Doch zu ihrer grenzenlosen Überraschung sah sie sich dem Gespenst von Canterville höchstpersönlich gegenüber! Es saß am Fenster, sah zu, wie der Wind das fahle Gold von den vergilbten Bäumen riß und durch die Luft wirbelte und wie die roten Blätter auf der langen Allee einen irren Tanz vollführten. Es hatte den Kopf auf die Hand gestützt, und seine Haltung erweckte den Eindruck äußerster Niedergeschlagenheit. Es wirkte so verlassen, so völlig aus den Fugen geraten, daß die kleine Virginia, die zunächst davonlaufen und sich in ihr Zimmer einschließen wollte, von Mitleid ergriffen wurde und beschloß, es zu trösten. So leise näherte sie sich, und so tief war das Gespenst in Schwermut versunken, daß es sie erst bemerkte, als sie zu sprechen begann.

»Sie tun mir so leid«, sagte sie, »aber meine Brüder fahren

morgen nach Eton zurück, und dann wird Sie niemand mehr ärgern, vorausgesetzt, daß Sie sich anständig benehmen.«

»Es ist absurd, anständiges Benehmen von mir zu verlangen«, erwiderte das Gespenst und betrachtete verwundert das hübsche kleine Mädchen, das gewagt hatte, mit ihm zu sprechen, »völlig absurd. Ich *muß* mit den Ketten rasseln und durch Schlüssellöcher stöhnen und nachts herumlaufen – wenn Sie das gemeint haben. Es ist mein einziger Daseinszweck.«

»Das ist absolut kein Daseinszweck, und außerdem wissen Sie genau, daß Sie sehr böse gewesen sind. Gleich als wir hier eintrafen, hat Mrs. Umney uns erzählt, daß Sie Ihre Frau umgebracht haben.«

»Nun ja, ich gebe es zu«, sagte das Gespenst gereizt, »aber es war eine reine Familienangelegenheit und geht niemand sonst etwas an.«

»Es ist eine Sünde, jemanden zu töten«, sagte Virginia, die zuweilen einen reizenden puritanischen Ernst an den Tag legte, den sie von irgendeinem neuenglischen Vorfahren mitbekommen hatte.

»Wie ich die billige Strenge dieser abstrakten Moralauffassung hasse! Meine Frau war sehr unansehnlich, hat meine Halskrausen nie richtig gestärkt und hatte keine Ahnung vom Kochen. Stellen Sie sich vor, eines Tages schoß ich im Hogley-Forst einen kapitalen Rehbock, und wollen Sie wissen, wie sie ihn serviert hat? Nein, lieber nicht, das spielt jetzt sowieso keine Rolle mehr, das ist alles vorbei. Aber ich finde es nicht besonders nett von Ihren Brüdern, daß sie mich verhungern ließen, auch wenn ich meine Frau umgebracht habe.«

»Verhungern lassen? Aber lieber Herr Geist, Verzeihung, Sir Simon, Sie sind doch nicht etwa hungrig? Ich habe ein belegtes Brot in der Tasche, wollen Sie's haben?«

»Nein, danke. Ich esse überhaupt nichts mehr. Aber es ist trotzdem sehr lieb von Ihnen. Sie sind wirklich viel netter als Ihre abscheulichen, rohen, vulgären, unredlichen Angehörigen.«

»Schweigen Sie!« rief Virginia und stampfte mit dem Fuß auf. »*Sie* sind roh und abscheulich und vulgär! Und was die Unredlichkeit betrifft: *Sie* haben die Farben aus meinem Malkasten gestohlen, um den lächerlichen Blutfleck in der Bibliothek aufzufrischen! Zuerst haben Sie alle roten Farben genommen, sogar das

Zinnoberrot, dann das Smaragdgrün und das Chromgelb, und schließlich waren nur noch das Indigoblau und das Chinesischweiß übrig, und ich mußte mich auf Mondscheinlandschaften beschränken, die immer so deprimierend wirken und gar nicht leicht zu malen sind. Ich habe Sie nie verraten, obwohl ich mich sehr geärgert habe, und überhaupt war die ganze Angelegenheit höchst lächerlich, denn wer hat schon jemals von smaragdgrünem Blut gehört?«

»Aber ich bitte Sie«, sagte das Gespenst ziemlich kleinlaut, »was blieb mir denn übrig? Echtes Blut aufzutreiben, ist heutzutage sehr schwierig, und da es Ihr Bruder war, der mit seinem Universal-Fleckentferner die Sache ins Rollen brachte, sah ich keinen Grund, warum ich nicht Ihre Farben nehmen sollte. Übrigens sind Farben immer Geschmackssache. Die Cantervilles zum Beispiel haben blaues Blut, das blauste in ganz England. Aber ich weiß, daß ihr Amerikaner für dergleichen nichts übrig habt.«

»Gar nichts wissen Sie von uns, und es wäre das beste für Sie, auszuwandern und etwas dazuzulernen. Mein Vater wird Ihnen mit größtem Vergnügen eine kostenlose Überfahrt verschaffen. Auf Importwaren geistiger Art liegt zwar ein hoher Zoll, aber es wird schon keine Schwierigkeiten machen, denn sämtliche Zollbeamten sind Demokraten. Wenn Sie erst einmal in New York sind, werden Sie bestimmt sehr erfolgreich sein. Ich kenne dort eine Menge Leute, die hunderttausend Dollar für einen Großvater geben würden und noch viel mehr für ein Familiengespenst.«

»Ich glaube nicht, daß Amerika mir gefallen würde.«

»Wahrscheinlich weil wir keine Ruinen und keine Antiquitäten haben«, sagte Virginia spöttisch.

»Keine Ruinen? Keine Antiquitäten? Aber Sie haben doch Ihre Kriegsmarine und Ihre Manieren!«

»Guten Abend. Ich gehe jetzt und bitte Papa, den Zwillingen noch eine Woche Ferien zu verschaffen.«

»Bitte gehen Sie nicht, Miß Virginia!« rief das Gespenst. »Ich bin so einsam und unglücklich und weiß wirklich nicht, was ich tun soll. Ich möchte so gern schlafen, aber ich kann nicht.«

»Das ist reiner Unsinn! Sie brauchen doch nur zu Bett zu gehen und die Kerzen auszublasen. Es ist zwar manchmal sehr schwer, wach zu bleiben, besonders in der Kirche, aber einzuschlafen ist doch überhaupt kein Problem. Schon Babys wissen, wie man das macht, und die sind bestimmt nicht besonders klug.«

»Ich habe seit dreihundert Jahren nicht mehr geschlafen«, sagte das Gespenst traurig, und Virginias blaue Augen wurden groß vor Staunen. »Seit dreihundert Jahren habe ich nicht mehr geschlafen, und ich bin so müde.«

Virginia wurde ganz ernst, und ihre feinen Lippen bebten wie Rosenblätter. Sie ging auf das Gespenst zu, kniete neben ihm nieder und sah ihm in das alte, welke Gesicht.

»Armes, armes Gespenst«, flüsterte sie. »Gibt es denn nirgends ein Plätzchen, wo Sie schlafen könnten?«

»Weit von hier, jenseits der Kiefernwälder, liegt ein kleiner Garten«, sagte das Gespenst mit leiser, träumerischer Stimme. »Dort wächst hohes, dichtes Gras, dort leuchten die großen weißen Blütensterne des Schierlings, dort singt die Nachtigall die ganze Nacht. Sie singt die ganze Nacht, und der kalte, kristallne Mond blickt herab, und die Eibe breitet ihre riesigen Arme über die Schläfer.«

Virginia stiegen die Tränen in die Augen, und sie verbarg das Gesicht in den Händen.

»Sie meinen den Garten des Todes«, flüsterte sie.

»Ja, des Todes. Der Tod muß wunderbar sein. In der weichen braunen Erde zu liegen, während droben das Gras sich im Wind wiegt, und dem Schweigen zu lauschen. Die Zeit zu vergessen, dem Leben zu vergeben, Frieden zu haben. Sie können mir helfen. Sie können mir die Tore zum Haus des Todes öffnen, denn Sie bringen stets Liebe mit sich, und die Liebe ist stärker als der Tod.«

Ein kalter Schauder machte Virginia erbeben, und eine Weile herrschte Schweigen. Ihr war, als träumte sie einen schrecklichen Traum.

Dann sprach das Gespenst wieder, und seine Stimme klang wie das Seufzen des Windes.

»Haben Sie schon einmal die alte Prophezeiung auf dem Fenster in der Bibliothek gelesen?«

»O ja, schon oft!« rief das junge Mädchen und blickte auf. »Ich kenne sie genau. Sie ist in altmodischen schwarzen Lettern gemalt und schwer zu entziffern. Es sind nur sechs Zeilen:

Wenn's einst gelingt einem blonden Kinde,
Zum Beten zu bringen die Lippen der Sünde,
Wenn der dürre Mandelbaum Früchte trägt,
Wenn ein kleines Mädchen zu Tränen bewegt,
Dann wird es in diesem Haus wieder still,
Und Frieden zieht ein in Canterville.

Aber ich weiß nicht, was das bedeutet.«

»Es bedeutet«, sagte das Gespenst traurig, »daß Sie um meiner Sünden willen für mich weinen müssen, weil ich selbst keine Tränen habe. Und wenn Sie immer lieb und gut und fromm gewesen sind, wird sich der Engel des Todes meiner erbarmen. Aus dem Dunkel werden schreckliche Gestalten vor Ihnen auftauchen, und böse Stimmen werden auf Sie einflüstern, aber sie werden Ihnen nichts anhaben können, denn gegen die Reinheit eines Kindes kommen die Mächte der Hölle einfach nicht an.«

Virginia gab keine Antwort; das Gespenst starrte auf ihren gesenkten Blondkopf und rang in wilder Verzweiflung die Hände. Plötzlich stand sie auf. Ihr Gesicht war sehr blaß, und in ihren Augen war ein seltsames Leuchten. »Ich fürchte mich nicht«, sagte sie mit fester Stimme, »und ich werde den Engel des Todes bitten, sich Ihrer zu erbarmen.«

Mit einem leisen Freudenschrei erhob sich das Gespenst, griff nach ihrer Hand, beugte sich mit altmodischer Grandezza darüber und küßte sie. Seine Finger waren kalt wie Eis, und seine Lippen brannten wie Feuer, doch Virginia beherrschte sich und ließ sich quer durch das dämmrige Gemach führen. Auf den verblaßten grünen Gobelins waren kleine, gestickte Jägerfiguren zu erkennen. Sie stießen in ihre mit Troddeln geschmückten Hörner und bedeuteten ihr mit den winzigen Händen umzukehren. »Kehr um, kleine Virginia!« riefen sie. »Kehr um!« Aber das Gespenst umklammerte ihre Hand nur noch fester, und sie schloß die Augen, um die Gestalten nicht mehr sehen zu müssen. Entsetzliche Tiere mit Eidechsenschwänzen und Glotzaugen blinzelten sie vom verzierten Kaminsims her an und flüsterten: »Vorsicht, kleine Virginia, Vorsicht!« Aber das Gespenst huschte nur noch schneller weiter, und Virginia hörte nicht auf die Stimmen. Als sie das Zimmer durchquert hatten, blieb das Gespenst stehen und murmelte etwas Unverständliches. Virginia öffnete die Augen und sah, wie die Mauer sich gleichsam in Nebel auflöste und eine große schwarze Höhle sich auftat. Ein eiskalter Wind ließ sie erschauern, und sie spürte etwas an ihrem Kleid zerren. »Schnell, schnell!« rief das Gespenst. »Sonst ist es zu spät!« Im nächsten Moment schloß sich die Wandtäfelung hinter ihnen, und das Gobelinzimmer war leer.

6

Etwa zehn Minuten später wurde zum Tee geläutet, und da Virginia nicht herunterkam, schickte Mrs. Otis einen Diener zu ihr. Kurz darauf kehrte er zurück und meldete, er habe Miß Virginia nirgends finden können. Da sie jeden Abend in den Garten ging, um Blumen für den Eßtisch zu holen, machte sich Mrs. Otis zunächst keine Sorgen, aber als es sechs schlug und Virginia noch immer nicht erschienen war, wurde sie unruhig. Sie bat die Jungen, draußen nach ihr zu suchen, während sie selbst und Mr. Otis in sämtlichen Zimmern des Schlosses nachsahen. Um halb sieben kamen die Jungen herein und berichteten, sie hätten nicht die geringste Spur entdeckt. Jetzt waren alle in höchster Aufregung und wußten nicht, was sie tun sollten. Plötzlich erinnerte sich Mr. Otis, daß er vor einigen Tagen einer Zigeunerbande erlaubt hatte, ihr Lager im Park aufzuschlagen. Sofort machte er sich in Begleitung seines ältesten Sohnes und zweier Gutsarbeiter nach Blackfell Hollow auf, wo sich seines Wissens die Zigeuner jetzt aufhielten. Der junge Herzog von Cheshire, der vor Angst außer sich war, bat flehentlich, mitkommen zu dürfen, aber Mr. Otis schlug es ihm ab, weil er befürchtete, es könnte zu einem Handgemenge kommen. In Blackfell Hollow stellte er fest, daß die Zigeuner weitergezogen waren und daß alles auf einen ziemlich hastigen Aufbruch deutete: Das Lagerfeuer brannte noch, und im Gras lagen ein paar Teller. Nachdem er Washington und die beiden Männer beauftragt hatte, das Gelände zu durchsuchen, eilte er nach Hause und sandte an alle Polizeistellen der Grafschaft die telegrafische Bitte, Ausschau nach einem jungen Mädchen zu halten, das von Landstreichern oder Zigeunern entführt worden sei. Dann ließ er sein Pferd satteln, bat seine Frau und die drei Jungen dringend, zu Abend zu essen, und sprengte in Begleitung des Reitknechts in Richtung Ascot davon. Kaum hatte er ein paar Meilen zurückgelegt, als er hinter sich jemanden herangaloppieren hörte. Er drehte sich um und erblickte den jungen Herzog auf seinem Pony, mit glühendem Gesicht und ohne Hut. »Es tut mir schrecklich leid, Mr. Otis«, keuchte er, »aber ich kann keinen Bissen essen, solange Virginia verschwunden ist. Bitte seien Sie nicht böse! Wenn Sie uns erlaubt hätten, uns letztes Jahr zu verloben, wäre das alles nicht passiert! Schicken Sie mich bloß nicht zurück! Ich kann einfach nicht umkehren! Und ich will auch nicht umkehren!«

Der Gesandte konnte es sich nicht verkneifen, über den hübschen jungen Heißsporn zu lächeln, dessen Verehrung für Virginia ihn rührte. Er beugte sich zu ihm hinunter, klopfte ihm freundlich auf die Schulter und sagte: »Also gut, Cecil, wenn Sie nicht umkehren wollen, müssen Sie eben mit mir weiterreiten. Aber in Ascot müssen Sie sich einen Hut besorgen.«

»Ich pfeife auf den Hut! Ich will Virginia!« rief der kleine Herzog lachend, und dann galoppierten sie zur Bahnstation. Mr. Otis erkundigte sich beim Vorsteher, ob man auf dem Perron eine junge Dame gesehen habe, auf die die Beschreibung Virginias zutraf, erfuhr aber nichts Neues. Der Stationsvorsteher verständigte jedoch telegrafisch alle Bahnhöfe auf der Strecke und versicherte Mr. Otis, man würde überall scharfe Kontrollen durchführen. Nachdem Mr. Otis bei einem Schnittwarenhändler, der gerade seinen Laden schließen wollte, einen Hut für den jungen Herzog erstanden hatte, ritten sie weiter nach Bexley, einem etwa vier Meilen entfernten Dorf, das dem Vernehmen nach ein beliebter Aufenthaltsort der Zigeuner war, da gleich daneben ein großer Gemeindeanger lag. Sie weckten den Dorfgendarm, der ihnen jedoch keinerlei Auskunft geben konnte, ritten den ganzen Anger ab, machten sich dann auf den Heimweg und kamen gegen elf Uhr todmüde und verzweifelt am Schloßpark an. Washington und die Zwillinge erwarteten sie am Tor, ausgerüstet mit Laternen, da es in der Auffahrtsallee sehr dunkel war. Nirgends hatte man eine Spur von Virginia entdeckt. Die Zigeuner waren auf den Wiesen von Broxley gestellt worden, doch Virginia war nicht bei ihnen. Als Erklärung für ihren plötzlichen Aufbruch gaben sie an, sie hätten erfahren, daß der Jahrmarkt in Chorton früher als erwartet beginnen würde, und hätten sich beeilen müssen, um noch rechtzeitig hinzukommen. Die Nachricht vom Verschwinden Virginias habe sie tief betroffen, zumal sie Mr. Otis sehr zu Dank verpflichtet seien, weil er ihnen erlaubt hatte, in seinem Park zu kampieren. Vier von ihnen seien zurückgeblieben, um sich an der Suche zu beteiligen. Man hatte den Karpfenteich mit einem Schleppnetz abgesucht und das ganze Gelände durchstöbert – vergebens. Alles deutete darauf hin, daß Virginia zum mindesten in dieser Nacht nicht wieder auftauchen würde. Völlig niedergeschlagen kehrten Mr. Otis und die Jungen ins Haus zurück, gefolgt von dem Reitknecht, der die beiden Pferde und das Pony führte. In der Halle standen die verängstigten Dienstboten herum, und auf dem Sofa in der Bibliothek lag, außer sich vor Angst und Schrecken, die arme Mrs. Otis, umsorgt von der alten Haushälterin, die ihr die Schläfen mit Eau de Cologne einrieb. Mr. Otis bestand sofort darauf, daß sie etwas zu sich nähme, und bestellte ein leichtes Abendessen für die ganze Familie. Es war eine trübselige Mahlzeit. Kaum einer sprach, und sogar die Zwillinge, die sehr an ihrer Schwester hingen, waren verstört und kleinlaut. Nach dem Essen schickte Mr. Otis trotz der inständigen Bitten des jungen Herzogs alle zu Bett. In dieser Nacht, so sagte er, könnte ja doch nichts mehr unternommen werden, und am Morgen würde er Scotland Yard telegrafisch bitten, sofort einige Detektive herzuschicken. Gerade als sie das Speisezimmer verließen, schlug es vom Turm Mitternacht. Beim letzten Glockenschlag vernahmen sie ein lautes Krachen und einen schrillen Schrei. Ein furchtbarer Donnerschlag ließ die Mauern erbeben, der Klang überirdischer Musik erfüllte die Luft, im oberen Treppenhaus öffnete sich laut polternd die Wandtäfelung, und heraus trat, totenblaß, ein Kästchen in der Hand – Virginia. Im Nu war sie dann von den anderen umringt.

Mrs. Otis riß sie in die Arme, der Herzog erstickte sie fast mit leidenschaftlichen Küssen, und die Zwillinge führten einen wilden Kriegstanz auf.

»Um Himmels willen, Kind, wo warst du?« fragte Mr. Otis ziemlich verärgert; er glaubte, sie habe ihnen einen dummen Streich gespielt. »Cecil und ich sind in der ganzen Gegend herumgeritten, um dich zu finden, und deine Mutter hat sich zu

Tode geängstigt. Solche Streiche wirst du uns in Zukunft nicht mehr spielen!«

»Nur noch dem Gespenst! Nur noch dem Gespenst!« schrien die Zwillinge und tobten weiter um die anderen herum.

»Mein Liebling, Gott sei Lob und Dank, daß du wieder da bist. Ich werde nie mehr von deiner Seite weichen«, flüsterte Mrs. Otis, während sie das zitternde junge Mädchen küßte und sein zerzaustes Goldhaar glattstrich.

»Papa«, sagte Virginia leise, »ich war beim Gespenst. Es ist tot, und du mußt mitkommen und es dir ansehen. Es ist früher sehr böse gewesen, aber es hat wirklich alles bereut, und bevor es gestorben ist, hat es mir dieses Kästchen voller wunderschöner Juwelen geschenkt.«

Die ganze Familie starrte sie in stummer Verblüffung an, doch Virginia blieb ernst und still. Dann drehte sie sich um und führte die anderen durch die offene Täfelung in einen engen Geheimgang. Washington kam als letzter, mit einer Kerze in der Hand, die er noch rasch vom Tisch genommen hatte. Endlich standen sie vor einer großen, mit rostigen Nägeln beschlagenen Eichentür. Als Virginia sie berührte, bewegte sie sich in den schweren Angeln und gab den Zugang zu einem kleinen, niedrigen Raum mit gewölbter Decke und einem winzigen vergitterten Fenster frei. In die Mauer war ein mächtiger Eisenring eingelassen, an den ein schauriges Gerippe gekettet war. Es lag ausgestreckt auf dem Steinboden und schien mit seinen langen, entfleischten Fingern nach einem altertümlichen Holzteller und einem Krug greifen zu wollen, die nur um weniges außer Reichweite auf dem Boden standen. Offenbar hatte der Krug einst Wasser enthalten, denn seine Innenseite war mit grünem Schimmel überzogen. Auf dem Holzteller lag nur ein Häufchen Staub. Virginia kniete neben dem Gerippe nieder, faltete die kleinen Hände und betete stumm, während die anderen angesichts der furchtbaren Tragödie, deren Geheimnis sich ihnen jetzt enthüllte, in schweigendem Staunen verharrten.

»Seht doch!« rief plötzlich einer der Zwillinge, der aus dem Fenster gespäht hatte, um festzustellen, in welchem Flügel des Schlosses sie sich befanden. »Seht doch! Der alte dürre Mandelbaum blüht! Ich kann's im Mondschein ganz genau erkennen!«

»Gott hat ihm vergeben«, sagte Virginia ernst und erhob sich. Auf ihrem Gesicht lag ein wunderbares Leuchten.

»Du bist ein Engel!« rief der junge Herzog, schlang die Arme um ihren Hals und küßte sie.

7

Vier Tage nach diesen seltsamen Ereignissen verließ gegen elf Uhr nachts ein Trauerzug Schloß Canterville. Den Leichenwagen zogen acht Rappen, die mit großen Panaschen aus wippenden Straußenfedern geschmückt waren, und den Bleisarg verhüllte eine schwere Purpurdecke, die in Goldstickerei das Wappen der Cantervilles trug. Neben dem Leichenwagen und den Kutschen schritt die Dienerschaft mit brennenden Fackeln. Es war ein überaus eindrucksvoller Zug. Lord Canterville, der Hauptleidtragende, war eigens aus Wales gekommen, um der Beerdigung beizuwohnen und saß zusammen mit Virginia in der ersten Kutsche. Ihnen folgte der Gesandte der Vereinigten Staaten und seine Gattin, dann kamen Washington und die drei Jungen, und in der letzten Kutsche fuhr Mrs. Umney. Alle waren sich einig gewesen, daß es ihr, die fünfzig Jahre ihres Lebens in Furcht vor dem Gespenst verbracht hatte, zustand, es auf seinem letzten Weg zu begleiten. In der Ecke des kleinen Kirchhofs, direkt unter der alten Eibe, war ein tiefes Grab ausgehoben worden. Den Trauergottesdienst zelebrierte Hochwürden Augustus Dampier aufs Eindrucksvollste. Nach der Zeremonie löschte die Dienerschaft gemäß einem Familienbrauch der Cantervilles die Fackeln, und als der Sarg in die Erde gesenkt wurde, legte Virginia ein großes Kreuz aus weißen und rosafarbenen Mandelblüten darauf. In diesem Augenblick kam der Mond hinter einer Wolke hervor und tauchte den kleinen Kirchhof in stillen Silberglanz, und in der Ferne begann eine Nachtigall zu schlagen. Virginia dachte an den Garten des Todes, den das Gespenst ihr geschildert hatte. Die Tränen stiegen ihr in die Augen, und während der Heimfahrt sagte sie kaum ein Wort.

Bevor Lord Canterville am nächsten Morgen in die Stadt fuhr, sprach Mr. Otis mit ihm über die Juwelen, die das Gespenst Virginia gegeben hatte. Sie waren von vollendeter Schönheit – besonders ein Rubinhalsband, ein Meisterwerk venezianischer Goldschmiedekunst des sechzehnten Jahrhunderts – und so wertvoll, daß Mr. Otis Bedenken hatte, seiner Tochter die Annahme dieses Geschenks zu erlauben.

»Mylord«, sagte er, »ich weiß, daß man in Ihrem Land Schmuckstücke ebenso zum unveräußerlichen Erbgut zählt wie Grundbesitz, und ich bin mir klar darüber, daß diese Juwelen alte Erbstücke Ihrer Familie sind, beziehungsweise sein sollten. Ich muß sie deshalb bitten, sie mit nach London zu nehmen und sie als einen Teil Ihres Eigentums zu betrachten, der Ihnen unter merkwürdigen Umständen zurückerstattet worden ist. Was meine Tochter betrifft, so ist sie schließlich noch ein Kind und interessiert sich zum Glück noch wenig für derlei nutzlose Luxusgegenstände. Außerdem weiß ich von meiner Frau, die, wie ich wohl sagen darf, eine ganze Menge von Kunst versteht – sie hatte nämlich als junges Mädchen das Glück, einige Winter in Boston verbringen zu dürfen –, daß diese Edelsteine sehr wertvoll sind und bei einem eventuellen Verkauf einen hohen Preis erzielen würden. Unter diesen Umständen werden Sie, Lord Canterville, bestimmt verstehen, daß ich sie unmöglich in den Besitz eines meiner Familienmitglieder übergehen lassen kann. Und außerdem wäre dieser glitzernde Putz und Tand, so passend oder notwendig er für die britische Aristokratie sein mag, völlig fehl am Platz unter Leuten, die nach den strengen und, wie ich glaube, unsterblichen Maximen schlichten Republikanertums erzogen worden sind. Ich sollte wohl auch erwähnen, daß Virginia viel daran gelegen ist, das Kästchen selbst als Erinnerung an Ihren unglücklichen Vorfahren behalten zu dürfen. Da es sehr alt und dementsprechend reparaturbedürftig ist, werden Sie vielleicht nichts dagegen haben, ihr diesen Wunsch zu erfüllen. Ich persönlich muß allerdings meine Überraschung darüber gestehen, daß eines meiner Kinder sich überhaupt für etwas Mittelalterliches interessiert, und ich kann es mir nur damit erklären, daß Virginia in einem Londoner Vorort zur Welt gekommen ist, und zwar kurz nachdem meine Frau Athen besucht hatte.«

Lord Canterville hörte sich die Ausführungen des ehrenwerten Gesandten mit ernster Miene an und zupfte nur dann und wann an seinem grauen Schnurrbart, um ein unfreiwilliges Lächeln zu verbergen. Als Mr. Otis fertig war, schüttelte er ihm herzlich die

Hand und sagte: »Verehrter Sir, Ihre reizende kleine Tochter hat meinem unglückseligen Ahnherrn, Sir Simon, einen sehr großen Dienst erwiesen, und ich und meine Familie sind ihr für ihren fabelhaften Mut und ihre Beherztheit zu tiefem Dank verpflichtet. Die Juwelen gehören selbstverständlich ihr, und bei Gott, ich bin überzeugt, daß, falls ich so herzlos wäre, sie ihr wegzunehmen, der ruchlose alte Bursche in spätestens zwei Wochen aus dem Grab steigen und mir das Leben zur Hölle machen würde. Um auf Ihre Meinung über Erbstücke zurückzukommen: Nichts ist ein Erbstück, das nicht in einem Testament oder einer anderen rechtskräftigen Urkunde als solches bezeichnet ist, und von der Existenz dieser Juwelen wußte bisher kein Mensch. Glauben Sie mir, ich habe sowenig Anspruch darauf wie Ihr Butler, und wenn Miß Virginia erwachsen sein wird, wird sie meiner Meinung nach Freude daran haben, so schöne Dinge zu tragen. Außerdem, Mr. Otis, haben Sie vergessen, daß Sie damals das Mobiliar samt dem Gespenst zum Schätzwert übernommen haben und daß daher alles, was dem Gespenst gehörte, automatisch in Ihren Besitz übergegangen ist, da Sir Simon, ganz gleich, was er nachts auf dem Gang getrieben haben mag, nach dem Gesetz tot war und Sie sein Eigentum käuflich erworben haben.«

Mr. Otis war über Lord Cantervilles Weigerung ziemlich bekümmert und bat ihn, seine Entscheidung noch einmal zu überdenken, aber der gutherzige Edelmann beharrte auf seiner Meinung und konnte den Gesandten schließlich dazu überreden, seiner Tochter zu erlauben, das Geschenk des Gespenstes zu behalten. Und als im Frühling des Jahres 1890 die junge Herzogin von Cheshire anläßlich ihrer Hochzeit bei Hofe vorgestellt und von der Königin empfangen wurde, erregten ihre Juwelen allgemeine Bewunderung. Virginia erhielt nämlich tatsächlich die Adelskrone, mit der alle braven kleinen amerikanischen Mädchen belohnt werden, und heiratete ihren jugendlichen Verehrer, sobald er großjährig geworden war. Die beiden waren so reizend und liebten einander so zärtlich, daß jedermann über ihre Verbindung entzückt war, ausgenommen die alte Marquise von Dumbleton, die versucht hatte, den Herzog für eine ihrer sieben unverheirateten Töchter einzufangen und zu diesem Zweck nicht weniger als drei kostspielige Dinnerpartys gegeben hatte, und ausgenommen – so seltsam es klingt – Mr. Otis. Er konnte den jungen Herzog persönlich sehr gut leiden, hatte aber grundsätzlich etwas gegen Adelstitel und konnte sich, um seine eigenen Worte zu gebrauchen, »der Befürchtung nicht ganz erwehren, daß unter dem enervierenden Einfluß der vergnügungssüchtigen Aristokratie die echten Grundsätze schlichten Republikanertums in Vergessenheit geraten könnten«. Seine Einwände wurden jedoch völlig überstimmt, und ich glaube, daß er in dem Augenblick, als er mit seiner Tochter am Arm durch den Mittelgang der St. Georgs-Kirche schritt, der stolzeste Mann in ganz England war.

Nach den Flitterwochen fuhren der Herzog und die Herzogin nach Canterville und gingen gleich am nächsten Nachmittag in den kleinen Kirchhof hinter dem Kiefernwäldchen. Wegen der Inschrift auf Sir Simons Grabstein hatte es zuerst große Schwierigkeiten gegeben, aber schließlich hatte man sich darauf geeinigt, nur die Anfangsbuchstaben seines Namens und das Gedicht vom Bibliotheksfenster eingravieren zu lassen. Die Herzogin hatte ein paar wunderschöne Rosen mitgebracht, die sie aufs Grab streute, und nachdem die beiden eine Weile dort stehengeblieben waren, gingen sie in den verfallenen Altarraum der alten Abtei. Die Herzogin setzte sich auf eine umgestürzte Säule, ihr Gatte ließ sich zu ihren Füßen nieder, rauchte eine Zigarette und sah ihr in die schönen Augen. Plötzlich warf er die Zigarette weg, griff nach ihrer Hand und sagte: »Virginia, eine verheiratete Frau sollte keine Geheimnisse vor ihrem Mann haben.«

»Aber Cecil, ich habe vor dir keine Geheimnisse.«

»Das ist nicht wahr«, erwiderte er lächelnd. »Du hast mir nie erzählt, was damals passiert ist, als du mit dem Gespenst eingeschlossen warst.«

»Das habe ich niemandem erzählt, Cecil«, sagte Virginia sehr ernst.

»Ich weiß, aber mir könntest du es doch sagen.«

»Bitte frag mich nicht danach, Cecil. Ich kann's dir nicht erzählen. Armer Sir Simon! Ich verdanke ihm so viel. Lach nicht, Cecil, es ist wahr. Er hat mich gelehrt, was das Leben ist und was der Tod bedeutet und warum die Liebe stärker ist als beide.«

Der Herzog stand auf und küßte seine Frau zärtlich.

»Du kannst dein Geheimnis behalten, solange dein Herz mir gehört«, flüsterte er.

»Es hat dir immer gehört, Cecil.«

»Aber eines Tages wirst du unseren Kindern davon erzählen, nicht wahr?«

Virginia errötete.

Arthur Conan Doyle

(1859–1930)

Berühmt wegen Sherlock Holmes, dem »berühmtesten Mann, der nie gelebt hat«, war Sir Arthur Conan Doyle eine seltsame Mischung aus Rationalist, Idealist, Romantiker und Mystiker, der auch hervorragende Werke auf den Gebieten der Abenteuer-, Fantasy-, Science Fiction- und Horror-Erzählungen verfaßte. In Edinburgh, Schottland, geboren, begann Doyle 1879 zu schreiben, während er an der Universität Edinburgh Medizin studierte. (Dort übrigens lernte er seine Vorbilder für George Challenger und Sherlock Holmes kennen: die Professoren Rutherford und Bell.) Nach seinem Abgang 1881 hatte er Schwierigkeiten, eine erfolgreiche Praxis aufzubauen, und verdingte sich daraufhin als Schiffsarzt auf einem Walfänger, der die Arktis befuhr, und auf einem Afrikafahrer, während er sein Einkommen auch weiterhin durch die Schriftstellerei aufbesserte.

1891 jedoch änderten die Herausgeber des *Strand Magazine* Doyles Karriere erheblich. Beeindruckt von seinem ersten Sherlock Holmes-Roman, *Eine Studie in Scharlach* (1882), beauftragten sie ihn, eine Serie mit denselben handelnden Personen zu schreiben. Das Publikum reagierte begeistert, und indem er die Honorare für nachfolgende Serien in die Höhe trieb, verschaffte sich Doyle die finanzielle Unabhängigkeit. Danach konzentrierte er sich auf Dinge, die ihn persönlich mehr interessierten: die Teilnahme am öffentlichen Leben und die Herausgabe von Sachbüchern.

Nicht alles brachte ihm Erfolg. Zweimal stellte er sich vergeblich für ein politisches Amt zur Wahl – 1900 als Unionskandidat für das Parlament, und 1906 als Kandidat der Reformpartei. Doch zweimal vermochte er Justizirrtümer abzuwenden und erreichte die Freilassung von Männern, die des Mordes bzw. der Verletzung eines Pferdes angeklagt waren. Weiterhin schrieb er zwei Sachbücher, die den Burenkrieg erklären und rechtfertigten: (*The Great Boer War,* 1900, und *The War in South Africa: Its Cause and Conduct,* 1902), die ihm den Ritterschlag einbrachten. Als sein Sohn Kingsley nach einer schweren Verwundung im Ersten Weltkrieg an Lungenentzündung starb, wandelte sich Doyle zum begeisterten Spiritisten und verschwendete fortan den Großteil seines Lebens auf peinliche Bücher über parapsychische Phänomene und über das Leben nach dem Tod.

Doyle war stämmig gebaut und hatte ein einfaches, ehrliches Gesicht. Er war ein Liebhaber des Sports und eines Lebens an der frischen Luft, besaß Zivilcourage – und eine hartnäckige Art, seine Interessen durchzusetzen. Holmes Begleiter Watson schrieb Doyle viele dieser Eigenschaften zu. Intellektuell jedoch war er Watson überlegen und entsprach alles in allem wohl eher dem Medizinstudenten, der in unserer Geschichte für diesen Band, *Lot Nr. 249,* die Hauptrolle spielt.

Die kürzeren phantastischen Arbeiten Doyles begannen mit der zweiten Erzählung, die er 1879 schrieb (*The American's Tale/Die Geschichte des Amerikaners*) und setzten sich bis in das Jahr vor seinem Tode fort (*Die Desintegrationsmaschine* und *Die Erde schreit,* 1929). Doch erst kürzlich sind die meisten dieser Werke zu zwei wichtigen Sammlungen zusammengeführt worden: *The Best Science Fiction of Arthur Conan Doyle* (1981) und *The Great Supernatural Stories of Arthur Conan Doyle* (1979).

Die für diesen Band ausgewählte Story ist ein Thriller – mit einer faszinierenden Darstellung des Universitätslebens in viktorianischer Zeit – eine spannende Geschichte, die vielleicht ungenannt als Inspiration für den ersten Mumienfilm gedient hat (*The Mummy,* 1932).

ARTHUR CONAN DOYLE

Objekt Nr. 249

Mit letzter Sicherheit wird man wohl nie erfahren, was zwischen Edward Bellingham und William Monkhouse Lee geschah und was das Grauen ausgelöst hat, das Abercrombie Smith widerfuhr. Wir können uns nur auf seinen eigenen, ausführlichen Bericht stützen und auf die Aussagen des Dieners Thomas Styles und des Pastors Plumptree Peterson und eben solcher Leute, die zufällig einen kleinen Teil dieser unglaublichen Kette von Ereignissen bezeugen können. Im wesentlichen müssen wir uns allein auf Smith verlassen, und die meisten von Ihnen halten es sicherlich für wahrscheinlicher, daß auch ein noch so klares Gehirn einmal seinen kleinen Fehlern und Schwächen unterliegen kann, als daß an einem Ort der Wissenschaft, wie ihn die Universität von Oxford zweifellos darstellt, in so flagranter Weise grundlegende Naturgesetze verletzt werden konnten. Wenn wir jedoch bedenken, wie schwach das Licht ist, mit dem unsere Wissenschaft den unüberschaubaren Raum dieser Gesetze beleuchten kann, wie in allen Winkeln Irrtümer wie Irrlichter aufblitzen und uns für lange Zeit erblinden lassen können, so hieße es, die Augen freiwillig zu verschließen, wenn wir jedes *unerwartete* Ereignis kurzerhand und nur scheinbar skeptisch als Halluzination abtäten.

An einem Flügel der Universitätsgebäude gibt es ein Ecktürmchen, das besonders alt sein soll. Der schwere Steinbogen, der seinen offenen Eingang überspannt, scheint nur noch von dem Netz aus Flechten und Efeuranken, die ihn überwuchern, vor dem Zusammenstürzen bewahrt zu werden. Von der Tür windet sich über zwei Absätze eine grobe Steintreppe nach oben, deren Stufen von Generationen wissensdurstiger Studenten ganz rund und formlos getreten sind, wie Steine in einem Flußbett, die die Zeit rundgeschliffen hat. Was mag heute noch übrig sein von all dem jungen, englischen Leben, all den Hoffnungen und Anstrengungen, die dieser Turm seit den Tagen der Plantagenets gesehen haben mag? Ein paar unleserliche Kerben auf irgendwelchen verwitterten Grabsteinen, vielleicht noch eine Handvoll Staub unter modrigen Sargresten, und eben auch diese abgetretenen Stufen, diese grauen Mauern, die in ihrer eigenen Sprache von vergangenen Zeiten künden.

Im Monat Mai des Jahres 1884 bewohnten drei junge Männer die kleinen Zimmer, jeweils ein Schlafraum und ein Wohnraum, die in dem Turm für Studenten zur Verfügung standen. Zu ebener Erde wohnte der Diener oder Bursche, Thomas Styles, der für die drei jungen Herren über ihm zu sorgen hatte. Unter den fleißigeren Kandidaten erfreuten sich diese Räume einer gewissen Beliebtheit, da man sich dort, umgeben von Hörsälen und Bibliotheken, gut zur Klausur zurückziehen konnte. Zu diesen Kandidaten zählten auch die drei, die nun dort wohnten – in der Turmspitze Abercrombie Smith, eine Treppe tiefer Edward Bellingham, und im ersten Stock William Monkhouse Lee.

Es war zehn Uhr, ein strahlender, blauer Frühlingsabend war zu Ende gegangen. Abercrombie Smith saß in seinem Lehnstuhl vor dem Kamin und rauchte schweigend seine Bruyèrepfeife. Ihm gegenüber saß genauso entspannt in einem ganz ähnlichen Sessel sein alter Schulfreund Jefferson Hastie. Beide trugen noch Wolljacken, denn sie hatten den Abend am Fluß verbracht, zwei Naturburschen mit frischen, klaren Gesichtern, denen man ansah, daß sie stets für das Männliche und Starke waren. Hastie war denn auch Schlagmann seines College-Bootes, und Smith war ein ebenso starker Ruderer, doch ein bevorstehendes Examen warf schon seinen Schatten voraus und fesselte ihn an seine Bücher, bis auf die wenigen Stunden in der Woche, die er seiner Gesundheit schuldig zu sein glaubte. Die medizinischen Bücher auf seinem Tisch sowie verstreute Knochen und Gipsmodelle und anatomische Tafeln wiesen auf Art und Umfang seiner Studien hin, während die Ruder und ein Paar Boxhandschuhe an der Wand jedem, der das Zimmer betrat, zeigten, womit er sich in Form hielt: stark und männlich. Und Hastie half ihm dabei. Sie kannten sich sehr gut – so gut, daß sie oft, wie auch an diesem Abend, schweigend zusammensitzen konnten. Weiter kann sich eine Freundschaft nicht entwickeln.

»Ich habe noch Whisky«, sagte Abercrombie Smith zwischen zwei Rauchwolken. »Scotch in dem Krug und Irischen in der Flasche.«

»Nein danke. Wir haben bald ein Rennen. Kein Schnaps während des Trainings! Wie steht es mit dir?«

»Ich muß noch sehr viel lesen. Ich glaube, ich trinke besser auch nichts.«

Hastie nickte, die beiden fielen wieder in ihr zufriedenes Schweigen.

»Übrigens«, fragte Hastie plötzlich, »hast du inzwischen einen der Jungs, die unter dir wohnen, kennengelernt?«

»Mehr als ein ›Guten Tag‹ war bisher noch nicht drin.«

»Hm! Vielleicht ist es am besten so. Ich kenne die beiden zwar nicht gut, aber mir reicht es. An deiner Stelle würde ich sie nicht gerade an meine Brust drücken. Nichts gegen Monkhouse Lee, aber ...«

»Du meinst den Schmächtigen?«

»Genau; er ist ein feiner kleiner Kerl, ich glaube schon, er ist in Ordnung. Doch er ist ständig mit Bellingham zusammen.«

»Das ist also der Dicke.«

»Genau, und den möchte ich lieber nicht kennen.«

Abercrombie Smith sah seinen Kameraden neugierig an.

»Was ist denn mit ihm los?« fragte er. »Trinkt er? – Oder ist er ein Spieler, ein Schuft? Du bist doch sonst nicht so kritisch.«

»Ach, du kennst ihn eben nicht, sonst würdest du nicht so fragen. Er hat etwas an sich – wie eine Kröte. Mein Ekel vor ihm wird immer größer. Für mich ist er ein richtig ekelhafter kleiner Verklemmter, obwohl er kein Idiot zu sein scheint. In seinen Fächern soll er sogar einer der besten sein, die das College jemals hatte.«

»Medizin oder Philologie?«

»Orientalische Sprachen. Er ist ein wahrer Teufel auf dem Gebiet. Chillingworth traf ihn in den letzten Ferien irgendwo am Nil, wie er mit den Arabern sprach, als sei er einer von ihnen oder zumindest unter ihnen aufgewachsen. Er sprach koptisch mit den Kopten, hebraisch mit den Juden und arabisch zu den Beduinen, und alle hätten ihm am liebsten den Rocksaum geküßt, sogar die Typen, die sonst nur auf Steinen hocken und jeden Fremden, der vorbeikommt, mit den Blicken töten wollen und vor ihm ausspucken. Doch als sie diesen Bellingham sahen, wälzten sie sich vor ihm im Staub, bevor er fünf Worte ausgesprochen hatte. Chillingworth erzählte, daß er so etwas noch nie erlebt hätte. Und für Bellingham schien es ganz selbstverständlich zu sein, zwischen ihnen herumzustolzieren und sie zu behandeln, als seien sie seine Sklaven. Ganz gut für einen Studenten, nicht wahr?«

»Du sagtest, man könne an Lee nicht herankommen, ohne auch mit Bellingham zu tun zu bekommen; wieso?«

»Weil Bellingham mit Lees Schwester Evelyn verlobt ist. Sie ist ein so hübsches, fröhliches Mädchen! Ich kenne die ganze Familie sehr gut, und ich finde es furchtbar, mitansehen zu müssen, wie sie sich mit dieser Kröte abgibt. Die Kröte und die Taube, daran erinnern mich die beiden immer.«

Smith grinste und klopfte seine Pfeife am Kaminsims aus.

»Ich habe dich durchschaut, Alter«, sagte er, »das Ganze liegt einfach zu klar auf der Hand, Bellingham würde dich gar nicht stören, wenn er nicht zufällig mit Evelyn verlobt wäre.«

»Naja, ich kenne sie von klein auf, und ich will nicht, daß sie ein Risiko eingeht; das tut sie bestimmt. Er sieht einfach unheimlich aus. Und er hat umheimliche, gefährliche Launen. Erinnerst du dich an seinen Streit mit dem langen Norton?«

»Nein; du vergißt immer, daß ich noch nicht so lange hier bin.«

»Ach ja, es war im letzten Winter. Aber du kennst sicher den schmalen Pfad unten am Fluß. Ein paar Studenten, Bellingham vorne weg, gingen in die eine Richtung, aus der anderen kam ihnen eine alte Marktfrau entgegen. Es hatte geregnet, du weißt, was das dort unten heißt, der Weg ist sehr schmal und ringsherum nichts als Schlamm und Pfützen. Doch was tut dieses Schwein Bellingham? Er bleibt auf dem Weg und stößt die Alte mit all ihrem Plunder in den Schmutz. Es war eine wirklich gemeine Szene, und Norton wurde so wütend, daß er Bellingham ins Gesicht sagte, was er davon hielt. Ein Wort gab das andere, und die beiden hätten sich fast geprügelt, es war ein Riesenärger. Du mußt mal sehen, wie Bellingham Norton anschaut, wenn er ihm heute einmal über den Weg läuft, es ist wirklich furchterregend. Himmel, es ist ja schon elf Uhr!«

»Keine Eile! Zünde dir deine Pfeife ruhig wieder an.«

»Das geht nicht, ich bin doch im Training und sollte eigentlich schon längst im Bett sein. Und was tu ich statt dessen? Ich sitze hier und schwätze. Ich nehme deinen Schädel mit, wenn du ihn im Moment nicht brauchst. Meiner liegt schon seit einem Monat bei Williams. Du könntest mir auch die Ohrknöchelchen borgen, aber nur, wenn du sie wirklich nicht brauchst. Vielen Dank. Eine Tasche brauche ich nicht, ich nehme das Zeug unter den Arm. Gute Nacht, mein Sohn, und denke daran, was ich dir über deinen Nachbarn erzählt habe.«

Als Hastie mit seinem Anatomiekram verschwunden war, leerte Abercrombie Smith seine Pfeife in den Papierkorb, schob seinen Sessel näher zur Lampe und griff nach einem prächtigen, grün eingebundenen Wälzer, der all die großen, bunten anatomischen Karten enthielt, Karten eines Landes, dessen macht- und hilflose Könige wir sind. Wenn er auch in Oxford erst angefangen hatte, als Mediziner war er schon fortgeschritten, denn er hatte vier Jahre in Glasgow und Berlin gearbeitet, und nach seiner nächsten Prüfung würde er als fertiger Arzt dastehen. Der entschlossene Mund, die breite Stirn und das klar geschnittene, etwas harte Gesicht ließen sofort vermuten, daß er zäh und geduldig genug war, auch ohne brillantes Talent manchen glänzenden Kopf am Ende in den Schatten stellen zu können. Ein Mann, der sich unter Schotten und Preußen behaupten kann, läßt sich nicht so leicht in die Ecke stellen. Smith hatte sich in Glasgow und Berlin einen guten Namen geschaffen, und jetzt wollte er in Oxford soviel erreichen, wie mit Fleiß und Engagement möglich war.

Er hatte etwa eine Stunde gelesen, die Zeiger seines geräuschvollen Reiseweckers würden sich bald auf der Zwölf treffen, als ein seltsames Geräusch ihn aufschreckte – ein lautes, fast schrilles Geräusch, wie ein gequältes, schmerzvolles Stöhnen. Smith ließ das Buch sinken und spitzte die Ohren. Links und rechts nebenan war nichts, das Geräusch konnte nur von seinem Nachbarn unter ihm kommen – demselben Bellingham, von dem sein Freund ein so ungünstiges Bild gezeichnet hatte. Smith kannte ihn nur als einen schwabbeligen, blassen Kerl, der ganz in seinen Studien aufzugehen schien; oft brannte bei ihm sogar noch Licht, wenn ringsherum schon längst alle schlafen gegangen waren. Dadurch fühlte sich Smith ihm irgendwie verbunden, denn auch er studierte oft bis tief in die Nacht. Es beruhigte ihn, zu wissen, daß ganz in der Nähe noch jemand war, dem seine Arbeit so wichtig war, daß er den Schlaf darüber vergaß. Sogar jetzt waren seine Gedanken an ihn noch freundlich. Hastie war ein guter

Kumpel, doch er war auch ziemlich grobgestrickt und hatte wenig Phantasie. Abweichungen von seinem Idealbild reiner Männlichkeit konnte er nicht ertragen. Fiel einmal ein Student ein wenig aus der Reihe seiner frisch gewaschenen, sportlichen Kommilitonen, so war er Hastie gleich suspekt. Wie viele Sportsmänner neigte er dazu, die körperliche Erscheinung eines Menschen mit seinem Charakter zu verwechseln. Smith kannte diesen Fehler seines Freundes sehr wohl und war sich dessen voll bewußt, als er jetzt an seinen Nachbarn dachte.

Smith wollte sich gerade wieder an die Arbeit machen, als ein Schrei die Stille der Nacht durchbrach – eindeutig der Schrei eines verzweifelten Menschen, der alle Selbstkontrolle aufgegeben hatte. Smith war mit einem Sprung aus seinem Sessel und legte sein Buch beiseite. Er hatte starke Nerven, doch in diesem ungehemmten Schreckensschrei war etwas, das das Blut in seinen Adern erstarren und seine Haare zu Berge stehen ließ. Zu dieser Stunde, an diesem Ort kamen ihm sofort tausend unglaubliche Ideen in den Kopf. Sollte er schnell hinunterlaufen und nachsehen, oder sollte er lieber abwarten? Wie alle Engländer haßte er jede Art unnötigen Aufsehens, er kannte seinen Nachbarn kaum und scheute davor zurück, sich in dessen Angelegenheiten zu mischen. Er schwankte immer noch zwischen Hilfsbereitschaft und Zurückhaltung, als der junge Monkhouse Lee, halb angezogen und aschfahl im Gesicht, die Treppe heraufgestürzt kam und seine Tür aufriß.

»Kommen Sie herunter!« keuchte er. »Bellingham ist krank.«

Sie gingen zusammen ein Stockwerk tiefer, wo Bellingham seine zwei Zimmer hatte, und als sie über dessen Schwelle traten, blieb Abercrombie Smith nichts anderes übrig, als seinen Blick durch die fremde Behausung schweifen zu lassen. Ein solches Zimmer hatte er noch nie gesehen – es war eher ein Museum als eine Studierstube. Wände und Decke waren über und über bedeckt mit Erinnerungsstücken aus dem Orient, aus Ägypten. Auf einem Fries marschierten hohe, kantige, schwer bewaffnete Gestalten in einem wunderlichen Reigen um das Zimmer herum, das mit storchen-, stier-, katzen- oder eulenköpfigen Statuetten, mit käferhaften ägyptischen Lapislazuli-Gottheiten bis an die Decke gefüllt war. Aus jeder Nische, von jedem Regal starrten ihn Horus und Isis und Osiris an, und mitten im Raum hing ein wahrer Sohn des Nils, ein riesiges Krokodil, in zwei Schlingen von der Decke.

In der Mitte der Kammer stand ein quadratischer Tisch, der mit Papieren, Flaschen und getrockneten Blättern einer palmähnlichen, zierlichen Pflanze beladen war. Alles war zu einem großen Haufen zusammengeschoben worden, um Platz zu schaffen für einen Mumiensarg, der vorher offensichtlich seinen Platz an einer Wand hatte und jetzt quer über dem Tisch lag. Die Mumie, ein abstoßendes, schwarz verschrumpeltes Etwas, das seinen Kopf vielleicht in einen brennenden Busch gehalten hatte, hing halb aus ihrer Kiste heraus, ihre krallige Hand und der knochige Unterarm ruhten auf der Tischplatte. Daneben lag eine alte, vergilbte Papyrusrolle, und davor saß auf einem kleinen Holzthron der Inhaber des Zimmers; sein Kopf hing nach hinten über die Lehne, die weit aufgerissenen Augen waren erschrocken auf das Krokodil fixiert, und durch die dicken blauen Lippen kamen vereinzelte, röchelnde Atemstöße.

»Mein Gott, er stirbt!« schrie Monkhouse Lee verzweifelt.

Er war ein schlanker, hübscher Junge mit olivfarbener Haut und dunklen Augen, eher ein spanischer als ein englischer Typ. Seine keltische Impulsivität stand in scharfem Kontrast zum echt sächsischen Phlegma des Abercrombie Smith.

»Es ist nur ein Schock, glaube ich«, sagte der Medizinstudent. »Auf das Sofa mit ihm. Packen Sie seine Füße. Können Sie vielleicht die kleinen Holzteufel dort beiseite schaffen? Welche Unordnung! Es wird ihm sofort bessergehen, wenn wir seinen Kragen öffnen und ihm etwas Wasser geben. Was ist eigentlich passiert?«

»Ich weiß nicht. Ich hörte ihn schreien. Ich lief hinauf. Ich kenne ihn sehr gut, wissen Sie. Es war sehr nett von Ihnen, herunterzukommen.«

»Sein Herz hört sich an wie eine Kinderrassel.« Smith hatte sein Ohr an die Brust des bewußtlosen Bellingham gelegt.

»Ich glaube, irgend etwas hat ihn fast zu Tode erschreckt. Spritzen Sie ihm etwas Wasser ins Gesicht. Oh, dieses Gesicht überhaupt!«

Es war ein seltsames, ein wirklich abstoßendes Gesicht, unnatürlich sowohl in Farbe als auch in den Konturen. Es war weiß, nicht einfach vor Angst erblaßt, sondern blutleer weiß wie weißes

Wachs. Er war sehr fett, doch er schien früher noch fetter gewesen zu sein, denn seine Haut hing in Säcken und Falten an ihm herab. Seinen mit struppigem, braunem Kurzhaar geschmückten Schädel zierten seitlich zwei kleine, fette Schweineohren. Seine hellgrauen Augen waren immer noch offen, krampfhaft unbeweglich mit erweiterten Pupillen. Smith schien es, als wolle die Natur mit dem Zustand dieses Mannes ein Warnzeichen setzen: Bis hierher und nicht weiter. Und ihm begann zu dämmern, wie ernst es Hastie vor einer Stunde mit seinen Worten gewesen war.

»Was zum Henker kann ihn so erschreckt haben?« fragte er.

»Die Mumie.«

»Die Mumie? – Wieso?«

»Ich weiß nicht. Sie ist unheimlich und böse. Ich wünschte, er würde sie zerstören. Dies ist schon das zweite Mal, daß er mich so erschreckt. Letzten Winter war es dasselbe. Ich fand ihn in genau demselben Zustand, und er war mit derselben schrecklichen Sache beschäftigt.«

»Was hat er mit der Mumie vor?«

»Oh, er ist ein Fanatiker in diesen Sachen. Er weiß mehr darüber als irgend jemand sonst in England. Doch ich wollte, es wäre nicht so! Ah, er kommt zu sich!«

Blasses Rosa hatte sich auf Bellinghams speckige Wangen zurückgeschlichen, seine Augenlider flatterten wie Segel im Wind. Mit einem langen, pfeifenden Atemzug füllte er seine Lungen, dann hob er ruckartig den Kopf und warf einen ersten, prüfenden Blick in die Runde. Als sein Auge auf die Mumie fiel, sprang er auf, raffte die Papyrusrolle zusammen, stopfte sie in eine Schublade, drehte den Schlüssel und stolperte zurück auf das Sofa.

»Was gibt's?« fragte er. »Was wollt ihr, Jungs?«

»Du hast geschrien und dich angestellt wie eine Leiche«, sagte Monkhouse Lee. »Wenn unser Nachbar nicht so freundlich gewesen wäre, herunterzukommen, hätte ich gar nicht gewußt, was ich mit dir machen sollte.«

»Aha, Sie sind also Abercrombie Smith.« Bellingham sah ihn an. »Sehr gut, daß Sie gekommen sind. Was bin ich doch für ein Narr! Mein Gott, ich bin ein Idiot!«

Er schlug die Hände vors Gesicht und verfiel in stoßartiges, hysterisches Gelächter.

Smith schrie ihn an und schüttelte ihn. – »Wachen Sie auf! Sie müssen aufhören! Ihre Nerven hängen in Fetzen. Sie müssen Schluß machen mit Ihren mitternächtlichen Mumienspielchen, oder Sie werden noch total verrückt. Sie sind auf dem besten Weg dahin!«

Bellingham hörte auf zu lachen. »Ich glaube nicht, daß Sie noch so ruhig wären wie ich, wenn Sie gesehen hätten, was ...«

»Was denn?«

»Ach, nichts. Ich wollte sagen, daß Sie wahrscheinlich auch nicht nachts mit einer Mumie zusammenhocken könnten, ohne nervös zu werden. Aber Sie haben recht. Ich habe es bestimmt zu weit getrieben, doch es geht mir schon wieder besser. Bitte gehen Sie jetzt nicht. Bleiben Sie noch ein paar Minuten, bis ich wieder ganz ich selbst bin.«

»Die Luft ist sehr stickig hier«, bemerkte Lee und riß das Fenster auf, um die kühle Nachtluft hereinzulassen.

»Das Harz der heiligen Pflanze«, sagte Bellingham. Er nahm eines der getrockneten Blätter vom Tisch und hielt es in die Gluthitze über der Petroleumlampe. Es verpuffte zu schweren Rauchwolken, ein scharfer, beißender Geruch erfüllte die Kammer. »Die Pflanze der Priester. Kennen Sie sich in den orientalischen Sprachen ein wenig aus, Smith?«

»Nein. Ich kenne kein einziges Wort.«

Dem Ägyptologen schien ein Stein vom Herzen zu fallen.

»Wie lang hat es überhaupt gedauert, bis ich zu mir kam, nachdem Sie heruntergekommen waren?« fragte er weiter.

»Nicht lange. Vielleicht vier oder fünf Minuten.«

Bellingham seufzte erleichtert. »Was für eine seltsame Sache die Bewußtlosigkeit doch ist. Ich könnte selbst wirklich nicht sagen, ob sie Sekunden oder Wochen gedauert hat. Den hohen Herrn auf dem Tisch dort hat man jedenfalls zur Zeit der elften Dynastie zu Grabe getragen, was gut viertausend Jahre her ist. Doch wenn er noch sprechen könnte, würde er uns bestimmt erzählen, daß ihm diese Zeit nicht mehr war als ein kurzer Schlaf. Er ist eine außerordentlich schöne Mumie, Smith.«

Smith ging zum Tisch hinüber und betrachtete die schwarze, faltige Gestalt mit dem geschulten Auge eines Mediziners. Wenn auch alles schwarz wie verkohlt war, so war das Gesicht noch deutlich zu erkennen, sogar zwei kleine Äuglein schimmerten noch schwach tief in ihren schwarzen Höhlen. Die getrocknete Haut spannte sich straff von Knochen zu Knochen, und ein Gestrüpp schwarzer, buschiger Haare fiel über ihre Ohren. Zwei kleine Rattenzähne preßten sich in die Unterlippe. Von dem schrecklichen Leichnam mit eingeknickten Gliedmaßen und verdrehtem Kopf schien eine Energie auszugehen, vor der Smith instinktiv Ekel empfand. Unter der ledrigen Haut zeichneten sich die Rippen klar ab, und auf dem eingesunkenen Leib war noch der Schnitt des Präparators zu erkennen; der Unterleib war mit gelben, vermoderten Bandagen umwickelt. Kleine Stückchen Myrrhe und Kassia waren über die Mumie und in der Kiste verstreut.

»Ich kenne seinen Namen nicht«, sagte Bellingham, während er mit einer Hand den schrumpligen Schädel streichelte. »Der Außensarg mit den Inschriften fehlt leider. Objekt Nr. 249 ist jetzt seine Bezeichnung. Sie sehen die Zahl auf seiner Kiste. Das ist die Nummer, unter der er bei der Auktion geführt wurde, wo ich ihn erworben habe.«

»Für seine Zeit war er bestimmt ganz gut dabei«, bemerkte Abercrombie Smith.

»Er war ein Riese. Die Mumie ist über zwei Meter groß, und die Ägypter hätten einen Mann dieser Größe sicherlich als Riesen bezeichnet, da sie im allgemeinen nicht gerade großwüchsig waren. Schauen Sie sich die stabilen, schweren Knochen an; er war sicher einmal ein furchterregender Kämpfer.«

»Vielleicht haben diese Hände mitgeholfen, Stein auf Stein zu Pyramiden aufzutürmen«, sinnierte Monkhouse Lee, während er voller Abscheu die langen schmutzigen Fingernägel der Mumie betrachtete.

»Keine Angst. Unser Freund ist vollkommen steril. Er war in Natron eingelegt, auch sonst ist er aufs sorgfältigste behandelt worden. Die Einbalsamierer waren damals wirklich Spezialisten. Man hat ausgerechnet, daß eine ähnlich gute Arbeit heutzutage etwa siebenhundert Pfund kosten würde. Dieser Kerl muß jedenfalls ein Adliger gewesen sein. Wofür würden Sie die kleine Inschrift dort an seinem Fuß halten, Smith?«

»Ich sagte Ihnen schon, daß ich kein einziges ägyptisches Wort kenne.«

»Ach ja. Ich meine, es ist der Name des Präparators. Er muß ein sehr gewissenhafter Arbeiter gewesen sein. Glauben Sie, von unserer heutigen Welt wird in viertausend Jahren noch etwas übrig sein?«

So plapperte er immer weiter, doch Abercrombie Smith merkte natürlich, daß der dicke Mann immer noch ganz außer sich vor Angst war. Seine Hände zitterten, und immer wieder verfing sich sein gehetzter Blick an seinem düsteren Zimmergenossen. Bei aller Angst war aber in seiner Stimme ein triumphierender Unterton nicht zu überhören. Seine Augen glänzten, und wie er in der Kammer hin und her hetzte, waren seine Schritte groß und entschlossen. Er machte den Eindruck eines Mannes, der durch eine Folter gegangen war, deren Narben er zu tragen hatte, die ihn aber seinem Ziel einen Schritt nähergebracht hatte.

»Sie gehen doch noch nicht?« schrie er, als Smith von dem Sofa aufstehen wollte.

Bei dem Gedanken, bald wieder allein zu sein, schienen all seine Ängste wieder auf ihn zurückzufallen. Er lief auf ihn zu, um ihn festzuhalten.

»Ich muß jetzt gehen. Ich habe noch zu arbeiten, und Ihnen geht es anscheinend besser. Ich gebe Ihnen den Rat, schonen Sie Ihre Nerven ein wenig, diese Art Studien macht Sie krank.«

»Oh, normalerweise sind meine Nerven ganz in Ordnung; dies ist auch nicht die erste Mumie, die ich ausgepackt habe.«

»Das letzte Mal bist du in Ohnmacht gefallen«, bemerkte Monkhouse Lee.

»Ja, das stimmt. Ich brauche wohl Tabletten oder Stromstöße. Du gehst doch nicht, Lee?

»Ich werden tun, was du willst, Ned.«

»Dann schlafe ich bei dir auf dem Sofa. Gute Nacht, Smith. Es tut mir wirklich leid, Sie mit meiner Dummheit belästigt zu haben.«

Sie gaben sich die Hand, dann stolperte der Medizinstudent die krumme Wendeltreppe hinauf. Unten verhallten die Schritte seiner beiden neuen Bekannten auf dem Weg zum ersten Stockwerk.

Auf diese seltsame Weise begann die Bekanntschaft zwischen Edward Bellingham und Abercrombie Smith, eine Bekanntschaft, die zumindest der letztere nicht zu vertiefen beabsichtigte. Nur

Bellingham schien Gefallen gefunden zu haben an seinem wortkargen Nachbarn. Seine Annäherungen waren derart, daß man sie nicht abwehren konnte, ohne unfreundlich zu werden. Zweimal kam er herauf, um Smith für seine Hilfe zu danken, und danach stand er oft mit Büchern, Papieren und anderen Sachen vor der Tür, die man unter Nachbarn austauschen kann. Wie Smith bald herausfand, war er ein außerordentlich belesener Mann mit weitläufigen Interessen und einem erstaunlichen Gedächtnis. Sein Benehmen war so taktvoll und angenehm, daß man nach einer gewissen Zeit sein abstoßendes Äußeres einfach übersah. Für einen müden und abgespannten Mann war er eine angenehme Gesellschaft, und bald schon war Smith soweit, daß er sich auf die Besuche freute und sie sogar erwiderte.

Doch der Medizinstudent war nicht so dumm, den Abgrund des Wahnsinns nicht zu bemerken, an dem Bellinghams Geist sich zu bewegen schien. Der Kontrast zwischen den abgehobenen, aufgeblasenen Reden, die er manchmal führte, und seinem einfachen Leben war einfach zu groß.

»Es ist wundervoll«, rief er einmal, »zu fühlen, daß man die Kräfte des Guten und des Bösen beherrschen kann – man kann Engel sein oder Teufel.« Und über Monkhouse Lee sagte er einmal: »Lee ist ein guter Freund, ein treuer Kamerad, doch er hat keine Kraft, keinen Ehrgeiz. Er paßt nicht zu einem Mann, der etwas Großes vor hat. Er paßt nicht zu mir.«

Bei solchen Anfällen von Größenwahn pflegte Smith verträumt an seiner Pfeife zu ziehen und mit gerunzelter Stirn den Kopf zu schütteln. Manchmal riet er ihm auch, früher schlafen zu gehen und sich mehr frische Luft zu gönnen.

Seit kurzem hatte sich Bellingham angewöhnt, ständig zu sich selbst zu sprechen. Spät nachts, wenn Bellingham bestimmt allein war, hörte er von unten leise, zuweilen nur geflüsterte endlos eintönige Monologe, für Smith ein bekanntes Symptom einer akuten Geistesstörung. Das nächtliche Gemurmel beunruhigte ihn so sehr, daß er seinen Nachbarn des öfteren ansprach. Bellingham wurde jedesmal rot dabei und bestritt barsch, auch nur einen Ton von sich gegeben zu haben. Er regte sich jedenfalls mehr über die Sache auf, als man für normal halten würde.

Hätte Abercrombie Smith irgendeinen Zweifel an seinen Wahrnehmungen gehegt, so hätte er auch ohne Mühe einen

Zeugen finden können. Tom Styles, der kleine, krumme Diener, der schon länger für die wechselnden Bewohner des Turmes sorgte, als irgend jemand sich erinnern konnte, hatte auch seinen Kummer mit Bellingham.

Eines Morgens beim Saubermachen fragte er Smith: »Verzeihen Sie, Sir, glauben Sie, daß es Mr. Bellingham gutgeht?«

»Was meinen Sie damit, Styles?«

»Ich meine, ob er ganz richtig im Kopf ist, Sir.«

»Warum bezweifeln Sie das?«

»Naja, ich weiß nicht. Sein Benehmen ist in letzter Zeit so seltsam. Er ist nicht mehr der alte, wenn er auch nie so war wie meine anderen jungen Herren, um die ich mich gekümmert habe, wie Mr. Hastie oder Sie, Sir. In letzter Zeit hat er aber angefangen, irgendwelche schlimmen Selbstgespräche zu führen. Stört Sie das eigentlich nicht? Ich weiß nicht, was ich mit ihm machen soll, Sir.«

»Was geht Sie das überhaupt an, Styles?«

»Es interessiert mich einfach, Mr. Smith. Vielleicht ist es aufdringlich von mir, doch ich kann es nicht ändern. Manchmal meine ich, ich müsse meinen jungen Herren Vater und Mutter gleichzeitig sein. Wenn irgend etwas passiert, bin ich für die Verwandten an allem schuld. Was ist nur mit Mr. Bellingham, Sir? Wer läuft in seinem Zimmer herum, wenn er ausgegangen ist und die Tür von außen abgeschlossen?«

»Was? Sie phantasieren wohl, Styles.«

»Vielleicht, Sir, doch meinen Ohren kann ich noch trauen, und die Schritte habe ich mehr als einmal gehört.«

»Unsinn, Styles!«

»Sehr wohl, Sir. Sie läuten, wenn Sie mich brauchen.«

Smith gab nicht viel um das Geschwätz des greisen Hausdieners, doch ein Vorfall, der sich einige Tage später zutrug und ihm äußerst unangenehm war, ließ ihn unwillkürlich wieder an Styles' Worte denken.

An einem späten Abend saß Bellingham bei ihm und erzählte interessante Geschichten über die Felsengräber von Beni Hassan in Oberägypten. Plötzlich hörte Smith ganz deutlich, wie sich im unteren Stockwerk eine Tür öffnete. Auf sein Gehör konnte er sich verlassen, so daß kein Zweifel möglich war.

»Da hat jemand Ihre Tür geöffnet. Haben Sie noch Besuch?«

Bellingham sprang auf und wußte einen Moment lang, halb ungläubig, halb ängstlich, nicht, was er machen sollte.

»Ich habe die Tür doch abgeschlossen. Ich bin ganz sicher, daß ich sie abgeschlossen habe«, stammelte er. »Kein Mensch könnte die Tür öffnen.«

»Jedenfalls höre ich jemand die Treppe heraufkommen«, sagte Smith.

Bellingham stürzte hinaus, schlug die Tür hinter sich zu und jagte die Treppe hinunter. Ungefähr auf halbem Weg hörte Smith ihn stehenbleiben und sich im Flüsterton mit jemandem unterhalten. Im nächsten Augenblick fiel die Tür unten krachend ins Schloß, und Bellingham kam mit dicken Schweißperlen auf dem Gesicht zurück.

»Alles in Ordnung«, sagte er und fiel erschöpft in einen Sessel. »Es war nur der blöde Hund. Er hat die Tür aufgestoßen, ich hatte vergessen, sie abzuschließen.«

»Ich wußte gar nicht, daß Sie einen Hund halten«, sagte Smith langsam und sah seinem Gegenüber skeptisch in das verstörte Gesicht.

»Ich habe ihn noch nicht lange, und ich muß ihn bald wieder loswerden. Er ist eine richtige Plage.«

»Das glaube ich gern, wenn er schon so geschickt im Öffnen von Türen ist. Eigentlich sollte es doch nicht nötig sein, die Tür zu verriegeln, um einen Hund daran zu hindern, frei herumzulaufen ...«

»Ich wollte verhindern, daß der alte Styles ihn herausläßt. Das Tier ist ziemlich wertvoll, und es wäre sehr ärgerlich, wenn es davonliefe.«

»Ich habe Hunde auch ganz gern«, sagte Smith, während er seinen Nachbarn aus dem Augenwinkel beobachtete. »Darf ich ihn mir einmal ansehen?«

»Natürlich, doch heute abend geht es leider nicht. Ich habe noch eine Verabredung. Geht diese Uhr richtig? Dann bin ich schon eine Viertelstunde zu spät. Sie entschuldigen mich bitte.«

Er nahm seinen Hut und eilte aus dem Zimmer. Trotz der Verabredung hörte Smith, wie er in sein eigenes Zimmer zurückging und die Tür hinter sich verriegelte.

Nach diesem Vorfall wußte Smith sicher, daß er mit seiner neuen Bekanntschaft äußerst vorsichtig sein mußte. Bellingham hatte ihn angelogen, und das hatte er in einer so plumpen Art getan, daß er triftige Gründe haben mußte, sich so bloßzustellen. Smith wußte, daß sein Nachbar keinen Hund hatte. Er war sich auch ganz sicher, daß die Schritte auf der Treppe nicht von einem Tier stammten. Doch was konnte es dann gewesen sein? Da war die Aussage des alten Styles, der jemand im Zimmer auf und ab laufen gehört hatte, als eigentlich niemand zu Hause war. Vielleicht eine Frau? Der Gedanke gefiel Smith. Wenn es so wäre, würde das für Bellingham Schande und Verbannung bedeuten, sobald die Verwaltung dahinterkäme. Das könnte auch der Grund für seine Nervosität und seine dummen Ausflüchte sein. Doch schließlich erschien es ihm mehr als unwahrscheinlich, daß ein Student eine Frau in seinem Zimmer verbergen konnte, ohne daß das sofort auffiel. Wie dem auch sei, die ganze Geschichte war ihm so zuwider, daß er beschloß, jede weitere Vertraulichkeit seines schwammigen, am Ende bestimmt für sich und andere ungesunden Nachbarn unerbittlich abzublocken.

Doch in dieser Nacht sollte er nicht mehr zum Arbeiten kommen. Kaum hatte er wieder ein Buch in der Hand, als er schnelle Schritte, immer drei Stufen auf einmal, die Treppe hinaufstürmen hörte: Sportsmann Hastie stattete ihm noch einen Besuch ab.

»Immer noch an der Arbeit!« sagte er und plumpste in seinen Lieblingssessel. »Was bist du nur für ein Kerl, daß du gar nicht aufhören kannst, zu pauken! Ein Erdbeben könnte dich wohl nicht von deinen Büchern aufschrecken, du würdest zwischen den Trümmern von Oxford hocken bleiben und weiterbüffeln. Ich will dich aber nicht lange stören. Ein Pfeifchen, dann bin ich wieder weg.«

»Was gibt's also Neues?« fragte Smith, während er mit dem Zeigefinger seine Pfeife stopfte.

»Nichts Besonderes. Wilson hat siebzig Punkte für die Erstsemester gegen die Elfer gemacht. Er soll jetzt wohl für Buddicomb in die Mannschaft, denn der ist total außer Form. Früher war er mal ein ganz guter Werfer, doch heute bringt er absolut nichts mehr.«

»Ein absolut schwacher Patzer, das sieht man doch sofort.« Smith war wie die meisten seiner Kommilitonen ein eingefleischter Kricketfan.

»Naja«, erwiderte Hastie, »auf nassem Boden war er früher ein echt gefährlicher Mann. Ürigens, hast du davon gehört, was dem langen Norton passiert ist?«

»Was denn?«

»Er ist überfallen worden.«

»Überfallen?«

»Ja, direkt an der Ecke High Street, hundert Meter vor dem Tor der alten Uni.«

»Und? Wer war es?«

»Tja, das ist der Punkt. Du hättest besser gefragt, was war es! Norton schwört, daß es kein Mensch war, und als ich die Abdrücke an seinem Hals sah, war ich sehr geneigt, ihm zu glauben.«

»Was soll denn das jetzt? Glaubt ihr jetzt schon an Gespenster?«

Abercrombie Smith paffte verächtlich seinen Knaster.

»Nein, natürlich nicht. Ich glaube eher, daß es ein Menschenaffe gewesen sein könnte, der aus irgendeinem Zirkus entkommen ist. Norton geht diesen Weg jeden Abend ungefähr zur selben Zeit. Über dem Weg hängt ein Ast der großen Ulme aus Rainys Garten. Norton glaubt, daß die Kreatur auf diesem Ast auf ihn gewartet hat, um sich auf ihn zu stürzen. Jedenfalls hätten ihn fast zwei Arme umgebracht, die, wie er sagte, stark und so dünn wie Stahlseile gewesen seien. Sehen konnte er nichts, nur diese beiden unheimlichen Arme, die versuchten, ihm das Genick zu brechen. Er schrie, was er konnte, ein paar Jungs kamen schließlich zu Hilfe, und die Gestalt sprang wie eine Katze über die Gartenmauer, ohne daß Norton sie nur einen Augenblick lang in voller Größe sehen konnte. Ich kann dir sagen, er war zu Tode erschrocken. Er sah aus, als sei ihm der Teufel persönlich begegnet.«

»Wahrscheinlich war es nur ein ganz gewöhnlicher Würger«, sagte Smith.

»Höchstwahrscheinlich. Nur Norton sagt nein, doch was der sagt, ist ja egal. Jedenfalls hatte der Würger lange Fingernägel und war ein ziemlich geschickter Turner. Da fällt mir ein, dein hübscher Nachbar wird seinen Spaß haben, wenn er die Geschichte hört. Er hatte mit Norton ja noch eine Rechnung zu begleichen, und soweit ich ihn kenne, ist er nicht der Typ, der so etwas auf sich beruhen läßt. – Hallo, Alter, was geht dir jetzt im Kopf herum?«

»Nichts«, antwortete Smith knapp.

Er saß steif in seinem Sessel und sah wirklich aus wie ein Mann, dem gerade eine furchtbare Idee durch den Kopf ging.

»Habe ich irgend etwas Falsches gesagt? Übrigens, wie ich gehört habe, hast du nach meinem letzten Besuch die Bekanntschaft des guten Herrn B. gemacht, nicht wahr? Monkhouse Lee hat mir so etwas erzählt.«

»Ja; ich kenne ihn flüchtig. Er war ein- oder zweimal bei mir.«

»Immerhin bist du groß und gehässig genug, auf dich selbst aufzupassen. Ich würde ihn nicht gerade zu den angenehmsten Zeitgenossen zählen, obwohl er bestimmt sehr klug und ein interessanter Gesprächspartner ist. Doch du wirst ihn schon noch selbst kennenlernen. Lee ist in Ordnung, ein sehr netter kleiner Kerl. So, ich gehe jetzt. Wir treffen uns nächsten Mittwoch, wenn ich gegen Mullins um den Kanzlerpokal rudere. Komm doch vorbei, wenn du Zeit hast. Bis dann.«

Smith legte die Pfeife weg und stürzte sich wie ein Ochse wieder auf die Bücher. Doch so sehr er sich auch mühte, war es ihm doch unmöglich, sich auf seine Arbeit zu konzentrieren. Immer wieder schweiften seine Gedanken zu dem Mann, der unter ihm wohnte und zu dem Geheimnis, das ihn umgab. Dann dachte er an den unglaublichen Überfall, von dem Hastie erzählt hatte, und an den Groll, den Bellingham auf Norton gehabt hatte. Je länger er daran dachte, desto klarer wurde ihm, daß ein Zusammenhang bestehen mußte, und gleichzeitig sträubte sich sein Verstand gegen den wahnsinnigen Verdacht, der in ihm aufstieg.

»Zum Teufel mit dem Kerl!« schrie Smith und warf sein Pathologiebuch gegen die Wand. »Er hält mich von der Arbeit ab, und das allein wäre schon Grund genug, ihn in Zukunft zu schneiden, wenn es nicht noch andere gäbe.«

Zehn Tage lang schloß er sich nun mit seinen Büchern ein, ohne sich von einem seiner Hausgenossen stören zu lassen. Zu Zeiten, wenn Bellingham ihn gelegentlich besucht hatte, verzog er sich in die hinterste Ecke seiner Behausung, an der Außentür konnte dann klopfen, wer wollte, er reagierte nicht. Doch manchmal mußte er doch hinaus, und so geschah es, daß Bellinghams Tür aufflog, gerade, als er die Treppe hinunterging. Monkhouse Lee kam herausgestürzt, seine Augen funkelten, seine Wangen waren zorngerötet. Auf den Fersen folgte ihm Bellingham mit vor schwitzender Leidenschaft glänzendem Gesicht.

»Du Narr«, zischte er. »Das wird dir noch leid tun.«

»Mag sein«, schrie der andere. »Paß auf, was ich sage. Es ist vorbei! Ich will nichts mehr davon hören!«

»Du hast es mir versprochen.«

»Ja, keine Angst! Ich werde nicht reden. Aber ich werde auch nicht zulassen, daß du Evi ins Grab bringst. Ein für allemal, es ist aus. Sie wird tun, was ich sage. Wir wollen dich nicht mehr sehen.«

Soviel bekam Smith von der Unterhaltung mit, ob er wollte oder nicht, und er beeilte sich, weiterzukommen, um nicht in den Streit verwickelt zu werden, denn daß sie ernsthaften Streit hatten, war schon nach diesen wenigen Worten klar. Lee würde alles tun, um die Verlobung zwischen seiner Schwester und Bellingham zu lösen. Smith dachte an Hasties Vergleich von der Taube und der Kröte, und er war froh, daß diese Verbindung nun zu Ende sein würde. Wenn Bellingham wütend war, sah er noch widerwärtiger aus als sonst, so einem sollte man auf keinen Fall das Leben eines unschuldigen Mädchens in die Hand geben. Er hätte gern gewußt, was den Streit ausgelöst hatte. Was war das für ein Versprechen, das Monkhouse Lee unbedingt halten sollte?

An jenem Tag sollte das Rennen zwischen Hastie und Mullins stattfinden, die Studenten strömten zum Ufer der Isis hinunter. Die Maisonne glänzte am Himmel und warf lange Ulmenschatten auf den sandigen Weg. Hinter den Bäumen standen die grauen Gebäude der ehrwürdigen Alma Mater wie Felsen in der Brandung des jungen Lebens, das sie fröhlich umströmte. Tutoren in Schwarz, magere Büroleute, bläßliche Jünglinge, die noch beim Gehen in ein Buch vertieft waren, und braungebrannte junge Sportler mit Strohhüten, in weißen Pullovern oder bunten Blazern, jeder ging in seinem Tempo hinunter zu den Wiesen, die den blauen Flußbogen bei Oxford säumten.

Smith als alter Ruderer eilte natürlich schnurstracks auf die Stelle am Fluß zu, wo es, wenn überhaupt, spannend werden könnte. In der Ferne hörte er den Startschuß, die Massen kamen am Ufer entlang auf ihn zugelaufen, auf dem Fluß schaukelten einige Boote in Erwartung der Wettkämpfer, die jetzt, begleitet von einer Gruppe halbnackter, schnaufender Läufer, vor ihm auftauchten. Hastie zog in einem kraftvollen Sechsunddreißiger-Takt an ihm vorbei, während sein Gegner mit einem angestrengten Vierziger-Schlag eine gute Bootslänge hinter ihm lag. Das Rennen war gelaufen, Smith schaute auf seine Uhr und wollte sich auf den Rückweg zu seiner Klause machen, als ihn jemand an die Schulter tippte. Es war der junge Monkhouse Lee, der plötzlich neben ihm stand.

»Ich habe Sie zufällig hier stehen sehen«, fing er ängstlich und unsicher zu reden an. »Ich würde gern mit Ihnen sprechen, wenn Sie eine halbe Stunde für mich übrig hätten. Die Hütte dort gehört mir zusammen mit Harrington vom King's College. Kommen Sie auf eine Tasse Tee mit hinein?«

»Eigentlich muß ich sofort wieder zurück«, sagte Smith. »Ich habe noch ein Riesenpensum vor mir. Doch ein paar Minuten Pause sollten noch drin sein. Wäre Hastie nicht mein Freund, wäre ich gar nicht hergekommen.«

»Ich kenne ihn auch ganz gut. Ist sein Stil nicht wundervoll? Mullins hatte keine Chance. Doch kommen Sie bitte herein. Es ist etwas primitiv, doch während der Sommermonate kann man dort angenehm arbeiten.«

Die weiße, rechteckige Hütte mit ihren grünen Türen und Fensterläden und einer kleinen Veranda stand nur etwa fünfzig Meter vom Ufer enfernt. Der einzige größere Raum darin war als Studierzimmer eingerichtet, mit einem Schreibtisch, einem rohen Bücherregal und einigen billigen Öldrucken an den Wänden. Über einer Spiritusflamme kochte das Teewasser, und auf dem Tisch stand alles bereit, was man für den Nachmittagstee benötigt.

»Setzen Sie sich doch und rauchen Sie eine Zigarette«, bat Lee. »Nehmen Sie Zucker zum Tee? Es ist sehr nett von Ihnen, daß Sie meiner Einladung gefolgt sind, ich weiß, daß Sie im Moment sehr wenig Zeit haben. Was ich Ihnen sagen wollte, ist, daß Sie sich am besten sofort um eine neue Wohnung kümmern sollten.«

»Was?«

Smith war konsterniert, in seiner einen Hand brannte ein Streichholz, in der anderen hielt er die kalte Zigarette.

»Ja; sicher, es muß für Sie seltsam klingen, zumal ich Ihnen nicht den Grund für meinen Ratschlag sagen kann, ein feierliches Gelübde verbietet mir das – ein Versprechen, das ich unter keinen Umständen brechen darf. Ich kann Ihnen nur soviel verraten, daß es nicht ungefährlich ist, in der Nähe von Bellingham zu wohnen. Ich werde jedenfalls für eine Zeit aus Oxford verschwinden, sobald es möglich ist.«

»Nicht ungefährlich! Was meinen Sie damit!«

»Das darf ich eben nicht sagen. Doch nehmen Sie meinen Rat ernst, ziehen Sie um. Ich hatte heute Streit mit Bellingham, Sie haben uns bestimmt gehört, als Sie die Treppe hinuntergingen.«

»Ja, ich sah Sie aus seinem Zimmer kommen.«

»Er ist ein furchtbarer Mensch, Smith, ja furchtbar, anders kann man ihn nicht beschreiben. Seit jener Nacht, Sie erinnern sich, als Sie herunterkommen mußten, war er mir nicht mehr geheuer. Heute war ich noch einmal bei ihm, und er erzählte mir Dinge, daß mir die Haare zu Berge standen; er wollte, daß ich bei ihm bleibe. Ich bin bestimmt kein Sonntagsschüler, aber ich bin, wie Sie wissen, der Sohn eines Priesters, und ich glaube, daß es eine Grenze gibt zwischen Gut und Böse, die man nicht überschreiten darf. Ich kann nur Gott danken, daß ich ihn noch früh genug durchschaut habe, denn fast wäre er mein Schwager geworden.«

»Das ist ja alles schön und gut, Lee«, sagte Smith. »Doch ich finde, Sie reden entweder viel zuviel oder viel zuwenig.«

»Ich will Sie nur warnen.«

»Gäbe es wirklich einen Grund dafür, brauchten Sie sich an kein Versprechen gebunden zu fühlen. Mich jedenfalls könnte kein noch so heiliges Gelübde dazu zwingen, einen Verbrecher zu decken.«

»Gut, aber ich kann nichts gegen ihn ausrichten, ich kann Sie nur warnen.«

»Sie müßten mir schon sagen, wovor.«

»Vor Bellingham.«

»Das ist doch kindisch. Warum sollte ich mich vor ihm oder vor irgend jemand anderem fürchten?«

»Ich kann es Ihnen nicht sagen. Ich kann Sie nur inständig bitten, sich ein anderes Zimmer zu suchen. Sie sind in Gefahr. Ich will noch nicht einmal sagen, daß Bellingham es darauf anlegt,

Ihnen zu schaden. Doch ob er will oder nicht, er ist ein gefährlicher Mann für jeden, der in seiner Nähe ist.«

»Vielleicht weiß ich mehr, als Sie glauben«, sagte Smith und sah gerade in Lees besorgtes Jungengesicht.

»Was würden Sie sagen, wenn ich Ihnen erzählte, daß Bellingham nicht allein in seinem Zimmer ist?«

Monkhouse Lee sprang erschrocken von seinem Stuhl auf.

»Was? Sie wissen es?« hauchte er.

»Eine Frau ...«

Lee ließ sich seufzend auf seinen Stuhl zurückfallen.

»Meine Lippen sind versiegelt«, sagte er. »Ich darf nicht reden.«

»Wie dem auch sei«, sagte Smith und erhob sich, »ich kann es mir nicht erlauben, vor Angst aus einer Wohnung zu fliehen, die ansonsten optimal für mich ist. Ich würde mir zu komisch dabei vorkommen, mit meinen ganzen Büchern und Gerümpel umzuziehen, nur weil Sie mir erzählen, daß Bellingham irgendwie, wie, wollen sie ja nicht sagen, gefährlich ist. Ich werde einfach mein Glück versuchen und bleiben, wo ich bin, außerdem ist es schon fast fünf, ich muß Sie bitten, mich zu entschuldigen.«

Er verabschiedete sich kurz und machte sich in der milden Frühlingsluft auf den Heimweg. Wie jeder andere kräftige Mann, der, ganz der Realität verhaftet, in seiner Situation wäre, bedroht von einer unwirklichen, unfaßbaren Gefahr, fühlte er sich halb beunruhigt und halb belustigt.

Einen kleinen Luxus mochte sich Abercrombie Smith nicht verwehren, steckte er auch noch so tief in der Arbeit. Zweimal die Woche, dienstags und freitags, spazierte er hinaus nach Farlingford, anderthalb Meilen außerhalb von Oxford, um Doktor Plumptree Peterson zu besuchen. Peterson war ein alter Freund seines älteren Bruders Francis, und er war ein glücklicher Junggeselle mit allem, was dazugehört, einem guten Weinkeller und einer noch besseren Bibliothek, was ihn zum geeigneten Mann machte, einen überarbeiteten Studenten aufzumuntern. Zweimal die Woche ging Smith also auf die schattige Landstraße, um eine entspannende Stunde bei einem Glas Portwein in Petersons Studierzimmer zu verbringen, wo man den neuesten Universitätsklatsch und die aktuellen Entwicklungen in der Medizin besprach.

Am Tage nach seinem Gespräch mit Monkhouse Lee schloß Smith seine Bücher um Viertel nach acht, um sich auf den Weg zu seinem Freund Peterson zu machen. Zufällig fiel sein Blick aber auf die Bücher, die Bellingham ihm geliehen hatte, und das Gewissen plagte ihn, weil er sie noch nicht zurückgegeben hatte. Mochte der Mann auch ein Ekel sein, die Gebote des Anstands mußte er auch ihm gegenüber einhalten. Er ging also hinunter und klopfte an seine Tür. Keine Antwort; doch die Tür war nicht abgeschlossen. Smith war erleichtert, sich nicht mit seinem Nachbarn unterhalten zu müssen. So ging er hinein und legte die Bücher mit seiner Visitenkarte auf Bellinghams Schreibtisch.

Obwohl das Licht nur schwach brannte, konnte er alle Einzelheiten im Zimmer erkennen. Alles war, wie er es kannte – der Fries, die Götterstatuen, das Krokodil an der Decke und die Papiere und getrockneten Blätter, die auf dem Tisch verstreut lagen. Der Mumiensarg stand aufrecht an der Wand, nur die Mumie selbst war nirgendwo zu entdecken. Nichts deutete darauf hin, daß außer Bellingham noch jemand in dem Zimmer wohnte, und als er den Raum verließ, hatte er das Gefühl, daß er ihm vielleicht unrecht getan hatte. Wenn Bellingham irgend etwas zu verbergen hätte, würde er sich bestimmt hüten, seine Tür offen zu lassen, so daß jeder ein- und ausgehen konnte, wie er wollte.

Im Treppenhaus war es stockfinster, Smith ging vorsichtig die ausgetretenen Stufen hinunter. Plötzlich merkte er, wie irgend etwas in der Dunkelheit an ihm vorbeihuschte. Es war kaum wahrnehmbar, nur ein Luftzug, der ihn streifte. Er blieb stehen und lauschte; draußen spielte der Wind im Laub, sonst konnte er nichts hören.

»Sind Sie es, Styles?« rief er.

Keine Antwort. Vielleicht war es nur eine Windbö, die das alte Gebälk ächzen und krachen ließ. Und doch hätte er schwören können, daß soeben jemand direkt an ihm vorbei die Treppe hinaufgelaufen war und ihn am Ellbogen gestreift hatte. Er war immer noch ganz benommen, als er ins Freie trat und den Eingang des Turmes hinter sich schloß.

»Bist du es, Smith?« Ein Mann kam über die sanft gewellte Wiese auf ihn zu gelaufen.

»Hastie, Hallo!«

»Um Gottes willen, Smith, komm sofort mit! Man hat Lee aus

dem Fluß gefischt! Der Arzt ist nicht zu erreichen. Du mußt unbedingt helfen, vielleicht lebt er noch.«

»Habt Ihr Brandy?«

»Nein.«

»Wir müssen welchen mitnehmen. Auf meinem Tisch steht noch eine Flasche.«

Smith hetzte die Treppe hinauf, nahm immer drei Stufen auf einmal, ergriff die Schnapsflasche und wollte schnellstens wieder unten sein, doch als er an Bellinghams Zimmer vorbeiwollte, bot sich ihm ein Anblick, der ihn auf dem Treppenabsatz erstarren ließ.

Die Tür, die er vorher hinter sich geschlossen hatte, stand jetzt weit offen, das spärliche Licht fiel direkt auf den Mumiensarg. Vor drei Minuten war er noch leer gewesen, das konnte er schwören. Nun aber starrte er dem grausigen Leichnam, der aufrecht in seiner Kiste stand, ins grimmige, schwarze Gesicht. Der Körper war vollkommen steif und leblos, doch diesen Augen – war da nicht noch ein Funken Leben, ein Schimmer von Bewußtsein in diesen bösen kleinen Augen, die tief in ihren schwarzen Höhlen steckten? – Smith war so erschrocken und verwirrt, daß er alles vergaß und erst wieder zu sich kam, als er die Stimme seines Freundes hörte.

»Wo bleibst du, Smith!« rief er. »Es geht um Leben und Tod. Beeil dich!« Als der Medizinstudent endlich unten war, redete er aufgeregt weiter. »Wir müssen einen Sprint einlegen. Es ist keine Meile, in fünf Minuten sollten wir da sein. Jetzt geht es um mehr als einen Pokal.«

Nebeneinander schossen Sie durch die Dunkelheit und ließen nicht nach, bis sie dampfend und erschöpft die kleine Hütte am Fluß erreicht hatten. Lee lag schlaff und durchnäßt wie eine angespülte Wasserpflanze auf dem Sofa, sein schwarzes Haar war bedeckt mit Wasserklee, und auf seinen stahlblauen Lippen lag feiner, weißer Schaum. Neben ihm kniete sein Studienfreund Harrington und versuchte, die durchgefrorenen Glieder warmzureiben.

»Ich glaube, er lebt noch«, sagte Smith, während seine Hand auf Lees Brust lag. »Halte dein Uhrglas vor seine Lippen. Da, es beschlägt. Nimm du den anderen Arm, Hastie, und mache es wie ich, dann werden wir ihn bald zurückgeholt haben.«

So füllten und leerten sie die Lungen des Bewußtlosen zehn Minuten lang. Dann lief ein Zittern durch den schlaffen Körper, seine Lippen zuckten, und er öffnete schließlich die Augen. Die drei Studenten ließen einen Freudenschrei los.

»Wach auf, Alter! Du hast uns schon genug erschreckt.«

»Nimm einen Schluck aus der Flasche, das wird dir guttun.«

»Ein Glück, er lebt«, sagte sein Hausgenosse Harrington. »Mein Gott, was für ein Schreck! Ich saß hier und habe gelesen, er wollte sich am Fluß etwas die Füße vertreten. Plötzlich ein Schrei und Platsch! Ich rannte sofort hinunter, doch als ich ihn schließlich fand, schien er schon alles Leben ausgehaucht zu haben. Zu allem Unglück konnte ich Simpson nicht nach einem Doktor schicken, da er sich den Knöchel verstaucht hat, so mußte ich selbst los. Ich weiß nicht, was ich gemacht hätte, wenn ihr nicht zu Hilfe gekommen wärt. So ist es richtig, mein Freund, komm hoch.«

Monkhouse Lee hatte sich aufgerappelt. Auf allen vieren gestützt hockte er auf dem Sofa und schaute wild um sich.

»Was ist passiert?« fragte er. »Ach ja, ich war im Wasser, ich erinnere mich.«

Furchtbares Grauen schien auf ihn zurückzufallen, wie man in seinen Augen lesen konnte, und er verbarg sein Gesicht mit den Händen.

»Wie konntest du ins Wasser fallen?«

»Ich bin nicht gefallen.«

»Wie ist es denn sonst passiert?«

»Ich bin hineingeworfen worden. Ich stand am Ufer, da packte mich etwas von hinten, hob mich auf wie eine Feder und warf mich im hohen Bogen in den Fluß. Ich konnte weder etwas sehen noch hören. Aber trotzdem, ich weiß, was es war.«

»Ich weiß es auch«, flüsterte Smith.

Lee sah ihn überrascht an.

»Sie wissen jetzt, worum es geht? Erinnern Sie sich an den Rat, den ich Ihnen gegeben habe?«

»Ja, und ich glaube, ich werde ihn in Zukunft befolgen.«

»Zum Teufel, wovon redet ihr eigentlich?« fragte Hastie. »Lee gehört jetzt ins Bett. Ihr habt noch Zeit genug, über das Warum und Wieso zu reden, wenn er wieder etwas bei Kräften ist. Smith und ich lassen euch jetzt besser allein. Ich gehe zurück zum College; wenn du in dieselbe Richtung mußt, können wir ja noch etwas schwatzen.«

Doch daraus wurde nichts. Smith war einfach zu beschäftigt mit den Ereignissen dieses Abends. Alles paßte zu gut zusammen – zuerst der leere Sarg, dann die schemenhafte Begegnung auf der Treppe, das Wiederauftauchen der Mumie, all diese unglaublichen Vorgänge – und schließlich der Mordanschlag auf Lee, dem ein Überfall auf einen anderen Mann vorausgegangen war, mit dem Bellingham im Streit lag. All das, zusammen mit den Beobachtungen, die er schon vorher im Turm gemacht hatte, die Schritte, die Geräusche, die Umstände, unter denen er Bellingham kennengelernt hatte, wurde in seinen Gedanken zum schlüssigen Bild einer unglaublichen Wirklichkeit. Was vorher ein vager Verdacht, nichts als eine düstere, unheimliche Vermutung war, stand jetzt vor ihm als grausige Tatsache, an der er nicht mehr vorbeikonnte. Doch wie unerhört diese Wirklichkeit war, wie weit jenseits aller menschlichen Vorstellung. Jeder unvoreingenommene Richter, ja sogar der Freund, der neben ihm ging, würde ihm schlicht erklären, daß er sich getäuscht haben muß, daß die Mumie ihren Sarg nie verlassen hat, daß Lee ganz einfach in den Fluß gefallen ist, wie es jedem passieren kann, und daß er, Smith, besser nicht soviel arbeiten sollte. Er wußte, daß dies genau seine Worte wären, wenn Hastie an seiner Stelle wäre und ihm diese Geschichte auftischte. Und trotzdem war er jetzt ganz sicher, daß Bellingham im Grunde seines Herzens ein Mörder war, ein Mörder, der sich einer Waffe zu bedienen wußte, die die lange und grausige Geschichte des Verbrechens bisher noch nicht kannte.

Hastie machte ein paar neckische Bemerkungen über die Unleidlichkeit seines Freundes und bog zu seiner Wohnung ab, während Abercrombie Smith mit einem starken Gefühl des Widerwillens gegen seine Behausung und alles, womit er dort zu tun hatte, den Platz vor seinem Turm überquerte. So bald wie möglich wollte er Lees Rat befolgen und sich eine andere Bleibe suchen, denn wie sollte ein Mensch studieren, wenn er unwillkürlich jedem Geräusch im Zimmer unter ihm lauschen mußte. Von der Wiese aus sah er, daß in Bellinghams Zimmer noch Licht brannte, und als er die Treppe hinaufschlich, öffnete sich die Tür im zweiten Stock. Der dicke Mann grinste ihn an. Mit seinem fetten, bösen Gesicht sah er aus wie eine Giftspinne, die gerade ein Opfer verspeist hatte.

»Guten Abend«, sprach er, »wollen Sie nicht hereinkommen?«

»Nein!« schrie ihn Smith an.

»Warum nicht? Sind Sie immer noch so fleißig wie stets? Ich wollte Sie fragen, wie es Lee geht. Ich habe so ein Gerücht gehört, daß etwas mit ihm nicht in Ordnung ist. Das tut mir sehr leid.«

Der Ernst in seiner Stimme wirkte aufgesetzt, denn seine Augen lachten verstohlen. Smith bemerkte das sofort, und er hätte ihn dafür niederschlagen können.

»Es wird Ihnen noch mehr leid tun, daß es Monkhouse Lee ganz gutgeht, er ist außer Gefahr«, antwortete er. »Ihre teuflischen Tricks haben diesmal nicht funktioniert. Sie brauchen gar nicht versuchen, sich herauszureden. Ich weiß alles.«

Bellingham wich vor dem wütenden Mann einen Schritt zurück und versteckte sich halb hinter seiner Tür. Er schien wohl zu spüren, daß ihm Prügel drohten.

»Sie sind ja verrückt«, sagte er. »Was wollen Sie überhaupt? Glauben Sie etwa, ich hätte irgend etwas zu tun mit Lees Unfall?«

»Ja!« donnerte Smith, »Sie und dieser Knochenhaufen hinter Ihnen, den Sie für Ihre schmutzigen Mordanschläge benutzen! Ich will Ihnen etwas sagen, Sie Stinktier: Man hat zwar hierzulande aufgehört, solche wie Sie auf dem Scheiterhaufen zu schmoren, aber einen Henker haben wir immer noch. Und bei Gott, wenn irgend jemand in diesem College umkommt, solange Sie hier sind, werden Sie dafür hängen, so wahr ich hier stehe. Sie werden schon noch merken, daß Ihre schmutzigen ägyptischen Tricks in England nicht ziehen.«

»Sie sind ja wahnsinnig«, sagte Bellingham.

»Wie Sie wollen. Sie werden schon an meine Worte denken, wenn Sie auf der Falltür stehen.«

Die Tür knallte ihm ins Gesicht, und er ging wutschnaubend hinauf in seine Kammer. Er verriegelte die Tür und verbrachte die halbe Nacht damit, an seiner Pfeife zu paffen und über die seltsamen Ereignisse des Abends nachzudenken.

Am nächsten Morgen sah und hörte er nichts von seinem Nachbarn, statt dessen kam Harrington vorbei, um ihm zu sagen, daß Lee schon fast wieder der Alte war. Den ganzen Tag über blieb er in seine Studien vertieft, doch am Abend beschloß er, den Besuch bei seinem Freund Peterson nachzuholen, zu dem er am Tag zuvor schon unterwegs gewesen war. Ein strammer Fußmarsch und eine nette Unterhaltung würden seinen strapazierten Nerven wohltun.

Bellinghams Tür war geschlossen, als er vorbeiging, doch als er aus einiger Entfernung zurückblickte, sah er den Rundschädel seines Nachbarn am Fenster, der sich anscheinend die Nase an der Scheibe plattdrückte. Es war eine Wohltat, aus seinem Dunstkreis zu entkommen, wenn auch nur für wenige Stunden. Smith ging schnell weiter und genoß die frische Frühlingsluft. Im Westen, zwischen zwei gotischen Türmen, stand die Mondsichel und tauchte die Landstraße in silbernes Licht, durchbrochen von gezackten Kernschatten der Bäume und Häuser. Es wehte eine frische Brise, und hoch unter dem Himmel trieben langsam wattige Eiswolken. Das College steht am Stadtrand, so daß er schon nach fünf Minuten inmitten der Maidüfte einer mittelenglischen Landstraße wandelte.

Die Straße, die zum Haus seines Freundes führte, war einsam und kaum benutzt. Obwohl es noch nicht spät war, traf Smith keine Menschenseele. Er ging zügig weiter, bis er zum Tor des Parkweges kam, der in Farlingford endete. Von ferne schimmerte das trauliche, rote Licht der Wohnstuben durchs Geäst. Einen Moment lehnte er an dem Eisentor und schaute zurück auf die Straße, über die er gekommen war. Nun sah er es: Er wurde verfolgt.

Eine dunkle, gebückte Gestalt bewegte sich lautlos im Schatten der Hecke, kaum wahrnehmbar vor dem dunklen Hintergrund. Innerhalb eines Augenblicks kam es zwanzig Schritt näher, schon war es ganz dicht hinter ihm. In der Finsternis erspähte er einen dünnen Hals und zwei Augen, Augen, die ihn ewig im Schlaf verfolgen sollten. Langsam drehte er sich um, von blankem Entsetzen gepackt, begann er zu laufen, er lief um sein Leben, denn dort, kaum mehr als einen Steinwurf entfernt, war die Rettung: Häuser, Menschen. Er war als ausgezeichneter Läufer bekannt, doch so schnell wie an diesem Abend war er noch nie gelaufen.

Das schwere Tor fiel hinter ihm zu, doch er hörte bald, wie sein Verfolger es wieder aufstieß. Er rannte wie von Sinnen, denn hinter sich hörte er immer die federleichten, schnellen Schritte des Monstrums, und als er einen schnellen Blick zurückwarf, sah er, daß das Ungeheuer wie ein Tiger an seinen Fersen klebte, ein Schlag seines sehnigen Armes hätte genügt, den verzweifelten Mann zu stürzen. Gott sei Dank, die Tür war nur angelehnt, im Flur brannte Licht. Direkt an seinem Ohr hörte er ein kehliges Gurgeln. Mit letzter Anstrengung stürzte er durch die Tür, knallte sie ins Schloß und verriegelte sie hastig: Gerettet! Halb betäubt fiel er in den nächsten Sessel.

»Mein Gott, Smith, was ist passiert?« Peterson erschien in der Tür seiner Bibliothek und lief auf ihn zu.

»Ich brauche einen Brandy, bitte.«

Peterson verschwand für einen Augenblick und kam mit einer Karaffe und einem Glas zurück. Smith trank eine anständige Füllung in einem Zug leer.

»Anscheinend hast du wirklich einen gebraucht. Mann, du bist ja weiß wie eine Wand, was ist denn los?«

Smith stellte sein Glas ab, stand auf und holte tief Luft.

»Jetzt geht es mir schon besser«, sagte er. »So bin ich noch nie vor etwas weggelaufen. Wenn Sie erlauben, möchte ich heute nacht hier schlafen. Ich glaube nicht, daß ich mich jemals wieder auf diese Straße trauen werde, höchstens bei Tageslicht. Ich weiß, es hört sich feige an, aber ich kann einfach nicht mehr.«

Peterson blickte seinem Gast fragend in die Augen.

»Natürlich kannst du hier schlafen, wenn du es wünschst. Ich werde Mrs. Burney Bescheid sagen, sie wird das Gästebett fertigmachen. Doch sag mir endlich, was ist passiert?«

»Kommen Sie nur mit zum Fenster, von dem man den Eingang sehen kann! Ich möchte, daß Sie es sehen.«

Sie gingen ins Obergeschoß, von wo sie den Zugang zum Haus überblicken konnten. Der Weg und die Felder ringsum lagen friedlich im Mondlicht.

»Wirklich, Smith, ich weiß genau, daß du kein Trinker bist, sonst würde ich denken, die Weingeister sind hinter dir her. Was in aller Welt kann dich nur so erschrecken?«

»Ich erzähle es Ihnen sofort. Doch wo kann es nur sein? Ah, da, sehen Sie, in der Kurve direkt hinter dem Tor!«

»Ja, ja, ich sehe ja; du brauchst mir nicht gleich den Arm auszureißen. Da geht ein Mann entlang; er ist offenbar sehr dünn und groß, sehr groß. Doch was soll mit ihm sein? Was ist mit dir? Du zitterst ja immer noch wie Espenlaub.«

»Um ein Haar hätte mich der Teufel erwischt, das ist alles. Aber gehen wir doch besser in die Bibliothek, dort kann ich Ihnen alles von Anfang an erzählen.«

In dem warmen Zimmer saß er also bei einem Glas Wein seinem vertrauten Freund gegenüber und beruhigte sich allmählich. Alles, was er seit dem Abend, als er Bellingham bewußtlos vor dem Mumiensarg fand, bis zu dem Schrecken, der ihn vor wenigen Minuten ereilt hatte, die ganze Kette der mehr oder weniger bedeutenden Ereignisse, die ihn seiner Sache so sicher machten, trug er dem geduldigen Zuhörer nach und nach vor.

»Das ist die ganze, schreckliche Wahrheit«, schloß er nach einer Stunde, »so ungeheuerlich und unglaublich sie auch klingen mag, es ist die Wahrheit.«

Für einen langen Augenblick verharrte Dr. Plumptree Peterson in Schweigen. Sein Gesicht drückte ungläubige Verwirrung aus.

»So etwas habe ich in meinem ganzen Leben noch nicht gehört!« sagte er schließlich. »Du hast mir die Fakten vorgetragen, nun sag mir, welche Schlüsse du aus dem Ganzen ziehst.«

»Sie können Ihre eigenen Schlüsse daraus ziehen.«

»Ich möchte aber gern hören, was du davon hältst. Du hast sicher schon viel darüber nachgedacht, ich aber nicht.«

»Gut, für mich ist die Sache in den wichtigsten Punkten, wenn auch nicht in allen Details, sonnenklar. Dieser Bellingham ist im Laufe seiner orientalistischen Studien in den Besitz eines teuflischen Geheimnisses gelangt, das ihm erlaubt, Mumien – vielleicht auch nur eine bestimmte Mumie – zeitweise zum Leben zu erwecken. An dem Abend, als er in Ohnmacht fiel, hat er die Methode ausprobiert. Als es funktionierte und die widerliche Gestalt sich bewegte, mußte er selbst so schockiert gewesen sein, daß seine Nerven versagten, obwohl er darauf vorbereitet war. Das erklärt seine ersten Worte, als er sich, kaum war er aufgewacht, einen Idioten nannte. Nun gut, das passierte ihm kein zweites Mal, danach konnte er die schauerliche Prozedur ausführen, ohne in Ohnmacht zu fallen. Das Leben, das er der Kreatur einhauchen konnte, war offensichtlich nicht von Dauer, denn die meiste Zeit war die Mumie so tot wie dieser Tisch und stand regungslos in ihrer Kiste. Wie ich vermute, kann er sie aber jederzeit wieder aufwecken, und von dort bis zu der Idee, sie als sein Werkzeug zu benutzen, war es nicht mehr weit, denn das Ungeheuer ist intelligent und stark wie ein Bär. Aus irgendeinem Grund zog er Lee ins Vertrauen, doch der wollte als rechtschaffener Christ nichts mit dieser Sache zu tun haben. Schließlich bekamen sie Streit, und Lee drohte, seine Schwester über Bellinghams wahren Charakter aufzuklären. Das wollte Bellingham unter allen Umständen verhindern, und fast hätte er es auch geschafft, indem er sein Monstrum auf Lee hetzte. Er wußte, daß es ihm gehorchte, denn vorher hatte er es schon auf Norton losgelassen, mit dem er noch ein Hühnchen zu rupfen hatte. Hätte das Ungeheuer nicht letztlich versagt, so hätte er schon zwei Morde auf dem Gewissen. Als ich ihn schließlich zur Rede gestellt hatte, war es natürlich sein dringendstes Anliegen, mich aus dem Weg zu räumen, bevor ich etwas von dem ausplaudern konnte, was ich wußte. Als ich heute abend ausging, bekam er auch seine Chance, denn er kennt meine Gewohnheiten und wußte, wohin ich wollte. Ich bin dem Verhängnis nur haarscharf entgangen, hätte ich nicht solch ein unglaubliches Glück gehabt, dann hätten Sie mich morgen früh tot vor Ihrer Tür gefunden. Sie wissen, ich bin für gewöhnlich kein Angsthase, nie hätte ich gedacht, daß man mich so zu Tode erschrecken kann wie heute abend.«

»Mein lieber Junge, du nimmst die Sache zu ernst«, sagte sein väterlicher Freund. »Offenbar hast du soviel gearbeitet, daß deine Nerven dir einen Streich spielen. Es ist doch unmöglich; wie könnte diese Satansgestalt selbst nachts mitten durch Oxford spazieren, ohne gesehen zu werden?«

»Man hat sie gesehen. Die ganze Stadt redet von einem ausgebrochenen Affen, für den man die Mumie wohl hält.«

»Gut, mein Junge, die Kette von Ereignissen ist wirklich frappierend, doch trotzdem mußt du zugeben, daß es für jedes einzelne Glied auch eine natürliche Erklärung geben kann.«

»Ach was, ich weiß doch, was ich heute erlebt habe!«

»Wirklich? – Deine Nerven hängen doch in Fetzen, in deinem Kopf dreht sich alles nur noch um deine absonderliche Theorie. War es nicht nur ein dürrer, halb verhungerter Landstreicher, der hinter dir her war und der sich ermutigt fühlte, dich zu verfolgen, als er sah, daß du vor ihm davonliefst? – Und den Rest, die glühenden Augen und den Tigergang, wird deine Angst und deine Phantasie dazugetan haben.«

»Nein und nochmals nein; Sie kennen mich doch, Peterson.«

»Und weiter, die Sache mit dem leeren Mumiensarg, dessen Bewohner nach wenigen Minuten plötzlich wieder da war. Du sagtest, die Lampe in dem Zimmer sei halb abgedreht gewesen, und du hattest keinen Grund, genau hinzusehen. Es wäre also ohne weiteres möglich, daß du die Mumie beim ersten Mal einfach im Halbdunkel nicht gesehen hast.«

»Nein, nein, nein; das ist ausgeschlossen.«

»Und außerdem: Lee kann gestürzt sein, Norton das Opfer eines ganz gewöhnlichen Halsabschneiders geworden sein. Die Anschuldigungen, die du gegen Bellingham vorbringst, sind einfach zu phantastisch; jeder Polizist, dem du diese Geschichte auftischen würdest, würde dich auslachen.«

»Das weiß ich. Deswegen werde ich die Sache auch selbst in die Hand nehmen.«

»Wie bitte?«

»Ja; ich weiß genau, es ist meine Pflicht, die Allgemeinheit von dieser unglaublichen Gefahr zu befreien, und außerdem muß ich auch an meine eigene Sicherheit denken. Ich kann mich doch nicht von dieser Bestie vom College vertreiben lassen. Ich weiß schon, was ich machen werde. Zunächst, können Sie mir für eine Stunde Feder und Papier zur Verfügung stellen?«

»Natürlich; auf dem Tisch dort findest du alles, was du brauchst.«

Eine Stunde lang saß Smith vor dem leeren Blatt, dann jagte die Feder nur so über das Papier. Er füllte Seite um Seite, während sein Freund in seinem Lehnstuhl saß und ihm geduldig dabei zusah. Am Ende sprang Smith mit einem Seufzer der Erleichterung auf, sortierte seine Papiere und legte die letzte Seite vor Peterson auf den Tisch.

»Würden Sie bitte hier als Zeuge unterschreiben?« sagte er.

»Als Zeuge? Wofür?«

»Ich möchte nur, daß Sie meine Unterschrift und das Datum beglaubigen. Das Datum ist das Wichtigste. Vielleicht hängt mein Leben davon ab.«

»Mein lieber Smith, was redest du da. Bitte, geh doch zu Bett und schlafe dich einmal richtig aus!«

»Ich verspreche, daß ich sofort schlafen gehen werde, wenn Sie unterschrieben haben. Ich bin mir meiner Sache wirklich sicher.«

»Was hast du da überhaupt geschrieben?«

»Auf diesen Seiten habe ich noch einmal alles festgehalten, was ich Ihnen heute abend erzählt habe. Ich möchte nur noch, daß Sie meine Unterschrift beglaubigen und gegebenenfalls bezeugen, daß ich Ihnen alles heute so erzählt habe, wie es hier steht.«

»In Ordnung«, sagte Peterson und setzte seinen Namen unter den seines jungen Freundes. »So, das war's. Doch sag mir: Was führst du im Schilde?«

»Nehmen Sie die Aufzeichnungen nur in Verwahrung, und gehen Sie damit zur Polizei, falls ich verhaftet werde!«

»Weswegen sollte man dich verhaften?«

»Vielleicht wegen Mordes. Es ist alles möglich, ich möchte auf alles vorbereitet sein. Es bleibt mir keine andere Wahl, ich muß etwas unternehmen.«

»Um Himmels willen, tue bitte nichts Unüberlegtes!«

»Unüberlegt wäre, jetzt noch stillzuhalten, glauben Sie mir. Ich hoffe, es wird nicht nötig sein, doch es beruhigt mich, zu wissen, daß Sie über meine Motive Bescheid wissen und notfalls diese Aufzeichnungen vorlegen können. Und jetzt werde ich Ihren Rat befolgen und schlafen gehen; morgen früh muß ich ausgeruht sein. Gute Nacht, mein Freund.«

Abercrombie Smith war nicht gerade der Mann, den man sich als Feind gewünscht hätte. Er war gewöhnlich kaum aus der Ruhe zu bringen, doch wenn er einmal gezwungen war, zu handeln, konnte ihn nichts mehr aufhalten. Alles, was er unternahm, tat er mit derselben geradlinigen Entschlossenheit, die ihn auch als Student auszeichnete. Für einen Tag ließ er seine Arbeit ruhen, und diesen Tag wollte er auf keinen Fall verschwenden. So war er am nächsten Morgen schon um neun Uhr unterwegs nach Oxford, nachdem er sich von Peterson verabschiedet hatte, ohne ihm aber von seinen weiteren Plänen zu erzählen.

In der High Street ging er in Cliffords Waffenladen und kaufte einen schweren Revolver und eine Schachtel Patronen. Sechs davon schob er in die Trommel, dann spannte er den Hahn und steckte die Waffe in seine Manteltasche. Er mußte noch bei Hastie vorbei, den er beim Frühstück antraf, zwischen Kaffee und »Sporting Times«.

»Hallo! Was gibt's? Kaffee gefällig?«

»Nein danke. Ich möchte, daß du mitkommst, du kannst mir helfen.«

»Aber sicher, mein Junge.«

»Nimm am besten einen schweren Knüppel mit!«

»Hehe!« Hastie sah ihn verdutzt an. »Ich habe noch einen Totschläger, mit dem ich einen Ochsen umhauen könnte.«

»Noch etwas. Du hast doch einen Satz Amputiermesser. Ich hätte gern das längste davon.«

»Mann, o Mann, du scheinst wohl auf dem Kriegspfad zu sein. Aber bitte schön. Brauchst du noch etwas?«

»Nein; das sollte reichen.« Er schob das Messer unter seinen Mantel und ging voraus in Richtung Turm. Als sie davor angekommen waren, sagte er zu Hastie: »Ich glaube zwar, daß ich allein fertig werde, doch zur Sicherheit ist es besser, wenn du hier unten wartest. Ich habe ein paar Worte mit Bellingham zu reden. Bekomme ich es nur mit ihm zu tun, werde ich dich natürlich nicht brauchen. Andernfalls komm herauf, wenn ich schreie, du wirst dann schon sehen, was los ist, und schlage mit deiner Keule zu, so fest du kannst! Hast du verstanden?«

»In Ordnung. Ich komme, sobald ich dich brüllen höre.«

»Gut, warte jetzt hier. Es kann etwas dauern, aber gehe nicht, bevor ich wieder herunterkomme.«

»Du kannst dich auf mich verlassen.«

Smith ging die Treppe hinauf, riß Bellinghams Tür auf und ging hinein. Bellingham saß an seinem Tisch und schrieb. Neben ihm, inmitten seines fremdartigen Gerümpels, stand der Mumiensarg. Die Versteigerungsnummer 249 klebte immer noch auf dem Deckel. Ohne sich um Bellingham zu kümmern, schloß er die Tür hinter sich, ging quer durch das Zimmer und machte ein Feuer im Kamin. Bellingham starrte ihn aus seinen Schweineäuglein wütend an.

»Fühlen Sie sich nur wie zu Hause, Sie Schwachkopf«, zischte er.

Smith setzte sich unbeeindruckt an den Tisch, legte seine Uhr vor sich hin, zog die Pistole, spannte sie und hielt sie locker in der rechten Hand. Dann zog er das lange Amputiermesser unter seinem Mantel hervor und knallte es vor Bellingham auf den Tisch.

»Los jetzt!« sagte er. »An die Arbeit! Mit dem Messer können Sie ihre stinkende Mumie leicht in handliche Teile zerlegen.«

»Oh, das ist es, was Sie wollen.« Bellingham grinste verächtlich.

»Ja, das ist es. Ich habe gehört, daß das Gesetz Ihnen nichts anhaben kann. Es gibt aber auch noch andere Möglichkeiten. Zum Beispiel kann ich Ihnen versprechen, daß Sie in fünf Minuten eine Kugel in Ihrem schmierigen Kopf haben werden, wenn Sie bis dahin noch nicht gespurt haben.«

»Sie würden mich umbringen?«

Bellingham lehnte verkrampft über dem Tisch. Sein Kopf war puterrot.

»Ja, das würde ich«, sagte Smith ruhig.

»Und wozu?«

»Um Ihr Treiben zu beenden. Eine Minute ist schon vorbei.«

»Was habe ich denn getan?«

»Ich weiß es, und Sie wissen es auch.«

»Sie können mich nicht einschüchtern.«

»Aufgepaßt, gleich sind schon zwei Minuten vorbei.«

»Aber warum? – Sie sind ein Irrer – ein gefährlicher Irrer. Warum sollte ich mein Eigentum zerstören? Die Mumie ist sehr wertvoll.«

»Sie werden sie zerschneiden und verbrennen.«

»Nichts werde ich tun!«

»Vier Minuten ...«

Sein Gesicht war unerbittlich. Sein Griff um die Pistole wurde fester, langsam hob er den Arm, sein Finger lag auf dem Abzug.

»Nein, bitte nicht!« schrie Bellingham; er schaute jetzt genau in die Mündung des schweren Revolvers. – »Ich mache es, ich mache es ja schon!«

In panischer Hast griff er das Messer und hackte damit auf die Mumie ein, wobei er sich immer wieder ängstlich zu seinem Nachbarn umsah, der immer noch gnadenlos die Waffe auf ihn gerichtet hielt. Unter den Hieben der scharfen Klinge krachte und knirschte der verschrumpelte Körper, der durch die Kunst des Präparators die Jahrtausende überdauert hatte, dicker, gelber Staub wirbelte auf, getrocknete Kräuter und Essenzen fielen zu Boden, und plötzlich gab mit einem Krachen das Rückgrat nach, die Figur stürzte in sich zusammen, übrig blieb nur ein bräunlicher Haufen spröder Knochen und ledriger Hautfetzen auf dem Fußboden.

»Nun ins Feuer damit!« sagte Smith.

Die getrockneten Leichenreste brannten wie Zunder, und sofort pufften dicke, schwere Rauchwolken in das kleine Zimmer, der Geruch verbrannten Harzes und versengter Haare verpestete die Luft. Und immer noch arbeitete der dicke Mann wie ein Besessener an dem Kamin, um alle Überreste der Mumie ins Feuer zu bringen, während der andere ruhig hinter ihm saß und ihn beobachtete. Nach einer Viertelstunde schließlich zog der Rauch ab; übrig blieb nicht mehr als ein Häufchen schwarzer Asche.

»Sind Sie jetzt zufrieden?« sagte Bellingham schrill. Sein Gesicht war nur noch Haß und Furcht vor seinem Peiniger.

»Nein; ich muß endgültig aufräumen in Ihrer verfluchten Zauberküche. Die Schwarze Magie muß ein Ende haben. Weg mit diesen getrockneten Blättern! Wer weiß, wozu die gut sein können.«

Bellingham ließ auch sie in Rauch aufgehen. – »Und was noch?«

»Jetzt die Papyrusrolle, die damals auf Ihrem Tisch lag. Sie ist in der Schublade dort, nicht wahr?«

»Nein, nein!« schrie Bellingham, »das dürfen wir nicht! Sie wissen ja nicht, was Sie tun! Die Rolle ist unwiederbringlich, einmalig! Sie enthält ein Wissen, das man sonst nirgendwo finden kann!«

»Her damit!«

»Das kann doch nicht Ihr Ernst sein, Smith. Ich werde das Wissen mit Ihnen teilen, ich werde Sie alles lehren, was darin verborgen ist. Oder, warten Sie, lassen Sie mich nur schnell eine Kopie machen, bevor Sie sie verbrennen!«

Doch Smith ließ sich nicht beirren. Er ging zu der Konsole, holte die zerknitterte Papyrusrolle heraus und stieß sie mit dem Fuß ins Feuer. Bellingham schrie auf und versuchte sie noch zu retten, doch Smith stieß ihn zurück und blieb vor dem Kamin stehen, bis nur noch ein graues Aschenhäufchen übrig war.

»So, Mr. Bellingham, den Zahn habe ich Ihnen gezogen. Sollten Sie noch andere Tricks auf Lager haben, werden Sie wieder von mir hören. Und nun guten Morgen, ich muß zurück zu meinen Büchern.«

Soweit die unglaublichen Ereignisse, die sich im Frühjahr '84 nach dem Bericht des Abercrombie Smith im alten College zu Oxford zugetragen haben sollen. Da Bellingham sofort danach die Universität verlassen hat – zuletzt wurde er im Sudan gesehen –, gibt es niemand, der dieser Version widersprechen könnte. Der Mensch ist klein, und die Natur ist unergründlich, und niemand kann sagen, was man auf ihren dunklen Wegen noch alles finden wird, wenn man nur danach sucht.

Robert Louis Stevenson
(1850–1894)

Robert Louis Stevenson, einer der meistgelesenen Autoren der Welt, wurde als einziger Sohn eines beamteten Ingenieurs in Edinburgh, Schottland, geboren. Stevenson wurde von seinen Eltern sehr geliebt und scheint, vielleicht abgesehen von einem überreichlich praktizierten Calvinismus, eine glückliche Kindheit gehabt zu haben. Von frühester Jugend an jedoch hatte er gesundheitliche Probleme, die sich schließlich zur Tuberkulose auswuchsen.

Er wollte immer schreiben. Sein Vater aber wünschte, daß er Ingenieur wurde, und so kam er 1867 auf die Universität Edinburgh, wo er bestenfalls ein gleichgültiger Student war. 1871 kam es mit dem Vater zu einer grundlegenden Aussprache. Die beiden schlossen einen Vergleich, von dem beide nicht sehr angetan waren, und Stevenson begann sich in einer Edinburgher Firma mit Jura zu beschäftigen.

1873 lernte er Sidney Colvin kennen, einen Professor des Trinity College, der den jungen Mann ermutigte und mit wichtigen literarischen Persönlichkeiten bekanntmachte. Zwei Jahre später wurde Stevenson als Anwalt zugelassen, ging aber nie in die Praxis, weil seine literarischen Einreichungen zunehmend positiv aufgenommen wurden. 1876 brachte Stevenson sein erstes Buch heraus *(An Inland Voyage)* und lernte die Frau kennen (Fanny Osborne), die später seine Frau wurde. Sie war zehn Jahre älter als er, verheiratet und die Mutter zweier Kinder. Er verliebte sich auf der Stelle unsterblich in sie und folgte ihr nach Kalifornien (1879), wo sie ihre Scheidung betrieb.

1880 heirateten die beiden, söhnten sich mit Stevensons Eltern aus und unternahmen etliche Reisen mit dem Ziel, nach einem Klima zu suchen, das seiner kränklichen Konstitution zuträglich war.

Etwa einssiebzig groß, ausgezehrt dürr, mit ausdrucksvollen, weit auseinanderstehenden Augen und einer volltönenden Stimme, war Stevenson in dieser Ehe ausgesprochen glücklich. Um seine Familie zu ernähren, stürzte er sich auf die Arbeit und brachte in einem Zeitraum von sieben Jahren so hervorragende Romane und Geschichtensammlungen hervor wie *Neue arabische Nächte* (1882), *Die Schatzinsel* (1883), *Der seltsame Fall des Dr. Jekyll und*

Mr. Hyde (1886), *Die Entführung* (1886) und *Die tollen Männer und andere Erzählungen und Fabeln* (1887). Sie alle brachten ihm Ruhm und Vermögen.

Aber seine Gesundheit blieb angegriffen. Nachdem er 1888 nach Kalifornien zurückgekehrt war, beschloß er die Südsee zu bereisen. Das Klima erwies sich als heilsam, und nach Aufenthalten auf etlichen Inseln wie Tahiti und Hawaii ließen sich die Stevensons auf Samoa nieder. Hier wuchs Stevensons schriftstellerisches Können, und als er 1894 an einer Gehirnblutung starb, arbeitete er an einem Roman, von dem Kritiker meinen, daß es sein Meisterwerk hätte werden können. *(Weir of Hermiston/Weir von Hermiston).*

Als vielseitiger Stilist entwickelte Stevenson die Fähigkeit, Atmosphäre, stimmigen Dialekt und eine atemlose Handlung zu raffiniert gebauten Abenteuererzählungen zu verbinden. Zu seinen phantastischen Abenteuern zählt *Der seltsame Fall des Dr. Jekyll und Mr. Hyde* (ein klassischer Roman um eine gespaltene Persönlichkeit, »gegründet auf dem Doppelleben von Edinburghs berüchtigtem Deacon Brodie«), *Der Leichenräuber* (eine Erzählung übernatürlichen Horrors), *Die Krumme Janet* (eine schottische Gespenstergeschichte) und unsere Geschichte für diesen Band, *Der Flaschenteufel* (eine Nacherzählung von Baron Fouqués Geschichte ähnlichen Titels von einem Pakt mit dem Teufel, deren Handlung er in der Südsee ansiedelte.

ROBERT LOUIS STEVENSON

Der Flaschenteufel

Auf der Insel Hawaii lebte ein Mann, den ich Keawe nennen will; denn in Wirklichkeit lebt er noch heute, und deshalb soll sein Name geheim bleiben. Sein Geburtsort lag nicht weit von Honaunau, wo die Gebeine Keawes des Großen in einer Höhle begraben liegen. Er war ein armer, rechtschaffener und fleißiger Mann. Er konnte lesen und schreiben wie ein Schulmeister, und außerdem war er ein erstklassiger Seemann. Er war eine Zeitlang auf den Inseldampfern gefahren und hatte an der Hamakuiküste ein Walfangboot gesteuert. Schließlich kam er auf den Gedanken, sich die große Welt und fremde Städte anzusehen. So bestieg er ein Schiff, das nach San Francisco fuhr.

Das ist eine herrliche Stadt mit einem guten Hafen und unzähligen reichen Leuten. Vor allem gibt es da einen Hügel, auf dem lauter Paläste stehen. Auf diesem Hügel machte Keawe eines Tages einen Spaziergang. Er hatte die Taschen voller Geld und schaute sich höchst vergnügt die großen Häuser zu beiden Seiten an. Was für schöne Häuser, dachte er, und wie glücklich müssen die Leute sein, die hier wohnen und keine Sorgen für den nächsten Tag haben.

Mit diesen Gedanken beschäftigt, kam er zu einem Haus, das kleiner war als die anderen, aber vollendet schön wie ein Spielzeug. Die Stufen glänzten wie Silber, die Beete im Garten waren eine einzige Blumenpracht, und die Fenster blitzten wie Diamanten. Keawe blieb stehen und staunte über diese Herrlichkeit. Als er so dastand, gewahrte er einen Mann, der durch ein Fenster zu ihm herausschaute. So deutlich konnte er ihn sehen wie einen Fisch zwischen den Korallenriffen. Der Mann war ältlich; er hatte einen kahlen Kopf und einen schwarzen Bart. Sein Gesicht war sorgenvoll, und er seufzte tief. Während Keawe den Mann anblickte und dieser ihn beobachtete, beneidete einer den anderen.

Plötzlich lächelte der Mann und nickte. Er winkte ihm zu, doch einzutreten, und empfing ihn an der Haustür.

»Ich habe hier ein sehr schönes Haus«, begann er und seufzte wieder. »Haben Sie Lust, sich die Räume einmal anzuschauen?«

So führte er Keawe überall hin, vom Keller bis zum Dach, und es gab da nichts, was in seiner Art nicht vollkommen gewesen wäre. Keawe konnte nur staunen.

»Ja, das ist wirklich ein schönes Haus«, sagte er. »Wenn ich in einem solchen Haus wohnte, würde ich den ganzen Tag nur lachen. Wie kommt es denn, daß Sie ständig seufzen?«

»Es besteht eigentlich kein Grund«, erwiderte der Mann, »weshalb Sie nicht auch so ein Haus haben sollten, das diesem hier völlig gleicht oder noch schöner ist, wenn Sie es wünschen. Sie haben doch sicher etwas Geld, nehme ich an?«

»Ich habe fünfzig Dollar«, antwortete Keawe, »aber ein Haus wie dieses kostet doch sicher mehr als fünfzig Dollar.«

Der Mann rechnete nach. »Es tut mir leid, daß Sie nicht mehr haben«, sagte er, »denn es wird Ihnen später Ungelegenheiten verursachen. Aber für fünfzig Dollar können Sie das Ding haben.«

»Das Haus?« fragte Keawe.

»Nein, nicht das Haus, sondern die Flasche«, entgegnete der Mann. »Denn ich muß Ihnen sagen, obgleich ich Ihnen so reich und glücklich vorkomme, stammen doch mein ganzes Vermögen, dieses Haus und der Garten aus einer Flasche, die nicht größer ist als eine Pinte. Das ist sie.«

Er öffnete ein fest verschlossenes Fach und nahm eine rundbauchige Flasche mit langem Hals heraus. Das Glas war milchweiß und leuchtete in allen Regenbogenfarben. Drinnen bewegte sich etwas Dunkles, schattenhaft, doch wie Feuer.

»Das ist die Flasche«, sagte der Mann. Keawe lachte. »Glauben Sie mir nicht? Dann versuchen Sie selbst einmal, ob Sie sie zerbrechen können.«

Keawe nahm die Flasche in die Hand und schmetterte sie mehrmals auf die Erde, bis er müde war. Aber sie prallte nur vom Boden ab und sprang hoch wie ein Kinderball und blieb unbeschädigt.

»Das ist ja seltsam«, sagte er, »sie fühlt sich doch an und sieht auch aus, als ob sie aus Glas wäre.«

»Sie ist auch aus Glas«, entgegnete der Mann und seufzte noch tiefer als zuvor. »Aber das Glas ist in den Flammen der Hölle gehärtet. Da sitzt ein Teufel drin. Das ist der Schatten, der sich bewegt; wenigstens nehme ich es an. Jedem, der die Flasche kauft, muß der Teufel gehorchen. Alles, was er sich wünscht – Liebe, Ruhm, Geld, Häuser wie das hier, ja sogar eine ganze Stadt wie die unsere –, ist sein, er braucht nur den Wunsch auszusprechen. Napoleon hat diese Flasche besessen und wurde durch sie zum Weltherrscher, aber zuletzt hat er sie verkauft – und ging unter. Kapitän Cook hatte sie und fand durch sie den Weg zu so vielen Inseln, aber auch er verkaufte sie – und wurde auf Hawaii erschlagen. Denn wenn man sie einmal verkauft hat, schwinden Macht und Beistand. Und wenn man dann nicht zufrieden ist mit dem, was man hat, ergeht es einem schlecht.«

»Und doch wollen Sie selbst die Flasche verkaufen?«

»Ich habe alles, was ich mir wünsche«, entgegnete der Mann, »und werde langsam alt. Eines kann der Teufel nämlich nicht – das Leben kann er nicht verlängern; es wäre nicht recht von mir, Ihnen zu verheimlichen, daß ein Haken dabei ist. Denn wenn ein Mensch stirbt, ehe er sie verkauft hat, muß er für immer in der Hölle brennen.«

»Das ist allerdings zweifellos ein Haken«, rief Keawe. »Mit dem Ding möchte ich nichts zu tun haben. Gott sei Dank kann ich ohne Haus auskommen, aber unter keinen Umständen kann ich mich damit abfinden, auf ewig verdammt zu sein.«

»Du lieber Himmel, Sie müssen nun auch nicht übers Ziel hinausschießen«, entgegnete der Mann. »Sie können ja die Macht des Teufels mit Maßen ausnutzen und die Flasche dann einem anderen verkaufen, wie ich sie jetzt Ihnen verkaufe. Dann leben Sie zuletzt behaglich und sorglos.«

»Nun«, bemerkte Keawe, »dabei fällt mir zweierlei auf. Einmal seufzen Sie die ganze Zeit wie eine verliebte Jungfer, und zweitens verkaufen Sie die Flasche sehr billig.«

»Ich habe Ihnen ja schon gesagt, warum ich seufze«, erwiderte der Mann, »nämlich weil ich fürchte, daß es mit meiner Gesundheit schlecht bestellt ist, und wie Sie selbst sagen, möchte niemand gern sterben und zum Teufel gehen. Und warum ich sie so billig verkaufe, so muß ich Ihnen dazu sagen, daß die Flasche noch eine Eigentümlichkeit hat. Vor langer Zeit, als der Teufel sie auf die Erde brachte, war sie unermeßlich teuer. Zuerst wurde sie für viele Millionen Dollar an den Priester Johannes* verkauft. Sie darf aber nur mit Verlust verkauft werden. Wenn Sie denselben Preis dafür nehmen, den Sie bezahlt haben, kehrt sie wie eine Brieftaube zu Ihnen zurück. Daraus folgt, daß der Preis seit Jahrhunderten dauernd gefallen und die Flasche jetzt bemerkenswert billig ist. Ich habe sie von einem meiner großen Nachbarn hier gekauft, und der Preis, den ich dafür bezahlt habe, betrug nur neunzig Dollar. Ich könnte sie für neunundachtzig Dollar und neunundneunzig Cents verkaufen, aber nicht für einen Cent mehr, sonst würde das Ding wieder zu mir zurückkehren. Das hat wieder zwei Nachteile. Erstens, wenn Sie eine so einzigartige Flasche für einige achtzig Dollar verkaufen, so meinen die Leute, man hielte sie zum besten. Und zweitens – aber damit hat es keine Eile, ich brauche darauf jetzt nicht einzugehen. Nur eins müssen Sie bedenken: die Flasche ist nur gegen gemünztes Geld verkäuflich.«

»Wer beweist mir nun, daß alles auch stimmt?« fragte Keawe.

»Sie können sofort eine kleine Probe machen«, antwortete der Mann. »Geben Sie mir Ihre fünfzig Dollar, nehmen Sie die Flasche und wünschen Sie sich die fünfzig Dollar in Ihre Tasche zurück. Wenn das nicht klappt, so verpflichte ich mich bei meiner Ehre, den Handel zu widerrufen und Ihnen Ihr Geld zurückzuerstatten.«

»Sie wollen mich wirklich nicht betrügen?« fragte Keawe.

Da leistete der Mann einen feierlichen Eid.

»Gut, ich will es wagen«, sagte Keawe. »Das kann ja nichts schaden.« Er zahlte dem Mann sein Geld, und der händigte ihm dafür die Flasche aus.

»Teufel in der Flasche«, sagte Keawe, »ich will meine fünfzig Dollar zurückhaben«, und siehe da, kaum hatte er die Worte ausgesprochen, da war seine Tasche wieder so schwer wie zuvor.

»Das ist tatsächlich eine wunderbare Flasche«, sagte er.

»Und nun wünsche ich Ihnen einen guten Morgen, mein Lieber«, entgegnete der Mann, »möge statt meiner nun Sie der Teufel holen!«

---

* Beherrscher eines sagenhaften mittelalterlichen christlichen Reiches, das sich von Abessinien bis weit in das Innere Asiens erstreckte – *Anm. d. Übers.*

»Halt!« rief Keawe, »der Spaß hat ein Ende. Hier, nehmen Sie Ihre Flasche zurück.«

»Sie haben sie für weniger gekauft, als ich dafür bezahlt habe«, erwiderte der Mann und rieb sich die Hände. »Jetzt gehört sie Ihnen. Was mich betrifft, so möchte ich Sie nur noch von hinten sehen.« Damit klingelte er seinem chinesischen Diener und ließ Keawe vor die Tür setzen.

Als Keawe nun, die Flasche unter dem Arm, auf der Straße stand, begann er nachzudenken. Wenn alles, was ich über die Flasche gehört habe, wahr ist, habe ich wohl ein schlechtes Geschäft gemacht. Aber vielleicht hat der Mann mich zum Narren gehalten. Zuerst zählte er sein Geld. Die Summe stimmte genau – neunundvierzig amerikanische Dollars und ein chilenischer. Das sieht nach Wahrheit aus, sagte er sich. Jetzt will ich noch eine Probe machen.

Die Straßen in diesem Teil der Stadt waren so sauber wie ein Schiffsdeck, und obgleich es um die Mittagszeit war, sah man weit und breit keine Menschenseele. Keawe stellte die Flasche in die Gosse und ging weiter. Zweimal schaute er sich um, aber immer stand das milchweiße rundbauchige Ding da, wo er es zurückgelassen hatte. Ein drittes Mal blickte er zurück und bog dann um eine Straßenecke. Aber kaum hatte er das getan, da stieß etwas an seinen Ellenbogen, und siehe da! – es war der lange Flaschenhals, der runde Bauch steckte eingezwängt in der Tasche seiner Steuermannsjacke.

Auch das sieht ganz nach Wahrheit aus, sagte sich Keawe.

Als nächstes kaufte er in einem Laden einen Korkenzieher und ging weit hinaus auf die Felder, wo ihn niemand sehen konnte. Dort versuchte er den Korken herauszuziehen, aber sooft er den Korkenzieher hineinbohrte, sprang er wieder heraus, und der Korken blieb so unversehrt wie zuvor.

Das ist eine ganz neue Art Korken, dachte Keawe, und plötzlich fing er an zu zittern; der Schweiß brach ihm aus, denn er bekam Angst vor der Flasche.

Auf seinem Rückweg zum Hafen sah er einen Laden, in dem ein Mann Muscheln und Keulen von den Inseln, alte heidnische Götzen, alte Münzen, Bilder aus Japan und China und allerlei Andenken verkaufte, wie sie die Matrosen in ihren Seekisten mitbringen. Da hatte er eine Idee. Er ging hinein und bot die Flasche für hundert Dollar zum Kauf an. Zuerst lachte der Mann ihn aus und bot ihm fünf. Allerdings, die Flasche war eine Seltenheit. Solches Glas konnte in keiner menschlichen Werkstatt geblasen worden sein, so hübsch leuchteten die Farben unter dem milchigen Weiß, und so seltsam huschte der Schatten im Inneren umher. Nachdem der Trödler eine Weile nach Händlerart gefeilscht hatte, gab er Keawe sechzig Dollar für das Ding und setzte es mitten in sein Schaufenster auf ein Regal.

Jetzt, sagte sich Keawe, habe ich sie für sechzig verkauft, was ich für fünfzig erworben habe – oder richtig gesagt, für etwas weniger, denn der eine von meinen Dollars stammte aus Chile. Jetzt werde ich bald sehen, ob noch ein wichtiger Punkt stimmt.

So ging er zurück an Bord seines Schiffes, und als er dort seine Kiste öffnete – lag die Flasche darin. Sie war schneller gelaufen als er.

Nun hatte Keawe an Bord einen Kameraden namens Lopaka.

»Was bedrückt dich«, fragte Lopaka ihn, »daß du so in deine Kiste starrst?«

Sie waren allein in der Back. Da verpflichtete Keawe ihn zum Stillschweigen und erzählte ihm alles.

»Das ist ja höchst merkwürdig«, meinte Lopaka, »und ich fürchte, mit der Flasche wirst du Ärger haben. Aber eins ist klar – den Ärger hast du auf jeden Fall, und du solltest zusehen, daß du auch den Nutzen von dem Geschäft hast. Entschließe dich, was du dir damit wünschen willst, gib deinen Befehl, und wenn dein Wunsch erfüllt ist, will ich dir die Flasche abkaufen. Denn ich möchte selbst einen Schoner haben und zwischen den Inseln Handel treiben.«

»Das ist nichts für mich«, entgegnete Keawe. »Ich hätte gern ein hübsches Haus mit einem Garten an der Küste von Kona, da, wo ich geboren bin, wo die Sonne zur Tür hereinscheint, und Blumen im Garten, ein Haus mit richtigen Glasfenstern, Bildern an den Wänden, überall hübsch eingerichtet und mit feinen Dekken auf den Tischen – alles genau wie in dem Haus, in dem ich heute war. Aber mein Haus soll noch ein Stockwerk höher sein, mit Balkonen rundherum wie am Palast des Königs. Dort möchte ich ohne Sorgen leben und es mir mit Freunden und Verwandten gut sein lassen.«

»Gut«, sagte Lopaka, »wir wollen die Flasche nach Hawaii mitnehmen, und wenn es so wird, wie du annimmst, will ich sie kaufen, wie ich gesagt habe, und mir nur einen Schoner wünschen.«

Darüber waren sie sich also einig, und bald darauf kehrte das Schiff mit Keawe und Lopaka und mit der Flasche nach Honolulu zurück. Kaum waren sie an Land gegangen, als sie am Strande einem Freund begegneten, der urplötzlich Keawe sein Beileid versicherte.

»Ich weiß nicht«, erwiderte Keawe, »weswegen mir jemand sein Beileid ausdrücken sollte?«

»Ist es möglich, daß du es noch nicht gehört hast?« fragte der Freund. »Dein Onkel, der gute alte Mann, ist gestorben, und dein Vetter, der hübsche Junge, ist auf See ertrunken.«

Das erfüllte Keawe mit Trauer. Er fing an zu weinen und zu wehklagen, und darüber vergaß er die Flasche. Aber Lopaka wurde nachdenklich, und bald nachdem Keawes Kummer etwas nachgelassen hatte, begann er: »Ich habe darüber nachgedacht – hatte dein Onkel nicht Ländereien auf Hawaii, im Bezirk von Kaü?«

»Nein«, erwiderte Keawe, »nicht in Kaü, am Gebirge, etwas südlich von Hookena.«

»Das Land gehört doch jetzt dir?« fragte Lopaka.

»Das wird es wohl«, entgegnete Keawe und erhob wieder seine Klagen um die Verwandten.

»Nein«, sagte Lopaka, »klage jetzt nicht. Ich habe eine Idee. Wenn das nun ein Werk der Flasche wäre? Dann hättest du den Platz für dein Haus.«

»Wenn das der Fall sein sollte«, rief Keawe, »dann hat man mich schlecht bedient, indem man meine Verwandten tötete. Aber es mag wirklich so sein, denn gerade an einer solchen Stelle habe ich im Geiste das Haus gesehen.«

»Aber das Haus ist noch gar nicht gebaut«, sagte Lopaka.

»Ncin, und es wird wohl auch kaum gebaut werden«, antwortete Keawe, »denn wenn mein Onkel auch einige Katteebaume und Avasträucher und Bananenstauden hatte, wird es doch kaum genug sein, um bequem davon leben zu können, und das übrige Land ist schwarze Lava.«

»Laß uns zum Notar gehen«, entgegnete Lopaka, »ich werde meine Gedanken nicht los.«

Als sie aber zum Notar kamen, stellte sich heraus, daß Keawes

Onkel in den letzten Tagen ungeheuer reich geworden und ein stattliches Kapital hinterlassen hatte.

»Das ist das Geld für das Haus«, rief Lopaka.

»Wenn Sie an ein neues Haus denken«, sagte der Anwalt, »so habe ich hier die Adresse eines neuen Architekten, von dem man sich große Dinge erzählt.«

»Immer besser«, rief Lopaka, »hier ist alles für uns vorbereitet. Laß uns nur weiter den Anweisungen folgen.«

So gingen sie zu dem Architekten. Der hatte einige Pläne für neue Häuser auf seinem Tisch liegen.

»Sie wollen sicher etwas nicht Alltägliches«, sagte der Architekt. »Wie gefällt Ihnen das?« Und er reichte Keawe eine Zeichnung.

Als Keawe einen Blick auf die Skizze warf, schrie er laut auf, denn da lag genau das Bild des Hauses, das er sich erträumt hatte, vor ihm.

Das Haus ist für mich bestimmt, sagte er sich. Sowenig mir die Art gefällt, wie ich dazu komme, es ist für mich bestimmt. Und warum soll ich das mit dem Schlechten verbundene Gut nicht annehmen?

So teilte er dem Architekten alle seine Wünsche mit. Wie er das Haus eingerichtet haben wollte, mit den Bildern an den Wänden und den Nippsachen auf den Tischen. Dann fragte er den Mann offen, für wieviel er den Auftrag übernehmen würde.

Der Architekt stellte viele Fragen und nahm dann die Feder, um eine Kalkulation aufzustellen. Als er fertig war, nannte er genau die Summe, die Keawe geerbt hatte.

Lopaka und Keawe blickten einander an und nickten sich zu.

Es ist mir völlig klar, sagte sich Keawe, daß ich dieses Haus bekommen soll, ob ich will oder nicht. Es kommt vom Teufel, und ich fürchte, es wird mir wenig Gutes einbringen. Eines aber ist sicher: solange ich die Flasche besitze, will ich mir nichts mehr wünschen. Das Haus habe ich auf dem Buckel, und so will ich also das Gute mit dem Schlechten annehmen.

So traf er seine Abmachungen mit dem Architekten, und sie unterzeichneten den Bauvertrag. Dann schifften Keawe und Lopaka sich wieder ein und segelten nach Australien. Sie hatten nämlich ausgemacht, daß sie sich nicht einmischen, sondern den

Bau und die gesamte Einrichtung ganz dem Architekten und dem Flaschenteufel nach deren Geschmack überlassen wollten.

Die Fahrt verlief gut. Nur war Keawe die ganze Zeit über schweigsam, denn er hatte sich geschworen, keine Wünsche mehr zu äußern und keine Teufelsdienste mehr anzunehmen. Als sie nach Hause kamen, war es soweit. Der Architekt teilte ihnen mit, das Haus sei fertig, und so belegten Keawe und Lopaka Plätze auf der »Hall« und fuhren hinab nach Kona, um es sich anzuschauen und zu sehen, ob alles genau nach Keawes Vorstellungen ausgeführt worden war.

Da stand also das Haus am Berghang, von allen Schiffen aus zu sehen. Darüber ragte der Wald empor, bis hinauf zu den Regenwolken, und darunter fiel die schwarze Lava zu den Klippen ab, wo die Könige aus früheren Zeiten begraben liegen. Rings um das Haus blühte es in allen Farben. Auf der einen Seite lag ein Obstgarten mit Papayas und auf der anderen Seite einer mit Brotfruchtbäumen. Mitten vor der Front hatte man einen Mast errichtet, an dem eine Flagge wehte. Das Haus selbst war drei Stockwerke hoch mit großen Zimmern und breiten Balkonen davor. Die Fenster waren aus Glas, so schön und so klar wie Wasser und so hell wie der Tag. Alle möglichen Möbel schmückten die Zimmer, an den Wänden hingen Bilder in goldenen Rahmen: Bilder von Schiffen und kämpfenden Männern, von schönen Frauen und von herrlichen Gegenden. Nirgendwo in der Welt gibt es Bilder in so leuchtenden Farben wie jene, die Keawe in seinem Hause fand. Die Nippsachen waren ganz erlesen: schlagende Uhren und Spieldosen, kleine Männchen mit nickenden Köpfen, Bücher voller Bilder, kostbare Waffen aus allen Ländern der Erde und die feinsten Geduldspiele, mit denen sich ein alleinstehender Mann in seinen Mußestunden unterhalten konnte. Und da niemand in solchen Räumen wohnen möchte, nur um darin umherzugehen und sie anzuschauen, so waren die Balkone so breit, daß sich die Bewohner einer Stadt dort zu ihrem Vergnügen hätten ergehen können.

Keawe wußte nicht, was er vorziehen sollte, die hintere Veranda, wo man den Landwind und den Ausblick auf die Obstgärten und die Blumen hatte, oder den vorderen Balkon, wo man die frische Brise von der See her atmete, den steilen Berghang hinabschaute und die »Hall« sah, die etwa einmal in der Woche zwischen Hookena und den Bergen von Pale verkehrte, oder die Schoner, die mit Holz, Ava oder Bananen vor der Küste kreuzten.

Nachdem sie alles besichtigt hatten, setzten Keawe und Lopaka sich auf die Veranda.

»Nun«, fragte Lopaka, »ist alles so, wie du es haben wolltest?«

»Mir fehlen die Worte dafür«, sagte Keawe. »Es ist viel schöner, als ich es mir erträumt habe. Ich bin ja krank vor Glück.«

»Nur noch eins ist zu überlegen«, fuhr Lopaka fort. »Das alles kann ganz natürlich zugegangen sein, und der Flaschenteufel hat vielleicht gar nichts damit zu tun gehabt. Wenn ich jetzt die Flasche kaufe und dann doch keinen Schoner bekomme, dann habe ich meine Hand für nichts ins Feuer gesteckt. Ich habe dir mein Wort gegeben, das weiß ich, aber trotzdem meine ich, du könntest mir eine weitere Probe nicht abschlagen.«

»Ich habe geschworen, keine weiteren Dienste anzunehmen«, sagte Keawe. »Ich bin schon weit genug gegangen.«

»Es ist kein Wunsch, woran ich denke«, meinte Lopaka. »Ich möchte nur den Flaschenteufel selbst einmal sehen. Dabei ist nichts zu gewinnen, und deshalb braucht man sich darüber auch nicht zu schämen. Aber ich wäre der ganzen Sache sehr viel sicherer, wenn ich ihn einmal zu sehen bekäme. Tu mir also den Gefallen und laß mich den Teufel sehen, und dann – hier habe ich das Geld in der Hand – will ich ihn kaufen.«

»Dabei habe ich nur vor einem Angst«, entgegnete Keawe. »Der Teufel kann sehr häßlich sein, und wenn du ihn einmal gesehen hast, willst du vielleicht die Flasche gar nicht mehr haben.«

»Ich bin ein Mann, der zu seinem Wort steht«, sagte Lopaka, »hier liegt das Geld zwischen uns.«

»Also schön!« antwortete Keawe. »Ich bin selbst neugierig. So kommen Sie also heraus, Mr. Teufel, und lassen Sie sich einmal anschauen.«

Kaum hatte er das gesagt, fuhr der Teufel aus der Flasche heraus und wieder hinein, so flink wie eine Eidechse. Keawe und Lopaka saßen wie versteinert. Es war längst Nacht, ehe einer der beiden einen Gedanken fand und die Stimme, ihn auszusprechen; dann schob Lopaka das Geld hin und nahm die Flasche.

»Ich bin ein Mann, der sein Wort hält«, sagte er. »Sonst würde ich die Flasche nicht einmal mit dem Fuß berühren. Nun, ich werde mir meinen Schoner und ein paar Dollar Taschengeld beschaffen, dann aber will ich diesen Teufel loswerden, so schnell ich kann. Denn, um die volle Wahrheit zu sagen, sein Anblick hat mich niedergeschmettert.«

»Lopaka«, antwortete Keawe, »denke nicht allzu schlecht von mir. Ich weiß, es ist Nacht, die Wege sind schlecht, und man muß zu so später Stunde an den Gräbern und unheimlichen Plätzen vorbei, aber ich sage dir, seit ich diese kleine Fratze gesehen habe, kann ich weder essen noch schlafen noch beten, ehe sie aus meiner Nähe ist. Ich will dir eine Laterne geben und einen Korb für die Flasche und irgendein Bild oder etwas Hübsches aus meinem Hause, das dir gefällt. Dann aber verschwinde sofort, geh nach Hookena und schlafe bei Nahinu.«

»Keawe«, sagte Lopaka, »manch einer würde das sehr übelnehmen, vor allem nachdem ich dir gegenüber als Freund mein Wort gehalten und die Flasche gekauft habe. Deshalb müssen die Nacht und die Finsternis und der Weg an den Gräbern vorbei für einen Menschen mit einer solchen Sünde auf dem Gewissen und einer solchen Flasche unter dem Arm besonders gefährlich sein. Aber ich selbst bin so furchtbar erschrocken, daß ich nicht das Herz habe, dich zu tadeln. So gehe ich also und bete zu Gott, daß du mit deinem Hause und ich mit meinem Schoner Glück und Erfolg haben mögen und daß wir beide zuletzt in den Himmel kommen, trotz dem Teufel und seiner Flasche.«

So ritt Lopaka den Berg hinab. Keawe stand auf dem vorderen Balkon, horchte auf das Klappern der Pferdehufe und folgte dem Schein der Laterne den Weg hinab und an den Höhlenklippen vorbei, wo die Toten begraben liegen. Zitternd faltete er die Hände, um für seinen Freund zu beten, und dankte Gott, daß er selbst dieser Sorge entgangen war.

Der nächste Tag zog strahlend hell herauf. Sein neues Haus war so hübsch anzuschauen, daß er seine Ängste vergaß. Ein Tag folgte dem anderen, und Keawe lebte dort in ungetrübter Freude. Seinen Lieblingsplatz hatte er auf der hinteren Veranda. Dort wohnte und aß er, und dort las er die Geschichten in den Zeitungen von Honolulu. Wenn jemand vorbeikam, mußte er eintreten und sich die Räume und die Bilder ansehen. So verbreitete sich allenthalben der Ruf seines Hauses. In ganz Kona hieß es Ka-Hale-Nui, das Große Haus, manchmal auch das Helle Haus, denn Keawe hielt sich einen Chinesen, der den ganzen Tag fegte und polierte; und das Glas, die Vergoldungen und die feinen Stoffe und die Bilder glänzten so hell wie der Morgen. Keawe selbst aber konnte nicht durch die Zimmer gehen, ohne zu singen, so weit wurde ihm das Herz. Und wenn auf dem Meer Schiffe vorübersegelten, hißte er am Mast seine Flagge.

So verstrich die Zeit, bis Keawe eines Tages nach Kailua ging, um einen seiner Freunde zu besuchen. Dort wurde er mit Freuden aufgenommen. Am nächsten Morgen verabschiedete er sich, so früh er konnte, und ritt in scharfem Tempo seines Weges, denn er konnte es nicht erwarten, sein schönes Haus wiederzusehen. Außerdem sagte man, daß in der folgenden Nacht die Toten auf den Hängen von Kona umherwandeln würden, und da er sich bereits mit dem Teufel eingelassen hatte, lag ihm nur wenig daran, den Toten zu begegnen. Kurz hinter Honaunau gewahrte er vor sich ein Weib, das am Strande badete. Es schien ein gutgewachsenes Mädchen zu sein, aber er machte sich weiter keine Gedanken darüber. Als sie sich anzog, sah er ihr weißes Hemd flattern und ihren roten Holoku*. Als er in ihre Nähe kam, war sie mit ihrer Toilette fertig und kam vom Meer herauf. Erfrischt vom Bade und mit freundlich leuchtenden Augen stand sie mit ihrem roten Holoku am Wegesrand. Kaum hatte Keawe sie gesehen, zügelte er sein Pferd.

»Ich glaubte, jeden hier im Lande zu kennen«, sagte er. »Wie kommt es, daß du mir unbekannt bist?«

»Ich bin Kokua, Kianos Tochter«, sagte das Mädchen, »und bin gerade von Oahu zurückgekehrt. Wer bist du?«

»Später werde ich dir sagen, wer ich bin, nicht jetzt«, antwortete Keawe und stieg vom Pferd. »Es könnte nämlich sein, daß du schon von mir gehört hast, und wenn du weißt, wer ich bin, antwortest du mir vielleicht nicht aufrichtig. Aber sag mir vor allen Dingen eines: bist du verheiratet?«

Darauf lachte Kokua laut. »Du stellst aber Fragen!« sagte sie. »Bist du denn verheiratet?«

»Nein, Kokua, ich bin ledig«, erwiderte Keawe, »und bis zu dieser Stunde habe ich an keine Heirat gedacht. Aber ich will die Wahrheit sagen: hier am Straßenrande bin ich dir begegnet und

---

* Weites kittelartiges Kleidungsstück mit Ärmeln, das durch die christlichen Missionare in Hawaii eingeführt wurde – *Anmerkung des Übersetzers.*

habe deine Augen gesehen, die wie Sterne leuchten, und mein Herz flog dir zu, so schnell wie ein Vogel. Wenn du jetzt nichts von mir wissen willst, so sage es, und ich will nach Hause weiterreiten. Wenn du mich aber nicht für schlechter ansiehst als sonst einen jungen Mann, so sage es mir auch. Dann will ich meine Reise unterbrechen und für die Nacht in deines Vaters Haus einkehren und morgen mit dem guten Mann reden.«

Kokua sagte kein Wort. Sie blickte nur auf die See hinaus und lachte.

»Kokua«, entgegnete er, »wenn du gar nichts sagst, so will ich das für eine gute Antwort nehmen. Laß uns also zu deinem Vater gehen.«

Sie ging voran, nach wie vor schweigsam. Nur manchmal blickte sie zurück, schaute aber gleich wieder weg und hielt ihre Hutbänder zwischen den Lippen.

Als sie zur Haustür kamen, trat Kiano auf die Veranda heraus. Er stieß einen Schrei aus, rief Keawes Namen und hieß ihn willkommen. Da sah das Mädchen ihn an, denn der Ruf des Großen Hauses war auch ihr zu Ohren gekommen, und das war zweifellos eine große Versuchung für sie. Den ganzen Abend waren sie alle sehr vergnügt. Das Mädchen war unter den Augen der Eltern recht ausgelassen und machte sich lustig über Keawe, denn es war witzig und schlagfertig. Am nächsten Morgen hatte Keawe eine Unterredung mit Kiano, dann suchte er das Mädchen allein auf.

»Kokua«, sagte er, »du hast dich gestern den ganzen Abend über mich lustig gemacht; du hast noch Zeit, mich wegzuschikken. Ich wollte dir nicht sagen, wer ich bin, weil ich ein so schönes Haus habe und weil ich fürchtete, du würdest zuviel an das Haus und zu wenig an den Mann denken, der dich liebt. Nun weißt du alles, und wenn du mich lossein willst, so sage es sofort.«

»Nein«, sagte Kokua, aber diesmal lachte sie nicht, und Keawe fragte nicht weiter.

Das war Keawes Werbung. Es war sehr schnell gegangen, aber auch ein Pfeil fliegt schnell und eine Gewehrkugel noch schneller, und beide können das Ziel treffen. Es war schnell und auch recht tief gegangen, und der Gedanke an Keawe tönte wider im Herzen des Mädchens. Sie hörte seine Stimme im Anprall der

Brandung auf dem Lavastrand, und sie hätte für diesen jungen Mann, den sie nur zweimal gesehen hatte, Vater und Mutter und ihre Heimatinsel verlassen. Und Keawe? Sein Pferd flog den Bergpfad unter der Gräberklippe hinauf, und der Hufschlag des Pferdes und sein Freudengesang hallten in den Höhlen der Toten wider. Beim Eintritt in das Helle Haus sang er immer noch. Er nahm auf dem großen Balkon seine Mahlzeit ein, und der Chinese wunderte sich über seinen Herrn, der selbst zwischen den einzelnen Bissen sang. Die Sonne versank im Meer, es wurde Nacht, und noch beim Schein der Lampe ging Keawe auf dem Balkon auf und ab, und staunend lauschten die Leute auf den Schiffen dem Gesang hoch oben von den Bergen.

Hier stehe ich nun auf der Höhe meines Lebens, sagte er sich. Schöner kann es nicht mehr werden. Das ist der Gipfel, nun kann es höchstens noch abwärtsgehen. Zum erstenmal will ich jetzt meine Zimmer beleuchten, in meinem schönen Bad mit dem heißen und kalten Wasser baden und oben in meinem Hochzeitsgemach schlafen.

Der Chinese wurde geweckt und mußte die Öfen heizen, und während der sich zu den Kesseln begab, hörte er über sich das freudevolle Singen seines Herrn in den erleuchteten Zimmern. Als das Wasser heiß wurde, sagte der Chinese Bescheid. Keawe ging in das Bad. Während er die Marmorwanne vollaufen ließ, hörte der Chinese ihn singen. Aber als Keawe sich entkleidete, hörte der Gesang mehr und mehr auf, und plötzlich brach er ab. Der Chinese lauschte und lauschte und rief nach oben, ob alles in Ordnung wäre, und Keawe antwortete: »Ja!« und befahl ihm, zu Bett zu gehen. Aber es ertönte kein Gesang mehr in dem Hellen Hause, und die ganze Nacht hindurch hörte der Chinese nur noch die ruhelosen Schritte seines Herrn auf den Balkonen.

In Wirklichkeit war das so: Als Keawe sich zum Bad entkleidete, entdeckte er auf seiner Haut einen Fleck, der aussah wie eine Felsenflechte, und im selben Augenblick hörte er auf zu singen. Denn er wußte, was das zu bedeuten hatte: nämlich daß er von der Chinesischen Krankheit* befallen war.

Nun ist das eine üble Sache für den, der mit dieser Krankheit zu tun hat. Und es wäre für jedermann furchtbar, ein so hübsches

---

* Lepra – *Anmerkung des Verfassers*

und behagliches Haus verlassen und von all seinen Freunden fortziehen zu müssen, weit fort an die Nordküste von Molokai, um als Aussätziger zwischen den mächtigen Klippen und Brechern des Meeres zu leben. Aber was war alles das verglichen mit Keawes Lage, der erst gestern seine Liebste gefunden, sie erst heute morgen gewonnen hatte und der jetzt in einem Augenblick alle seine Hoffnungen wie ein Stück Glas zerbrechen sah?

Eine Weile saß er auf dem Rande der Badewanne. Dann sprang er mit einem Schrei auf und lief nach draußen. Und dort ging er auf dem Balkon ruhelos auf und ab, auf und ab wie ein Verzweifelnder.

Gern würde ich Hawaii, die Heimat meiner Väter, verlassen, sprach Keawe zu sich. Bereitwillig würde ich aus meinem Hause, dem hochgelegenen, vielfenstrigen hier auf dem Berge, fortziehen und in Kalaupa im klippenreichen Molokai bei den Geschlagenen leben, fern vom Lande meiner Väter. Aber was habe ich Böses getan, welche Sünde lastet auf meiner Seele, daß ich Kokua begegnen mußte, als sie im Abendlicht dastand, frisch vom Bad im Meer, Kokua, der Verzaubernden, Kokua, dem Licht meines Lebens? Nie darf ich sie heiraten, nie mehr darf ich sie anschauen, nie mehr mit liebenden Händen berühren. Und nur deswegen, deinetwegen, Kokua, verströme ich meine Klagen.

Nun beachte man, welch ein Mann Keawe war, denn er hätte noch jahrelang in dem Hellen Haus wohnen können, und niemand hätte etwas von seiner Krankheit bemerkt. Doch das alles galt ihm nichts mehr, wenn er Kokua verlieren mußte. Ja, er hätte jetzt noch Kokua heiraten können; so viele hätten das getan, weil sie erbärmliche Seelen haben. Aber er liebte dieses Mädchen recht wie ein Mann und wollte ihr weder Leid zufügen noch sie in Gefahr bringen.

Da fiel ihm kurz nach Mitternacht die Flasche ein. Er ging zur hinteren Veranda und rief sich den Tag ins Gedächtnis zurück, als der Teufel herausgefahren war. Bei dem Gedanken daran lief es ihm wie Eis durch die Adern.

Etwas Furchtbares ist die Flasche, sagte sich Keawe, und furchtbar ist der Teufel, und es ist furchtbar, die Flammen der Hölle in Kauf zu nehmen. Aber an welche andere Hoffnung kann ich mich klammern, um meine Krankheit zu heilen und Kokua zu heiraten? Wie? Einmal habe ich dem Teufel getrotzt, um das Haus zu bekommen. Sollte ich ihm jetzt nicht die Stirn bieten, um Kokua zu gewinnen?

Da fiel ihm ein, daß am nächsten Tage die »Hall« auf ihrer Rückfahrt nach Honolulu hier vorbeikommen würde. Da muß ich zuerst hin, überlegte er, und Lopaka besuchen. Denn meine einzige Hoffnung ist, die Flasche wiederzufinden, die ich einst mit Freuden fortgegeben habe.

Nicht einen Augenblick konnte er schlafen, das Essen blieb ihm im Halse stecken, doch er sandte noch einen Brief an Kiano, und als das Dampfboot kam, ritt er los, an den Gräberklippen vorbei. Es regnete. Sein Pferd kam nur mühsam voran. Er blickte zu den schwarzen Schluchten hinauf und beneidete die Toten, die keine Sorgen mehr hatten. Dann dachte er daran, wie fröhlich er gestern hier vorübergaloppiert war. So kam er nach Hookena hinunter. Dort standen wie gewöhnlich die Leute aus der ganzen Gegend und warteten auf den Dampfer. Sie saßen unter dem Dach des Lagerhauses und scherzten und tauschten Neuigkeiten aus. Aber Keawe hatte keine Lust, sich zu unterhalten. Schweigend saß er unter ihnen und blickte hinaus in den Regen, der auf die Häuser fiel, auf die Brandung, die gegen die Felsen schlug, und Seufzer stiegen ihm in die Kehle.

»Keawe vom Hellen Haus ist schlechter Laune«, sagte einer zum anderen. So war es in der Tat, und das war kaum verwunderlich.

Dann kam die »Hall«. Das Walboot brachte ihn an Bord. Das Achterdeck des Schiffes war voller Haolen*, die wie üblich den Vulkan besucht hatten. Das Mittelschiff war gedrängt voll von Kanaken, und das Vorderdeck war beladen mit Stieren aus Hilo und Pferden aus Kaü. Keawe aber saß in seinem Kummer abseits von allen und hielt Ausschau nach Kianos Haus. Da lag es niedrig an der Küste zwischen den schwarzen Felsen, beschattet von Kokospalmen. Und dort neben der Tür sah man einen roten Holoku, nicht größer als eine Fliege, und flink wie eine Fliege huschte er hin und her. »Ach, du Königin meines Herzens«, stöhnte er auf, »mein Seelenheil will ich wagen, um dich zu gewinnen!«

Kurz danach wurde es dunkel, und in den Kajüten wurde Licht

---

* Weiße – *Anmerkung des Verfassers.*

gemacht. Die Haolen saßen beim Kartenspiel und tranken Whisky, wie das bei ihnen üblich ist. Aber Keawe ging die ganze Nacht hindurch auf Deck auf und ab; und auch den ganzen nächsten Tag über, als sie unter Lee an Maui und Molokai vorüberdampften, lief er noch immer auf und ab wie ein wildes Tier in einer Menagerie.

Gegen Abend passierten sie Diamond Head und legten an der Landungsbrücke von Honolulu an. Keawe stieg mit der Menge aus und fragte nach Lopaka. Der sollte inzwischen Eigentümer eines Schoners geworden sein – keinen besseren gäbe es auf den Inseln – und sich auf einer Fahrt in der Gegend von Pola-Pola oder Kahiki befinden. Von Lopaka war also keine Hilfe zu erwarten. Da erinnerte sich Keawe eines seiner Freunde, der hier Rechtsanwalt war – seinen Namen darf ich nicht nennen –, und erkundigte sich nach ihm. Man sagte ihm, er sei plötzlich reich geworden und habe ein schönes neues Haus am Strande von Waikiki. Das gab Keawe zu denken. Er mietete sich ein Pferd und ritt zu der Wohnung des Anwalts hinaus.

Das Haus war nagelneu, und die Bäume im Garten waren nicht größer als Spazierstöcke. Der Anwalt selbst aber sah ganz wie ein höchst zufriedener Mann aus.

»Womit kann ich Ihnen dienen?« fragte er.

»Sie sind ein Freund Lopakas«, erwiderte Keawe. »Lopaka hat von mir einen geringen Gegenstand erworben, dem ich auf die Spur kommen möchte. Sie können mir dabei sicher behilflich sein.«

Das Gesicht des Anwalts verfinsterte sich. »Ich will nicht sagen, daß ich Sie nicht verstehe, Mr. Keawe«, antwortete er, »doch das ist eine sehr schwierige Angelegenheit, an die man nicht rühren sollte. Seien Sie versichert, daß ich nichts weiß, aber ich habe eine Ahnung, an wen Sie sich wenden müßten, um die gewünschte Auskunft zu erhalten.«

Und er nannte ihm den Namen eines Mannes, den ich nicht wiederholen möchte. So ging es tagelang. Keawe lief von einem zum anderen. Dabei fand er überall neue Kleider und Wagen und schöne neue Häuser und zufriedene Leute. Doch sofort verfinsterten sich ihre Mienen, sobald er eine Andeutung über das Geschäft machte.

Zweifellos bin ich auf der richtigen Spur, sagte er sich. Alle diese neuen Kleider und Wagen sind Geschenke des kleinen Teufels, und diese frohen Gesichter gehören Leuten, die ihren Gewinn gehabt haben und das verfluchte Ding gut wieder losgeworden sind. Wenn ich bleiche Wangen sehe und die Menschen seufzen höre, weiß ich, daß ich der Flasche nahe bin.

So kam es, daß er schließlich an einen Haolen in der Beritaniastraße gewiesen wurde. Als er zur Abendbrotzeit an die Haustür kam, fand er dort die üblichen Anzeichen: ein neues Haus und einen frisch angelegten Garten, und das elektrische Licht strahlte aus den Fenstern. Als aber der Eigentümer kam, überlief ihn Hoffnung und Furcht zugleich, denn der junge Mann war weiß wie ein Leichnam und hatte schwarzumränderte Augen. Das Haar hing ihm wirr um den Kopf, und sein Gesicht hatte einen Ausdruck, wie man ihn bei jemandem beobachten kann, auf den der Galgen wartet.

Hier muß es sein, dachte Keawe, und deshalb sprach er auch ganz offen: »Ich komme, um die Flasche zu kaufen.«

Bei diesen Worten taumelte der junge Haole aus der Beritaniastraße gegen die Wand.

»Die Flasche?« keuchte er, »die Flasche wollen Sie kaufen?« Wie in einem Erstickungsanfall ergriff er Keawe am Arm, führte ihn in sein Zimmer und füllte zwei Gläser mit Wein.

»Auf Ihr Wohl«, sagte Keawe, der zu seiner Zeit viel mit Haolen zusammengewesen war. »Ja«, fuhr er fort, »ich bin gekommen, um die Flasche zu kaufen. Wie hoch ist jetzt der Preis?«

Bei diesen Worten ließ der junge Mann sein Glas fallen und blickte Keawe wie einen Geist an.

»Der Preis?« wiederholte er. »Der Preis? Sie kennen den Preis nicht?«

»Danach frage ich Sie ja«, erwiderte Keawe. »Aber warum sind Sie so bestürzt? Stimmt mit dem Preis etwas nicht?«

»Seit Ihrer Zeit ist sie sehr im Preis gesunken, Mr. Keawe«, stammelte der junge Mann.

»Sehr schön, um so weniger werde ich dafür zu bezahlen brauchen«, antwortete Keawe. »Wieviel haben Sie denn dafür gegeben?«

Der junge Mann war weiß wie ein Bettlaken. »Zwei Cents«, sagte er.

»Was?« rief Keawe, »zwei Cents? Ja, dann können Sie doch nur einen Cent dafür nehmen. Und der sie weiterverkauft –« Das Wort erstarb ihm auf der Zunge. Denn wer sie jetzt kaufte, konnte sie nicht weiterverkaufen; die Flasche und der Flaschenteufel mußten bis zu seinem Tode bei ihm bleiben und ihn, wenn er gestorben war, in die rote Höllenglut bringen.

Der junge Mann aus der Beritaniastraße fiel auf die Knie. »Um Himmels willen, kaufen Sie die Flasche!« rief er. »Mein ganzes Vermögen können Sie dazu haben. Ich war verrückt, als ich sie zu diesem Preis kaufte, aber ich hatte Geschäftsgelder veruntreut, und ich wäre sonst verloren gewesen und hätte ins Gefängnis gemußt.«

»Armer Kerl«, entgegnete Keawe, »für eine so verzweifelte Sache wollten Sie Ihre Seele aufs Spiel setzen und der gerechten Strafe für Ihr Verbrechen entgehen! Und Sie glauben, ich könnte zögern, da ich aus Liebe handele? Geben Sie mir die Flasche und das Wechselgeld, das Sie sicher bereitliegen haben. Hier ist ein Fünfcentstück.«

Es war, wie Keawe angenommen hatte. Der junge Mann hatte das Wechselgeld in einer Schublade bereit. Die Flasche wechselte den Besitzer, und kaum schlossen sich Keawes Finger um ihren Hals, als er auch schon seinen Wunsch hauchte, wieder ein gesunder Mensch zu sein. Und wirklich, als er in seinem Zimmer angekommen war und sich vor dem Spiegel auszog, war sein Fleisch makellos wie das eines Kindes. Und nun geschah das Seltsame. Kaum hatte er das Wunder gesehen, da war sein Sinn wie verwandelt. Er dachte nicht mehr an die Chinesische Krankheit und noch weniger an Kokua. Er hatte nur den einen Gedanken, daß er für Zeit und Ewigkeit an den Flaschenteufel gefesselt war und nichts anderes mehr zu erwarten hatte, als für alle Zeiten eine Schlacke in den Flammen der Hölle zu sein. In seinen Gedanken glühten sie schon, seine Seele krampfte sich zusammen, und es wurde dunkel um ihn her.

Als Keawe wieder etwas zu sich kam, bemerkte er, daß es Abend war, eine Zeit, zu der im Hotel die Kapelle zu spielen pflegte. Er ging hinunter, denn er fürchtete sich, allein zu sein. Während die Melodien auf und ab wogten und Berger den Takt schlug, ging er unter den fröhlichen Menschen hin und her, und die ganze Zeit hörte er die Flammen prasseln und sah im Höllenpfuhl das rote Feuer brennen. Plötzlich spielte die Kapelle

»Hiki-ao-ao«. Das war ein Lied, das er mit Kokua gesungen hatte, und bei dieser Weise kehrte sein Mut zurück.

Es ist nun einmal geschehen, dachte er, und wieder einmal will ich das Gute mit dem Schlechten in Kauf nehmen.

So kam es, daß er mit dem ersten Dampfboot nach Hawaii zurückkehrte, und sobald es möglich war, heiratete er Kokua und brachte sie in das Helle Haus auf dem Berge.

Nun stand es mit diesen beiden so: Waren sie zusammen, so war Keawes Herz beruhigt. Aber sobald er allein war, fiel er in ein brütendes Entsetzen, er hörte die Flammen prasseln und sah im Höllenpfuhl das rote Feuer brennen. Das Mädchen aber hatte sich ihm ganz ergeben. Ihr Herz sprang ihr im Busen, wenn sie ihn sah, ihre Hand klammerte sich an die seine, und sie war von Kopf bis Fuß so hübsch, daß niemand sie ohne Entzücken anschauen konnte. Sie war von Natur heiter, hatte stets gute Worte bereit und sang den ganzen Tag. Zwitschernd wie ein Vogel ging sie durch das Helle Haus, heller noch als alles in den drei Stockwerken. Und Keawe sah und hörte sie mit Freude; dann aber stahl er sich beiseite und weinte und stöhnte, wenn er an den Preis dachte, den er für sie bezahlt hatte. Dann wieder mußte er sich die Augen trocknen und das Gesicht waschen und zu ihr gehen, sich zu ihr auf einen der breiten Balkone setzen, in ihre Lieder einstimmen und mit krankem Herzen ihr Lächeln erwidern.

So kam der Tag, da wurden ihre Füße schwer und ihre Lieder seltener. Und jetzt war es nicht Keawe allein, der abseits saß und weinte. Einer mied den anderen und saß allein auf dem jeweils entgegengesetzten Balkon, und das ganze breite Helle Haus lag zwischen ihnen. Keawe war derart in seine Verzweiflung versunken, daß er die Veränderung kaum bemerkte und nur froh war, daß er mehr Zeit hatte, um allein seinem Schicksal nachsinnen zu können, und daß er nicht mehr so oft dazu verurteilt war, mit wehem Herzen den Lustigen zu spielen. Eines Tages aber hörte er, als er leise durchs Haus ging, ein Weinen wie von einem schluchzenden Kinde; und da fand er Kokua auf dem Boden der Veranda mit verweintem Gesicht, als ob sie rettungslos verloren wäre.

»Ja, weine nur in diesem Hause, Kokua«, sagte er, »und doch würde ich meinen Kopf hergeben, wenn wenigstens du glücklich wärest.«

»Glücklich!« rief sie. »Keawe, als du allein in deinem Hellen Hause wohntest, warst du auf der ganzen Insel der Inbegriff eines glücklichen Menschen. Du lachtest und sangst, und dein Gesicht strahlte hell wie die Morgensonne. Dann hast du die arme Kokua geheiratet, und der liebe Gott weiß allein, was an ihr auszusetzen ist – aber seit jenem Tage hast du nicht mehr gelacht. Ach«, rief sie, »was fehlt mir denn? Ich glaubte, ich sei hübsch, und ich liebte dich. Was fehlt mir denn, daß ich diese Schatten über das Leben meines Gatten gebracht habe?«

»Arme Kokua«, sagte Keawe. Er setzte sich neben sie und wollte ihre Hand nehmen, aber sie entzog sie ihm. »Arme Kokua«, sagte er wieder. »Mein armes Kind, meine Liebste! All die Zeit hatte ich gehofft, dich damit verschonen zu können. Nun sollst du alles wissen. Dann wirst du wenigstens Mitleid mit dem armen Keawe haben, dann wirst du verstehen, wie sehr er dich früher liebte – daß er sich der Hölle verschrieb, nur um dich zu besitzen – und wie sehr er dich noch liebt – dieser arme Verdammte –, daß er sogar jetzt noch ein Lächeln zustande bringt, wenn er dich anschaut.«

Und er erzählte ihr alles von Anfang an.

»Das hast du für mich getan?« rief sie. »Oh, was klage ich dann noch!« Und sie umschlang ihn mit ihren Armen und weinte über ihn.

»Ach, Kind«, sagte Keawe, »und doch zittre und bebe ich, wenn ich an das höllische Feuer denke.«

»Kein Wort mehr davon!« entgegnete sie. »Ein Mann kann nicht verdammt sein, nur weil er Kokua liebt und sonst keine Schuld auf sich geladen hat. Ich sage dir, Keawe, mit diesen meinen Händen werde ich dich retten oder mit dir zugrunde gehen. Was, du hast mich geliebt und deine Seele für mich hingegeben, und du glaubst, ich könnte nicht sterben, um dich zu erretten?«

»Ach, Liebste«, rief er, »auch wenn du hundertmal sterben wolltest, was würde das ändern, außer daß ich ganz allein wäre, bis die Stunde meiner Verdammnis naht?«

»Du weißt manches nicht«, rief sie. »Ich bin in Honolulu zur Schule gegangen, ich bin kein gewöhnliches Mädchen. Und ich sage dir, ich werde meinen Liebsten retten. Was redest du da von einem Cent? Amerika ist doch nicht die Welt! In England gibt es ein Geldstück, das nennen sie einen Farthing. Das ist ungefähr ein halber Cent. Aber o weh, das ist genauso schlimm, denn dann ist der nächste Käufer verloren, und wir finden bestimmt niemanden, der sich so aufopfern will wie mein Keawe. Aber halt, da ist ja noch Frankreich. Dort haben die Leute eine kleine Münze, die sie einen Centime nennen, davon gehen etwa fünf auf einen Cent. Besseres gibt es für uns nicht. Komm, Keawe, laß uns nach den französischen Inseln reisen, laß uns nach Tahiti fahren, so schnell ein Schiff nur fährt. Da haben wir vier Centimes, drei Centimes, zwei Centimes, einen Centime. Vier Möglichkeiten für den Verkauf der Flasche! Und wir sind zu zweit, den Handel zu betreiben. Komm, mein Keawe, küsse mich und laß deine Sorgen. Kokua wird dich schützen!«

»Du Geschenk des Himmels! Ich kann mir nicht denken, daß Gott mich deshalb bestrafen will, weil ich etwas so Gutes begehrte wie dich. Wie du willst, so wollen wir es machen. Führe mich, wohin es dir gefällt. Mein Leben und meine Rettung lege ich in deine Hände.«

Früh am nächsten Morgen begann Kokua mit den Vorbereitungen. Sie nahm Keawes Seemannskiste, die er auf seinen Reisen bei sich gehabt hatte, und legte zuerst die Flasche unten hinein. Dann packte sie ihre kostbaren Kleider und die schönsten Schmuckgegenstände des Hauses ein. »Denn«, sagte sie, »wir müssen wie reiche Leute auftreten. Wer wird sonst an die Flasche glauben?« Die ganze Zeit über, während sie packte, war sie lustig wie ein Vogel, doch wenn sie Keawe ansah, traten ihr die Tränen in die Augen, und sie mußte hinlaufen und ihn küssen. Und Keawe? Ihm war eine Last von der Seele genommen. Da er jetzt sein Geheimnis mitgeteilt hatte und da neue Hoffnung ihm winkte, schien er auch ein neuer Mensch zu werden. Mit leichten Füßen ging er umher, er konnte wieder freier atmen. Und doch hatte ihn die Furcht noch nicht verlassen. Immer wieder erstarb die Hoffnung in ihm, so wie der Wind eine Kerze ausbläst, und er sah die Flamme prasseln und das rote Höllenfeuer.

Überall erzählten sie, sie wollten eine Vergnügungsreise nach den Vereinigten Staaten unternehmen. Das kam den Leuten zwar sonderbar vor, aber nicht so sonderbar wie die Wahrheit, wenn jemand sie hätte erraten können. So fuhren sie mit der »Hall« nach Honolulu und von dort mit einer Gesellschaft von Haolen auf der »Umatilla« nach San Francisco. In San Francisco nahmen sie Passage auf der Postbrigantine »Tropic Bird« nach Papeete, der Hauptstadt der französischen Südseeinseln. Dort kamen sie nach angenehmer Reise an einem schönen Tage während des Passats an und sahen das Riff mit der schäumenden Brandung und Motuiti mit seinen Palmen, den Schoner, der im Hafen vor Anker lag, die weißen Häuser der Stadt unten am Strand zwischen grünen Bäumen und darüber die Berge und die Wolken von Tahiti, der weißen Insel.

Sie hielten es für das Gescheiteste, ein Haus zu mieten, und zwar gegenüber dem des britischen Konsuls, um mit ihrem Gelde aufzuschneiden und mit Wagen und Pferden zu prunken. Das war sehr leicht zu machen, solange sie noch die Flasche besaßen. Kokua war auch viel kühner als Keawe und forderte von dem Teufel zwanzig oder hundert Dollar, wann immer es ihr einfiel. Auf diese Weise erregten sie bald Aufsehen in der Stadt, und die Fremden von Hawaii, die ritten und in der Kutsche fuhren, die feinen Holokus und reichen Spitzen Kokuas waren bald das Tagesgespräch.

Nach kurzer Zeit fanden sie sich auch mit der Sprache von Tahiti ganz gut zurecht, denn sie ist dem Hawaiischen mit Ausnahme weniger Wörter sehr ähnlich. Sobald sie einigermaßen frei sprechen konnten, versuchten sie die Flasche zu verkaufen. Man muß dabei bedenken, daß dies nicht so leicht war. Es war schwierig, die Leute davon zu überzeugen, daß man es ernst meinte, wenn man sich erbot, ihnen den Quell ewiger Gesundheit und unerschöpflichen Reichtums für vier Centimes zu verkaufen. Außerdem mußte man über die Gefahren der Flasche sprechen. Die Leute glaubten daher entweder nicht an die ganze Sache und lachten darüber, oder aber ihnen kam das Geschäft unheimlich vor, und dann wurden sie sehr ernst und zogen sich von Keawe und Kokua zurück wie von Menschen, die einen Pakt mit dem Teufel haben. So kamen die beiden überhaupt nicht voran und mußten feststellen, daß man sie in der Stadt mied. Schreiend rannten die Kinder vor ihnen davon, etwas, was für Kokua unerträglich war. Die Katholiken bekreuzigten sich, wenn sie an ihnen vorübergingen, und wie auf Verabredung wichen alle Leute ihren Annäherungsversuchen aus.

So wurden sie immer niedergeschlagener. Nach einem Tag voller Enttäuschungen saßen sie gewöhnlich des Nachts in ihrem neuen Haus, ohne ein Wort zu wechseln, oder Kokua unterbrach das Schweigen, indem sie plötzlich in Tränen ausbrach. Manchmal beteten sie miteinander. Ab und zu stellten sie die Flasche auf den Boden und saßen den ganzen Abend dabei, um den darin schwebenden Schatten zu beobachten. Dann hatten sie Angst, zu Bett zu gehen. Lange lagen sie wach, ehe der Schlummer sie überkam, und wenn einer endlich eingeschlafen war, wurde er plötzlich wieder wach und hörte, wie der andere im Dunkeln leise weinte, oder aber er fand sich allein, denn der andere war aus dem Hause und aus der Nähe der Flasche geflohen und ging im Garten unter den Bananenstauden auf und ab oder wanderte im Mondschein am Strand umher.

So war es eines Nachts, als Kokua erwachte. Keawe war fort. Sie fühlte nach seinem Bett, aber sein Platz war kalt. Da überfiel sie die Angst, und sie richtete sich auf. Ein wenig Mondlicht fiel durch die Fensterläden. Der Raum war hell, und sie konnte die Flasche auf dem Fußboden stehen sehen. Draußen stürmte es. Die großen Bäume in der Allee krächzten, und auf der Veranda raschelten die herabgefallenen Blätter. Dazwischen hörte Kokua noch einen anderen Laut, ob von einem Tier oder von einem Menschen, konnte sie kaum sagen, aber es klang todtraurig und schnitt ihr ins Herz. Leise erhob sie sich, öffnete ein wenig die Tür und blickte hinaus in den mondhellen Garten. Da lag Keawe unter den Bananen, das Gesicht im Staub, und jammmerte vor sich hin.

Kokuas erster Gedanke war, hinzulaufen und ihn zu trösten, aber eine andere Überlegung hielt sie gebieterisch zurück. Vor seinem Weibe hatte Keawe sich wie ein tapferer Mann benommen; es ziemte ihr nicht, ihn in den Augenblicken seiner Schwäche zu beschämen. Mit diesem Gedanken zog sie sich ins Haus zurück.

Du lieber Himmel, dachte sie, wie sorglos bin ich gewesen – wie schwach! Er ist es ja und nicht ich, der in dieser ewigen Gefahr schwebt. Er war es und nicht ich, der den Fluch auf seine Seele lud. Um meinetwillen und aus Liebe zu einem so geringen und hilflosen Geschöpf sieht er jetzt die Flammen der Hölle so nahe vor sich – ja, und riecht ihren Rauch, während er da draußen im Wind und im Mondschein liegt. Ist mein Geist so stumpf, daß ich bis auf den heutigen Tag meine Pflicht nicht erkannt habe? Oder habe ich sie bereits erkannt und sie versäumt? Aber jetzt wenigstens will ich meine Seele in die beiden Hände meiner Liebe nehmen. Jetzt sage ich der weißen Treppe, die zum Himmel führt, und den wartenden Freunden Lebewohl. Liebe für Liebe! Meine Liebe soll so groß wie die Keawes sein. Eine Seele für die andere, und so soll es die meinige sein, die zugrunde geht.«

Sie war eine Frau mit geschickten Händen und hatte sich bald angekleidet. Sie nahm das Wechselgeld – die kostbaren Centimes, die sie stets bereithielten; denn diese Münze ist wenig im Verkehr. Darum hatten sie sich eine Anzahl in einem Verwaltungsbüro besorgt. Als sie in die Allee kam, blies der Wind die Wolken hoch, und der Mond war nicht mehr zu sehen. Die Stadt schlief, und sie wußte nicht, wohin sie sich wenden sollte. Da hörte sie im Schatten der Bäume jemanden husten.

»Alter«, sagte Kokua, »was tust du hier draußen in der kalten Nacht?«

Der Alte konnte vor Husten kaum sprechen, aber sie entnahm seinen Worten doch, daß er arm und fremd auf der Insel war.

»Willst du mir einen Dienst erweisen?« fragte Kokua. »Willst du einem anderen Fremdling und als alter Mann einer jungen Frau, einer Tochter Hawaiis, helfen?«

»Ach«, erwiderte der Alte, »dann bist du die Hexe von den Acht Inseln* und hast es sogar auf meine alte Seele abgesehen? Aber ich habe von dir gehört und verachte deine Bosheit.«

»Setz dich hierher! Ich will dir eine Geschichte erzählen.« Und Kokua erzählte ihm Keawes Geschichte von Anfang bis zum Ende.

»Und jetzt«, sagte sie, »bin ich seine Frau, die er mit seinem Seelenheil erkauft hat. Was soll ich tun? Wenn ich selbst zu ihm ginge und ihm anböte, die Flasche zu kaufen, würde er sich weigern. Wenn du aber kommst, wird er sie mit Freuden hingeben. Ich will hier auf dich warten. Du wirst sie für vier Cent kaufen, und ich kaufe sie dir für drei wieder ab. Und der Herr gebe einem armen Mädchen Kraft!«

»Wenn du falsch bist«, sagte der Alte, »so wird Gott dich gewiß sofort töten.«

---

* Die aus acht Hauptinseln und zahlreichen kleinen Inseln bestehende Gruppe der Hawaii-Inseln – *Anmerkung des Übersetzers.*

»Das wird er tun!« rief Kokua. »Ganz gewiß wird er das. So falsch könnte ich nicht sein. Gott würde es nicht zulassen.«

»Gib mir die vier Centimes und warte hier auf mich«, sagte der Alte.

Als Kokua nun ganz allein auf der Straße stand, schwand ihr der Mut. Der Wind heulte in den Bäumen. Ihr aber klang es wie das Prasseln der Höllenflammen. Die Schatten schwankten im Licht der Straßenlaterne und kamen ihr wie zupackende Teufelskrallen vor. Hätte sie die Kraft gehabt, sie wäre davongelaufen, und hätte sie noch viel Atem gehabt, sie hätte laut geschrien. Aber sie konnte weder das eine noch das andere und stand wie ein verängstigtes Kind zitternd in der Allee.

Doch da sah sie den Alten zurückkommen. Er hatte die Flasche in der Hand.

»Ich habe getan, was du mir aufgetragen hast«, sagte er. »Ich habe deinen Gatten weinend wie ein Kind zurückgelassen. Heute nacht wird er unbeschwert schlafen.« Und er hielt ihr die Flasche hin.

»Ehe du sie mir gibst«, keuchte Kokua, »nimm das Gute mit dem Schlechten – wünsche dir, von deinem Husten befreit zu sein.«

»Ich bin ein alter Mann«, entgegnete er, »und stehe dem Grabe schon zu nahe, um noch vom Teufel eine Gunst anzunehmen. Aber was ist das? Warum nimmst du die Flasche nicht? Zögerst du?«

»Ich zögere nicht!« rief Kokua. »Nur zu schwach bin ich. Laß mich einen Augenblick. Meine Hand widerstrebt, mein Fleisch schreckt vor dem verfluchten Ding zurück. Einen Augenblick nur!«

Freundlich blickte der Alte sie an. »Armes Kind«, sagte er, »du fürchtest dich, deine Seele ahnt Böses. Gut, ich will sie behalten. Ich bin alt und kann in dieser Welt nicht mehr glücklich werden, und in der anderen ...«

»Gib sie mir«, keuchte Kokua auf. »Hier ist dein Geld. Glaubst du, ich könnte so erbärmlich sein? Gib mir die Flasche!«

»Gott segne dich, Kind«, sagte der Alte.

Kokua verbarg die Flasche unter ihrem Holoku, sagte dem alten Mann Lebewohl und ging die Allee entlang. Sie achtete nicht darauf, wohin. Alle Straßen waren für sie gleich, und sie führten alle zur Hölle. Bald ging sie, bald lief sie, bald schrie sie laut in die Nacht hinaus, und bald lag sie am Wegrand im Staub und weinte. Alles, was sie von der Hölle gehört hatte, fiel ihr wieder ein. Sie sah die Flammen lodern, roch den Rauch, und ihr Fleisch verging auf den Kohlen.

Bei Tagesanbruch kam sie wieder zu sich und ging nach Hause. Es war, wie der Alte gesagt hatte. Keawe schlummerte wie ein Kind. Kokua stand da und blickte ihm ins Gesicht.

»Jetzt, mein Gatte«, sagte sie, »kannst du ruhig schlafen. Wenn du aufwachst, darfst du wieder singen und lachen. Aber für die arme Kokua – ach, sie hat ja nichts Böses gewollt –, für die arme Kokua gibt es keinen Schlaf mehr, kein Singen und keine Freude, weder auf Erden noch im Himmel.«

Damit legte sie sich an seine Seite, und ihr Jammer war so groß, daß sie sofort in tiefen Schlaf fiel.

Spät am Morgen erwachte ihr Gatte und teilte ihr die gute Nachricht mit. Er schien vor Freude blind zu sein, denn er achtete nicht auf ihren Kummer, den sie doch nur schlecht verbergen konnte. Die Worte blieben ihr im Halse stecken, aber es machte ihm nichts aus. Er sprach in einem fort. Sie aß keinen Bissen, doch wer sah das schon? Denn Keawe aß die Schüsseln leer. Kokua kam er vor wie eine Traumgestalt. Es gab Augenblicke, in denen sie alles vergaß oder bezweifelte und sich mit der Hand an die Stirn faßte. Sich selbst verdammt zu wissen und ihren Gatten so schwatzen zu hören, erschien ihr ungeheuerlich.

Die ganze Zeit aß und plauderte Keawe und schmiedete Pläne für die Rückreise und dankte ihr dafür, daß sie ihn errettet habe. Er liebkoste sie und nannte sie seine einzige Helferin. Er lachte über den Alten, der so verrückt gewesen war, die Flasche zu kaufen.

»Er war sicher ein ehrenwerter Mann«, sagte Keawe, »aber niemand soll nach dem Äußeren urteilen. Wozu wollte der alte Sünder die Flasche wohl haben?«

»Mein Gatte«, erwiderte Kokua demütig, »er kann einen guten Zweck dabei im Auge gehabt haben.«

Keawe lachte ärgerlich. »Papperlapapp!« rief er. »Ein alter Gauner, sag ich dir, und ein alter Esel dazu, denn für vier Centimes schon war die Flasche kaum zu verkaufen, und für drei wird es ganz unmöglich sein. Die Spanne ist nicht groß genug. Das

Ding riecht schon brenzlich – brr!« sagte er und schauderte. »Allerdings stimmt es, daß ich sie selbst für einen Cent gekauft habe, als ich noch nicht wußte, daß es kleinere Münzen gibt. Ich war ein Narr in meiner Qual, einen größeren gibt es nicht, und wer die Flasche jetzt hat, wird sie mit zur Hölle nehmen.«

»O mein Gatte«, sagte Kokua, »ist es nicht furchtbar, sich selbst durch die ewige Verdammnis eines anderen zu retten? Ich könnte darüber nicht lachen. Ich wäre demütig und traurig. Ich würde für den armen Besitzer beten.«

Da wurde Keawe noch zorniger, weil er die Wahrheit ihrer Worte fühlte. »Unsinn!« rief er. »Du kannst ja traurig sein, wenn es dir Spaß macht. So denkt keine gute Frau. Wenn du überhaupt an mich dächtest, würdest du dich schämen.«

Darauf ging er aus, und Kokua blieb allein. Welche Möglichkeit hatte sie noch, die Flasche für zwei Centimes zu verkaufen? Keine, das sah sie ein. Und selbst wenn sie eine hätte, so war da ihr Gatte, der sie drängte, in ein Land zurückzukehren, wo der Cent die kleinste Münze war. Und jetzt – am Morgen nach ihrem Opfer – ließ ihr Gatte sie allein und machte ihr Vorwürfe!

Sie versuchte nicht einmal die kurze Zeit zu nutzen, die sie noch hatte. Sie saß zu Hause, holte die Flasche hervor und betrachtete sie mit unaussprechlicher Furcht, und dann wieder verbarg sie sie voller Abscheu vor ihren Blicken.

Nach einer Weile kam Keawe zurück und wollte mit ihr eine Ausfahrt machen.

»Mein Gatte«, sagte sie, »ich bin krank; ich fühle mich nicht wohl. Entschuldige mich, mir steht der Sinn nicht nach Vergnügungen.«

Da wurde Keawe zorniger als je zuvor. Über sie, weil er glaubte, sie brüte über dem Schicksal des Alten, und über sich selbst, weil er wußte, daß sie recht hatte, und weil er sich seines Glückes schämte.

»Das ist also deine Treue und Liebe zu mir! Gerade erst ist dein Gatte vom ewigen Verderben errettet worden, das er aus Liebe zu dir auf sich genommen hat – und du magst nicht fröhlich sein! Kokua, du hast ein treuloses Herz.«

Wütend ging er wieder weg und trieb sich den ganzen Tag in der Stadt umher. Er traf Freunde und trank mit ihnen. Sie mieteten einen Wagen, fuhren aufs Land hinaus und tranken dort weiter. Aber die ganze Zeit über fühlte Keawe sich unbehaglich, weil er seinem Vergnügen nachging, während sein Weib traurig war, und weil er in seinem Herzen wußte, daß sie mehr im Recht war als er; und dieses Bewußtsein ließ ihn nur noch mehr trinken.

Nun war ein alter roher Haole dabei, der früher auf einem Walfangschiff Bootsmann gewesen war; später dann war er desertiert, war Goldgräber geworden und hatte im Gefängnis gesessen. Er war ein übler Patron und hatte ein loses Maul. Er trank gern und hatte seinen Spaß daran, andere betrunken zu sehen. Immer wieder nötigte er Keawe mitzuhalten. Bald hatte die ganze Gesellschaft kein Geld mehr.

»He du«, rief der Bootsmann, »du bist doch reich, hast du immer gesagt. Du hast doch so 'ne Flasche oder so was Verrücktes!«

»Ja«, antwortete Keawe, »ich bin reich. Ich will nach Hause gehen und von meiner Frau Geld holen. Sie verwahrt es.«

»Das ist aber 'ne schlechte Idee, Kamerad«, meinte der Bootsmann. »Vertrau einem Unterrock niemals Geld an. Die sind alle falsch wie Wasser. Hab da mal ein Auge drauf!«

Dieses Wort ging Keawe nicht aus dem Sinn, denn er war vom Alkohol schon reichlich benebelt.

Ich würde mich nicht wundern, sagte er sich, wenn sie tatsächlich falsch wäre. Warum wäre sie sonst über meine Errettung so niedergeschlagen? Aber ich werde ihr zeigen, daß ich nicht der Mann bin, den man zum Narren hält. Ich will sie auf frischer Tat ertappen.

Als sie in die Stadt zurückkamen, bat Keawe den Bootsmann, an der Ecke vor dem alten Gefängnis auf ihn zu warten, und ging dann allein durch die Allee zu seinem Hause. Es war wieder Nacht geworden. Drinnen brannte Licht, aber kein Laut war zu hören. Keawe schlich um das Haus und öffnete leise die Hintertür.

Da saß Kokua auf dem Boden; neben ihr stand die Lampe und vor ihr eine milchweiße Flasche mit rundem Bauch und einem langen Hals, und während Kokua sie betrachtete, rang sie die Hände.

Eine ganze Weile stand Keawe da und blickte durch die Tür. Zuerst war er wie erstarrt. Dann überkam ihn die Angst, der Handel sei vielleicht vergeblich gewesen und die Flasche wie in San Francisco zu ihm zurückgekehrt. Bei dieser Überlegung wankten seine Knie und der Weindunst verflog wie Morgennebel über dem Fluß. Doch da kam ihm ein anderer Gedanke, so ungeheuerlich, daß er ihm das Blut in die Wangen trieb.

Ich muß mir Gewißheit verschaffen, dachte er.

Er schloß die Tür, ging leise wieder um die Ecke und kam dann geräuschvoll herein, als wäre er eben erst zurückgekommen. Und siehe da, als er die Vordertür öffnete, war keine Flasche mehr zu sehen. Kokua saß im Sessel und fuhr auf wie jemand, der eben aus dem Schlaf erwacht.

»Ich habe den ganzen Tag getrunken und bin vergnügt gewesen«, sagte Keawe. »Ich war mit guten Freunden zusammen und bin nur gekommen, um mir Geld zu holen. Gleich gehe ich wieder, um weiter mit ihnen zu zechen.«

Seine Miene wie auch seine Stimme waren düster wie am Tage des Jüngsten Gerichts, aber Kokua war zu sehr in Gram versunken, um es zu bemerken.

»Du tust gut daran, wenn du dein Geld verbrauchst«, sagte sie, und ihre Stimme bebte.

»Ja, ich tue immer das Richtige«, sagte Keawe und ging stracks auf die Kiste zu, um das Geld herauszunehmen. Dabei blickte er schnell dahin, wo sie die Flasche aufbewahrt hatten, aber sie war nicht da.

Da erhob sich die Kiste vom Fußboden wie eine Meereswoge, und das Haus drehte sich um ihn wie eine wirbelnde Rauchwolke, denn er erkannte, daß jetzt sie rettungslos verloren war. Es ist so, wie ich befürchtet habe, dachte er. Sie selbst hat die Flasche gekauft.

Dann faßte er sich und richtete sich auf, doch der Schweiß rann ihm über das Gesicht so stark wie ein Regenschauer und so kalt wie Quellwasser.

»Kokua«, sagte er, »ich habe heute in einer Art mit dir gesprochen, die mir nicht zusteht. Jetzt gehe ich wieder zu meinen lustigen Kumpanen.« Dabei lachte er leise. »Aber ich werde mehr Spaß beim Becher haben, wenn du mir verzeihst.«

Im Augenblick hatte sie seine Knie umklammert und küßte sie unter strömenden Tränen.

»Ach«, rief sie, »ich verlange ja nichts als ein einziges freundliches Wort.«

»Wir wollen nie mehr schlecht voneinander denken«, sagte er, und damit schloß er die Türe.

Nun war das Geld, das Keawe mitgenommen hatte, nur ein Teil von den Centimestücken, die sie bei ihrer Ankunft zurückgelegt hatten. Er hatte wirklich nicht die Absicht weiterzutrinken. Seine Frau hatte für ihn ihre Seele hingegeben, nun mußte er die seine für sie opfern. Einen anderen Gedanken gab es für ihn nicht mehr.

An der Ecke vor dem alten Gefängnis wartete der Bootsmann auf ihn.

»Mein Weib hat die Flasche«, sagte Keawe, »und wenn du mir nicht hilfst, sie herauszubekommen, gibt es heute abend kein Geld und auch keinen Schnaps mehr.«

»Willst du damit sagen, daß es dir ernst ist mit der Flasche?« rief der Bootsmann.

»Komm unter die Laterne«, antwortete Keawe. »Sehe ich aus, als ob ich scherzte?«

»Das stimmt«, sagte der Bootsmann, »du siehst so ernst aus wie ein Geist.«

»Also gut«, fuhr Keawe fort, »hier sind zwei Centimes. Du gehst jetzt sofort zu meiner Frau hinein und bietest sie ihr für die Flasche, und wenn ich mich nicht irre, wird sie sie dir sofort geben. Bring sie mir hierher, und ich kaufe sie dir für einen Centime wieder ab. Denn das ist das Gesetz der Flasche, daß man sie stets für einen geringeren Betrag verkaufen muß. Aber was du auch tust, verrate mit keinem Wort, daß du von mir kommst.«

»Kamerad, ich bin gespannt, ob du mich zum Narren halten willst«, sagte der Bootsmann.

»Es würde dir nichts schaden, wenn ich es wirklich täte«, entgegnete Keawe.

»Das stimmt, Kamerad«, meinte der andere.

»Und wenn du mir nicht glaubst«, fuhr Keawe fort, »so kannst du einen Versuch machen. Sobald du aus dem Hause heraus bist, wünsche dir die Tasche voll Geld oder eine Flasche vom besten Rum, oder was du willst. Du wirst sehen, was das Ding wert ist.«

»Sehr gut, Kanake«, sagte der Bootsmann. »Ich werd's versuchen, aber wenn du dich über mich lustig machst, mache ich mich über dich mit einem Splißhorn* lustig.«

---

* Ein Werkzeug zum Splissen, das heißt zum Verflechten von Tauenden – *Anmerkung des Übersetzers.*

So ging der Walfänger die Allee hinauf, und Keawe stand da und wartete. Es war nicht weit von der Stelle, wo Kokua in der vorherigen Nacht gewartet hatte, aber Keawe war entschlossener und schwankte nicht. Nur seine Seele war voll bitterer Verzweiflung.

Es schien ihm eine lange Wartezeit zu sein, bis er im Dunkeln der Allee jemanden singen hörte. Er erkannte die Stimme des Bootsmannes, nur klang sie zu seiner Verwunderung jetzt reichlich betrunken.

Dann stolperte der Mann selbst in das Licht der Laterne. Er hatte die Teufelsflasche in seinen Rock eingeknöpft und noch eine Flasche in der Hand, und kaum erschien er auf der Bildfläche, setzte er sie an den Mund und trank.

»Ich sehe, du hast sie«, sagte Keawe.

»Hände weg!« schrie der Bootsmann und sprang zurück. »Einen Schritt, und ich hau dir eine in die Fresse! Du hast wohl geglaubt, ich würde dir die Kastanien aus dem Feuer holen, was?«

»Was meinst du damit?« keuchte Keawe.

»Was ich meine?« schrie der Bootsmann. »Das hier ist eine feine Flasche, das meine ich. Wieso ich sie für zwei Centimes bekommen habe, ist mir nicht ganz klar, aber daß du sie für einen nicht wiederkriegst, das weiß ich genau.«

»Willst du damit sagen, daß du sie mir nicht wieder verkaufst?« fragte Keawe atemlos.

»Genau das, mein Lieber«, rief der Bootsmann, »aber einen Schluck aus der Flasche kannst du haben, wenn du Lust hast.«

»Ich möchte dir nur sagen, daß der Mann, der diese Flasche hat, zur Hölle fährt«, erwiderte Keawe.

»Dahin komme ich sowieso, wie ich annehme«, gab der Seemann zurück, »und die Flasche hier ist dafür der beste Reisebegleiter. Nein, mein Lieber«, schrie er wieder, »das ist jetzt meine Flasche, und du kannst gehn und dir eine neue suchen.«

»Das kann doch nicht wahr sein«, rief Keawe. »Um deinetwillen beschwöre ich dich, verkaufe sie mir.«

»Was du redest, ist mir egal«, antwortete der Bootsmann. »Du hast mich wohl für einen Idioten gehalten. Jetzt siehst du, daß ich keiner bin. Und damit Schluß! Wenn du keinen Schluck Rum willst, dann nehme ich selbst einen. Dein Wohl! Und dann gute Nacht!«

Er torkelte die Allee hinunter stadteinwärts, und mit ihm verschwindet die Flasche aus unserer Geschichte.

Keawe aber rannte leicht wie der Wind zu Kokua. Groß war ihre Freude in dieser Nacht, und groß war der Friede aller ihrer Tage in dem Hellen Hause.

Übersetzt von Richard Mummendey

Frank Stockton
(1834–1902)

Heute erinnert man sich Frank Stocktons vorwiegend wegen seiner klassischen Kurzgeschichte *Die Dame und der Tiger* (1882). Doch war er zu Lebzeiten so beliebt, daß zwischen 1899 und 1904 eine dreiundzwanzigbändige Gesamtausgabe seiner Werke herauskam. Er war Amerikas erster wichtiger Autor der High Fantasy – d. h. mit erdachten Schauplätzen. Ein großer Teil seines Werks war Science Fiction oder Fantasy, und praktisch sämtliche kürzeren Fantasy-Werke wirken auch heute noch frisch und lesbar.

In Philadelphia geboren, verlebte er eine glückliche Kindheit, in der er Märchen zu lesen und zu schreiben begann. Nach der Oberschule versuchte ihn seine Familie zu einer Arztlaufbahn zu überreden, doch statt dessen verbrachte er vierzehn Jahre (1852–1866) als Holzschnitzer. Ungefähr 1859 begann er Kurzgeschichten an Magazine wie den *Southern Literary Messenger,* das *Riverside Magazine for Young People* und *Hearth and Home* zu verkaufen. Das Schreiben nahm immer mehr von seiner Zeit in Anspruch, und als 1870 sein erstes Buch mit Kindermärchen erschien *(Ting-A-Ling),* beschloß er, sich ganz der Literatur zu widmen. Als 1873 das *St. Nickolas Magazine* für Kinder erschien, wurde Stockton stellvertretender Redakteur und blieb acht Jahre lang auf diesem Posten, ehe er sich entschloß, nur noch zu schreiben – vermutlich ermutigt von der positiven Aufnahme von *Rudder Grange* (1879).

Jahrelang lebte er in der friedlichen Umgebung von Nutley und Convent Station im Staate New Jersey, wo er seine Texte im ersten Entwurf oft aus der Tiefe einer bequemen Hängematte diktierte. Trotzdem reiste er gern, und der große Erfolg von Werken wie *Die Dame und der Tiger* oder *The Casting Away of Mrs. Lecks and Mrs. Aleshine/Der Aufbruch von Mrs. Lecks und Mrs. Aleshine* (1886) eröffnete ihm diese Möglichkeit nach Belieben.

Gegen Ende der neunziger Jahre kaufte Stockton ein Haus bei Harper's Ferry, West Virginia, wo er einige Jahre lebte. 1902 starb er in Washington D.C.

Stockton war ein schlanker, dunkelhäutiger Mann mit einem leichten Gehfehler. Er war als witziger, ironischer Plauderer und liebenswürdiger Gesellschafter bekannt, dessen Geschichten, wenn sie ein Anliegen enthielten, sich charmant und unterhaltsam darüber ausließen. Er war ein sorgfältiger Handwerker und plagte sich manchmal Stunden, um nur ein Wort umzustellen. Seine größte Stärke aber waren die Kurzgeschichten, weil sie es ihm gestatteten, einen Humor zu verbreiten, der nicht über längere Passagen aufrechterhalten werden mußte.

The Science Fiction of Frank R. Stockton (1976) vereint den größten Teil seiner kürzeren Arbeiten dieses Genres. Unerklärlicherweise liegen seine etwa zwanzig kurzen phantastischen Erzählungen noch immer nicht in einer ähnlichen Sammlung vor; diesem Ideal am nächsten kommt vielleicht *Band XVII: Stories III 8* (1900) aus Scribners dreiundzwanzigbändiger Ausgabe. Dieser Titel enthält zehn phantastische Geschichten, darunter fünf seiner besten: *The Griffin and the Minor Canon, The Bee-Man of Orn, Old Pipes and the Dryad, The Philosophy of Relative Excistences* und *The Christmas Shadrach/Der Weihnachts-Sadrach*. Von diesen haben wir die letzte und am wenigsten bekannte ausgewählt, eine drollige Geschichte über heiße Leidenschaften und einen abkühlenden Stein.

FRANK STOCKTON

Der Weihnachts-Sadrach

Ein Weihnachtsgeschenk muß für mich einen Sinn haben, was nicht unbedingt bedeutet, daß es die Gefühle ausdrücken soll, die ich dem Empfänger des Geschenkes entgegenbringe, doch zuweilen ein Ausdruck dessen, was ich mir von dieser Person erwarte oder verspreche. Vor gar nicht langer Zeit befand ich mich zu Beginn der Wintersaison in arger Verlegenheit und banger Sorge hinsichtlich eines Weihnachtsgeschenkes, das ich machen wollte.

Der Fall lag folgendermaßen: Da war eine junge Dame, die Tochter eines Nachbarn und alten Freundes meines Vaters, die mit den Jahren eine Beziehung zu mir entwickelt hatte, die mir nicht nur unangenehm, sondern zunehmend lästig wurde. Sie hieß Mildred Bronce, war mindestens zwanzig oder jedenfalls nicht älter als fünfundzwanzig und eine in jeder Hinsicht so vortreffliche junge Dame, wie man sie sich nur wünschen konnte. Sie war hübsch, von sanfter und großzügiger Veranlagung, intelligent, sehr talentiert und von vielseitigen geistigen Interessen. Wir kannten uns schon lange, und mit vierzehn oder fünfzehn war Mildred meine bevorzugte Spielgefährtin gewesen. Sie war ein bißchen jünger als ich, und ich mochte sie lieber als alle Jungen, die ich kannte. Unsere jahrelange Freundschaft hatte sich jedoch in jüngster Zeit verändert. Mildred hatte sich in mich vernarrt, und ihre Verliebtheit schien gewisse Elemente zu enthalten, die mich ärgerten.

Wenn man sich um die Gunst eines Mädchens bewarb, konnte man gar keine bessere Wahl treffen als Mildred Bronce. Doch ich hatte nie mit ihr geflirtet – wenigstens nicht ernsthaft –, und ich wünschte nicht, daß sich eine dauerhafte Liebesbeziehung zwischen uns entwickelte. Mildred schien diese Meinung nicht zu teilen, denn mit jedem Tag wurden die Anzeichen deutlicher, daß sie mich als Liebhaber betrachtete und jederzeit bereit war, meine Gefühle zu erwidern.

Doch ich hatte in dieser Sache andere Vorstellungen. In die

ländliche Kleinstadt, in der meine Familie den größten Teil des Jahres zu verbringen pflegte, war vor kurzem eine junge Dame gezogen, Miß Janet Clinton, zu der ich mich kraft eigener Entscheidung hingezogen fühlte. Vielleicht reichte sie in mancher Beziehung nicht ganz an Mildred heran; doch sie war sehr hübsch. Sie war klein und zierlich, hatte einen wunderschönen Mund und einen offensichtlich anschmiegsamen Charakter. Und der Blick, mit dem sie mir tief in die Augen sah, löste ein prikkelndes Gefühl bei mir aus, wie ich es bei keinem anderen Augenpaar bisher erlebt hatte. Ich war in sie verliebt, weil ich es so wollte, und das Bewußtsein dieser Tatsache war für mich eine stolze Genugtuung. Diese Affäre war nicht das Ergebnis äußerer Umstände, sondern die Entscheidung meines freien Willens.

Ich wollte mir Mildreds Freundschaft erhalten, hoffte sie glücklich zu machen, und da mir letzteres besonders am Herzen lag, wünschte ich sehr, daß sie in den Erwartungen, die sie an ihre Zukunft stellte, nicht enttäuscht werden sollte.

Ich hatte mir angewöhnt, Mildred jedes Jahr etwas zu Weihnachten zu schenken, und deshalb suchte ich nun nach einem geeigneten Präsent, das ihr Freude machen und zugleich den von mir beabsichtigten Zweck erfüllen sollte.

Wenn ein Mann ein Geschenk für eine Dame aussuchen möchte, das ihr zwar seine Zuneigung beweisen, doch gleichzeitig andeuten soll, daß er nicht nur keinerlei Heiratsabsichten mit ihrer Person verbindet, sondern es auch für sie sehr unklug wäre, sich solchen Neigungen hinsichtlich seiner Person hinzugeben; daß, gleichgültig, wie sehr ihr Herz von Zärtlichkeit für ihn ergriffen sei, sein Herz diese Neigungen nicht erwidern könne, und daß trotz aller Gefühle, die eine langjährige Verbindung und der Verlauf der Dinge in ihr geweckt haben mochten, sie ihm niemals mehr sein könne als eine Schwester, dann hat er in der Tat eine schwierige Aufgabe vor sich. Und eben das war mein Problem.

Tagtäglich durchstreifte ich die Läden, betrachtete allerlei seltsam geformte Präziosen und Nippes-Sachen, antike Kuriositäten oder Kunstgegenstände, welche zwar alle etwas auszudrücken schienen, jedoch nicht das, was ich mit ihnen ausdrücken wollte. In den Buchläden fand ich auch nichts Befriedigendes – nicht einen Titel, der geeignet war, bei dem Leser das auszulösen, was ich ihm zu übermitteln wünschte.

Eines Nachmittags hielt ich mich in einem kleinen Kellerladen auf, der von einem Burschen in einem langen Kittel betrieben wurde, der, soweit ich das beurteilen konnte, zwar Kuriositäten ankaufte, doch kein einziges Stück davon wieder verkauft hatte. Ein paar Minuten lang hatte ich eine exquisit geformte Untertasse mit schönem Dekor bewundert, zu der die dazu passende Obertasse fehlte und auch nicht mehr, wie der Ladeninhaber mir versicherte, herbeigeschafft oder in der Manufaktur nachbestellt werden konnte. Diesem Artikel haftete bis zu einem gewissen Grad durchaus die Bedeutung an, die als Geschenk für die gewisse Dame meinen Vorstellungen entsprach, ging aber in seiner Sinnfälligkeit zu weit. Ich wollte Mildred nicht andeuten, daß sie überhaupt keine Tasse zu ihrem Teller finden würde. Es wäre tatsächlich besser gewesen, falls ich ihr ein derartiges Geschenk machte, ihr eine Tasse und einen Unterteller zu schenken, die überhaupt nicht zueinander paßten und unter gar keinen Umständen zusammen verwendet werden konnten.

Ich stellte die verstaubte Untertasse in das Regal zurück und suchte an anderer Stelle weiter.

»Wie wäre es mit einem Briefbeschwerer?« fragte der Ladenbesitzer. »Hier habe ich etwas Ausgefallenes!« Damit gab er mir ein dunkel gefärbtes Stück Mineral in die Hand, auf der Unterseite plangeschliffen, auf der Oberseite von angenehm bizarrer Unregelmäßigkeit. Um den Fuß schlang sich ein mit Arabesken geschmücktes Metallband aus billigem Material, Alpaka vermutlich. Ich lächelte, als ich es ihm aus der Hand nahm.

»Das ist nicht gut genug für ein Weihnachtsgeschenk«, sagte ich. »Ich wollte etwas Ausgefallenes, aber es muß auch einen Wert haben.«

»Nun«, antwortete der Mann, »einen Wert besitzt es zwar nicht, aber doch eine Besonderheit, die mich, als ich davon hörte, veranlaßte, diese Kuriosität anzukaufen. Der Briefbeschwerer besteht aus einem Mineral, das die Eisengießer Sadrach nennen. Das ist der Teil des Eisens oder des Eisenerzes, der den Schmelzofen trotz der großen Hitze unbeschädigt wieder verläßt, und deshalb haben sie ihm den Namen Sadrach gegeben, denn so hieß einer der hebräischen jungen Männer, die Nebukadnezar in den Feuerofen werfen ließ und die ihn unverletzt wieder verließen. Es gibt Leute, die glauben, dieser Sadrach besäße sogar eine magische Eigenschaft und dieses Mineral könne den menschlichen Wesen etwas von seiner Kraft abgeben, damit sie einen kühlen Kopf behalten, falls sie in Gefahr geraten, sich zu sehr zu ereifern oder zu überhitzen. Der alte Herr, der sich diesen Briefbeschwerer anfertigen ließ, neigte zum Jähzorn, und er glaubte, dieses Stück habe ihn häufig vor cholerischen Ausbrüchen bewahrt. Gelegentlich hat er diesen Briefbeschwerer auch in dem Haus eines hitzköpfigen Nachbarn versteckt, überzeugt davon, daß der Sadrach eine Weile lang eine dämpfende Wirkung auf dessen Jähzorn haben würde, ohne jedoch zu ahnen, woher dieser beruhigende Einfluß kam. Ich habe der Witwe dieses alten Herrn eine Menge Sachen abgekauft, und dieser Briefbeschwerer gehörte auch dazu. Ich hatte vor, ihn eines Tages selbst auszuprobieren, fand aber nie Gelegenheit dazu.«

Ich balancierte den Sadrach auf meiner Hand, während mir allerlei Gedanken, das Mineral betreffend, durch den Kopf gingen. War das nicht ein großartiges Geschenk für Mildred? Wenn es tatsächlich die Eigenschaft besitzen sollte, die man ihm zuschrieb, und es die Macht besaß, ihre Gefühle für mich abzukühlen –, hätte ich dann eine bessere Wahl treffen können? Ich zögerte nicht lange.

»Ich werde den Briefbeschwerer kaufen«, sagte ich. »Aber das Ornament aus Metall müßte von besserer Qualität sein. So sieht es zu billig und zu schäbig aus.«

»Das läßt sich ändern«, erwiderte der Ladenbesitzer. »Ich kann es mit einer Filigranfassung aus Gold oder Silber versehen lassen, wenn Sie das möchten.«

Ich stimmte seinem Vorschlag zu und entschied mich für eine Filigranarbeit aus Silber, da der kühle Ton des Metalles dem Charakter besser entsprach als die warmen Goldtöne.

Als ich Mildred mein Weihnachtsgeschenk überreichte, freute sie sich sehr darüber. Sie fand es reizend, weil es so ausgefallen war.

»Ich kann mir nicht denken, daß jemand schon vor mir so einen Briefbeschwerer besessen hat«, sagte sie, als sie mir dankte. »Woraus ist er gemacht?«

Ich nannte ihr den Namen des Minerals und erklärte ihr dessen Eigenschaft, erwähnte aber nichts von seinem mutmaßlichen Einfluß auf die menschliche Seele, die ja nur auf einer haltlosen Spekulation beruhen mochte. Ich hatte nur kein ganz reines Gewissen, als ich hinzufügte, es wäre eine unbedeutende Kleinigkeit, eine Sache ohne besonderen Wert, lediglich eine Aufmerksamkeit anläßlich der Festtage.

»Für mich ist es wertvoll, weil es ein Geschenk von dir ist«, sagte sie, lächelnd die Augen zu mir aufschlagend.

Ich verließ ihr Haus – wir wohnten während der kalten Jahreszeit alle in der Stadt – mit gemischten Gefühlen. Wie sehr hatte ich die Arglosigkeit dieses noblen Mädchens mißbraucht, deren Gefühle für mich, wenn es nicht bereits geschehen war, sich zu einer echten Leidenschaft entwickelten! Sie hatte mein Geschenk als Zeichen meiner innigen Zuneigung gedeutet, während ich es mit der Absicht ausgesucht hatte, ihre Gefühle zu mir abzukühlen.

Da kam mir mein Verstand zu Hilfe, der mich mit logischen Argumenten überzeugte, daß mein Geschenk für Mildred – falls es die ihm zugeschriebenen Eigenschaften tatsächlich besaß – einen hochrangigen moralischen Wert hatte. Es war etwas, das sie vor einer enttäuschten Liebe und unerfüllten Hoffnungen bewahren würde. Konnte man sich edlere und selbstlosere Motive vorstellen als jene, die ich mit diesem Briefbeschwerer verband?

So rasch sah ich nun Mildred nicht wieder, besuchte aber so oft wie möglich Janet. Sie empfing mich stets mit einer bezaubernden Herzlichkeit, und wenn diese sich zu wärmeren Gefühlen entwickeln sollte, war ich nicht der Mann, der sie abzukühlen beabsichtigte. In vieler Hinsicht schien Janet viel besser zu mir zu passen als Mildred. Eine der bezauberndsten Eigenschaften dieses schönen Mädchens war ihre Vertrauensseligkeit, als wäre ich ein Mann, an den sie sich anlehnen und zu dem sie aufschauen konnte. Das gefiel mir. Es war ein großer Unterschied zu Mildreds Verhaltensweise, bei der ich immer zufrieden sein konnte, wenn ich mich auf gleichem Niveau befand.

So gingen die Wochen und Monate hin, und wieder waren wir alle aufs Land gezogen, wo ich Mildred öfter sah. Unsere Wohnungen lagen nicht weit auseinander, und unsere Familien waren eng befreundet. So hatte ich Gelegenheit, sie häufig zu beobachten und mich davon zu überzeugen, daß sie sich tatsächlich verändert hatte. Sie war zwar immer freundlich zu mir, wenn wir uns trafen, und schien genauso froh über meinen Besuch wie über den meiner anderen Familienmitglieder zu sein; doch das war nicht mehr die Mildred, wie ich sie gekannt hatte. Es war offenkundig, daß meine Existenz nicht mehr auf sie den Eindruck machte wie früher. Sie schien es nicht für wichtig zu halten, ob ich sie besuchte oder nicht, mich im gleichen Zimmer mit ihr aufhielt, der Einladung zu einer Gesellschaft gefolgt war oder abgesagt hatte. Früher war das ganz anders gewesen. Ich wußte nur zu gut, wie sehr ihr jede Party, bei der ich fehlte, verleidet gewesen war, und war nun sicher, daß mein Weihnachts-Sadrach ganze Arbeit geleistet hatte. Mildreds Gefühle hatten sich abgekühlt, ihre Leidenschaft, oder, um es bescheidener auszudrükken, ihre Liebesbereitschaft, verwandelte sich allmählich in Freundschaft. Das war in moralischer Hinsicht sehr beruhigend für mich, denn ich bemühte mich tagtäglich sehr darum, Janets Herz für mich zu erwärmen. Doch ob ich damit Erfolg hatte, wußte ich nicht zu sagen. Janet war so bezaubernd, taktvoll und zutraulich wie immer; aber so hatte ich sie schon vor Monaten erlebt.

Manchmal hatte ich das Gefühl, sie wartete nur auf einen Beweis einer zunehmenden Gefühlserwärmung meinerseits, ehe sie ihren eigenen Puls höher schlagen ließ. Aber aus irgendwelchen Gründen schob ich die Lösung dieses Problems immer wieder hinaus. Janet hatte gerne Leute um sich, und obwohl wir uns sehr häufig sahen, waren wir selten allein. Hätte ich öfter, wie früher bei Mildred, Gelegenheit gehabt, anläßlich eines Spaziergangs, einer Kutschfahrt oder einer Ruderpartie mit ihr ohne Zeugen reden zu können, hätte Miß Clinton sich sehr rasch von der Glut meiner Leidenschaft ein Bild machen können.

So verging der Sommer, ohne daß sich etwas Wesentliches an dem Zustand meiner Herzensangelegenheit änderte, und nur Mildred schien mir gegenüber immer gleichgültiger zu werden. Behandelte sie mich anfangs nicht schlechter als ihre anderen Bekannten, so hatte sie nun weniger für mich übrig als für die meisten Leute. Sie entwickelte zwar keine ausgesprochene Antipathie gegen mich, aber ihre Gleichgültigkeit hatte ein Stadium erreicht, das mir gar nicht behagte. Diese Entfremdung ging zu weit, und es war nicht abzusehen, wohin das noch führen konnte. Der Sadrach hatte zweifellos des Guten zuviel getan.

Ich befand mich in einem seelischen Dilemma. So sehr ich auch hoffte, Janets Liebe endlich für mich zu gewinnen, so sehr bedauerte ich andererseits, wenn eine so wertvolle Freundschaft in die Brüche ging, an die ich mich mit den Jahren so sehr gewöhnt hatte, daß ich sie nun, wie ich feststellte, gar nicht mehr entbehren konnte.

In diesem seelischen Zustand suchte ich Mildred auf. Ich fand sie in der Bibliothek beim Schreiben. Sie begrüßte mich freundlich, bedauerte, daß ihr Vater nicht zu Hause sei, und bat mich, sie so lange zu entschuldigen, bis sie ihren Brief zu Ende geschrieben hätte, denn sie wollte ihn noch rechtzeitig zur Post bringen. Ich setzte mich also an die andere Ecke des Schreibtisches und wartete, bis sie ihren Brief beendet hatte, worauf sie mich alleine ließ, um ihn einem Dienstboten zu übergeben.

Ich sah mich auf dem Schreibtisch um und entdeckte den Sadrach. Er war unter einem Stoß von Papieren vergraben, statt ihn zu beschweren. Ich nahm ihn in die Hand und betrachtete ihn gerade, als Mildred wieder hereinkam. Sie setzte sich und fragte mich, ob ich schon den neuen Winterfahrplan der Eisenbahn studiert habe. Wir redeten ein bißchen über dieses Thema, und dann erwähnte ich den Sadrach mit der beiläufigen Bemerkung, es wäre interessant, dieses merkwürdige Mineral einmal analysieren zu lassen. Ich deutete auf eine kleine, perlenartige Verdikkung am Spritzguß und meinte, man könne es ganz leicht mit einer Feile entfernen, ohne daß der Gesamteindruck darunter litte.

»Du kannst ihn haben«, sagte sie, »und so viele Experimente damit anstellen, wie du möchtest. Als Briefbeschwerer taugt er sowieso nicht. Sein Gewicht ist zu groß.«

Sie sagte das in einem Ton, als hätte sie vergessen, daß ich ihn ihr selbst geschenkt hatte. Ich wäre ihr dankbar, sagte ich, wenn sie mir den Briefbeschwerer eine Zeitlang leihen würde, steckte ihn in die Tasche und empfahl mich wieder, während sie die auf ihrem Schreibtisch verstreuten Papiere ordnete und sich der Beschäftigung mit der gleichen Intensität widmete wie meinem Besuch.

Ich konnte nicht damit rechnen, daß sich die Abkühlung ihrer Gefühle mir gegenüber verringerte, wenn ich den Sadrach mitnahm, durfte aber hoffen, daß diese Entwicklung nun zum Stillstand kam. Hätte sie den Sadrach noch länger behalten, hätte sie mich am Ende noch gehaßt. Ich war deshalb froh, daß ich ihn mitnehmen durfte.

Nachdem ich in meinem Verhältnis zu Mildred für eine gewisse Beruhigung gesorgt hatte, konnte ich mich jetzt um so intensiver um Janet bemühen und war entzückt, als ich am nächsten Tag bei ihr anklopfte, sie allein in ihrer Wohnung vorzufinden. Sie war so reizend wie immer und ebenso herzlich, aber sie mußte sich über irgend etwas geärgert haben, denn sie hatte ein ganz rotes Gesicht.

»Ich bin heute schlechter Laune«, gestand sie mir, »und ich bin froh, daß du gekommen bist, um mich ein wenig zu beruhigen. Dr. Gilbert versprach mir nämlich, heute nachmittag mit mir auszufahren. Er wollte mich zu einer Stelle in den Hügeln bringen, wo der wilde Rhododendron wächst. Sie stehen nämlich jetzt in voller Blüte, wie ich hörte, und ich wollte unbedingt ein paar davon pflücken – für ein Stilleben, das ich malen möchte. Außerdem bin ich ganz verrückt danach, seine neuen Kutschpferde auszuprobieren. Und nun schickt er mir eine Botschaft, daß er beschäftigt ist.«

Diese Mitteilung schockierte mich, und ich verwickelte sie in ein Gespräch über Dr. Gilbert. Ich fand bald heraus, daß sie schon ein paarmal mit dem hübschen jungen Arzt ausgefahren war, doch niemals, wie sie mir beteuerte, mit Gilberts neuen Pferden oder auf die Rhododendron-Hügel.

Dr. Herbert Gilbert war ein sehr einnehmender junger Bursche, der vor kurzem eine Praxis in der Stadt eröffnet hatte, und zu dem ich einen regen gesellschaftlichen Kontakt pflegte. Ich hatte nie an eine Verbindung mit Janet gedacht, mußte jedoch nun feststellen, daß er sich zu meinem gefährlichsten Rivalen entwickelte. Wenn ein junger und talentierter Arzt, strebsam in seinem Beruf, sich voller Ehrgeiz daranmacht, eine erfolgreiche Praxis aufzubauen und auch dann noch die Zeit hat, obwohl er natürlich seine Nachbarn und Kunden in den Glauben versetzen möchte, er sei von morgens bis abends beschäftigt, ein paar Stunden, an was weiß ich wieviel Tagen, einer jungen Dame zu opfern, um mit ihr durch die Gegend zu kutschieren, geht man nicht fehl in der Annahme, daß er in diese Lady verliebt sein muß. Zudem konnte Janets gegenwärtige Verstimmung nur bedeuten, daß er sich nicht umsonst um sie zu bemühen schien.

Ich ging nach Hause, um über alles gründlich nachzudenken, zupfte an meinen Haaren und starrte den Fußboden an. Plötzlich hatte ich eine Idee. Ich würde Dr. Gilbert den Sadrach übergeben!

Ich sprang auf und begab mich sofort in die Praxis von Dr. Gilbert, wo ich auch ihn nicht in bester Laune antraf.

»Ich wurde fast den ganzen Nachmittag von zwei alten Damen aufgehalten, die mich zu Tode langweilten«, klagte er. »Ich konnte sie einfach nicht loswerden, weil sie sich miteinander verabredet hatten, mich heute zu besuchen und mit mir die Pläne für ein Krankenhaus zu diskutieren, die ich vor einiger Zeit anregte und die tatsächlich sehr wichtig für mich sind; aber ich wünschte, sie hätten sich dafür eine andere Zeit ausgesucht. Was ist denn das?«

»Das ist ein Stück von einem Sadrach«, erwiderte ich, »zu einem Briefbeschwerer verarbeitet.« Dann erklärte ich ihm, was ein Sadrach ist und was für ungewöhnliche Eigenschaften dieses Mineral besitzen müsse, weil es einer Hitze standhielt, die offenbar andere Metalle von gleicher Beschaffenheit zum Schmelzen bringe. Meines Erachtens wäre es interessant, fügte ich hinzu, ein Stück dieses Minerals analysieren zu lassen, um festzustellen, welche feuerfesten Bestandteile es enthielte.

»Das würde ich gerne tun«, sagte der Arzt, den Briefbeschwerer von allen Seiten betrachtend. »Kann ich ein Stück davon haben?«

»Ich gebe ihn Ihnen ganz«, sagte ich, »und Sie können damit machen, was Sie wollen. Wenn Sie ihn analysieren, würde ich allerdings gern die Ergebnisse Ihrer Untersuchungen erfahren.«

Der Doktor zierte sich noch ein wenig, da der Briefbeschwerer von einem so hübschen Silberring geschmückt war, doch ich beruhigte ihn, daß ich das Ding zu einem Spottpreis bekommen habe und er mir sogar einen Gefallen täte, wenn er es als Geschenk von mir annähme. Das tat er dann auch, bedankte sich bei mir, und da ein neuer Patient eintraf, verließ ich ihn wieder.

Tatsächlich hatte ich gar kein Recht dazu, diesen Briefbeschwerer zu verschenken, der von Rechts wegen Mildred gehörte, doch es gibt Zeiten, wo man nicht auf solche Kleinigkeiten achten darf, sondern das Augenmerk nur auf das gute Werk richten muß, das man vollbringen kann. Zudem zeigte sich ja, daß Mildred gar nichts mehr übrig hatte für dieses Stück Metall und es mir praktisch übereignet hatte.

Da war noch ein Punkt, den ich berücksichtigen mußte: Es konnte sein, daß sich der Sadrach nur auf das freundschaftliche Verhältnis zwischen Dr. Gilbert und mir auswirkte, was ich sehr bedauert hätte. Hätte ich es so einrichten können, daß Janet ihm den Briefbeschwerer schenkte, hätte diese Gefahr nicht bestanden. Doch nun konnte ich nur abwarten, was geschah. Falls der Sadrach den Doktor auch nur in allgemeiner Hinsicht abkühlte, war das schon ein Gewinn. Dann würde er sich mehr mit seiner Praxis und den Damen beschäftigen, die ihm ein Krankenhaus stiften wollten, und es anderen Leuten überlassen, mit Janet auszufahren.

Ungefähr eine Woche später traf ich den Doktor wieder. Er schien in Eile zu sein, aber ich hielt ihn mitten auf der Straße an. Ich wollte wissen, ob er bereits den Sadrach analysiert hatte, und fragte ihn danach.

»Nein«, erwiderte er, »noch nicht. Ich hatte keine Zeit dazu. Ich habe ein kleines Stück davon abgeschlagen und werde mich so bald wie möglich damit beschäftigen. Auf Wiedersehen.«

Wenn der Mann so beschäftigt war, durfte man natürlich nicht erwarten, daß er sich mit solchen Nebensächlichkeiten abgab, aber deswegen hätte er mich trotzdem nicht so schroff abfertigen müssen. Ich starrte ihm nach und ging dann rasch die Straße hinunter. Ehe ich um die Ecke bog, sah ich ihn das Haus der Clintons betreten. Die Dinge liefen also nicht so gut, wie sie sollten. Der Sadrach hatte offenbar Dr. Gilberts Gefühle für Janet nicht abgekühlt.

Aber daß der Doktor mit unveränderter Wärme um das Mädchen warb, das ich liebte, war für mich kein Grund, in meinen Bemühungen um sie nachzulassen. Im Gegenteil, ich besuchte sie so oft, wie ich das unter einem Vorwand tun konnte, und traf sie selten alleine an. Doch Janet war von einer so großzügigen Freundlichkeit, daß wir beide uns verpflichtet fühlten, mit dem zufrieden zu sein, was wir bekamen, wenn sich auch jeder etwas ganz anderes gewünscht hätte.

Doch eines Morgens überraschte Janet mich. Ich traf sie in Mildreds Wohnung an, als ich mir ein Nachschlagewerk von Mildred borgen wollte. Obwohl ich sie bat, sich meinetwegen nicht so viel

Mühe zu machen, holte Mildred eine kleine Leiter und suchte selbst nach dem Buch, weil, wie sie mir versicherte, sie genau wisse, was ich brauchte und sie ganz bestimmt den richtigen Band viel eher finden könnte als ich. Janet hatte lesend am Fenster gesessen, doch als ich in die Bibliothek kam, legte sie ihr Buch beiseite und verwickelte mich in ein Gespräch. Das war mir gar nicht so recht, da Mildred mir so bereitwillig einen Gefallen tun wollte und ich mit ihr tatsächlich gerne über das Buch, das ich suchte, geredet hätte. Und überhaupt bewies mir Mildred an diesem Morgen so viel Aufmerksamkeit wie schon lange nicht mehr, daß es mir sehr leid getan hätte, wenn sie den Eindruck gewann, ich wüßte ihr wiedererwachtes Interesse für mich nicht zu schätzen. Deshalb wollte ich Janet nicht so viel Aufmerksamkeit widmen wie sonst, obwohl ich mich unter anderen Umständen nur zu gerne mit ihr unterhalten hätte. Doch Janet Clinton war ein Mädchen, das nicht so leicht nachgab, wenn es sich etwas in den Kopf gesetzt hatte, und nachdem sie durch die offene Terrassentür in den Garten gegangen war, rief sie nach mir. Selbstverständlich mußte ich ihr folgen.

»Ich will dich nicht zu lange von deinen Studien abhalten«, sagte sie, »sondern wollte dich nur um einen Gefallen bitten.« Und in ihre dunklen Augen, mit denen sie zu mir aufsah, trat ein Ausdruck von so rührender Vertrauensseligkeit, wie ich ihn so deutlich noch nie bei ihr gesehen hatte. »Hättest du nicht Lust, mit mir in die Rhododendron-Hügel zu fahren?« fragte sie. »Vermutlich sind die Blüten inzwischen verwelkt, aber ich bin noch nie dort gewesen und wollte doch schon so lange dorthin.«

Ich dächte, Dr. Gilbert habe ihr doch schon ein entsprechendes Angebot gemacht, konnte ich mir die Bemerkung nicht verkneifen.

»Dr. Gilbert, wahrhaftig!« erwiderte sie mit einem hellen Lachen. »Er hat es mir einmal versprochen und versetzte mich, und dann verschob er es auf den nächsten Tag, und es regnete. Ich finde, daß Ärzte sich grundsätzlich nicht besonders als Begleiter von jungen Damen eignen, denn wer weiß, ob nicht gerade jemand krank wird, wenn man ausfahren möchte. Und ob man sich nicht ellenlange Vorträge über Botanik anhören muß, wovon ich nichts halte, denn wenn ich zu meinem Vergnügen ausfahren möchte, soll daraus keine Studienreise werden. Aber ich möchte dir natürlich nicht deine kostbare Zeit stehlen.«

»Stehlen?« rief ich. »Aber du bereitest mir damit das größte Vergnügen, daß ich dich dort hinfahren darf, wann und wohin immer du willst!«

»Du bist immer so gut zu mir«, sagte sie, ihre dunklen Augen wieder zu mir aufschlagend. »Und nun wollen wir wieder hineingehen und nachsehen, ob Mildred inzwischen das Buch gefunden hat.«

Ich sagte die Wahrheit, als ich behauptete, ich sei von Janets Vorschlag entzückt. Die Aussicht auf eine so lange Kutschfahrt mit diesem bezaubernden Mädchen und zugleich das erhebende Gefühl, daß sie mich als ihren Begleiter ausersehen hatte, war eine größere Freude, als ich nach den bisherigen Erfahrungen erhoffen durfte. Die Freude wäre für mich noch größer gewesen, wenn sie mich nicht in Mildreds Wohnung, sondern in ihrem eigenen Haus darum gebeten und nicht mit ihrer Leidenschaft, die sich hoffentlich jetzt zwischen ihr und mir entwickelte, das Wiederaufleben der alten Freundschaft zwischen Mildred und mir gefährdet hätte.

Doch als wir in die Bibliothek zurückkehrten, saß Mildred an einem Tisch, vor sich das Buch, das ich gesucht hatte, an der von mir gewünschten Stelle aufgeschlagen.

»Ich hab es eben gefunden«, sagte sie. »Zieh dir einen Stuhl heran, und wir wollen uns die Landkarten gemeinsam ansehen! Ich möchte dir zeigen, wie er seine Reise zu Land fortsetzte, als er sein Schiff verließ.«

»Wenn ihr beiden zum Pol fahren wollt«, sagte Janet mit ihrem süßesten Lächeln, »kehre ich zu meinem Roman zurück.«

Sie hatte anscheinend nicht das geringste gegen meine geographischen Forschungen mit Mildred einzuwenden, und falls Mildred meine Bereitschaft bemerkt hatte, sie zu verlassen, wenn Janet mich rief, ließ sie mich das ebenfalls nicht spüren. Offenkundig war sie wieder der gute Kamerad von früher. Dieser Zustand entsprach meinen Idealvorstellungen. Wenn ich von Janet geliebt wurde und dabei Mildred als Freundin behielt – was konnte ich mir noch Besseres auf Erden wünschen?

Die Ausfahrt mit Janet mußte wegen schlechten Wetters verschoben werden. Es regnete tagelang, oder der Himmel hing voller dunkler Wolken, und wir hatten uns vorgenommen, für unseren Ausflug schönes Wetter abzuwarten. Erst dann, wenn ich Janet auf dem Rhododendron-Hügel für mich alleine hatte, wollte ich ihr mein Herz zu Füßen legen.

Manchem mag das ja seltsam vorkommen, und zu der Zeit konnte ich mich selbst nicht verstehen, daß mich nicht nur das schlechte Wetter daran hinderte, Janet eine Liebeserklärung zu machen. Aber da war noch ein Grund, der mich daran hinderte – eine nervöse Unruhe, die meine Freundschaft mit Mildred betraf. Ich war fest entschlossen, in meinen nur von den besten Absichten getragenen Bemühungen, Janet zu meiner Frau zu machen, nicht nachzulassen, wurde jedoch gleichzeitig von einer gewissen Angst gelähmt, daß ich mich bei der Verfolgung meines Heiratsprojektes auf eine Art und Weise benehmen könnte, bei der die Gefühle der anderen verletzt wurden.

Diese Bereitschaft, auf Mildreds Gefühle Rücksicht zu nehmen, wurde so stark, daß ich schließlich zu der Einsicht kam, ich müsse in meinen eigenen Gefühlen erst einmal Ordnung schaffen. Es war nicht gerecht, daß ich mich als Bewerber um die Gunst der einen Frau so sehr von der Rücksichtnahme auf die Beziehung zur anderen Frau einschränken ließ. Mir kam der Gedanke, daß ich gewissermaßen das Schicksal jener drei hebräischen jungen Männer durchlebte, die man in den Feuerofen geworfen hatte. Mein Herz war von dem Feuer zwar nicht verbrannt worden, aber indem ich den Sadrach dazu benützt hatte, Mildreds mutmaßliche Gefühle für mich in meinem Sinne zu beeinflussen, war es durchaus möglich, daß ich mir dabei in seelischer Hinsicht ein paar Brandwunden geholt hatte. Jedenfalls sagte mir mein Gewissen, daß unter diesen Umständen meine Gefühle für Mildred zu warm waren. Wenn ich aufrichtig um Janets Liebe warb, hatte jede Rücksichtnahme auf Mildreds Gefühle zu unterbleiben.

Es wäre wohl besser gewesen, sagte ich mir, wenn ich den Sadrach nicht verschenkt, sondern als Andenken an Mildred selbst behalten hätte. Doch kaum hatte ich diesen Entschluß gefaßt, als mir auffiel, daß Mildreds Gefühle für mich sich von ganz alleine abzukühlen begannen, und zwar so rapide, wie das Quecksilber im September nach Sonnenuntergang fällt. Diese Entdeckung hatte jedoch nicht einen rapiden Sturz meines eigenen Quecksilbers zur Folge. Im Gegenteil, sie trieb es zeitweilig bis zum Siedepunkt in die Höhe. Ich war vollkommen perplex, was nun schon wieder passiert sei. Fast hätte ich Janet vernachlässigt, so erpicht war ich darauf, zu erfahren, was diesen Gemütsumschwung bei Mildred veranlaßt hatte.

Wochen vergingen, ohne daß mir etwas anderes aufgefallen wäre als Mildreds zunehmende Abkühlung, die eine Gleichgültigkeit mir gegenüber bei weitem überschritt. Sie gab mir sogar zu verstehen, daß ihr meine häufigen Besuche zunehmend lästig würden.

Janet hatte inzwischen ihren Ausflug zu den Rhododendron-Hügeln gemacht, doch nicht in meiner Begleitung, sondern kutschiert von Dr. Gilbert. Ich litt, als ich davon hörte, obwohl ich zugeben mußte, daß ich diese Strafe verdiente. Doch meine Überraschung war fast ebensogroß wie mein Leid, denn Janet hatte mir ja erst jüngst zu verstehen gegeben, daß sie keine sehr hohe Meinung von dem jungen Arzt habe. Sie hatte ihn sogar so heftig kritisiert, daß ich mich verpflichtet fühlte, ihn zu verteidigen. Nun befand ich mich selbst in einem bedauernswerten Zwiespalt und konnte aus dieser verworrenen Lage nur einen Schluß ziehen: Ich mußte mich Mildred gegenüber abkühlen, wenn ich mir noch Hoffnungen auf eine Ehe mit Janet machen wollte.

Eines Nachmittags, als ich mich mit Mr. Bronce in dessen Bibliothek unterhielt und zu dem Tisch hinübersah, den seine Tochter für Schreibarbeiten benützte, sah ich zu meiner Überraschung den Weihnachts-Sadrach als Briefbeschwerer auf einem kleinen Stoß von Papieren. Sobald ich dazu Gelegenheit fand, nahm ich ihn in die Hand und untersuchte ihn aufmerksam. Ich hatte mich nicht getäuscht. Es war der Briefbeschwerer, den ich Mildred geschenkt hatte. Das Silberband war noch an seinem Platz, und ich entdeckte die Stelle, wo der Doktor ein kleines Stück vom Guß abgebrochen hatte. Mildred war nicht zu Hause, doch ich war entschlossen, ihre Heimkunft abzuwarten, um mit ihr zu sprechen. Ich war von den Bronces zum Abendessen eingeladen, wollte den Abend in ihrem Haus verbringen, notfalls über Nacht dort bleiben – jedenfalls nahm ich mir vor, das Haus nicht eher zu verlassen, bis dieses Rätsel aufgeklärt war. Mildred kam ungefähr eine halbe Stunde später von irgendwelchen Besorgungen zurück und begrüßte mich auf jene schnippische Art, die sie sich seit kurzem angewöhnt hatte. Als sie jedoch mein verdutztes Gesicht sah und bemerkte, daß ich den Sadrach in der Hand hin und her wendete, nahm sie hinter dem Tisch Platz, an den ich einen Sessel geschoben hatte, um auf ihre Rückkehr zu warten, wie es mir ihr Vater gestattet hatte, als er mich allein ließ.

»Ich nehme an, du bist neugierig, wie der Briefbeschwerer hierherkommt«, sagte sie.

»Das bin ich in der Tat«, erwiderte ich. »Wie, zum Kuckuck, kam er wieder in dieses Haus?«

»Wieder?« sagte sie im sarkastischen Ton. »Eine seltsame Frage, wenn ich bedenke, daß sie von dir kommt. Ich werde es dir erklären. Vor einiger Zeit besuchte ich Janet Clinton in ihrer Wohnung und entdeckte diesen Briefbeschwerer auf ihrem Schreibtisch. Ich erkannte ihn sofort wieder. Es war der Briefbeschwerer, den du mir im letzten Jahr zu Weihnachten geschenkt hast, und später borgte ich ihn dir, weil du behauptetest, du wolltest ihn analysieren lassen oder so etwas ähnliches. Und ich habe ihn dir natürlich gerne überlassen, wenn du damit experimentieren wolltest, aber ich muß schon sagen, daß ich ziemlich entrüstet war, ihn auf Janet Clintons Schreibtisch wiederzufinden. Ich fragte sie, woher sie ihn habe, und sie sagte, ein Gentleman hätte ihn ihr gegeben. Für mich erübrigte sich selbstverständlich die Frage, wie dieser Gentleman denn hieße, war aber entschlossen, daß sie sich keine falschen Vorstellungen mehr über den berechtigten Eigentümer des Briefbeschwerers machen sollte. Ich sagte ihr deshalb ganz offen, daß die Person, die ihn ihr gegeben hätte, ihn vorher mir zum Geschenk gemacht habe – daß es mein Briefbeschwerer sei und er kein Recht gehabt habe, ihn jemand anderem zu überlassen. ›Oh, wenn das so ist‹, rief sie, ›nimm ihn bitte wieder mit! Mir liegt nämlich gar nichts an dem Ding, und ehrlich gestanden, mag ich den Mann, der ihn mir gegeben hat, inzwischen genauso wenig wie sein Geschenk.‹ Also nahm ich ihn mit und brachte ihn wieder nach Hause. Nun weißt du, wie er abermals in meine Hände gelangt ist.«

Einen Moment lang blieb mir die Sprache weg. Dann fragte ich sie, wann ihr denn Janet Clinton den Sadrach wiedergegeben habe.

»Oh, das weiß ich nicht mehr genau«, erwiderte sie. »Es muß schon ein paar Wochen her sein.«

Nun wußte ich alles. Alle Rätsel der vergangenen Wochen hatten ihre Aufklärung gefunden. Der junge Doktor hatte in seinem Eifer, der Frau, die er liebte, Gefälligkeiten zu erweisen, Janet diesen originellen Briefbeschwerer gegeben. Von diesem Augenblick an hatte sie nur noch gleichgültig auf seine Aufmerksamkeiten reagiert und schließlich – ihr Naturell neigte zu Übertreibungen – sogar verabscheut. Mildred beanspruchte in diesem Stadium den Sadrach wieder für sich und nahm ihn nun, nicht als Geschenk von Janet, sondern als ihr rechtmäßiges Eigentum – als eines meiner Weihnachtsgeschenke nämlich – wieder mit in ihre Wohnung. Und dieses schreckliche kleine Ding hatte, vermutlich mit neu aufgefüllter Kraft, die Gefühle dieses teuren Mädchens mir gegenüber erneut abgekühlt und fast zum Erstarren gebracht. Zugleich war der Bann gebrochen worden, der Janets Neigungen einfrieren ließ, und sie war mit Dr. Gilbert in die Rhododendron-Hügel gefahren.

Eines war sicher: Ich mußte diesen Sadrach haben!

»Mildred«, rief ich, »willst du mir nicht diesen Briefbeschwerer überlassen – nur für meine eigenen Zwecke?«

»Was willst du mit ihm anstellen?« erwiderte sie sarkastisch. »Ihn nochmals analysieren?«

»Mildred«, entgegnete ich, »ich habe ihn Janet nicht geschenkt. Ich gab ihn Dr. Gilbert, und er muß ihn an Janet weitergegeben haben. Ich weiß, ich hatte kein Recht, darüber zu verfügen, aber ich glaubte, es wäre dir vollkommen gleichgültig, was aus ihm würde. Doch nun bitte ich dich, ihn mir zu überlassen – ausschließlich für meine persönlichen Zwecke, und ich schwöre dir, ich werde ihn nie mehr aus der Hand geben. Er hat schon genug Unheil angerichtet.«

»Ich verstehe zwar nicht ganz, was du mit dem Unheil meinst«, erwiderte sie, »aber du kannst ihn mitnehmen, wenn du ihn haben willst. Ich habe überhaupt nichts dagegen.« Und damit nahm sie ihre Handschuhe wieder vom Tisch auf und ließ mich allein.

Als ich nach Hause ging, wuchs mein Haß auf das elende Stück Metall in meiner Hand bei jedem Schritt. Ich betrachtete es voller Abscheu, als ich mich abends ins Bett legte, und als ich morgens erwachte und mein erster Blick auf den Briefbeschwerer fiel, schrak ich unwillkürlich zusammen, als sei es ein böses, verhextes Ding. Immer wieder fragte ich mich an diesem Tag, weshalb ich etwas behalten sollte, das meine Empfindungen für Mildred immer stärker abkühlen mußte, bis ich schließlich gar nichts mehr für sie übrig hatte. Der Gedanke, ich könnte Mildred eines Tages ganz aus meinem Herzen verdrängen, war unerträglich!

Wenn ich dem Appell meiner Gefühle folgte, mußte ich mich unbedingt von diesem Gegenstand befreien, der in meinen Augen einen unglückseligen Talismann darstellte; aber mein Verstand war dagegen. Wenn ich immer noch den Wunsch hegte, Janet zu ehelichen, war es meine Pflicht, mein Verhältnis zu Mildred bis zur Gleichgültigkeit abzukühlen.

In dieser zwiespältigen Stimmung verließ ich meine Wohnung und wanderte umher, den Sadrach in der Hosentasche, um meine Entscheidung sofort in die Tat umzusetzen, sobald ich zu einem Entschluß gekommen war. Ohne mir das eigentlich vorgenommen zu haben, lenkte ich meine Schritte zum Anwesen der Bronces und fand mich alsbald am Rand eines hübschen Teichs wieder, der an ihren Garten angrenzte. Hier, im Schatten eines Baumes, stand eine Bank, und darauf lag ein Buch und darin ein Brieföffner aus Elfenbein als Lesezeichen.

Ich wußte sofort, daß Mildred dieses Buch auf der Bank zurückgelassen hatte. Es gehörte zu ihren Gewohnheiten, sich auf diese Bank zu setzen, wenn sie lesen wollte. Da sie das Buch nicht mitgenommen hatte, hatte sie zweifellos die Absicht, bald wieder hierherzukommen. Dann kam mir der traurige Gedanke, mein Anblick würde sie von diesem Entschluß abhalten. Ich nahm das Buch und las die Seiten, die sie soeben gelesen haben mußte. Dabei hatte ich das Gefühl, daß mich die gleichen Gedanken bewegten, die ihr bei der Lektüre gekommen waren. Ich hatte plötzlich ein Verlangen nach ihrer Gegenwart, um mit ihr zu lesen und unsere Gedanken auszutauschen. Noch nie hatte sich mein Herz so sehr nach Mildred gesehnt wie in diesem Moment, und trotzdem hatte ich dieses Ding bei mir, das wie ein Bleigewicht meine Tasche nach unten zog – ich konnte diesen Gedanken nicht mehr ertragen. Von einem plötzlichen Impuls ergriffen, legte ich das Buch nieder, holte den Sadrach aus der Tasche und schleuderte ihn, das Silberband abreißend, in den Teich.

»Ha!« rief ich. »Fort aus meinen Augen und fort aus meinem Sinn! Du sollst keine Macht mehr über mich haben! Laß die Natur ihren Lauf nehmen und das Schicksal entscheiden, wie es kommen soll!« Und dann, nachdem ich mich mit diesem Wurf auch von einem Stein befreit hatte, der auf meinem Herzen lag, ging ich wieder nach Hause.

Die Natur nahm ihren Lauf. Knapp zwei Wochen später las ich Janets und Dr. Gilberts Verlobungsanzeige in der Zeitung. Ich hatte nichts getan, um dieses Ereignis zu verhindern, und die Anzeige störte auch nicht meinen Seelenfrieden. Was mich allerdings störte, war mein Verhältnis zu Mildred. Ich hatte gehofft, daß ihre freundschaftlichen Gefühle für mich wieder aufleben würden, nachdem ich sie dem verhängnisvollen Einfluß des Sadrachs entzogen hatte, und meine Leidenschaft für sie war inzwischen so stark geworden, daß ich wie ein schiffbrüchiger Seemann, der sehnsüchtig nach einem Segel am Horizont Ausschau hält, auf ein Zeichen zum Beweis ihrer wiedererwachten Gefühle wartete, damit ich ihr meine Liebe gestehen konnte. Doch so ein Zeichen blieb aus.

Ich besuchte nur noch selten das Haus der Bronces. Niemand von der Familie, die früher alle zu meinen besten Freunden zählten, schien mich sehen zu wollen. Anscheinend hatten Mildreds Gefühle für mich sich inzwischen auf den ganzen Haushalt ausgedehnt. Das überraschte mich nicht, denn ihre Familie hatte sich seit langem daran gewöhnt, Mildred als ihre Vordenkerin zu betrachten.

Eines Tages traf ich Mr. Bronce auf der Post. Ein paar andere Herren kamen hinzu, und wir diskutierten über ein Vorhaben der Gemeinde, im Dorf ein Wasserversorgungssystem zu installieren, was die meisten von uns für eine gute Sache hielten.

»Was mich betrifft«, sagte Mr. Bronce, »kann ich vorläufig darauf gerne verzichten, denn ich habe mir eine mit Dampf betriebene Wasserpumpe kommen lassen, und sie versorgt mein Haus mit so viel Wasser, wie ich mir das nur wünschen kann.«

»Soll das bedeuten«, fragte einer der Herren, »daß Sie sich Ihr Trinkwasser aus dem Teich beschaffen?«

»Selbstverständlich«, erwiderte Mr. Bronce. »Das Teichbecken ist so sauber und in einer so guten Verfassung wie ein Wasserturm, und das Wasser stammt noch dazu aus einer erstklassigen, kräfig sprudelnden Quelle. Besseres Wasser kann ich gar nicht bekommen.«

Als ich ihm zuhörte, lief es mir eiskalt den Rücken herunter. Der Sadrach lag in diesem Teich. Jeder Tropfen Wasser, den Mildred trank und mit dem sie sich wusch, war von diesem verflixten Briefbeschwerer beeinflußt, mit dem ich, ohne es zu wissen, nun die ganze Bronce-Familie verhext hatte.

Auf dem Weg nach Hause suchte ich nach einem Stein, der ungefähr die Größe und das Gewicht des Sadrach haben mochte, begab mich damit an einen Ort, wo ich ungestört damit üben konnte, indem ich ihn genauso weit warf, wie ich damals vom Ufer aus den Sadrach in den Teich geschleudert hatte. Nach jedem Wurf maß ich die Entfernung nach und hatte schließlich eine recht genaue Vorstellung davon, in welchem Abstand zum Ufer der Sadrach auf dem Grunde des Wassers ruhen mußte.

In der kommenden Nacht war Halbmond, und so zwischen elf und zwölf, als alle Dorfbewohner im Bett liegen und eingeschlafen sein mußten, schlich ich mich über die Felder bis an die Hinterfront des Bronceschen Anwesens, eine lange Angelschnur in der Tasche, in die ich an der Stelle einen Knoten hineingemacht hatte, wo die meisten Steinwürfe an diesem Nachmittag gelandet waren. Als ich den Teich erreichte, trat ich vor der Bank an die Stelle, von wo aus ich damals den Sadrach in den Teich geschleudert haben mußte, und befestigte dort das Ende der Schnur an einem Holzpflöckchen. Ich hatte mir einen alten Tennisanzug angezogen, entledigte mich nun meiner Strümpfe und Schuhe, watete ins Wasser und wickelte dabei die Angelschnur ab. So rückte ich langsam auf die Mitte des Teiches zu, und als ich den Knoten zwischen den Fingern spürte, hielt ich an. Das Wasser reichte nun bis über meine Hüften hinauf.

Der Teichboden war tatsächlich sehr glatt und frei von Schlamm und Wasserpflanzen. Ich tastete nun mit meinen bloßen Füßen umher und bewegte mich in einem kleinen Halbkreis von links nach rechts; spürte aber unter den Sohlen nur ein paar Kieselsteine, die nicht größer als Walnüsse sein konnten.

Ich gab noch ein Stück Schnur zu, rückte einen Schritt in Richtung Teichmitte vor und ging wieder langsam im Halbkreis nach links und nach rechts. Das Wasser reichte mir inzwischen bis zu den Achselhöhlen, war aber nicht kalt, obwohl die Angst, mich zu erkälten, meinen Eifer, den Sadrach so rasch wie möglich wiederzufinden, bestimmt nicht gedämpft hätte. Plötzlich berührte ich mit den Zehen etwas Hartes, das so groß war wie meine Faust, doch im nächsten Augenblick schlüpfte es unter meiner Sohle fort, also mußte es sich um eine Schildkröte handeln. Diese Begegnung löste einen kleinen Schauder bei mir aus, konnte mich aber von meinem Vorsatz nicht abbringen. Wieder gab ich einen halben Meter Schnur zu, und das Wasser reichte mir nun beinah bis zum Kinn. Es war mir etwas unheimlich zumute, als ich so, die Augen dicht über der sanft gewellten Teichoberfläche im gespenstischen Licht des untergehenden Mondes mitten im Wasser stand, das von was weiß ich welchen kalten und schlüpfrigen Kreaturen bewohnt war. Trotzdem ließ ich mich nicht aus dem Konzept bringen, pendelte an meiner Schnur langsam hin und her und tastete mit meinen Füßen in alle Richtungen, in der Hoffnung, das Ding endlich aufzuspüren, das ich suchte.

Plötzlich stellte ich meinen Fuß auf etwas Hartes und Unregelmäßiges. Nervös fuhr ich mit meinen Zehen darüber hin und tastete es mit der nackten Sohle ab. Es war so groß wie der Sadrach. Es fühlte sich an wie der Sadrach. Es dauerte nur Sekunden, und ich war so gut wie sicher, daß ich den Fuß auf diesen verhängnisvollen Briefbeschwerer gestellt hatte.

Ich hielt den Atem an, schloß die Augen und tauchte kopfüber ins Wasser, um mit den Händen auf dem Grunde des Weihers umherzutasten. Beim Tauchen mußte ich ein wenig von meinem Standort abgekommen sein, denn zunächst konnte ich nichts auf dem Boden des Teiches finden. Ein banges Gefühl überkam mich, als ich mich so vollkommen von dem dunklen stillen Wasser umfangen fühlte, das mich von oben, von der Seite, von überallher bedrängte, ja fast erstickte, und ich obendrein noch von meinem Sadrach im Stich gelassen wurde. Aber als ich schon das Gefühl hatte, ich könne den Atem nicht länger anhalten, berührte ich mit den Fingerspitzen das Ding, auf das ich getreten war, packte es mit beiden Händen, stieg nach oben und durchbrach mit dem Kopf wieder die Wasseroberfläche. Zunächst mußte ich zwei- oder dreimal tief Luft holen, ehe ich das Ding, das ich gefunden hatte, in das Licht des untergehenden Mondes hielt: Es sah aus wie der Sadrach – sah ihm in der Tat so ähnlich, daß ich mich nicht getäuscht haben konnte.

Ich kehrte um, watete so rasch es ging aus dem Wasser und fiel am Ufer auf die Knie. Mit zitternden Händen zündete ich die Laterne an, die ich auf der Bank zurückgelassen hatte, und beleuchtete meinen Fund. Ich durfte keinen Fehler machen. Wenn das nicht der Sadrach war, würde ich nochmals ins Wasser steigen. Aber dazu bestand kein Anlaß mehr. Es *war* der Sadrach.

Die gelöschte Lampe in der einen Hand, das verhängnisvolle Mineral in der anderen, eilte ich wieder nach Hause. Es ging ein kühler Wind, und die nassen Kleider klebten mir auf der Haut. In meiner Hast stolperte ich ein paarmal über Ackerfurchen und Hagebuttensträucher, und da ich mir nicht die Zeit genommen hatte, meine Schnürsenkel zuzubinden, rutschten mir meine Schuhe alle paar Schritte von den Fersen. Doch diese kleinen Mißgeschicke machten mir nichts aus. Ich hatte den Sadrach wieder in meiner Gewalt.

Als ich über ein breites Feld hinlief, hörte ich nicht weit von mir entfernt das Trappeln von Hufen, als käme ein Reiter im vollen Galopp auf mich zu. Ich hielt an und blickte in die Richtung des Geräusches. Meine Augen hatten sich inzwischen an das Dämmerlicht gewöhnt, so daß ich die Umrisse der Gegenstände recht deutlich zu erkennen vermochte, und mit einem Blick erkannte ich, daß das Tier, das auf mich zugaloppierte, ein Bulle war. Ich wußte sogar, was für ein Bulle das war. Ich befand mich auf der Stoppelweide von Squire Starling, und der heranstürmende Koloß war sein prämierter Alderney-Bulle, Ramping Sir John von Ramapo der Zweite!

Ich wußte alles über diesen Bullen, denn er war in der ganzen Gegend berühmt für sein wütendes Temperament und seinen vornehmen Stammbaum – Sohn von Ramping Sir John von Ramapo dem Ersten, der wiederum von dem Großen Rodolphin gezeugt war, dem Sohn des Prinzen Maximus von Granby, dessen eine seiner zahlreichen Töchter im Schnitt achtzehn Pfund Butter die Woche lieferte und der zwei Männer auf die Hörner genommen und getötet hatte.

Der Bulle, der mich nicht bemerkt hatte, als ich beim erstenmal seine Weide durchquerte, weil ich auf Fußspitzen gegangen war, um möglichst wenig aufzufallen, war nun fest entschlossen, mich für mein Eindringen in sein Hoheitsgebiet zu bestrafen, und brüllte schrecklich, während er heranstürmte. Ich befand mich in großer Gefahr. Mit meinen schlechtsitzenden Schuhen war es mir unmöglich, mich mit einem Spurt vor ihm zu retten. Also mußte ich stehenbleiben und mich verteidigen. Ich hielt an, drehte mich der wütenden Kreatur zu, die nur noch knapp sieben Meter von mir entfernt war, hob den rechten Arm und schleuderte mit aller Gewalt den Sadrach, den ich in der Hand hielt, direkt gegen die Zottelstirn des Kolosses. Ich besaß ein beträchtliches Geschick darin, gezielt mit Gegenständen zu werfen, denn ich hatte früher mit großem Erfolg als »Werfer« in einer Baseball-Mannschaft gespielt, und als der Sadrach mit einem dumpfen Laut auf der Stirn des Bullen einschlug, blieb dieser stehen, als wäre er plötzlich gegen eine Mauer gerannt.

Ich kann nicht beurteilen, inwieweit der gewaltsame, direkte Kontakt des Sadrach mit einem lebenden Organismus die Wirkung dieses Minerals auf den Geist des Empfängers beschleunigt, aber ich konnte mich jedenfalls davon überzeugen, daß der Kontakt meines Wurfgeschosses mit dem Schädel des Bullen den Zorn dieses Tieres auf der Stelle abkühlte. Ein paar Sekunden lang blieb er stehen und glotzte mich an, und dann verlor Ramping Sir John von Ramapo der Zweite jedes Interesse an mir, der es gewagt hatte, seine Weide zu betreten, kehrte mir sein Hinterteil zu und begann wieder Gras abzuweiden.

Ich gab mir keine Mühe mehr, zum zweitenmal nach dem Sadrach zu suchen. Meines Erachtens war er dort gut aufgehoben. Solange Squire Starling dieses Feld als Viehweide verwendete, würde sich zweifellos kein Liebhaber seltener Steine hierher verirren. Und falls die Weide eines Tages wieder umgepflügt werden sollte, würde der Sadrach, der sich dem gewöhnlichen Auge nur als ein gemeiner Stein präsentierte, zweifellos unter Grasnarben begraben.

Ich erwachte am nächsten Morgen erfrischt, gut gelaunt und ohne Katarrh. Das nächtliche Bad hatte mir also körperlich nicht geschadet.

Nun, sagte ich zu mir, wird das Schicksal endlich seinen natürlichen Lauf nehmen können. Sollte mir oder anderen mir nahestehenden Personen fortan etwas Unheimliches zustoßen, so habe ich es jedenfalls nicht zu verantworten.

Ungefähr eine Woche darauf wurde ich von der Familie Bronce

zum Abendessen eingeladen. Sie behandelten mich sehr herzlich, und es schien für mich die natürlichste Sache der Welt zu sein, an ihrem Tisch zu sitzen. Nach dem Essen lustwandelte ich mit Mildred im Garten. Es war ein bezaubernder Abend, und wir setzten uns auf die Bank am Ufer des Weihers. Ich erwähnte ein paar Passagen aus dem Buch, das ich damals an der gleichen Stelle gefunden hatte.

»Oh, du hast das Buch ebenfalls gelesen?« erwiderte sie lebhaft.

»Nur zwei Seiten daraus«, sagte ich, »und zwar in jenem Band, den du, mit einem Brieföffner als Lesezeichen, auf dieser Bank vergessen hattest. Ich wollte es gerne auslesen und dann mit dir darüber sprechen.«

»Warum hast du denn damals nicht auf mich gewartet? Du hättest doch wissen müssen, daß ich wieder zurückkomme.«

Ich sagte ihr nicht, daß sie vermutlich nicht zurückgekommen wäre, wenn sie gewußt hätte, daß ich bei dem Buch auf der Bank auf sie wartete. Doch bevor ich an diesem Abend die Bank am Weiher wieder verließ, wußte ich, daß sie von nun an bereit war, mir überallhin zu folgen – selbst zum Nordpol, wenn es sein mußte.

Im Jahr darauf, eine Woche nach Frühlingsanfang, wurden Mildred und ich ein Paar, und als wir auf unserer Hochzeitsreise in die Berge an den Erzgruben vorbeikamen, nützten wir die Gelegenheit, eine der großen Eisenhütten zu besuchen, denn wir wollten die wundersame Macht der Menschen, der Luft und des Feuers über den König der Metalle aus nächster Nähe beobachten.

»Was ist das für eine Substanz?« erkundigte sich Mildred bei einem der Angestellten, die uns durch das Werk führten.

»Das«, erwiderte der Mann, »ist ein Mineral, das wir als Sadrach ...«

»Meine Liebe«, rief ich aus, »wir müssen die Besichtigung sofort abbrechen, weil wir sonst den Zug versäumen! Komm, rasch; wir dürfen keine Zeit mehr verlieren!« Und mit ein paar hastigen Dankesworten an die Adresse unseres Begleiters faßte ich sie bei der Hand und lief mit ihr bis zum Tor der Eisenhütte.

Mildred sah mich erstaunt an.

»So eilig wie jetzt hast du es in deinem Leben ja noch nie gehabt. Ich dachte, der Zug, den wir nehmen wollten, fährt erst in einer Stunde!«

»Ich habe es mir anders überlegt«, erwiderte ich, »ich denke, es bekommt uns viel besser, wenn wir schon den Zug, der in zehn Minuten fährt, nehmen.«

Übersetzt von Bodo Baumann

H. Rider Haggard
(1856–1925)

Sir H. Rider Haggard, der im englischen Bradenham geboren wurde, war ein Meister der Abenteuergeschichte, ein Mann, dem die Entwicklung der Motive des »großen weißen Jägers« (»great white hunter«) und der »verschollenen Rasse« (»lost race«) zugeschrieben wird, zwei der fesselndsten literarischen Schöpfungen des neunzehnten Jahrhunderts. Heute sind Millionen von Kinogängern durch die Filmversionen von *König Salomons Diamanten* und *Sie* mit seinen Werken vertraut, auch wenn die Filme sich neben den Romanen in bezug auf Atmosphäre und Handlung ziemlich armselig ausnehmen.

Haggard selbst führte ein denkbar interessantes Leben. Mit neunzehn Jahren reiste er als Sekretär des Gouverneurs von Natal nach Südafrika. Später wurde er zum Vorsitzenden des High Court in Pretoria ernannt, lebte als Straußenfarmer und kehrte schließlich nach England zurück, um Jura zu praktizieren. Bis 1884 hatte er drei erfolglose Romane geschrieben, aber die Herausforderung seines Bruders, doch einmal etwas so Ambitioniertes wie die *Schatzinsel* zu versuchen, inspirierte ihn zu *König Salomons Diamanten* (1885), ein Buch, das er in hektischen sechs Wochen niederschrieb. Dieser, wie auch der Roman *Sie*, den er zwei Jahre später ebenso schnell zustande brachte, waren ein immenser Erfolg. Dadurch finanziell gesichert, gab er die Juristerei auf und zog sich auf seine drei Hauptinteressen zurück: das Schreiben, die Politik und die Landwirtschaft.

Zwar schrieb er in der Folge mehr als dreißig Bücher, doch reichte keines an den Erfolg seiner berühmtesten zwei Romane heran. Zu diesem Abstieg mag ein merkwürdiges Erlebnis beigetragen haben – ein Traum, in dem er mit dem Hund der Familie sprach, in der Nacht, in der das Tier starb. Dieses Ereignis löste in Haggard für den Rest seines Lebens einen tiefen Abscheu vor der Jagd und dem Töten aus.

Seine Schritte auf dem politischen Parkett waren nur wenig erfolgreicher. Ein überzeugter Imperialist, ließ er sich erfolglos für die Unionisten als Parlamentskandidat aufstellen. Er wurde in Ditchingham, Norfolk, zum Vorsitzenden der Magistrate gewählt, doch am wirksamsten war seine Tätigkeit als Mitglied etlicher Königlicher Kommissionen.

Den größten Erfolg errang er als Landwirt. Seine Schriften über die Landwirtschaft und die beklagenswerten Lebensumstände der Landarbeiter in England führten dazu, daß er 1912 in den Ritterstand erhoben wurde. Ja, wenn man ihn beschrieb, hieß es gar, er sehe wie ein Bauer aus – groß, kantig und von mächtigem Körperbau.

Seine Werke sind bis heute überaus beliebt. Den Grund dafür vermuten manche in dem Umstand, daß sie eine Flucht aus unserer hochtechnisierten Welt in den Primitivismus bieten und zugleich an unsere Sehnsucht nach ewiger Jugend, Unsterblichkeit und Reinkarnation appellieren. Doch war er auch ein meisterhafter Geschichtenerzähler mit einer großartigen Phantasie und einem Gefühl für den richtigen Aufbau einer Erzählung, ein Autor, der seine Leser niemals langweilte. Und wenn er sich auch bei vielen Arbeiten mehr Mühe gegeben haben könnte, so zeichnen sich doch insbesondere seine Afrika- und Ägyptenromane bei aller Phantastik durch ihre bemerkenswert realistische Darstellung aus, da Umgebung und Gebräuche ausgesprochen einfühlsam gezeichnet sind.

Haggard sah sich nicht als Kurzgeschichtenautor und brachte nur relativ wenige Erzählungen hervor, die meisten aber sind vorzüglich ausgeführt, wie die Lektüre von *Best Short Stories of Rider Haggard* (1896) erweist. Eine der gelungensten ist gewiß *Black Heart and White Heart/Schwarzes Herz und Weißes Herz* (1896), eine Erzählung von Prophetie und Liebe bei den Zulus. Ein Werk, von dem Peter Haining gesagt hat: »Ich möchte bezweifeln, ob über dieses bemerkenswerte Volk je eine bessere Geschichte geschrieben worden ist.«

H. RIDER HAGGARD

Schwarzes Herz und Weißes Herz

I

Eine Zulu-Idylle

An dem Tag, an dem uns Philip Hadden zum erstenmal begegnete, war er Transportunternehmer und Händler in »Zulu-Waren«. Ein gutaussehender Enddreißiger, brünett, groß, von strammer Haltung, kecke Augen, gewelltes Haar, gepflegter Knebelbart, ebenmäßige Züge. Er hatte ein sehr bewegtes Leben geführt, und es waren ein paar Passagen darunter, die er selbst seinen besten Freunden nicht erzählen mochte. Er stammte aber aus einem vornehmen Haus und hatte angeblich ein Internat und dann die Universität besucht. Jedenfalls konnte er bei passender Gelegenheit lateinische Klassiker zitieren, und diese Fähigkeit, die er mit einer kultivierten Stimme und vornehmen Haltung verband, wie man sie in unzivilisierten Gegenden dieser Erde nicht häufig anzutreffen pflegt, hatte ihm bei seinen etwas rauhbeinigeren Freunden den Spitznamen »Der Prinz« eingetragen.

Man mag dazu stehen, wie man will, jedenfalls steht fest, daß er unter sehr obskuren Begleitumständen nach Natal ausgewandert war und seine Verwandten im Mutterland ihm offenbar keine Träne nachweinten. In den fünfzehn oder sechzehn Jahren, die Hadden inzwischen in oder in der Nachbarschaft dieser Kolonie verbracht hatte, hatte er sich in vielen Berufen versucht, sich jedoch in keinem von ihnen bewährt. Als welterfahrener Mann von gefälligem, ja einnehmendem Wesen, war es ihm nie schwergefallen, sich mit den richtigen Leuten anzufreunden und sich eine neue Existenzgrundlage zu sichern. Doch alsbald wurden seine Freunde von einem schleichenden Mißtrauen gegen ihn befallen, und nachdem Hadden sich eine Zeitlang mehr oder weniger heftig um sie bemüht hatte, pflegte er selbst diese Beziehungen abrupt zu beenden, indem er mit unbekanntem Ziel verreiste, einen schlechten Ruf und eine Menge Schulden hinterlassend.

In den Jahren vor den Ereignissen dieser Geschichte, die eine der bemerkenswertesten Episoden aus Philip Haddens Leben berichtet, war Hadden im Transportwesen tätig – das heißt, er beförderte von Durban oder Maritzburg aus mit Ochsenkarren Frachtgüter zu verschiedenen Orten im Landesinneren. Eine Panne, wie sie ihm nicht zum erstenmal in seinem beruflichen Werdegang passierte, zwang ihn vorübergehend zum Verzicht auf diese Möglichkeit, sich seinen Lebensunterhalt zu verdienen. Als er nämlich in der kleinen Grenzstadt Utrecht in Transvaal mit zwei Wagenladungen voll gemischter Fracht eintraf, die er einem dort ansässigen Ladenbesitzer zustellen sollte, ergab sich, daß von sechs Kisten Branntwein, die auf dem Lieferschein standen, fünf abhanden gekommen waren. Als man von Hadden eine Erklärung für den Fehlbestand verlangte, schob er die Schuld auf seine Kaffern-»Boys«, doch der Ladenbesitzer, der ein sehr loses Mundwerk besaß, nannte ihn einen unverschämten Dieb und weigerte sich, die Frachtraten zu bezahlen. Aus dem Streitgespräch wurde rasch eine handfeste Auseinandersetzung, Messer wurden gezückt, und ehe jemand den Streit zu schlichten vermochte, hatte der Ladenbesitzer bereits eine böse Stichwunde in der Brust. Da Hadden nicht so lange warten wollte, bis der Landdrost oder Magistrat die Angelegenheit untersuchte, verließ er bereits in der kommenden Nacht wieder den Ort und treckte so rasch nach Natal zurück, wie seine Ochsen laufen konnten. Aber da er sich auch dort nicht sicher fühlte, stellte er einen seiner Karren in Newcastle unter und belud den anderen mit Kaffern-Fracht – mit Decken, Kaliko, Eisenkurzwaren und dergleichen – und überquerte damit die Grenze von Zululand, wohin ihm kein weißer Sheriff damals zu folgen wagte.

Da er sich mit den Gepflogenheiten der Eingeborenen gut auskannte und auch ihre Sprache beherrschte, fand er rasch Abnehmer für seine Fracht, sah sich alsbald im Besitz von etwas Bargeld und einer kleinen Rinderherde, die er im Tauschhandel für seine Waren bekam. Zwischenzeitlich erreichte ihn die Nachricht, daß der Mann, den er mit dem Messer verletzt hatte, nicht daran dachte, auf seine Rache zu verzichten, sondern im Briefwechsel mit den Behörden in Natal stand. Deshalb hielt es Hadden vorläufig nicht für ratsam, in die Zivilisation zurückzukehren, aber bis er sich wieder mit frischen Tauschgütern eindecken konnte, waren auch seine Geschäfte lahmgelegt. Und so richtete Hadden nach dem Vorbild weiser Männer seine Gedanken auf das Vergnügen, schickte seine Rinder und den Frachtwagen über die Grenze in die Obhut eines mit ihm befreundeten Eingeborenenhäuptlings und begab sich zu Fuß nach Ulundi, um sich von dem König, Cetywayo, eine Jagdlizenz zu besorgen. Zu seiner Überraschung wurde er von den Indunas oder Zulu-Häuptlingen höflich in der Hauptstadt aufgenommen; denn Haddens Besuch erfolgte wenige Monate vor dem Ausbruch des Zulu-Krieges im Jahre 1878, als Cetywayo englische Händler schon sehr ungnädig behandelte und auch andere Männer, obwohl sie nicht wußten, warum.

Anläßlich seiner ersten und letzten Audienz bei Cetywayo bekam Hadden eine kleine Kostprobe von des Königs Gründen. Das geschah folgendermaßen. Zwei Tage nach Haddens Ankunft im königlichen Kral kam am Morgen ein Bote zu ihm, um ihm mitzuteilen, daß »der Elefant, unter dessen Tritten die Erde erbebt« seinen Willen kundgetan habe, mit ihm zu sprechen. So führte man ihn durch Tausende von Hütten hindurch über den Großen Platz zu der kleinen Einfriedung, wo Cetywayo, ein majestätisch aussehender Zulu, bekleidet mit einem *kaross* aus Leopardenfellen, auf einem Schemel saß und, umgeben von seinen Ratgebern, eine *indaba* oder Konferenz abhielt. Der Induna, der Hadden vor das Antlitz des erlauchten Herrschers gebracht hatte, ließ sich auf Händen und Knien nieder, entbot ihm den königlichen *Bayéte*-Gruß, kroch bis zum Schemel des Herrschers und meldete ihm, daß der weiße Mann warte.

»Laß ihn warten!« erwiderte der König unwirsch, wendete sich von ihm ab und setzte das Palaver mit seinen Ratgebern fort.

Nun hörten wir ja bereits, daß Hadden die Zulusprache perfekt beherrschte, und sobald der König mit erhobener Stimme sprach, verstand er jedes Wort.

»Was!« wetterte Cetywayo, als ein hochbetagtes verschrumpeltes Männchen es wagte, ihm ernsthaft zu widersprechen, »bin ich ein Hund, mit dem diese weißen Hyänen nach Belieben umspringen dürfen? Ist das etwa nicht mein Land, das vorher meinem Vater gehörte? Ist das etwa nicht mein Volk, und hängt es nicht im Guten und Bösen von meinem Willen ab? Und ich sage dir, es ist mein Wille, diese kleinen weißen Männer zu zertreten und meinen *impis* zum Fraß vorzuwerfen. So wird es geschehen!«

Damit fand sich jedoch der verschrumpelte alte Mann nicht ab, sondern brachte abermals Argumente vor, offensichtlich die Rolle eines Friedensstifters vertretend. Hadden konnte nicht hören, was der Alte sagte; doch er sah ihn aufstehen und auf das Meer deuten, und an seinen ausdrucksvollen Gesten und seinem bekümmerten Gesicht war abzulesen, daß er ein Unheil prophezeite, falls sich die Dinge in eine bestimmte Richtung entwickelten.

Eine Weile lang hörte ihm der König zu. Dann sprang er von seinem Schemel auf, und seine Augen glühten buchstäblich vor Zorn.

»Hör zu!« schrie er seinen Ratgeber an. »Was ich schon lange vermutete, hast du mir jetzt bestätigt: du bist ein Verräter. Du bist Sompseus* Hund, weil du für ihn bellst, und der Hund der Regierung von Natal! Ich füttere doch nicht den Hund eines fremden Mannes, damit er mich in meinem eigenen Hause beißt! Schafft ihn fort!«

Ein leises, beifälliges Murmeln lief durch den Kreis der Indunas, doch der alte Mann ließ sich nicht dadurch beirren, auch nicht von den Soldaten, die ihn hinrichten sollten und die nun auf ihn eindrangen und ihn unsanft packten. Einen Augenblick lang, der vielleicht fünf Sekunden dauerte, verbarg er sein Gesicht hinter einem Zipfel seines *kaross*, mit dem er bekleidet war, hob dann wieder den Kopf und redete mit klarer Stimme zum König:

»Mein König«, begann er, »ich bin ein hochbetagter Mann, der schon als Jüngling unter Chaka, dem Löwen, kämpfte und der mir auf seinem Totenbett die Ankunft des Weißen Mannes prophezeite. Dann kamen die Weißen Männer, und ich kämpfte gegen sie an der Seite von Dingaan in der Schlacht am Blutigen Fluß.** Nachdem die Weißen Männer Dingaan erschlugen, war ich viele Jahre lang der Ratgeber deines Vaters Panda. Ich stand in der Schlacht am Ufer des Tugela an deiner Seite, als sich das graue Wasser des Flusses rot färbte vom Blut deines Bruders Um-

* Sir Theophilus Shepstone, der Gouverneur von Natal.
** Engl. Blood River

bulazi und seiner zwanzigtausend Krieger. Danach wurde ich dein Ratgeber, mein König, und ich stand an deiner Seite, als Sompseu dir die Krone aufs Haupt setzte und du ihm Zusicherungen gabst – Versprechungen, die du nie eingehalten hast. Nun bin ich dir lästig geworden, und das ist ganz in Ordnung; denn ich bin ein hochbetagter Mann, der zweifellos manchmal dummes Zeug redet, wie es die Gewohnheit alter Leute ist. Trotzdem glaube ich, daß der Weiße Mann dich besiegen und töten wird, wie es dein Großonkel Chaka prophezeite. Ich hätte gerne noch einmal in einer Schlacht neben dir gestanden und für dich gekämpft, mein König, da du dich ja nun für den Kampf entschieden hast. Doch wenn der König will, daß mein Leben anders enden soll, ist es auch am besten so. Schlafe in Frieden, mein König, und leb wohl! *Bayéte!*«*

Eine Weile herrschte die gespannte Stille von Männern, die darauf warteten, daß der König sein Urteil wieder umstoßen würde. Doch es gefiel dem König nicht, ein gnädiger Herrscher zu sein; oder das Gewicht politischer Erfordernisse wog schwerer als sein Mitleid.

»Schafft ihn fort!« wiederholte er.

»Gute Nacht«, sagte der alte Krieger und Staatsmann, ein wehmütiges Lächeln auf dem Gesicht, und schlurfte dann, vom Arm eines Soldaten gestützt, aus der Versammlung fort zu seiner Hinrichtungsstätte.

Hadden hatte das alles mit großem Staunen verfolgt, das nicht frei von Furcht war. Wenn er schon seine eigenen Diener so grob behandelt, was wird er dann erst mit mir anstellen? dachte er. Seit ich Natal verlassen habe, muß er ja jeden Respekt vor uns Engländern verloren haben. Ob er tatsächlich beabsichtigt, gegen uns Krieg zu führen? Wenn ja, bin ich hier an einer ganz falschen Adresse.

Und in eben diesem Moment fiel der Blick des Königs auf ihn, nachdem er eine Weile finster vor sich hingestarrt hatte. »Bringt den Fremdling hierher!« befahl er.

Hadden, der die Aufforderung des Königs hörte, ging direkt auf Cetywayo zu und gab ihm so kühl und unbefangen die Hand, wie ihm das gelingen wollte.

---

* Der königliche Gruß der Zulus.

Zu seiner Verblüffung nahm der König die ihm dargebotene Hand an. »Wenigstens«, sagte der König, die stattliche Erscheinung und die ebenmäßigen Züge seines Besuchers betrachtend, »bist du kein *umfagozan**, Weißer Mann! In deinen Adern fließt das Blut von Häuptlingen.«

»In der Tat, König«, erwiderte Hadden mit einem leisen Seufzer, »in meinen Adern fließt blaues Blut.«

»Was suchst du in meinem Land, Weißer Mann?«

»Etwas sehr Bescheidenes, König. Ich habe hier Handel getrieben, wie du vermutlich schon gehört hast, und alle meine Waren verkauft. Nun bitte ich um deine Erlaubnis, noch ein paar Büffel und anderes Großwild in deinem Land jagen zu dürfen, ehe ich wieder nach Natal zurückkehre.«

»Die Erlaubnis bekommst du nicht«, erwiderte Cetywayo, »denn du bist ein Spion, den mir Sompseu oder der Induna der Königin in Natal ins Land geschickt hat. Also packe deine Sachen und verschwinde!«

»Bin ich das?« gab Hadden mit einem Achselzucken zurück. »Dann darf ich mir ja eine Belohnung von Sompseu, der Induna der Königin oder sogar beiden erwarten, wenn ich in mein Land zurückgekehrt bin. Bis dahin werde ich, weil ich muß, deinem Befehl gehorchen, werde dir aber vorher noch ein Geschenk machen.«

»Was für ein Geschenk?« forschte der König. »Ich brauche keine Geschenke. Wir leben in einem reichen Land, Weißer Mann.«

»Dann eben nicht, mein König. Es wäre sowieso unter deiner Würde gewesen, es anzunehmen. Nur ein lumpiges Gewehr.«

»Ein Gewehr, Weißer Mann? Wo ist es?«

»Im Quartier. Ich wollte es eigentlich mitbringen; doch deine Diener sagten mir, es sei ein todeswürdiges Verbrechen, bewaffnet vor dem ›Elefanten, der die Erde erbeben läßt‹ zu erscheinen.«

Das rief ein Stirnrunzeln bei Cetywayo hervor, denn seinen scharfen Ohren war der Sarkasmus in Haddens Worten nicht entgangen.

---

* Niedriggeborener

»Bringt die Gabe dieses Weißen Mannes hierher, damit ich sie betrachten kann!«

Sogleich raste der Induna, der Hadden zum König geleitet hatte, auf das Tor der Umfriedung zu, rannte mit so weit vorgebeugtem Oberkörper, daß man jeden Augenblick befürchten mußte, er fiele auf das Gesicht. Im Nu kehrte er mit dem Gewehr in der Hand in die Ratsversammlung zurück und präsentierte es seinem Herrscher auf eine Weise, daß die Mündung der Waffe direkt auf die königliche Brust zeigte.

»Wenn ich dir einen Rat geben darf, Großer Elefant«, sagte Hadden mit affektierter Unterwürfigkeit, »würde ich dir empfehlen, deinem Diener zu gebieten, das vordere Ende der Waffe aus der Nähe deines Herzens zu entfernen.«

»Weshalb?« forschte der König.

»Lediglich deswegen, weil die Waffe bereits geladen und gespannt ist, Großer Elefant, und ich vermute, daß du noch länger mit deinen Schritten die Erde zum Beben bringen möchtest.«

Bei diesen Worten stieß der »Elefant« einen lauten Schrei aus und fiel auf höchst unkönigliche Weise von seinem Schemel herunter, während der entsetzte Induna, der mit einem Satz vor dem König zurückwich, aus Versehen den Abzug der Waffe berührte und eine Kugel genau dorthin schickte, wo einen Moment zuvor noch der Kopf seines Monarchen gewesen war.

»Schafft ihn fort!« brüllte der erzürnte König, noch auf seinem Allerwertesten liegend, doch noch ehe ihm das über die Lippen gekommen war, hatte der Induna das Gewehr mit einem Schrei, die Waffe sei verhext, längst fortgeworfen und war so rasch er konnte durch das Tor der Umfriedung geflüchtet.

»Er hat sich bereits selbst fortgeschafft«, sagte Hadden, während die Ratsversammlung hinter vorgehaltener Hand hüstelte. »Nein, König, nichts überstürzen; es ist ein Repetiergewehr. Paß auf!« Hadden nahm die Winchester vom Boden und jagte in rascher Folge die noch im Magazin befindlichen Patronen in einen Baumwipfel und traf mit jeder Kugel ein Blatt, auf das er zielte.

»*Wau!* Das ist wunderbar!« riefen die Versammelten verblüfft.

»Hat das Ding ausgeredet?« erkundigte sich der König.

»Vorläufig bleibt es stumm«, erwiderte Hadden. »Nun kannst du es dir anschauen.«

Cetywayo nahm das Repetiergewehr in die Hand und untersuchte es vorsichtig, wobei er die Mündung horizontal im Kreis herumschwenkte, also genau in Höhe der Bäuche einiger seiner wichtigsten Ratgeber, die nach links oder rechts hopsten, sobald der Lauf der Waffe auf sie zielte.

»Schau dir diese Feiglinge an, Weißer Mann«, rief der König entrüstet, »sie haben Angst, es könnte doch noch eine Kugel im Lauf sein.«

»Ja«, pflichtete ihm Hadden bei, »es sind in der Tat feige Männer. Hätten sie auf Schemeln gesessen, wären sie sicherlich von ihren Hockern heruntergefallen, wie es Eure Majestät ihnen vorzuführen beliebte.«

»Verstehst du etwas von der Herstellung dieser Waffen, Weißer Mann?« erkundigte sich der König hastig, weil alle Indunas den Kopf wegdrehten und angelegentlich den Zaun in ihrem Rücken betrachteten.

»Nein, König, ich kann keine Gewehre herstellen; aber ich kann sie reparieren.«

»Würdest du hier in meinem Kral bleiben und für mich Waffen reparieren, wenn ich dich dafür gut bezahlte, Weißer Mann?« fragte Cetywayo gespannt.

»Das hinge von der Bezahlung ab«, erwiderte Hadden; »doch vorläufig habe ich genug getan und möchte mich ausruhen. Wenn du mir die Erlaubnis gibst, das Wild zu jagen, um das ich dich gebeten habe, und mir ein paar Männer als Jagdgehilfen mitgibst, können wir uns vielleicht in dieser Sache einigen, wenn ich wieder von der Jagd zurückkomme, mein König. Wenn nicht, werde ich mich von dir verabschieden und mich wieder nach Natal auf den Weg machen.«

»Um dort zu melden, was er hier gesehen und gehört hat«, murmelte Cetywayo.

In diesem Moment wurde das Palaver durch die Soldaten unterbrochen, die den greisen Induna fortgeführt hatten, nun im Laufschritt zurückkamen und sich vor dem König in den Staub warfen.

»Ist er tot?« erkundigte sich der König.

»Er ist über die Brücke des Königs gegangen«, antworteten sie grimmig, »er starb mit einem Loblied auf den König auf den Lippen.«

»Gut«, sagte Cetywayo, »dieser Stein wird meinen Füßen nicht mehr weh tun. Geht und berichtet Sompseu und den Induna der Königin in Natal, wie ich diesen Stein beseitigen ließ«, fügte er mit bitterer Betonung hinzu.

»*Baba!* Merkt auf! Unser Vater spricht. Hört auf die Stimme des Elefanten!« sagten die Indunas, die ihr Stichwort nicht versäumen wollten, während einer, etwas kühner als seine Kollegen, hinzufügte: »Bald werden wir in einer anderen Sprache mit ihnen reden, mit diesen geschwätzigen Weißen, in einer roten Sprache, in der Sprache der Speere, und die Regimenter werden singen, daß ihnen die Ohren davon klingen.«

Diese Worte lösten eine Begeisterung bei den Zuhörern aus, als wäre ein Funke auf dürres Steppengras gefallen. Sie sprangen auf wie ein Mann, denn die meisten von ihnen hatten auf ihren Fersen gesessen, und wiederholten, im gleichen Takt mit den Füßen auf die Erde stampfend:

Indaba ibomwu – indaba ye mikonto
*Lizo dunyswa nge impi ndhlebeni yaho.**

Einer von diesen Tänzern, eine wahrhaft furchtgebietende Gestalt mit gelben Streifen im Gesicht, trat an Hadden heran, schüttelte die Faust vor dessen Augen – zum Glück war das Tragen von Speeren in der Gegenwart des Königs verboten – und brüllte ihm den Vers in die Ohren.

Der König bemerkte, daß das Feuer, das er entfacht hatte, zu heftig loderte.

»Ruhe«, brüllte er mit seiner donnernden Baßstimme, für die er berühmt war. Sogleich standen alle Männer still, als hätten sie sich in Steine verwandelt. Nur die Echos von den Hütten sangen noch den Refrain: »Und die *impis* werden davon singen, daß ihnen die Ohren klingen – klingen.«

Inzwischen war Hadden so gut wie überzeugt, daß dieser Ort keine Bleibe für ihn sein konnte. Wenn dieser Schuft bewaffnet gewesen wäre, wäre das Temperament bestimmt mit ihm durchgegangen, dachte er. Hallo! Wer ist denn das?

---

* Eine rote Geschichte! Eine rote Geschichte!
Eine Geschichte der Speere, und die *impis* werden davon singen, daß ihnen die Ohren klingen.

Denn in diesem Augenblick betrat ein prächtiges Exemplar der Zulu-Rasse den umfriedeten Platz der Ratsversammlung. Der Mann, der ungefähr fünfunddreißig Jahre alt sein mochte, trug den Kriegsschmuck eines Unterführers des Umcityu-Regiments. Aus dem Stirnband aus Otternfell erhob sich ein prächtiger Federbusch, und von seiner Taille, seinen Oberarmen und den Knien hingen die langen Fransen schwarzer Büffelschwänze. In der einen Hand trug er einen kleinen Tanzschild, der ebenfalls von schwarzer Farbe war. Die andere Hand war leer, da er nicht bewaffnet vor dem König erscheinen durfte. Er hatte ein hübsches Gesicht, einen sensiblen Mund und warme, ehrliche Augen, obwohl sie in diesem Moment eine gewisse Sorge verrieten. Von der Sohle bis zum Scheitel maß er bestimmt einen Meter fünfundachtzig, obgleich er auf den Betrachter gar nicht so groß wirkte. Vermutlich wegen der Breite seiner Brust und der Stämmigkeit seiner Glieder, die im merkwürdigen Kontrast zu den zierlichen, fast weibischen Händen und Füßen standen, welche so oft den Zulu von edlem Geblüt auszeichnen. Kurzum, der Mann war sicherlich das, was er zu sein schien – ein durch Geburt, Verdienste und Gesinnung legitimierter Gentleman der Wilden.

In seiner Begleitung befand sich ein zweiter Mann, unauffällig mit einer *moocha* und einer Decke bekleidet, dessen graue Haarsträhnen ihn als einen Mann von mindestens fünfzig Jahren auswiesen. Auch er hatte ein gefälliges, fast edles Gesicht, doch seine Augen blickten furchtsam, und der Mund verriet Willensschwäche.

»Wer sind diese Männer?« fragte der König.

Die beiden fielen vor ihm auf die Knie und verbeugten sich, bis ihre Stirnen den Boden berührten – während sie ihn mit seinem *sibonga* begrüßten oder seinen Ehrentiteln.

»Redet!« forderte der Herrscher ungeduldig.

»Mein König«, sagte der jüngere Krieger und setzte sich nach Art der Zulu auf die Fersen; »ich bin Nahoon, der Sohn von Zomba, ein Anführer der Umcityu, und das hier ist mein Onkel, Umgona, der Bruder einer meiner Mütter, der jüngsten Frau meines Vaters.«

Cetywayo runzelte die Stirn: »Warum bist du nicht bei deinem Regiment, Nahoon?«

»Wenn es der König gestattet, so habe ich mir Urlaub von den obersten Anführern geben lassen und bin hierhergekommen, um den König um einen Beweis seiner unendlichen Gnade zu bitten.«

»Fasse dich kurz, Nahoon!«

»Es ist nämlich so, mein König«, fuhr der Unterführer mit einiger Verwirrung fort, »daß es meinem König vor einiger Zeit gefiel, gewisser Dienste wegen, die ich im Felde leistete, mich zu einem *keshla* zu machen ...« und dabei berührte er den schwarzen Ring, den er in seinen Haaren trug. »Da ich nun beides bin – beringt und Unterführer –, erbitte ich mir das Recht eines Mannes aus den Händen des Königs – das Recht zu heiraten.«

»Das Recht? Rede mit bescheidenerer Zunge, Sohn des Zomba! Meine Soldaten und meine Rinder besitzen keine Rechte!«

Nahoon biß sich auf die Lippe, denn er hatte einen schweren Fehler begangen.

»Verzeiht, mein König, aber diese Angelegenheit verhält sich folgendermaßen: Mein Onkel Umgona, der neben mir sitzt, hat eine schöne Tochter namens Nanea, die ich zum Weibe begehre, und die mich zum Manne haben möchte. In Erwartung der Erlaubnis des Königs haben wir uns verlobt, und um meine ernsthaften Absichten zu beweisen, habe ich auch Umgona bereits eine *lobola* von fünfzehn Stück Vieh bezahlt, Kühe und Kälber zu gleichen Teilen. Doch Umgona hat einen mächtigen Nachbarn, einen alten Häuptling namens Maputa, der Hüter der Krokodil-Drift, der zweifellos auch dem König bekannt ist, und dieser Häuptling begehrt ebenfalls Nanea zur Ehe und versucht deshalb Umgona einzuschüchtern, indem er ihm viel Übles androht, wenn er ihm nicht das Mädchen überließe. Doch Umgonas Herz ist mir gegenüber weiß und schwarz, was Maputa betrifft, und deshalb kamen wir gemeinsam hierher, um diese Gnade vom König zu erbitten.«

»So ist es; er hat die Wahrheit berichtet«, sagte Umgona.

»Schweig still!« erwiderte Cetywayo wütend. »Ist das die Zeit, in der sich meine Soldaten Frauen zur Ehe suchen sollen – Frauen, die ihre Herzen in Wasser verwandeln? Wisse, daß ich erst gestern für dieses Verbrechen zwanzig Mädchen, die es wagten, ohne meine Erlaubnis Männer des Undi-Regiments zu ehelichen, erdrosseln und ihre Leichen neben jenen ihrer Väter auf den

Kreuzwegen niederlegen ließ, damit alle ihre Sünden erfahren und es ihnen als ein warnendes Beispiel dienen sollte. Ja, Umgona, es ist ein Glück für dich und deine Tochter, daß du erst meine Zustimmung haben wolltest, ehe sie diesem Mann zur Gattin gegeben wurde. Und das ist nun mein königlicher Spruch: Ich schlage dir deine Bitte ab, Nahoon, und da du, Umgona, von jemandem belästigt wirst, den du nicht als Schwiegersohn haben möchtest, den alten Häuptling Maputa nämlich, werde ich dich von dieser Last befreien. Das Mädchen, wie Nahoon sagte, ist schön – gut, ich selbst werde ihr die Gnade erweisen und sie unter die Frauen des königlichen Haushaltes aufnehmen. Binnen dreißig Tagen, in der Woche des nächsten Neumondes, soll sie dem *Sigodhla*, dem königlichen Frauenhaus, übergeben werden und mit ihr die Rinder, Halbkühe und Halbkälber, die Nahoon dir gegeben hat, und die ich ihm nun als Buße auferlege, weil er ohne Erlaubnis des Königs an Heirat zu denken wagte.«

II

Die Prophezeiungen der Biene

Hier ist wahrhaftig ein Daniel vor seinen Richter gekommen, überlegte Hadden, der diese Kaffern-Komödie mit Interesse verfolgt hatte; unser liebeskranker Freund hat für seine Angebetete mehr Gnade erwirkt, als ihm recht sein kann. Nun, das kommt davon, wenn man sich einem Cäsaren zu Füßen wirft, und damit widmete er sich der Betrachtung der beiden Bittsteller.

Der alte Mann, Umgona, zuckte nur kurz zusammen und begann dann, Sätze konventioneller Danksagung herunterzubeten und den König für seine Güte und Herablassung zu preisen. Cetywayo hörte sich stumm Umgonas Litanei an, und als er damit fertig war, beantwortete er sie mit einer barschen Mahnung, daß er und seine Tochter, falls Nanea versäumte, in der festgesetzten Frist im königlichen Kral zu erscheinen, darauf gefaßt sein mußten, als Leichen den Kreuzweg in ihrer Nachbarschaft zu zieren.

Der Unterführer Nahoon bildete eine interessantere Studie. Als der König sein vernichtendes Urteil aussprach, nahm sein Gesicht einen Ausdruck grenzenloser Verblüffung an, der sogleich von dem des Zornes verdrängt wurde – der gerechte Zorn eines Mannes, der plötzlich das Opfer eines unsagbaren Unrechts geworden ist. Er bibberte am ganzen Körper, die Adern traten wie Stricke an seinem Hals und seiner Stirn hervor, und seine Finger schlossen sich krampfhaft, als packten sie den Schaft eines Speeres. Doch sogleich legte sich der Zorn wieder, denn ebensogut hätte ein Mensch mit dem Schicksal hadern können, wenn er sich gegen einen Zulu-Despoten auflehnte; deshalb wurde sein Zorn von einer Leidensmiene äußerster Trostlosigkeit ersetzt. Die stolzen dunklen Augen wurden stumpf, das kupferfarbene Gesicht grau wie Asche, die Lippen schlaff, und aus einem Mundwinkel tröpfelte Blut, weil er sich in dem Bemühen, die Beherrschung zu bewahren, die Unterlippe durchgebissen hatte. Die eine Hand zum Gruß hebend, mit dem er den König ehren mußte, erhob sich der kolossale Krieger wieder aus seiner hockenden Stellung und bewegte sich mehr schwankend als gehend auf den Ausgang der Umfriedung zu.

Als er diesen erreichte, zwang ihn die Stimme von Cetywayo, wieder anzuhalten. »Bleib!« befahl der Herrscher, »ich habe einen Auftrag für dich, Nahoon, der dir deine Gedanken an Weiber und Heirat aus dem Kopf treiben wird. Du siehst diesen Weißen Mann dort drüben; er ist mein Gast und möchte gerne Büffel und Großwild im Buschland jagen. Ich gebe ihn in deine Obhut. Nimm ein paar Männer mit und sorge dafür, daß ihm kein Leid geschieht! Und versäume nicht, ihn wieder binnen eines Monats hierherzubringen, oder du wirst mit deinem Leben dafür büßen müssen! Richte es so ein, daß er in der ersten Woche des Neumondes hier in meinem königlichen Kral ist, wenn Nanea hier eintrifft, und dann werde ich dir sagen, ob ich deine Meinung teile, was ihre Schönheit betrifft. Geh jetzt, mein Kind, und du, Weißer Mann, empfehle dich ebenfalls; jene, die dich begleiten sollten, werden bei Tagesanbruch bei dir sein. Leb wohl, aber vergiß nicht, daß wir uns bei Neumond wiedersehen, damit wir uns einig werden über den Lohn, den du als Hüter meiner Waffen erhalten sollst! Enttäusche mich nicht, Weißer Mann, oder ich werde nach dir schicken, und meine Boten können zuweilen recht grob sein!«

Das bedeutet, ich bin ein Gefangener, dachte Hadden, aber es wird hart für mich werden, wenn ich es nicht fertigbringe, ihnen irgendwie zu entwischen. Ich habe nicht vor, in diesem Land zu bleiben, wenn der Krieg erklärt wird, damit man mich zu *mouti** zerstampft, mir die Augen aussticht oder noch ähnliche Scherze mehr.

Zehn Tage waren inzwischen vergangen, als Hadden und seine Eskorte eines Abends ihr Nachtlager in der Wildnis des Berglandes errichteten, das sich zwischen den beiden Flüssen, dem Blood River und Unvunyana River, erhebt, nicht mehr als acht Meilen von der »Stätte der kleinen Hand« entfernt, die in wenigen Wochen unter ihrem Zulu-Namen »Isandhlwana« in der ganzen Welt berühmt werden sollte. Drei Tage lang hatten sie nun die Spur einer kleinen Büffelherde verfolgt, die immer noch diesen wilden Landstrich bewohnte, aber bisher hatten sie die Tiere noch nicht einholen können. Die Zulu-Jäger hatten vorgeschlagen, sie sollten dem Unvunyana-Fluß zum Meer hinunterfolgen, wo das Wild viel zahlreicher wäre, doch weder Hadden noch der Unterführer, Nahoon, hatten sich aus Gründen, die jeder für sich behielt, dafür erwärmen können. Haddens Absicht war es, sich allmählich an den Buffalo River heranzuarbeiten, über den er sich dann nach Natal hinüberzuretten hoffte. Nahoon hingegen trachtete danach, sich in der Nachbarschaft des Krals von Umgona aufzuhalten, der nicht sehr weit von ihrem gegenwärtigen Lagerplatz entfernt war, in der vagen Hoffnung, es könnte sich ihm vielleicht eine Gelegenheit bieten, mit Nanea, dem Mädchen, mit dem er verlobt war, zu sprechen oder sie wenigstens zu sehen, da sie ihm ja in ein paar Wochen weggenommen und dem König übergeben werden sollte.

Ein unheimlicherer Ort als dieser, den sie sich als Nachtlager ausgesucht hatten, war Hadden bisher noch nie vor die Augen gekommen. Hinter ihnen lag ein Bezirk, halb Sumpf, halb Buschland, in dem sich vermutlich die Büffel versteckten. Vor ihnen erhob sich in einsamer Majestät der Berg von Isandhlwana, während sich im Vordergrund das Amphitheater eines überaus düsteren Waldes ausbreitete, der ringsum von einem Wall steil abfallender Hügel gesäumt wurde. In diesen Wald ergoß sich ein Fluß, der von Sümpfen gespeist wurde, ein recht beschauliches

* Medizin

Gewässer, soweit es auf ebenem Boden verlief. Doch es blieb nicht lange so, denn schon nach knapp dreihundert Metern fiel es plötzlich einen Abhang hinunter, der nicht sehr hoch war, aber dafür sehr steil, und ergoß sich am Fuß der Klippe in einen kochenden, von Felsblöcken gesäumten Tümpel, den das Licht der Sonne niemals zu erreichen schien.

»Wie heißt dieser Wald da drüben, Nahoon?« erkundigte sich Hadden.

»Man nennt ihn *Emagudu*, ›Die Wohnung der Toten‹«, erwiderte der Zulu geistesabwesend, denn er blickte in die Richtung des Krals, in dem Nanea wohnte und der sich ungefähr eine Wegstunde entfernt hinter dem Hügelrücken zu ihrer Rechten befand.

»Die Wohnung der Toten! Weshalb?«

»Weil die Toten dort leben, welche wir die *Esemkofu* – die Sprachlosen – nennen, und bei ihnen auch noch andere Geister, die *Amahlosi*, denen der Odem ausgegangen ist und die dennoch weiterleben.«

»In der Tat«, erwiderte Hadden, »und hast du diese Geister schon einmal gesehen?«

»Bin ich verrückt, daß ich losziehen und nach ihnen suchen sollte, Weißer Mann? Nur die Toten betreten diesen Wald, und die Leute meines Volkes legen am Rand des Waldes ihre Geschenke für sie nieder.«

Von Nahoon begleitet, ging Hadden bis zum Rand der Klippe und blickte hinunter. Zur Linken lag der tief und schrecklich aussehende Tümpel, und daneben, unweit seines Ufers auf einem schmalen Grünstreifen, der sich zwischen der Klippe und dem Wald ausdehnte, war eine Hütte.

»Wer wohnt dort?« fragte Hadden.

»Die große *Isanusi* – welche *Inyanga* oder Heilkundige genannt wird, aber auch *Inyosi**, weil sie die Weisheit von den Toten einsammelt, die im Walde gedeihen.«

»Glaubst du, sie könnte genug Weisheit zusammenbringen, um mir zu sagen, ob ich Büffel erlegen werde, Nahoon?«

»Vielleicht, Weißer Mann, aber...«, fügte er mit einem flüchtigen Lächeln hinzu, »wer den Bienenstock besucht, hört vielleicht gar

---

* Biene

nichts oder mehr, als ihm lieb sein kann. Die Worte der Biene haben einen Stachel.«

»Gut; ich will sehen, ob sie mich stechen kann.«

»So sei es«, erwiderte Nahoon, drehte sich um und folgte einem Weg an der Klippe entlang, bis er einen Eingeborenenpfad erreichte, der im Zickzack den Abhang hinunterführte.

Sich an diesen Pfad haltend, kletterten sie bergab, bis sie die Grünfläche am Fuß der Steilwand erreichten, und stiegen dann zur Hütte hinauf, die von einem niedrigen Zaun aus Schilfrohr umgeben war. Dieser umfriedete einen kleinen Vorplatz, der mit gestampfter und polierter Erde bedeckt war. Auf diesem Vorplatz saß die Biene auf einem Schemel, den sie direkt vor das »Schlupfloch« ihrer Hütte gestellt hatte, einer runden Öffnung in der Vorderwand, die als Eingang diente. Und da sie im Schatten kauerte, konnte Hadden zunächst nur eine zusammengekrümmte Gestalt erkennen, eingehüllt in einen speckigen, zerlumpten Katzenfell-*kaross*, und darüber zwei leuchtende Augen, so wild und flink wie bei einem Leoparden. Vor ihren Füßen flackerte ein kleines Feuer und darum angeordnet war ein Kreis von Totenschädeln, sich paarweise gegenübersitzend, als führten sie Zwiesprache miteinander, während andere Knochen, offensichtlich ebenfalls menschlicher Herkunft, wie Girlanden die Hüttenwand und den Zaun schmückten.

Wie ich sehe, hat die alte Dame sich schon auf unser Kommen vorbereitet, dachte Hadden, sagte aber nichts.

Auch die Zauberdoktorin sagte nichts, sondern fixierte mit ihren Knopfaugen stumm Haddens Gesicht. Hadden erwiderte ihr Kompliment und starrte sie so wütend an, wie er es vermochte, bis ihm plötzlich bewußt wurde, daß er in diesem eigenartigen Duell der Unterlegene war. Sein Geist verwirrte sich, und in seiner Einbildung verwandelte sich die Frau vor der Hütte in eine kolossale und scheußliche Spinne, die vor dem Eingang zu ihrer Falle saß, die Überreste ihrer Opfer um sich verstreut.

»Warum sagst du nichts, Weißer Mann?« hob sie endlich mit einer schleppenden, klaren Stimme an. »Nun, das ist auch nicht nötig, denn ich kann deine Gedanken lesen. Du meinst, zu mir, die man die Biene nennt, würde der Name ›die Spinne‹ viel besser passen. Aber keine Angst, ich habe die Menschen, deren Knochen du siehst, nicht getötet. Was für einen Vorteil brächte es mir wohl, wenn die Toten noch zahlreicher würden? Ich sauge die Seelen der Menschen aus, nicht ihre Körper, Weißer Mann. Es sind die Herzen der Lebenden, in die ich gerne hineinschaue, und darin vermag ich so manches zu lesen, was meine Weisheit bereichert. Nun, was verlangst du von der Biene, die in dem Garten des Todes erntet, Weißer Mann? Und was bringt *dich* hierher, Sohn des Zomba? Warum bist du nicht bei den Umcityu, um dich mit ihnen auf den großen Krieg vorzubereiten – auf den letzten Krieg – den Krieg der Weißen und der Schwarzen? Oder wenn du keinen Mut hast zum Kämpfen, warum bist du dann nicht an der Seite von Nanea, der Großen, Nanea, der Hübschen?«

Nahoon gab ihr keine Antwort; aber Hadden sagte:

»Es ist nur eine Kleinigkeit, Mutter. Ich möchte gern von dir wissen, ob ich Glück habe bei meiner Jagd.«

»Bei deiner Jagd, Weißer Mann? Bei welcher Jagd? Der Jagd nach Wild, nach Geld oder nach Frauen? Nun, eines von den dreien wirst du wohl meinen, denn für dich muß es immer eine Jagd sein; das ist deine Natur, zu jagen und gejagt zu werden. Sag mal, wie geht es denn dem Händler, dem du jenseits der Grenze in der Stadt der Maboon* eine Kostprobe von deinem Stahl gegeben hast? Du brauchst mir nicht zu antworten, Weißer Mann, doch was bietest du mir, Chef der armen Zauberdoktorin, deren Talente du beanspruchst, als Bezahlung an?« fuhr sie nun mit weinerlicher Stimme fort. »Oder verlangst du, daß eine alte Frau wie ich ohne Bezahlung arbeiten soll?«

»Ich habe nichts, was ich dir dafür anbieten könnte, Mutter, und deshalb werde ich mich wieder verabschieden«, antwortete Hadden, dem die Talentproben der Biene, was ihre Beobachtungsgabe und ihre hellseherischen Fähigkeiten betraf, bereits genügten.

»Nein«, erwiderte sie mit einem unangenehmen Lachen, »du fragst und willst gehen, ohne deine Antworten mitzunehmen? Ich verlange vorläutig keinen Lohn dafür, Weißer Mann; du wirst mich später bezahlen, wenn wir uns wiedersehen.« Sie lachte abermals. »Laß mich in dein Gesicht schauen, laß mich in dein Gesicht schauen!« fuhr sie dann murmelnd fort, erhob sich von ihrem Schemel und stand nun dicht vor ihm. Und dann, voll-

---

* Buren

kommen unerwartet, fühlte er etwas Kaltes in seinem Nacken, und im nächsten Moment war die Biene schon wieder einen Schritt von ihm entfernt und hielt eine dunkle Haarlocke, die sie ihm vom Kopf geschnitten hatte, zwischen Daumen und Zeigefinger. Das war so unglaublich schnell vor sich gegangen, daß er gar nicht die Zeit fand, ihrem Anschlag auszuweichen oder ihn zu verdammen. Er stand nur da und starrte sie blöde an.

»Mehr verlange ich nicht von dir«, rief sie, »denn wie mein Herz ist auch mein Zauber weiß. Bleib stehen, Sohn des Zomba, und schenke mir auch eine Locke von deinem Haar, denn wer die Biene besucht, muß auch ihrem Summen zuhören!«

Nahoon schnitt sich gehorsam eine kleine Locke mit der scharfen Schneide seines Assagai vom Haupt, obwohl ihm deutlich anzumerken war, daß er es nicht gerne tat, sondern nur die Folgen fürchtete, falls er sich weigerte.

Dann schlüpfte die Biene in ihren *kaross* zurück und stand vor ihnen, über das Feuer gebeugt, in das sie Kräuter streute, die sie einem an ihrer Taille befestigten Säckchen entnahm. Trotz ihres Alters war sie immer noch eine gutgebaute Frau, und Hadden, der sich unter einer Zauberdoktorin immer etwas Widerwärtiges vorgestellt hatte, konnte nichts Abstoßendes an ihrer Erscheinung entdecken. Um ihren Hals trug sie allerdings ein recht ungewöhnliches Schmuckstück, eine kleine lebendige Schlange von roter und grauer Färbung, in der ihre Besucher sogleich eine der tödlichsten Nattern wiedererkannten, die man in diesem Teil des Kontinents finden konnte. Es war nicht ungewöhnlich für Bantu-Zauberdoktoren, sich auf eine solche Weise mit Schlangen zu dekorieren, obgleich man nicht genau wußte, ob ihnen zuerst die Giftzähne gezogen worden waren.

Als die Kräuter im Feuer verschmorten, stiegen ihre Dämpfe in einer dünnen senkrechten Rauchsäule nach oben, die, sobald sie das Gesicht der Biene berührte, sich um ihren Kopf verteilte und ihn einhüllte wie ein Schleier von seltsam blauer Farbe. Dann streckte sie plötzlich die Hände nach vorn und ließ die beiden Haarlocken auf die schmorenden Kräuter fallen, wo sie sich ringelnd zu Asche verwandelten, als wären sie qualvoll verendende Wesen. Und dann öffnete sie den Mund und fing an, die Dämpfe der Haare und Kräuter mit heftigen Atemzügen in die Lungen zu saugen; während die Schlange, die die Wirkung der Medizin spürte, unangenehm zischte, sich von ihrem Hals loswand und höher hinaufkroch, um unter den schwarzen *saccaboola*-Federn ihres Kopfschmucks Zuflucht zu suchen.

Alsbald begannen die Dämpfe auch auf die Biene ihre Wirkung auszuüben. Sie schwankte murmelnd hin und her und sank dann gegen die Hüttenwand zurück, den Kopf an das Stroh lehnend. Dabei hob sich ihr Gesicht in das Licht des Feuers, und da es sich blau verfärbt hatte, bot es einen gräßlichen Anblick mit den offenen, starren Augen, die wie bei einer Toten tief in ihren Höhlen lagen, während die rote Schlange zischend über ihre Stirn hin- und herpendelte und Hadden an den Uraeus-Kopfschmuck ägyptischer Königsstatuen erinnerte. Mindestens zehn Sekunden lang verharrte sie so und sprach dann mit einer hohlen, unnatürlichen Stimme:

»Ach, schwarzes Herz, das von einem schönen weißen Körper umkleidet ist, ich sehe es, und es ist schwarz wie Blut und soll sich auch mit schwarzem Blut beflecken. Schöner weißer Körper mit schwarzem Herzen, du wirst ein Wild finden und es jagen, und es wird dich in das Haus der Heimatlosen führen, in das Heim der Toten; und es wird geformt sein wie ein Stier, und es wird geformt sein wie ein Tiger, und es wird geformt sein wie eine Frau, der Könige und Wasser nichts anhaben können. Schöner weißer Körper mit einem schwarzen Herzen, du wirst gerecht bezahlt werden, Münze für Münze, und Schlag für Schlag. Denk an meine Worte, wenn die Tigerkatze über deinem Gesicht schnurrt! Denk daran, wenn das Getöse der Schlacht dich umgibt! Denk daran, wenn du mit beiden Händen nach deiner Belohnung greifst und du zuletzt von Angesicht zu Angesicht dem Geist der Toten im Heim der Toten gegenüberstehen wirst.

Ach, weißes Herz in einem schwarzen Körper, ich sehe es, und es ist wahrhaftig so weiß wie Milch, und die Milch der Unschuld wird dich retten. Du Törichter, warum führst du diesen Streich? Kümmere dich nicht um ihn, der von dem Tiger geliebt wird und dessen Liebe so ist wie die Liebe eines Tigers. Ach, was für ein Gesicht ist das in der Schlacht? Folge ihm, folge ihm, du Fußgewandter! – Aber sei auf der Hut, denn die Zunge, die Lügen spricht, wird nie um Gnade bitten, und die Hand eines Verräters ist stark im Krieg! Weißes Herz, was ist der Tod? Im Tod lebt das Leben, und unter den Toten wirst du das Leben finden, das du verloren hast, denn dort erwartet dich jene, der Könige und Gewässer nichts anhaben können.«

Während die Biene das verkündete, wurde ihre Stimme allmählich leiser, bis man sie kaum noch zu verstehen vermochte. Dann verstummte sie gänzlich, und sie schien aus ihrer Verzükkung in einen Schlaf hinüberzugleiten. Hadden, der ihr mit einem zynischen und amüsierten Lächeln zugehört hatte, konnte das Lachen nicht mehr zurückhalten.

»Warum lachst du, Weißer Mann?« erkundigte sich Nahoon verärgert.

»Ich lache über meine eigene Torheit, weil ich meine Zeit damit vergeudete, dem Unsinn einer lügnerischen Betrügerin zuzuhören.«

»Das ist kein Unsinn, Weißer Mann!«

»Nein? Kannst du mir verraten, was ihre Sprüche bedeuten?«

»Noch kann ich ihren Sinn nicht enträtseln; aber ihre Worte haben etwas mit einer Frau und mit einem Leoparden zu tun, und mit deinem Schicksal und meinem Schicksal.«

Hadden zuckte die Achseln, weil er die Angelegenheit für nicht so wichtig hielt, um sich deswegen zu streiten, und im gleichen Moment erwachte auch die Biene mit einem Schaudern, nahm die rote Schlange aus ihrem Kopfschmuck, wand sie um ihren Hals und wickelte sich selbst wieder in ihren speckigen *kaross* ein.

»Bist du zufrieden mit meiner Weisheit, *Inkoos*?« fragte sie Hadden.

»Ja, ich gebe mich zufrieden damit, daß du eine der gerissensten Betrügerinnen im Zulu-Land bist, Mutter«, erwiderte er kalt. »Was habe ich dafür zu bezahlen?«

Die Biene nahm an seinen schnöden Bemerkungen keinen Anstoß, obschon für ein, zwei Sekunden sich der Blick in ihren Augen seltsam veränderte, dem Funkeln gleichend, das sie bei der Schlange bemerkt hatten, als die Dämpfe des Feuers sie reizten.

»Wenn der Weiße Herr sagt, ich bin eine Betrügerin, muß es so sein«, entgegnete sie, »denn besonders er sollte ja die Fähigkeit besitzen, einen Betrüger erkennen zu können. Ich habe gesagt, daß ich keinen Lohn verlange – doch, gib mir etwas Tabak aus deinem Beutel.«

Hadden öffnete das Säckchen aus Antilopenfell, entnahm ihm etwas Tabak und überreichte ihn ihr. Während sie ihn nahm, packte sie seine Hand und untersuchte den Goldring an seinem dritten Finger, ein Ring, der wie eine Schlange geformt war, mit zwei kleinen Rubinen im Kopf, die die Augen darstellen sollten.

»Ich trag eine Schlange um meinen Hals, und du trägst eine um deinen Finger, *Inkoos*. Ich würde gerne diesen Ring haben, um ihn an meiner Hand zu tragen, damit die Schlange um meinem Hals sich dort nicht ganz so verlassen vorkommt.«

»Dann, fürchte ich, wirst du warten müssen, bis ich tot bin«, erwiderte Hadden.

»Ja, ja«, antwortete sie im vergnügten Ton, »das ist ein gutes Wort. Ich werde warten, bis du tot bist, und dann werde ich den Ring nehmen. Und keiner kann dann sagen, daß ich ihn gestohlen habe, denn Nahoon neben dir wird mein Zeuge sein, daß du mir die Erlaubnis dazu gegeben hast.«

Das erstemal reagierte Hadden mit Schrecken; da war etwas eben in der Stimme der Biene gewesen, das ihn empfindlich störte. Hätte sie ihn auf ihre professionelle Art angesprochen, würde er sich nichts dabei gedacht haben; doch in ihrer Begehrlichkeit war sie zu einer ganz normalen Frau geworden, und es war offensichtlich, daß sie aus Überzeugung sprach, also an ihre eigenen Worte glaubte.

Sie bemerkte, wie er zusammenfuhr, und fiel sogleich wieder in ihren alten Tonfall zurück.

»Möge der Weiße Herr einer armen, alten Zauberdoktorin diesen Scherz verzeihen«, sagte sie mit einer weinerlichen Stimme. »Ich habe so viel mit dem Tod zu tun, daß sein Name mir unwillkürlich auf die Lippen kommt«, und damit blickte sie zuerst auf den Kreis der Totenschädel, der sie umgab, und dann zu dem Wasserfall hinüber, der den finsteren Teich speiste, an dessen Ufer ihre Hütte lag.

»Seht!« sagte sie schlicht.

Der Linie ihrer ausgestreckten Hand folgend, fiel Haddens Blick auf zwei verwitterte Mimosenbäume, die über den Wasserfällen fast im rechten Winkel zu der Felskante wuchsen. Diese Bäume waren mit einer primitiven Plattform verbunden, bestehend aus Holzstämmen, die mit Riemen aus Haut an den Enden festgebunden waren. Auf dieser Plattform standen drei Gestalten: trotz der Entfernung und der Sprühnebel, die der Wasserfall erzeugte, vermochte er zu erkennen, daß es sich um zwei Männer und ein Mädchen handelte, denn ihre Umrisse zeichneten sich deutlich vor dem feurig-roten Abendhimmel ab. In diesem Augenblick waren es drei, im nächsten nur noch zwei – denn das Mädchen war verschwunden, und etwas Dunkles stürzte mit dem fallenden Wasser in die Tiefe und prallte mit einem dumpfen Laut auf der Oberfläche des Tümpels auf, während ein schwacher, herzzerreißender Schrei an seine Ohren drang.

»Was soll denn das bedeuten?« erkundigte er sich staunend und entsetzt.

»Nichts«, erwiderte die Biene mit einem Lachen. »Weißt du denn nicht, daß dies der Ort ist, wohin treulose Frauen oder Mädchen, die ohne Erlaubnis des Königs ihre Liebe verschenkten, gebracht werden, um den Tod zu erleiden, zugleich mit ihrem Komplizen? Oh! Sie sterben hier Tag für Tag, und ich sehe sie sterben und führe Buch über ihre Zahl.« Damit zog sie ein Kerbholz aus dem Strohgeflecht ihrer Hütte, nahm ein Messer zur Hand und fügte einen Schnitt zu den vielen Kerben hinzu, die schon darauf waren, während sie Nahoon die ganze Zeit dabei mit einem halb fragenden, halb warnenden Blick ansah.

»Ja, ja, es ist eine Stätte des Todes«, murmelte sie. »Dort oben sterben die Lebenden Tag für Tag ihren Tod, und dort unten ...« – sie deutete den Flußlauf entlang, wo er sich wieder vom Tümpel löste, bis zu der Stelle, wo er, ungefähr zweihundert Yards von ihrer Hütte entfernt, im Wald untertauchte – »haben die Geister von ihnen ihre Heimstätte. Hört!«

Während sie sprach, drang ein Laut an ihre Ohren, der von den dunklen Rändern der Wälder emporzusteigen schien – ein seltsamer und unheimlicher Laut, den man unmöglich zutreffender definieren konnte als dadurch, daß er tierisch zu sein schien und fast unartikuliert.

»Horcht!« wiederholte die Biene. »Sie freuen sich dort drüben.«

»Wer?« erkundigte sich Hadden, »die Paviane?«

»Nein, *Inkoos*, die *Amatongo* – die Geister, die das Mädchen begrüßen, das soeben ihre Zahl vergrößerte.«

»Geister«, sagte Hadden rauh, denn er war wütend über seine eigene Angst, »ich würde mir diese Geister gern anschauen. Glaubst du, ich hätte noch nie das Gekreische der Affen im Busch gehört, Mutter? Komm, Nahoon, laß uns gehen, so lange wir noch Licht zum Klettern haben! Leb wohl!«

»Lebt wohl, *Inkoos*, und zweifelt nicht, daß eure Wünsche erfüllt werden! Geht in Frieden, *Inkoos* – um in Frieden zu schlafen!«

III

Das Ende der Jagd

Trotz der guten Wünsche der Biene schlief Philip Hadden schlecht in dieser Nacht. Er fühlte sich bei bester Gesundheit, und auch sein Gewissen plagte ihn nicht über Gebühr, und dennoch fand er keine Ruhe. Sobald er die Augen schloß, beschwor sein Geist das Bild von der Zauberdoktorin mit dem so eigenartigen Namen »Die Biene« herauf und den Klang ihrer unheilvollen Worte, wie er sie an diesem Nachmittag gehört hatte. Er war weder ein abergläubischer noch ein furchtsamer Mann, und falls er überhaupt an etwas Übersinnliches glaubte, befand sich dieser Glaube, gelinde gesagt, in einem Tiefschlaf. Aber trotz seiner robusten Einstellung vermochte er ein unheimliches banges Gefühl nicht abzuschütteln, daß vielleicht doch ein paar Körnchen Wahrheit in den Prophezeiungen dieser Hexe stecken könnten. Angenommen zum Beispiel, daß er tatsächlich bald sterben mußte und das Herz, das gegenwärtig so kräftig in seiner Brust schlug, bald für immer stillstand – nein, er wollte an so etwas nicht denken. Dieser unheimliche Ort und diese scheußliche Hinrichtung, die er als Zeuge miterlebt hatte, hatten seine Nerven zerrüttet. Die Gebräuche der Zulus waren nicht besonders appetitlich, und er für seinen Teil war fest entschlossen, sich ihnen so rasch wie möglich durch die Flucht über die Grenze zu entziehen.

Tatsachlich, wenn sich das nur irgendwie einrichten ließ, war er fest entschlossen, schon in der kommenden Nacht einen Ausfall in Richtung Grenze zu wagen. Wenn dieser jedoch nicht scheitern sollte, mußte er unbedingt einen Büffel oder ein anderes Stück Großwild schießen. Denn dann, wie er aus Erfahrung wußte, würden die eingeborenen Jäger in seiner Begleitung sich den Bauch so mit Fleisch vollschlagen, bis sie sich kaum noch von der Stelle rühren konnten. Das war dann die Gelegenheit, die er ausnützen mußte. Er mußte allerdings damit rechnen, daß Nahoon dieser Versuchung nicht erlag, und in diesem Fall auf sein Glück vertrauen, um ihn loszuwerden. Als letzter Ausweg blieb ja noch eine Kugel, was Hadden für eine durchaus gerechte Lösung betrachtete, denn dieser Wilde war im Grunde ja nur sein Gefängniswärter. Sollte er deshalb in die Zwangslage geraten, ihn erschießen zu müssen, würde er sie ohne unnötige Skrupel meistern, denn im Grunde verabscheute er Nahoon, haßte ihn zuweilen sogar. Ihre Naturen waren so unvereinbar wie Feuer und Wasser, und er spürte, daß der riesenhafte Zulu ihm mißtraute und sogar auf ihn herabsah. Und daß ein Wilder, ein »Nigger« sich einem Weißen überlegen fühlte, war mehr, als Haddens Stolz zu ertragen vermochte.

Beim ersten Licht der Morgendämmerung erhob sich Hadden von seinem Schlafplatz und weckte seine Jagdgehilfen, die, in ihren *kaross* oder ihre Decke eingewickelt, neben dem erlöschenden Feuer schlummerten. Nahoon reckte sich gähnend. Vor dem grauen Morgenhimmel sah er wie ein Riese aus.

»Was hast du vor, *Umlungu**, daß du schon vor der Sonne aufstehst?«

»Ich habe vor, *Muntumpofu***, den Büffel zu jagen«, erwiderte Hadden schroff. Es verdroß ihn, daß dieser Wilde es wagte, ihm einen Titel anzuhängen.

»Ich bitte um Verzeihung«, sagte der Zulu, der Haddens Gedanken erriet, »aber ich kann dich nicht *Inkoos* nennen, weil du nicht mein Häuptling bist oder Vorgesetzter eines anderen Mannes; wenn du dich aber von dem Titel ›Weißer Mann‹ beleidigt fühlst, werden wir einen anderen Namen für dich suchen.«

»Wie es dir beliebt«, erwiderte Hadden schnippisch.

Und so erfanden sie einen anderen Namen für ihn, *Inhlizinmgama* –, mit dem sie ihn fortan anredeten; aber Hadden war nicht sehr entzückt davon, als man ihm die Bedeutung dieser so weich klingenden Silben erklärte, denn sie lautete: ›Schwarzes Herz‹. So hatte ihn auch die *inyanga* genannt – nur verwendete sie andere Worte dafür.

---

* Weißer Mann

** Gelber Mann

Eine Stunde später durchkämmten sie das morastige Buschland, das sich im Rücken ihres Lagerplatzes ausbreitete, auf der Suche nach Büffeln. Sie hatten erst eine kurze Wegstrecke zurückgelegt, als Nahoon die Hand hob und vor sich auf den Boden deutete. Hadden blickte auf die Stelle, auf die sein Begleiter wies, und da war tatsächlich die Fährte einer kleinen Büffelherde, deutlich ausgeprägt im Moorboden und offenbar noch keine zehn Minuten alt.

»Ich wußte, wir würden heute unser Wild aufspüren«, flüsterte Nahoon, »weil die Biene es uns prophezeit hat.«

»Zur Hölle mit der Biene!« erwiderte Hadden ebenso leise. »Vorwärts, Leute!«

Eine gute Viertelstunde mochten sie der Spur der Herde durch dichtes Schilf gefolgt sein, als Nahoon mit einem leisen Pfiff Haddens Arm berührte. Dieser blickte auf, und vor ihm, ungefähr zweihundert Meter entfernt, weideten an einer etwas höher gelegenen Stelle unter einer Gruppe von Mimosenbäumen die Büffel – sechs an der Zahl, ein alter Bulle mit einem prächtigen Kopf, drei Kühe, eine Färse und ein Kalb, das ungefähr vier Monate alt sein mochte. Aber ihr Standort war ungünstig, weil sie sich mit dem Wind nicht über das offene Gelände an das Wild heranpirschen konnten, also machten sie einen Umweg von einer halben Meile und krochen dann auf allen vieren gegen den Wind sehr vorsichtig auf die Tiere zu, suchten hinter den Mimosenbäumen Deckung, und schließlich, als sie die Bäume hinter sich hatten, hinter den wogenden Halmen des knietiefen *tambuti*-Grases.

So kamen sie bis auf vierzig Meter an die Herde heran, bis ein weiteres Vorrücken nicht mehr ratsam schien; denn obgleich der alte Bulle ihre Witterung nicht aufnehmen konnte, zeigte er doch durch sein Verhalten, daß er etwas gehört haben mußte und mißtrauisch wurde. Für Hadden, der als einziger von den Jägern mit einem Gewehr ausgerüstet war, stand die Färse am günstigsten, ganz in seiner Nähe, ihm die Flanke darbietend. Und mit dem Gedanken, daß sie auch das beste Fleisch liefern würde, hob Hadden seine Martini, visierte eine Stelle unmittelbar hinter dem Schulterblatt an, und bediente sacht den Abzug. Donnernd löste sich der Schuß, und die Färse fiel, mitten ins Herz getroffen, tot zu Boden. Eigenartigerweise liefen die anderen Büffel nicht sofort weg. Im Gegenteil, sie schienen wie gelähmt zu sein von dem plötzlichen Lärm, und da sie nichts Auffälliges wittern konnten, hoben sie nur den Kopf und starrten wild umher.

Die eigenartige Verhaltensweise der Büffel gab Hadden Gelegenheit, eine neue Patrone in den Lauf zu schieben und sich ein zweites Tier aufs Korn zu nehmen, diesmal den alten Bullen. Die Kugel traf das Tier in den Rücken oder in die Schulter, denn es brach zwar in die Knie, war jedoch im nächsten Moment wieder auf den Beinen, und da es den Pulverdampf des Schusses bemerkt hatte, galoppierte es direkt darauf zu. Vielleicht lag es an dem Rauch oder an irgend etwas anderem, das ihn ablenkte, jedenfalls sah Hadden den Bullen nicht kommen und wäre höchstwahrscheinlich von ihm zertrampelt oder von dessen Hörnern durchbohrt worden, wäre nicht Nahoon, sein eigenes Leben riskierend, auf ihn zugesprungen und hätte ihn hinter einen Termitenhügel gerissen. Einen Augenblick später donnerte der Koloß an ihnen vorbei und schenkte ihnen keine Beachtung mehr.

»Weiter, weiter!« drängte Hadden und folgte mit dem Rest seines Jagdtrupps der Schweißfährte, während seine anderen Begleiter bei der erlegten Färse zurückblieben, um das Wild zu zerlegen und die besten Fleischstücke ins Lager zu transportieren.

Stundenlang verfolgten sie den Bullen, bis sie schließlich bei einem mit dichtem Buschwerk bewachsenen felsigen Areal seine Spur verloren. Erschöpft von der Hitze, legten sie eine Rast ein und aßen, auf dem Boden lagernd, *biltong* oder in der Sonne getrocknetes Fleisch, das sie als Proviant mitgenommen hatten. Sie beendeten ihre Mahlzeit und wollten soeben ins Lager zurückkehren, als einer der vier Zulus, die Hadden noch begleiteten, zu einem Bach hinunterging, der keine zehn Schritte entfernt an ihrem Rastplatz vorüberfloß, um dort seinen Durst zu löschen. Eine halbe Minute später hörten sie ein gräßliches grunzendes Geräusch und ein heftiges Planschen im Wasser und sahen den Zulu durch die Luft fliegen. Während sie ihr Dörrfleisch aßen, hatte der verletzte Büffel unter dichtem Strauchwerk am Ufer des Baches gelauert, mit dem sicheren Instinkt eines erfahrenen Bullen, daß seine Chance früher oder später kommen mußte. Mit einem Schrei der Bestürzung eilten sie zum Bach hinunter, wo sie den Büffel gerade hinter dem Kamm einer Erhebung verschwinden sahen, ehe Hadden Gelegenheit bekam, auf ihn zu schießen. Sein Opfer jedoch lag im Sterben, denn die Bestie hatte ihm mit einem seiner Hörner die Lunge durchbohrt.

»Das ist kein Büffel, sondern der Teufel«, keuchte der Bedauernswerte und verschied.

»Teufel oder nicht – ich bin entschlossen, ihn zu töten«, rief Hadden. Er ließ die anderen Zulus am Bach zurück, damit sie die Leiche ihres Kameraden ins Lager brachten, während er, nur noch von Nahoon begleitet, die Verfolgung fortsetzte. Sie befanden sich jetzt auf offenerem Gelände, das die Jagd erleichterte, denn sie bekamen ihr Wild nun häufiger zu Gesicht, obwohl sie ihm nie so nahe kommen konnten, daß ein Schuß sich lohnte. Alsbald rutschten sie eine steile Klippe hinunter.

»Weißt du auch, wo wir sind?« erkundigte sich Nahoon, auf einen Waldgürtel gegenüber deutend. »Das ist *Emagudu*, die Heimstätte der Toten – und schau nur, der Büffel hält direkt darauf zu!«

Hadden blickte sich um. Nahoon hatte recht; zu ihrer Linken befanden sich die Wasserfälle, der Tümpel für die dem Untergang Geweihten und die Hütte der Biene.

»Schön«, erwiderte er, »dann müssen wir ebenfalls dorthin.«

Nahoon blieb stehen. »Du hast doch wohl nicht ernsthaft vor, den Wald zu betreten!« rief er.

»Sicherlich will ich das«, erwiderte Hadden, »aber du mußt es nicht tun, wenn du Angst hast.«

»Ich habe Angst – vor Geistern«, sagte der Zulu, »aber ich werde mitkommen.«

Also überquerten sie das kurze Rasenstück und drangen in den verwunschenen Wald ein. Es war wahrhaftig ein düsterer Ort; hohe, breitkronige Bäume wuchsen so dicht beieinander, daß man den Himmel darüber nicht mehr sehen konnte. Und dazu hing die Luft noch wie tot zwischen den Stämmen, und keine Brise linderte den modrigen Geruch, den das faulende Laub verströmte. Hier schien es keine Geräusche zu geben, kein Leben – nur hin und wieder eine abscheulich gemusterte Schlange, die sich entrollte und lautlos davonglitt, und ab und zu stürzte ein großer verfaulter Ast krachend zu Boden.

Haddens Trachten war aber viel zu sehr auf den Büffel gerichtet, als daß ihn seine Umgebung besonders beeindruckt hätte. Er bemerkte lediglich, daß hier ein sehr schlechtes Büchsenlicht herrschte, und eilte weiter.

Sie mußten ungefähr eine Meile tief in den Wald eingedrungen sein, als der Schweiß auf der Fährte plötzlich zunahm und ihnen verriet, daß der waidwunde Bulle seinem Ende nahe war.

»Jetzt hetzen wir ihn!« rief Hadden lebhaft.

»Nein, *hamba gachle* – langsam und vorsichtig weitergehen!« erwiderte Nahoon. »Der Teufel stirbt; aber ehe es mit ihm aus ist, wird er versuchen, uns noch einen Streich zu spielen.« Und damit ging er behutsam weiter und suchte angestrengt den Wald vor sich mit den Augen ab.

»Vorläufig kann uns nichts pasieren«, sagte Hadden, auf die Spur deutend, die im morastigen Boden deutlich zu erkennen war und in gerader Linie vor ihnen herlief.

Nahoon gab keine Antwort, sondern starrte unentwegt auf die Stämme zweier Bäume, die ein paar Schritte entfernt dicht neben der Schweißspur in die Höhe ragten. »Sieh dort!« flüsterte er.

Hadden befolgte die Anweisung seines Begleiters und vermochte schließlich die Umrisse von etwas Braunem auszumachen, das sich hinter den Bäumen duckte.

»Er ist tot«, rief er.

»Nein«, entgegnete Nahoon, »er ist auf seiner eigenen Spur zurückgekehrt und erwartet uns. Er weiß, daß wir seiner Fährte folgen. Wenn du dich hierher stellst, glaube ich, daß du ihn durch die beiden Baumstämme hindurch in den Rücken schießen kannst.«

Hadden kniete sich an der angegebenen Stelle nieder und visierte sehr sorgfältig einen Punkt dicht unter der Wirbelsäule des Bullen an, ehe er abdrückte. Es folgte ein schreckliches Brüllen, und im nächsten Augenblick war die Bestie auf den Beinen und attackierte sie. Nahoon warf seinen Speer mit der breiten Schneide, die tief in der Brust des Büffels versank, und dann flohen sie in verschiedene Richtungen. Der Büffel stand einen Moment lang mit weit gespreizten Vorderbeinen und gesenktem Kopf ganz still da, blickte vom einen zum anderen, bis er unvermittelt einen tiefen klagenden Laut von sich gab und tot auf die Seite fiel, den Assagai von Nahoon unter seinem Körper zermalmend.

»Da! Er ist erledigt«, rief Hadden, »und ich glaube, es war dein Speer, der ihn tötete. Hallo! Was ist das für ein Geräusch?«

Nahoon lauschte. Aus verschiedenen Richtungen des Waldes, obwohl man unmöglich angeben konnte, aus welcher Entfernung, kamen sonderbare Laute, als würden Leute sich in panischer Angst, aber nicht in einer artikulierten Sprache, gegenseitig etwas zurufen. Nahoon erschauerte.

»Es sind die *Esemkofu*«, sagte er, »die Geister, die keine Zunge besitzen und nur greinen können wie Kinder. Laß uns fortgehen! Dieser Ort bringt den Sterblichen Unheil.«

»Und Büffeln den Tod«, fügte Hadden hinzu und gab dem toten Bullen einen Fußtritt. »Doch ich schätze, wir müssen ihn hierlassen für deine Freunde, die *Esemkofu*, da wir bereits genug Fleisch haben und ich seinen schweren Kopf nicht tragen kann.«

Also wandten sie sich wieder in die Richtung, wo das offene Land lag, und als sie sich langsam zwischen den Bäumen ihren Weg suchten, kam Hadden eine neue Idee. Sobald sie aus dem Forst herauskamen, benötigte er nur noch eine Wegstunde bis zur Zulu-Grenze, und sobald er sich jenseits der Zulu-Grenze befand, würde er sich viel wohler fühlen als in diesem Augenblick. Wie bereits erwähnt, hatte er sich eigentlich vorgenommen, einen Fluchtversuch in der Dunkelheit zu wagen, doch dieser Plan war riskant. Nicht alle Zulus mochten sich den Bauch bis zum Platzen mit Fleisch vollschlagen und sich dann zum Schlafen niederlegen, schon gar nicht nach dem Tod ihres Kameraden. Nahoon, der ihn Tag und Nacht beobachtete, würde so etwas ganz bestimmt nicht tun. Das war seine Gelegenheit – blieb jedoch noch das Problem Nahoon.

Nun, falls es zum Schlimmsten kommen sollte, mußte Nahoon sterben; es würde einfach sein – er hatte ein geladenes Gewehr und Nahoon, dessen Speer von dem Büffel zermalmt worden war, nur noch einen »Kerry«, eine Keule. Er wollte diesen Mann nicht umbringen, obwohl ihm klar war, da ja seine eigene Sicherheit auf dem Spiel stand, daß er durchaus berechtigt war, ihn zu töten. Warum sollte er ihm nicht selbst die Wahl überlassen und sich dann, den Umständen entsprechend, verhalten?

Nahoon ging ungefähr zehn Schritte vor Hadden über eine kleine Lichtung, wo dieser ihn sehr gut sehen konnte, während er selbst im Schatten eines großen Baumes mit niedrighängenden horizontalen Zweigen stand.

»Nahoon«, sagte er.

Der Zulu drehte sich um und machte einen Schritt auf Hadden zu.

»Nein, bitte beweg dich nicht! Bleib, wo du bist, oder ich bin gezwungen, dich zu erschießen! Hör mir erst zu, und habe keine Angst, denn ich werde nicht ohne Warnung abdrücken. Ich bin dein Gefangener, und du bist beauftragt, mich zurück zum König zu bringen, damit ich sein Diener werde. Aber ich glaube, daß ein Krieg zwischen deinem Volk und meinem ausbrechen wird; und wenn das so ist, wirst du verstehen, daß ich keine Lust habe, mich in Cetywayos Kral zurückzubegeben, weil ich dort entweder einen gewaltsamen Tod erleiden oder von meinen Brüdern für einen Verräter gehalten und entsprechend behandelt werde. Die Grenze des Zulu-Landes ist nur eine Wegstunde von hier entfernt – oder großzügig geschätzt: anderthalb Wegstunden. Ich habe vor, sie hinter mich zu bringen, ehe der Mond aufgeht. Nun, Nahoon, wirst du mich jetzt in diesem Wald verlieren und mir die benötigten anderthalb Stunden Vorsprung geben – oder willst du hier bei diesem Geistervolk bleiben, von dem du gesprochen hast? Verstehst du mich? Nein, bitte, nicht bewegen!«

»Ich verstehe dich«, entgegnete der Zulu mit ruhiger, gefaßter Stimme, »und ich glaube, das war ein guter Name, den wir dir an diesem Morgen gaben, obgleich, Schwarzes Herz, deine Worte eine gewisse Berechtigung und sogar noch mehr Weisheit besitzen. Deine Gelegenheit ist gut, und ein Mann deines Namens sollte sie nicht ungenützt vorübergehen lassen.«

»Ich bin froh zu hören, daß du meine Betrachtung dieser Angelegenheit teilst, Nahoon. Würdest du bitte nun so freundlich sein und mich verlieren, nachdem du mir das Versprechen gegeben hast, nicht nach mir zu suchen, bis der Mond aufgegangen ist?«

»Was meinst du damit, Schwarzes Herz?«

»Was ich sagte. Komm, ich habe keine Zeit zu verlieren.«

»Du bist ein sonderbarer Mann«, gab der Zulu nachdenklich zurück. »Du hast den Befehl, den der König gab, selbst gehört. Verlangst du von mir, daß ich den Befehl des Königs mißachte?«

»Genau das erwarte ich von dir. Denn du hast gute Gründe, auf Cetywayo böse zu sein, und was kümmert es dich, wenn ich nicht pünktlich in seinen Kral zurückkomme, um dort Waffen zu reparieren? Wenn du aber seinen Zorn fürchtest, weil du nicht aufgepaßt hast und ich dir entwischt bin, begleite mich lieber zur Grenze. In Natal bist du vor ihm sicher.«

»Damit mein Vater und meine Brüder für meinen Verrat büßen müssen? Schwarzes Herz, wie wenig verstehst du mich! Wie könnte ich das auch von einem Mann, der so einen Namen trägt, verlangen? Ich bin Soldat und verpflichtet, dem Wort des Königs zu gehorchen. Wie sehr hoffte ich, im Kampf zu sterben, doch jetzt bin ich ein Vogel, der in deiner Schlinge zappelt. Los, erschieß mich, oder du wirst die Grenze niemals vor Mondaufgang erreichen!« Und damit breitete Nahoon beide Arme aus und lächelte.

»Wenn es so sein muß, soll es denn so sein. Lebe wohl, Nahoon, wenigstens bist du ein tapferer Mann, aber jeder von uns muß sein eigenes Leben hochhalten«, gab Hadden gelassen zurück.

Und dann hob er mit großer Bedächtigkeit sein Gewehr und richtete es auf die Brust des Zulu.

Schon – während sein Opfer immer noch lächelnd dastand, obgleich das Zucken seiner Lippen die angeborene Furcht verriet, die auch der Tapferste nicht unterdrücken kann – schon zog sein Finger den Abzug zurück, als plötzlich – so plötzlich, als würde er von einem Blitz getroffen – Hadden rücklings zu Boden stürzte, und siehe da! Da stand über ihm eine große gesprenkelte Bestie, die ihren langen Schweif hin- und herbewegte und mit glitzernden Augen auf ihn heruntersah.

Es war ein Leopard – ein Tiger, wie sie ihn hier in Afrika nennen –, der, auf einem der Äste des Baumes über seinem Kopf kauernd, der Versuchung nicht mehr hatte widerstehen können, seinen wütenden Hunger an dem Mann unter sich zu stillen. Für eine, zwei Sekunden herrschte Stille, die nur von dem Schnurren oder eher den Schnarchlauten des Leoparden unterbrochen wurde. In diesen Sekunden – wie sonderbar! – trat das Bild der *inyanga* vor Haddens inneres Auge, das Bild der *Inyosi* oder der Biene, wie sie mit totenmaskenähnlichem Gesicht ihren Kopf gegen das Stroh ihrer Hütte stützte und mit totenbleichen Lippen murmelte: »Denk an meine Worte, wenn die große Tigerkatze über deinem Gesicht schnurrt.«

Dann spielte die Bestie ihre Kraft aus. Die Klauen der einen Pfote drangen tief in die Muskeln seines linken Schenkels ein, während die andere auf seiner Brust kratzte, ihm die Kleider vom Leibe riß und über das Fleisch darunter schabte. Der Anblick der weißen Haut schien die Bestie in Wahnsinn zu versetzen. In seiner wilden Begierde nach Blut fuhr der Leopard mit seiner rechteckigen Schnauze gegen die Schulter seines Opfers und schlug seine Fangzähne hinein. Im nächsten Moment war das Trappeln laufender Füße zu hören, und ein Knüppel schlug wuchtig zu. Mit einem ärgerlichen Fauchen fuhr der Leopard wieder in die Höhe, bis er genauso groß war wie der angreifende Zulu. Er schoß auf ihn los, schlug ihn wütend mit der Tatze und zerfetzte die schwarze Haut genauso wie die weiße. Erneut traf ihn der »Kerry«, diesmal mit voller Wucht gegen die Schnauze, und die Bestie fiel rückwärts auf den Boden. Ehe sie sich wieder erheben konnte, oder vielmehr sich ganz aufzurichten vermochte, traf der schwere Knüppel sie abermals, und zwar mit schrecklicher Gewalt, als die Bestie hochsteigen wollte, in den Nacken und lähmte sie. Sie krümmte sich, um sich beißend, auf dem Boden, warf Erde und Blätter in die Höhe, während die Schläge nun ununterbrochen auf sie herunterregneten, bis sie schließlich mit einem krampfhaften Zucken und einem erstickten Brüllen still lag – und ihr das Gehirn aus dem zertrümmerten Schädel quoll.

Hadden setzte sich auf. Das Blut rann aus seinen Wunden.

»Du hast mir das Leben gerettet, Nahoon«, sagte er mit schwacher Stimme, »und ich danke dir dafür.«

»Danke mir nicht, Schwarzes Herz«, erwiderte der Zulu, »denn ich gehorchte nur dem Wort des Königs, daß ich Schaden von dir abwenden sollte. Trotzdem hat dieser Tiger dieses Schicksal nicht verdient, denn *er* hat ganz bestimmt *mein* Leben gerettet.« Damit hob der Zulu die Martini vom Boden auf und entlud das Gewehr.

In diesem Moment verlor Hadden das Bewußtsein.

Vierundzwanzig Stunden waren inzwischen vergangen, die ihm nur als ein kurzer unruhiger und traumerfüllter Schlaf erschienen, in dem er Stimmen hören konnte, ohne zu verstehen, was sie sagten, und in dem er sich getragen fühlte, ohne zu wissen, wohin – als Hadden erwachte und sich auf einem *kaross* liegend fand, in einer großen und blitzblanken Kaffernhütte mit einem Bündel von Pelzen als Kissen unter dem Kopf. Neben ihm stand eine Schüssel mit Milch, und da er von argem Durst gepeinigt war, versuchte er den Arm auszustrecken und die Schale an seinen Mund zu heben, als er zu seiner großen Verwunderung feststellen mußte, daß seine Hand kraftlos an seine Seite fiel wie bei einem toten Menschen. Als er sich nun ungeduldig in der Hütte umsah, stellte er fest, daß niemand darin war, der ihm helfen konnte, und so tat er das einzige, was zu tun übrig blieb – er lag still. Er schlief nicht ein, sondern bei geschlossenen Augen überkam ihn eine leichte Starre, die über seinen Körper kroch und seine wiedererwachten Sinne teilweise betäubte. Sodann hörte er eine leise Stimme, die weit entfernt schien, obwohl er deutlich die Worte verstehen konnte.

»Schwarzes Herz schläft noch«, sagte die Stimme, »aber er hat schon Farbe im Gesicht. Ich glaube, er wird bald erwachen und seine Gedanken wiederfinden.«

»Habe keine Angst, Nanea, er wird bestimmt aufwachen, denn seine Wunden sind nicht lebensgefährlich«, erwiderte eine andere Stimme, die Nahoon gehörte. »Er stürzte schwer unter der Last des Tigers auf den Schultern, und daher sind seine Sinne so lang verschüttet gewesen. Er kam dem Tod nahe, aber sterben wird er bestimmt nicht.«

»Es wäre ein Jammer, wenn er gestorben wäre«, erwiderte sie mit weicher Stimme. »Er ist so schön; noch nie habe ich einen so schönen weißen Mann gesehen.«

»Ich hielt ihn nicht für schön, als er dastand und sein Gewehr auf mein Herz richtete«, sagte Nahoon grollend.

»Für ihn spricht allerdings«, entgegnete sie, »daß er Cetywayo entrinnen wollte, und das ist nur zu verständlich.« Sie fuhr seufzend fort: »Zudem hat er dich aufgefordert, mit ihm zu kommen, und es wäre wohl besser gewesen, wenn du das getan hättest. Ich meine, wenn du mich ebenfalls mitgenommen hättest!«

»Wie hätte ich das tun können, Mädchen?« fragte er ärgerlich. »Verlangst du von mir, den Befehl des Königs zu mißachten?«

»Der König!« erwiderte sie, die Stimme hebend. »Was schuldest du dem König? Du hast ihm treu gedient, und zur Belohnung wird er mich dir in ein paar Tagen wegnehmen – mich, die ich deine Frau sein sollte. Und ich muß – ich muß ...« Sie fing leise zu weinen an und fügte mit tränenerstickter Stimme hinzu: »Wenn du mich wirklich liebst, würdest du mehr an mich und an dich selbst denken und weniger an den Schwarzen und seine Befehle. Laß uns fliehen, Nahoon, laß uns nach Natal fliehen, ehe dieser Speer mich durchbohrt!«

»Weine nicht, Nanea«, sagte er. »Warum reißt du mein Herz mittendurch, indem du verlangst, daß es zwischen meiner Pflicht und meiner Liebe entscheiden soll? Du weißt, daß ich Soldat bin und den Weg gehen muß, den mir der König zeigt. Bald werde ich tot sein, denke ich, denn ich werde den Tod in der Schlacht suchen, und dann hat das alles keine Bedeutung mehr.«

»Nicht für dich, Nahoon, weil du deinen Frieden gefunden haben wirst. Aber was wird aus mir? Leider weiß ich, daß du recht hast, und deshalb verzeih mir, daß ich kein Krieger bin, sondern nur eine schwache Frau, die ebenfalls dem Willen des Königs Gehorsam schuldet.« Und damit warf sie ihm die Arme um den Hals und weinte herzzerreißend an seiner Brust.

IV

Nanea

Dann, nachdem die beiden noch eine Weile miteinander flüsterten, was der Lauscher nicht verstehen konnte, trennte sich Nahoon von Nanea und kroch durch den Bienenloch-Eingang wieder aus der Hütte. Erst jetzt öffnete Hadden die Augen und blickte um sich. Die Sonne war im Untergehen begriffen, und das Licht, das sie durch die kleine Öffnung in die Hütte schickte, erfüllte die Behausung mit einer sanften, scharlachroten Glut. Im Mittelpunkt der Hütte – sie stützend – stand ein Firstbalken aus Dornenholz, der vom Rauch des Feuers geschwärzt war; und gegen diesen Balken, von der Abendsonne angestrahlt, lehnte sich das Mädchen Nanea – ein bejammernswertes Bild der Verzweiflung.

Sie war eine Schönheit, wie man sie gelegentlich bei den Zulu-Frauen findet – so schön, daß ihr Anblick den Weißen Mann direkt ins Herz traf und ihm vorübergehend den Atem raubte. Ihr Kleid war sehr schlicht, bestand aus einem ärmellosen Mantel aus weichem, weißem Material, das mit blauen Perlen gesäumt war. Um die Taille, ebenfalls mit blauen Perlen bestickt, trug sie einen Wildleder-*moocha*; um die Stirn und das linke Knie Streifen aus grauem Fell und an ihrem rechten Handgelenk eine blankpolierte Kupferspange. Der Umhang, der vorne offenstand, enthüllte einen bronzefarbenen, herrlich gewachsenen Körper. Ihr Gesicht hatte nicht die gewöhnlichen Züge eines Eingeborenenmädchens, sondern war geprägt vom Blut ihrer arabischen und semitischen Vorfahren. Es war ein feines Gesicht von ovaler Form, mit gewölbten Augenbrauen, einer edlen gebogenen Nase und einem vollen Mund, der in den Winkeln ein wenig herabhing. Hinter den kleingeformten Ohren fiel ihr das gewellte kohlschwarze Haar bis auf die Schultern herab, und das alles wurde beherrscht von einem Paar dunklen ausdrucksvollen Augen, wie man sie sich schöner nicht vorzustellen vermochte.

Eine gute Minute lang stand Nanea so da, ihr liebliches Antlitz in der untergehenden Sonne badend, während Haddens Augen sich an ihrer Schönheit weideten. Dann, mit einem tiefen Seufzer, drehte sie sich um. Und als sie bemerkte, daß Hadden erwacht war, zog sie erschrocken ihren Umhang über den Brüsten zusammen und kam, vielmehr glitt auf ihn zu.

»Der Häuptling ist erwacht«, sagte sie mit ihrem weichen Zulu-Akzent. »Hat er einen Wunsch?«

»Ja, Lady«, erwiderte er; »ich möchte trinken, aber leider bin ich zu schwach, mich selbst zu bedienen.«

Sie kniete sich neben ihm nieder, stützte seinen Kopf mit ihrem linken Arm und flößte ihm mit der Rechten die Milch ein.

Wie es dazu kam, wußte Hadden selbst nicht; doch ehe er die Schale leergetrunken hatte, war eine Verwandlung mit ihm vorgegangen. Ob es nun an der Berührung des Eingeborenenmädchens lag, ihrer seltsamen, faunartigen Anmut oder dem sanften mitleidvollen Blick ihrer Augen, ist gleichgültig, denn es zählte nur das Ergebnis. Sie berührte eine Saite in seiner turbulenten ungezügelten Natur, und plötzlich war er erfüllt mit einer Leidenschaft für sie – einer, wenn auch nicht edlen, so doch wenigstens echten Leidenschaft. Er machte sich keinen Augenblick Illusionen über die Bedeutung des Gefühls, das durch seine Adern strömte. Hadden war den Tatsachen noch nie ausgewichen.

»Himmel!« sagte er zu sich, »ich habe mich auf den ersten Blick in eine schwarze Schönheit verliebt – mehr verliebt als je zuvor. Das ist zwar unangenehm, aber dafür wird es Abhilfe geben. Um so schlimmer für Nahoon oder für Cetywayo oder für alle beide. Und schließlich kann ich sie ja jederzeit wieder verstoßen, wenn sie mir eines Tages zur Last fallen würde.«

Dann, von einem erneuten Schwächeanfall überwältigt, der durch die Aufruhr seines Blutes herbeigeführt wurde, legte er sich in das Fellkissen zurück und beobachtete Naneas Gesicht, während sie mit der Eingeborenen-Salbe aus gestampften Blättern seine Wunden versorgte, die ihm der Leopard zugefügt hatte.

Es schien fast, als spränge etwas von dem, was sich in seinem Geist abspielte, auf das Mädchen über. Jedenfalls fing ihre Hand ein wenig bei der Arbeit zu zittern an, und nachdem sie sie, so rasch wie möglich, erledigt hatte, erhob sie sich mit einem höflichen »Die Wunden sind versorgt, *Inkoos*« von den Knien und nahm ihren Platz wieder am Stützbalken ein.

»Ich danke dir, Lady«, sagte er; »deine Hand ist sehr sanft.«

»Du darfst mich nicht Lady nennen, *Inkoos*«, erwiderte sie. »Ich bin keine Häuptlingsfrau, nur die Tochter des Dorfältesten, von Umgona.«

»Und wirst Nanea genannt«, fügte er hinzu. »Nein, kein Grund, so zu erschrecken – ich habe schon von dir gehört. Nun, Nanea, vielleicht wirst du bald eine Häuptlingsfrau werden – im Kral des Königs.«

»Wehe, o wehe!« sagte sie, das Gesicht mit beiden Händen bedeckend.

»Sie nicht so betrübt, Nanea. Keine Hecke ist so dick oder so hoch, daß man sie nicht überklettern oder darunter hinwegkriechen könnte.«

Sie ließ die Hände fallen und sah ihn erwartungsvoll an; doch er verfolgte das Thema nicht weiter.

»Sag mir, wie ich hierhergekommen bin, Nanea!«

»Nahoon und seine Begleiter haben dich hierhergetragen, *Inkoos*.«

»Wahrhaftig, ich werde diesem Leoparden noch dankbar sein, daß er mich niedergestreckt hat. Nahoon ist zweifellos ein tapferer Mann und hat mir einen großen Dienst geleistet. Ich hoffe, ich werde diese Gefälligkeit zurückzahlen können – an dich, Nanea.«

Das war die erste Begegnung zwischen Nanea und Hadden; und obgleich sie die Gelegenheit nie suchte, brachten die Versorgung seiner Wunden und die allgemeinen Umstände sie noch viel öfter zusammen. Kein einziges Mal wurde der Weiße Mann in seinem Entschluß wankend, dieses Eingeborenenmädchen, das ihm den Kopf verdreht hatte, in seinen Besitz zu bringen, und um dieses Ziel zu erreichen, wandte er all seine Kräfte und seinen Charme auf, damit er sie Nahoon abspenstig machte und ihre Gefühle auf sich selbst lenkte. Er war jedoch kein plumper Freier, sondern ging sehr vorsichtig vor, hüllte sie in ein Netz aus Schmeicheleien und Aufmerksamkeiten ein, was, wie er dachte, die gewünschte Wirkung auf ihren Geist nicht verfehlen würde. Zweifellos hätte er das auch getan – denn sie war nur eine Frau, noch dazu ohne Beschützer oder weiblichen Ratgeber –, wenn dem nicht eine schlichte Tatsache entgegengewirkt hätte, die ihr ganzes Wesen beherrschte. Sie liebte Nahoon, und in ihrem Herzen war kein Platz für irgendeinen anderen Mann, weiß oder schwarz. Zu Hadden war sie höflich und nett, aber nicht mehr, und sie schien auch keine seiner feingesponnenen Avancen zu bemerken, mit denen er Zugang zu ihrem Herzen zu gewinnen suchte. Eine Weile verwirrte ihn das, bis er sich daran erinnerte, daß Zulu-Frauen sich in der Regel streng vor dem Mann hüten, solange er sich nicht erklärt hat. Deshalb mußte er offen mit ihr darüber reden.

Sobald er sich dazu entschlossen hatte, brauchte er nicht lange auf eine Gelegenheit zu warten. Er hatte sich inzwischen fast vollkommen von seinen Verletzungen erholt und sich angewöhnt, in der Nachbarschaft des Krals spazieren zu gehen. Ungefähr zweihundert Yards von Umgonas Hütte entfernt, gab es eine Quelle, und jeden Abend pflegte Nanea dort das Trinkwasser für den Haushalt ihres Vaters zu holen. Der Pfad zwischen dieser Quelle und dem Kral führte durch einen Streifen Buschland, wo sich Hadden eines Nachmittags kurz vor Sonnenuntergang unter einen Baum setzte, nachdem er sich vergewissert hatte, daß Nanea wie gewöhnlich zu dem kleinen Bach gegangen war. Eine Viertelstunde später erschien sie, einen großen Flaschenkürbis auf dem Kopf balancierend. Sie trug nur ihre *moocha*, denn sie besaß nur einen Umhang und fürchtete, sie könne ihn voll Wasser spritzen. Er sah sie den Pfad heraufkommen, die Hände auf die Hüften gestützt, ihr wunderschöner nackter Körper von dem roten Licht des Abendhimmels umschmeichelt, und fragte sich dabei, unter welchem Vorwand er sie zur Rede stellen könne. Der Zufall kam ihm zu Hilfe, denn als sie nur noch ein paar Schritte von ihm entfernt war, glitt eine Schlange vor ihren bloßen Füßen über den Weg, so daß sie vor Schrecken zurückprallte und dabei den gefüllten Wasserkürbis umstürzte. Hadden trat aus den Büschen und hob ihn auf.

»Warte hier!« sagte er lachend. »Ich werde ihn dir gefüllt wiederbringen.«

»Nein, *Inkoos*«, wehrte sie ihn ab, »das ist eine Arbeit für Frauen.«

»Die Männer meines Volkes«, erwiderte er, »arbeiten gerne für ihre Frauen.« Und damit machte er sich auf den Weg zur Quelle und ließ sie verwirrt stehen.

Ehe er die Stelle erreichte, wo sie auf ihn wartete, bedauerte er bereits seine Galanterie, denn er mußte den henkellosen Kürbis auf der Schulter tragen, und bei jedem Schritt schwappte das Wasser über den Rand und ergoß sich in seinen Kragen. Davon sagte er Nanea jedoch nichts.

»Da ist dein Wasser, Nanea. Soll ich es für dich bis zum Kral tragen?«

»Nein, *Inkoos*, vielen Dank, gib es lieber mir, denn du bist ja schon ganz müde von der schweren Last.«

»Bleib noch, und ich werde dich begleiten. Ach, Nanea, ich bin immer noch so schwach, und wenn du nicht gewesen wärst, würde ich vermutlich schon tot sein.«

»Es war Nahoon, der dich gerettet hat, nicht ich, *Inkoos*.«

»Nahoon rettete meinen Körper, doch du, Nanea, du allein kannst mein Herz retten.«

»Du redest dunkle Wort, *Inkoos*.«

»Dann muß ich mich deutlicher erklären: Nanea, ich liebe dich!«

Ihre dunkelbraunen Augen wurden ganz groß.

»Du, ein Weißer Herr, liebst mich, ein Zulu-Mädchen? Wie kann das sein?«

»Ich weiß es nicht, Nanea, aber es ist so, und wenn du nicht blind gewesen wärst, hättest du das längst bemerkt. Ich liebe dich, und ich möchte dich zu meiner Frau machen.«

»Nein, *Inkoos*, das ist unmöglich. Ich bin bereits verlobt.«

»Ja«, erwiderte er, »du bist dem König versprochen.«

»Nein, ich bin Nahoon versprochen.«

»Aber es ist der König, der dich binnen einer Woche zu sich nehmen wird, nicht wahr? Und wäre es dir nicht lieber, daß ich dich zum Weibe nähme an Stelle des Königs?«

»Es wäre wohl so, *Inkoos*, daß ich lieber mit dir ginge als mit dem König, doch mein größter Wunsch ist es, Nahoon zum Manne zu nehmen. Es mag sein, daß es mir nicht möglich sein wird, ihn zu heiraten, aber wenn das so ist, will ich keinesfalls eine von des Königs Frauen werden.«

»Wie willst du das verhindern, Nanea?«

»Es gibt Gewässer, in denen sich eine Jungfrau ertränken, und Bäume, an denen sie sich erhängen kann«, erwiderte sie, entschlossen die Lippen zusammenpressend.

»Das wäre ein Jammer, Nanea, du bist zu schön, um zu sterben.«

»Ob schön oder häßlich – ich sterbe, *Inkoos*.«

»Nein, nein, komm mit mir – ich werde einen Weg finden – und sei meine Frau!« Und dabei legte er seinen Arm um ihre Hüften und versuchte, sie an sich zu ziehen.

Ohne Heftigkeit, sondern mit großer Behutsamkeit und vollendeter Würde löste sich das Mädchen aus seiner Umarmung.

»Du hast mich geehrt, und ich danke dir dafür, *Inkoos*«, sagte sie ruhig; »aber du verstehst wohl nicht. Ich bin die Frau von Nahoon – ich gehöre ihm; und deshalb kann ich nicht nach einem anderen Manne sehen, solange Nahoon lebt. Das ist bei uns nicht Sitte, *Inkoos*, denn wir sind nicht so wie die Weißen Frauen, sondern nur unwissende und einfache Geschöpfe. Und wenn wir uns einem Mann versprechen, halten wir diesen Schwur auch bis zum Tod.«

»In der Tat«, murmelte Hadden, »und so wirst du jetzt zu Nahoon gehen und ihm verraten, daß ich dich zu meiner Frau machen wollte.«

»Nein, *Inkoos*, warum sollte ich Nahoon deine Geheimnisse anvertrauen? Ich sagte ›nein‹ zu dir, nicht ›ja‹, und deshalb hat er kein Recht darauf, davon zu erfahren.« Damit bückte sie sich, um den mit Wasser gefüllten Kürbis aufzunehmen.

Hadden überdachte rasch die Situation; denn ihre Zurückweisung bestärkte nur noch seine Entschlossenheit, bei ihr ans Ziel zu kommen. Da ihm dazu nicht mehr viel Zeit blieb, entwickelte er unter dem Druck dieser Notlage einen Plan oder vielmehr die Skizze eines Planes. Es war kein angenehmer Entwurf, und manche Männer hätten sich bestimmt gescheut, ihn auch auszuführen. Doch da er sich nicht von einem Zulu-Mädchen besiegen lassen wollte, beschloß er – voller Bedauern, wie man zugeben muß –, daß er zu anderen, dubioseren Mitteln greifen mußte, nachdem er mit einer seines Erachtens nach fairen Methode gescheitert war.

»Nanea«, sagte er, »du bist eine gute und ehrliche Frau, und ich respektiere dich. Wie ich dir bereits sagte, liebe ich dich auch; aber wenn du mich nicht erhören willst, gibt es nichts mehr zu sagen, und zudem wäre es vielleicht besser, daß du einen Mann von deinem eigenen Volk heiraten solltest. Indes wirst du ihn nie heiraten, Nanea, denn der König wird dich in sein Haus nehmen, und wenn er dich nicht einem anderen Mann zum Geschenk macht, wirst du entweder eine von seinen ›Schwestern‹ werden oder, wie du mir bereits sagtest, sterben, um dich von ihm zu befreien. Nun hör mir zu, denn es ist die Liebe zu dir, die mir diese Worte eingibt, da ich nur dein Bestes will! Warum gehst du nicht hinüber nach Natal und nimmst Nahoon mit? Denn dort, wie du weißt, kannst du in Frieden leben, weil Cetywayos Zorn nicht so weit reicht.«

»Das ist auch mein Wunsch, *Inkoos*, aber Nahoon will es nicht. Er meint, daß bald ein Krieg zwischen uns und euch Weißen Männern ausbrechen wird. Er möchte nicht den Treueschwur auf seinen König brechen und von seiner Armee desertieren.«

»Dann kann er dich nicht sehr lieb haben, Nanea, und du solltest wenigstens an dich selbst denken. Flüstere es in das Ohr deines Vaters und fliehe mit ihm, denn du darfst sicher sein, daß Nahoon dir alsbald folgen wird. Ja, und ich selbst will mit euch fliehen; denn ich bin ebenfalls davon überzeugt, daß es einen Krieg geben wird, und dann ist ein Weißer Mann in diesem Land nur noch ein Lamm unter Adlern.«

»Wenn Nahoon mitkommen will, werde ich fliehen, *Inkoos*, aber ohne Nahoon bringe ich es nicht übers Herz. Dann wäre es besser, ich bliebe hier und brächte mich selbst um.«

»Da du so schön bist und ihn innig liebst, Nanea, wird es dir schon gelingen, ihn von seiner Torheit abzubringen, so daß er gemeinsam mit dir über die Grenze flieht. Spätestens in vier Tagen müssen wir zum Kral des Königs aufbrechen, und wenn du Nahoon überzeugt hast, wird es ein leichtes für uns sein, unsere Gesichter nach Süden zu wenden und den Fluß zu überqueren, der zwischen dem Land der Amazulu und Natal die Grenze bildet. Um unseretwillen, doch besonders um deiner selbst willen, mußt du auf die Verwirklichung meines Planes hinwirken, Nanea, die ich dich geliebt habe und jetzt nur noch retten möchte! Suche ihn auf, und gewinne ihn für das Vorhaben; wie, wirst du ja selbst am besten wissen. Aber verrate ihm noch nichts davon, daß ich von einer Flucht träume; denn dann werde ich besonders scharf bewacht werden.«

»Ich werde das alles tun, *Inkoos*«, erwiderte sie voller Ernst, »ich verspreche es dir. Und, oh, ich danke dir für deine Güte. Habe keine Angst, ich werde dich nicht verraten. Eher werde ich sterben. Leb wohl!«

»Leb wohl, Nanea!« erwiderte er, nahm ihre Hand und hob sie an die Lippen.

Es war schon spät am Abend, und Hadden bereitete sich zum Schlafen vor, als er ein leises Pochen an dem Brett hörte, das den Eingang zur Hütte verschloß.

»Herein!« sagte er, den Riegel öffnend, und bei dem Licht der kleinen Laterne, die in der Behausung brannte, sah er Nanea in die Hütte kriechen, gefolgt von der kolossalen Gestalt ihres Verlobten.

»*Inkoos*«, sagte sie flüsternd, als die Tür wieder verschlossen war, »ich habe Nahoon ins Gewissen geredet, und er willigte ein, mit mir zu fliehen; auch mein Vater will mit uns kommen.«

»Ist das so, Nahoon?« erkundigte sich Hadden.

»Es ist so«, antwortete der Zulu und blickte mit schamgerötetem Gesicht auf den Boden, »um dieses Mädchen vor dem König zu retten, und weil die Liebe zu ihr mich fast um den Verstand bringt, habe ich meine Ehre meiner Liebe geopfert. Aber ich sage dir, Nanea, und auch dir, Weißer Mann, wie ich es auch soeben schon Umgona prophezeit habe, daß nach meiner Überzeugung diese Flucht zu keinem guten Ende führen wird. Und wenn wir gefangen oder verraten werden, sind wir allesamt des Todes.«

»Daß wir gefaßt werden, ist ziemlich unwahrscheinlich«, widersprach ihm Nanea energisch; »denn wer könnte uns verraten außer diesem *Inkoos* hier ...«

»Was ebenfalls ziemlich unwahrscheinlich ist«, sagte Hadden gelassen, »wenn man bedenkt, daß er selbst mit euch fliehen will und sein Leben ebenfalls auf dem Spiel steht.«

»So ist es, Schwarzes Herz«, sagte Nahoon, »sonst hätte ich dir, offen gestanden, auch nicht getraut.«

Hadden schien dieses Geständnis nicht gehört zu haben, und dann saßen sie noch bis zum frühen Morgen beisammen und schmiedeten Fluchtpläne.

Am folgenden Morgen wurde Hadden von einem lauten Gezeter geweckt. Als er vor seine Hütte trat, sah er Umgona und einen fetten, tückisch aussehenden Kaffern-Häuptling, der auf einem Pony hierhergeritten war, in einen heftigen Streit verwickelt. Dieser Häuptling, wie sich rasch herausstellte, hieß Maputa und war niemand anders als der Mann, der Nanea zur Ehefrau begehrte und somit Nahoons und Umgonas unglücklichen Appell an den König herbeigeführt hatte. Im Augenblick war er dabei, Umgona heftig zu beschimpfen und ihn zu beschuldigen, er habe ein paar seiner Ochsen gestohlen und seine Kühe verhext, daß sie keine Milch geben wollten. Der angebliche Diebstahl war verhältnismäßig leicht zu widerlegen, doch die Besprechung der Kühe blieb ein heftig umstrittenes Thema.

»Du bist ein Hund, und der Sohn eines Hundes«, schrie Maputa, seine feiste Faust vor dem Gesicht des vor Angst und Entrüstung bebenden Umgona hin und her schüttelnd. »Du hast mir deine Tochter zur Ehe versprochen und sie dann mit diesem *umfagozan* verlobt – diesem niedriggeborenen Lümmel von einem Soldaten, Nahoon, dem Sohn des Zomba! Du und er wagtet es, vor dem König zu erscheinen und ihm Gift ins Ohr zu träufeln, damit ich mir seine Ungnade zuziehen sollte! Und jetzt habt ihr auch noch meine Kühe verhext! Warte nur, ich werde dir das heimzahlen, Hexer! Warte, bis du eines kalten Morgens aufwachen und das Feuer auf deinem Zaun sitzen sehen wirst, während dahinter, neben den Ausgängen, deine Mörder schon warten, um dich und deine Sippschaft mit ihren Speeren aufzuspießen ...«

In diesem Augenblick mischte sich Nahoon, der bisher nur schweigend dabeigestanden hatte, mit Nachdruck ein.

»Gut«, sagte er, »wir werden auf diesen Tag warten; uns aber deine Beschimpfungen jetzt nicht mehr länger anhören, Häuptling Maputa. *Hamba!**«, und damit packte er den fetten alten Schurken bei den Haaren im Genick und warf ihn mit solcher Gewalt aus dem Hof hinaus, daß dieser, sich überschlagend, einen Abhang hinunterrollte.

Hadden lachte und ging weiter zu dem kleinen Quellbach, wo er zu baden beabsichtigte. Als er dort anlangte, wurde er wieder Maputas ansichtig, der auf seinem Pony den Pfad herunterkam, den Kopf mit Schlamm bedeckt, den Mund rot verquollen und die dunklen Augen glühend vor Zorn.

»Da reitet ein wütender Mann von dannen«, sagte er zu sich selbst. »Nun, wie wäre es ...«, und er sah hinauf zum Himmel wie ein Mann, der nach einer Eingebung sucht. Sie schien ihm auch zuteil zu werden – oder vielleicht war es auch der Teufel, der sie ihm zuflüsterte und ein offenes Ohr bei ihm fand – jedenfalls dauerte es nur Sekunden, bis sein Plan fertig war und er aus den Büschen heraustrat, um Maputa den Weg zu verstellen.

»Reite in Frieden, Häuptling!« sagte er. »Man scheint dir ja dort drüben im Kral übel mitgespielt zu haben. Da ich keine Befugnis besitze, einzugreifen, ging ich fort, da ich den Anblick nicht mehr zu ertragen vermochte. Es ist wahrhaftig schändlich, daß ein alter und verdienstvoller Mann von Stand in den Schmutz geworfen und von einem betrunkenen Soldaten geschlagen werden darf.«

»Schändlich, Weißer Mann!« keuchte Maputa. »Da hast du mir aus der Seele gesprochen. Aber warte es nur ab! Ich, Maputa, werde diesen Stein umdrehen und diesen Bullen auf den Rücken werfen. Wenn die nächste Saat reift, das verspreche ich dir, wird weder Nahoon, noch Umgona, noch sonst jemand von seinem Kral übrig sein, um die Ernte einzuholen.«

»Und wie willst du das anstellen, Maputa?«

»Ich weiß es nicht; aber es wird mir schon noch etwas einfallen. Wahrhaftig, das wird es!«

Hadden tätschelte nachdenklich den Hals des Ponys, beugte sich dann vor, blickte dem Häuptling tief in die Augen und sagte:

---

* »Geh!«

»Was wirst du mir geben, Maputa, wenn ich dir eine zuverlässige, todsichere Methode zeige, mit der du dich an Nahoon, dessen Gewalttätigkeiten ich mitansehen mußte, und an Umgona, dessen Zauberkraft dir die Kühe verdarb, rächen kannst?«

»Was für eine Belohnung verlangst du denn, Weißer Mann?« forschte der Häuptling.

»Eine Kleinigkeit, Maputa, eine Sache ohne Wert – nur das Mädchen Nanea, für die ich eine kleine Schwäche habe.«

»Ich wollte sie selbst haben, Weißer Mann, aber der über uns in Ulundi sitzt, hat seine Hand auf sie gelegt.«

»Das besagt noch nichts, Häuptling; mit dem, der in Ulundi über Euch sitzt, werde ich schon fertigwerden. Du bist es, mit dem ich mich zu einigen wünsche, weil du hier das Regiment führst. Hör zu: wenn du mir gibst, was ich begehre, erfülle ich dir nicht nur deine Rachewünsche, sondern gebe dir obendrein noch dieses Gewehr und einhundert Schuß Munition, sobald mir das Mädchen ausgeliefert ist.«

Maputa betrachtete das Jagdgewehr, und seine Augen leuchteten auf.

»Das ist gut«, sagte er; »es ist sehr gut. Wie oft habe ich mir so ein Gewehr gewünscht, das mir gestattet, einen Braten zu schießen und mit meinen Feinden aus der Entfernung zu sprechen. Es sei dir versprochen, Weißer Mann, und du wirst das Mädchen bekommen, wenn ich es dir geben kann.«

»Du schwörst es, Maputa?«

»Ich schwöre es beim Kopf von Chaka und den Geistern meiner Vorväter.«

»Gut. Heute in vier Tagen planen Umgona, seine Tochter Nanea und Nahoon im Morgengrauen mit ihren Rindern vor dem König nach Natal zu fliehen. Sie werden den Grenzfluß an der Furt überqueren, die Krokodil-Drift genannt wird. Ich werde die drei begleiten müssen, denn sie wissen, daß ich von ihrem Geheimnis Kenntnis bekam, und würden mich ermorden, wenn ich versuchte, hierzubleiben. Da du ja der Häuptling an der Grenze bist und der Wächter über diese Furt, mußt du dich mit einigen Männern in der Nacht hinter den Felsen bei der Furt verstecken und unser Kommen abwarten. Als erste wird Nanea die Kälber und Kühe durch die Furt treiben, und ich werde ihr dabei helfen. So ist es abgemacht. Dann werden Umgona und Nahoon mit den

Ochsen und Färsen folgen. Über diese beiden mußt du herfallen, sie töten und dir die Rinder zur Beute nehmen. Später werde ich dir dann das Gewehr geben.«

»Und wenn der König nach dem Mädchen fragt, Weißer Mann?«

»Dann antwortest du ihm, du hättest sie im ungewissen Licht des Morgens nicht gleich erkennen können, und deshalb ist sie dir entwischt. Zudem hättest du sie nicht gleich festhalten wollen, damit sie mit ihrem Schrei nicht die Männer warnen sollte, weil diese dir entkommen wären.«

»Gut, aber wie weiß ich, daß ich auch dein Gewehr bekomme, wenn du schon über dem Fluß bist?«

»Folgendermaßen: Ehe ich die Furt betrete, lege ich das Gewehr und die Patronen auf einen Stein am Ufer. Zu Nanea werde ich sagen, ich hätte es dort abgelegt, damit ich die Rinder besser über den Fluß treiben könne, und ich würde es mir später wiederholen.«

»Es ist gut, Weißer Mann; ich werde dich sicher nicht enttäuschen.«

So wurde das Komplott geschmiedet, und nachdem sie noch ein paar Einzelheiten besprochen hatten, schüttelten sich die beiden Verschwörer die Hand und gingen ihrer Wege.

Das sollte eigentlich funktionieren, dachte Hadden bei sich, als er sich kopfüber in den Quellbach stürzte und von dessen Wellen treiben ließ, aber so ganz traue ich unserem Freund Maputa nicht. Ich hätte mich lieber auf mich selbst verlassen, was die Beseitigung von Nahoon und seinen ehrenwerten Onkel betrifft – ein paar Schüsse im Wasser hätten gereicht. Doch dann wäre es ein Mord gewesen, und Mord ist eine unangenehme Sache; wohingegen ich nun nur einen Akt der Gerechtigkeit gegen zwei gemeine Deserteure unterstütze, eine lobenswerte Tat in einem militärischen Land. Auch hätte mein persönliches Eingreifen mir das Mädchen zum Feind gemacht, während sie meinen Beistand akzeptieren muß, sobald Umgona und Nahoon von Maputas Hand umgekommen sind. Selbstverständlich ist immer noch ein Risiko dabei; doch bei jedem Schritt im Leben muß auch der vorsichtigste Mann zuweilen ein Risiko tragen.

Wie richtig Philip Hadden die Zuverlässigkeit seines Mitverschwörers eingeschätzt hatte, sollte sich bald bestätigen. Noch ehe der ehrwürdige Häuptling in seinen eigenen Kral zurückgekehrt war, kam er zu dem Schluß, daß der Plan des Weißen Mannes trotz gewisser Vorzüge zu gefährlich sei, da er zweifellos mit dem Zorn des Königs rechnen mußte, wenn er das Mädchen Nanea entwischen ließ. Zudem würden die Männer, die ihm an der Furt bei der Ermordung seiner Widersacher helfen sollten, Verdacht schöpfen und reden. Andererseits schaffte er sich ein viel größeres Ansehen beim König, wenn er ihm das Komplott enthüllte und wahrheitsgemäß angab, er habe es von dem Weißen Jäger erfahren, den Umgona und Nahoon gezwungen hatten, daran teilzunehmen, und dessen begehrtes Gewehr ihm schon noch ein glücklicher Zufall in die Hände spielen würde.

Eine Stunde später ritten zwei zuverlässige Boten über das Hochland, um eine Meldung von dem Häuptling Maputa, dem Hüter der Grenze, an den »Großen Schwarzen Elefanten« in Ulundi zu überbringen.

V

Der Tümpel des Verderbens

Nahoons und Naneas Vorhaben schien unter einem glücklichen Stern zu stehen; denn der Zulu-Unterführer sah ein fast unlösbares Problem darin, wie er das Mißtrauen seiner eigenen Waffenbrüder zerstreuen und sich ihrer Wachsamkeit entziehen konnte, da sie ihm doch vom König als Haddens Jagdgehilfen und Garanten gegen dessen Flucht zugeteilt worden waren. Es fügte sich jedoch, daß noch am gleichen Tag, nachdem Maputa recht unsanft verabschiedet worden war, ein Bote von keiner geringeren Person als dem großen militärischen Induna, Tvingwyo ka Marolo, der später die Zulu-Armee bei Isandhlwana befehligen sollte, in Umgonas Kral eintraf mit dem Befehl, diese Leute hätten sofort zu ihrem Regiment im Umcityu-Korps zurückzukehren, da das Korps auf seine volle Kriegsstärke gebracht werden sollte. Deshalb schickte Nahoon seine Leute los und sagte ihnen, er selbst würde in ein paar Tagen mit Schwarzem Herzen nachkommen, weil der Weiße Mann sich noch nicht so gut von seinen Verletzungen erholt habe, daß er schon eine so schnelle und weite Reise durchstehen könne. Ohne Argwohn ritten seine Soldaten fort.

Dann ließ Umgona verbreiten, er wolle mit seiner Tochter Nanea nach Ulundi aufbrechen, um das Gebot des Königs zu erfüllen und sie im *Sigodhla* abzuliefern. Zugleich nähme er die fünfzehn Stück Vieh mit, die ihm Nahoon als Brautgeld in Anbetracht seiner bevorstehenden Hochzeit übergeben hatte und die ihm dann von Cetywayo als Bußgeld auferlegt worden waren. Unter dem Vorwand, daß sie die Weide wechseln müßten, gab er seine übrigen Rinder in die Obhut eines Basuto-Hirten, der nichts von ihren Plänen wußte, mit dem Auftrag, sie zur Krokodil-Furt zu treiben, wo das Gras besonders gut und süß war.

Nachdem am dritten Tage alle Fluchtvorbereitungen abgeschlossen waren, brachen die Flüchtlinge selbst auf und marschierten zunächst direkt auf Ulundi zu. Doch nach ein paar Meilen verließen sie die Straße, schlugen einen Haken nach Süden und durchquerten, von niemandem bemerkt, einen breiten Streifen unbewohnten Buschlandes. Ihr Weg führte sie dicht an dem Tümpel des Unheils vorbei, der ja auch nicht weit von Umgonas Kral entfernt war, und an dem Wald, der Heim der Toten genannt wurde, wenn sie auch beides nicht zu Gesicht bekamen. Es war ihr Plan, die ganze Nacht hindurch zu marschieren, damit sie am folgenden Morgen in dem Hügelland in der Nähe der Krokodil-Furt eintrafen. Hier wollten sie sich tagsüber und in der folgenden Nacht verstecken, um dann zunächst die Rinder einzusammeln, die sie vorausgeschickt hatten, und mit Tagesanbruch über den Fluß nach Natal zu flüchten. Jedenfalls war das der Plan von Haddens Begleitern; doch wie wir bereits wissen, hatte Hadden sich ein anderes Programm zurechtgelegt, worin nach einem letzten Auftritt zwei mitwirkende Personen das Finale nicht überleben sollten.

Auf der ersten langen Etappe ihrer Reise an diesem Nachmittag ging Umgona, der jeden Fußbreit des Bodens in diesem Lande kannte, an der Spitze und trieb die fünfzehn Rinder vor sich her. In der Hand trug er einen langen Reisestock aus schwarzem und weißem *umzimbeet*-Holz, denn in Wahrheit drängte es den alten Mann, das Ziel seiner Reise möglichst rasch zu erreichen. Als nächstes folgte Nahoon, der mit einem breitschneidigen Assagai bewaffnet war, doch sonst nackt bis auf seinen *moocha* und den Halsschmuck aus Pavianzähnen. Neben ihm ging Nanea in ihrem weißen, von blauen Perlen gesäumten Umhang. Hadden, der die Nachhut bildete, bemerkte, daß das Mädchen unter der Vorahnung einer drohenden Gefahr zu leiden schien, denn von Zeit zu Zeit faßte sie nach dem Arm ihres Liebhabers, blickte in sein Gesicht empor und redete heftig, fast leidenschaftlich auf ihn ein.

Seltsamerweise war Hadden von diesem Anblick gerührt, und ein paarmal packten ihn sogar so heftige Gewissensbisse bei dem Gedanken an seinen Anteil an dieser Tragödie, daß er fieberhaft in seinem Geist nach einer Möglichkeit suchte, wie er das Netz des Todes wieder zu zerreißen vermochte, das er selbst gewebt hatte. Doch sogleich meldete sich die Stimme des Bösen und flüsterte ihm ins Ohr, ob er vergessen habe, daß er von dieser dunkelhäutigen Schönheit verschmäht worden war und daß sie, falls er eine Möglichkeit fand, den wilden Gentleman an ihrer Seite zu retten, binnen weniger Stunden seine Frau sein würde – die Frau des Mannes, der ihn Schwarzes Herz getauft hatte und der ihn verachtete; die Frau des Mannes allerdings, den er schon einmal hatte ermorden wollen und der ihm sogleich seinen Verrat damit heimzahlte, daß er ihn unter Gefahr für sein eigenes Leben vor den Reißzähnen eines Leoparden rettete. Zudem gehörte es zu den Gesetzen, die Haddens Wesen bestimmten, daß er sich nie versagte, was er begehrte, wenn es in seiner Macht lag, das Begehrte auch zu besitzen – ein Gesetz, das ihn immer tiefer in die Sünde geführt hatte. Sonst hatte es ihn allerdings nicht weit gebracht, denn in der Vergangenheit hatte er viel begehrt und wenig gewonnen. Diese auserlesene Blume hatte er jedoch schon in der Hand, und er würde sie pflücken. Wenn Nahoon sich zwischen ihn und die Blume stellte, um so schlimmer für Nahoon; und wenn sie nach dem Pflücken verwelken sollte, um so schlimmer für die Blume, denn er konnte sie jederzeit wegwerfen. So geschah es nicht zum ersten Mal in seinem Leben, daß Philip Hadden die ihn zuweilen krampfartig befallenden Gewissensbisse unterdrückte, um den Einflüsterungen der bösen Stimme lauschen zu können.

Ungefähr gegen halb sechs an diesem Nachmittag überquerten

die vier Flüchtlinge den Fluß, der ungefähr eine Meile flußabwärts über den Rand einer kleinen Steilwand in den Tümpel des Verderbens hinunterstürzte; und als sie am anderen Ufer in ein Wäldchen aus Stachelbäumen eingedrungen waren, liefen sie zweiundzwanzig Soldaten direkt in die Arme, die sich die Wartezeit mit dem Schnupfen von Tabak und dem Rauch von *dakka*, einer einheimischen Hanfpflanze, vertrieben hatten. Auch Häuptling Maputa erwartete sie dort, auf seinem Pony sitzend, denn er war so fett, daß ihn seine beiden Beine kaum trugen.

Als die Soldaten bemerkten, daß die von ihnen erwarteten Gäste eingetroffen waren, klopften sie ihre *dakka*-Pfeifen aus und schoben die Schnupftabaksdosen in die dafür vorgesehenen Schlitze in ihren Ohrläppchen. Dann nahmen sie die vier Flüchtlinge fest.

»Was soll das bedeuten, Soldaten des Königs«, fragte Umgona mit bebender Stimme. »Wir sind unterwegs zu dem Kral von U'Cetywayo; weshalb belästigt ihr uns also?«

»Tatsächlich? Weshalb sind dann eure Gesichter nach Süden gerichtet? Seit wann wohnt denn der Große Schwarze Elefant im Süden? Nun, ihr werdet sogleich die Reise in einen anderen Kral antreten«, antwortete der gemütlich aussehende Anführer des Fangtrupps mit einem rauhen Lachen.

»Ich verstehe das nicht«, stammelte Umgona.

»Dann werde ich es dir erklären, während du dich ausruhst«, sagte der Anführer. »Der Häuptling Maputa dort auf dem Pferd schickte dem Großen Schwarzen Elefanten eine Botschaft nach Ulundi, er habe von eurer bevorstehenden Flucht nach Natal erfahren, und zwar aus dem Munde dieses Weißen Mannes dort, der ihn rechtzeitig warnte. Der Große Schwarze Elefant war natürlich sehr zornig und schickte uns hierher, um euch abzufangen und ein Ende mit euch zu machen. Das ist alles. Kommt jetzt ganz ruhig mit, damit wir die Sache hinter uns bringen! Da der Tümpel des Verderbens gleich in der Nähe ist, wird es ein leichter Tod für euch werden.«

Als Nahoon diese Worte hörte, wollte er Hadden gleich an die Kehle springen; doch er erreichte sie nicht, denn die Soldaten drückten ihn auf den Boden nieder. Nanea, die die Rede des Anführers ebenfalls mitgehört hatte, drehte sich um und blickte dem Verräter in die Augen. Sie sagte nichts, sah ihn nur an, doch er würde diesen Blick nie mehr vergessen können. Was den Weißen Mann anbetraf, war er von einer flammenden Empörung gegen Maputa erfüllt.

»Du gemeiner Spitzbube«, keuchte er, worauf ihm der Häuptling ein kränkliches Lächeln zeigte und sich abwandte.

Anschließend eskortierte man sie am Ufer entlang zum Wasserfall, der in den Tümpel des Verderbens stürzte. Hadden war in vielerlei Hinsicht kein Feigling, doch sein Herz stockte, als er am Rand des Abgrundes stand.

»Wollt ihr mich dort hinunterwerfen?« fragte er den Anführer der Zulus mit belegter Stimme.

»Dich, Weißer Mann?« erwiderte der Soldat gleichgültig. »Nein, wir haben Befehl, dich zum König zu bringen, doch was er mit dir anstellen wird, weiß ich nicht. Da es einen Krieg zwischen deinem Volk und unserem Volk geben wird, hat er bestimmt vor, dich zu Medizin zerstampfen zu lassen als Vorrat für unsere Zauberdoktoren. Oder vielleicht spannt er dich an Pflöcken über einen Ameisenhaufen aus als Warnung für die anderen Weißen Männer.«

Hadden nahm diese Nachricht schweigend auf, doch ihre Wirkung auf sein Gehirn war elektrisierend; denn sogleich begann er sich nach einer Fluchtmöglichkeit umzusehen.

Inzwischen hatte der Fangtrupp bei den Mimosenbäumen Aufstellung genommen, die am Rand der Klippe über dem Tümpel hingen.

»Wer springt zuerst?« fragte der Anführer den Häuptling Maputa.

»Der alte Hexer«, erwiderte dieser, mit dem Kopf auf Umgona deutend; »nach ihm seine Tochter und zuletzt dieser Bursche hier!« und er gab Nahoon eine Ohrfeige.

»Komm, Hexenmeister!« sagte der Anführer, Umgona beim Arm fassend. »Zeig uns mal, ob du schwimmen kannst!«

Im Angesicht des Todes schien Umgona, wie es so typisch war für seine Rasse, seine Selbstachtung wiederzufinden.

»Du brauchst mich nicht zu führen, Soldat«, sagte er, sich losreißend. »Ich bin alt genug und auf den Tod vorbereitet.« Dann küßte er seine Tochter, die neben ihm stand, schüttelte Nahoon lange die Hand, und sich mit einer Geste der Verachtung von Hadden abwendend, ging er hinauf auf die Plattform, die die beiden Mimosenstämme miteinander vereinigte. Hier stand er einen Moment lang in den Anblick der untergehenden Sonne versunken, und dann, ganz plötzlich, ohne einen Laut von sich zu geben, warf er sich in den Abgrund und verschwand.

»Das war ein tapferer Bursche«, sagte der Anführer voll Anerkennung. »Kannst du auch von alleine springen, Mädchen, oder müssen wir dich werfen?«

»Ich kann den Weg meines Vaters gehen«, erwiderte Nanea mit schwacher Stimme. »Doch zuerst laßt mich bitte noch ein paar Worte sprechen. Es ist wahr, daß wir auf der Flucht vor dem König waren, und deshalb müssen wir nach dem Gesetz sterben; doch es war Schwarzes Herz dort, der das Komplott schmiedete und uns verraten hat. Wollt ihr wissen, weshalb er zum Verräter wurde? Weil er meine Gunst suchte und ich sie ihm verweigerte, ist das die Rache, die er dafür nimmt – die Rache eines Weißen Mannes.«

»*Wau!*« platzte da Häuptling Maputa in ihre Rede hinein, »die Hübsche spricht die Wahrheit, denn der Weiße Mann schlug mir ein Geschäft vor, daß ich Umgona, den Zauberer, und Nahoon, den Soldaten, an der Krokodil-Furt töten und ihn mit dem Mädchen entkommen lassen sollte. Ich redete ihm nach dem Munde und ging zum Schein auf seinen Plan ein, und dann zeigte ich alles, wie es sich für einen loyalen Mann schickt, dem König an.«

»Ihr habt es gehört«, seufzte Nanea, »lebe wohl, Nahoon, wenn wir auch womöglich gleich wieder beisammen sein werden. Ich war es, die dich vom Weg der Pflicht ablenkte; meinetwegen hast du deine Ehre vergessen, und ich muß dafür büßen. Lebe wohl, mein Gemahl, lieber sterbe ich mit dir, als im Harem des Königs zu wohnen«, und damit trat Nanea auf die Plattform hinaus.

Hier, sich an einem Zweig der Mimosenbäume festhaltend, drehte sie sich noch einmal um und richtete das Wort an Hadden:

»Schwarzes Herz, du scheinst der Sieger dieses Tages zu sein; doch zumindest mich hast du verloren, und noch steht die Sonne am Himmel. Auf den Sonnenuntergang folgt die Nacht, Schwarzes Herz, und in dieser Nacht werde ich beten, daß du auf ewig umherwandern mußt und man dir mein Blut, das Blut von Umgona, meinem Vater, und das Blut von Nahoon, meinem Ehemann, der dein Leben rettete, und den du ermordet hast, zu trinken gibt. Vielleicht, Schwarzes Herz, werden wir uns dort drüben begegnen – im Haus der Toten.«

Darauf hob Nanea die Hände und sprang mit einem leisen Wehlaut in einem hohen weiten Satz von der Plattform, während die Zuschauer den Hals reckten, um ihr nachzusehen. Sie sahen sie kopfüber auf dem Scheitel des Wasserfalls nach unten gleiten und im Tümpel fünfzig Fuß unter ihnen aufschlagen. Ein paar Sekunden lang nahmen sie noch den Schimmer ihres auf dem dunklen Wasser treibenden weißen Gewandes wahr. Dann deckten es die Schatten und Dunstschwaden zu, und das war das letzte, was sie von ihr sahen.

»Nun, Bräutigam«, rief die launige Stimme des Anführers, »dort unten ist dein Ehebett, also spute dich, deiner Braut zu folgen, die dir so bereitwillig den Weg zeigte. *Wau!* Aber ich hatte noch nie so angenehme Leute zu töten, die mir so wenig Schwierigkeiten bereiteten. Du ...«, und ihm stockte das Wort in der Kehle, denn die seelischen Qualen hatten ganze Arbeit geleistet, und Nahoon wurde vor seinen Augen plötzlich wahnsinnig.

Mit einem Gebrüll wie von einem Löwen, schleuderte der hünenhafte Mann die Soldaten beiseite, die ihn festhielten, packte einen von ihnen um die Taille und den Schenkel, und seine ganze schreckliche Kraft aufbietend, hob er ihn hoch, als wäre er ein Kind, und schleuderte ihn in den Abgrund hinunter, daß er auf den Klippen im Tümpel des Verderbens zerschellte. Dann schrie er:

»Schwarzes Herz, jetzt bist du an der Reihe. Schwarzes Herz, du Verräter!« Schaum flog ihm von den Lippen. Mit rollenden Augen stürzte er auf Hadden los und fegte Häuptling Maputa, der ihm im Weg stand, mit einem einzigen Schlag seiner Rückhand vom Pferd. Es wäre dem Weißen Mann übel ergangen, wenn Nahoon ihn erreicht hätte. Aber er kam nicht an ihn heran, denn die Soldaten warfen sich auf ihn und drückten ihn auf den Boden, obwohl er sich schrecklich wehrte, so wie die Männer der Zulu-Regimenter, an bestimmten Festtagen vor dem König miteinander wetteifernd, mit bloßen Händen einen Stier bezwingen.

»Werft ihn über die Klippe, ehe er noch mehr Unheil anrichten kann«, sagte eine Stimme. Doch der Anführer rief: »Nein, nein, er ist heilig! Das himmlische Feuer hat seinen Geist ergriffen, und wir dürfen ihm kein Leid antun, weil wir sonst alle dem Bösen anheimfallen. Bindet ihn an Händen und Füßen und tragt ihn vorsichtig an einen Ort, wo man für ihn sorgen kann. Hatte ich nicht gesagt, diese Übeltäter machten uns die Arbeit viel zu leicht? Nun, wir hatten uns zu früh gefreut.«

Sie machten sich nun daran, Nahoons Hände und Fußgelenke zusammenzubinden und erledigten das mit soviel Schonung und Rücksichtnahme, wie es ihnen möglich war, denn bei den Zulus wird ein Geisteskranker als ein heiliges Wesen betrachtet. Es war keine einfache Aufgabe, und sie brauchte ihre Zeit.

Hadden blickte um sich und sah die Gelegenheit, nach der er suchte. Einer der Soldaten hatte, um die Hände freizubekommen, sein Gewehr ganz in seiner Nähe abgelegt, und ungefähr ein Dutzend Yards entfernt weidete Maputas Pony das Gras ab. Mit einer raschen Bewegung brachte er die Martini an sich, und ein paar Sekunden später saß er auf dem Rücken des Ponys und ritt im Galopp in Richtung der Krokodil-Furt davon. So schnell und so meisterhaft hatte er seinen Rückzug vollzogen, daß ungefähr anderthalb Minuten lang nicht einer von den Soldaten seine Flucht bemerkte, so beschäftigt waren sie alle, Nahoon in Fesseln zu legen. Dann entdeckte Maputa, zufällig aufsehend, den Flüchtigen, watschelte hinter ihm her den Hügel hinauf und schrie:

»Der weiße Dieb! Er hat mein Pferd gestohlen, und auch das Gewehr, das Gewehr, das er mir als Geschenk versprochen hatte!«

Hadden, der inzwischen hundert Yards von der Hinrichtungsstätte entfernt war, konnte seine Worte deutlich verstehen, und ein wilder Zorn erfüllte sein Herz. Dieser Mann hatte ihn vor allen Leuten als Mörder bloßgestellt, schlimmer noch, sich zum Anstifter eines Komplotts gemacht, um ihm das Mädchen zu rauben, um derentwillen er seine Hände mit Schuld befleckt hatte. Er blickte über die Schulter. Maputa rannte immer noch hinter ihm her und war allein. Ja, er hatte Zeit; jedenfalls wollte er es riskieren.

Er hielt das Pony mit einem Ruck an, schwang sich von dessen Rücken herunter und schob die Arme durch den Zügel – alles mit einer einzigen, ineinanderfließenden Bewegung. Zufällig war das Tier, wie er insgeheim gehofft hatte, ein auf Schußwaffen abgerichtetes Pferd und stand ganz still. Hadden stemmte die Füße fest in den Boden, holte tief Luft, entsicherte das Gewehr und richtete es auf den ihn verfolgenden Häuptling. Nun erkannte Maputa Haddens Absicht und wandte sich mit einem entsetzten Schrei zur Flucht. Hadden wartete eine Sekunde, bis Kimme und Korn auf Maputas breiten Rücken ausgerichtet waren, und bediente im gleichen Moment den Abzug, als die Soldaten über dem Scheitel des Hügels auftauchten. Er war ein hervorragender Gewehrschütze, und in diesem Moment ließ ihn seine Geschicklichkeit nicht im Stich; denn noch ehe er den Knall des Schusses hörte, warf Maputa schon die Arme in die Höhe und stürzte tot zu Boden.

Drei Sekunden später, und mit einem bösen Fluch, saß Hadden schon wieder im Sattel des Ponys und ritt um sein Leben auf den Fluß zu, den er eine Weile später unbehelligt überqueren konnte.

VI

Die Geister der Toten

Als Nanea aus schwindelnder Höhe von der Plattform heruntersprang, die über dem Tümpel des Verderbens hing, kam ihr auf wundersame Weise das Schicksal zu Hilfe. Denn dicht an der Steilwand lagen viele scharfkantige Steine, auf die der Wasserfall herunterstürzte und sich donnernd in schäumende Kaskaden auflöste, ehe er sich in der strudelnden Tiefe des Grabens dahinter wieder beruhigte. Es waren diese Steine, auf denen die Körper der unglücklichen Opfer zerschellten, die von der Plattform am Rande der Klippe heruntergeworfen wurden. Doch Nanea, wie wir uns erinnern, hatte nicht so lange gewartet, bis man sie hinunterstieß, und wie es die Fügung wollte, trug gerade der weite und kräftige Satz, mit dem sie in den Tod sprang, sie über den Rand der Felsblöcke hinaus. Sie verfehlte sie nur ganz knapp, tauchte wie eine geübte Springerin mit dem Kopf voran in das tiefe Wasser ein und wurde von der Wucht des Aufpralls so tief hinuntergetragen, daß sie glaubte, sie würde nie mehr an die Oberfläche kommen. Aber das Wasser trug sie am Ende des Tümpels am Rand der Stromschnellen wieder empor, die sie mit sich fortrissen und flußabwärts trieben. Zum Glück gab es hier keine Felsen mehr im Wasser, und da sie eine gewandte

Schwimmerin war, entging sie der Gefahr, in der reißenden Strömung gegen die felsigen Ufer geschmettert zu werden.

Dann wurde sie, mit den Wellen kämpfend, ein großes Stück fortgetragen, bis sie schließlich bemerkte, daß sie sich in einem Wald befand, denn über ihr hielten Bäume das Tageslicht vom Wasser fern, deren herabhängende Äste die Scheitel der Wellen berührten. Nanea griff mit einer Hand nach einem dieser Äste, und mit seiner Hilfe rettete sie sich an das Ufer des Todesflusses, dem noch kein Mensch vor ihr lebend entronnen war. Nun stand sie keuchend, aber vollkommen unverletzt, auf dem Steilufer; sie hatte nicht einmal einen Kratzer abbekommen. Selbst ihr weißer Umhang hing noch an seiner Schnur um ihren Hals.

Aber obwohl sie bei ihrer schrecklichen Reise durch das Wasser keine Verletzung davongetragen hatte, war sie doch so erschöpft, daß sie sich nur mit Mühe auf den Beinen zu halten vermochte. Hier herrschte die Düsternis der Nacht, und vor Kälte schauernd, sah sie sich hilflos nach einer Zuflucht um. Unweit des Ufers wuchs ein gewaltiger Gelbholz-Baum, und Nanea wankte darauf zu in der Absicht, ihn zu erklettern und sich zwischen seinen Ästen zu verstecken, wo sie, wie sie hoffte, vor wilden Tieren sicher war. Wieder meinte es das Schicksal gut mit ihr, denn nur ein paar Fuß über der Erde entdeckte sie ein großes Loch in der Rinde, also mußte der Stamm innen hohl sein. Sie kroch erschöpft in das Loch, auf die Gefahr hin, daß sie im Bau einer Giftschlange oder anderer böser Kreaturen Zuflucht suchte, fand sich dort jedoch in einer geräumigen, warmen Baumhöhle wieder, die unbewohnt schien. Sie war auch trocken, denn auf dem Boden der Höhle lag eine gut dreißig Zentimeter hohe Schicht aus lockerem Mulm und dürrem Moos, das vermutlich Ratten oder Vögel hierhergebracht hatten. Sie legte sich auf den weichen, zundertrockenen Mulm, deckte sich mit den Moosen und Blättern zu und sank in einen tiefen, totenähnlichen Schlaf.

Wie lange Nanea geschlafen hatte, wußte sie nicht anzugeben, doch schließlich wurde sie von dem Geräusch gutturaler menschlicher Stimmen geweckt, die in einer für sie unverständlichen Sprache miteinander redeten. Sie richtete sich auf und blickte durch das Loch im Baum. Es war Nacht draußen, aber die Sterne funkelten hell am Himmel, und ihr Licht fiel auf eine kreisrunde

Lichtung ganz nahe beim Flußufer. Auf dieser Lichtung brannte ein großes Feuer, und im Schein dieses Feuers hatten sich acht oder zehn schrecklich aussehende Wesen versammelt. Irgend etwas, das am Flußufer auf dem Boden lag, hatte sie offenbar in eine freudige, erwartungsvolle Stimmung versetzt. Es waren kleinwüchsige Gestalten, Männer und Frauen, alle fast nackt, doch kein einziges Kind darunter. Sie hatten lange dünne Haare, die fast bis zu ihren Augen herunterwuchsen, vorspringende Kiefer und Zähne, und der Umfang der schwarzen Körper stand in gar keinem Verhältnis zu deren Höhe. Sie hielten Stöcke mit daran festgebundenen scharfkantigen Steinen in den Händen oder primitive beilartige Messer aus dem gleichen Material.

Nun rutschte Nanea das Herz bis in die Kniekehlen, und sie wurde fast ohnmächtig vor Angst, denn da sie sich mitten in dem verwunschenen Wald befand, konnten das nur die *Esemkofu* sein, die bösen Geister, die ihn bewohnten. Ja, es handelte sich zweifellos um diese Geister, obwohl ihr schrecklicher Anblick sie so faszinierte, daß sie die Augen nicht von ihnen abwenden konnte. Aber wenn es Geister waren, warum sangen und tanzten sie dann wie Menschen? Warum machten sie Drohgebärden mit diesen an Stöcken befestigten scharfkantigen Steinen, zankten sich oder prügelten sich gar? Warum hatten sie ein Feuer entfacht nach Art der Menschen, wenn sie etwas kochen oder braten wollen? Und was, in aller Welt, war denn so Aufregendes an diesem langen schwarzen Ding, das so still auf der Erde lag? Es sah nicht nach einem Wildbret aus, es konnte sich auch schwerlich um ein Krokodil handeln, obwohl es eindeutig irgend etwas Nahrhaftes sein mußte, denn sie schärften nun ihre Steinmesser, um es zu zerkleinern.

Während sie noch nach Antworten auf ihre Fragen suchte, schritt eine von den schrecklich aussehenden kleinen Gestalten zum Feuer, zog einen brennenden Zweig heraus und hielt ihn über das Ding, das auf dem Boden lag, um einem seiner Kameraden Licht zu spenden, der sich mit seinem Steinmesser an dem Ding zu schaffen machte. Im nächsten Augenblick zog Nanea ihren Kopf von dem Loch zurück, einen unterdrückten Schrei auf den Lippen. Sie sah jetzt, worum es sich handelte – um die Leiche eines Menschen. Ja, und das waren auch keine Geister, sondern Kannibalen, von denen ihre Mutter ihr als kleines Kind Geschichten erzählt hatte, damit sie nicht zu weit von ihrer Hütte weglief.

Aber wer war dieser Mann, den sie verspeisen wollten? Es konnte keiner von ihnen sein, denn der Körper des Toten hatte die Größe eines normalen ausgewachsenen Mannes. Oh, jetzt wußte sie es! Das konnte nur Nahoon sein, der über den Rand der Steilwand in den Tod gesprungen war. Der Fluß, der sie lebend hierhergebracht hatte, mußte Nahoon als Leiche im Zauberwald ans Ufer geschwemmt haben. Ja, es konnte niemand anders sein als Nahoon, und nun würde sie zusehen müssen, wie ihr Mann vor ihren Augen von Kannibalen verschlungen wurde. Diese Vorstellung war unerträglich für sie. Daß er auf Befehl des Königs sterben mußte, war eine ganz natürliche Sache; aber sollte er auf solch widerwärtige Weise bestattet werden? Was konnte sie tun, um das zu verhindern? Sie würde das auf keinen Fall zulassen, und wenn es sie das Leben kostete; denn etwas Schlimmeres, als daß man sie tötete und ebenfalls verspeiste, konnte ihr nicht mehr passieren, nachdem sie Nahoon und ihren Vater verloren hatte. Und da sie weder religiöse Skrupel noch Furcht vor dem Jenseits kannte, war es für sie kein Drama, ihre kostbare Seele auszuhauchen.

Sie schlüpfte durch das Loch aus dem hohlen Baum und ging ganz gelassen auf die Kannibalen zu, obwohl sie nicht die geringste Vorstellung hatte, was sie tun sollte, wenn sie dort anlangte. Dann, schon fast im Lichtkreis des Feuers, wurde ihr das Fehlen eines Plans nur zu deutlich bewußt, und sie hielt inne, um nachzudenken. Just in diesem Augenblick sah einer der Kannibalen auf und erblickte eine in ein weißes Gewand gehüllte majestätische Gestalt, die aus dem dichten Schatten des Hintergrunds hervorzutreten schien und sogleich wieder darin verschwand. Der arme, bedauernswerte Wilde hielt gerade ein Steinmesser zwischen den Zähnen, als er sie erblickte, doch es blieb nicht lange dort, denn er öffnete seine mächtigen Kinnladen und stieß einen so entsetzten und gellenden Schrei aus, wie Nanea ihn noch nie gehört hatte. Dann sahen sie auch die anderen, und sogleich hallte der Wald von schrillen Angstschreien wider. Ein paar Augenblicke lang standen diese Wesen wie gebannt und starrten, dann stoben sie nach allen Richtungen auseinander und huschten durch das Unterholz wie erschreckte Schakale. Die

Esemkofu der Zulu-Tradition waren aus ihrem eigenen Spukhaus von etwas vergrault worden, das sie für einen Geist hielten.

Arme *Esemkofu*! Sie waren nichts anderes als bedauernswerte hungernde Buschmänner, die vor vielen Jahren an diese übel beleumdete Stätte vertrieben worden waren und ihre Lebensweise ihr angepaßt hatten – die einzige Möglichkeit, um ihre erbärmlichen Körper am Leben zu erhalten. Hier wurden sie wenigstens nicht belästigt, und da das Nahrungsangebot in dieser Baumwildnis nicht groß war, nahmen sie das, was der Fluß ihnen schenkte. Wenn nur wenige Hinrichtungen im Tümpel des Verderbens stattfanden, brachen harte Zeiten für sie an – denn dann waren sie gezwungen, sich gegenseitig aufzuessen. Deshalb hatte Nanea auch keine Kinder gesehen.

Als die unartikulierten Schreie in der Entfernung verhallten, lief Nanea zum Ufer, um die Leiche zu betrachten, die dort auf dem Boden lag, und wich mit einem Seufzer der Erleichterung wieder zurück. Es war nicht Nahoon; doch sie erkannte das Gesicht eines der Soldaten wieder, der zu dem Exekutionskommando gehört hatte. Wie kam er hierher? Hatte Nahoon ihn getötet? War Nahoon seinen Schergen entkommen? Sie wußte es nicht, und auch im günstigsten Fall war das sehr unwahrscheinlich, und trotzdem entfachte der Anblick des toten Soldaten in ihrem Herzen einen schwachen Hoffnungsfunken, denn wie sollte er zu Tode gekommen sein, wenn Nahoon dabei nicht mitgeholfen hatte? Sie konnte ihn jedoch nicht so nahe bei ihrem Versteck liegen lassen, und obwohl es sie große Mühe kostete, die Leiche über die Böschung zu rollen, gab sie nicht auf, bis der Tote wieder im Fluß lag und von der starken Strömung rasch davongetragen wurde. Dann kehrte sie zu ihrem Baum zurück, nachdem sie ein paar trockene Zweige ins Feuer geworfen hatte, und erwartete den Morgen.

Endlich kam er – soweit die Sonne überhaupt diesen dunklen Dschungel zu durchdringen vermochte –, und Nanea spürte ein Grimmen im Magen und verließ ihre Baumhöhle, um nach Nahrung zu suchen. Den ganzen Tag suchte sie vergeblich, bis sie sich kurz vor der Abenddämmerung daran erinnerte, daß sich am Rand des Waldes ein flacher Felsblock befand, wo die von Not oder Unglück Heimgesuchten oder jene, die sich oder ihre Habe verhext glaubten, Speisen und Nahrungsmittel als Opfergaben niederzulegen pflegten, womit die *Esemkofu* und *Amalhosi* ihre geistigen Bedürfnisse befriedigen sollten. Um nicht den Hungertod erleiden zu müssen, begab sich Nanea rasch zu dieser Stelle und entdeckte zu ihrer Freude, daß ein Kral in der Nachbarschaft offenbar vor kurzem von irgendeinem Mißgeschick betroffen worden war, denn der Felsentisch war überladen mit Maiskolben, Flaschenkürbissen voller Milch, Haferbrei und sogar Fleisch. Sie nahm so viel von den Opfergaben, wie sie zu tragen vermochte, kehrte zu ihrer Baumhöhle zurück, kochte das Fleisch über dem Feuer, trank die Milch dazu und legte sich dann in dem hohlen Baum wieder zum Schlafen nieder.

Fast zwei Monate lang lebte Nanea so in diesem verwunschenen Wald, da sie ihn nicht zu verlassen wagte. Sie hatte keine Lust, sich fangen und das Urteil des Königs zum zweitenmal an sich vollstrecken zu lassen. Hier im Wald war sie wenigstens sicher, denn niemand wagte, ihn zu betreten, und auch die *Esemkofu* belästigten sie nicht. Ein- oder zweimal sah sie welche von ihnen in der Ferne, doch jedesmal stoben sie schreiend vor ihr davon und flüchteten in irgendeinen Schlupfwinkel, wo sie sich vor ihr versteckten oder gar zugrunde gingen. Auch ging ihr nun niemals die Nahrung aus, denn die Gläubigen spendeten immer neue Nahrungsmittel, nachdem sie entdeckt hatten, daß sie von den »Geistern« angenommen wurden.

Aber trotzdem war es ein trauriges Dasein, und die Düsternis und Einsamkeit, in der sie lebte und die ihre Trauer und Schwermut nur noch verstärkten, trieben sie zuweilen fast bis zum Wahnsinn. Trotzdem lebte sie weiter, obwohl sie sich oft nach dem Tode sehnte, denn wenn auch ihr Vater ums Leben gekommen war, war die Leiche, die sie gefunden hatte, nicht Nahoons lebloser Körper gewesen, und es hielt sich immer noch ein Hoffnungsfunken in ihrem Herzen. Doch was sie sich erhoffte, wußte sie nicht zu sagen.

Als Philip Hadden wieder eine zivilisierte Region erreichte, erfuhr er, daß binnen kurzem der Krieg zwischen der Königin und Cetywayo, dem König von Amazulu, erklärt werden würde und daß in der allgemeinen Aufregung sein kleines Abenteuer mit dem Ladenbesitzer in Utrecht in Vergessenheit geraten war oder ihm großzügig nachgesehen wurde. Er war der Besitzer von zwei soliden Frachtwagen und einiger Gespanne zäher Ochsen, und da derzeitig eine große Nachfrage nach Fahrzeugen bestand, die den Nachschub für die Marschkolonnen transportieren mußten, welche in das Land der Zulu einrücken sollten, waren die für den Transport verantwortlichen Behörden nur zu gern bereit, jedem, der ihnen ein Gespann mit Wagen zur Verfügung stellte, eine monatliche Miete von 90 Pfund dafür zu bezahlen und dem Besitzer für jedes Zugtier, das beim Transport verlorenging, zu entschädigen. Obschon Hadden keine Sehnsucht hatte, in das Zululand zurückzukehren, war dieser Köder doch zu groß für ihn, und daher vermietete er die Frachtwagen und seine Zugochsen an das Kommissariat und ließ sich selbst als Gespannführer und Dolmetscher anheuern.

Er wurde der Kolonne Nummer 3 der Invasionsstreitmacht zugeteilt, welche, wie manche sich noch erinnern werden, direkt dem Kommando von Lord Chelmsford unterstand, und am 20. Januar 1879 folgte er dieser Kolonne auf der Straße, die von der Rorkes-Furt zum Buschwald von Indeni führte, und schlug sein Nachtlager im Schatten der kahlen und steilen Wände des Berges auf, der unter dem Namen Isandhlwana bekannt war.

An jenem Tag rückte auch die große Armee des Königs Cetywayo, die mehr als zwanzigtausend Mann zählte, vom Upindo-Berg aus gegen die Grenze vor und biwakierte auf der steinernen Hochebene, die anderthalb Meilen östlich des Isandhlwana gelegen ist. Kein einziges Feuer wurde angezündet, und kein Laut drang über das Lager hinaus, denn die Krieger »schliefen auf ihren Speeren«.

Bei diesem *impi** befand sich auch das Umcityu-Regiment, dreitausendfünfhundert Köpfe stark. Beim ersten Licht des Morgens sah der Induna, der das Regiment befehligte, unter dem Rand seines großen schwarzen Schildes hervor, mit dem er seinen Körper bedeckt hatte, und erkannte im dichten Nebel die Umrisse eines großen schwarzen Mannes, der, nur mit einer *moocha* bekleidet, vor ihm stand – ein hagerer Mann mit wilden Augen, der eine primitive Keule in der Hand hielt. Als er den Mann anredete, gab dieser keine Antwort, stemmte sich nur auf seine

* Heer

Keule und blickte nach links und rechts an der dichten Reihe unzähliger Schilde entlang.

»Wer ist dieser *Silwana**?« fragte der Induna verwundert seine Unterführer.

Diese starrten den Krieger an, und einer von ihnen erwiderte: »Das ist Nahoon-ka-Zomba – der Sohn des Zomba, der vor noch gar nicht langer Zeit auch Unterführer in diesem Regiment der Umcityu gewesen ist. Seine Verlobte, Nanea, die Tochter des Umgona, wurde auf Befehl des Großen Schwarzen zusammen mit ihrem Vater hingerichtet, und Nahoon, der dabei zusehen mußte, wurde wahnsinnig vor Kummer, denn das Feuer des Himmels versehrte seinen Geist, und seither wandert er in diesem Zustand umher.«

»Was willst du hier, Nahoon-ka-Zomba?« fragte der Induna den vom himmlischen Feuer Versehrten.

Da erwiderte Nahoon mit stockender Stimme: »Mein Regiment zieht in den Krieg gegen die Weißen Männer. Deshalb gib mir einen Schild und einen Speer, Heerführer des Königs, damit ich mit meinem Regiment kämpfen kann, denn ich suche ein Gesicht in der Schlacht.«

So gaben sie ihm einen Schild und einen Speer, denn sie wagten es ihm nicht abzuschlagen, da in seinem Geist das Feuer des Himmels brannte.

Als die Sonne schon hoch am Himmel stand an diesem Tag, schlugen die ersten Kugeln zwischen die Reihen der Umcityu. Dann erhoben sich die schwarzbeschildeten, schwarzgefiederten Umcityu-Krieger aus ihrer Deckung, Kompanie für Kompanie, und dahinter erhob sich die ganze riesige Zulu-Armee, Mann an Mann und Schulter an Schulter, und schweigend stürmte sie den Abhang hinunter auf das dem Untergang geweihte britische Lager zu, ein glitzernder Wald von Speeren. Die Kugeln prasselten gegen die Schilde, die Granaten rissen lange Schneisen in die heranstürmenden Leiber, doch die Reihen der Zulus wankten nicht und blieben nicht stehen. Tausende von bewaffneten Kriegern stürmten an den Flanken des Lagers vorbei und umfingen es mit Armen aus Stahl. Und erst als sich der Ring um die Weißen

* Wilde Kreatur

Männer fest geschlossen hatte, stießen die Zulus ihren Kriegsschrei aus, und wie ein brüllender Sturzbach, wie ein heulender Sturm, wie das Summen einer Milliarde zorniger Bienen überrollten die tiefgestaffelten Wellen der *impi* die Weißen Männer. Und mit ihnen die schwarzbeschildeten Umcityu, und in Reih und Glied mit ihnen Nahoon, der Sohn des Zomba. Als ihn eine Kugel an der Seite traf und von seinen Rippen abprallte, achtete er nicht darauf. Ein Weißer Mann fiel vor ihm von seinem Pferd herunter. Er erstach ihn nicht mit seinem Speer, denn er suchte nur ein einziges Gesicht in dieser Schlacht.

Er suchte – und schließlich fand er es. Dort, zwischen den Troßwagen, wo die Speere am schlimmsten wüteten, stand er hinter seinem Pferd und gab in rascher Folge Schüsse aus seinem Gewehr ab – Schwarzes Herz, der Nanea, seine Verlobte, dem Tod ausgeliefert hatte. Drei weiße Soldaten standen zwischen ihm und dem, den er gesucht hatte: den ersten von ihnen durchbohrte Nahoon mit seinem Speer, die anderen beiden schob er einfach zur Seite und stürmte dann direkt auf Hadden los.

Doch der Weiße Mann sah ihn kommen. Selbst hinter der Maske des Wahnsinns erkannte er Nahoon wieder, und das Entsetzen ergriff ihn. Er warf sein Gewehr weg, denn er hatte seinen ganzen Patronenvorrat verschossen, sprang auf sein Pferd und hieb ihm die Sporen in die Weichen. Er ritt mitten durch das Gemetzel, setzte im Sprung über die Leichenhaufen hinweg und durchbrach die Linien der Schilde. Doch ihm auf den Fersen war Nahoon, den Kopf tief über dem Boden, den Oberkörper weit vorgebeugt, den Speer nachschleppend – so rannte er wie ein Hund, wenn er den Rehbock jagt.

Hadden hatte zunächst zur Rorkes-Furt reiten wollen, doch ein Blick nach links hinüber zeigte ihm, daß ihm dort die Massen der Undi den Weg versperrten. Also floh er weiter geradeaus und überließ dem Zufall den Weg. In fünf Minuten hatte er einen Bergrücken überquert. Dort war nichts mehr von der Schlacht zu bemerken. In zehn Minuten war auch kein Laut mehr davon zu hören, denn es wurden nur noch wenige Gewehre abgefeuert während des berüchtigten Wettlaufs zur Fugitives-Drift, und die Assagai machten keinen Lärm. Selbst in diesem Moment war er seltsam berührt von dem Gegensatz zwischen dem schrecklichen Anblick des Blutbades und des Schlachtgetümmels, das er soeben verlassen hatte, und dem friedlichen Antlitz der Natur, über das er nun ritt. Hier sangen die Vögel und weideten die Rinder, hier wurde die Sonne am klaren Himmel nicht von dem Pulverdampf der Kanonen verschleiert, nur hoch oben am blauen Firmament zogen ganze Scharen von Geiern durch die stille Luft auf die Hochebene von Isandhlwana zu.

Er ritt über rauhes, zerklüftetes Terrain, und sein Pferd begann rasch zu ermüden. Er blickte über die Schulter – ungefähr zweihundert Yards hinter ihm lief tief gebückt der Zulu, grimmig wie der Tod, unbeirrbar wie das Schicksal. Er untersuchte die Pistole in seinem Gürtel; es befand sich nur noch eine geladene Patrone im Lauf, alle anderen hatte er verschossen, und seine Patronentasche war leer. Nun, eine Kugel sollte genügen für einen Wilden: fragte sich nur, ob er jetzt gleich anhalten und sie verwenden sollte? Nein, er mochte das Ziel verfehlen oder den Mann nur leicht verletzen. Zudem saß er auf einem Pferd, und sein Feind folgte ihm zu Fuß. Er mußte bei diesem Wettrennen bald müde werden.

So ritt er weiter, und nach einer Weile galoppierte er durch einen kleinen Bach. Er kam Hadden bekannt vor. Ja, das war der kleine Tümpel, in dem er zu baden pflegte, als er noch der Gast von Umgona war, dem Vater von Nanea; und dort auf dem Hügel zu seiner Rechten waren die Hütten, vielmehr ihre verkohlten Überreste, denn sie waren angezündet und vom Feuer vernichtet worden. Was für ein Zufall hatte ihn wohl hierhergebracht, überlegte er und sah sich dann erneut nach Nahoon um, der seine Gedanken zu lesen schien, denn er schüttelte wild seinen Speer und deutete auf den niedergebrannten Kral.

Weiter ging es im Galopp, denn hier war das Land eben, und zu seiner Freude verlor er seinen Verfolger aus den Augen. Doch dann kam wieder eine Meile lockeres Geröll, und als er sie überwunden hatte und sich umsah, bemerkte er Nahoon, der ihm wieder an den Fersen klebte. Sein Pferd konnte sich kaum noch auf den Beinen halten, doch Hadden trieb es unerbittlich an. Wohin, wußte er selbst nicht. Nun hatte sein erschöpftes Pferd federnden Grasboden unter den Hufen, und vor sich hörte er das Plätschern eines Flusses, während zu seiner Linken sich eine steile Böschung erhob. Bald lief der Rasengürtel, auf dem er dahinsprengte, zu einer spitzen Kehre aus, an deren Ende, keine zwanzig Yards vor ihm, eine Kaffernhütte am steilen Ufer über einem Fluß stand. Er betrachtete sie, und – ja! – das war die Behausung von jener verfluchten *inyanga*, der Biene, und am Zaun, der ihre Hütte umschloß, stand niemand anderes als die Biene selbst. Beim Anblick der Zauberin strauchelte das erschöpfte Pferd, fiel zu Boden und blieb keuchend liegen. Hadden wurde aus dem Sattel geworfen, stand aber gleich wieder unverletzt auf den Beinen.

»Ah! Schwarzes Herz, bist du es? Was gibt es Neues von der Schlacht, Schwarzes Herz?« rief die Biene mit spöttischer Stimme.

»Hilf mir, Mutter! Ich werde verfolgt«, sagte Hadden, heftig atmend.

»Ach was, Schwarzes Herz, es ist nur ein einziger, ermatteter Mann! Halt an und stell dich ihm zum Kampf, denn nun sind Schwarzes Herz und Weißes Herz wieder vereint! Du willst nicht? Dann renne weiter in den Wald und suche Zuflucht bei den Toten, die dich dort erwarten. Sag mir, war das nicht das Gesicht von Nanea, das ich vor einer Weile dort unten im Wasser erblickte? Gut! Richte ihr schöne Grüße von mir aus, wenn ihr beide euch im Haus der Toten begegnet!«

Hadden blickte auf den Fluß hinunter. Er war angeschwollen von der Regenzeit, und er hätte ihn nicht durchschwimmen können. Und daher lief er weiter zum Wald hinüber, verfolgt von dem bösen Gelächter der Prophetin. Ihm folgte Nahoon, dem die Zunge aus dem Mund hing wie bei einem hechelnden Wolf.

Nun war er schon im Schatten des Waldes untergetaucht, rannte aber immer noch weiter, dem Flußlauf folgend, bis ihm schließlich der Atem ausging und er am anderen Ende einer kleinen Lichtung anhielt, hinter der ein großer Baum aufragte. Noch war Nahoon nicht bis auf einen Speerwurf an ihn herangekommen; deshalb hatte er Zeit, seine Pistole zu ziehen und sie zu spannen.

»Halt, Nahoon!« rief er, wie er es schon einmal in diesem Wald gerufen hatte; »ich möchte mit dir sprechen.«

Der Zulu hörte seine Stimme und gehorchte.

»Hör zu!« sagte Hadden. »Wir haben uns ein großes Rennen geliefert und einen langen Kampf gekämpft, du und ich, und wir sind beide noch am Leben. Doch sehr bald, wenn du noch näher herankommst, wird einer von uns sterben müssen, und das wirst du sein, Nahoon, denn ich bin bewaffnet, und wie du weißt, kann ich ausgezeichnet schießen. Was sagst du dazu?«

Nahoon gab keine Antwort, sondern stand schweigend am gegenüberliegenden Rand der Lichtung, seine wild glühenden Augen auf das Gesicht des Weißen Mannes geheftet und laut keuchend nach Luft ringend.

»Wirst du mich gehen lassen, wenn *ich dich* gehen lasse?« erkundigte sich Hadden noch einmal. »Ich weiß, warum du mich haßt, doch die Vergangenheit kann man nicht ungeschehen machen und die Toten nicht wieder ins Leben zurückholen.«

Immer noch gab Nahoon keine Antwort, und sein Schweigen wirkte viel verhängnisvoller und bedrohlicher als jedes gesprochene Wort; keine Anklagerede hätte einen so schrecklichen Widerhall in Haddens Ohren gefunden. Nahoon gab keine Antwort, sondern hob nur seinen Speer und ging grimmig auf seinen Gegner zu.

Als er nur noch fünf Schritte von Hadden entfernt war, hob dieser die Pistole, zielte und schoß. Nahoon sprang zur Seite, doch die Kugel mußte ihn trotzdem getroffen haben, denn sein rechter Arm fiel kraftlos herab, und der Speer, mit dem er Hadden hatte durchbohren wollen, fuhr harmlos über den Kopf des Weißen Mannes hinweg. Aber, immer noch keinen Laut von sich gebend, kam der Zulu immer weiter auf seinen Feind zu und packte ihn mit der linken Hand an der Kehle. Eine Weile rangen sie verbissen miteinander, und der Kampf wogte unentschieden hin und her. Doch Hadden war unverletzt und kämpfte mit der Kraft der Verzweiflung, während Nahoon bereits zweimal verwundet worden war und nur noch einen unversehrten Arm zur Verfügung hatte. Schließlich wurde er von der eisernen Kraft des Weißen Mannes auf die Erde gezwungen, fiel auf den Rücken und konnte sich nicht mehr erheben.

»Nun werden wir ein Ende machen«, murmelte Hadden wütend und blickte umher, um den Assagai aufzuheben, taumelte jedoch auf unsicheren Beinen und mit stierem Blick rückwärts auf die Lichtung, denn dort vor ihm, in ihr weißes Gewand gehüllt, den Speer in der rechten Hand, stand der Geist von Nanea!

»Denk daran«, flüsterte er heiser, sich dunkel an die Worte der *inyanga* erinnernd, »wenn du zuletzt von Angesicht zu Angesicht dem Geist der Toten im Heim der Toten gegenüberstehen wirst.«

Es folgte ein Schrei und das Blitzen von Stahl; der breite Speer flog ihm entgegen und grub sich tief in seine Brust. Hadden wankte, er fiel, und Schwarzes Herz umklammerte mit beiden Händen die Belohnung, die ihm die Biene versprochen hatte.

»Nahoon! Nahoon!« murmelte eine sanfte Stimme, »wach auf, es ist kein Geist, sondern ich – Nanea – ich, deine lebendige Ehefrau, deren *Ehlose** es mir ermöglichte, dich zu retten!«

Nahoon hörte ihre Worte und öffnete die Augen, um sie anzuschauen, und da verließ ihn sein Wahnsinn.

»Willkommen, Weib!« sagte er mit schwacher Stimme. »Nun werde ich leben, da der Tod dich mir im Haus des Todes zurückgegeben hat.«

Heute ist Nahoon einer der Indunas der englischen Regierung von Zululand, und Kinder spielen um seine Hütte im Kral. Was hier in dieser Geschichte berichtet wurde, hat der Erzähler von niemand anderem als Nanea, seiner Frau, selbst erfahren.

Die Biene lebt ebenfalls noch und übt so viel Zauber aus, wie sie glaubt, sich das unter der Herrschaft des Weißen Mannes erlauben zu dürfen. An ihrer schwarzen Hand schimmert ein goldener Ring, geformt wie eine Schlange, mit Rubinen als Augen, und die Biene ist sehr stolz auf dieses Schmuckstück.

Übersetzt von Bodo Baumann

---

* Schutzgeist

H. G. Wells
(1866–1946)

Geboren in Bromley, England, war Herbert George Wells Romanschriftsteller, Sozialkritiker, Geschichtswissenschaftler und wohl der einflußreichste Science Fiction-Autor auf die Entwicklung des Genres im zwanzigsten Jahrhundert. Seine Eltern entstammten der unteren Mittelklasse, und in einer Gesellschaft, die ausgesprochen horizontal (wenn nicht gar klassenbewußt) orientiert war, mußte sich Wells sehr anstrengen, um über seine Herkunft hinauszuwachsen. Er nahm diverse Lehrstellen an, besuchte zwischendurch den Unterricht der Midhurst Grammar School und errang schließlich ein Stipendium für die Normal School of Science. Dort studierte er bei dem berühmten Biologen T. H. Huxley, der auf Wells' Weltbild einen enormen Einfluß hatte. Wells verließ die Schule früh (trotzdem schaffte er 1888 seinen Abschluß bei der London University), um eine Stellung als Lehrer anzunehmen. Als er jedoch beinahe einer tuberkulösen Blutung erlag, ließ er Beruf und Ehefrau im Stich und floh mit einer seiner Schülerinnen, um »einen letzten Versuch als Autor vor dem frühen Tod« zu machen.

Augenblicklich hatte er Erfolg mit seinen Science Fiction-Romanen *Die Zeitmaschine* (1895), *Der Stern* (1897), *Der Unsichtbare* (1897) und *Der Krieg der Welten* (1898). Nachdem er 1903 der Fabian Society beigetreten war, begann er realistische Romane zu schreiben wie *Ann Veronica* (1900) und *Tono-Bungay* (1908). In der dritten Phase seiner Karriere wandte er sich Thesenromanen zu, die lediglich dazu dienten, seine soziopolitischen Theorien zu illustrieren, außerdem schrieb er populäre Sachbücher wie *The Outline of History* (1920, neugefaßt 1931), *The Science of Life* (1929–1930) und *The Work, Wealth and Happiness of Mankind* (1932).

Körperlich war er ein kleiner Mann mit großem Kopf und breiter Brust, unruhig hin und her zuckenden Augen und einer schrillen Stimme. Obwohl er intelligent, phantasievoll und energisch war, schien er beständig von dem Wunsch getrieben, Erfolg zu haben, die Welt zu retten und seinen ausgeprägten Geschlechtstrieb zu befriedigen.

Neben der Schriftstellerei war die Politik eine Leidenschaft seines

Lebens, und zu Beginn der zwanziger Jahre unterlag er zweimal als Parlamentskandidat der Labour Party. Als die Welt dem Zweiten Weltkrieg entgegentrieb, verlor er seine Illusionen und wurde immer pessimistischer und exzentrischer. Kurz vor seinem Tod im Jahre 1946 war er ein Opfer seiner eigenen Verzweiflung geworden, und die These seines letzten Buches, *Mind at the End of Its Tether,* lief darauf hinaus, daß »der wissenschaftliche Fortschritt des Menschen seine intellektuelle und gesellschaftliche Entwicklung weit hinter sich zurückließ«.

Obwohl er heute vor allem für seine frühere Science Fiction bekannt ist, schrieb er auch ungefähr zwanzig Fantasy-Erzählungen und zwei Fantasy-Romane: *Der Besuch* (1895) verfolgt das Mißgeschick eines Engels, der in einer englischen Kleinstadt zur Erde fällt; *The Sea Lady* (1902) beschreibt die Veränderungen, die ein Engländer der Mittelklasse durchmacht, der eine Meerjungfer liebt. In seinen phantastischen Kurzgeschichten zeigt sich die größte Bandbreite seines Könnens. Da gibt es Horror *(Pollock und der Porroh-Neger* und *Das Rote Zimmer),* religiöse Phantastik *(The Story of the Last Trump* und *Der Apfel vom Baum der Erkenntnis)* und ein frühes Beispiel heroischer Fantasy *(Das Tal der Spinnen).*

Für diesen Band haben wir ausgewählt, was wir für seinen größten Beitrag zum Genre halten: *Der Mann, der Wunder tun konnte,* die Geschichte eines Mannes, der die Problematik des Wünschens erkennen muß.

HERBERT GEORGE WELLS

Der Mann, der Wunder tun konnte

Es ist nicht mit Sicherheit festzustellen, ob die Fähigkeit angeboren war. Meiner Meinung nach ist sie ihm eines schönen Tages zugeflogen. Tatsächlich war er bis zu seinem dreißigsten Jahr Skeptiker und glaubte nicht an geheimnisvolle Kräfte. Hier ist wohl die geeignetste Stelle, zu erwähnen, daß er klein war, dunkelbraune Augen hatte, sehr borstiges rotes Haar, einen Schnurrbart, dessen Enden er aufzwirbelte, und Sommersprossen. Er hieß George McWhirter Fotheringay – der Name läßt keineswegs Wunder erwarten – und war bei Gomshott angestellt. Er war ein großer Freund von apodiktischen Behauptungen. Gerade während er rechthaberisch die Möglichkeit von Wundern bestritt, kündigten sich seine außerordentlichen Kräfte zum erstenmal an. Diese folgenschwere Diskussion fand im Wirtshaus »Zum langen Drachen« statt, und Toddy Beamish führte die Opposition mit den eintönigen, aber wirkungsvollen Worten: »Das behaupten Sie«, die Mr. Fotheringays Geduld auf die härteste Probe stellten.

Außer den beiden genannten waren noch ein sehr staubiger Radfahrer, Cox, der Wirt, und Miß Maybridge, die sehr ehrenwerte und eher wohlbeleibte Kellnerin des »Drachen« anwesend. Miß Maybridge wandte Mr. Fotheringay den Rücken zu und spülte Gläser; die anderen beobachteten ihn, mehr oder weniger amüsiert von der sichtlichen Unwirksamkeit seiner Beharrlichkeit. Aufgestachelt durch Mr. Beamishs Torres-Vedras-Taktik, entschloß sich Mr. Fotheringay zu einer ungewöhnlichen rhetorischen Anstrengung. »Hören Sie zu, Mr. Beamish«, sagte Mr. Fotheringay, »wir müssen uns erst einmal darüber klarwerden, was ein Wunder ist. Es ist etwas dem natürlichen Lauf der Dinge Entgegengesetztes, durch Willenskraft hervorgerufen.«

»Das behaupten Sie«, sagte Mr. Beamish abweisend.

Mr. Fotheringay wandte sich an den Radfahrer, der bisher schweigend zugehört hatte und ihm nun, mit einem zögernden Räuspern und einem Blick auf Mr. Beamish, zustimmte. Der Wirt wollte keine Meinung äußern, und Mr. Fotheringay, zu Mr. Beamish zurückkehrend, entnahm der zögernden Zustimmung eine bedingte Anerkennung seiner Erklärung für Wunder.

»Zum Beispiel«, sagte Mr. Fotheringay mit neuem Mut, »das wäre gleich ein Wunder. Diese Lampe könnte im natürlichen Verlauf der Dinge nicht von oben nach unten brennen, nicht wahr, Beamish?«

»Sie behaupten, daß sie's nicht könnte«, sagte Beamish.

»Und Sie?« fragte Fotheringay. »Sie wollen doch nicht sagen, daß – eh?«

»Nein«, sagte Beamish widerstrebend.

»Also gut«, sagte Mr. Fotheringay. »Da kommt also jemand daher, zum Beispiel ich, steht zum Beispiel so da und sagt zu der Lampe, mit größter Willenskraft, nun etwa – ›dreh dich von unten nach oben, zerbrich nicht und brenn' ruhig weiter‹ und hallo!«

Alle sagten hallo! Das Unmögliche, das Unglaubliche war eingetreten. Die Lampe hing umgekehrt in der Luft und brannte weiter, ruhig, mit abwärtsgerichteter Flamme. Sie war so wirklich, so unbestreitbar wirklich wie nur je eine Lampe, die prosaische, gewöhnliche Lampe beim Drachenwirt.

Mr. Fotheringay stand mit ausgestrecktem Zeigefinger und mit gerunzelter Stirn da, in Erwartung eines katastrophalen Krachs. Der Radfahrer, der dicht bei der Lampe saß, duckte sich und sprang über den Schanktisch. Alle fuhren mehr oder weniger in die Höhe. Miß Maybridge drehte sich um und kreischte. Fast drei Sekunden lang blieb die Lampe ruhig. Mr. Fotheringay stieß einen leisen Seufzer seelischer Qual aus. »Ich kann nicht mehr«, sagte er und taumelte zurück. Die umgedrehte Lampe flackerte auf, fiel auf die Ecke des Schanktisches, prallte ab, schmetterte auf den Fußboden und erlosch.

Zum Glück hatte sie einen Metallkessel, sonst wäre das Zimmer in Flammen gestanden. Mr. Cox sprach als erster, und seine Bemerkung, von überflüssigem Beiwerk befreit, bezeichnete Fotheringay als Narren. Der war nicht einmal imstande, einer so grundlegenden Behauptung zu widersprechen. Er war zutiefst erstaunt über das Ereignis. Auch das nachfolgende Gespräch brachte absolut kein Licht in die Sache, soweit sie Fotheringay betraf. Die anderen schlossen sich der Meinung Mr. Cox' vollinhaltlich und mit heftigen Worten an. Alle beschuldigten Fotheringay, ein dummes Taschenspielerstückchen ausgeführt zu haben und bezeichneten ihn als närrischen Zerstörer von Behagen und Sicherheit. In seinem Kopf tobte ein Wirbelsturm, er war selbst geneigt, ihnen recht zu geben, und er setzte ihrem Vorschlag, sich zu entfernen, bemerkenswert geringen Widerstand entgegen.

Er ging nach Hause, erregt und erhitzt, mit zerknittertem Mantelkragen, roten Ohren und glühenden Augen. Er musterte nervös jede der zehn Straßenlampen auf seinem Weg. Erst als er sich allein in seinem kleinen Schlafzimmer in Church Row befand, war er fähig, sich ernstlich mit dem Vorfall zu beschäftigen und sich zu fragen: »Was ist denn, um Himmels willen, geschehen?«

Er hatte Rock und Schuhe ausgezogen, saß auf dem Bett, die Hände in den Hosentaschen, und wiederholte seine Verteidigungsrede zum siebzehnten Mal. »Ich habe nicht gewollt, daß das verdammte Zeug sich auf den Kopf stellt!« Da fiel ihm ein, daß im selben Augenblick, als er die befehlenden Worte ausgesprochen hatte, auch unbewußt gewollt hatte, was er sagte, und als er die Lampe in der Luft hängen sah, fühlte er, daß es nur von ihm abhing, sie dort zu halten, ohne klar zu wissen, wie das geschehen sollte. Er besaß keinen geschulten Verstand, sonst hätte er sich eine Weile mit dem, »unbewußt gewollt« beschäftigt, da dies doch die unverständlichsten Willenskraftprobleme miteinschließt, so aber kam ihm die Idee in ihrer Unklarheit ganz annehmbar vor. Und indem er von da weiter einen, wie ich gestehen muß, keineswegs logischen Pfad verfolgte, kam er dazu, seine Kräfte noch einmal in einem Experiment auszuprobieren.

Er zeigte entschlossen auf seine Kerze und sammelte seine Gedanken, obwohl er fühlte, daß er etwas ganz Verrücktes tue. Aber nach einer Sekunde verschwand dieses Gefühl. »Erhebe dich!« sagte er. Die Kerze wurde emporgehoben, hing einen erregenden Augenblick lang in der Luft, und als Mr. Fotheringay nach Atem rang, fiel sie mit einem Krach auf seinen Waschtisch und ließ ihn im Finstern, bis auf das verendende Glimmen des Dochtes.

Eine Zeitlang saß Mr. Fotheringay ganz ruhig im Finstern. »Es ist doch geschehen«, sagte er. »Aber wie ich's erklären soll, weiß ich nicht.« Er seufzte schwer und suchte in seinen Taschen nach einem Zündholz. Er konnte keines finden, stand auf und tastete auf seinem Waschtisch herum. »Ich wollte, ich hätte ein Zündhölzchen«, sagte er. Er suchte noch in seinem Mantel, da waren auch keine, da dämmerte es ihm, daß Wunder auch mit Zündhölzern möglich sein müßten. Er streckte die Haud aus und sah sie im Finstern mürrisch an. »Ein Zündhölzchen soll in dieser Hand sein!« sagte er. Er fühlte, wie ein leichter Gegenstand auf seine Handfläche fiel, und seine Finger schlossen sich um ein Zündholz.

Nach einigen erfolglosen Versuchen, es anzuzünden, bemerkte er, daß es ein Sicherheitszündholz war. Er warf es weg, da fiel ihm ein, daß er es mit Willenskraft anzünden könnte. Er tat dies, und schon brannte es mitten auf der Matte vor seinem Waschtisch. Er hob es schnell auf, und es erlosch. Er ahnte immer größere Möglichkeiten, suchte die Kerze und steckte sie wieder in den Leuchter. »So, jetzt brenne du!« sagte Mr. Fotheringay. Sofort flackerte die Kerze auf, und er sah ein kleines, schwarzes Loch in der Matte, von dem ein dünner Rauchfaden aufstieg. Eine Weile starrte er vom Loch auf die kleine Flamme und zurück, dann blickte er auf und sah seinen eigenen Blick im Spiegel. Mit seinem Spiegelbild führte er ein stummes Zwiegespräch.

»Wie steht es jetzt also mit Wundern?« wandte Mr. Fotheringay sich schließlich an den Spiegel. Seine weiteren Erwägungen waren streng, aber verworren. Soweit er es überblicken konnte, war es eine reine Willenssache. Die Art seiner ersten Erfahrungen hatte eine Abneigung gegen unvorsichtige Experimente in ihm erweckt. Aber er ließ ein Blatt Papier sich erheben, färbte ein Glas Wasser rosa und dann grün, er erschuf eine Schlange, die er auf wunderbare Weise wieder vernichtete, und verschaffte sich eine wunderschöne neue Zahnbürste. Irgendwann nach Mitternacht war er zu der Erkenntnis gelangt, daß seine Willenskraft von besonders seltener und bedeutender Art sein müßte; er hatte das früher wohl geahnt, aber nicht gewußt. Der Schreck und die Überraschung, die seine erste Entdeckung in ihm ausgelöst hatten, wurden gemildert durch den Stolz auf diesen Beweis seiner Einzigartigkeit und durch die unklare Ahnung von Vorteilen, die sich ihm bieten würden. Er hörte, daß die Kirchenuhr eins schlug, und da es ihm nicht einfiel, daß er durch ein Wunder seiner täglichen Pflichten bei Gomshott enthoben werden könnte, fuhr er fort, sich auszukleiden, um ohne weiteren

Aufschub ins Bett zu kommen. Als er mit seinem Hemd kämpfte, das sich nicht über den Kopf ziehen lassen wollte, hatte er eine herrliche Idee. »Ich will im Bett liegen«, sagte er, und schon lag er drin. »Ausgezogen!« befahl er; und da das Leintuch kalt war, fügte er schnell hinzu: »und in meinem Nachthemd – nein, in einem weichen, wollenen Nachthemd. Ah!« sagte er mit ungeheurem Genuß, »und jetzt will ich gut schlafen ...«

Er wachte zur gewohnten Stunde auf und war während des ganzen Frühstücks nachdenklich; zu gerne hätte er gewußt, ob sein nächtliches Erlebnis nicht nur ein ganz besonders lebhafter Traum gewesen sein konnte. Schließlich entschloß er sich, es nochmals vorsichtig zu probieren. Zum Beispiel hatte er drei Eier zum Frühstück; zwei hatte seine Hausfrau beigestellt, sie waren gut, aber so, wie man sie im Geschäft zu kaufen bekommt, eines aber war ein köstlich frisches Gänseei, dank seiner erstaunlichen Willenskraft gelegt, gekocht und serviert. Er eilte zu Gomshott in tiefster, aber gut überspielter Erregung, und erinnerte sich erst an die Schale des dritten Eis, als seine Hausfrau abends davon sprach. Dieses überraschende neue Wissen um seine Kraft ließ ihm den ganzen Tag keine Ruhe zur Arbeit, aber dies verursachte ihm keine Unannehmlichkeiten, denn er holte alles in den letzten zehn Minuten mit einem Wunder nach.

Im Laufe des Tages wurde seine Stimmung immer besser, wandelte sich von Erstaunen in Entzücken, obwohl die Begleitumstände seines Abschieds vom »Langen Drachen« eine unangenehme Erinnerung waren und obwohl ein entstellter Bericht über die Angelegenheit seine Kollegen erreicht und Anlaß zu einigen Hänseleien gegeben hatte. Es war klar, er mußte vorsichtig sein, wenn er zerbrechliche Gegenstände sich erheben ließ, aber anderseits versprach seine Gabe immer mehr, je länger er über sie nachdachte. Er beschloß unter anderem, seinen Privatbesitz durch unauffällige Schöpfungsakte zu vermehren. Er ließ ein Paar herrliche Diamantknöpfe entstehen, vernichtete sie aber schleunigst wieder, als Gomshott jun. durchs Kontor auf sein Pult zukam. Er fürchtete, daß Gomshott jun. sich dafür interessieren könnte, woher er die Knöpfe hatte. Er erkannte, daß die Anwendung seiner Gabe Vorsicht und Wachsamkeit erforderte, aber soweit er die Schwierigkeiten beurteilen konnte, die auf dem Weg zur vollkommenen Beherrschung lagen, schienen sie ihm nicht größer als die ihm schon durch das Radfahrstudium bekannten. Diese Analogie, vielleicht ebenso stark wie das Gefühl, daß er im »Langen Drachen« nicht willkommen sein würde, führte ihn nach dem Abendessen hinaus auf den Weg jenseits der Gaswerke, wo er ungestört einige Wunder probieren wollte.

Vielleicht zeigten seine Versuche einen gewissen Mangel an Originalität, denn abgesehen von seiner Willenskraft war an Mr. Fotheringay nichts Ungewöhnliches. Das Wunder von Moses' Stab fiel ihm ein, aber die Nacht war finster und für die richtige Kontrolle großer Wunderschlangen ungeeignet. Dann erinnerte er sich an die Geschichte von Tannhäuser, die er auf der Rückseite eines Konzertprogramms gelesen hatte. Die schien ihm besonders anziehend und gefahrlos. Er steckte seinen Spazierstock – ein sehr hübsches Malakkarohr – in den Rasen, durch den der Fußweg lief, und befahl dem trockenen Holz zu blühen. Sofort war die Luft von Rosenduft erfüllt, und mit Hilfe eines Zündholzes konnte er sich überzeugen, daß dieses prächtige Wunder wirklich geschehen war. Seine Freude wurde durch herannahende Schritte gestört. Voll Furcht vor einer vorzeitigen Entdeckung seiner Kräfte sprach er hastig zu dem blühenden Stock: »Geh zurück!« Eigentlich wollte er sagen: »Verwandle dich zurück«, aber er war begreiflicherweise sehr verwirrt. Der Stock ging mit beträchtlicher Geschwindigkeit zurück, und sogleich hörte man einen zornigen Ausruf und ein häßliches Wort von der herankommenden Person. »Was werfen Sie denn da mit Dornensträuchern herum, Sie Narr?« schrie eine Stimme. »Und gerade auf mein Schienbein!«

»Es tut mir leid, mein Lieber«, sagte Mr. Fotheringay, dann aber wurde er sich der Ungeschicklichkeit dieser Erklärung bewußt und zerrte nervös an seinem Schnurrbart. Er sah Winch, einen der drei Schutzleute von Immering, auf sich zukommen.

»Was glauben Sie eigentlich?« fragte der Schutzmann. »Hallo! Also Sie sind das! Der Kerl, der die Lampe im ›Langen Drachen‹ zerbrochen hat!«

»Ich glaube gar nichts«, sagte Mr. Fotheringay, »nicht das geringste.«

»Warum machen Sie's dann?«

»Oh, Teufel noch einmal!« sagte Mr. Fotheringay.

»Ja, Teufel noch einmal! Wissen Sie, daß das sehr weh getan hat? Warum machen Sie solche Sachen?«

Im Augenblick konnte Mr. Fotheringay sich nicht darauf besinnen, warum er es getan hatte. Sein Schweigen schien Mr. Winch zu ärgern. »Sie haben diesmal einen Polizisten tätlich angegriffen, junger Mann, wissen Sie das?«

»Hören Sie, Mr. Winch«, sagte Mr. Fotheringay verwirrt und bestürzt, »es tut mir sehr leid. Nämlich –«

»Nun?«

Er sah keinen anderen Ausweg, als die Wahrheit zu sagen. »Ich habe ein Wunder getan.« Er versuchte ungezwungen zu sprechen, aber das war ihm nicht möglich.

»Ein Wunder –! Hören Sie einmal, quatschen Sie nicht. Wunder tun, so was! Wunder! Das ist einmal ein guter Witz. Aber Sie sind doch der Mensch, der nicht an Wunder glaubt ... Wahrscheinlich ist das wieder so ein dummes Zauberkunststück von Ihnen, so wird es sein und nicht anders. Also, ich sage Ihnen –«

Aber Mr. Fotheringay hörte niemals, was Mr. Winch hatte sagen wollen. Er erkannte, daß er sich ihm ausgeliefert hatte, sein kostbares Geheimnis hatte er in alle Winde gestreut. Ein heftiger Zornausbruch ließ ihn handeln. Wütend wandte er sich dem Schutzmann zu. »So«, sagte er, »jetzt hab' ich genug, meiner Treu! Ich werd' Ihnen Ihre dummen Zauberkunststücke schon zeigen! Fahren Sie zum Hades! Vorwärts! Aber gleich!«

Er war allein!

In dieser Nacht vollführte Mr. Fotheringay keine Wunder mehr, er gab sich keine Mühe, nachzusehen, was aus seinem blühenden Stock geworden war. Er ging zurück in die Stadt, erschrokken und sehr kleinlaut kam er in sein Schlafzimmer. »Mein Gott«, sagte er, »es ist eine mächtige Gabe – eine außerordentlich mächtige Gabe. Ich wollte das doch gar nicht, wirklich nicht. Eigentlich möchte ich gerne wissen, wie es im Hades aussieht.«

Er saß auf dem Bett und zog die Schuhe aus. Da kam ihm ein glücklicher Gedanke, er versetzte den Schutzmann nach San Francisco, und ohne jeden Konflikt mit der gewöhnlichen Umwelt ging er bescheiden zu Bett. In der Nacht träumte er von Winchs Wut.

Am nächsten Tag hörte Mr. Fotheringay zwei interessante Neuigkeiten. Irgend jemand hatte herrliche Kletterrosen am Privathaus von Mr. Gomshott sen. in Lullaborough Road gepflanzt, und der Fluß sollte bis hinunter zu Rawlings Mühle nach Schutzmann Winch durchsucht werden.

Mr. Fotheringay war den ganzen Tag zerstreut und nachdenklich und vollführte keine Wunder, außer daß er Winch mit einigen Mitteln versah und daß er sein Tagewerk mit vollkommener Pünktlichkeit beendete, trotz des Bienenschwarms von Gedanken, der durch seinen Kopf summte. Sein außerordentlich zerstreutes und gedrücktes Wesen wurde von einigen Leuten bemerkt, die ihre Späße darüber machten. Er aber dachte meistens an Winch.

Sonntag abends ging er in die Kirche, und merkwürdigerweise predigte Mr. Maydig, der sich einigermaßen für Okkultismus interessierte, über »Dinge, die außerhalb der Norm liegen«. Mr. Fotheringay war kein regelmäßiger Kirchenbesucher, aber seine skeptische Weltanschauung, die ich schon angedeutet habe, war jetzt stark erschüttert. Der Inhalt der Predigt warf ein ganz anderes Licht auf seine neuen Gaben, und er entschloß sich plötzlich, Mr. Maydig sofort nach dem Gottesdienst um Rat zu fragen. Sobald er den Beschluß gefaßt hatte, staunte er, daß er's nicht schon früher getan hatte.

Mr. Maydig, ein hagerer, reizbarer Mensch mit außergewöhnlich langem Hals und ebensolchen Gliedern, war hocherfreut, daß ein junger Mann, dessen Nachlässigkeit in religiösen Dingen Anlaß zu Stadtgesprächen gab, ihn um eine Privatunterredung bat. Sowie er frei war, führte er ihn ins Arbeitszimmer des an die Kirche stoßenden Pfarrhauses und bot ihm einen bequemen Sessel an. Mr. Maydig selbst stand vor dem lustig brennenden Feuer, seine Beine warfen einen spitzbogenförmigen Schatten an die gegenüberliegende Wand, und er forderte Mr. Fotheringay auf, sein Anliegen vorzubringen.

Zuerst war Mr. Fotheringay ein bißchen verlegen, es machte ihm Schwierigkeiten, einen richtigen Anfang zu finden. »Ich fürchte, Mr. Maydig, daß Sie mir kaum glauben werden –« So ging es eine ganze Weile. Endlich versuchte er es mit einer Frage und wollte Mr. Maydigs Meinung über Wunder hören.

Mr. Maydig begann gerade: »Nun«, in einem äußerst kennerhaften Ton, als Mr. Fotheringay ihn auch schon wieder unterbrach: »Sie glauben natürlich nicht, daß irgendein ganz gewöhnlicher Mensch – wie ich zum Beispiel –, der hier vor Ihnen sitzt, irgendein verzwicktes Zeug in sich hat, das ihn befähigt, durch seine Willenskraft allerlei zu machen.«

»Es ist schon möglich«, sagte Mr. Maydig. »Irgend etwas Derartiges kann es schon geben.«

»Wenn ich so frei sein darf, so kann ich Ihnen, glaube ich, durch eine Art Experiment zeigen, was ich meine«, sagte Mr. Fotheringay. »Also, zum Beispiel nehmen wir den Tabakstopf auf dem Tisch. Was ich wissen möchte, ist, ob das, was ich jetzt mit ihm machen werde, ein Wunder ist oder nicht. Bitte, nur eine halbe Minute, Mr. Maydig.«

Er runzelte die Stirn, zeigte auf den Tabakstopf und sagte: »Sei eine Schale voll Veilchen!«

Der Tabakstopf tat, wie ihm befohlen.

Mr. Maydig erschrak heftig über die Veränderung und blickte vom Wundertäter zur Blumenschale. Er sagte gar nichts. Dann wagte er, sich über den Tisch zu beugen, um an den Veilchen zu riechen; sie waren frisch gepflückt und besonders schön. Dann starrte er neuerlich Mr. Fotheringay an.

»Wie haben Sie das gemacht?« fragte er.

Mr. Fotheringay zerrte an seinem Schnurrbart. »Ich hab's ihm nur gesagt – da haben Sie die Bescherung. Ist das also ein Wunder, oder ist es Schwarze Magie, oder was sonst? Und was, glauben Sie, ist mit mir los? Das wollte ich Sie fragen.«

»Es ist ein höchst bemerkenswerter Vorfall.«

»Noch heute vor einer Woche habe ich nichts davon gewußt, daß ich solche Sachen machen kann. Ganz plötzlich ist das gekommen. Meiner Ansicht nach ist da etwas Besonderes mit meinem Willen, mehr kann ich nicht sagen.«

»Ist das – das einzige? Oder könnten Sie noch andere Sachen machen?«

»Du meine Güte, gewiß!« sagte Mr. Fotheringay. »Alles, was es gibt.« Er dachte nach, und auf einmal fiel ihm eine Zaubervorstellung ein, die er gesehen hatte. »Also!« Er deutete auf die Schale. »Verwandle dich in eine Fischschale – nein, nicht so, verwandle dich in eine Glasschale voll Wasser, darin sollen Goldfische schwimmen. So ist's besser! Sehen Sie das, Mr. Maydig?«

»Es ist erstaunlich, es ist ganz unglaublich. Entweder Sie sind ein ganz raffinierter – aber nein –«

»Ich könnte es in alles und jedes verwandeln, alles, was es gibt«, sagte Mr. Fotheringay. »Also, sei eine Taube, ja?«

Im nächsten Moment flatterte eine blaue Taube im Zimmer herum, und Mr. Maydig duckte sich, so oft sie in seine Nähe kam. »Bleib still, wo du bist!« sagte Mr. Fotheringay, und die Taube hing regungslos in der Luft. »Ich kann sie wieder in eine Schale mit Blumen zurückverwandeln«, sagte er, und nachdem er die Taube auf den Tisch gestellt hatte, tat er auch dieses Wunder. »Ich nehme an, daß Sie bald Ihre Pfeife werden rauchen wollen«, sagte er und ließ den Tabakstopf wieder erscheinen.

Mr. Maydig hatte alle diese späteren Veränderungen mit fassungslosem Schweigen verfolgt. Er starrte Mr. Fotheringay an, hob den Tabakstopf sehr behutsam auf, untersuchte ihn und stellte ihn auf den Tisch zurück. »So etwas!« sagte er, das war die einzige Äußerung seiner Gefühle.

»Nachdem Sie das gesehen haben, ist es leichter, Ihnen zu erklären, warum ich gekommen bin«, sagte Mr. Fotheringay und begann einen langen und verwickelten Bericht über seine sonderbaren Erfahrungen. Er fing mit der Geschichte von der Lampe im »Langen Drachen« an, wiederholte Anspielungen auf Winch komplizierten die Erzählung. Während er sprach, verschwand der flüchtige Stolz, den Mr. Maydigs Verblüffung in ihm hervorgerufen hatte; er wurde wieder der ganz gewöhnliche, alltägliche Mr. Fotheringay. Mr. Maydig hörte gespannt zu, den Tabakstopf in der Hand, und sein Verhalten änderte sich im Lauf der Erzählung. Dann, als Mr. Fotheringay das Wunder mit dem dritten Ei berichtete, unterbrach ihn der Geistliche mit einer Bewegung seiner zitternd ausgestreckten Hand.

»Es ist möglich«, sagte er. »Es ist glaublich. Kein Zweifel, es ist höchst erstaunlich, aber es bringt eine Reihe von Problemen in Einklang. Die Macht, Wunder zu tun, ist eine Gabe, eine besondere Eigenschaft, wie Genie oder zweites Gesicht – bis jetzt ist sie nur selten und an außerordentliche Menschen verliehen worden. In diesem Fall aber – ich habe immer über die Wunder Mohammeds gegrübelt und über die Yogiwunder und über die der Madame Blavatsky. Aber natürlich! Es ist ganz einfach eine Gabe. Es bestätigt so großartig die Beweisführungen unseres großen Denkers« – hier senkte Mr. Maydig die Stimme –, »Seiner Hoheit, des Herzogs von Argyll. Hier stoßen wir auf ein tieferes Gesetz, tiefgründiger selbst als die gewöhnlichen Naturgesetze. Ja, ja. Erzählen Sie jetzt weiter!«

Mr. Fotheringay fuhr fort, von seinem Mißgeschick mit Winch zu erzählen, und Mr. Maydig, der nicht länger verängstigt und verschreckt war, begann hektisch zu gestikulieren und unterbrach ihn von Zeit zu Zeit mit Ausrufen der Überraschung. »Das hat mir nämlich am meisten Sorgen gemacht«, fuhr Mr. Fotheringay fort, »und da brauche ich am dringendsten einen Rat; er ist ja jetzt in San Francisco – wo immer San Francisco auch sein mag –, aber es ist doch unbequem für ihn und für mich, das werden Sie gleich sehen, Mr. Maydig. Ich kann mir nicht vorstellen, daß er verstehen kann, was mit ihm geschehen ist, und er ist gewiß fürchterlich erschrocken und außer sich und versucht, mich zu erwischen. Sicher ist er schon hierher unterwegs. Ich schicke ihn alle paar Stunden durch ein Wunder zurück, wenn ich gerade daran denke, das kann er natürlich auch nicht verstehen, bestimmt ist es ihm aber sehr peinlich; und wenn er jedesmal eine Fahrkarte lösen muß, kostet es ihn doch eine Menge Geld. Ich habe für ihn getan, was ich konnte, aber für ihn ist es natürlich schwer, sich in meine Lage zu versetzen. Nachträglich ist mir eingefallen, daß seine Kleider vielleicht versengt worden sind – wenn der Hades so ist, wie man sich's vorstellt –, bevor ich ihn versetzt habe. In diesem Fall wird man ihn wohl in San Francisco eingesperrt haben. Ich habe ihm natürlich gleich, als es mir einfiel, neue Kleider angewünscht. Aber Sie sehen, daß ich in einer verteufelten Klemme stecke –«

Mr. Maydig sah ernsthaft drein. »Ich sehe, daß Sie in einer Klemme stecken. Ja, es ist eine schwierige Situation. Wie Sie das zu Ende bringen sollen …« Er beendete den Satz nicht und dachte an etwas anderes.

»Nun, wir wollen Winch ein wenig beiseite lassen und uns mit der wichtigeren Frage beschäftigen. Ich glaube nicht, daß dies ein Fall von Schwarzer Magie oder dergleichen ist. Ich glaube nicht, daß auch nur der Schatten eines Verbrechens dabei ist, Mr. Fotheringay, nicht eine Spur, außer Sie verschweigen mir wichtige Tatsachen. Nein, es sind Wunder, reine Wunder, Wunder allerhöchster Klasse, wenn ich so sagen darf.«

Er ging vor dem Feuer auf und ab und gestikulierte lebhaft, während Mr. Fotheringay am Tisch saß, den Kopf in die Hand stützte und bekümmert aussah. »Ich weiß nicht, was ich mit Winch machen soll«, sagte er.

»Die Gabe, Wunder zu tun – anscheinend eine sehr mächtige Gabe«, sagte Mr. Maydig, »wird schon einen Ausweg für Winch finden, machen Sie sich keine Sorgen. Mein lieber Herr, Sie sind ein sehr bedeutender Mann – ein Mann mit den erstaunlichsten Möglichkeiten. Als Beweis die Beispiele hier. Und was Sie sonst noch machen können ...«

»Ja, mir sind schon ein, zwei Sachen eingefallen«, sagte Mr. Fotheringay. »Aber – manches kommt ein bißchen verdreht heraus. Sie haben doch vorhin die Fische gesehen? Falsche Schale und falsche Fische. Deshalb habe ich mir gedacht, daß ich jemand fragen muß.«

»Ein richtiger Weg«, sagte Mr. Maydig, »ein sehr richtiger Weg – ja, der einzig richtige Weg.« Er schwieg und blickte Mr. Fotheringay an. »Es ist tatsächlich eine Gabe ohne Grenzen. Wir wollen Ihre Kräfte ausprobieren. Ob sie wirklich sind – ob sie wirklich alles das sind, was sie zu sein scheinen.«

Und so unglaublich das klingen mag, Sonntag, den 10. November 1896, abends, begann Mr. Fotheringay im Studierzimmer des kleinen Hauses hinter der Kongregationskirche Wunder zu tun, ermuntert und angefeuert von Mr. Maydig. Die Aufmerksamkeit des Lesers wird besonders und nachdrücklich auf das Datum gelenkt. Er wird einwenden, hat wahrscheinlich schon eingewendet, daß gewisse Momente in dieser Geschichte unwahrscheinlich sind, daß, wenn irgend etwas von den geschilderten Dingen sich wirklich ereignet hätte, es vor einem Jahr in allen Zeitungen gestanden wäre. Die unmittelbar folgenden Details wird er besonders schwer glauben wollen, denn unter anderem bringen sie die Schlußfolgerung mit sich, daß der Leser vor einem Jahr in gewaltsamer, noch nie dagewesener Weise getötet worden ist. Im weiteren Verlauf dieser Geschichte wird alles vollkommen klar und glaubhaft werden, jeder gerechte und vernünftige Leser wird das zugeben. Aber wir sind noch nicht so weit, um schon das Ende dieser Geschichte zu erzählen, sie ist gerade erst ein Stückchen über die Mitte hinaus gediehen. Zuerst waren Mr. Fotheringays Wunder klein und bescheiden – kleine Kunststücke mit den Schalen und der Zimmereinrichtung, so schwächlich wie die Wunder der Theosophen, aber trotzdem wurden sie von seinem Mitarbeiter mit Ehrfurcht aufgenommen. Mr. Fotheringay hätte es vorgezogen, die Angelegenheit Winch endgültig zu erledigen, doch Mr. Maydig ließ es nicht zu. Aber nachdem sie ein Dutzend solcher häuslicher Belanglosigkeiten ausgeführt hatten, wuchs ihr Machtbewußtsein, ihre Erfindungskraft wurde angeregt, und ihr Ehrgeiz stieg. Das erste bedeutende Unternehmen entsprang dem Hunger der beiden und der Nachlässigkeit von Mrs. Minchin, der Wirtschafterin. Die Mahlzeit, zu der der Geistliche Mr. Fotheringay einlud, war lieblos zubereitet und keine sehr einladende Erfrischung für zwei emsige Wundertäter; aber sie nahmen Platz, und Mr. Maydig verbreiterte sich mehr bekümmert als ärgerlich über die Unzulänglichkeit seiner Wirtschafterin, ehe Mr. Fotheringay sich seiner Möglichkeiten entsann. »Glauben Sie nicht, Mr. Maydig«, sagte er, »daß ich so frei sein darf ...«

»Mein lieber Mr. Fotheringay! Aber natürlich! Nein, ich habe gar nicht daran gedacht.«

Mr. Fotheringay bewegte die Hand. »Was wollen wir essen?« fragte er großzügig, und nach Mr. Maydigs Wünschen unterzog er das Nachtessen einer gründlichen Verbesserung.

»Ich für mein Teil«, sagte er und betrachtete, was Mr. Maydig gewählt hatte, »ich habe immer am liebsten einen Krug starkes Bier und ein Stück Wurst, das werde ich mir bestellen. Ich habe keine große Vorliebe für Burgunder«, und sofort erschienen Bier und Wurst auf dem Tisch. Lange saßen sie beim Nachtessen und sprachen wie Gleichgestellte über die Wunder, die sie demnächst tun würden. Mr. Fotheringay wurde sich dessen plötzlich mit Erstaunen und Befriedigung bewußt. »Apropos, Mr. Maydig«, sagte Mr. Fotheringay, »vielleicht kann ich Ihnen auch in Ihren häuslichen Angelegenheiten helfen.«

»Ich verstehe Sie nicht ganz«, sagte Mr. Maydig und goß sich ein Glas wunderbaren alten Burgunders ein.

Mr. Fotheringay bestellte aus Zerstreutheit ein zweites Stück Wurst und steckte einen Bissen in den Mund. »Ich habe gedacht«, sagte er kauend, »daß ich vielleicht ein Wunder an Mrs. Minchin tun könnte und sie in eine bessere Frau verwandeln.«

Mr. Maydig stellte sein Glas nieder und sah zweifelnd vor sich hin. »Sie ist – sie läßt sich absolut nichts dreinreden, Mr. Fotheringay. Und überhaupt ist doch elf Uhr lange vorbei, sie ist sicher schon zu Bett gegangen und schläft. Glauben Sie denn –«

Mr. Fotheringay dachte über die Einwände nach. »Ich sehe nicht ein, warum es nicht getan werden sollte, während sie schläft.«

Zuerst widersetzte sich Mr. Maydig dieser Idee, dann gab er nach. Mr. Fotheringay gab seine Befehle, und die zwei Herren setzten ihre Mahlzeit fort, vielleicht mit etwas weniger Behaglichkeit als zuvor. Mr. Maydig erging sich in so optimistischen Vermutungen über die Veränderungen, die er am nächsten Tag an seiner Wirtschafterin entdecken würde, daß selbst Mr. Fotheringays übersinnlicher Verstand sie ein wenig übertrieben fand. Da hörten sie von oben eine Reihe verworrener Geräusche. Sie blickten einander fragend an, dann verließ Mr. Maydig rasch das Zimmer. Mr. Fotheringay hörte, wie er seine Wirtschafterin rief und dann leise über die Treppe zu ihr hinaufging.

Nach knapp einer Minute kam der Geistliche zurück, leichten Schrittes und mit strahlendem Gesicht. »Wunderbar!« sagte er. »Und rührend. Wirklich rührend.«

Er ging wieder vor dem Feuer auf und ab. »Reue – rührendste Reue. Durch den Türspalt habe ich's gesehen. Arme Frau! Eine ganz wunderbare Verwandlung. Sie ist aufgestanden, sie muß gleich aufgestanden sein. Aus dem Schlaf ist sie aufgestanden, um eine Privatflasche Schnaps, die sie in ihrem Kasten hatte, zu zerbrechen. Und gestanden hat sie's auch! Aber das gibt uns – das eröffnet ja höchst erstaunliche Ausblicke auf neue Möglichkeiten. Wenn wir sogar sie so wunderbar verwandeln können ...«

»Die Sache scheint wirklich keine Grenzen zu haben«, sagte Mr. Fotheringay, »und was Mr. Winch betrifft –«

»Ganz und gar unbegrenzt.« Auf dem Kaminteppich stehend, entwickelte Mr. Maydig eine Reihe wunderbarer Pläne, die ihm erst nach und nach während des Redens einfielen. Die Schwierigkeit mit Winch überging er ganz.

Welcher Art diese Pläne waren, ist für diese Geschichte unwesentlich. Genug, daß sie im Geiste unendlichen Wohlwollens entworfen wurden, jenes Wohlwollens, das man nach einem guten Essen fühlt, genug auch, daß das Problem Winch ungelöst blieb. Es ist auch nicht nötig, zu berichten, welche dieser Pläne ausgeführt wurden. Es gab verblüffende Veränderungen. In später Nacht rannten Mr. Maydig und Mr. Fotheringay im Hochgefühl des Wundertäters über den frostigen Marktplatz, der still im Mondlicht lag. Mr. Maydig flatterte und gestikulierte, der kleine zerzauste Mr. Fotheringay war gar nicht mehr bedrückt von seiner Größe. Sie hatten alle Trunkenbolde in ihrem Wahlkreis geheilt, hatten alles Bier und allen anderen Alkohol in Wasser verwandelt – in diesem Punkt hatte Mr. Maydig Mr. Fotheringay überstimmt –, weiters hatten sie die Eisenbahnverbindungen ihrer Stadt wesentlich verbessert, hatten Flinders Sumpf trockengelegt, hatten den Boden auf einem nahen Hügel fruchtbar gemacht und die Warze des Vikars zum Verschwinden gebracht. Und jetzt wollten sie sehen, was mit dem beschädigten Damm von Southbridge zu machen wäre. »Der Ort«, keuchte Mr. Maydig, »wird morgen nicht mehr der gleiche sein. Wie überrascht und dankbar werden alle Leute sein!« Gerade in diesem Augenblick schlug die Kirchenuhr drei.

»Oho«, sagte Mr. Fotheringay, »drei Uhr ist's! Ich muß schauen, daß ich nach Hause komme. Um acht Uhr muß ich im Geschäft sein. Und außerdem würde Mrs. Wimms –«

»Wir fangen erst an«, sagte Mr. Maydig, berauscht von der unbeschränkten Macht. »Wir fangen gerade erst an. Denken Sie an all das Gute, das wir tun. Wenn die Leute aufwachen –«

»Aber –«, sagte Mr. Fotheringay.

Mr. Maydig packte ihn plötzlich am Arm. Seine Augen glühten wild. »Mein lieber Freund«, sagte er, »es hat keine Eile. Schauen Sie nur –« er wies auf den Mond im Zenith –, »Josua!«

»Josua?« sagte Mr. Fotheringay.

»Josua«, sagte Mr. Maydig. »Warum nicht? Halten Sie ihn auf.«

Mr. Fotheringay starrte den Mond an.

»Das geht ein bißchen weit«, sagte er nach einer Pause.

»Warum nicht?« sagte Mr. Maydig. »Er bleibt natürlich nicht stehen. Halten Sie die Drehung der Erde auf, und die Zeit bleibt stehen. Damit tun wir doch nichts Schlimmes.«

»Hm!« sagte Mr. Fotheringay. »Gut.« Er seufzte. »Ich will es versuchen. Also –«

Er schloß alle Knöpfe an seinem Rock, nahm sein ganzes Selbstvertrauen zusammen und wandte sich an den bewohnbaren Erdball. »Hör jetzt auf, dich zu drehen, ja?« sagte Mr.Fotheringay.

Sogleich flog er Hals über Kopf durch die Luft, mit einer Geschwindigkeit von vielen Dutzend Meilen in der Minute. Trotz der zahllosen Kreise, die er in einer Sekunde beschrieb, dachte er noch, denn das Denken ist etwas Wunderbares, manchmal so träge wie flüssiges Pech, manchmal geschwind wie das Licht. Er dachte in einer Sekunde und befahl: »Ich will heil und gesund hinunterkommen, was auch immer geschehen mag, ich will heil und gesund hinunterkommen!«

Mr. Fotheringay hatte das gerade im richtigen Moment befohlen, denn seine Kleider waren von seinem rasenden Flug durch die Luft schon versengt. Er fiel also und landete mit einem heftigen, aber keineswegs schmerzhaften Krach auf etwas, was ein frisch aufgeworfener Erdhaufen zu sein schien. Eine gewaltige Masse aus Metall und Stein, außerordentlich ähnlich dem Glokkenturm, der sonst in der Mitte des Marktplatzes stand, fiel neben ihm auf die Erde, prallte ab und zersplitterte wie eine platzende Bombe in Steine, Ziegel und Mauerwerk. Eine herumwirbelnde Kuh stieß an einen der größeren Blöcke und zerbarst wie ein Ei. Es gab einen Krach, der auch den heftigsten Lärm, den er bis jetzt erlebt hatte, wie das Aufprallen von Sandkörnern erscheinen ließ, dann krachte es noch mehrmals hintereinander, leiser und abflauend! Ein gewaltiger Sturm heulte über Himmel und Erde hinweg, so daß er kaum den Kopf heben konnte, um zu schauen. Eine Zeitlang war er zu atemlos und überrascht, um zu erfassen, wo er sich befand oder was geschehen war. Seine erste Bewegung war, sich an den Kopf zu greifen und sich zu versichern, daß dieses flatternde Haar ihm gehörte.

»Mein Gott!« keuchte Mr. Fotheringay, dem der Orkan das Sprechen schwer machte. »Da bin ich aber noch glücklich durchgerutscht. Was ist denn eigentlich los? Sturm und Gewitter, und noch vor einer Minute war so eine schöne Nacht. Maydig hat mich in die Geschichte hineingehetzt. Was für ein furchtbarer Sturm! Wenn ich weiter solche Verrücktheiten mache, wird mir sicher etwas Schreckliches geschehen. Wo ist eigentlich Maydig? Warum ist denn alles in so einem verdammten Durcheinander?«

Er blickte sich um, so gut sein flatternder Rock es ihm erlaubte. Das Aussehen aller Dinge war mehr als sonderbar. »Am Himmel ist doch alles in Ordnung«, sagte Mr. Fotheringay. »Aber mir scheint, nur dort oben, und auch dort sieht es aus, als ob ein schweres Unwetter käme. Aber da oben ist doch der Mond, genauso wie früher, hell wie am Tag. Aber alles andere – wo ist das Dorf? Wo, wo ist alles? Und was, um Himmels willen, hat diesen Sturm erregt – ich habe doch keinen befohlen!«

Mr. Fotheringay bemühte sich vergeblich, sich aufzurichten, und nach einem mißlungenen Versuch klammerte er sich mit allen vieren an den Boden. Er musterte die mondbeschienene Welt, den Rücken gegen den Wind, und die Enden seines Rockes flatterten über seinem Kopf. »Irgend etwas ist ernstlich in Unordnung geraten«, sagte Mr. Fotheringay, »Gott mag wissen, was.«

In dem grellweißen Lichtschein, durch den Staubschleier, den der heulende Sturm vor sich her trieb, war weit und breit nichts zu sehen als durcheinandergeworfene Erdmassen und Haufen von neuentstandenen Ruinen. Keine Bäume, keine Häuser, keine vertrauten Formen, nur ein wildes Chaos – aber jetzt verschwand auch das in der Finsternis, zwischen wirbelnden Staubsäulen und Wolkenfetzen, unter Blitzen und Donnerschlägen eines heranbrausenden Gewitters. Neben ihm, in dem fahlen Schein, lagen die Überreste einer Ulme, eine zerschmetterte Masse von Holzsplittern, geborsten von der Wurzel bis zum Gipfel, und daneben erhob sich eine ineinandergekeilte Menge von Eisentraversen aus dieser aufgehäuften Wirrnis – nur zu deutlich erkannte er den Viadukt.

Als Mr. Fotheringay die Drehung der festen Erde aufgehalten hatte, hatte er die unbedeutenden beweglichen Dinge auf ihrer Oberfläche vergessen. Die Erde dreht sich so schnell, daß ihre Oberfläche am Äquator bedeutend mehr als tausend Meilen in der Stunde zurücklegt, in unseren Breiten noch mehr als die Hälfte dieser Zahl. So waren das Dorf, Mr. Maydig, Mr. Fotheringay und alles und jedes mit einer Geschwindigkeit von neun Meilen in der Sekunde weggeschleudert worden – das heißt viel heftiger, als wenn man sie aus einer Kanone geschossen hätte. Und jedes menschliche Wesen, jede lebende Kreatur, jedes Haus und jeder Baum – die ganze uns bekannte Welt – war so weggeschleudert worden und zerschmettert und vollständig zerstört. Das war alles.

Diese Dinge konnte Mr. Fotheringay natürlich nicht voll erfassen, aber er bemerkte, daß sein Wunder schlecht ausgegangen war, und ihn erfaßte ein heftiger Widerwille gegen Wunder. Er stand jetzt im Finstern, denn die Wolken hatten sich zusammengezogen und hielten jeden Mondstrahl fern, und die Luft war erfüllt von krampfhaft kämpfenden, gequälten Hagelgeistern. Ein gewaltiges Brausen von Sturm und Gewässern erfüllte Himmel und Erde, und als er vorsichtig unter seinem Arm hervor durch Staub und Hagel in den Orkan schaute, sah er im zuckenden Licht der Blitze eine riesige Wasserwand auf sich zustürzen.

»Maydig!« kreischte Mr. Fotheringays schwache Stimme mitten im Aufruhr der Elemente. »Hierher, Maydig! Halt!« schrie er dem näher kommenden Wasser zu. »Halt, um Himmels willen! Nur einen Augenblick«, sagte er zu Blitz und Donner. »Wartet nur einen Augenblick, bis ich meine Gedanken gesammelt habe. Was soll ich jetzt machen? Was soll ich nur machen? Mein Gott! Wenn nur Maydig in der Nähe wäre! Wenn ich nur um Himmels willen dieses eine Mal noch alles in Ordnung bringen könnte!« Er blieb auf allen vieren und stemmte sich gegen den Sturm, eifrigst bemüht, alles in Ordnung zu bringen.

»Oh«, sagte er, »nichts, was ich befehle, soll geschehen, ehe ich ›Los‹ sage ... Warum habe ich nur nicht früher daran gedacht?«

Er erhob seine schwache Stimme gegen den Wirbelwind, er schrie lauter und lauter, in dem vergeblichen Bestreben, sich sprechen zu hören. »Also jetzt! Jetzt fange ich an! Nicht vergessen, was ich gerade gesagt habe. Zu allererst, wenn alles, was ich zu sagen habe, geschehen ist, will ich meine Wunderkraft verlieren, mein Wille soll so werden wie jeder andere, und alle diese gefährlichen Wunder sollen aufhören. Ich mag sie nicht. Mir wäre lieber, sie wären nicht geschehen. Viel lieber. Das ist einmal das erste. Das zweite ist – ich will wieder dort sein, wo ich war, ehe die Wunder begannen, alles soll so sein wie vor der Umdrehung der verdammten Lampe. Es ist ein großer Auftrag – aber es ist der letzte. Verstanden? Keine Wunder mehr, alles wie es war – ich wieder im ›Langen Drachen‹ mit meinem Bier in der Hand. So soll es sein! Ja!«

Er krallte sich in der Erde fest, schloß die Augen und sagte: »Los!«

Alles wurde vollkommen ruhig. Er bemerkte, daß er aufrecht stand.

»Das behaupten Sie«, sagte eine Stimme.

Er öffnete die Augen. Er war im Wirtshaus »Zum langen Drachen« und debattierte mit Toddy Beamish über Wunder. Er hatte flüchtig das Gefühl, etwas Wichtiges vergessen zu haben, aber das ging augenblicklich vorüber. Bis auf den Verlust seiner wunderbaren Kräfte war alles wieder so, wie es gewesen war; sein Verstand und sein Gedächtnis waren also genauso wie am Anfang der Geschichte, so daß er nicht das geringste von allem, was hier erzählt wurde, wußte, so daß er bis zum heutigen Tag nicht das geringste davon weiß. Und unter anderem glaubt er natürlich noch immer nicht an Wunder.

»Ich sage Ihnen, daß Wunder, in des Wortes wahrer Bedeutung, unmöglich geschehen können«, sagte er, »und ich bin bereit, meine Meinung bis aufs Messer zu verteidigen.«

»Das glauben Sie«, sagte Toddy Beamish, und: »Beweisen Sie's, wenn Sie können.«

»Hören Sie doch, Mr. Beamish«, sagte Mr. Fotheringay, »wir müssen uns zuerst darüber klar werden, was ein Wunder ist. Es ist etwas dem natürlichen Lauf der Dinge Entgegengesetztes, durch Willenskraft hervorgerufen ...«